FRANK YERBY

Mississippi-Story

Aus dem Amerikanischen
übertragen von Hilde Linnert

BASTEI
LÜBBE

BASTEI-LÜBBE-TASCHENBUCH
Band 10 362

1. Auflage Febr. 1984
2. Auflage Mai 1984

Titel der Originalausgabe:
A DARKNESS AT INGRAHAM'S CREST

Lizenzausgabe: Gustav Lübbe Verlag GmbH,
Bergisch Gladbach
Printed in Western Germany 1984
Einbandgestaltung: Roberto Patelli
Titelbild: Image Bank
Satz: ICS Computersatz, Bergisch Gladbach
Herstellung: Ebner Ulm
ISBN 3-404-10362-9

Der Preis dieses Bandes versteht sich einschließlich
der gesetzlichen Mehrwertsteuer

1

Wes trat auf den Fußhebel des Blasebalgs. Die Luft zischte über die Kohlen. Sie glühten. Ein Schweißtropfen rann über seine Nase, blieb an ihrer Spitze hängen, hob sich glänzend von der schwarzen Haut ab, bis Wes schnaubte und prustete. Der Tropfen fiel – ein weißer Blitz in der Dunkelheit der Schmiede – und verzischte sofort auf den glühenden Kohlen. Wie der Atem entweicht, wenn der Todesgott ihn trinkt, dachte Wes. An dem Tag, an dem seine Vorfahren ihn über den Fluß senden, seine drei Seelen von ihm verlangen . . .

Er hob den eisernen Reifen aus der Glut, der die richtige Farbe aufwies: ein beinahe bläuliches Kirschrot. Mit der Zange legte er ihn auf den Amboß. Er ließ den Hammer gleichmäßig und langsam auf den Reifen fallen, schloß den haarbreiten Spalt; das geschmeidige Schmiedeeisen verschmolz beinahe fließend unter der Hitze und den Hammerschlägen. Der Spalt war verschwunden; der Ring war fertig.

»Ich danke dir, Großer *Gu*«, betete Wes schweigend in *Ffon*, seiner Muttersprache. »Morgen, mächtiger *Tau Vudun*, Großer Ahnengott aller, die diese Arbeit an deinem heiligen Eisen verrichten, werde ich dir die Opfer dafür darbringen, daß du meinen Händen diese Fertigkeit geschenkt hast . . .«

Er hielt den Reifen wieder über die Kohlen, drehte ihn geschickt und schnell, trat den Fußhebel des Blasebalgs, bis das Eisen keinen bläulichen Schimmer mehr aufwies. Es war nicht mehr kirschrot, sondern purpurn, wurde orange, rosa, beinahe weißglühend. Er hatte jetzt in jeder Hand eine Zange, hob den Reifen, drehte ihn mit einer geschmeidigen, beinahe graziösen Bewegung und schob ihn über das hölzerne Wagenrad. Er ließ die Zangen fallen, packte das rauchende Rad an den Speichen und warf es in einen wassergefüllten Trog. Weißer Dampf wallte auf. Der Eisenring kühlte ab, schimmerte graublau, zog sich zusammen, spannte sich eng um das Rad, für immer mit ihm verbunden.

»Gib mir das Rad, Wes. Muß es den Herren hier zeigen«, sagte Matthew Parks.

Erst jetzt sah Wesley Parks die Besucher seines Herrn an. Es waren zwei große, schlanke Männer, von angeborener lässiger Selbstsicherheit. Sie ließen nicht die Schultern hängen wie Matt Parks, sondern lehnten ungezwungen am Türrahmen der Schmiede. Auch ihre Kleidung unterschied sich ein wenig von der Matts. Ein Mann aus einem anderen Teil des Landes, zum Beispiel einer der verhaßten Yankees, hätte den Unterschied nicht bemerkt, weil die Anzüge der drei Männer nach dem gleichen Schnitt gearbeitet waren. Aber schon der Stoff für ihre Anzüge hatte die beiden dreimal so viel gekostet wie Matt Parks der seine.

Wes erfaßte das alles mit einem einzigen Blick. In dem Land, aus dem er stammte – dem westafrikanischen Königreich Dahomey –, konnte man die sozialen Klassen leicht voneinander unterscheiden, weil die Stoffe um so feiner wurden, je höher ihr Träger im Rang stand. Längst hatte Wes begriffen, daß die Weißen meinten, die Afrikaner liefen nackt herum und lebten wie die Affen auf Bäumen, aber er hatte nie versucht, sie eines Besseren zu belehren. Wozu? Die Furtoos, die »Hautlosen«, wie die Leute aus Dahomey die Weißen nannten, glaubten nicht einmal das, was sie mit eigenen Augen sahen, und behaupteten sogar das Gegenteil, wenn sie etwas nicht wahrhaben wollten. Aber die Weißen waren eine sehr primitive Spielart der menschlichen Rasse und völlig unfähig, subtilen Gedankengängen zu folgen. Deshalb hielt er es für Zeitverschwendung, ihnen Erklärungen zu geben, die das Niveau eines geistig zurückgebliebenen Kindes überschritten. Daß seine *Fa*, sein Schicksal, ihn zu ihrem Sklaven gemacht hatte, änderte nichts daran. Die Wechselfälle des Krieges, der schadenfrohe Gott *Legba* waren schuld daran, daß er, einst eine bedeutende Persönlichkeit, ein Mann mit vielen Namen, Gouverneur einer Provinz, sogar Schwiegersohn des Königs von Dahomey, jetzt das Eigentum eines anderen war, ein Sklave.

Er wußte auch, daß er weder der erste noch der letzte Mensch war, der mittels brutaler Gewalt von Individuen versklavt worden war, die geistig weit unter ihm standen.

Plötzlich erstarrte er und beugte sich ein wenig vor. Denn

zwischen die Besucher seines Herrn und ihn hatte sich Dunkelheit geschoben, die aus dem Nichts aufgetaucht war, wie tintenschwarzer Rauch. Durch diese Dunkelheit sah er klar eine Menge kleiner, blinkender Laternen, die an den Zweigen eines Baums befestigt waren. Nach und nach gingen diese Laternen aus. Und dann kam von überall das Dröhnen und Donnern der Trommeln.

Er schüttelte den Kopf, um das Bild zu verscheuchen. Die Dunkelheit hob sich, verging. Der Baum mit den erloschenen Laternen verschwand. Das Trommeln hielt an; dann verklang es ebenso plötzlich, wie es begonnen hatte.

Eine Vision. Seltsam. Er hatte in diesem neuen Land nur selten Visionen. Aber er akzeptierte ihr Vorhandensein, ohne Fragen zu stellen. Er war ein Sohn Afrikas, des großen rätselhaften Erdteils, dessen Naturgesetze nicht so klar definiert waren wie die dieses kälteren, rauheren Klimas. Seine Götter gestatteten der Zukunft, zu Zeiten großer Belastung in die Gegenwart einzudringen, wenn sie zum Beispiel einen bevorzugten Sohn vor Gefahr warnen mußten.

Wie jetzt. Die *Tau Vudun,* die Vorfahren, die Götter geworden waren, hatten ihm diese Vision gewährt. Aber was bedeutete sie? Diese Laternen – sicherlich *Fau Meaun Tagbive.* Die kleinen Dinger, die man beim Begräbnis eines mächtigen Mannes, einer Persönlichkeit von Rang, in den Bäumen befestigte. Die prophetischen Grablichter, die plötzlich bei völliger Windstille ausgingen, wenn jemand sterben mußte.

Und die Trommeln? Natürlich *Asiten-Zeli.* Die heiligen Trommeln, die beim ersten und zweiten Begräbnis eines Häuptlings geschlagen wurden. Er konnte die Absicht des Gottes nicht mißverstehen. Männer dieses Hauses, dieses Clans, vom gleichen Blut wie die Männer, die jetzt vor ihm standen, waren dem Tod geweiht . . .

Aber es waren nur zwei von demselben Clan anwesend. Und er hatte weit mehr als zwei Begräbnislaternen gesehen. *Hwesu*/Wes schloß die Augen, öffnete sie wieder zu schmalen Schlitzen. Hinter dem jüngeren Mann flackerte und glühte das Licht. Hinter dem älteren gab es nichts als Dunkelheit.

Also der Alte und andere von seinem *Xenu,* seinem Clan. Aber warum, großer *Tau Vudun,* betete Wes, teilst du es mir mit? Ist mein Schicksal vielleicht mit dem ihren verknüpft? Werde ich Mitglied ihres Clans werden? Ist eines der *Fau-Meaun-Tagbive-*Lichter, die ausgingen, das meine?

Aber seine Ahnengötter schwiegen. In keiner seiner drei Seelen erklang eine Antwort auf sein Gebet. Er zuckte die Schultern. Wenn die Götter auf eine direkte Frage nicht antworten, so wollten sie, daß ihr Nachkomme und Anbeter die Antwort durch *Attoh-*Opfer und feierliche Beschwörungen in seinem *Fazume,* dem Wald seines Schicksals, suchte.

Konnte er das in diesem grausamen Land tun, das die schwarzen Götter nie betreten hatten? Er wußte es nicht. Er mußte abwarten.

Deshalb blieb er regungslos stehen; tiefschwarz und einen Meter fünfundneunzig groß, überragte er sie alle; still wie die Nacht, ruhte er in sich selbst, beherrscht, sicher, beobachtend, wartend. Sein Leben – wenn man es noch so nennen konnte, seit er den blassen Tieren mit den Geisteraugen, den Strohhaaren und den Schakalstimmen gehörte – bestand nur aus Warten.

»Verdammt gute Arbeit«, sagte der ältere Besucher jetzt. »Ich zahle dir achthundert für ihn, Matt.«

»Käpt'n Wally«, widersprach Matt, »das soll wohl ein Witz sein? Der beste Witz, den ich je gehört habe. Achthundert für den verdammt besten Schmied in Virginia und dem ganzen Süden? Versuchen Sie's noch mal, Sir. Ich bin ziemlich schwerhörig. Aber vielleicht höre ich besser, wenn Sie's mit vierstelligen Zahlen versuchen, sagen wir . . .«

»Schon gut«, unterbrach ihn der Mann, den Matt Captain Wally genannte hatte.

»Also tausend?«

»Ich höre noch immer nichts, Sir.«

»Pa –«, warf der jüngere Besucher ein.

»Ja, Ash?«

»Ich lege fünfhundert dazu, wenn du mir den Nigger gelegentlich für meine Plantage borgst. Er ist es wert. Du weißt ja, was wir drei – du, ich und Bob – vergangenes Jahr dem Schmied bezahlt haben, der auf unseren Plantagen gearbeitet hat.«

»Ja«, antwortete sein Vater, »verdammt viel. Also gut. Fünfzehnhundert, Matt. Mein letztes Wort. Ich zahle keinen Penny darüber.«

»Gemacht!« sagte Matt Parks. »Wes, das hier ist Käpt'n Wallace Bibbs und sein Sohn, Mister Ashton Bibbs. Sie sind ab jetzt deine neuen Herren, ich habe dich an sie verkauft. Sie sind gute Leute. Wirklich Klasse. Du gehorchst ihnen und benimmst dich ordentlich, dann passiert dir auch nichts, hast du mich verstanden?«

»Ja, Sir, Massa Matt«, antwortete Wesley Parks.

Ashton Bibbs beugte sich vor.

»Was trägst du da um den Hals, Wes?« fragte er.

»*Gbo,* Sir, Zauber. Wie eine Hasenpfote. Bringt mir Glück, *Dangvi* . . .«

»Dangvi?« wiederholte Wallace Bibbs. »Sieht aus wie eine Schlange.«

»Es *ist* eine Schlange, Käpt'n«, mischte sich Matt ein. »Dieser Nigger hier schwört auf Schlangen. Ich hab oft genug gesehen, wie er eine Klapperschlange mit bloßen Händen hochgehoben hat. Und dann redet er irgendein Kauderwelsch mit ihnen. Und wissen Sie was, Sir? Ich will verdammt sein, wenn ihm die Schlangen nicht zuhören, als könnten sie alles verstehen.«

Wallace Bibbs streckte die Hand aus und berührte die wulstigen Narben auf Wes' breiter Brust.

»Stammesnarben«, stellte er fest. »Du kommst aus Afrika, Wes?«

»Ja, Sir, Käpt'n.«

»Das macht aber nichts«, sagte Matt Parks. »Dreh dich um, Wes!«

Wes wandte den drei Weißen den Rücken zu.

»Sehen Sie? Keine Strieme. Weder ich noch Monroe haben je eine Peitsche für ihn gebraucht. Der verdammt sanfteste Nigger, den Sie je gesehen haben – gehorsam. Hat uns nie Schwierigkeiten gemacht. Wie wir ihn gekauft haben – von ein paar Sklavenhändlern, die einen Haufen wilder, nicht dressierter afrikanischer Nigger von Westindien hereingeschmuggelt haben –«

»Aber Mister Parks«, unterbrach ihn Ashton Bibbs, »das ergibt doch überhaupt keinen Sinn, wenn Sie mich fragen. Jeder erfahrene Sklavenhändler weiß, daß man in Virginia keine wilden Nigger verkaufen kann. Übrigens auch keine gezähmten. Alle wissen, daß ihr mehr Arbeiter habt, als ihr überhaupt brauchen könnt. Das ist der Hauptgrund, warum Pa und ich hierhergekommen sind – um prima Ware direkt zu kaufen, statt uns mit diesen Diebsgesichtern von Sklavenhändlern herumzuschlagen . . .«

»Moment, Sohn«, sagte Matt Parks. »Sie waren nach Georgia und Carolina unterwegs und gerieten in einen mächtigen Sturm. Der Wind legte sich gerade rechtzeitig, so daß sie noch in die Chesapeake-Bucht einlaufen konnten. Zwei oder drei Tage später wären sie nämlich in Nova Scotia gelandet. Und weil sie nichts mehr zu essen hatten, kein Wasser und kein Bargeld, mußten sie die Nigger ausladen. Sie haben sie so billig verkauft, daß sogar wir kleinen Pflanzer mitbieten konnten. Prima Ware, jeder einzelne von ihnen. Aber Wes war der Beste. Ich und mein Bruder Monroe haben ihn gekauft, damit wir ihn als Deckhengst verwenden – hier bei uns machen wir heutzutage Geld, indem wir Nigger züchten und in den Süden verkaufen. Aber dafür taugt er nicht –«

»Warum nicht, Wes?« fragte Bibbs scharf. »Er ist doch nicht kastriert worden, oder?«

»Nein, Sir! Er hat dort unten mehr hängen als ein Zuchtstier. Warten Sie, ich zeig's Ihnen. Wes, laß die Hosen runter.«

Wes gehorchte. Ruhig. Sein Gesicht blieb unbewegt.

»Wirklich in Ordnung«, sagte Wallace Bibbs. »Das heißt, eigentlich nicht in Ordnung. Ein Nigger mit einem Ding wie dem da hätte schon zweihundert Negerkinder machen müssen . . .«

»Nur kann er's nicht. Nicht einmal bei den wirklich Hübschen. Einmal hat er's getan. Und das arme kleine Ding war totgeboren. Doc Benbow schwört, daß bei ihm alles in Ordnung ist. Daß es nur an seinem Verstand liegt. Er *glaubt*, daß er nicht kann, und weil er das glaubt, kann er wirklich nicht . . .«

»Wes«, sagte Wallace Bibbs, »vielleicht erklärst du uns das mal, Boy.«

»Sir«, antwortete Wes. Seine Stimme klang wie Donnergrollen, langsam, tief. Die traurigste Stimme, die ich je gehört habe, dachte Ashton. Mich überläuft's geradezu kalt bei diesem Baß.

»Habe eine Frau gehabt«, sagte Wes. »Zu Hause, Sir, in meinem

Land. Und ein Sklavenjäger-Nigger wollte auf ihr bocken, genau vor meinen Augen. Diese Sklavenjäger hatten mich gefesselt. Sie – sie hat sich ein Messer in den Bauch gestoßen damit sie mir keine Schande macht. Und ist gestorben. Sie war gute Frau, Sir. Die beste.«

»Und?« fragte Wallace Bibbs.

»Und – und ich kann nicht, Käpt'n. Ich greif eine andere Frau an, und ihr Gesicht kommt zurück. Mit dem Blut, das aus dem Mund kommt. Und ihre Augen sagen: ›Hast du mich vergessen, *Hwesu?* Hast du deine *Dangbevi* vergessen?‹«

Dangbevi?« fragte Ashton. »Das ist ja der gleiche Name wie dieser Fetisch, den du um den Hals trägst!«

»Nein, Sir. Nicht genau. *Dangvi* – Schlangenkind – *Junge. Dangbevi* – Schlangenkind – *Mädchen.* Verstehen Sie?«

»Verdammter Name für ein Mädchen«, meinte Wallace Bibbs. »Schlangenkind! Uff!«

»Unsere Art – ist anders, Sir.«

»Matt, hast du mich etwa hereingelegt?« fragte Wallace Bibbs.

»Aber Käpt'n Wally, Sie sollten mich besser kennen«, protestierte Matt Parks. »Wir waren jahrelang Nachbarn, bevor Sie alles aufgegeben haben und nach Mississippi gezogen sind. Wie ich schon gesagt habe, dieser Nigger ist einfach sanft. Natürlich kann man ihn nicht zur Zucht verwenden, man muß ihn zuerst heilen. Und ich wette, daß die Zeit das besorgen wird. Aber er ist der verdammt beste Schmied, den ich je gesehen habe. Zum Teufel, dieser Nigger ist geradezu ein Künstler. Er kann sogar Schmuck machen. Er hat welchen für meine arme tote Schwägerin gemacht – er hat die kleine silberne Schlange gemacht, die er jetzt am Hals trägt. Und er stiehlt niemals. Verdammt bester Nigger, den Sie je gesehen haben, Käpt'n.«

»Vielleicht. Aber wenn ich die silberne Schlange ansehe, bekomme ich eine Gänsehaut. Ich könnte schwören, daß sie sich bewegt. Wes, was, zum Teufel, soll diese Schlange darstellen?«

»Weisheit, Käpt'n, Sir.«

»Weisheit?« wiederholte Wallace Bibbs.

»Ja, Sir. Die Schlange ist das gescheiteste Wesen auf der Welt, Sir. In meinem Land ist sie *Vudun,* Käpt'n.«

»Voodoo?« fragte Ashton. »Mister Parks, Sie haben uns doch nicht etwa einen afrikanischen Zauberer verkauft?«

»So was Ähnliches, Sohn«, lachte Matt Parks. »Die Nigger hier schwören alle, daß Wes ein Zauberer ist. Sie haben eine Heidenangst vor ihm. Aber er probiert seine Künste nicht an Weißen aus. Dazu ist er zu schlau. Er mag keine Striemen auf seinem Rücken haben, deshalb verhext er nur Nigger . . .«

»Wes«, fragte Wallace Bibbs, »bist du Christ?«

»Nein, Sir, Käpt'n Waly.«

»Warum nicht?« Die Worte kamen scharf wie Peitschenhiebe.

Wes dachte nach, überlegte, was er sagen sollte. Suchte eine möglichst einfache und kurze Lüge. Eine, die der kindische Verstand der Weißen widerspruchslos akzeptieren würde. Er hatte nicht die Absicht, seinen Atem und seine Zeit damit zu vergeuden, daß er einem *Furtoo* Afrikas Götter erklärte. Was sie waren, wie unzählig viele es gab, wie grenzenlos ihre Macht war. Er würde seinem neuen Herrn auch nicht vor Augen halten, daß keiner der afrikanischen Götter ein winselnder Schwächling war, der über so wenig Göttlichkeit und Macht verfügt, daß er sich von gewöhnlichen Menschen zwischen zwei Dieben an einen Baum nageln lassen mußte.

Deshalb antwortete er langsam und ruhig:

»Denke, weil mir niemand niemals was von Religion erzählt hat, Sir . . .«

»Gut«, sagte Wallace Bibbs, »das ist eine gute Antwort, Wes. Matt, ihr wart einfach nachlässig. Sobald ich Wes daheim in Mississippi habe, lasse ich ihm Gottes Wort beibringen. Ich will keinen heidnischen Kongonigger auf meiner Plantage haben.«

»Natürlich, Käpt'n«, grinste Matt Parks, »das ist Ihr gutes Recht, Sir. Aber ich tät' es mir zweimal überlegen, wenn ich Sie wäre. Alle anderen Nigger in der Gegend singen immerzu ›Lobe den Herrn‹, jubeln und frohlocken. Gute Christen, sagen sie von sich. Jeden Sonntag zur Kirche. Aber sie stehlen alles, was nicht niet- und nagelfest ist, und auch das brechen sie noch heraus. Sie schlafen mit den Frauen der anderen, betrinken sich sinnlos, wenn sie können, und kämpfen mit Messern um die kleinen Mädchen. Immer machen sie Schwierigkeiten, mein Arm ist schon ganz steif, weil ich ihre schwarzen Ärsche dauernd mit der Peitsche bearbeiten muß. Und Wes, der ein wilder, ungezähmter, roher afrikanischer Nigger ist, hat noch nie die Peitsche bekommen. Wenn sein kleiner Silberschlangengott die übrigen dickschädligen schwarzen Dreckskerle nur halb so gut machen könnte, als er ist, würde ich ihnen allen Schlangen um den Hals hängen!«

Wallace Bibbs nickte bedächtig.

»Obwohl ich es nicht gern zugebe, muß ich sagen, daß du die Wahrheit sprichst, Matt. Aber jetzt will ich wissen: was kann Wes noch, außer schmieden?«

»Feldarbeit. Hacken. Baumwolle pflücken. Und Schuhe machen. Er ist als Schuster beinahe genauso gut wie als Schmied. Alle Nigger schwören auf die Schuhe, die er macht. Keiner kriegt davon Blasen oder Schwielen.«

»Wir kaufen unseren Niggern die Schuhe en gros«, stellte Ashton fest, »also muß er das bei uns nicht tun. Und außerdem wird er auf unseren Plantagen so viele Pferde beschlagen und Pflugscharen ausbessern und ähnliche Dinge tun müssen, daß er kaum zu etwas anderem Zeit haben wird. Wie ist er mit Pferden? Ich meine, kann er einen Wagen lenken? Das wird er nämlich tun müssen . . .«

»Natürlich kann er das. Auch eine Kutsche oder einen Buggy. Er hat Sal immer gefahren. Mun hat nie erlaubt, daß ein anderer Nigger sie kutschiert. Das Komische daran ist, daß mein Bruder zuerst eine irre Angst vor diesem Nigger hier gehabt hat. Und bei der kleinen Sal war's noch ärger. Jedes Mal, wenn sie Wes gesehen hat, hat sie zu schreien begonnen.«

Ashton sah seinen Vater an und zog die Augenbrauen in die Höhe.

»Aber das ist jetzt vorüber, nicht wahr, Matt?« fragte Wallace Bibbs.

»Natürlich. Sie und Mun haben beide auf diesen riesigen Kerl geschworen. Mun hat ihn selbst zu ihrem Kutscher ernannt. Es war ja keine richtige Kutsche, mehr ein Niggerwagen, aber weil sie nie gelernt hatte, mit Pferden umzugehen, mußte sie jemand fahren. Deshalb hat Mun Wes genommen. War sehr vernünftig von ihr.«

»Warum war es denn so vernünftig?« wollte Ashton wissen.

Matthew Parks sah seine Besucher lange und nachdenklich an. Dann sagte er: »Gehen wir hinaus auf den Hof, Gentlemen. Die Antwort darauf ist nicht das Richtige für Niggerohren.«

Die drei Weißen gingen in den Hof. Wes blieb neben dem Schmiedefeuer stehen. Weniger, weil er sorgfältig darauf bedacht war, sich so zu verhalten, daß er nie in Schwierigkeiten geriet (außer, wenn er eindeutig im Vorteil war – eine typische Denkweise der Bewohner Dahomeys, die selbst Machiavelli noch ein paar Tricks hätten beibringen können), sondern einfach, weil er es nicht nötig hatte. Erstens wußte er, was Matt Parks sagen würde, noch bevor der arme weiße Farmer auch nur den Mund aufmachte; zweitens war sein Gehör so außerordentlich gut, daß er auch über eine größere Entfernung jedes Wort ihres Gesprächs verstand.

Es hatte zu seiner Ausbildung als Krieger gehört, daß er auch das geringste Geräusch aus großer Entfernung wahrnehmen konnte. Bei nächtlichen Überfällen auf die Maxi und die Auyo, die Erbfeinde Dahomeys, mußte ein Krieger geflüsterte Befehle aus einer Entfernung von hundert Ruten hören können. Deshalb hörte er auch jezt jedes Wort, das Matt Parks sagte, nämlich genau das, was er erwartet hatte.

»Also Freunde«, erklärte Matt, »ich will es so ausdrücken: Sal war ein mächtig hübsches Mädchen, und ihr wißt ja, was für dreckige Schweine die meisten Nigger sind. Auch der beste von ihnen kann der Versuchung nicht widerstehen, wenn er zu lange mit einem weißen Mädchen beisammen ist. Ich hab' selbst mitgeholfen, einen großen schwarzen Bock zu hängen, weil er ein kleines Miststück vergewaltigt hat; sie war, nach allem, was ich gehört habe, sicherlich keine Lilie auf dem Felde, aber sie war immerhin eine *Weiße*. Doch ein Nigger, den die schwarzen Weiber auslachen, weil er ihn nicht in die Höhe bringen kann – das hat meinen Bruder ordentlich beruhigt. Und nachdem Wes zwei Kerle verjagt hat, die Sal aus dem Wagen zerren wollten, war Mun nichts gut genug für den lieben Wes.«

In Wes' Kopf wirbelten die Gedanken durcheinander wie Ameisen. Sal, hatte Matt gesagt, war ein mächtig hübsches Mädchen. Konnte eine weiße Frau hübsch sein? Er dachte über diese merkwürdige Vorstellung nach. Das hatte er schon oft getan, wenn die Sklaven auf den benachbarten Plantagen, die in diesem fremden, grausamen Land geboren waren, die Schönheit der weißen Frauen priesen: »Die kleine Miss ist schön wie ein Engel, mit den großen Augen und den gelben Haaren!« Diese Lobreden variierten je nach dem Äußeren der gerade zur Debatte stehenden jungen Weißen.

Für ihn war diese Vorstellung unbegreiflich. Sein Verstand und sein Herz wußten, daß Schwarz und Schön Synonyme waren. Sie waren eigentlich ein einziger Begriff. Er hatte seiner ersten Frau den Namen *Nyanu-wi*, »Schwarze Frau«, gegeben, weil das das höchste Lob war, das er kannte. Wie konnte also ein Wesen schön sein, das eine Farbe hatte wie ein Fischbauch, eine Ziege oder die eisigen Flocken, die in Virginia gelegentlich vom Himmel fielen? Die Augen der Gespenster – der Seelenlosen, die von den bösen Zauberern, den *Azaundautaun*, aus dem Land des Todes *Ku* zurückgeholt wurden –, waren diese blassen, leblosen, unnatürlichen Augen schön?

Sein afrikanischer Verstand hielt das für unmöglich; er war stolz, hochmütig und intolerant allen minderwertigen Rassen gegenüber und davon überzeugt, daß er und sein Volk den Angelsachsen unendlich überlegen waren. Diese schmallippigen, schmalhüftigen, rotgesichtigen, strohhaarigen Nachkommen der Paviane, die sein Volk zu Recht *Furtoos* – die Hautlosen – nannte, und ihre Frauen waren die abstoßendsten Geschöpfe der Welt.

Aber jetzt drängte sich ihm ein anderer Aspekt des Problems so plötzlich auf, daß er die Hand auf den Mund pressen mußte, um das Lachen zu unterdrücken. Monroe Parks hatte ihn zu Sals Kutscher bestimmt, weil seine angebliche Impotenz ihn unfähig machte, sie zu nehmen. Beim großen *Sabbata*, dem Herrn der Seuchen, als ob er das jemals gewollt hätte!

Natürlich hatten seine Herren, die Parks-Brüder, keine Ahnung, was ihn diese Impotenz gekostet hatte. Ganze Nächte lang hatte er zu dem *Vudun Chaunu* gebetet, dem großen Gott, »Halte das Ding zurück«. Dieser Gott bestraft jene Bewohner Dahomeys, die sich gegen eines der vielen, vielen sexuellen Tabus ihres strengen Moralkodex vergehen, indem er dem Sünder für einige Zeit oder auf immer seine Manneskraft nimmt. Und der Gott *Chaunu* hatte ihn erhört. Meist war er fähig gewesen, durch reine Willenskraft die geschmeidigen schwarzen Mädchen zurückzuweisen, die man in seine Hütte schob, um die menschliche Herde ihres Herrn zu vermehren. Später war es ihm gelungen, beinahe jegliche Sinnlichkeit zu sublimieren oder sogar zu unterdrücken, indem er eine salzige Substanz zu sich nahm, die er in einer Höhle gefunden hatte. Dieser Rat stammte von einer Zauberin von einer benachbarten Plantage, einer über achtzig Jahre alten Greisin, der einzigen, die ebenfalls in Afrika geboren war. Die anderen Sklaven, die zugleich mit ihm an Land gegangen waren, waren längst in den Süden verkauft worden. Er nannte die Greisin *Nochi,* was in der *Fau*-Sprache zärtlich »Meine Mutter« bedeutet, und behandelte sie sehr respektvoll. Aber sie mußten sich in gebrochenem Englisch verständigen, denn sie stammte aus dem südlichen Kongogebiet, sie verstand seine Sprache ebensowenig wie er die ihre. Dennoch hatte sie ihm bereitwillig viele Zaubertricks beigebracht und damit sein Wissen vergrößert, dessen Grundstein lange zuvor sein »Erster Freund Ältester« *Kpadunu* vom Erdnußblatt-Clan, dem Stamm der größten Zauberer der Welt, gelegt hatte. Zu seiner großen Erleichterung wirkte die salzige Erde. Sie war ein wunderbarer Ersatz für *Akamu,* den schäumenden Stein, der in Dahomey zu den gleichen empfängnisverhütenden Zwecken verwendet wird. Und bei den wenigen Gelegenheiten, bei denen er der Versuchung erlegen war, hatte er zu einer dunklen Zauberei Zuflucht genommen, die ihm sein Schlangengott im Traum enthüllt hatte. »Stecke mich in den Leib der Frau, ehe du bei ihr liegst, und ich werde deinen Samen essen!« So hatte der Schlangengott, der *Vudun Dangh,* in der Nacht zu ihm gesprochen.

Damals hatte er Sal um die Löffel gebeten, aus denen er den biegsamen, in sich verschlungenen Schlangenfetisch gemacht hatte, den er jetzt an einer Schnur um den Hals trug. Und auch dieser Zauber hatte gewirkt. Es war nie schwierig gewesen, wenn ein leidenschaftliches Sklavenmädchen ihn umarmte, in der Dunkelheit den Fetisch einzuführen. Sogar der Schmerz, den er manchmal verursachte, war mißverstanden worden. Es bestand jedenfalls kein Zweifel an seiner Wirksamkeit, denn von den wenigen Mädchen, deren überwältigenden Reizen er erlegen war

– er war schließlich ein Mann und menschlich! –, war nur eines schwanger geworden. Und ihr Kind war mißgestaltet und tot zur Welt gekommen.

Er setzte seine stoische, erbitterte sexuelle Sabotage so lange fort, bis die Parks davon überzeugt waren, daß er sich trotz seiner Größe und Kraft nicht zum Deckhengst eignete und einen anderen großen Schwarzen auf diese Arbeit ansetzten – mit, von ihrem Standpunkt aus, ausgezeichnetem Erfolg. Also akzeptierten sie die Erklärung, die ihnen Wes und Doktor Benbow über psychologische Impotenz gaben. Denn daß ein Schwarzer über die Sensibilität, die Intelligenz, den Willen verfügt, freiwillig den Tröstungen durch williges, warmes, erregendes weibliches Fleisch zu entsagen, weil er die Nachkommen seiner Ahnengötter nicht zu einer Existenz als Lasttiere verurteilen will, überschritt die Grenzen ihrer Vorstellungskraft.

Nein, sie hatten sich Sorgen wegen einer Frau gemacht, deren Geruch allein ihm schon Übelkeit verursachte. Oder hatten sie wirklich geglaubt, daß er den Geruch nach saurer Milch und verdorbenem Fisch – denn wie alle armen Weißen hatte Sal nicht allzuoft ein Bad genommen – als Aphrodisiakum empfinden würde? Er, der an das zarte Mandelblütenparfüm gewöhnt war, in dem die Frauen Dahomeys förmlich badeten? Er, der selbst spät nachts, selbst in der kalten Jahreszeit, nach der Arbeit Eimer voll Wasser vom weit entfernten Bach in seine Hütte schleppte und sich von Kopf bis Fuß wusch?

Natürlich war ihm der Gedanke gekommen, Sal zu mißbrauchen, aber nicht aus Liebe oder Leidenschaft. Infolge seiner machiavellistischen Denkweise hatte er sofort erkannt, was für eine großartige Rache es wäre, wenn eine weiße Frau ein Mulattenkind zur Welt brächte. Aber abgesehen davon, daß er nicht das Risiko eingehen wollte, der leichtferigen Sal wegen gelyncht zu werden, war er dazu einfach nicht imstande. Er konnte es nicht. Sie war zu abstoßend. Sie ließ ihn sexuell vollkommen kalt.

Er dachte: Es wäre so leicht gewesen. Wie oft habe ich das farblose leichenblasse Geschöpf jammern gehört: »Wes, du bist der verdammt hübscheste Sklave, den ich je gesehen habe! Warum nimmst du mich denn nicht zur Kenntnis?«

Jetzt wurden ihre Stimmen wieder lauter, also kehrten sie zur Schmiede zurück. Der ältere, nach *Furtoo*-Begriffen sehr gut aussehende Mann, dessen Haut so gebräunt war, daß er beinahe menschlich wirkte – wie hieß er? O ja, Käpt'n Wally –, sagte gerade:

»Übrigens, Matt, woran ist die arme Sally eigentlich gestorben?«

»Bei der Geburt ihres Kindes«, antwortete Matt traurig. »Das Balg war zu groß. Konnte es nicht herausbringen. Und als wir Doc Benbow endlich aufgetrieben hatten, war es auch zu spät dafür, sie um den Preis des Babys zu retten. Ein Junge. Ein hübscher, kräftiger kleiner Kerl. Natürlich war er am ganzen Körper blauschwarz – Doc Benbow sagt, daß der Blutstau daran schuld war . . .«

Wes sah, wie Ashton die hellblonden Augenbrauen in die Höhe zog und sich krampfhaft bemühte, nicht zu lächeln.

Auch ich weiß nicht, dachte er amüsiert, welcher Mann es war, der dieser blaßäugigen Tochter meines früheren Herrn Liebe und Tod gebracht hat. Auch nicht, ob er blaßhäutig war oder wie ein richtiger Mann ausgesehen hat. Denn – auch wenn ihr es leugnet – eure Frauen halten sich nicht immer an das wichtigste Tabu eurer Rasse, nicht wahr? Ich weiß nur, daß ich nicht ihr Liebhaber gewesen bin. Und daß sie den Namen des wahren Schuldigen nie genannt hat und auch nie schlecht von ihm gesprochen hat. Also wollen wir dem Urteil unseres *Bokono*, unseres Zauberdoktors, nicht widersprechen. Blutstau. Sie hat den dunklen Fluß überquert, ist zu ihren Ahnen gegangen, ihr Geist tanzt mit dem Kopf auf dem Boden und den Füßen in der Luft in ihrem Reich. *Ku* hat ihren Atem getrunken. Also nickt beifällig und sagt, »Ja, Blutstau«, wie es sich für höfliche Menschen gehört.

»Aber trotzdem«, fuhr Matt fort, »konnte man sehen, daß der kleine Kerl ein hübsches Kind gewesen wäre. Die arme alte Mun ist völlig gebrochen. Mit uns Parks ist's damit aus, wenn Sie mich fragen. Ich hab es nie mit Mädchen getrieben, und Mun hat die arme Sal verloren. Und jetzt sind wir beide alt –«

»Na, so alt bist du wieder nicht, Matt!« meinte Wally Bibbs. »Wenn es dir recht ist, zahle ich bar und nehme den Nigger gleich mit. Wir haben nicht viel Zeit. Wir müssen sofort nach Mississippi zurück und mit dem Pflanzen beginnen . . .«

»Machen Sie sich deshalb keine Gedanken, Käpt'n Wally. Uns ist alles recht«, antwortete Matt Parks.

Wesley Parks saß auf dem Boden des Wagens, den die Bibbs gemietet hatten, hielt die Augen halb geschlossen und träumte vor sich hin. Er verhielt sich so ruhig, daß keiner der Bibbs ihn auch nur atmen hörte.

»Glaubst du, daß er schläft, Pa?« flüsterte Ashton.

»Ich schere mich einen Dreck drum!« schnaubte Wallace. »Mir ist es völlig egal, was er – oder ein anderer Nigger – hört. Du kannst vor diesen kraushaarigen schwarzen Bastarden sowieso nichts geheimhalten. Das weißt du genau. Wenn in irgendeinem Herrenhaus etwas passiert – ein Skandal, etwas Schimpfliches –, weiß es am nächsten Tag der ganze Bezirk und eine Woche später der ganze Staat. Sie nennen es ›Gerüchte‹, aber es ist das beste Telegrafensystem, das je erfunden wurde. Ich frage mich manchmal, ob sie nicht eine lautlose Form der Voodoo-Trommeln benützen, mit denen sie ihre Botschaften in Afrika übermitteln.«

»Ich weiß nicht. Aber weil es dir sowieso gleich ist, Pa, ob dieser Zauberer, den wir hier gekauft haben, es hört, sag mal: Was hältst du wirklich davon – von der Geschichte mit dieser armen Frau?«

»Ich glaube, daß du dich heute benommen hast wie der Elefant im Prozellanladen. Ash! Ich habe geglaubt, daß du mehr Verstand besitzt. Verdammt, du hast dich beinahe so benommen wie Bob, heute –«

Bob, dachte Wes. Bob. Noch ein Sohn. Das steht fest. Und es gibt Schwierigkeiten mit ihm. Er schloß die Augen, als ob er schliefe. Wissen, frühzeitiges Wissen um eine Situation war das beste schützende *Gbo* – ein *Ffon*-Wort, das die Weißen fälschlicherweise mit Zauber oder Fetisch übersetzen.

»So eine Grimasse schneiden!« tobte Wallace. »Noch dazu vor seinen Augen! Du weißt, wie empfindlich diese armen Weißen sind. Und außerdem kannst du das unmöglich annehmen. Das gibt es nicht. Sal hat zu dem weißen Gesicht gehört, aber verdammt, Junge, sie war eine Weiße! Und –«

Wes wartete ruhig. Seine neuen Herren gaben ihm Rätsel auf. Sie waren anders als die Weißen, die er bisher kennengelernt hatte. Ihre Sprache war klarer, deutlicher. Ihre Kleidung war besser – unauffällig besser, aber dennoch eindeutig teurer. Waren die beiden vielleicht Häuptlinge, Anführer der Hautlosen?

»Nein, Pa«, antwortete Ashton. »Das glaube ich tatsächlich nicht. Hinterwäldler freunden sich noch weniger mit Niggern an als wir. Ich habe eigentlich gar nicht an die arme Sal gedacht. Es war nur, weil der alte Matt gesagt hat, das Baby hat einen Blutstau gehabt – da habe ich an Bob denken müssen, Pa.«

Wieder Bob. Und wie ich es mir gedacht habe – Schwierigkeiten. Sehr große Schwierigkeiten.

Hat einer ihrer Zauberer von allen seinen drei Seelen Besitz ergriffen? Denn dieser Bob geht ihnen nicht aus dem Sinn!

»Mein Gott!« Wally Bibbs schrie beinahe. »Der Fluch meines Lebens! Gott sei Dank bist du in Ordnung. Aber Bob – mein Gott!«

»Du liebst ihn einfach, Pa«, sagte Ashton ruhig. Aber für ein Ohr, das gewohnt war, auf Nuancen zu achten, für einen so scharfen Verstand, wie Wes ihn besaß, war die Bitterkeit in der Stimme des jungen Pflanzers unüberhörbar, sie durchzog seinen Geist wie eine grüne Giftranke einen klaren Bach. »Wahrscheinlich mehr als mich.«

Bitterkeit und Sehnsucht nach Zuneigung. Der Sprung, der sich durch das Gebäude dieser Bleichhäutigen zog. Ihre Schwäche. Der tödliche Bruch. Und jetzt überkam ihn wieder dieses Gefühl. Das Gefühl, das er gehabt hatte, als er diese Männer zum ersten Mal gesehen hatte. Aber diesmal viel stärker. So stark, daß aus dem Gefühl Wissen, Gewißheit wurde.

Dieses Haus war verflucht. Es trug den Samen seines Untergangs in sich. Die Schale seines *Fa*, seines Schicksals, war der Hand seines voraussehenden Ahnen entfallen. Dieses Haus hatte keine Zukunft. Und diese Männer waren beinahe schon Geister, die vor dem eisernen *Aze*, dem Altar ihrer toten Vorfahren, zitterten.

Wenn jemand Wesley Parks gefragt hätte, woher er diese Dinge wußte, hätte er den Fragenden nur erstaunt angesehen. Er wußte sie einfach. Warum und wieso war unwichtig. Die Geister seiner

Vorfahren – Krieger und Häuptlinge und Priester – flüsterten sie ihm durch sein Blut zu. Die schwarzen, starken und schönen Götter Afrikas sprachen direkt zu seinem *Selido,* seiner denkenden Seele, während seine behütende Seele, sein *Djautaux,* Wache hielt und seine *Semedo,* seine Stimme, seine Identität, schwieg und es ihm ermöglichte, dieses Wissen aufzunehmen.

Es war ihm gleich, woher er etwas wußte. Etwas Schwerwiegendes bedrückte ihn. Er war – durch Zufall – Teil dieses Hauses geworden; sein Leben, das man ihm gestohlen hatte, war mit dem dieses Clans verbunden. Würde er das gleiche *Fa* erleiden? Würde sein Schicksal sich mit dem dieser Männer verbinden?

Er suchte in seinen drei Seelen nach einer Antwort auf diese Frage. Aber er fand keine. Seine Stimmen, sein starker *Vudun* schwiegen. Also schloß er sich in sein tiefes Schweigen, seine unendliche Geduld ein und wartete – lauschte ihren Stimmen, lauschte durch ihre Stimmen den *Zeli,* den Todestrommeln, die gedämpft hinter ihnen dröhnten.

»Also verdammt noch mal!« sagte Wally Bibbs. »Du bist nicht fair, Ash! Ich kümmere mich weniger um dich, weil du mich nicht so dringend brauchst. Aber Bob ist ein Schwächling. ›Beau‹ Bob nennen ihn die Mädchen. Bester Hurenhengst im ganzen Staat Mississippi. Spieler. Trinker. Tunichtgut. Meiner Seel', jedes zweite Negerkind auf seiner Plantage hat eine gelbe Haut. Wenn es je einen Liebhaber von schwarzem Fleisch gegeben hat, dann ist's mein Bob. Eine Schande für die Familie. Ein Säufer. Gibt es irgend etwas, was er richtig macht?«

»Pflanzen. Er ist einer der verdammt besten Pflanzer im ganzen Staat, und das weißt du auch, Pa. Eigentlich müßtest du ihm seine Plantage schenken, wie du mir meinen Anteil gegeben hast, als ich Cecilia heiratete . . .«

»Damit er sie bei der nächsten Gelegenheit im Poker verspielt?« Wallys Stimme klang scharf, rauh, beinahe durchdringend. »Außerdem hast du nie gesät, bevor du einen Zaun errichtet hast, Ash. Bei deiner Hochzeit hat niemand eine versteckte Flinte auf den Bräutigam gerichtet.«

Wes dachte über diese unverständlichen Worte nach, bis ihm endlich ihre Bedeutung klar wurde. Der junge Bob hatte *Xadudo,* den ungesetzlichen Beischlaf, vollzogen, hatte seiner Frau ›den Bauch voll gemacht‹ und dann versucht, sie und das Ungeborene zu verlassen. Ein Benehmen wie im Clan der Holzschnitzer, der größten Schufte der Welt! Aber einer ihrer Verwandten war mit dem Zauberding der *Furtoos,* das Rauch und Feuer spuckt, aufgetaucht und hatte alles in Ordnung gebracht. Ganz normal. Zornige Väter und Brüder taten in Afrika das gleiche. Warum hing dann *Kus* Fluch über diesen Leuten?

»Auch bei Bobs Hochzeit hätte es keine Flinte gegeben, wenn du nicht eine mitgenommen hättest, Pa.«

Das also! Kein Verwandter aus dem Clan der Frau. Der hier. Der Vater des widerspenstigen Bräutigams. Das Haus war in sich selbst zerfallen. Es vernichtet sich selbst. Es öffnete seinen Bauch wie ein verwundeter Schakal, riß die vergifteten Eingeweide heraus. Tränkte die Erde mit seinem eigenen Blut!

»Das weiß ich. Und hätte ich das nicht getan, so hätte es keine Hochzeit gegeben. Das weißt du. Er hat das arme Kind hereingelegt. Und sie ist noch dazu eine Waise. Soviel ich weiß, hat sie keine nahen Verwandten außer der halb blinden, halb gelähmten Tante. Deshalb ist Pam ja in den Süden gekommen, hat ihren Posten als Lehrerin in Boston aufgegeben, um die arme alte Bess Ingraham zu pflegen.«

»Ich weiß. Sie hat es mir gesagt.«

»Überleg doch mal, Ash! Eine arme, hilflose Yankee-Frau und, obwohl eine Yankee, eine Frau, die sich zu benehmen weiß. Das gibst du doch zu?«

»Ja. Noch mehr – Pamela ist eine Dame, Pa.«

»Stimmt, verdammt noch mal. Und dieser brünstige Eber von Sohn ist im Begriff, sich aus dem Staube zu machen und sie mit dem Kind sitzenzulassen. Kein Bibbs kann unserer Familienehre so was antun. Ash, mein Junge! Er ist vor mir gestanden und hat nichts als Ausreden vorgebracht: daß sie eine Yankee und vielleicht eine Kämpferin für die Sklavenbefreiung ist. Daß sie zu gelehrt ist und nicht zu ihm paßt. ›Zum Teufel, Pa‹, hat er gesagt, ›wer hält es mit einem Mädchen aus, das ein College absolviert hat? Mount Holyoke, dort oben in Massachusetts. Ein College für Frauen, in dem sie reformwütige Blaustrümpfe aufziehen. Und außerdem ist sie nicht einmal hübsch . . .‹«

»Stimmt.«

»Das hätte er sich überlegen müssen, bevor er ihr den Rock in die Höhe und das Höschen hinuntergeschoben hat. Er gibt zu, daß sie eine Jungfrau war, als er sie nahm – noch dazu fast mit Gewalt. Verdammt, ich mag Pam. Ein nettes, braves Mädchen. Daß Bob sogar einen Vogel bezaubern könnte, ändert nichts daran. Sie hat einen Fehler begangen, und sie war bereit, dafür zu bezahlen. Sehr mutig, diese Pam.«

»Vielleicht zu mutig für Bob«, seufzte Ashton. »Und jetzt machen sie sich gegenseitig die Hölle heiß – und der kleinen Deirdre auch. Denn wenn es je ein Paar gegeben hat, das schlechter zusammengepaßt hat –«

»Deirdre«, flüsterte Wallace. »Deirdre von der Sorge. Aus einer irischen Legende. Ein teuflischer Name für ein Kind. Als wünschte sie ihm Böses.«

»Oder als prophezeite sie es, Pa.«

»Was noch schlimmer ist. Und dazu dieses Elternpaar – das arme kleine Würmchen.«

»Du hast Bob gezwungen, Pamela zu heiraten, Pa. Vergiß das nicht.«

»Ich weiß, was ich getan habe. Aber was sollte ich sonst tun, Ash? Sag es mir. Sollte ich sie in den Norden zurückschicken, mit meiner Enkelin im Bauch, damit sie beide verhungern? Glaubst du wirklich, daß diese blaugesichtigen, sauertöpfischen Yankees ihr den Posten wiedergegeben hätten – wenn sie in anderen Umständen ist? Welche anständige Familie im Norden oder Süden wäre damit einverstanden, daß eine Lehrerin ihr Baby wiegt, während sie die Kinder unterrichtet?«

»Sie hätte im Süden bleiben können. Die Ingraham Plantage gehört ihr, sobald ihre Tante stirbt. Sie gehört ihr praktisch jetzt schon, Pa; die alte Dame ist ja beinahe blind und gelähmt.«

»Aber könnte sie die Plantage leiten? Sie ist nicht im Süden aufgewachsen. Und ich würde Tom Cuthbert, dem Aufseher von Ingraham, nicht über den Weg trauen. Pam wird nie lernen, die Nigger richtig zu behandeln, Ash. Das ist der erste Grund. Der zweite ist, daß es einfach nicht richtig wäre, Sohn. Man kann das arme Mädchen nicht auf der Ingraham-Plantage einsperren wie eine Gefangene, weil keine anständige Frau jemals mehr mit ihr auch nur ein Wort wechseln würde, das weißt du. Ich konnte nicht zulassen, daß man ihr Leben lang mit dem Finger auf meine Enkelin zeigt: ›Bob Bibbs Hinterhofkind.‹ – ›Beau Bobs Bastard.‹ Mein Gott. Ich wiederhole dir alles, was ich Pam gesagt habe. Denn ich hatte wirklich eine Heidenarbeit damit, sie davon zu überzeugen, daß sie Bob heiraten muß. Sie hatte einen solchen Abscheu vor ihm, daß sie lieber die öffentliche Schande als eine Ehe mit ihm auf sich nehmen wollte.«

»Pa, du hast richtig gehandelt, und ich bewundere dich. Aber ist es dir nie in den Sinn gekommen, daß in dieser verrückten, verworrenen Welt sich das Richtige, das man getan hat, in das Falsche verwandeln kann?«

Wes dachte nach. Diese weißen Männer waren verflucht. Sie hatten ihre eigenen *Su-du-dus* gebrochen, ihre eigenen Stammestabus, und ihr bleicher *Vudun* war beleidigt. Also blieb für ihn die wichtigste Frage bestehen. Er war als Sklave an sie verkauft worden. Bis zu welchem Ausmaß teilte ein Sklave das Schicksal seines Herrn? Er mußte das herausbekommen, und zwar sofort, um seine Ruhe wiederzufinden, so oder so.

Für seinen unverfälscht afrikanischen Geist war das Schicksal etwas Absolutes. Wenn sein Schicksal mit dem ihren verbunden war, würde er sein Los mit der gleichen Resignation ertragen, mit der er die Versklavung, den Verlust seiner starken Namen und alle anderen Greuel ertragen hatte.

Aber wenn er die Möglichkeit hatte, sein Schicksal selbst in die Hand zu nehmen, würde er es mit dem Mut, der Geschicklichkeit, der List und der Grausamkeit eines Leoparden verteidigen. Er mußte es also herausbekommen. Jetzt. Heute nacht. Er hoffte, daß sie das kleine Bündel, das seine Habseligkeiten enthielt, nicht untersuchen würden. Es war kein gewöhnlicher Sack. Es war ein *Dopko*, der Sack der Zauberer, Hexenmeister, Magier. Aber weiße Männer interessierten sich kaum für die Schwarzen und ihre Gedanken, also würden sie ihn wahrscheinlich in Ruhe lassen. Dennoch schob er den Sack in eine Ecke des Wagens und häufte etwas Stroh darüber. Dann wartete er weiter.

»Frauen!« sagte Wallace, »auch die besten machen nichts als

Schwierigkeiten. Sogar zeitweise deine Ma. Und deine Cecilia ist ganz schön temperamentvoll, nicht wahr?«

»Mein Gott, ja. War ich froh, Pa, als du mich zu dieser Reise aufgefordert hast. So konnte ich ihr für ein paar Tage entkommen. Celie war kratzbürstig wie eine Wildkatze – und es schadet ihr nicht, wenn sie ein bißchen Zeit hat, um sich zu beruhigen.«

»Worüber war sie diesmal wütend?«

»Über etwas noch Dümmeres als gewöhnlich. Sie wollte, daß ich ihr die Ellen von Collins als Zofe kaufe –«

»Was? Was hast du ihr darauf geantwortet, Junge?«

»Daß ich das nicht tun kann. Sie hat einen Wutanfall bekommen, bis mir eingefallen ist, wie ich sie überzeugen kann . . .«

»Und wie hast du es geschafft, Sohn?«

»Ich habe ihr gesagt, daß ich einer so großen Versuchung in meiner Reichweite wahrscheinlich nicht widerstehen könnte. Wenn ich ihr wahrheitsgemäß gesagt hätte, daß ich, sobald ich ein Mädchen mit so heller Haut kaufe, Bluthunde und Scharfschützen um mein Haus postieren müßte, um Bob fernzuhalten, hätte mir Celie ein Jahr lang keine Ruhe gegeben. Jetzt schmollt sie und beobachtet mich mit Argusaugen, so daß ich nicht einmal zu grinsen wage, wenn eines von den Hausmädchen etwas Dummes sagt.«

»Du hast dich ganz richtig verhalten. Aber wie kommst du auf die Idee, daß die Collins Ellen verkaufen wollen?«

»Sie wollen es wirklich. Sie müssen. Die ewig gleiche Geschichte: Bascomb Collins hat sich verlobt. Mit dem Brownwell-Mädchen Hortense.«

»Kenne ich nicht. Woher auch? Die Brownwells leben oben am Trace hinter Jackson. Wie sieht sie aus?«

»Recht hübsch, schwarzhaarig, temperamentvoll. Und da liegt die Schwierigkeit. Sie schwört, daß sie das Datum für die Hochzeit erst festsetzt, wenn die Collins die arme Ellen verkauft haben.«

»O Gott! Du willst damit hoffentlich nicht sagen, daß Bascomb –«

»Nein, Pa. Bascomb ist zwar ein ziemlich wilder Junge; du weißt, daß er Bobs bester Freund ist, und das will etwas heißen. Aber er ist nicht so verkommen, daß er sich mit seiner eigenen

Halbschwester einläßt, auch wenn sie farbig ist. Er hat sogar Bob von ihr ferngehalten.«

»Das nimmt mir eine Last vom Herzen«, seufzte Wally. »Ich habe es schon tausendmal gesagt, aber ich wiederhole es noch einmal: Ash, diese Rassenvermischung muß aufhören. Natürlich kommt es jetzt nicht mehr oft vor. In dem ganzen verdammten Bezirk haben nur zwei Familien gelbe Hinterhofkinder: die Collins und wir, dank Bob. Aber es sollte überhaupt nicht mehr vorkommen. Es gibt den verdammten Yankees nur eine Waffe gegen uns in die Hand. Sie sitzen dort oben in Neu-England und lecken sich die blaugefrorenen Lippen, wenn sie an die Harems voll gelber Freudenmädchen denken, die wir uns angeblich halten. Als ob unsere Frauen so etwas dulden würden! Junge, die kennen deine Mutter nicht!«

»Auch nicht meine Celie oder Bascombs Hortense. Weißt du, Pa, mir tun die armen Kinder aus diesen Verbindungen leid. Sie haben wirklich die Hölle auf Erden. Wenn die Damen uns nicht dazu zwingen können, sie zu verkaufen, quälen sie sie Tag und Nacht. Und wenn sie verkauft werden – oder wenn sie davonlaufen –, was erwartet sie dann? Bestenfalls das Leben eines ›Fancy Girls‹ im Haus eines reichen Mannes auf der Rampart Street von New Orleans oder der Silver Street von Natchez – oder schlimmstenfalls ein Zimmer in einem Bordell in irgendeiner Stadt im Süden.«

»Na ja, sie können immer mit der Untergrund-Eisenbahn in den Norden flüchten und für die Abschaffung der Sklaverei kämpfen, nicht wahr?« grinste Wally. »Aber wir sind beim Hotel. Führe Wes in die Küche und laß ihm etwas zu essen geben. Danach bring ihn ins Sklavengefängnis – dort hinter den Geleisen, und sperr ihn zu unseren übrigen neuen Niggern. Du weißt, daß wir morgen zeitig aufbrechen müssen.«

»Käpt'n Wally«, bat Wes plötzlich. »Sie lassen mich im Hotelstall schlafen, bitte? Auf Stroh? Nicht im Gefängnis, Käpt'n, bitte?«

Wallace Bibbs starrte ihn an.

»Wes«, sagte er trocken, »für was für einen Esel hältst du mich eigentlich, Junge? Ich habe keine Lust, morgen früh beim Aufwachen um einen Fünfzehnhundert-Dollar-Neger ärmer zu sein.

Jeder Narr könnte mitten in der Nacht einfach aus dem Stall davongehen. Und wir sind jetzt hier in Virginia so weit im Norden, daß –«

»Ich laufe nicht davon, Käpt'n Wally, Sir«, sagte Wes. »Ich geb Ihnen mein Wort . . .«

»Also verdammt noch mal . . .«, begann Wallace, aber Ashton unterbrach ihn.

»Pa«, sagte er ruhig, »siehst du denn nicht – das heißt, hörst du denn nicht, daß er die Wahrheit sagt?«

»Kommt mir auch so vor, Ash, aber ich möchte wissen, warum.«

»Also, Pa, du hast ja noch nie einen reinrassigen afrikanischen Neger gehabt, nicht wahr?«

»Nein. Heutzutage kommen nur sehr wenige durch die Blokkade – und außerdem wollen die Leute sie seit der Revolte in Haiti und in Jamaica nicht mehr. Immer, wenn es irgendwo einen erfolgreichen Sklavenaufstand gegeben hat, waren afrikanische Nigger die Anführer. Sieh ihn dir doch an. Er sieht überhaupt nicht wie ein Nigger aus und benimmt sich auch nicht so. Er grinst nie und redet nie Blödsinn wie die anderen Nigger. Er schlurft nicht einmal beim Gehen. Er bewegt sich so verdammt leise, daß man ihn überhaupt nicht hört.«

»Pa, ich möchte ihm ein paar Fragen stellen. Ich werde mich besser an ihn gewöhnen, wenn ich die Antworten kenne. Gut?«

»Gut.«

»Wes, warum willst du nicht im Sklavengefängnis schlafen?« fragte Ashton. »Es ist keine Schande.«

»Das weiß ich, junger Massa Ash«, sagte Wes. »Aber die anderen Nigger sind dreckig. Stinken. Haben wahrscheinlich Wanzen. Ich kann dort ganz sicher rein gar nicht schlafen, Sir.«

»Das soll doch der Teufel holen«, brauste Wallace auf.

»Pa«, beruhigte ihn Ashton, »beachte folgendes: Wir haben diesen Nigger aus einer Schmiede geholt. Eine Mordshitze drin. Mir ist der Schweiß in Strömen heruntergelaufen und dir auch. Aber er stinkt nicht. Er stinkt überhaupt nicht.«

»Wes?« fragte Wally.

»*Gbo*, Sir«, erklärte Wes. »Guter Zauber. In meinem Land heißt er *Gbedjeleku*. Hier ist es nicht genau gleich, aber es hilft auch.«

»Gbed – wie heißt das Zeug?« fragte Wally.

»*Gbedjeleku*. Kleine Pflanze, Sir, man reibt sie auf die Haut, sie riecht gut. Wir haben viele solcher Pflanzen in Afrika, Sir. Ist ein heißes Land. *Galentu*, die vornehmen Leute, wollen nicht stinken wie Arme.«

»Und du warst ein Galentu«, stellte Ashton fest.

»Ja, Sir, Massa Ash. Und ein *Toxausu*, *Gbonuga* und *Axi*.«

»Mein Gott, Wes. Was soll das Kauderwelsch bedeuten?«

Wes lächelte.

»*Toxausu* ist ein Häuptling. Vom Stamm. Vom Dorf. Manchmal von einer Stadt. Sogar von einer großen Stadt. Wie Alladah, meiner Stadt. Groß, viele Menschen. *Gbonuga* ist ein Häuptling – von einem großen Land, vielen Städten.«

»Du meinst einen Staat?« fragte Ash. »Wie Virginia oder Mississippi?«

»Ja, Sir, das ist richtig.«

»Und *Axi*?«

»Prinz, Sir, in Ihrer Sprache.«

»Willst du damit sagen, daß du der Sohn des Königs in deinem Land gewesen bist, Wes?« fragte Wallace.

»Nein, Sir. Will sagen, daß ich seine Tochter geheiratet habe.«

Sie starrten ihn an.

»Also«, stellte Ash fest, »hältst du dich für zu gut, dich an gewöhnliche Nigger anzuschließen, aber du läufst trotzdem nicht davon. Warum nicht?«

»Davonlaufen ist nicht gut. Vor langer Zeit hat der Zauberdoktor von meinem Vater die *Du-du*, die Würfel, geworfen, ja? Aus meinem *Fa*-Becher. *Fa* ist alles, was mit Menschen geschieht.«

»Schicksal«, erklärte Ashton.

»Glaube ja. Doc Benbow hat auch dieses Wort gesagt. Ich habe versucht, ihm *Fa* zu erklären. Wie sagen Sie, Massa Ash?«

»Schicksal.«

»Schicksal«, wiederholte Wes. »Ich vergesse es nicht mehr.«

»Erzähl weiter«, forderte Wallace.

»Und die Würfel haben gesagt, ich werde mein Land verlassen, über den Ozean gehen, Sklave sein; und alles ist so geschehen. Warum soll ich davonlaufen? Das Schicksal ist für immer, Sir. Ändert sich nicht.«

»Ich verstehe«, murmelte Ashton. »Um Himmels willen, Pa, laß ihn im Stall schlafen. Er wird nicht davonlaufen. Ganz bestimmt nicht.«

Wallace Bibbs dachte lange nach. Dann seufzte er.

»In Ordnung, Ash.«

Die Hühner gackerten, als Wes sie stahl, und deshalb wachte Ashton auf. Ashton rollte aus dem Bett und sah dabei zu seinem Vater hinüber. Wallace Bibbs rührte sich nicht. Er schnarchte wie ein Sägewerk bei Hochbetrieb.

Ash trat ans Fenster, das auf den Hof des Gasthauses hinausging. Es war Vollmond. Man könnte bei dem Licht eine Zeitung lesen, dachte Ash. Und in diesem Augenblick schlich Wes sich aus dem Hühnerstall; in der einen Hand hielt er vier Hühner mit dem Kopf nach unten und in der anderen einen kleinen Leinensack. Und merkwürdigerweise – aber das fiel Ashton erst später auf – gaben die Hühner keinen Ton von sich, obwohl sie lebendig waren, und sie flatterten auch nicht.

Nigger! schnaubte Ash. Alle diese kraushaarigen, dicklippigen schwarzen Dreckskerle stehlen. Verdammt. Ich bin enttäuscht. Habe geglaubt, daß wir mit diesem großen Affen etwas Besonderes gekauft hätten. Ein Prinz – ha! Prinz der Hühnerdiebe! Vier hat er erwischt, der gierige Kerl!

Plötzlich fiel ihm etwas ein. Er suchte seine Hosen, zog sie an, ging auf Zehenspitzen zu dem Nachttisch neben seinem Bett. Er nahm seinen Colt aus der Schublade. Ein ziemlich kleiner Revolver für einen so großen Nigger, aber Ash glaubte nicht, daß er wirklich zum Schießen gezwungen sein würde. In solchen Fällen mußte man für gewöhnlich den Flüchtling nur stellen, ihn zurücktreiben. Denn Ashton Bibbs war inzwischen klargeworden, daß Wes die vier Hühner nicht aus Gier gestohlen hatte, sondern als Vorrat für eine mindestens viertägige Reise.

Er läßt sie am Leben, damit sie frisch bleiben, dachte er. Deshalb hat er sie nicht getötet. Er will also genügend Nahrung haben, bis er über die Grenze ist.

Ash trat in den Flur und ging die Treppen hinunter. Er hatte nur Nachthemd, Hosen und Pantoffeln an. Er war der Meinung, daß das genügte. Der große Nigger, dem er und sein Vater leider vertraut hatten, schien es überhaupt nicht eilig zu haben. Denn von dem Augenblick an, als Ash aus der Türe des Gasthauses trat, sah er Wes, der jenseits der Geleise auf den Wald zuging. Er bewegte sich ruhig und langsam, wie ein Mann, der einen Spaziergang unternimmt. Ash lief hinter ihm her und war froh, daß seine Pantoffeln kein Geräusch verursachten.

Als der junge Mann den Wald erreichte, blieb er unschlüssig stehen. Es war sehr dunkel unter den Bäumen, obwohl das Mondlicht gelegentlich durch die Zweige drang und helle Flecken auf den Boden malte. Aber im Schatten war die Finsternis undurchdringlich. Ash lauschte. Er hörte ein scharfes, knackendes Geräusch. Noch einmal. Noch einmal. Vorsichtig bewegte er sich in die Richtung, aus der das Geräusch kam. Plötzlich sah er den Flüchtling. Wes stand in einer kleinen Lichtung. Was für ein Unsinn, dachte Ash. Der helle Platz in dem verdammten Wald und –

Dann hörte er das Geräusch wieder und erkannte seine Ursache. Wes hatte die Hühner hingelegt, und obwohl sie nicht festgebunden waren, bewegten sie sich nicht. Wes schlug mit einem Stück Stahl gegen einen Feuerstein. Die Funken stoben wie winzige Sterne auf den Boden. Während Ash zusah, fing Wes die Funken mit einem Stück Zunder auf und blies leicht hinein. Kleine Flammenzungen flackerten auf. Wes beugte sich zu dem Häufchen dünner, trockener Zweige hinunter, das er zusammengetragen hatte. Es flammte sofort auf. Wes fügte größere Zweige hinzu, dann Äste. Innerhalb weniger Minuten brannte das Feuer lichterloh.

So ein Narr, dachte Ash, kocht sein Abendessen keine zweihundert Meter vom Gasthaus entfernt! Nigger! Keiner von ihnen hat auch nur eine Spur Grips in seinem Wollschädel –

Wes richtete sich auf. Streifte Hemd und Hosen ab, mehr hatte er nicht am Leib. Der gelbliche Feuerschein tanzte auf seinen kräftigen Muskeln. Das ist das schönste Exemplar von einem Mann, das ich je gesehen habe, dachte Ash bewundernd und ein bißchen neidvoll.

Wes entnahm dem kleinen Sack ein Messer. Geschickt schnitt er einem Huhn den Hals durch. Dann packte er es bei den Füßen und verspritzte das Blut rings um das Feuer. Dabei sang er in monotonem Baß unverständliche afrikanische Worte vor sich hin. Nachdem das Huhn ausgeblutet war, warf er den Kadaver ins Gebüsch. Er wiederholte dieses Ritual noch zweimal. Beim vierten Tier verfuhr er jedoch anders. Er tauchte den Finger in das Blut und malte sich kabbalistische Zeichen auf Stirn, Brust und Bauch. Dann warf er auch den vierten leblosen Körper ins Gebüsch.

»Nicht zu glauben!« flüsterte Ashton.

Wes steckte noch einmal die Hand in den Sack. Als er sie herauszog, hielt er in ihr ein Pulver, das wie schmutziges Mehl aussah. Er warf es ins Feuer. Sofort stiegen große Rauchwolken auf. Ashton holte Luft und kroch näher.

Dann schienen vier Gestalten aus den Rauchwolken aufzusteigen. Sie bestanden aus Rauch, denn sie waren durchscheinend, ohne feste Umrisse. Er konnte durch ihre Schattenformen hindurch die Bäume auf der anderen Seite der Lichtung erkennen. Aber dennoch verfügten sie über Maße und Gewicht. Sie waren genauso groß wie Wes, aber nicht so nackt wie er. Sie trugen Togen aus Rauch und Flammen.

»Ich bin verrückt«, stöhnte Ash. »Ich verliere den Verstand. Ich werde wahnsinnig!«

Dann sah er, daß Wes sich vor den Gestalten zu Boden geworfen hatte, daß er sich mit den Händen Erde über den Kopf streute. Der große afrikanische Sklave – Häuptling, Gouverneur, Prinz – kniete zitternd vor den Geistern, den Halluzinationen.

Langsam schwebte eine der Rauchfiguren zu dem nackten, im Staub liegenden Mann, hüllte ihn in die Wolke ein wie in zärtlicher Umarmung. Wallte in die Höhe. Wes richtete sich gleichzeitig auf. Im Licht der Flammen glitzerten Tränen auf seinem schwarzen Gesicht wie Rubine: Blut.

»O Gott«, sagte Ashton.

Wes bewegte sich nun, ging langsam auf einen umgestürzten Baumstamm zu, setzte sich. Seine nächtlichen Besucher wallten um ihn herum. Sie sprachen, ernst und langsam. Ashton konnte sehen, wie sich ihre schweren, grauschwarzen Lippen bewegten, sah ihr geisterhaftes Lächeln. Aber so sehr er sich bemühte, er konnte kein einziges Wort hören.

Wes stand auf, warf den Kopf zurück, und seine Stimme dröhnte wie das Gebrüll eines Löwen. Und obwohl er sein Lied in *Fau*, seiner Muttersprache, sang, stellte Ashton – ohne darüber im geringsten überrascht zu sein – fest, daß er jedes Wort verstand.

»Ich bin frei«, brüllte Wes. »Bei allen Göttern der Erde, des Himmels, des Meeres und des Donners, ich bin frei!«

In diesem Augenblick sprang Ashton auf. Das war mehr, als er ertragen konnte. Zorn erfüllte ihn, ein ganz besonderer Zorn, weil sich Angst daruntermischte.

»So, du bist frei?« zischte er. »Ich nehme an, daß ich da auch noch etwas mitzureden habe, Nigger!« Er richtete den Revolver auf Wes' breite Brust. Knirschte:

»Los, du breitlippiger schwarzer Halunke! Zurück zum Gasthof! Du hast gehört, was ich gesagt habe – los, beweg dich!«

»Massa Ash, fühlen Sie sich wohl?« fragte Wes besorgt.

»Wo sind deine Freunde? Wohin sind sie verschwunden, diese Geisternigger, die du –«

Wes lächelte nur. Sie waren jetzt allein.

»Aber, Massa Ash«, sagte er. »Sie dürfen sich nicht aufregen. Niemand ist hier gewesen, nur wir beide.«

»Diese Geisternigger«, stammelte Ashton, »wohin sind sie verschwunden? Ich habe sie gesehen, Wes. Ich sage dir –«

Wes bückte sich langsam. Steckte die Hand in den Sack und richtete sich dann wieder auf.

»Ich schieße, verdammt!« schrie Ashton. »Versuch nicht, mit dem Messer auf mich loszugehen, Wes! Ich sage dir, ich schieße!«

»Messer?« krächzte Wes. »Ein Messer, Massa Ash?«

Jetzt erst sah Ash, daß Wes etwas Rundes in der Hand hielt. Kein Messer. Etwas Silbernes, Glänzendes. Dann nahm er wahr, daß es sich um eine Münze handelte. Eine alte Münze. Vielleicht eine portugiesische Dublone.

Wes' Hand bewegte sich ganz langsam. Die Münze reflektierte das Licht des Mondes in Ashtons Augen. Sie schmerzten. Es wurde dunkel um ihn. Alle bisher so scharfen Umrisse verschwammen. Er war im Begriff, blind zu werden. Er konnte nichts außer der silbernen Scheibe erkennen, die in der Dunkelheit schwebte. Er versuchte, den Blick von diesem Mondsilber loszureißen. Er konnte es nicht.

»Hör auf, Wes«, sagte er. »Verdammt, ich bring dich um, wenn du nicht aufhörst.«

Wes' Lachen klang wie das Rasseln einer Klapperschlange. Ungeheure Verachtung lag darin.

»Das können Sie nicht, Massa Ash«, summte Wes. »Sie können es einfach nicht. Ihr Finger hat keine Kraft. Ihr Arm ist schon ganz tot.«

Ash starrte den Revolver in seiner Hand an. Der Colt war eine kleine, fünfschüssige Waffe. Im Vergleich zu den Kanonen, die die meisten Männer um 1850 mit sich herumtrugen, wog er praktisch überhaupt nichts. Aber jetzt konnte ihn Ashton auf einmal nicht mehr heben, nicht mit ihm zielen. Er hatte überhaupt kein Gefühl mehr im Zeigefinger.

»Schlafen Sie, Massa Ash«, summte Wes. »Schlafen, schlafen. Sie sind müde, Sir. Sie sind sehr müde. Schlafen . . .«

»Wes –«, stöhnte Ash.

»Schlafen. Und vergessen. Vergessen, Massa Ash. Es ist nicht gut, wenn Sie sich erinnern. Sie haben meine Ahnengötter gesehen. Die gehen die Weißen nichts an, Sir. Sie sagen Ihrem Vater, daß Sie sie gesehen haben. Sie sagen es jemand anderem, und die Götter essen Ihr Gehirn, Massa Ash. Sie werden verrückt. Deshalb schlafen Sie jetzt, Sir, schlafen und vergessen Sie.«

»Wes –«, murmelte Ash. »Wer war das? Sag mir, wer –«

»Geister«, antwortete Wes sanft. »Gespenster. Tot. Schon lange tot. Ich habe sie gerufen. Ich muß etwas wissen.«

»Was, Wes?« murmelte Ash.

»Denken Sie nicht darüber nach, Massa Ash. Zerbrechen Sie sich nicht den kleinen, dummen, weißen Kopf. Sie werden es bald herausfinden. Wes kümmert sich um Sie. Sie werden gut nach Hause kommen. Jetzt schlaf, Baby *Furtoo*, schlaf, schlaf . . .«

Dann schien die Sonne in Ashtons Augen, und harte, schwielige Hände rüttelten ihn, bis ihm die Zähne klapperten.

»Ash! Wach auf! Verdammt, Sohn, wach auf!« sagte Wallace Bibbs.

»Pa?« flüsterte Ash.

»Was, zum Teufel, hast du gestern abend gegessen, Junge? Oder getrunken? Ein Alptraum nach dem anderen, die halbe Nacht hindurch. Zum Schluß habe ich sogar geglaubt, daß du den Verstand verloren hast. Du hattest den Revolver in der Hand – bereit, irgendwen zu erschießen! Ich mußte ihn dir mit dem Schürhaken aus der Hand schlagen. Nachher hast du stundenlang im Schlaf vor dich hin gemurmelt. Dann hast du dich beruhigt, und ich habe dich schlafen lassen. Aber heute morgen – mein Gott.«

»Was war da, Pa?«

»Du hast nicht geatmet. Ich habe jedenfalls keine Atemzüge bemerkt. Deshalb habe ich begonnen, dich zu rütteln; ich wollte sehen, ob ich dich aufwecken kann. Mein Gott, Sohn, hast du mich erschreckt!«

»Pa –«, krächzte Ash, »das alles – das mit dem Revolver – habe ich hier im Zimmer getan?«

»Wo sonst? Fühlst du dich nicht wohler, Sohn? Soll ich Doc Benbow holen?«

»Um Gottes willen, nein. Der alte Quacksalber wird mich zur Ader lassen – oder mir ein Klistier geben. Mir geht es gut, Pa. Ich muß was Verkehrtes gegessen haben, du hast recht. Pa, hast du Wes heute morgen schon gesehen?«

»Ja, er ist gerade aus dem Stall gekommen und wartet mit den anderen Niggern beim Wagen. Warum?«

»Nichts Besonderes, Pa. Ich habe von ihm geträumt. Und –«

»Und was, Sohn?« fragte Wallace sanft.

Ashtons blaue Augen wurden groß; Verwunderung malte sich in ihnen, qualvolles Staunen.

»Ich kann mich nicht erinnern, Pa. Ich kann mich überhaupt nicht an den Traum erinnern«, sagte er.

2

»Hast du ihn, Wes? Hast du mir den Zauberring gemacht, den ich will?« fragte Pee Wee.

Wes blickte hinunter. Selbst durchschnittlich große Menschen mußten hinunterblicken, wenn sie Pee Wee sehen oder mit ihm sprechen wollten. Was Wes betraf, mußte er seinen hochgewachsenen Körper ganz erheblich vorbeugen, wollte er nach einem halbstündigen Gespräch mit seinem neuen, selbsternannten, winzigen Freund keine steifen Nacken haben. Zuerst hatte er sich gefragt, warum der weiße Mann – er hatte sich inzwischen an diese Bezeichnung gewöhnt – sich überhaupt die Mühe gemacht hatte, ein so unbedeutendes Wesen zu kaufen. Aber jetzt kannte er die Antwort. Viele junge Weiße waren begeisterte Anhänger eines Zeitvertreibs, der darin bestand, ihre Pferde gegen die ihrer Nachbarn antreten zu lassen, um zu sehen, welches am schnellsten lief. Für Wes' afrikanischen Verstand war dieses Spiel völliger Unsinn: denn seit die Götter Leben auf der Erde erschaffen hatten, war es selbstverständlich, daß es in jeder beliebigen Spezies Wesen gab, die stärker, wilder oder schneller waren als die anderen. Was für einen Sinn hatte es also, wenn man immer wieder – und sehr häufig – etwas bereits Bekanntes aufs neue bewies?

Dennoch setzten viele der jungen »Lebemänner, Roués, Galans« – was bedeuteten eigentlich diese merkwürdigen Worte, mit denen ältere Männer die jüngeren verächtlich bezeichneten? – ganze Banknoten und sogar Gold- und Silbermünzen auf das Ergebnis dieser Wettkämpfe. Und am merkwürdigsten fand es Wes, daß sie die schönen Pferde nicht selbst ritten, sondern sie lieber verschrumpelten kleinen Schwarzen wie Pee Wee anvertrauten, die sie »Jockeys« nannten. Daß ein Pferd viel schneller laufen kann, wenn sein Reiter nur halb soviel wiegt wie ein normaler Mensch, war ebenfalls klar. Aber wenn ein Mann dieses Pferd, das an das höhere Gewicht nicht gewöhnt war, einmal in einer Schlacht oder auf der Jagd reiten wollte, würde dann das Tier nicht doppelt so schnell ermüden? Das Ganze ergab keinen Sinn. Und als Pee Wee ihm schließlich erklärte, daß diese Pferde nie für anderes als für Rennen verwendet und nie von jemand anderem als den Jockeys geritten wurden, gab er es auf. Die Weißen waren eine besondere Rasse, ein normaler Mensch konnte sie nie verstehen.

»Los, Wes!« sagte Pee Wee, »du hast es nicht vergessen, oder?«

Wes lächelte. In den sechs Monaten, die er bereits auf der Plantage Rosebriar von Wallace Bibbs lebte und arbeitete, hatte er Pee Wee ins Herz geschlossen. Dieses Gefühl war jedoch seine einzige Gemeinsamkeit mit den Schwarzen und Weißen, die er in Mississippi kennengelernt hatte. Man mußte den winzigen Schwarzen, der sicherlich ein Nachkomme der im Süden Dahomeys im Dschungel beheimateten Pygmäen war, einfach gern haben. Unter den Hunderten von Sklaven auf den drei Plantagen der Bibbs und der ihrer Nachbarn – der Collins, der Ingrahams und der Weatherbees – gab es keinen einzigen, der nicht Pee Wees Freund war. Und die Weißen, Männer wie Frauen, waren noch mehr in den kleinen Schwarzen vernarrt.

Der Hofnarr, dachte Wes. Nur ist er hier der Narr aller, der Weißen und der Schwarzen. Er bringt die Menschen zum Lachen. Er macht ihre drei Seelen leicht und fröhlich. Da jeder größer, stärker und hübscher ist als er und da er – weil er durchaus kein Narr ist – allen das Gefühl gibt, daß sie auch klüger sind als er, bestärkt seine Existenz sie in ihrer Selbstachtung. Die logische Reaktion darauf ist, daß sie ihn lieben. Meiner Meinung nach handelt es sich um ein faires Geschäft.

»Los, Wes«, schmeichelte Pee Wee, »du hast ihn, ja?«

»Ja«, sagte Wes, »hier, Pee Wee.«

Pee Wee nahm den Ring, den Wes gemacht hatte, indem er einen eisernen Hufnagel um einen zylindrischen Eisenstab bog, schob ihn sich auf den Finger, hielt ihn ins Licht, hüpfte herum wie ein Affe, an den er ohnehin erinnerte, versuchte komplizierte Tanzschritte.

»Mächtig schön«, kicherte er. »Ja, Sir, mächtig schön! Wes, du bist der beste Nigger, den ich kenne. Jetzt sprich was über ihn.«

Wes starrte den kleinen Mann an. Als er schließlich sprach, klang seine Stimme ehrlich verwundert.

»Was soll ich über ihn sprechen, Pee Wee?«

»Los, Wes. Du weißt schon. Sprich Voodoo-Worte. Leg einen

guten Zauber auf den Ring. Er soll mir helfen. Du kannst's – jeder weiß das.«

Wes runzelte die Stirn.

»Pee Wee, du hast nicht recht. Ich kann nicht beschwören. Nicht Dinge und nicht Menschen. Ich glaube nicht, daß irgendwer das kann. Ich glaub einfach nicht an Zauberei, an Hexerei, an Beschwörung. Das ist dummes Nigger-Geschwätz, kleiner Mann.«

»Das sagst du, Big Boy, aber ich weiß es besser. Wieso hat Massa Ash fürchterliche Angst vor dir, wenn du kein Voodoo-Mann bist? Massa Ash glaubt, du kannst zaubern, und er ist weiß.«

Das unwiderlegbare Argument, dachte Wes bitter. Der Punkt, bei dem jede Diskussion aufhört.

»Er hat dir das gesagt, kleiner Mann?« fragte er.

»Nein, Sir. Er hat das zu Miss Pamela gesagt. Er hat bei der Bibel geschworen, daß du in die Träume von Leuten gehen und ihren Verstand verändern kannst. Er hat gesagt, er hat geträumt, daß du einmal in der Nacht schwarze Nigger zum Lagerfeuer gerufen hast, und er ist beinahe wahnsinnig geworden.«

»Er hat am Abend zuviel gegessen, Schweinskotelett mit Saft, ein voller Bauch bringt schwere Träume. Und er hat mit mir gesprochen, bevor er schlafen gegangen ist, Pee Wee. Deshalb hat er von mir geträumt. Das ist gar nicht seltsam, kleiner Mann.«

»Vielleicht. Aber wieso sind drei Viertel von den Weiberleuten hier verrückt nach dir, Big Boy? Und sogar Mädchen von anderen Häusern? Ruby und Ellen haben wegen dir gestritten, Wes. Du weißt, sie sind Hausmädchen bei Collins. Und Ruby hat dich nur einmal gesehen, und Ellen noch nie. Wenn das kein mächtiges Voodoo ist, das du auf junge, unschuldige Mädchen legst, weiß ich nicht, was es sonst sein soll.«

Wes lächelte traurig.

»Pee Wee«, sagte er, »du bist verrückt. *Legba* hat dein Gehirn gegessen.«

»Wer ist dieser *Legba,* du sprichst immer von ihm?«

»Vudun für Unfug, schmutzige Tricks, kleine Gauner – wie ein Kerl, den ich kenne und der Pee Wee heißt.«

»Das ist das richtige Voodoo für mich«, grinste Pee Wee. »Los, Wes! Leg einen guten Zauber auf den Ring hier. Er soll mir helfen.«

»Wobei helfen?«

»Bei Sary Thomas. Sie ist die Schwester von Ruby. Ruby ist dein Mädchen. Oder sie würde gern dein Mädchen sein. Wes, du mußt nur mit dem kleinen Finger winken.«

»Mein Mädchen? Ich habe kein Mädchen, Pee Wee. Will keins. Wer ist diese Ruby überhaupt?«

Pee Wee starrte zu Wes hinauf.

»Du machst jetzt wieder Spaß, ja, Big Boy? Du machst mir was vor? Du fragst wirklich, wer Ruby Thomas ist?«

Wes' Gesicht war ruhig, gefror zu der Starre, die alle, die ihn kannten, beunruhigte, obwohl sie Weiße viel mehr störte als Schwarze. Er sprach ruhig, langsam.

»Ich frage dich, aber ich frage dich nicht wirklich, weil ich mich nicht darum kümmere. Du hast mich neugierig gemacht, das ist alles. Vergiß es. Ich habe es nicht wirklich wissen wollen.«

»Ich erzähl es dir trotzdem. Weil sie die Schwester von Sary ist. Und Sary wird meine Frau, wenn du mir hilfst. Ruby ist hübscher als Sary, aber sie ist zu groß für mich. Sary ist klein, wie ich, und schlauer als ein junger Setter. Aber Ruby mag dich, Wes. Sie hat es Ellen gesagt, und sie haben deshalb gestritten.«

Wes wartete.

»Ruby ist hübsch. Helle Haut. Nicht wie Ellen – Ellen und Joe sind so verdammt hell, daß niemand merkt, daß sie Nigger sind –, aber Ruby ist hellbraun. Hellbraun, nicht gelb, doch hell genug, daß sie im Herrenhaus arbeiten darf. Die Collins sind komisch. Alle Nigger, von denen sie sich bedienen lassen, müssen hell sein . . .«

Wes wartete immer noch; sein Gesicht hatte sich nicht verändert.

»Und?«

»Sie hat dich gesehen, wie Massa Wally dich an Massa Barton Collins ausgeliehen hat, damit du für den oberen Balkon in Massa Bascombs neuem Haus ein schönes Eisengitter machst, damit er Miss Hortense hinbringen kann und sie seine Frau wird. Und sie hat Ellen gesagt, du bist der schönste Mann, den sie je gesehen hat. Sie und Ellen sind Freundinnen.«

»Ich habe sie nie gesehen«, warf Wes ruhig ein, »und wenn ich sie gesehen habe, habe ich sie schon lange vergessen.«

»Sie erinnert sich aber an dich, Big Boy. Sie hat so lange über dich mit Ellen gesprochen, bis Ellen traurig gesagt hat: ›Ich möchte auch einen so schönen Mann für mich haben.‹ Und Ruby ist ihr beinahe an den Hals gesprungen. ›Hör mich an, du Niggermädchen‹, hat sie gesagt. ›Du läßt meinen Wes in Ruhe. Ich habe ihn zuerst gesehen‹ . . .«

»Ihr nützt das alles nichts, Pee Wee«, sagte Wes. »Ich will sie nicht haben, in meinem Land lieben wir schwarze Frauen, nicht so halb Ausgewaschene. Das ist ein Grund. Der zweite Grund ist, ich will gar keine Frau, jedenfalls jetzt nicht. Nicht, bis die Dinge anders sind. Und sie werden anders, kleiner Mann. Aber bis dahin nehme ich mir bestimmt keine Frau.«

»Warum nicht, Wes?«

»Ich gehöre den Weißen, das ist schlimm genug. Soll ihnen auch noch meine Frau gehören? Sie können sie beschimpfen, sie vor mir schlagen, und ich kann nichts dagegen sagen oder tun; sie können uns unsere Kinder wegnehmen, sie verkaufen, sie von mir, von ihrer Mama wegreißen. Ich will das nicht, Pee Wee. Ich will das ganz und gar nicht.«

»Niemand will das«, stellte Pee Wee ernst fest, »aber ein Mann ist ein Mann. Und ein Mann kann nicht leben, ohne manchmal ein Mädchen zu bumsen. Sonst wird er ganz verrückt, wie ich jetzt! Deshalb hast du diesen Zauberring für mich machen müssen. Damit Sary mich nicht wegschicken kann. Damit sie meine Frau wird, mit mir über den Besenstiel springt, auch wenn ich klein und häßlich bin. Los, Wes! Mach ein Voodoo darüber, ja. Ein gutes Voodoo!«

Wes griff seufzend nach dem Ring. Er schloß die Augen und sprach langsam in seinem heimatlichen *Fau:*

»Minona, Göttin der Frauen, *Yalode,* ihre Schwester, *Mawu,* große Göttin des Himmels, helft diesem kleinen Mann, unterstützt seine Werbung, gewährt ihm die Hausfrau Älteste, die er sich so sehr wünscht.«

»Gott«, keuchte Pee Wee, »klingt gut, Wes, sag, was es bedeutet.«

»Ein Geheimnis. Nicht gut, wenn du es weißt, Pee Wee.«

»Gut, gut. Aber wenn ich das nächste Mal in das Collins-Haus komme, stecke ich diesen Voodoo-Zauberring Sary unter die Nase, und sie wird mir in die Arme fallen.«

In diesem Augenblick hörten sie Hufegetrappel vor der Schmiede. Pee Wee wollte sich langsam wegschleichen.

»Gut«, sagte eine angenehme Männerstimme, »zeig mir diesen afrikanischen Zauberdoktor, der die schnellen Hufeisen macht. Denn dein Wallach hat in jedem Rennen mit zwei Längen Vorsprung gesiegt, seit dein Nigger-Schmied ihm Hufeisen verpaßt hat, Bob. Und du hast selbst gestern abend gesagt, daß die Hufeisen das Wichtigste sind.«

»Ich war betrunken und habe zu viel geredet«, stöhnte Bob Bibbs. »Ich hätte mein großes Maul nicht aufreißen sollen. Jetzt wird jeder Mann, der in diesem Bezirk Rennpferde hält, hinter mir her sein, damit ich ihm Wes schicke und er ihm seine Gäule beschlägt. Hätte ich das Maul gehalten, hätte ich euch alle ausnehmen können, bevor –« Er unterbrach sich, griff zu, erwischte Pee Wee am Kragen, hob ihn mühelos in die Höhe und erstickte so den Versuch des kleinen Jockeys, ungesehen zu entkommen, im Keim.

»Sieh mal an, du kleiner schwarzer Gauner«, sagte er. »Was tust du hier beim Haus meines Vaters! Du bist hinter den Mädchen her, stimmt's? Und außerdem läßt du dich von ihnen füttern, was? Verdammt, Pee Wee, wenn du auch nur ein Pfund zugenommen hast, schneide ich es dir unter deinem schwarzen Fell heraus! Wie willst du Napoleon vor den anderen Zweijährigen ins Ziel bringen, wenn du dich vollstopfst wie eine Mastgans?«

»Massa Bob, ich schwöre, ich habe seit gestern nichts gegessen. Und ein Mann wird nicht fett, weil er hinter den Mädchen her ist; wenn es so wäre, müßten Sie der dickste Mann im Bezirk sein, Sir.«

»Hör dir den kleinen Nigger an, Bas«, lachte Bob. »Nur weil er der verdammt beste Jockey im Staat ist, glaubt er, daß ich ihm nicht die Haut in Streifen herunterziehen werde. Ich habe diesen kleinen Schurken verdammt verwöhnt. Gut, Pee Wee – bevor ich dir zwanzig aufzähle –, sag mir, was du hier treibst?«

»Hab Wes besucht, Sir. Er ist mein Freund. Hat mir diesen Ring gemacht, Zauberring, Massa Bob. Ich halte ihn einem Mädchen vor die Nase, und sie zieht die Hose aus, hebt den Rock hoch und legt sich hin. Ist das nicht prächtig?«

»Das ist noch besser als die Hufeisen, Bob«, sagte Bascomb. »Was verlangst du für deinen Zauberer«

»Mehr als du zahlen kannst«, lachte Bob. »Wes, komm heraus.«

Wes kam aus der Schmiede und grüßte: »Morning Gentlemen.«

»Mein Gott!« sagte Bascomb.

»Das ist ein Nigger, was, Bas?« kicherte Bob.

»Du hast mir nicht gesagt, daß er zwei Meter groß ist und daß die Nigger die Wahrheit sagen, wenn sie ihn einen Voodoo-Mann nennen.«

»Das geht doch ein bißchen zu weit, glaube ich«, näselte Bob. »Wes, bist du ein Voodoo-Mann?«

»Nein, Sir, Massa Bob.«

»Aber du kannst ein Pferd dazu bringen, schneller zu laufen, indem du ihm andere Hufeisen machst?« fragte Bascomb.

»Manchmal ja, Sir«, sagte Wes, »und manchmal nein. Hängt vom Pferd ab.«

»Aber Napoleon hat jedes Rennen gewonnen, seit du seine Hufeisen verändert hast. Das kannst du nicht leugnen, Wes, oder?«

»Nein, Sir. Aber es ist keine Hexerei, junger Massa.«

»Collins, Bascomb Collins«, sagte Bob.

»Junger Massa Bascomb«, fuhr Wes ruhig fort. »Ich glaube nicht an Hexerei, Sir. Das gibt es nicht, glaube ich.«

»Wenn es keine Hexerei war, was war es dann, Wes?«

»Ich habe ihm die Hufeisen leichter gemacht. Seine Füße fühlen sich jetzt wohl. Habe sie ihm genau angepaßt. Sie können auch nicht gut laufen, Sir, wen die Schuhe zu eng sind und auf die Zehen drücken.«

Bascomb sah Beau Bob an.

»Verdammt noch mal, das klingt vernünftig«, sagte er. »Wes,

könntest du meinem zweijährigen Flying Cloud Hufeisen machen?«

»Ja, Sir, wenn Massa Bob will, kann ich es.«

»Verdammt, also schön, ich will. Es wäre nicht sportlich, wenn ich nein sage. Nur mach jedes zwei Tonnen schwer, Wes.«

»Wann?« fragte Bascomb.

»Wenn Käpt'n Wally sagt, daß ich zu Ihnen gehen kann, komme ich. Oder Sie bringen vielleicht das Pferd hierher?«

Bascomb überlegte.

»Glaubst du, dein Pa würde mir Wes für einen Tag leihen, Bob?« fragte er. »Ich will nicht, daß jemand Flying Cloud hier sieht. So könnten wir beide unser Monopol auf die Renn-Hufeisen behalten, die dein Mann erfunden hat. Wir teilen uns den Gewinn, je nachdem, welcher Gaul siegt. Sieger fünfundsiebzig Prozent, Zweiter fünfundzwanzig. Einverstanden?«

»Einverstanden.« Bob lachte. »Aber ich weiß nicht, ob Pa dir Wes in nächster Zeit borgen wird. Du hast ihn schließlich wegen des Balkongitters schon zwei Wochen bei dir gehabt. Ach ja, du warst nicht da, nicht wahr? Du warst in Jackson und bist Hortense nachgelaufen, bis sie dich erwischt hat. Das wird Pa nicht weicher stimmen. Er sagt immer noch –«

»Es wäre ja nur für einen Tag, Bob.«

»Ich weiß. Aber gelegentlich glaube ich, daß die Nigger recht haben, wenn sie Wes einen Zauberer nennen. Ich will verdammt sein, wenn Pa und Ash diesen großen Affen nicht behandeln, als wäre er ein Weißer und noch dazu Premierminister von England oder was Ähnliches. Sie schicken ihn kaum jemals aufs Feld, obwohl er der beste Vormann auf allen Plantagen ist. Pa wollte ihn zum Sklaventreiber – sogar zum Aufseher – ernennen, als Norton ging, aber Wes hat es glatt abgelehnt.«

Bascomb starrte Wes' ruhiges, beherrschtes Gesicht an.

»Warum hast du das getan, Wes?«

»Der Treiber muß eine Peitsche haben. Ich will meine Leute nicht peitschen, Sir.«

»Gottverdammich«, sagte Bascomb. »du bist ganz schön frech, Nigger.«

»Ich bitte um Entschuldigung, Sir«, antwortete Wes.

Aber es war keine Entschuldigung. In Wes' Ton und in seiner Haltung lag keine Spur von Bedauern. Und auch keine Besorgnis, Nervosität oder Angst, und das empfand Bascomb als noch unverschämter.

»Wenn du mein Nigger wärst«, explodierte er, »dann würde ich –«

»Was, Sir?« fragte Wes leise, beugte sich vor und sah Bascomb in die Augen.

Aus Bascombs halb geöffnetem Mund entwich die Luft und verklang zitternd in einem Seufzer. Einem sehr sanften Seufzer, fand Bob.

»Komm, Bob«, murmelte Bascomb. »Gehen wir zu deinem Pa, fragen wir ihn –«

»Zum Teufel, kein Mensch weiß, wo Pa jetzt ist, Bas. Es ist besser, wenn Pee Wee ihn sucht. Bei Gott! Kaum drehe ich ihm den Rücken zu, ist dieser kleine Schurke verschwunden.«

»Sie müssen Massa Wally nicht suchen, Sir«, sagte Wes. »Er kommt jetzt. Mit Massa Ash. Und mit Ihrer Miss Pamela, Sir. Und mit Deirdre. In fünf Minuten, ungefähr. Vielleicht auch früher.«

Beide starrten ihn an.

Seine Ohren hatten den Hufschlag von drei Pferden mehr gefühlt als gehört. Und dazwischen das Geräusch von Rädern. Das hieß, daß Pamela, die in ihren Gefühlen verletzte, vernachlässigte, gekränkte Frau Beau Bobs, mitkam. Denn Cecilia, Ashtons Frau, die mit Recht auf ihre Reitkünste stolz war, ritt immer ihren grauen Wallach. Und da Pamela ihr Kind überallhin mitnahm, fiel Wes die Schlußfolgerung nicht schwer. Allerdings wäre es möglich gewesen, daß der zweite Reiter Cecilia Bibbs selbst war. Aber das war eher unwahrscheinlich. Die Abneigung der beiden Schwägerinnen gegeneinander grenzte an Haß.

Die Minuten vergingen quälend langsam, das Warten dauerte endlos lange.

Dann tauchte Pamela Ingraham Bibbs' kleines Sulky auf; rechts von ihm ritt Ashton Bibbs auf seinem Fuchs, links Wallace Bibbs auf seinem Rappen.

Beau Bob atmete langsam aus.

»Wes, zum Teufel, woher wußtest du, daß sie kommen? Und

gerade jetzt? Sie haben dir doch keine schriftliche Mitteilung geschickt.«

»Ich kann nicht lesen, Sir«, stellte Wes – diesmal wirklich betrübt – fest.

»Das weiß ich, verdammter Nigger. Sag mir, woher du wußtest –«

Wes sah Beau an. Seine dunklen Augen starrten unverwandt in die blaßblauen des jungen Mannes. Sein Gesicht war von einer beinahe unmenschlichen Ruhe.

»Manchmal weiß ich einfach etwas, Massa Bob«,sagte er ruhig.

»Aber woher?« Bobs Stimme kippte beinahe über. »Verdammt, Wes, woher?«

»Das weiß ich nicht, Massa Bob. Es fliegt mir zu.«

»So einen Nigger würde ich möglichst schnell loswerden –«, begann Bascomb.

»Das bezweifle ich«, entgegnete Bob trocken. »Vor allem würde er deinem Pa gehören, genau wie Wes dem meinen. Und zweitens würdest du es dir überlegen, wenn du erst einmal daraufgekommen bist, wie wertvoll dieser Nigger ist. Er ist der beste Schmied in diesem Staat, Bas. Du hast die Filigranarbeit gesehen, die er für deinen Balkon gemacht hat. Und trotz seines Aussehens macht er keine Schwierigkeiten, und –«

»Onkel Wes!« quiekte die kleine Deirdre. »Oh, Onkel Wes!«

Wes ging wortlos an den beiden jungen Pflanzern vorbei. Mit drei großen Schritten hatte er das Sulky erreicht, streckte die Hände aus und hob das Kind heraus. Deirdre war jetzt sechs Jahre alt, aber sehr dünn und blaß.

Ihre kleine Seele zittert zwischen den Welten, dachte Wes traurig, als er sich niederbeugte, um sie auf den Boden zu stellen.

Aber sie klammerte sich mit den dünnen, wirklich abgezehrten Armen an Wes' Hals fest und küßte ihn auf die Wange.

»Ich habe dich lieb, Onkel Wes«, sagte sie.

»Und ich habe Sie lieb, Missy«, antwortete Wes sanft. »Kommen Sie, Sie lassen jetzt den Onkel Wes los. Ich muß Ihrer Mama helfen –«

»Nein! Halt mich fest! Deine Hände fühlen sich so gut an, Onkel Wes.«

»Danke, Missy. Sie sind jetzt brav, ja? Ich werde sie später aufheben, auf den Arm nehmen. Jetzt muß ich Ihrer Mama helfen.«

»Du erzählst mir dann auch eine Geschichte, Onkel Wes, ja?« fragte Deirdre.

»Ja, Missy. Ich erzähle sie Ihnen. Und noch ein paar dazu. Gut?«

»Gut, Onkel Wes.«

Wes stellte sie auf den Boden. Dabei sah er Bascomb und Bob an.

Daß Sie einen Menschen den Tod wünschen, junge Herren, genügt nicht, dachte er kühl. Dazu brauchen Sie mehr – dazu müssen Sie den bösen *Gbo* kennen, der tötet, und wie Sie den *Vudun* durch Rituale und Opfer dazu bringen können, Ihren Wunsch zu erfüllen. Und weil Sie das nicht können, würden Sie andere Eigenschaften brauchen: Männlichkeit, Mut, Willen. Aber über die verfügen Sie auch nicht. Er wendete sich dem Sulky zu und streckte die kräftigen Arme aus.

»Jetzt helfe ich Ihnen hinunter, Miss Pam«, sagte er; seine Stimme klang sanft und einschläfernd.

Pamelas zartes, schmales Gesicht wurde rot. Es war fein geformt, aber weil es merkwürdig exotisch wirkte und nicht den Schönheitsbegriffen des neunzehnten Jahrhunderts entsprach, fanden es die meisten Männer häßlich. Wes Parks war nicht dieser Meinung. Für ihn war Pamela Ingraham Bibbs die einzige weiße Frau, die nicht häßlich war. Ihr Mund war breit, humorvoll, zärtlich – und ihr Gesicht hatte etwas Afrikanisches an sich. Wie die kleinen Bronzefiguren, die die Händler aus dem Benin genannten Land nach dem Norden brachten – die schönsten Bronzeskulpturen der Welt . . .

Pamela streckte die schmalen, sommersprossigen Hände aus und hielt sich an Wes' Armen fest. Seine großen Pfoten umfaßten ihre Ellbogen, er schwang sie in einem weiten Bogen aus dem Sulky und stellte sie dann langsam auf die Füße.

»Danke, Wes«, sagte sie mit hoher, etwas atemloser Stimme.

»Verdammt!« knurrte ihr Mann.

»Deirdre«, brüllte Wallace Bibbs. »Um Himmels willen, Wes, fang sie!«

Wes fuhr herum. Trotz seiner Größe bewegte er sich unglaublich schnell. Das Kind stand beinahe unter den Hufen von Bascombs großem Rotschimmel. Und da Bascomb mit der typisch Collinsschen Arroganz das Tier nie hatte kastrieren lassen, besaß er das wilde Temperament, die empfindlichen Nerven eines Hengstes. Das weiße Kleid des Kindes hatte ihn erschreckt. Er richtete sich auf der Hinterhand auf.

Wes bückte sich mit einer einzigen, gleitenden Bewegung unter die mörderischen Hufe, hob das Kind hoch, übergab es dem Großvater und wendete sich wieder dem scheuenden Tier zu.

»Schon gut, Junge«, summte er. »Ruhig, Großer. Niemand tut dir was. Ruhig jetzt. So ist's gut. Ruhig, Junge.«

Beim Klang von Wes' Stimme ließ der große Rotschimmel unvermittelt die Vorderbeine sinken. Er zitterte, seine Augen rollten wild, weißer Schaum stand um sein Maul.

Wes trat zu ihm.

»Nein, Wes, nein!« stöhnte Pamela.

»Komm ihm nicht zu nahe, Wes«, rief Bascomb. Er wußte nicht, warum er das gesagt hatte, es tat ihm sofort leid. Aber irgend etwas hatte ihn dazu bezwungen.

»Bleib weg von dem Pferd, Wes«, stöhnte Ashton. »Es ist bösartig, siehst du das nicht. Es wird dich umbringen . . .«

»Massa Ash, Massa Ash«, lachte Wes leise. »Das Pferd ist noch nicht geboren, das *Hwesu* töten kann . . .«

Er stellte sich vor das Tier. Die anderen sahen ihm mit angehaltenem Atem zu. Er legte seine große Hand auf die Stirn des Rotschimmels, genau zwischen die Augen. Der Hengst scheute nicht und zuckte auch nicht zurück. Wes streichelte ihm die Stirne, kraulte ihn zwischen den Ohren. Die Zuschauer sahen, wie das Zittern nachließ, die Augen ruhig wurden, beinahe schläfrig. Das Pferd knabberte zärtlich an Wes' Schulter.

»Mich laust der Affe«, stellte Bascomb Collins fest.

»Er ist jetzt in Ordnung«, sagte Wes ruhig. »Nächstes Mal binden Sie ihn lieber an, Massa Bascomb, wenn Leute da sind. Er ist unruhig. Ein gutes Tier – nur nervös.«

Er wendete sich wieder den anderen zu.

Pamela hatte Tränen in den Augen. Sie ging zu Walace Bibbs, der immer noch im Sattel saß und Deirdre in den Armen hielt.

»Gib sie mir, Vater Wally«, flüsterte sie.

Wally reichte ihr sein einziges Enkelkind.

Pamela drückte die Kleine krampfhaft an sich. Dann hob sie Deirdre wieder zu Wallace hinauf, drehte sich um und ging zu Wes.

»Wes«, sagte sie; ihre Stimme klang hoch, schrill, atemlos. »Ich weiß nicht, wie ich dir danken soll. Ich kann dich nur um noch etwas bitten. Kannst du – willst du – auf meine Plantage kommen und sie eine Zeitlang für mich führen?«

»*Deine* Plantage?« fragte Beau Bob.

»Ja«, wiederholte Pamela. »*Meine* Plantage, Bob. Tante Bess ist heute morgen um zwei Uhr gestorben. Und um sechs habe ich diesen Lumpen Cuthbert davongejagt. Also brauche ich jemanden, der sie für mich führt. Und Wes –«

»Pam, vergißt du nicht etwas, Süße? Zum Beispiel, daß du vor Gott und den Menschen nach dem Gesetz einen Ehemann hast, nämlich mich. Und –«

»Nein, das habe ich nicht vergessen, Bob, leider. Aber ich glaube, daß du es bereits vor langer Zeit vergessen hast. Deshalb habe ich keinen Ehemann. Ich habe nur lästige, sinnlose gesetzliche Bindungen – die ich gelegentlich lösen werde – zu einem gewissen Beau Bob Bibbs, einem der größten Hurenböcke, dem Liebhaber jedes liederlichen Weibstücks, sei sie weiß oder schwarz, in einem Umkreis von zwei Tagesritten. Er wird mir schwerlich einen Hilfe bei meiner Aufgabe sein.«

»Und die wäre?« fragte Bob höhnisch.

»Ingrahams Crest wieder aufbauen. Es zum Blühen bringen. Es zu der besten Plantage dieser Gegend machen, denn die größte kann es nicht werden, da Rosebriar und Collinswood existieren und gedeihen. Allein schaffe ich das nicht. Aber wenn Wes mir hilft, den Besitz für mich leitet, so daß er wächst und gedeiht, wie alles, was er berührt –«

In diesem Augenblick verlor Beau Bob seine Selbstbeherrschung. Er sagte etwas, was kein Südstaatler je ausgesprochen hätte:

»Er hat dich soeben berührt.«

Pamela blickte ihren Mann an und fragte leise, freundlich, gedehnt: »Und?«

»Mein Gott«, war alles, was Beau Bob hervorbrachte.

Pamela beachtete ihn nicht, sondern wendete sich wieder Wes zu.

»Wes, willst du?«

»Miss Pam«, antwortete Wes bedächtig, »ich gehöre Massa Wally und Massa Ash . . .«

»Ich weiß. Sie leihen dich mir. Sie haben es mir schon zugesagt. Also?«

Wes überlegte ruhig. War dies der Weg? Würde diese magere, arme, gequälte Frau mit den blassen Geisteraugen ihm den Schlüssel geben, der die Sklavenketten löste, ihm das Tor zum zweiten Leben öffnen, das ihm die Prophezeiung von Anfang an versprochen hatte? Denn sein *Du* hatte nie prophezeit, daß er sein Leben lang Sklave bleiben würde. Die Prophezeiung hatte gelautet:

»Dein Leben hier in Dahomey wird enden und in einem anderen Land wieder beginnen.«

»Wieder beginnen!« Er fühlte die Hoffnung in sich aufflammen wie ein Feuer, eine blitzende Klinge. Pamela sprach weiter.

»Ich möchte dir etwas sagen, Wes. Dir und allen, die anwesend sind. Wir hielten eine kleine Zeremonie in Ingrahams Crest ab – zehn Minuten, nachdem ich Cuthbert weggeschickt hatte. Wir entfachten ein Freudenfeuer. Ich und alle meine Leute. Und mit meinen eigenen Händen« – sie hob sie hoch, und Wes registrierte voll Mitleid, wie sie zitterten – »habe ich alle Peitschen, die es auf der Plantage gab, hineingeworfen. Sie sind verbrannt. Die Gesetze dieses Staates erlauben mir nicht, meine Leute zu meinen Lebzeiten freizulassen. Aber gemäß meinem Testament sind sie mit meinem Tod frei. Ich weiß, wie du über die Sklaverei denkst, Wes. Du hast es mir gesagt. Und ich – Gott im Himmel ist mein Zeuge – denke genauso. Das war alles, was ich zu sagen hatte. Willst du, Wes?«

»Jetzt warte einen Augenblick, Pam«, unterbrach sie Bob. »Du kennst die Gesetze dieses Staates. Das Eigentum einer Ehefrau gehört ihrem Mann – also gehört Ingrahams Crest mir. Und ich lasse meine Nigger nicht frei. Nie und nimmer. Außerdem kann ich darüber entscheiden, wer meinen Besitz beaufsichtigt oder leitet. Ich weiß im Augenblick nicht, wer das sein wird, aber ich weiß, wer es nicht sein wird. Dieser große Nigger hier steht an der

Spitze der Leute, die meinen Grund und Boden niemals betreten werden, es sei denn, ich erlaube es ausdrücklich. Und –«

»Bob«, sagte Wallace Bibbs. »Du hast Jus studiert. Ich habe dich auf die Hochschule geschickt. Du hast es bis zum dritten Studienjahr geschafft, bevor die Weiber, der Alkohol und das Kartenspiel für dich wichtiger wurden als das Studium. Und jetzt sage mir, ob es ein Gesetz gibt, demzufolge das Testament einer Person, die es in voller geistiger und körperlicher Frische aufgesetzt hat, ungültig ist?«

»Du begreifst nicht, worum es geht, Pa«, entgegnete Bob scharf. »Pam kann kein Testament machen, in dem sie über etwas verfügt, was ihr gesetzlich nicht gehört. Das Gesetz lautet –«

»Ich weiß, wie das Gesetz lautet. Unter anderem besagt es, daß eine Witwe – wie Bess Ingraham – über ihren Besitz nach Gutdünken verfügen und eine Menge gesetzlicher Bedingungen daran knüpfen kann. Ich spreche von Bess Ingrahams Testament, Sohn. Ich habe es heute früh gelesen. Natürlich ist es noch nicht bestätigt worden. Aber kein Bezirksrichter wird einen Grund finden, es aufzuheben. In ihm ist unter anderem folgende Klausel enthalten: ›Sollte meine Nichte Pamela Ingraham Ingrahams Crest aus irgendeinem Grund diesem Schurken, Spieler, Hurenbock und liederlichen Schwein, das sie leider geheiratet hat, nämlich Robert Stanley Bibbs, überlassen, schenken, verkaufen oder übertragen, werden die Klauseln, denen zufolge dieser Besitz ihr hinterlassen wird, mit sofortiger Wirkung ungültig. In diesem Fall soll Ingrahams Crest in das Eigentum der anglikanischen Episkopalkirche übergehen, und diese Kirche kann nach ihrem Gutdünken darüber verfügen . . .‹«

Es herrschte tiefstes Schweigen. Beau Bobs gezischtes »Verdammt noch mal« ging darin unter.

»Willst du, Wes?« fragte Pamela noch einmal.

Wes sah Wallace Bibbs an. Der Pflanzer nickte langsam. Wes wendete sich wieder der neuen Herrin von Ingrahams Crest zu.

»Wann soll ich hinüberkommen, Miss Pam?«

»Nächste, vielleicht sogar erst übernächste Woche. Ich lasse dir eine neue Hütte bauen, Wes. Keine von denen, die wir haben, scheint mir für dich geeignet. Natürlich könntest du inzwischen in den Dienerzimmern im Haus wohnen, aber –«

Sie zögerte und sprach nicht weiter. Es ging nicht darum, daß sie nicht wußte, wie sie sich ausdrücken sollte. Sie fragte sich, wie sie überhaupt auf diesen Gedanken gekommen war. Denn sobald sie ihn geäußert hatte, führte er zu Schlußfolgerungen, die ihr vorher nicht in den Sinn gekommen waren, die aber ihr plötzliches Verstummen jedem anwesenden Mann – einschließlich Wes – deutlich machte. Sie war davon überzeugt, daß alle darüber genauso entsetzt waren wie sie selbst.

Warum habe ich überhaupt an so etwas gedacht? warf sie sich vor. In einem Land und zu einer Zeit, in der kein Mensch etwas dabei findet, daß alleinstehende weiße Frauen – nein, alleinstehende weiße Damen – nein, alleinstehende weiße Damen im Süden – jahrelang, so wie meine arme Tante Bess, in einem Haus voll schwarzer Sklaven leben, die keineswegs immer mit einem der schwarzen Dienstmädchen des Hauses verheiratet sind! Nur mir fällt das ein. Weil ich nicht aus dem Süden stamme. Und vielleicht nicht einmal eine Dame bin. Denn wenn ich eine wäre, hätte mir nie das zustoßen können, was mir mit Beau Bob widerfahren ist. Und was mir weiterhin widerfährt. Wann immer er will. Was auch heute nacht geschehen würde, wenn dieser nichtswürdige Schuft, den ich geheiratet habe, es versuchte. Selbst wenn ich wüßte, daß er noch nach schwarzen Weibern stinkt, wenn er zu mir kommt. Damen kennen solche Gefühle nicht, nicht wahr? Damen liegen nicht in der Nacht wach und werfen sich im Bett herum und versuchen, nicht zu – nicht zu – o Gott. Also bin ich keine Dame. Ganz eindeutig nicht. Also bin ich verderbt. Und dennoch, wer könnte einen Einwand dagegen haben, daß ich einen großen, schwarzen Niggersklaven in den Dienerzimmern jenes Hauses schlafen lasse, in dem ich schlafe? In dem ich wach liege und alle Qualen erleide, die meine zu Recht verdammte Seele verdient. Niemand. Absolut niemand. Nur – und plötzlich wurde ihr klar, daß sie schon zu weit gegangen war, um das Gesagte zurücknehmen zu können. Ihr fiel beim besten Willen nichts ein, wodurch sie den Sinn des bereits begonnenen Satzes ändern konnte. Deshalb sprach sie mit der schmerzlichen Aufrichtigkeit weiter, die vielleicht ihre hervorstechendste Eigenschaft war, obwohl sie wußte, daß die Pause allen Zuhörern klargemacht hatte, was sie dachte: »Das kommt mir irgendwie nicht passend vor.«

Sie schwieg. Wes' dröhnende Baßstimme erlöste sie aus ihrer Verlegenheit:

»Gut, Miss Pam. Ich komme, wenn Sie mich rufen, jederzeit.«

Im Hintergrund hörte sie deutlich Beau Bobs gequälte Stimme: »Großer Gott!«

3

Während Wesley Parks mit dem von zwei kräftigen Maultieren gezogenen Wagen nach Collinswood fuhr, dachte er nicht darüber nach, *was* er zu tun hatte, sondern wie er es tun sollte. Und da die Verhaltensweise eines Menschen hauptsächlich von der Kultur seines Heimatlandes geprägt wird und auf seinen bisherigen Erfahrungen beruht, bestand der größte Teil seiner Überlegungen in Erinnerungen.

Er hörte die leise, spöttische Stimme *Kpadunus,* seines Ersten Freundes Ältesten, der schon lange tot war:

»Magie ist die Kunst, unbekannte Ursachen zu erraten. Da wir das Warum nicht kennen, wenden wir *Gbo* an, ein wildes Sammelsurium von allem möglichen Unsinn, und hoffen, daß es irgendeinen Einfluß auf die Beziehung von Ursache und Wirkung hat.«

Und sich selbst, wie er antwortete:

»Aber du bist freiwillig *Azaundato* geworden, *Kpad.* Und jetzt sagst du, du glaubst nicht –«

»An Zauberei? Das stimmt nicht ganz. Ich glaube daran und auch wieder nicht. Meine Einstellung dazu schwankt wahrscheinlich je nach meiner Stimmung. Das meiste davon – ja beinahe alles – ist Schwindel. Ich glaube überhaupt nicht an *Gbo,* auch wenn es sehr nützlich ist.«

»Nützlich? Wenn du nicht daran glaubst, wie kann es dir dann nützlich sein?«

»Weil andere daran glauben. Deshalb wirkt es. Wenn ein

Mensch glaubt, daß ein bestimmtes *Gbo* ihn töten wird, stirbt er aus Angst davor. Daß die Überlegung falsch ist, spielt überhaupt keine Rolle, wenn nur das gewünschte Ergebnis erreicht wird. Die Kunst des Zauberers besteht darin, die Menchen zu beherrschen, deshalb möchte ich dich diese Kunst lehren. Und wenn die Menschen bereit sind, ihre Unwissenheit, ihren Aberglauben, ihre Ängste in deine Hände zu legen, warum solltest du dann die Werkzeuge, die sie dir bieten, nicht verwenden? Warum nicht, *Nya?*«

»Weil es unehrenhaft ist, *Kpad*. Ich will nicht mit Betrug leben. Würdest du an Hexerei glauben, könnte ich es akzeptieren, aber da du selbst zugibst, daß es nicht der Fall ist –«

»Das gebe ich nicht zu! Ich mag den größten Teil nicht, weil er Schwindel ist, aber jenen Teil, der Wahrheit ist, hasse ich. Weil er mir Angst einjagt, und ich will nicht Angst haben. Dennoch nütze ich die Möglichkeiten – die geheimnisvollen Möglichkeiten, die wir selbst nicht begreifen –, Macht über die Seelen der Menschen zu gewinnen.«

Auch über die Seelen der Weißen? überlegte Wes. Was hat die Nochi, die alte Zauberin in Virginia, doch zu mir gesagt? Ach ja –

»Sohn, versuche nicht, Vudu auf Weiße anzuwenden. Sie glauben nicht an Hexerei und solche Sachen. Deshalb wirkt Nigger-Zauber nicht auf sie. Du bekommst nur Schwierigkeiten damit, das ist alles.«

Aber hatte sie wirklich recht gehabt? Kann man sie nicht dazu bringen, daran zu glauben? Master Ashton hat meine Ahnengötter in Virginia gesehen, als ich sie um Hilfe bat. Er hat sie gesehen. Und ich kann seinen Geist beeinflussen, zwar mit großer Anstrengung, indem ich mich auf seine denkende Seele konzentriere, aber doch so weit, daß er wirklich alles vergißt, was ich will. Bei dem jungen Collins ist es noch leichter. Ich muß nicht einmal die Silbermünze verwenden, das reflektierte Licht, das den Blick trübt. Ich muß ihm nur tief in die Augen sehen, und meine Seele zwingt ihn sofort, zu schweigen, seinen Willen aufzugeben. Beau Bob? Bei dem muß ich es noch ausprobieren. Aber es sollte genauso leicht sein, denn er ist ebenfalls ein willensschwacher Narr ohne Rückgrat.

Der Erfolg eines Zauberers hängt also bestimmt davon ab, wessen Geist und Wille stärker sind. Was hat also die Hautfarbe eines Menschen damit zu tun?

Und dennoch – ich kann jeden schwarzen Mann und jede schwarze Frau beherrschen, ohne überhaupt daran zu denken – wenn es also nicht von Rasse, Blut, Abstammung abhängt, wovon dann? Er dachte darüber nach, bis er die Antwort gefunden hatte.

Sie, die Kinder meines Volkes, sind in diesem grausamen Land gebrochen worden. Aber mich haben sie nicht gebrochen. Ich kann meine *Tau Vudun* über das große Meer hierherrufen, meine mächtigen Götter erscheinen lassen, damit sie mir helfen. Meine *Nochi* in Virginia hat nicht recht gehabt! Ich werde die Weißen zwingen, mich freizulassen. Und während ich mich hier scheinbar in ihrer Gewalt befinde, helft mir, o Schlangengötter, o *Dangh* und *Dangvi* und *Aido Hwedo,* unsere Lebensbedingungen so geschickt zu verändern, daß ihnen eines Tages zu ihrer Verwunderung klar wird, wer hier eigentlich die Herren sind und wer die Sklaven.

Wie werde ich das bewerkstelligen? Natürlich über das schwächste Glied ihrer Kette, also Beau Bob. Oder durch dieses merkwürdige blasse Geschöpf, das seine Hausfrau Älteste ist? Nein. Sie hat den Segen *Mawus,* des Himmelsgottes, denn sie ist wirklich gut. Und dennoch hat *Mionna,* die Göttin der Frauen und der Zauberei, einen Fluch auf sie gelegt; obwohl sie blaß ist und ihre Augen Geisteraugen, fließt ihr Blut glühend durch ihre Adern. Ihre Lenden sind heiß, ihre Sehnsucht brennt sichtbar auf ihrem Mund. Und er vernachlässigt sie, teilt beinahe nie ihre Schlafmatte. Aber das ist dunkel, ich kann es nicht genau erkennen. Daher muß ich warten. Diesen Weg darf ich, wenn überhaupt, nur sehr vorsichtig beschreiten. Und wenn ich ihn beschreite, soll es mit einer List geschehen, auf die *Dangh,* der Pythongott selbst, stolz wäre.

Er bemerkte plötzlich, wo er sich befand: in jenem Gebiet von Rosebriar, das Wallace Bibbs Bob zur Verwaltung anvertraut hatte, ohne es jedoch seinem jüngeren Sohn gesetzlich zu übertragen. Er hatte vergeblich gehofft, daß Beau Bob aus Angst, sein Erbe zu verlieren, seine Lebensweise ändern würde. Wes wußte, daß er jetzt auf der Hut sein mußte. Er wäre nie durch Beau Bobs Felder gefahren, hätte er es vermeiden können. Aber er konnte Collinswood, wo er einen Tag lang die Reitpferde der Collins beschlagen sollte, auf keinem anderen Weg erreichen. Er hoffte inbrünstig, nicht mit Beau Bob zusammenzutreffen, da dies zu Schwierigkeiten führen konnte. Alles wies darauf hin. Vor ein paar Tagen hatte man ihm erzählt, daß Bob zu seinem Bruder Ashton gesagt hatte:

»Wenn ich deinen und Pas Lieblingsnigger in meinem Teil der Plantage erwische, bearbeite ich ihn so lange mit der Peitsche, bis ihm sein verdammter Hochmut vergeht.«

Und sicherlich hatte sich Beau Bobs Laune nicht dadurch gebessert, daß seine Schwägerin Cecilia daraufhin gestichelt hatte:

»Aber warum denn, Bob? Ich gebe zwar zu, daß deine kleine Yankee-Frau sehr ausgefallene Ideen hat – zum Beispiel, daß sie Wes eine Hütte bauen lassen muß, größer und schöner als die Häuser der weißen Aufseher –, und dabei stehen in Ingrahams Crest vier tadellose Hütten leer. Aber das hat ja nichts zu bedeuten, nicht wahr? Oder vielleicht doch? Anscheinend hat dein kleines Frauchen Angst davor, daß eines Nachts ihre liberalen nordamerikanischen Ideen stärker sein könnten als ihr gesunder Menschenverstand. Oder vielleicht hat sie gemeint, daß sie ein bißchen Veränderung braucht, wenn man bedenkt, wie glücklich sie mit dir ist.«

Wes hatte nur wenige Stunden später einen wortgetreuen Bericht über diese Unterhaltung gehört, und zwar sobald die Feldarbeiter die Neuigkeiten von den Hausdienern erfahren hatten. Denn Bascomb Collins hatte einmal sehr richtig bemerkt:

»Es gibt nur eine schnellere Beförderungsart für eine Nachricht als ein Telegramm: sie einem Nigger zu sagen.«

Wes bezweifelte keinen Augenblick, daß Cecilia Bibbs diese Äußerung getan hatte. Wenn es um ihre Schwägerin ging, gab es nichts, was Cecilia nicht sagen würde – außer, es fiel ihr etwas noch Boshafteres ein.

Etwas später kam er an einer Reihe Sklaven vorbei, die das Unkraut zwischen den Baumwollpflanzen jäteten. Ihm war bewußt, daß er seinen schwarzen Leidensgefährten gegenüber zwiespältige Gefühle hegte. Einerseits verachtete er sie, weil sie so brave, gefügige Sklaven abgaben, er verabscheute ihre Gewohnheit, dick aufzutragen, mit kriecherischer Unterwürfigkeit die Rollen zu akteptieren, die die Weißen in ihrer vorgefaßten Meinung von der Minderwertigkeit der Schwarzen bestärkten. Daß dies ein schützendes *Gbo* war, das ihnen half und ihre Rücken vor der Peitsche schützte, wußte er ebenfalls. Aber bäuchlings auf dem Boden zu kriechen, paßte zu Hunden, nicht zu Männern. Ein Mann setzte seine Kraft gegen die der anderen ein und benützte seine überlegene Intelligenz, seine Schlauheit, seine List, um sein Ziel zu erreichen.

Andererseits liebte und bemitleidete er sie. Sie waren schließlich seine Brüder, von seiner Rasse, seinem Blut. Und außerdem brauchte er sie. Sie würden die Werkzeuge sein, mit deren Hilfe er seinen Körper aus dem todesähnlichen Zustand der Sklaverei befreien konnte; sie waren die Waffen, mit denen er diese schlechte Welt verändern wollte.

Aber noch war es nicht soweit. Deshalb warf er ihnen im Vorüberfahren keinen einzigen Blick zu, sondern ratterte mit ernstem Gesicht weiter.

Dann erstarrte sein Körper plötzlich. Denn aus der Gruppe, die gebückt jätete, drang ein Gefühl zu ihm, gegen das er sich wehrte, das er mit aller Kraft zurückwies. Er fuhr weiter, wußte jedoch, daß ihm seine Abwehrhaltung nichts genützt hatte, denn das Gefühl drang in seine *Semedo,* seine individuelle Seele, ein und forderte eine Antwort, eine Reaktion.

Seine *Selido,* seine denkende dritte Seele, versuchte, das Gefühl zu analysieren. Er wußte, daß es von einer einzigen Person in der Gruppe der Sklaven ausging. Die Wärme in seinem Leib, das Feuer in seinen Lenden sagten ihm, daß diese Person eine Frau war. Dennoch drehte er sich nicht um und sah auch nicht über die Schulter zurück. Er wappnete seine wachsame Seele gegen sie. Denn seine denkende Seele sagte ihm, daß jede Frau, die in ihm solche Sehnsucht, solches Bedürfnis nach einem Weib wecken konnte, eine Gefahr für seinen wohlüberlegten Entschluß darstellte, keine Frau zu nehmen und keine Kinder zu zeugen, solange er Sklave war.

Ersteres wäre ein Verbrechen gegen seine Männlichkeit gewesen. Wie oft hatte er erlebt, daß die Ehemänner unter den Sklaven hilflos und weinend zusahen, wie ihre Frauen ihren Oberkörper, ihre Brüste entblößen mußten und wegen eines Fehlers, eines Vergehens, von Wallace Bibbs persönlich ausgepeitscht wurden.

Daß Wallace Bibbs einer Frau nie mehr als zehn Peitschenhiebe versetzte und einem Mann nie mehr als zwanzig – während auf anderen Plantagen fünfzig bis hundert die Regel waren – und daß unter seinen Hieben nie die Haut aufplatzte, veranlaßte seine Sklaven, grinsend zu sagen:

»Guter alter Massa Wally. Peitscht nie hart. Und erlaubt den Aufsehern nicht, viel zu schlagen. Will nicht Leute mit Narben haben . . .«

Güte, fragte sich Wes, oder Eigennutz? Wallace Bibbs ritt auch wertvolle Pferde nicht zuschanden. Und überforderte gute Maultiere nicht. Daß sich Aufseher oder, was noch ärger war, zu Antreibern ernannte Schwarze oft in wilde Tiere verwandelten, ärger als Leoparden, konnte man nicht leugnen. Aber sie waren ja nicht Besitzer des menschlichen Viehs, und deshalb kostete es sie nichts, es zu töten, sondern bereitete ihnen nur zusätzliche Befriedigung. Wes wußte, daß diese Befriedigung nichts als pervertierte Sexualität war.

Sein zweiter Grund war religiöser Natur. Die Kinder eines Mannes waren sein Beitrag zum Kult seiner *Tau Vudun,* seiner zu Göttern gewordenen Vorfahren. Den Ahnengöttern in seinen Nachkommen Gläubige zuzuführen, die das Eigentum anderer waren, war für einen so stolzen Menschen wie ihn Blasphemie.

Deshalb würde er, *Hwesu,* kein Weib nehmen und keinen Sohn zeugen bis zu dem Tag, da er wieder ein Mann, ein Fürst und frei war.

Er hörte plötzlich hinter sich das Geräusch einer Peitsche. Hörte, wie sie mit dumpfem Klatschen auf Fleisch traf. Aber es folgte kein Schrei, kein Jammern. Wes stählte alle seine Seelen gegen dieses widerliche Geräusch und fuhr weiter.

Hinter ihm lag das Mädchen Phoebe im Schmutz wie eine verwundete Schakal-Hündin. Sie stopfte sich zwei Handvoll Unkraut in den Mund, um das Stöhnen zu unterdrücken, das gegen ihren Willen in ihr aufstieg.

Die Peitsche schlug weiter zu, fünfzig Hiebe, fünfundfünfzig. Dann hielt sie unvermittelt inne. Phoebe wendete den kurzgeschorenen Kopf; ihr Körper war nur noch eine Masse blutigen Fleisches. Sie sah, daß die anderen Sklaven den riesigen Schwarzen festhielten, der sie ausgepeitscht hatte.

»Jonas, bist du verrückt, Mann?« sagten sie. »Du tötest die arme Phoebe, und der Massa hängt dich dafür auf, du Narr. Du bist der Niggertreiber, und er hat dir erlaubt, uns zu schlagen. Aber nicht so. Und nicht wegen nichts, Mann.«

»Nichts!« brüllte Jonas. »Ihr habt gesehen, wie sie den großen Nigger angeschaut hat! Sie ist meine Frau, ja. Ich werde ihr nie erlauben, mit einem anderen Nigger zu schlafen, auch nicht mit einem Zauberer wie dieser große Affe. Ich sage euch allen –«

»Jonas«, sagte einer der anderen, der älteste der Gruppe, ein weißhaariger, sechzigjähriger Schwarzer, »du und Phoebe, ihr seid noch nicht vor dem Priester gestanden, wie ich höre. Und ich würde es wissen, wenn ihr über den Besenstiel springt. Käpt'n Wally macht immer eine große Feier, wenn ein Paar zusammenkommt. Whisky, Tanz, wir arbeiten den ganzen Tag nicht. Ich hätte es also wissen müssen. Du gehst mit ihr, aber sie ist noch nicht deine Frau, nicht nach dem Gesetz. Und als Käpt'n Wally dich zum Niggertreiber gemacht hat, hast du dein letztes bißchen Verstand verloren. Wenn du das arme Mädchen zu Tode peitschst, bekommst du Schwierigkeiten mit Käpt'n Wally und hast außerdem nichts mehr von Phoebe.«

Jonas verteidigte sich nicht weiter. Er sah dem verschwindenden Wagen nach und knurrte:

»Gut, ich peitsche sie nicht mehr. Aber ihr Nigger geht zur Arbeit – oder eure faulen Ärsche kriegen die Peitsche. Habt ihr mich verstanden? Geht an die Arbeit!«

Phoebe lag noch immer auf dem Boden.

Jonas beugte sich über sie.

»Phoebe, Liebling«, stöhnte er, »es tut mir leid, wirklich. Aber du machst mich wild, wenn du den großen Nigger so ansiehst. Steh jetzt auf. Setz dich dort zum Baum in den Schatten. Heute mußt du nicht mehr arbeiten. Und morgen sage ich Massa Wally, du bist krank – damit du den ganzen Tag zu Hause bleiben kannst. Aber du darfst ihm nicht sagen, daß ich dich so arg gepeitscht habe.«

Phoebe spuckte Gras und Unkraut aus. Es war blutig, denn sie hatte sich die Zunge halb durchgebissen, um nicht zu schreien.

»Gut«, flüsterte sie, »ich sage nichts. Aber zwischen uns ist es für immer aus, Jonas. Ich will keinen verrückten Nigger als Mann haben. Und so was Gemeines wie dich schon gar nicht. Du such dir ein anderes Mädchen, großer Mann. Mit uns beiden ist es aus. Ich habe dir von Anfang an gesagt, ich weiß nicht, ob ich dich liebe. Aber jetzt weiß ich es – ich liebe dich nicht.«

»Du liebst ihn!« tobte Jonas. »Diesen großen afrikanischen Voodoo-Mann. Er hat dich verhext. Hat deinen Verstand verzaubert –«

»Er hat nichts gemacht«, murmelte Phoebe, »er ist nur vorbeigefahren, das ist alles. Und da sahst du so schwächlich aus, Jonas. Ich habe dich und ihn nebeneinander gesehen, und du warst ganz klein. Du kannst nichts dagegen machen, Big Boy. Überhaupt nichts.«

»Ich bringe dich um«, sagte Jonas entschlossen. »Ich steche dir das Schlachtmesser in den Bauch und reiße dir die Gedärme heraus, Phoebe, bevor ich dich zu ihm lasse.«

Sie blickte auf. Ihre zerbissenen, geschwollenen Lippen verzogen sich zu einem Lächeln.

»Tu's«, flüsterte sie. »Du mußt es tun, Jonas. Weil dir nichts anderes mehr übrig bleibt.«

Das Mädchen Ellen saß in der winzigen, stickig heißen Kammer ganz oben im Dachgeschoß des Herrenhauses in Collinswood und nähte. Von Zeit zu Zeit hob sie die scheeweiße Hand, um sich eine Träne aus den blauen Augen zu wischen. Nichts an ihr wies auf die Zugehörigkeit zu der Rasse hin, der sie eher willkürlich zugeordnet worden war, weil ihre Mutter eine Quarterone, ihre Großmutter eine Mulattin gewesen war.

Aber ihre Niedergeschlagenheit hatte nichts mit den stupiden Vorurteilen des Südens – und auch des Nordens – in Rassenfragen zu tun. Der Gedanke, daß sie wahrscheinlich in den nächsten Tagen verkauft werden würde, brachte sie zur Verzweiflung. Denn das Haus des jungen Master Bascomb näherte sich der Vollendung. Sobald es fertig war, würde Bascomb Hortense Brown als seine Frau heimführen.

Und Hortense hatte geschworen, Ellen müsse bis dahin verschwunden sein, sonst gäbe es keine Hochzeit.

»Denn«, hatte Cecilia Bibbs in aller Öffentlichkeit gesagt – sie war im ganzen Bezirk wegen ihrer spitzen Zunge bekannt –, »die kleine Hortense hat Angst, daß die Leute sich nicht mehr auskennen. Mit ihrer dunklen Haut, dem schwarzen Kraushaar und den braunen Augen könnte man sie für das Dienstmädchen und Ellen für die Herrin halten.« Ellen wollte aber nicht von Collinswood fort, obwohl sie hier seit ihrer Geburt nie glücklich gewesen war. Denn die Ausnahme, daß die Hausdiener, die oft Mulatten waren, eine private Rasse darstellten,war genauso falsch wie die meisten ehrwürdigen Überlieferungen des Südens.

Wir bekommen besseres Essen, sinnierte Ellen traurig, und gute Kleider – die geflickten, ausgebleichten Fetzen, die unsere Herrinnen wegwerfen. Aber die Hütte eines Feldsklaven ist besser als diese Kammer. Und seine Frau bekommt mehr zu essen als wir, auch wenn es nur Fraß ist. Eine Feldarbeiterin arbeitet von früh bis spät. Aber in der Nacht schläft sie. Die Arbeit und ihr Mann verhelfen ihr zu gesundem Schlaf.

Und ich? Wie oft hat mich die alte Miss Catherin um zwei Uhr früh gerufen, damit ich ihr ein Glas heiße Milch oder einen Toddy bringe und ihr dann bis Tagesanbruch vorlese. Und bei Tagesanbruch mußte ich wieder auf den Beinen sein, sonst hätte ich's gekriegt.

Ich werde nicht ausgepeitscht. Das stimmt. Nur gelegentlich geschlagen oder gezwickt. Aber wer kümmert sich je um meine Gefühle? Miss Abigail und Miss Ruth behandeln mich ja nicht so schlecht. Und Massa Bascomb ist richtig gut zu mir, weil sie alle drei wissen, daß ich ihre Schwester bin. Aber die alte Missus? Jedesmal, wenn sie mich sieht, erinnert sie sich daran, daß Massa Barton mehr als einmal sein Glück bei einer farbigen Frau versucht hat. Aber das war ja, bevor sie ihn geheiratet hat. Er hat seine erste Frau betrogen, die arme Miss Susanna, nicht sie. Wahrscheinlich hat sie Angst, daß er rückläufig wird, und läßt es an mir aus.

Und jetzt noch das! Auch wenn es mir nicht gut geht, so fühle ich mich hier doch in Sicherheit. Hier wartet kein geiler junger Gentleman darauf, mich zu seinem Fancy Girl zu machen. Hier wissen sie, daß ich ein anständiges Mädchen bin, und achten mich. Massa Barton – mein Pa! – beschützt mich vor geilen Niggern und wilden jungen Weißen wie diesem schrecklichen Beau Bob Bibbs. Und auch Massa Bascomb tut es. Wenn er nicht wäre, weiß ich nicht, was Beau Bob schon mit mir angestellt hätte.

Nur mußte sich Massa Bascomb – mein Halbbruder, und ich muß ihn Massa nennen – eine Frau nehmen. Wahrscheinlich liegt das in der menschlichen Natur. Warum mußte es aber ein Mädchen aus einer Familie sein, in der das Negerblut wieder zum Vorschein kommt? Angeblich genügt ein Tropfen farbiges Blut, damit jemand ein Nigger ist. Dann gibt es aber nur sehr, sehr wenige Weiße – oder vielleicht gar keine – südlich der Mason-Dixon-Linie.

Wenn ich doch keine so helle Haut hätte! Wenn ich doch so dunkel wäre wie Ruby! Dann könnte ich mir einen guten Mann nehmen wie diesen Wes, der Grund für Rubys Seufzer, und aus dem Herrenhaus in eine Hütte ziehen, wo ich meine Ruhe hätte.

Als könnte sie Gedanken lesen, klapperte Ruby die Treppe hoch, riß die Tür auf und blieb im Rahmen stehen. Ihre dunklen Augen waren riesengroß, ihre kupferfarbenen Wangen gerötet.

»Ellen«, stieß sie hervor, »Ellen– Wes –«

»Hat sich mit einem schwarzen Niggermädchen zusammengetan, das Füße wie ein Raddampfer hat?« spottete Ellen. »Na schön – du wirst darüber hinwegkommen. Oder soll ich dir das Veronal von der alten Missus stehlen? Trink die ganze Flasche, und du weißt von nichts mehr. Oder Massa Bartons Rasiermesser? Natürlich gibt es dabei eine Schweinerei, aber –«

»Du bist gemein«, stöhnte Ruby, »das gemeinste gelbe Niggermädchen, das ich kenne. Nur weil du wie eine Weiße aussiehst hast du noch lange nicht das Recht, mich zu quälen. O Ellen, Ellen, bitte.«

»Was, bitte?«

»Kommst du mit mir hinunter? Wir machen einen kleinen Spaziergang, ja? Zu den Ställen? Zur Schmiede?«

»Ruby –«

»Er – Wes – ist hier. Massa Barton hat nach ihm geschickt – er soll besondere Hufeisen für Flying Cloud machen. Und Ellen – wenn ich ihn nicht aus der Nähe sehen, ihm nicht guten Morgen sagen kann, platze ich. Kommst du, ja?«

Ein leichtes Lächeln kräuselte Ellens Lippen.

»Und wenn ich ihn dir wegnehme?« fragte sie.

»Das darfst du nicht. Das kannst du nicht. Du bist zu hell. Die meisten Nigger haben Angst, mit einem hellen, klugen Mädchen zu schlafen, das weiß ist wie du. Macht zu viele Schwierigkeiten. Sie müssen Tag und Nacht die weißen Männer vertreiben. Wenn sie ihr Haus verteidigen, bringt man sie um. Keine Frau ist das wert. Wes ist kein Narr. Und außerdem gehört er mir. Er muß. O Gott, Ellen, wenn dieser Mann mich nicht so wiederliebt wie ich ihn, sterbe ich vor Kummer. Dann ist das nächste Begräbnis hier meines. Ich mache keinen Spaß, ich meine es ernst.«

Ellen stand auf, schloß Ruby in die Arme und küßte sie.

»Gut, Kind, ich gehe mit dir. Aber zuerst müssen wir meinen Bruder Joe finden.«

»Joe? Wofür brauchen wir ihn, Ellen?«

»Es sieht besser aus, wenn wir mit meinem Bruder gehen. Weißt du, was die alte Missus sagen wird, wenn sie hört – und irgendwer erzählt es ihr sicher –, daß zwei von ihren Hausmädchen bei den Ställen waren und mit einem Schmied gesprochen haben? Noch dazu mit einem Nigger von einer anderen Plantage?«

»Ja«, stöhnte Ruby. »Und nicht nur sie, auch meine Ma und mein Pa. Ich kann von Glück reden, wenn mein Pa mich nicht mit dem Gürtel versohlt. ›Du hast es eilig, was? Dann nimm das. Und das und das. Weißt du nicht, daß kein anständiges Mädchen einem Mann nachläuft?‹ Gott, Ellen, ich kann sie hören.«

»Sie haben recht, Ruby.«

»Das weiß ich. Aber ich weiß auch noch ein paar andere Sachen – und ich glaube, meine Ma und mein Pa kennen sie auch, und deshalb sind sie so streng mit mir.«

»Was für Sachen, Ruby?«

»Vor allem: ein anständiges Mädchen ist ein Mädchen, das den richtigen Mann noch nicht kennengelernt hat. Den Mann, der ihr nur einen kleinen Stups gibt, und sie fällt um. Stups, zum Teufel,

Wes muß nur mit dem Finger schnippen, und der Lufthauch wirft mich um; ich würde liegen bleiben und warten, daß er zur Sache kommt.«

»Ruby!«

»Tu nicht so empört! Ja, du bist verdammt weiß, und ein weißes Mädchen hat nicht so heißes Blut oder soll es nicht haben – aber mächtig viele haben es doch. Es hat hier schon ganz mächtige Schießereien gegeben, weil die Beaus nicht schnell genug aus den Schlafzimmerfenstern von verheirateten weißen Damen gesprungen sind. Aber ich bin wenigstens ein halber Nigger. Zum Teufel, in dieser Beziehung bin ich ein ganzer Nigger, Gott sei Dank.«

»Ruby, du bist unmöglich.«

»Ich sag nur die Wahrheit, Ellen. Und die Wahrheit ist, daß die Liebe im Leben eines Mädchens der Augenblick ist, wenn ihr Herz stärker ist als ihr Kopf. So ist es bei mir mit Wes. Ich liebe ihn, Ellen. Ich liebe ihn und ich will ihn haben und ich brauche ihn. Wie kann eine Frau ihrem Mann überhaupt Kinder schenken, wenn ihr schon bei dem Gedanken schlecht wird, daß er sie berührt?«

Ellen lächelte.

»Wie wird dir bei dem Gedanken, daß Wes dich berührt, Ruby?«

»Meine Beine werden ganz weich, meine Zehen rollen sich ein, meine Knochen schmelzen wie Butter. Und mein Blut kocht. O Gott, Ellen, komm.«

Wes blickte von dem Kohlenbecken auf, in dem er die bereits halb geformten Hufeisen wieder rotglühend machte. Neben ihm stand Gus, der Stallknecht der Collins, hielt Flying Cloud am Zügel und beruhigte den schönen grauen Wallach mit leisem Gemurmel und Liebkosungen.

Wes sah die drei Personen, als sie auf den Stall zukamen. Zwei von ihnen waren Weiße mit dunkelblonden Haaren und blauen Augen, aber die dritte war ein Mischling, wie sie die Plantagenbesitzer gelegentlich, die Aufseher öfter und die Söhne der Plantagenbesitzer sehr oft mit Sklavinnen zeugten. Dann sah er , daß die Weißen nicht die richtige Kleidung trugen. Das Mädchen trug das dunkle Kleid und die weiße Schürze einer Zofe und der junge Mann die Livree eines Hausdieners. Die beiden Mädchen, das weiße und das braune, waren genau gleich gekleidet.

Wes wendete sich an Gus.

»Wer ist das?« fragte er.

»Hausnigger«, antwortete Gus verächtlich. »Das süße kleine braune Zuckerstück ist Ruby Thomas. Massa Barton hat ihren Pa und ihre Ma von Massa Wilkes Thomas gekauft. Du weißt ja: Die Thomas' haben einen Besitz auf der anderen Seite der Weatherbee-Plantage. Deshalb heißen Rubys Leute Thomas und nicht Collins. Massa Bart hat die ganze verdammte Familie gekauft. Cas Thomas, seine Frau Beulah und die kleine Sary. Ruby war damals noch nicht auf der Welt. Er hat sie gekauft, weil er einen Butler und eine Wäscherin gebraucht hat. Und sie haben die richtige Farbe dafür gehabt. Der alte Massa Barton will keine schmierigen schwarzen Nigger wie dich und mich im Herrenhaus haben.«

»Und die Weißen?«

»Verdammt, die sind nicht weiß. Sie sind Massa Bartons Hinterhofkinder. Er hat sie gehabt, bevor er Miss Cathy geheiratet hat. Die Leute sagen, Miss Susanne – seine erste Frau – ist deshalb an gebrochenem Herzen gestorben. Er ist in die beiden gelben Nigger vernarrt. Ellen und Joe sind Zwillinge. Er wollte sie nicht verkaufen, obwohl Miss Susanne ihm und den beiden armen kleinen Bastarden die Hölle heiß gemacht hat. Aber dann ist sie gestorben, bei der Geburt von Miss Abigail. Also hat Massa Barton wieder geheiratet, nämlich Miss Cathy. Miss Cathy hat ihn dazu gebracht, ihre Ma, ein verdammt helles Mädchen, zu verkaufen. Sie hat Candy geheißen. Ich hab gehört, Miss Cathy hat das als Bedingung gestellt, wenn sie ihn heiraten soll, aber sie war einverstanden, daß er die Kinder behält. Und von Miss Cathy hat er nur ein Mädchen, Miss Ruth. Massa Bascomb und Miss Abigail sind von der armen Miss Susanna. Und weißt du was, Wes? Massa Bascomb und Missy Ruth sehen ganz gleich aus, auch wenn sie nur Halbgeschwister sind. Gelbes Haar, blaue Augen – wie alle Collins. Aber Miss Abigail hat pechschwarzes Haar und blaue Augen, aber ein anderes Blau, fast violett, wie Stiefmütterchen. Und sie sieht verdammt überhaupt nicht wie eine Collins aus. Also sagen die

Nigger, daß Miss Susanna sich noch gerächt hat, bevor sie gestorben ist. Manche sagen sogar, daß Massa Wilkes Thomas Missy Abigails wirklicher Pa ist, und –«

»Sie kommen«, unterrach ihn Wes.

»Ich weiß«, kicherte Gus. »Sie wollen dich sehen, großer Mann. Die Leute, vor allem die Weiber, bekommen nicht jeden Tag einen echten, wirklichen afrikanischen Voodoo-Mann zu sehen.«

»Dann sind sie verrückt, Legba hat ihr Gehirn gegessen.«

»Du sagst, du bist kein Zauberer, Wes?«

»Ich kann ein paar Tricks, das ist alles. Kunststücke für Taschenspieler. Damit kann man die Leute zum Narren halten, vor allem verdammte unwissende Nigger, Gus.«

Inzwischen war die kleine Gruppe herangekommen.

»Howdy, Wes«, hauchte Ruby.

Wes antwortete ihr nicht. Er sah die drei der Reihe nach an. Als er dann sprach, klang seine Stimme wie der Nachhall einer Trommel.

»Was wollt ihr?«

»Dich«, stieß Ruby mit zitternder, hoher, atemloser Stimme hervor. »Ich will dich, Wes. Du sollst mein Mann sein. Für immer. Wenn ein anderes Mädchen dich ansieht, reiß' ich ihr die Haare aus. Kratz' ihr die Augen aus. Bring' sie vieleicht sogar um. So, jetzt weißt du's . . .«

»Ruby!« Ellen schnappte nach Luft. »Hast du überhaupt kein Schamgefühl?«

»Nein, Madam. Jetzt nicht. Nicht bei Wes. Er ist mein Mann. Er muß es sein.«

»Ruby«, sagte Gus, »ich erzähl es deinem Pa. Er zieht dir die Haut bei lebendigem Leib ab, weil du dich aufführst wie ein Flittchen.«

»Ist mir gleich«, sprudelte Ruby hervor. »Los, erzähl's ihm, Gus. Vielleicht bringt er mich um. Macht Schluß mit meinem Elend. Wäre froh darüber. Weil, wenn Wes mich nicht liebt, will ich nicht mehr leben.«

Wes sah sie wieder der Reihe nach an und sagte ruhig:

»Geht weg, beide. Ich will keinen ausgebleichten Dreck. Das, was ein Weißer übriggelassen hat.«

»Jetzt hör mal, Nigger«, brauste Joe Collins auf.

»Kleiner Junge«, unterbrach ihn Wes, »halt deinen kleinen Mund. Missy Abigail wird ihn nicht mehr küssen wollen, wenn ich ihn dir zerschlage. Sie wird nicht wollen, daß deine Lippen breit werden wie bei einem Nigger.«

Joe war sprachlos.

»Das ist eine Lüge«, brachte er schließlich heraus. »Missy Abigail ist meine Halbschwester. Und ich –«

»Wirklich, hübscher kleiner Junge?« kicherte Wes.

Auch davon hatte er gehört. Wenn es im Herrenhaus einen Skandal gab, funktionierte das Nachrichtensystem der Schwarzen rund um die Uhr. Wes begriff, daß das die einzige Möglichkeit für die Schwarzen war, sich an ihren Herren zu rächen.

Ellen stampfte mit ihrem kleinen Fuß auf.

»Du bist ja so gemein«, sagte sie. »Du bist der gemeinste, hassenswerteste, häßlichste alte schwarze Nigger, den ich je gesehen habe. Ich werde es Massa Barton erzählen. Und er wird dich auspeitschen lassen, ganz sicher. Hast du gehört? Er wird dir das Fell vom Rücken ziehen.«

»Ich habe es gehört. Aber vielleicht ist es besser, wenn du mir zuhörst, Mädchen. Und genau aufpaßt. Niemand peitscht Wes. Niemand. Der, der es versucht, stirbt, Legba ißt sein Gehirn. Er wird zuerst verrückt, dann stirbt er.«

»Ich hasse dich«, schrie Ellen. »Ich hasse –«

Wes beugte sich vor und schaute ihr tief in die blauen Augen.

»Nein, das tust du nicht, kleines Mädchen ohne Farbe. Du liebst mich. Noch mehr als die da. Und du willst mich nicht lieben, weil dein Pa – auch ein alter, böser Weißer – dir beigebracht hat, daß es schlecht ist, einen Mann zu lieben, der schwarz ist. Und weißt du was? Er hat recht. Es ist ganz verkehrt, wenn du mich liebst. Weil ich schwarz und stolz bin. Und meine Frau, wenn ich einmal eine finde, muß das auch sein.«

»Also, verdammt noch mal«, begann Joe.

»Ruhig, kleiner Junge«, sagte Wes sanft. »Ich werde deine Schwester nicht nehmen. Ich werde dir nichts tun. Wir werden Freunde werden, du und ich. Ich erklär' dir später, warum. Jetzt nimm diese beiden armen kleinen Mädchen ohne Farbe und geh fort. Ich hab zu tun, muß woanders hin. Und vielleicht muß ich alles allein tun, auch allein gehen. Weil nur eine ganz bestimmte Frau mit mir gehen kann. Schlank wie ein Baum, schwarz wie die Nacht, stolz. Kein weißes Babymädchen.«

»Wes«, flüsterte Ruby. »Ich bin stolz. Und schwarz genug. Und tapfer genug – gib mir eine Chance. Es gibt nichts, was ich nicht für dich mache.«

»Mein Gott«, sagte Gus. »Wer hätte das gedacht? Ruby, du bist einfach schamlos. Ich erzähl es deinem Pa. Hast du gehört, Mädchen?«

Wes sah sie an, seufzte und sprach sanft, beinahe freundlich: »Dann tu das für mich: hör auf, mich zu lieben. Es ist nicht gut, wirklich nicht, kleine Ruby.«

»Gut«, sagte Ruby, »ich werde es tun, Wes. An dem Tag, an dem ich sterbe. Und weißt du, wann das sein wird, großer Mann – mein Mann? Heute nacht?«

»Ruby!« sagte Ellen.

»Ich mein' es ernst«, flüsterte Ruby. »Lebewohl, Wes.«

»Lebewohl, kleines Mädchen«, sagte Wes ruhig.

»Du bist gemein!« schrie Ellen. »Schrecklich. Und –«

»Und du liebst mich«, grinste Wes.

Ellen hob die rechte Hand, holte aus und schwang sie auf Wes' Gesicht zu. Aber Wes war nicht mehr da. Er war ihr mit einer einzigen geschmeidigen Bewegung ausgewichen. Die Wucht ihres Schlages brachte Ellen aus dem Gleichgewicht. Sie wäre in das Becken mit den glühenden Kohlen gefallen, wenn Wes sie nicht aufgefangen hätte.

Leichenblaß starrte sie ihn an.

»Wes –«

»Ja, kleines Mädchen ohne Farbe?«

»Was hast du in deinen Händen, deinen Fingern, daß sie sich so anfühlen?«

Wes warf den Kopf zurück und lachte dröhnend.

»Die Macht und die Herrlichkeit. Dagegen bist du hilflos, nicht wahr, kleines Mädchen?«

»Ja«, flüsterte Ellen, »ja.«

»Küß mich, kleines Mädchen«, säuselte Wes.

Ellen stellte sich auf die Zehenspitzen. Schloß die Augen.

Wes stieß sie spielerisch, sanft von sich.

»Nein, ich will nicht«, kicherte er. »Eine weiße Frau schmeckt wie saure Milch.«

»Jesus!« sagte Gus. »Und dieser verrückte große Nigger sagt, er ist kein Voodoo-Mann!«

Wes ließ sie los. Ellen blieb mit Tränen in den Augen regungslos stehen.

Und in diesem Augenblick schlug Ruby sie mit aller Kraft ins Gesicht.

4

»Los«, sagte Wes. »Ihr könnt es alle viel besser. Wollt ihr Miss Pamela Schande machen? Beweisen, daß sie unrecht hat und diese weißen Südstaatler recht haben? Die, die sagen, daß sie schon noch herausfinden wird, daß kein Nigger in Trab kommt, wenn man ihm nicht eins mit der Peitsche überzieht?«

Pamela saß im Schutz des Waldes am Feldrain auf ihrem grauen Wallach und lächelte. Sie war sicher, daß die Feldarbeiter, die unter Wes' Aufsicht mit erstaunlichem Eifer Baumwolle pflückten, sie noch nicht gesehen hatten. Sie war nicht sicher, ob auch Wes sie nicht bemerkt hatte. Sie hatte längst erkannt, wie scharf sein Wahrnehmungsvermögen war. Er konnte den schwächsten Geruch – zum Beispiel ihr Parfüm – zwei Meilen gegen den Wind riechen und hörte das Knacken eines Zweiges sogar auf noch größere Distanz. Aber falls er sich ihrer Anwesenheit bewußt war, gefiel es ihm heute, es nicht zu zeigen. Also blieb sie auf Prinz Rupert in Deckung und genoß das Schauspiel: die schwarzen Gestalten, die sich zwischen den hüfthohen Baumwollstauden bückten. Schwarze Finger, die in Windeseile an den Kapseln zupften. Arme, die nach hinten schwangen und die schneeweißen Faserbüschel in die Säcke stopften, die schräg über ihren Schultern hingen. Alle im gleichen Rhythmus, ohne Peitschenknallen oder Flüche, die die Schönheit dieser Szene unter dem blauen Himmel und der heißen Sonne gestört hätten.

Sie nennen ihn einen Zauberer, einen afrikanischen Hexenmeister, dachte sie. Und er ist es wirklich. Aber seine Methoden sind so einfach. Er überlegt sich nur genau, wie der Verstand einer Person funktioniert, und wendet dann ausschließlich List an. Bringt die Menschen dazu, sich ihrer selbst zu schämen, oder stachelt ihren Stolz an, oder lobt sie überschwenglich für eine geringfügige Leistung und sagt dann: »Aber nächstes Mal kannst du's besser, nicht wahr?«

Vor mir arbeitet da eine Gruppe der faulsten, sorglosesten menschlichen Wesen, und sie arbeiten wie wild, um mir keine Schande zu machen, um zu beweisen, daß ich recht habe, wenn ich behaupte, daß man erwachsene Männer und Frauen nicht mit der Peitsche zur Arbeit zwingen muß. Da sitzt Pamela Ingraham, die panische Angst vor Pferden hat, auf diesem schönen, temperamentvollen Tier – weil dieser Hexenmeister, Zauberer, Magier nicht nur meine Plantage für mich leitet, sondern auch in mein Leben eingreift.

Er betrachtet mich wie ein widerspenstiges, zurückgebliebenes und ziemlich dummes Kind, schüttelt den massigen Schädel bekümmert und erstaunt, versetzt mit seinem Samtbaß die Luft in erotische Schwingungen und säuselt:

»Miss Pam, es ist einfach eine Schmach und Schande, daß Sie sich von Miss Cecilie übertreffen lassen. Sie behaupten, Sie müßten in dem kleinen Sulky fahren wie eine alte Frau, weil Sie nie gelernt haben, mit einem Pferd fertig zu werden . . .«

Und hat mich überredet, nicht irgendein Reitpferd zu kaufen, sondern einen Grauschimmel von Collins. Dann hat er ihn selbst zugeritten und ihn so gründlich gezähmt, daß sogar ich mit ihm fertig werde. Ich frage mich, was er mir heute erzählen wird.

Sie sah auf die goldene Uhr, die sie an einer Seidenschnur um den Hals trug. Es war eins. Zeit für das Mittagessen dieser armen Geschöpfe. Und –

Sie ritt zu ihnen. Sofort jubelten sie im Chor: »Howdy, Miss Pam.«

Ihr Gesicht war vor Freude rosa überhaucht. Wie sie sie liebten! Geliebt zu werden war ein schönes Gefühl. Selbst von schwarzen Menschen, die ihr gegen alle ihre Grundsätze gehörten. Selbst von

Sklaven. Ich werde euch alle eines Tages freilassen, dachte sie. Ich schwöre es.

»Howdy, Madam«, lächelte Wes sie an. »Sie bringen das Buch?«

»Ja, Wes. Hilf mir jetzt hinunter. Setzen wir uns unter diesen Baum, so daß ich mir deine heutige Geschichte anhören kann. Und danach kommt deine Lektion.«

Wes hob sie schwungvoll vom Grauschimmel. Es gelang ihm, wie immer, mit dieser einfachen Bewegung die Schwerkraft aufzuheben. Und wie immer dachte sie: Kein Wunder, daß er wilde Pferde beruhigen kann. In seinen Händen liegt Magie. Magie und Meisterschaft. Er ist so ganz anders als die übrigen Neger, so merkwürdig anders.

»Wes«, fragte sie scherzhaft, »bist du sicher, daß du diese wilden Geschichten nicht erfindest?«

»Nein, Miss Pam«, antwortete er ernsthaft, »in meinem Land gehen sie von Vater zu Sohn. Seit hundert Jahren. Ein Daddy sagt's seinem Jungen, und der –«

»Wes«, wies sie ihn sanft zurecht.

»Gott, bin ich dumm«, lachte er. »Gut, gut. Ein Vater erzählt es seinem Sohn, und der erzählt es seinerseits seinem Sohn und so weiter. Ist es so besser, Miss Pam?«

»Viel besser, Wes. Du kannst schon sehr gut lesen, wenn man bedenkt, daß du es erst seit zwei Monaten lernst. Und du könntest beinahe grammatikalisch fehlerlos sprechen, wenn du nur . . .«

»Miss Pam«, unterbrach er sie langsam, »das ist gefährlich. Wenn ein Neger gut – ich meine richtig spricht. Die Weißen werden wütend, wenn ein Schwarzer ordentlich spricht.«

»Ich weiß. Es ist traurig. Dumm und traurig. Aber du wirst nicht immer ein Sklave sein, Wes. Denn wenn ein Mann wie du versklavt ist, wirkt die Sklaverei noch ärger als sonst. Aber mach weiter, iß deinen Lunch. Ich habe Zeit.«

Sie sah ihm beim Essen zu und dachte:

Sogar das tut er anders. Er ist sauber und reinlich wie eine Katze. Er schlingt sein Essen nicht hinunter, stopft sich nicht den Mund voll; für einen so großen Mann ißt er beinahe zimperlich.

Und wie ungezwungen ich mich jetzt in seiner Nähe fühle. Auch das hat er zustande gebracht. Er versicherte mir mit unwahrscheinlichem Zartgefühl – o Gott, wie soll ich es ausdrücken? –, daß er nie annehmen würde, irgendeine Vertraulichkeit zwischen uns wäre auch nur denkbar. Daß seine Hautfarbe und die niedrige Stellung, in die wir, meine Rasse, ihn gezwungen haben, die Tatsache aufhebt, daß er ein Mann ist und ich eine Frau bin. Ohne daß er es in Worte faßte und ohne sich zu erniedrigen oder seine Würde zu verlieren.

»Wes«, sagte sie, »ich habe Neuigkeiten für dich. Herrliche Neuigkeiten. Du erinnerst dich, daß ich deine afrikanischen Märchen meinem jungen Cousin Dwight Ingraham schicken wollte, der in Cambridge einen Verlag leitet?«

»Ja, Miss Pam, ich erinnere mich.«

»Nun, ich habe heute früh einen Brief von ihm bekommen. Er hat drei der Geschichten im ›Cambridge Spectator‹ veröffentlicht. Das ist eine Zeitung, Wes. Das Ergebnis war überwältigend. Die Führer der Bewegung zur Sklavenbefreiung haben verlangt, daß er deine Erzählungen in Buchform veröffentlicht. Der bedeutendste von ihnen, William Lloyd Garrison, hat ihn sogar persönlich aufgesucht und ihm angeboten, eine Subskription für dieses Buch zu eröffnen. Jetzt bist du also berühmt. Was hältst du davon?«

Wes sah sie nicht an. Seine dunklen Augen schienen in weite Ferne zu blicken. Das Schweigen zwischen ihnen lastete schwer. Plötzlich lag Dunkelheit über dem Land. Über Ingrahams Crest.

»Ich denke, daß das hier Mississippi ist, Miss Pam. Und daß ich ein Nigger bin. Und ein Sklave.«

Sie brach in Tränen aus. Ihre mageren, sehnigen Hände legten sich um seine große, schwarze Hand.

»O Wes, nein«, stöhnte sie.

Er lächelte sie an.

»Das hier ist immer noch Mississippi, Miss Pam. Und ich bin immer noch schwarz. Und Sie sind immer noch weiß. Und alle Ihre Nigger schauen zu. Lassen Sie meine Hand lieber los, bevor sie alle der Schlag trifft.«

Ihre Wangen wurden flammend rot. Sie ließ seine Hand fallen und flüsterte:

»Verzeih, Wes.«

Er antwortete friedlich: »Aber nein. Sie sind meine Herrin. Ich bin Ihr Sklave. Aber *uns* sind Freunde.« Er wiederholte den letzten Satz langsam und richtig: »Aber *wir* sind Freunde. Und das ist fein, Miss Pam. Mächtig fein. Glaube, wir sind das mächtig feinste Ding hier.«

Sie senkte den Kopf, ihre Schultern zuckten. Dann richtete sie sich stolz auf, kümmerte sich nicht um die Tränen, die ihr über das Gesicht liefen, und sagte:

»Das stimmt, Wes, und deine Freundschaft ehrt mich.«

»Danke, Madam. Aber wir hören besser auf, denke ich. Jetzt erzähle ich Ihnen meine Geschichte. Haben Sie Ihre Schreibsachen?«

»Ja, Wes.«

»Diesmal eine wahre Geschichte. Ist meinem Ersten Freund Ältesten –«

»Deinem was?«

»Meinem Ersten Freund Ältesten. Wir müssen uns einen aussuchen, erzählen ihm alle unsere Geheimnisse. Alle wichtigen Sachen. Unsere Sprache ist nur Reden. Wir haben nicht – kein – Schreiben. Das ist ein Grund, warum ihr Weißen über uns seid.«

»Nein, Wes. Ihr Afrikaner habt vieles, worauf ihr stolz sein könnt. In Boston habe ich eine Sammlung eurer Kunst gesehen. Holzschnitzereien, Stammesmasken – so seltsam und schön. Kleine Fetische, Idole, entzückenden Schmuck . . .«

»Vielleicht. Aber wir sind Sklaven und die Weißen nicht.«

»Wes, auch Weiße wurden versklavt. Das Wort kommt von einer weißen Rasse, den Slawen, und –. Aber hören wir damit auf. Erzähl mir deine Geschichte, ja?«

»Gut. Mein Erster Freund Ältester muß sich alles merken, was ich ihm erzähle. Meinen Letzten Willen, Miss Pam. Welcher Sohn von mir nach meinem Tod Häuptling wird, erbt –«

»Wes, mein Schwager Ashton behauptet, daß du in deinem Land ein Prinz warst.«

»Das stimmt nicht. Ich war Häuptling, auch Gouverneur über einen Staat wie Mississippi. Aber nicht Prinz. Eine Frau von mir, Axovi, war eine Prinzessin. Die Tochter des Königs. Er hat sie mir gegeben, weil ich sein Leben gerettet habe im Krieg.«

»Oh! Ist das eine wahre Geschichte, die du mir jetzt erzählen willst?«

»Nein. Nicht jetzt. Später. Jetzt erzähle ich Ihnen von Dangbevi, die Frau von meinem Ersten Freund Ältesten. Seine erste Frau – seine Ehefrau Älteste. Ihr Name *Dangbevi* heißt Schlangenkind. Weil sie das Kind von dem Schlangengott, dem Python, war.«

»Aber, aber, Wes.«

»Und das kleine Baby Jesus ist in einem Stall geboren. Und ein Stern ist über seinem Kopf stillgestanden, und die Engel haben gesungen, und Weise sind aus dem Osten gekommen, und König Herodes hat alle Jungen-Babys getötet.«

Pamela dachte nach, dann begannen ihre Augen zu funkeln.

»Die Religion des einen ist der Aberglaube des anderen, und umgekehrt, nicht wahr? Seine Sprache, wenn wir sie nicht verstehen, ist Kauderwelsch. Seine Kultur, wenn sie sich von der unseren unterscheidet, barbarisch oder wild. Seine Philosophie, weil sie uns ebenfalls fremd ist, weil er anders denkt, Unsinn. Du hast recht. Erzähl mir von der Tochter des Schlangengotts.«

»Gut. Mein Erster Freund Ältester, *Kpadunu*, war vom Hexerclan. Er hat mir alles beigebracht, was ich von Magie weiß.«

»Wes«, fragte sie beunruhigt, »du bist ein Magier, nicht wahr? Ein Medizinmann. Ein Zauberer?«

»So was gibt es nicht, Miss Pam. Ich kenne ein paar Tricks, das ist alles, damit ich die Menschen zum besten halten kann. Aber *Kpad* hat meinen Großonkel *Hwegbe* zum besten gehalten. Und dann hat er sich betrunken, und er kam durch den Wald, und er hat zwei Python-Männchen gesehen, die um ein Weibchen gekämpft haben. Und eines von den Männchen hat ihm gesagt –«

»Na, Wes«, unterbrach ihn Pamela wieder.

»Die Pythons sind weise, Miss Pam. Sie sind Götter. *Vudun*, die Götter der Weisheit. Wir glauben das. So wie Sie glauben, daß ein Mann, der auf ein Kreuz gehängt wird und sich zu Tode blutet, nachher von den Toten zurückkommt –«

»Schon gut«, unterbrach ihn Pamela leicht gereizt. »Was hat der Python-Gott gesagt?«

»Hilf mir, hilf mir, Neffe des *Mauchau*. Ich bin ihr Mann. Und dieser Schuft will sie mir wegnehmen.«

»Und?«

»Und *Kpadunu* hat sie gefragt: ›Ist er dein Mann?‹ Und sie sagt ›Ja‹. Und *Kpad* fragt: ›Sag mir, Dame Python, welchen von den beiden willst du?‹«

»Und – was hat sie gesagt?«

»Meinen Liebhaber, natürlich. Er ist jünger und stärker und kann viel besser lieben.«

»O Wes, wie unanständig.«

»Das stimmt. Also hat *Kpad* gesagt: ›Du bist eine *Kosi*‹ – das ist unser Wort für eine Hure, Madam.«

»O mein Gott! Wes, du bist unmöglich. Du erzählst mir all diese schändlichen Lügen –«

»Keine Lügen, die Wahrheit, Madam. Also hat *Kpad* sein Messer herausgenommen und den Kopf von ihrem Liebhaber abgeschnitten. Und ihr Mann, der Gott *Dangh*, hat meinem Ersten Freund Ältesten gesagt: ›Für diesen Dienst gebe ich dir meine Tochter als Braut.‹ Und er hat es getan. Und so hat *Kpad Dangbevi* geheiratet.«

»Wesley Parks! Du erwartest doch nicht, daß ich – daß irgend jemand so eine Geschichte glaubt!«

»Warum nicht, Miss Pam? Sie ist wahr. Nachher – nachdem *Kpad* im Krieg getötet worden ist – habe ich selbst Dangbevi geheiratet.«

»Du hast eine Python geheiratet?«

»Nein. Sie war eine Frau. Sehr hübsch. Schön. Nur wenn man gesehen hat, wie sie geht, konnte man wissen, daß ihr Papa eine Schlange war.«

»Wes, Wes, Wes, das lasse ich mir nicht bieten!«

»Miss Pam, *Kpad* ist durch die Wälder gegangen, in der Nacht. Und wie er nach Hause kommt, war sie da. Neben ihm. Nackt. Miss Pam, wir in Afrika gehen nicht nackt. Hören Sie nicht auf das, was die Leute sagen. Sie hat nicht gewußt, wo sie herkam. Von welchem Ort, von welchem Stamm. Auch nicht, wer ihre Ma war oder ihr Pa. Und wenn sie ging, wand sie sich wie eine Python. Einfach schön. Und sie hat *Ewe* gesprochen, die heilige Sprache der Schlangengötter.«

»Was ist aus ihr geworden, Wes?«

»Sie hat sich selbst getötet, Miss Pam. In der Nacht, als die

Sklavenhändler mich gefangen haben. Sie wollten sie nehmen. Und sie wollte mir keine Schande machen, es nicht zulassen. Also hat sie sich das Leben genommen. Und –«

Seine tiefe Stimme stockte. Pamela blickte auf und sah die Tränen, die auf seinen schwarzen Wangen glitzerten.

»Oh, Wes«, sagte sie.

»Ich habe sie liebgehabt, Miss Pam. Auch mein Leben ist in dieser Nacht zu Ende gegangen. Alles zu Ende. Und jetzt –«

»Und jetzt wirst du jemand anderen finden! Es gibt eine Menge hübscher Mädchen hier und in Rosebriar und in Collinswood.«

»Ich will sie nicht. Sie sind nicht *Dangbevi*. Sie sind nicht einmal frei. Sie können verkauft werden wie ein Pferd, weg von mir. Auch meine Kinder. Das will ich gar nicht, Miss Pam.«

»O Gott. Wes, Wallace Bibbs ist ein Ehrenmann. Er würde weder deine Frau noch deine Kinder verkaufen.«

»Vielleicht nicht. Aber vielleicht peitscht er sie vor meinen Augen. Er tut das. Ich habe es gesehen, Miss Pam.«

»Wes, das würde er sicherlich nicht. Nicht deine Frau. Er würde eine Ausnahme machen, wie für dich.«

»Vielleicht. Aber ich verlasse mich lieber nicht darauf. Gut. Was denken Sie von meiner Geschichte, Miss Pam? Sie hat Ihnen nicht gefallen, wie? Deshalb haben Sie sie nicht einmal aufgeschrieben.« Seine Worte klangen traurig.

»Ich merke sie mir und werde sie heute abend aufschreiben. Es ist eine merkwürdige Geschichte, Wes, eine, die ich kaum glauben kann. Ich weiß, daß du sie glaubst. Wahrscheinlich ist das meiste davon wahr. Aber ich bin sicher, daß deine arme tote Frau nicht das Kind einer Schlange war. Das ist gegen die Natur. Und du gibst zu, daß dein Freund betrunken war, und –«

»Sie hätten sie sehen müssen, Miss Pam.«

»Das geht nicht mehr, Wes. Sie ist tot. Ein Jammer. Ich hätte sie gerne kennengelernt.«

»Hm«, knurrte Wes. Er streckte die Hand in die Hosentasche und zog einen kleinen, weichen Lederbeutel heraus.

»Hier«, sagte er, »nehmen Sie das, Miss Pam.«

»Was ist es denn, Wes?«

»Ein Geschenk für Sie. *Lisadje*.«

»Li-sad-je?«

»Ja. *Lisadje* – *Lisa* ist ein *Vudun.* Er ist der Himmelsgott. Vielleicht der größte *Vudun.* Er ist der Bruder und Mann von *Mawu.* Deshalb sagen wir *Mawu-Lisa* beinahe wie einen Namen.«

»Aber was sind die *Lisadje,* Wes?«

»Perlen. Ein Halsband. Dem Himmelsgott geweiht. Ihrem Kult, Miss Pam.«

»Meinem Kult? Also weißt du, Wes . . .«

»Ja, Madam. Sie haben Himmelsgeist-Augen. Sie tragen keine Ohrringe. Sie haben keine Löcher in den Ohren.«

Pamela dachte darüber nach, warum ihre Ohren nicht durchstochen waren. Dann sagte sie langsam:

»Mein Vater war Pastor der Christ Church in der Nähe von Lexington. Er hielt es für barbarisch, einem Kind die Ohren zu durchstechen. Deshalb erlaubte er es meiner Mutter nicht.«

»Sehen Sie? Ihr Vater hat Sie von Anfang an dem Himmelskult geweiht. Das ist das erste *Su-du-du* für ein Baby.«

»Wes, du kannst einen wahnsinnig machen. Was um Himmels willen ist das schon wieder?«

»Verbotene Dinge. Dinge, die die *Vudun* nicht erlauben.«

»Ach, ein Tabu. Du willst sagen, daß die Frauen, die zum Himmelskult gehören, sich ihre Ohren nicht durchstechen lassen dürfen?«

»Ja, Madam. Das stimmt. Und noch etwas. Sie tragen *Lisadje,* weiße Perlen. Das ist *Nowaidu* das Gegenteil von *Su-du-du.* Es bedeutet Dinge, die getan werden müssen.«

»Statt Tabus. Ich verstehe. Also muß ich weiße Perlen tragen?«

»Nicht irgendwelche weiße Perlen, Miss Pam. Diese *Lisadje* hier. Nehmen Sie sie heraus. Wollen Sie sie gar nicht ansehen?«

Pamela öffnete den kleinen Beutel mit zitternden Fingern. Sie war überrascht und verärgert, weil ihre Hände bebten. Es war einfach nicht richtig, daß sie aufgeregt war – und es noch dazu zeigte –, weil sie ein Geschenk erhielt, das sie aus anerzogener Höflichkeit nicht zurückweisen konnte. Dabei hätte sie es so gerne getan, denn es kam schließlich von einem Schwarzen, der noch dazu Sklave war.

Sie nahm die Halskette heraus. Sie bestand aus glatten weißen

Steinen, wie sie Jungen aus einem Bachbett fischen; Wes hatte sie durchbohrt und auf einen schwarzen Lederstreifen gefädelt.

»Ich habe lange gebraucht, bis ich diese Art gefunden habe, Miss Pam«, sagte er.

Dann bemerkte sie, daß es sich nicht um gewöhnliche Steine handelte. Erstens waren sie seidig, beinahe seifig glatt, und zweitens waren sie außergewöhnlich weiß, eigentlich bläulich-weiß. Einige glänzten wie Perlmutter, andere hatten den weichen Schimmer des Mondes.

»O Wes, sie sind wunderbar.«

»Legen Sie sie um den Hals. Tragen Sie sie.«

Sie gehorchte. Dieser Befehl erlaubte keinen Widerspruch.

»Fühlen Sie jetzt etwas, Miss Pam?«

»Nein. Ja. Sie verbrennen mich. Ich muß sie abnehmen. Ich –«

»Nicht, Miss Pam.«

»Wes, sie sind heiß!«

»Das hört auf. Sie fühlen es, weil Sie zu ihnen gehören, wie ich gesagt habe. Zu den *Lisadje,* weil Ihr Vater Sie *Mawu-Lisa* geweiht hat. Komisch, ich hab es nicht geglaubt. Sie sind weiß, und –«

»Jetzt fühlen sie sich gut an«, sagte sie, und ihre Stimme klang wie die eines kleinen Mädchens. »Wes, was bedeuten diese Perlen?«

»Sie geben Ihnen die Macht, Miss Pam.«

»Die Macht?«

»Ja, die Macht zu sehen.«

»Aber ich sehe doch! Ich bin ja nicht blind! Was für ein Unsinn ist das schon wieder, Wes?«

»Sie sind blind, Miss Pam. Alle Weißen sehen nur mit den Augen. Die Augen sehen nicht viel. Sie müssen sehen wie die Schwarzen. Nicht wie arme Sklavennigger, weil die verdorben sind. Sklaverei tötet die Seelen. Zwei von ihren Seelen. Also sehen sie nicht so gut. Besser als die Weißen, aber immer noch nicht so gut.«

»Wes –«

»Sie werden wie afrikanische Leute sehen. Geister. Sie werden träumen, Visionen haben. Wissen, was morgen geschieht. Übermorgen. Nächste Woche. Nächstes Jahr. Viele Jahre später.«

Sie starrte ihn an.

»Du bietest mir die Fähigkeit der Weissagung an, Wes?«

»Das weiß ich nicht. Ich habe nur so ein Gefühl. Sie sind nicht wie die anderen Weißen. Sie sind was Besonderes, Miss Pam. Sagen Sie es mir später. Wenn es wirkt – ich meine, wenn die *Lisadje* wirken, werden Sie Dinge sehen. Paar davon werden vielleicht schlecht sein. Ihnen Angst machen. Aber wahrscheinlich auch gute Dinge. Werden Sie glücklich machen, wie Sie sein sollten.«

Sie starrte ihn an. Ihre blaßblauen Augen begannen zu leuchten.

»Danke, Wes.«

»Nicht nötig. Und Vielleicht warten Sie lieber und sehen mal, wofür sie sich bedanken, bevor Sie es sagen. Jetzt muß ich aber Ihre Nigger wieder zum Arbeiten bringen. Heute werde ich keine Zeit für die Leselektion haben.«

»O doch. Laß sie noch eine Weile ausruhen. Sie sehen so müde aus.«

Und deshalb beugten sich die beiden Köpfe, Wes' schwarzes Kraushaar und Pamelas braune Haare, noch über das Lesebuch, als der große, kupferfarbene Mann auf seinem Maultier dahergeritten kam.

»Wes«, sagte der Fremde.

Wes blickte auf.

»Wer bist du?«

»Cas Thomas. Ihr Pa, Rubys Pa.«

Wes stand auf.

»Was willst du, Cas Thomas?«

»Ich muß dir was klarmachen, Wes Parks. Sie erlauben, Miss Pam?«

Pamela sah die zweiläufige Schrotflinte in der Hand des Mulatten. Sah, wie sich seine Finger nervös darum schlossen und wieder öffneten.

»Nein«, sagte sie scharf, »ich erlaube es nicht. Du sagst, was du zu sagen hast, hier vor mir, Cas!«

»Miss Pam«, antwortete Cas, »Es gehört sich nicht für die Ohren von einer weißen Dame –«

»Überlaß die Beurteilung mir. Zuerst gib mir die Flinte, dann sprich.«

»Nein, Madam«, widersprach Cas. »Sie müssen entschuldigen, aber ich bin nicht Ihr Nigger, also muß ich Ihnen nicht gehorchen. Ich tät's, weil Sie eine Weiße sind, aber ich muß diesen großen Affen dazu bringen, anständig zu meiner Tochter zu sein. Er –«

»Ohhhhhh, Wes«, sagte Pam.

»Cas Thomas«, unterbrach sie Wes zornig. »Du bist verrückt. *Legba* hat dein Gehirn gegessen.«

»Cas«, fragte Pamela, »du willst sagen, daß deine Tochter schwanger ist und daß Wes –«

»Nein, Miss Pamela, das sag ich nicht, weil das nicht stimmt. Ich sage, daß dieser afrikanische Voodoo-Mann sie verzaubert hat. Sie stirbt, Miss Pam. Mein Baby stirbt. Seit zwei Wochen ißt sie nichts. Sie weint die ganze Zeit. Ellen geht es genauso. Sie waren ihr ganzes Leben Freundinnen, meine Ruby und Ellen. Beinahe wie Schwestern. Und jetzt sprechen sie nicht einmal miteinander, wegen ihm. Wegen dieses Niggerzauberers. Deshalb sag ich dir, Wes Parks, entweder du nimmst den Zauber weg, oder ich bring dich um. Ich blas dir das Gehirn unter deinem Haar aus.«

»Cas« – Wes' Stimme klang unendlich weich und tief, wie der Ton einer Geige. »Das kannst du nicht. Du kannst mich nicht umbringen, kleiner Mann. Du kannst niemand umbringen. Du hast es nicht in dir.«

»Zum Teufel, Nigger, ich werde –«

»Versuch es«, summte Wes, »versuch, auf den Abzug zu drücken.«

»Du kannst wetten, daß ich es tue. Ich werde dir so viele Löcher in deine schwarze Haut brennen, daß –«

»Drück auf den Abzug, Cas«, sagte Wes leise. »Los, kleiner brauner Mann, schieß.«

»Wes«, rief Pamela. »Tu doch was. Er wird –«

»Er wird gar nichts, Miss Pam. Er kann nicht.« Wes ging zu Cas, der zitternd auf seinem geliehenen Maultier saß, und streckte die Hand aus.

»Gib mir die Flinte, Cas«, sagte er. Seine langen, schwarzen Finger schlossen sich um die Läufe. Er zog sanft – und Cas, der beinahe nicht mehr zu atmen schien, ließ die Waffe los.

Geschickt öffnete Wes den Verschluß, nahm die Patronen heraus, steckte sie ein und gab dann Cas die Flinte zurück.

»Da hast du dein Spielzeug, Cas. Nächstes Mal versuch nicht erst, etwas zu tun, was du nicht kannst. Du bist ein guter Mann, also kannst du nicht Menschen umbringen. Du bist zu nervös, wie ein Pferd. Geh jetzt nach Hause. Ruby wird in Ordnung sein. Ich nehme den Zauber von ihr weg. Und auch von Ellen. Beide werden in Ordnung sein. Ich gebe dir mein Wort.«

»Du lügst mich doch nicht an, Wes?« zögerte Cas.

»Ich lüge nie«, sagte Wes einfach. »Alle, die mich kennen, wissen das. Es tut mir leid wegen Ruby. Aber sie ist zu hell. Und bei Ellen ist es noch ärger. Ich will kein Mädchen mit heller Haut.«

»Warum willst du kein hellhäutiges Mädchen, Wes?« fragte Pamela. »Die meisten Männer – die meisten Neger –«

»Ich bin nicht wie die meisten Neger. Ich bin ich, Madam. Meine Frau – wenn ich sie finde, sobald ich frei bin und eine Frau nehmen kann – muß schwarz sein wie eine Nacht ohne Sterne, Miss Pam. Wie Ihr gutes Buch sagt, im Lied der Lieder: Sehet, ich bin schwarz, aber schön. O ihr Töchter Jerusalems! Ein Mann, der erlaubt, daß andere Männer ihn zum Sklaven machen, seinen Körper, seine Arbeit, das ist schon schlimm genug. Aber wenn sie auch noch seinen Geist, sein Herz versklaven, dann ist er erst wirklich ein Sklave. Und deshalb bin ich frei geblieben, Miss Pam. Ich weiß, was Schönheit ist. Meine *Dangbevi* hat es mir gezeigt.«

Er hielt Cas die Hand hin.

»Wir sind Freunde, Cas. Ich hab nichts gegen dich. Du kannst nichts dafür, daß du hell bist, und auch deine Tochter nicht. Übrigens, wie geht's der kleinen Sary?«

»Die ist auch verrückt geworden. Will diesen kleinen Niggerjokkey Pee Wee von der Bibbs-Plantage heiraten. Sie sagt, sie kann nicht anders. Auf einmal hat sie sich in ihn verliebt. Ich wundere mich über noch was. Dieser Pee Wee gibt überall damit an, daß er dein Freund ist.«

»Das ist er. Aber er ist der Freund von jedem. Er hat keine

Feinde. Er wird gut zu Sary sein. Mach dir deshalb keine Sorgen, Cas. Beim ersten Mal, wenn er bös zu ihr ist, sie schlecht behandelt, leg ich einen so guten Zauber auf ihn, daß er es nie vergißt.«

»Gut«, seufzte Cas, »ich hab getan, was ich konnte, und das war nicht viel. Du hast den Zauber von meiner Ruby genommen?«

»Wenn du nach Hause kommst, sitzt sie beim Abendessen. Sie wird heute abend so viel essen, daß sie beinahe platzt. Ich werde dir helfen, daß du für sie einen guten Mann findest. Ruby ist süß. Nur ist sie zu hell, wie ich gesagt habe.«

»Wes«, meinte Pamela, während sie dem davonreitenden Butler der Collins nachsah, »erzähl mir nie wieder, daß du kein Zauberer bist. Du hast diesen armen Mann verzaubert. Er konnte überhaupt nichts tun. Er konnte genausowenig schießen, wie ich es gekonnt hätte.«

»Sogar weniger«, kicherte Wes, »weil Sie es vielleicht könnten, Miss Pam, ich ärgere Sie ganz schön. Aber er kann nicht. Er ist nicht dazu geboren. Leute, die schießen können, reden nicht. Sie schießen, und damit hat sich's. Ich habe ihn nicht verzaubert. Ich mußte nicht.«

»Vielleicht nicht. Aber was ist mit deinen anderen, feineren Zauberkünsten? Ruby ist Cas' Tochter, nicht wahr? Und du hast sie verhext. Hast einen Zauber über sie verhängt. Hast sie dazu gebracht, zu verhungern, dahinzusiechen. Stimmt das?«

»Nein, Madam. Sie hat mich gesehen. Ich war drüben und habe Massa Bascombs Rennpferd, Flying Cloud, beschlagen. Ruby und Ellen haben mich gesehen. Ruby hat beschlossen, sich in mich zu verlieben. Irgendwie hat das Ellen auf die gleiche Idee gebracht. Junge Mädchen, Miss Pam. Sie sind alle verrückt.«

»Deinetwegen, kommt mir vor. Wer ist eigentlich Ellen?«

»Massa Barton Collins' Hinterhofkind. Seine Tochter. Weiß wie Sie, Miss Pam. Blaue Augen, gelbe Haare.«

»Mein Gott. Ist sie die, von der es heißt, daß die Collins –«

»Sie verkaufen müssen? Ja. Oder Missy Hortense heiratet Massa Bascomb nicht. Nicht, solange Ellen dort ist.«

»Das arme Ding. Was für ein Verbrechen – diese Sklaverei! Daß man seine eigene Tochter verkaufen muß, weil –«

»Miss Pam, warum kaufen Sie sie nicht? Würde eine feine Zofe abgeben. Und so wäre sie sicher vor allen unternehmungslustigen Gentlemen, die sie als Fancy Girl haben wollen, zum Beispiel Massa Bob.«

»Wes?«

»Ja, Madam?«

»Du willst diese Ellen hier haben, damit du –«

»Miss Pam! Ich habe Ihnen gesagt, daß sie wirklich hell ist. Beinahe weiß. Ich mag das nicht.«

Pamela seufzte.

»Ich werde es mir überlegen, Wes. Vielleicht tue ich's tatsächlich. Jetzt schicke die Leute wieder zur Arbeit, ja?«

Sie stocherte lustlos in ihrem Abendessen herum und dachte: Ich werde es tun. Das arme, arme Kind. Und sie wird mir Gesellschaft leisten. Wenn sie will. Ich werde am Montag nach Collinswood fahren und –

Martha, das Serviermädchen, kam ins Speisezimmer und blieb entsetzt stehen. Die Teller, die sie auf dem Tablett trug, begannen plötzlich zu klappern.

»Was hast du, Martha?« fragte Pamela.

»Miss Pam – die Perlen, die Sie haben. Nehmen Sie sie ab. Nehmen Sie sie sofort ab. Bitte, Miss Pam!«

Pamela warf einen Blick auf die Kette aus weißen, milchigen Steinen. Wie hatte Wes sie genannt? Ach ja, *Lisadje*. Dann sah sie Martha an. Du wirst mich nicht einschüchtern, dachte sie. Ihr schwarzen Hausdiener versucht es ja immerzu. Aber bei mir gelingt es dir nicht.

»Was ist mit der Kette los, Martha?« fragte sie.

»Miss Pam, es geht mich nichts an, aber hat Wes Ihnen diese Dinger gegeben?«

»Allerdings. Was stört dich daran?«

»Ich will ja nicht davon reden, daß keine weiße Dame ein Geschenk von einem Niggermann annehmen darf, weil ihre Leute dann auf Ideen kommen, die Ihrem Ruf mächtig schaden, aber das sind Voodoo-Perlen, Miss Pam. Der große Nigger will Sie verhexen. Sie dazu bringen, etwas zu tun, was Sie bestimmt nicht tun sollten.

»Ach, das bezweifle ich, Martha. Und außerdem hat er mir

selbst gesagt, daß es Zauberperlen sind. Daß ich mit ihrer Hilfe Geister sehen kann.«

»O Gott. Lassen Sie mich raus. Heute nacht schlafe ich im Stall, bei den Pferden und den Maultieren. Nicht in einem Spukhaus.«

»Sei nicht dumm, Martha.«

Nach dem Abendessen verbrachte Pam zwei ihrer so schmerzhaft leeren Stunden damit, Deirdre zu baden, ins Bett zu bringen und dafür zu sorgen, daß das Kind – das arme, kleine, unruhige, kränkliche Wesen, dachte sie – endlich einschlief. Wie üblich gelang ihr letzteres, indem sie Deirdre einige von Wes' afrikanischen Geschichten erzählte. »*Legba* und der Affengeist« war Deirdres Lieblingsmärchen, von dem sie nie genug bekam. Aber Pamela hatte auch einige andere wörtlich auswendig lernen müssen, denn die kleine Deirdre protestierte sehr energisch gegen die kleinste Abänderung. Pam hatte jetzt die Absicht, diese Geschichten in ihr Buch *Erzählungen eines afrikanischen Äsop* aufzunehmen, das ihr junger Cousin Dwight Ingraham veröffentlichen wollte. Dwight war von den Geschichten so begeistert, daß er die Absicht geäußert hatte, im Winter Ingrahams Crest einen Besuch abzustatten. Ihrer Meinung nach wollte er dabei vor allem mit Wes sprechen.

Einerseits war sie froh darüber und freute sich darauf, den letzten lebenden männlichen Ingraham wiederzusehen. Unter anderem würde sie der Besuch von einem Problem ablenken, mit dem sie sich seit Monaten beschäftigte; ob sie weiterhin gegen ihren Mann, Beau Bob Bibbs, gerichtlich vorgehen sollte, obwohl ein solches Verhalten von der Gesellschaft zutiefst mißbilligt wurde. Sie hatte dank Tolbert Weatherbees juristischem Talent bereits die volle rechtliche Trennung von Bob Bibbs erreicht. Aber die Trennung in eine Scheidung umzuwandeln, das war etwas ganz anderes. Sie strebte die Scheidung an, wollte endgültig von Beau Bob befreit sein. Tol – Herr Rechtsanwalt Weatherbee – drängte sie ebenfalls dazu, und zwar sichtlich nicht aus finanziellen Erwägungen, sondern aus anderen Motiven, die eine sanfte Röte in ihre Wangen trieben. Sie nahm an, daß Tolbert Weatherbee sie heiraten wollte, sobald sie vor dem Gesetz wieder frei war.

Aber war sie auch bereit, Bob Ehebruch vorzuwerfen und verschiedene Sklavenmädchen als Beteiligte zu bezeichnen? Dieses peinliche Detail ließ sie zurückschrecken. Denn es bedeutete ja, daß ihr Mann sie physisch so wenig anziehend gefunden hatte, daß er sich an braune und gelbe Weiber heranmachte. Und ihre Nachbarn, deren spitze Zungen sie fürchtete, würden sicherlich diese Beschuldigung als eine unentschuldbare Entgleisung betrachten. Anderseits war der Einfluß ihrer neuenglischen Erziehung so stark, daß es ihr zutiefst widerstrebte, den schäbigen Ausweg in Betracht zu ziehen, den ihr Tol vorschlug: daß sie eine weiße Prostituierte dafür bezahlte, die Rolle der ehebrecherischen Partnerin ihres Mannes zu übernehmen. Ihre Nachbarinnen würden diesen Ausweg ohne weiteres akzeptieren, das wußte sie. Er wurde im Süden anderen Lösungen vorgezogen, obwohl Scheidungen trotz aller Prüderie durchaus nicht unbekannt waren, wenn auch nicht allzu häufig vorkamen. Beau Bob Ehebruch vorzuwerfen, weil er seine Befriedigung in den Sklavenhütten gesucht hatte, hätte jede Dame in den Südstaaten als entwürdigend empfunden. Und die Empörung dieser Damen wäre noch größer, wenn sie die lebenden Beweise für Bobs außereheliche Beziehungen vor Gericht aufmarschieren ließ. »O nein. So etwas tut man einfach nicht, meine Liebe.«

Der Teufel soll sie alle holen, dachte sie. Obwohl, wie Tol sagt, eine Scheidung viel ungefährlicher ist. Denn jetzt werden sie jeden meiner Schritte beobachten, um herauszufinden, wer mein Liebhaber ist. Wenn ich mich scheiden lasse, würden sie nur darüber nachdenken, welchen meiner Verehrer ich heiraten will. Aber eine Scheidung ist eine scheußliche Angelegenheit. Schmutzwäsche, in aller Öffentlichkeit gewaschen. Und Bob würde sicherlich, weil er ein dreckiges Schwein ist, die bittere Wahrheit aufs Tapet bringen, daß er mich heiraten mußte. Und weil er dazu noch ein Lügner ist, würde er andeuten, daß er bezweifelt, überhaupt Deirdres Vater zu sein. O Gott! Ich will ihn los sein. Endlich frei sein.

Frei – wozu? dachte sie bitter und ging in ihr Schlafzimmer.

Merkwürdigerweise brannte die Lampe nicht, obwohl Martha sie hätte anzünden sollen. Also riß Pam ein Streichholz an, bückte sich, nahm den Zylinder ab, drehte den Docht hinauf – und das Streichholz erlosch.

Erst jetzt wurde ihr bewußt, daß jemand im Raum war. Sie

spürte den merkwürdigen, intensiven Geruch von Mandelblüten, Moschusöl und schwarzem Fleisch, weiblichem Fleisch.

In die Dunkelheit hinein sagte sie: »Wer bist du?«

Aber der Schatten, der sich in der Dunkelheit bewegte wie Rauch, antwortete nicht, war vielleicht zu sehr damit beschäftigt, körperliche Form anzunehmen.

Pamela konnte durch die Gestalt hindurch immer noch die Wand und die Bilder erkennen.

»Du – du bist *Dangbevi*«, flüsterte sie zutiefst überzeugt. »Das Kind der Schlange.«

»Von *Dambada Hwedo,* von *Dangh.*« Die Worte hallten hohl in ihrem Geist wider. »Des Schlangengottes.«

Sie sah jetzt, daß die Halluzination, die Traumgestalt, einen leuchtendroten Rock mit gestickten gelben Blumen trug, aber oberhalb der Taille nackt war. Dieser Körper war ein Wunderwerk der schwarzen, schönen und zugleich schrecklichen afrikanischen Götter. Diese Brüste waren eine Herausforderung, nicht Nahrungsquelle für Kinder.

»Und Wes' Frau. Die, die sich getötet hat, ehe sie –«

»Ihm Schande bereitete. Ehe sie gestattete, daß sein Kulthaus so entweiht würde. *Nyasanus, Hwesus* Frau« – die unbekannten Namen, die Pamela jetzt plötzlich erkannte, deren Gewicht sie fühlte.

»Sag sie alle«, flüsterte sie. »Du weißt sie. Und er hat noch viel mehr Namen, magische Namen.«

Woher weiß ich das? wunderte sie sich. Aber ich weiß es!

»Nein«, nahm sie die Gedanken der Gestalt wahr. »Der, der alle geheimen Namen eines Mannes kennt, seine starken Namen, hat seine drei Seelen in seiner Gewalt. Wer bist du, du hautloses Wesen mit den Geisteraugen, daß du *Hwesu* beherrschen könntest? Daß du ihm befehlen könntest?«

»Nein«, rief Pamela, »nicht deshalb. Die Namen, *Dangbevi,* sag mir die Namen. Ich brauche sie. Ich bin nackt und hilflos vor dem –«

»Dem Unaussprechlichen«, höhnte die Gestalt, »dem Undenkbaren oder vor dem Erhabenen? Du willst die Namen als Schild verwenden gegen dich selbst. Die Gefahr liegt in dir, nicht in ihm. Du weißt das, nicht wahr?«

»Ja«, flüsterte Pamela, »ich weiß das. Deshalb sag sie mir. Rette mich.«

»Sie würden dir nichts nützen. Denn was würdest du in einer Nacht tun, in der der Mond sein Silberlicht über den ganzen Himmel verstreut? In der der Duft der Blumen deine Sinne in Aufruhr versetzt? In der dein Herz eine Trommel ist und dein Bauch schmilzt und an deinen Schenkeln herunterrinnt?«

»Du bist grausam«, weinte Pamela.

»Vielleicht. Oder gütig. Du brauchst die Namen nicht, und du würdest sie mißbrauchen. Du bist jetzt sicher vor ihm. Er hat nicht das Verlangen, seine Männlichkeit in Lenden zu ergießen, die zu schwach sind, um ihn zu empfangen.« Plötzlich richtete sich Pamela auf, nahm die *Lisadje* vom Hals und hielt sie diesem unwirklichen und doch so wirklichen Blick entgegen.

»Sag sie«, knirschte sie. »Jetzt mußt du es tun, *Dangbevi*. Ich will, ich muß sie kennen.«

Und die Gestalt verriet ihr Wes' Namen, alle seine geheimen, starken Namen. Sie fügte jedoch hinzu: »Dieses Wissen war nicht für dich bestimmt, bleiche Frau. Aber obwohl du hautlos und abscheulich häßlich bist, bist du dennoch ein *Lisa-Mawu*-Kind. Du trägst die *Lisadje,* denen sogar ich gehorchen muß. Selbst *Fa*, das Schicksal, beugt sich ihnen.«

»Und jetzt erzähl mir von dir«, verlangte Pamela. »Auch das muß ich wissen.«

Die Gestalt sprach von ihrem Leben und ihrem Ende und sagte schließlich: »Jetzt willst du mir sogar seine Erinnerung, seinen Kummer stehlen. Du hast die Namen gestohlen, und du willst ihn stehlen. Du hast nicht das Recht –«

»Du bist schön«, flüsterte Pamela, »aber du bist tot. Und ich bin lebendig.«

Dann bewegte sich die Gestalt. Sie glitt dahin wie eine Schlange, stand neben dem Bett der kleinen Deirdre und beugte sich über das schlafende Kind.

»Nein!« schrie Pamela. »Nein, *Dangbevi*, nein.«

Die Gestalt richtete sich auf. Deirdre lag in ihren glänzenden, halb durchsichtigen Armen. Pamela konnte weder atmen noch denken, noch sprechen.

Sie blickte hinunter. Sah, daß Deirdre immer noch im Bett lag, aber zugleich in den Armen des Geistes. Deirdre da und dort – zweimal. Sie wurde immer blasser, durchscheinender, löste sich auf –

»Gib sie zurück«, bat Pamela. »Gib mir ihre Seele wieder.«

Dangbevi beugte sich über das Bett. Das bleiche, durchscheinende Abbild floß zurück, verschmolz wieder mit dem schlafenden Kind.

»Ich danke dir«, sagte Pamela. »Ich werde Wes erzählen, daß du –«

»Du hast gewonnen.« Die Worte waren ein Windhauch, der Kummer in ihnen unerträglich. »Nimm ihn. Nimm *Hwesu* zu eigen. Wenn du es wagst. Wenn dein bleiches Fleisch dem Zauber seiner Hände die Antwort geben kann.«

»Dangbevi, du kannst es nicht verstehen. Ich –«

Sie war allein. Schrecklich allein. Der Besuch – die Erscheinung – war fort. Sie lief die Treppe hinunter, in die Nacht hinaus.

Sie erkannte die Hütte, als sie plötzlich vor ihr stand.

Warum bin ich hierhergekommen? fragte sie sich verwundert.

Dann sah sie ihn. Er saß mit untergeschlagenen Beinen auf dem Boden, hatte die Hände auf die Knie gelegt, in der rituellen Gebetshaltung. Er trug nur ein Lendentuch. Und die Tränen auf seinen Wangen waren Rubine – Blut.

Sie sah – oder ahnte? – eine Gestalt wie Rauch neben ihm, die sich sinnlich an ihn schmiegte, eine gespenstische Python, die sich wand –

Oder war es der nackte Körper einer Frau? Dunkel? Gesalbt? Nach Mandelblüten duftend?

Sie wußte es nicht und erfuhr es auch nie. Denn unvermittelt hüllte sie eine neue Dunkelheit ein. Löschte ihre Gedanken, ihre Existenz aus. Sie war nicht mehr da.

Als sie wieder zu sich kam, lag sie voll bekleidet im Bett. Jemand hatte ihr die Schuhe ausgezogen, das war alles.

Martha saß jammernd neben ihr.

»Martha –«

»Er hat Sie nach Hause gebracht, Miss Pam. Er hat gesagt, daß er Sie in den Feldern gefunden hat; Sie waren ohnmächtig. Ich habe

Ihnen gesagt, Sie sollen die Perlen nicht tragen. Ich hab' es Ihnen gesagt, Miss Pam.«

Pamela griff sich an den Hals.

Sie fühlte nur die Rüschen ihrer Bluse. Die *Lisadje* waren fort.

Sie sagte müde: »Ist schon in Ordnung, Martha. Geh jetzt und laß mich schlafen.«

Aber am nächsten Tag ritt sie auf das Feld, um eine weitere afrikanische Geschichte für ihr Buch aufzuschreiben. Um Wes die Lektion im Lesen zu erteilen. Und es war, als wäre nichts geschehen. Sie stellte fest, daß sie sehr ruhig war. Sie erwähnte ihr seltsames Erlebnis nicht, und auch er sagte nichts. Sie saßen nebeneinander und beugten die Köpfe über das kleine blaue Buch.

Cecilia Bibbs ritt durch die Felder und sah die beiden. Sie beobachtete sie lange.

Als sie weiterritt, wußte sie. Oder glaubte zumindest zu wissen. Was in ihrer Heimat und zu ihrer Zeit das gleiche war. Oder beinahe das gleiche.

5

Ashton Bibbs stieg die Stufen zu Tolbert Weatherbees Büro hinauf. Er betrachtete eine Zeitlang das kleine Messingschild mit der Aufschrift »M. T. Weatherbee, Rechtsanwalt«, dann hob er die Hand und klopfte an die Tür.

»Herein«, ertönte ein angenehmer Bariton.

Ash stieß die Tür auf. Tolbert schob seinen Stuhl vom Schreibtisch zurück und stand auf. Er war einen Meter fünfundachtzig groß, aber nicht kräftig, sondern dünn wie ein Brett. Er hatte ein merkwürdiges Gesicht – die Menschen waren entweder sofort von ihm eingenommen oder verabscheuten ihn. Eigentlich, sinnierte Ashton, sind es die gleichen Gesichtszüge wie bei Pam – nichts als Knochen. Aber irgendwie *gute* Knochen, ein interessanter Bursche. Ein Typ, in den sich jedes Mädchen verlieben muß, das ihm in die Nähe kommt. Auch Pam? Möglicherweise! Verdammt, ich hoffe es beinahe. Es würde zwar einen fürchterlichen

Skandal geben. Und Pa und ich müßten Bob ein Loch in den Bauch reden oder ihn sonstwie daran hindern, Tol zu fordern. Pistolen für zwei und Kaffee für einen, und das heutzutage. Aber immer noch besser diese Art von Problem als –

Laut sagte er: »Howdy, Tol.«

Tol Weatherbee lächelte.

»Ich darf also annehmen, daß du im Fall Ingraham versus Bibbs eine gemäßigte Linie verfolgst, Ash? Ich hoffe es jedenfalls. An einem Nachmittag zwei Männer, die mir drohen, mich mit der Pferdepeitsche zu züchtigen, sind einfach zuviel.«

»Bob«, sagte Ashton, »und?«

»Bascomb Collins. Wahrscheinlich wollte er seinen alten Freund moralisch unterstützen. Aber setz dich. Rauchst du?«

»Nein, danke. Gehen wir hinunter, Tol, zu Norton. Besprechen wir es friedlich bei einem Glas Bourbon. Keine Drohungen. Ich habe die Absicht mehr zuzuhören als zu reden. Ich möchte herausbekommen, falls du es mir erklären kannst, warum du das tust. Zur Zeit bin ich nicht auf deiner Seite. Aber bevor ich loslege, möchte ich deine Gründe hören. Vielleicht begreife ich dann deinen Standpunkt. Für gewöhnlich handelst du nicht vorschnell, Tol.«

»Danke, Ash. Es ist wirklich angenehm, wenn man es mit einem zivilisierten Menschen zu tun hat. Ich habe mich schon gefragt, ob es bei uns überhaupt welche gibt.«

»Punkt Nummer eins«, fuhr Tolbert fort, als sie an einem ruhigen Tisch in einiger Entfernung von der Bar in Henry Nortons Saloon saßen, »ist, daß Pamela Ingraham die gesetzliche Trennung, die ich für sie erreicht habe, aufrichtig wünschte. Sie ist aus freien Stücken zu mir gekommen, wie jeder andere Klient. Als sie mein Büro betrat, bat sie mich als erstes zu vergessen, daß wir einander jemals in Gesellschaft begegnet sind.«

»Ich verstehe. Und die Scheidung? Will sie die auch, Tol?«

»Ja. Genauso aufrichtig – sogar noch sehnlicher. Nur hat sie Angst. Vor allem vor der öffentlichen Meinung. Außerdem schämt sie sich wegen der schmutzigen Wäsche, die sie vor der Öffentlichkeit waschen muß. Deshalb zögert sie. Wartet noch, bis sie genügend Mut hat. Aber sie will die Scheidung auf jeden Fall.

»Warum?«

»Mein Gott, Ash! Willst du wirklich eine Liste der Gründe?«

»Nein, ich brauche keine Liste, Tol. Ich kenne die Gründe. Ich kann sie in einem Satz zusammenfassen. Vielleicht gibt es im Staat Mississippi einen Kerl, der ein ärgerer Spieler, Trinker, Hurenbock und überhaupt tiefer gesunken ist als mein Bruder Bob, aber ich kenne ihn nicht. Und ich hätte auch keine Lust, ihn kennenzulernen. Nachdem ich dir jetzt bestätigt habe, daß ich alle rechtlichen Gründe anerkenne, die dafür sprechen, daß du ein Scheidungsurteil für meine Schwägerin erfichst, komme ich auf meine Frage zurück. Warum, Tol?«

»Du meinst, daß die meisten Frauen jahrelang Kränkungen, Demütigungen, Beleidigungen ertragen und erst dann die Scheidung einreichen, wenn ein anderer Mann am Horizont erscheint, der ihnen die Sicherheit, den Respekt, die Liebe bietet, nach denen sie sich sehnen?«

»Richtig. Ich frage dich geradeheraus, Tol: Bist du dieser andere Mann?«

Tolbert sah Ashton sehr lange an. Dann seufzte er:

»Na schön, das ist eine faire Frage, also werde ich versuchen, sie fair zu beantworten. Was gar nicht so leicht ist. Drücken wir es einmal so aus. Ash: Bin *ich* an Pamela Ingraham interessiert? Möchte ich sie heiraten? Die Antwort auf beide Fragen lautet ja. Da brauche ich nicht lange zu überlegen. Ich bin siebenunddreißig und immer noch Junggeselle. Und weißt du, warum? Weil Pam das erste Mädchen ist, das mich wirklich interessiert, nicht nur für ein kurzes Zwischenspiel im Heu.«

»Aber du würdest die Gelegenheit zu einem solchen Zwischenspiel nützen, wenn sie sich dir bietet, was, Tol?«

Tolbert schüttelte den Kopf.

»Nein, Ash. Wenn es um Pam geht, würde ich sie nicht nützen. In diesem Punkt sind dein Bruder und ich verschiedener Meinung. Ich war nie ein Heiliger, genau wie ihr alle. Aber ich habe es immer nur mit leichten Mädchen getrieben, nie mit anständigen Frauen wie Pam. Ich glaube auch nicht, daß ich es je tun würde, selbst wenn sich mir die Gelegenheit bietet. Denn wenn ich eine vorübergehende Schwäche ausnütze, könnte ich damit zwei Leben zerstören, ihres und meines. Und das möchte ich bei Gott nicht.«

»Ich verstehe.«

»Du verstehst nichts. Denn ich habe deine Frage erst zur Hälfte beantwortet, Ash. Die andere Hälfte enthält zwei weitere Fragen, und zwar: Ist Pam an mir interessiert? Würde sie mich heiraten? Auf beide kann ich nur sagen, daß ich es nicht weiß. Sie mag mich anscheinend. Aber wenn in meiner Stimme auch nur die geringste Zärtlichkeit mitschwingt, wenn ich nur eine Geste mache, die meinem Wunsch nach einer näheren Beziehung Ausdruck verleiht, wird sie eiskalt. Sogar die Luft um sie ist dann frostig.«

Ashton schien sein Glas Whisky aufmerksam zu studieren. Dann sagte er: »O Gott!«

»Ash, das ist entweder der verdammteste Unsinn, den ich je gehört habe, oder du weißt etwas, was ich nicht weiß. Warum ›O Gott‹, Junge?«

Ashton überlegte, was er sagen sollte. Und wie er es sagen sollte. Aber er sah keine Möglichkeit. Deshalb fragte er schließlich:

»Ich nehme nicht an, daß du an die Möglichkeit einer Versöhnung zwischen Pam und Bob glaubst?«

»Das tust du ja auch nicht.«

»Stimmt. Deshalb hatte ich irgendwie gehofft, daß sie dich nehmen würde. Vielleicht würde dadurch alles in Ordnung kommen.«

»Ich weiß nicht recht, Ash. Denn ich müßte mir dann eine Erklärung dafür einfallen lassen, warum ich Bob nicht vor, während oder nach der Trauung erschieße.«

»Ach, darum würde sich Pa kümmern. Außerdem gehört Tapferkeit nicht zu den Tugenden meines Bruders. Er würde natürlich schimpfen, fluchen und drohen, aber wenn er seine eigene kostbare Haut zu Markte tragen müßte, würde er sehr, sehr lange überlegen.«

»Dann weiß ich nicht, wo das Problem liegt. Pam ist achtundzwanzig und Herrin eines großartigen Besitzes; es ist also nicht anzunehmen, daß sie Not leiden wird. Sie hat natürlich ein paar unpopuläre Anschauungen, von denen ich die meisten teile. Daß es für die Sklaverei keine irgendwie geartete Rechtfertigung gibt, ist mir genauso klar wie ihr. Deshalb habe ich meine Plantage vor Jahren aufgegeben und mir eine Existenz als Anwalt aufgebaut. Aber Pam hat derzeit anscheinend nicht die Absicht, ihre Ideale zu verwirklichen. Und wenn sie sich gegen ihre Überzeugung dazu entschließt, ihren Lebensunterhalt durch den Schweiß anderer Männer zu verdienen und den Rest ihres Lebens allein und glücklich zu verbringen, ist das ihr gutes Recht. Vielleicht hat ihr ihre Ehe mit Beau Bob Bibbs für immer den Appetit auf Männer verdorben.«

»Irgendwie bezweifle ich das. Pam hat das gewisse Etwas, das –«

»– normale menschliche Wärme ahnen läßt? Allerdings. Sie ist nicht so scheinheilig, wie es die Frauen der Südstaaten infolge ihrer Erziehung sind. Ash, du willst mir doch nicht einreden, daß du diesen ganzen Blödsinn über die Frauen in den Südstaaten glaubst?«

»Ich weiß nicht, was du meinst, Tol.«

»Natürlich weißt du es. Einer weitverbreiteten Meinung zufolge sind unsere Frauen Damen. Und Damen haben Eiswasser und Limonade in den Adern. Damen empfinden keine Spur von fleischlicher Lust. Sie ertragen ihre Männer aus Pflichtgefühl, liegen unbeweglich da und warten darauf, daß diese Männer mit dieser unverständlichen und abstoßenden Sache so rasch wie möglich fertig werden. Sie tun das, wie schon gesagt, aus Pflichtgefühl und aus mütterlichem Instinkt, weil sie Babys wollen. Stimmt's?«

»Ja, so ungefähr.«

»Ash, Mutter Natur ist keine Verschwenderin. In jeder Tierspezies sichert sie den Fortbestand der Art dadurch, daß sie den Weibchen Perioden außergewöhnlicher Fruchtbarkeit gibt, in denen ihr Verlangen den Höhepunkt erreicht. Das trifft auch auf die Damen des Südens zu. Nur infolge der überaus idiotischen paulinisch-jüdisch-christlichen Tradition glauben wir, daß Sex einfach nicht anständig ist. Und statt, daß wir sagen: Gott sei Dank, er ist schön und hoch lebe die Lust, erziehen wir unsere Mädchen dazu, alles zu hassen, was damit zusammenhängt. Wir haben natürlich keinen Erfolg; du wärst überrascht, wie viele unternehmungslustige Jünglinge alljährlich allein im Staat Mississippi von wütenden Ehemännern erschossen werden, die zu früh nach Hause kommen. Und ich könnte zehn dicke Bände über die Aussagen schreiben, die ich bei Scheidungen gehört habe. Aber es gelingt uns wenigstens, unsere Mädchen zu verwirren, so daß sie sich schämen und ihre zarten, nach Liebe hungernden Körper hassen. Und um den Folgen des Schlafzimmerverhaltens zu entgehen, das die Damen in den Südstaaten in die Ehe mitbringen, gehen wir mit schwarzen Mädchen ins Heu, denen niemand jemals beigebracht hat, daß ein bißchen Ficken schlecht für die Seele ist.«

»Tol«, fragte Ashton zögernd, »kennst du irgendeinen Fall, in dem nicht nur weiße Männer ihr Glück bei schwarzen Mädchen versucht haben, sondern auch weiße Frauen bei schwarzen Männern?«

Tolbert Weatherbee lachte laut.

»Ash, hast du je eine Möglichkeit gefunden, die menschliche Natur zu unterdrücken? Nun, einer der Aspekte der menschlichen Natur ist, daß sich Gegensätze wohl abstoßen, aber genauso oft auch anziehen. Und eines unserer verdrängten Probleme besteht darin, daß wir den wohlbegründeten Verdacht hegen, unsere Frauen blieben trotz unserer Bemühungen, sie in Marmorstatuen zu verwandeln, Frauen und außerdem vernünftige menschliche Wesen. Mehr als ein Mann ist nachts wach gelegen und hat sich den Kopf zerbrochen, ob nicht ein paar unserer fleckenlosen Lilien auf die Idee gekommen sind, es uns mit gleicher Münze heimzuzahlen.«

»Ich habe selbst gelegentlich darüber nachgedacht. Du auch?«

»Ich mußte nicht darüber nachdenken. Vergiß nicht, ich bin Anwalt. Und ich übernehme von Zeit zu Zeit Scheidungsfälle. Die überwältigende Mehrzahl dieser Fälle bestätigt, daß weiße Männer jeden Berufszweigs – von Plantagenbesitzern und ihren Söhnen bis zu Geschäftsleuten und ihren Söhnen – jahrelang im Süden Rassenvermischung betrieben haben. Aber weil die verdammten Yankees dafür gesorgt haben, daß unser Verhalten in uns Schuldgefühle hervorruft, haben wir unsere armen Frauen auf ein Piedestal gestellt und damit weder ihnen noch uns einen Dienst erwiesen. Denn eine Frau, die oft und gründlich gebumst wird, ist eine glückliche Frau, Ash. Jetzt können wir unsere Ausflüge in die Sklavenhütten aber damit entschuldigen, daß sie ein Sicherheitsventil sind, durch das wir die Verstalinnen, die wir verehren oder mit denen wir verheiratet sind, vor unseren niedrigen Trieben schützen.«

»Aber das andere«, ließ Ashton nicht locker. »Du hast angedeutet, daß es ein paar weiße Frauen aus den unteren Schichten gibt, die –«

»Ich deute nichts an, Ash. Ich stelle fest. Ich habe Berichte aus dem ganzen Süden gesammelt. Deshalb muß ich dir sagen, daß ›ein paar‹ keine zutreffende Mengenangabe ist. Es gibt keinen Staat im Süden, in dem weiße Frauen nicht irgendwann schwarze Männer geheiratet, und keinen Bezirk, in dem sie nicht uneheliche Mulattenkinder geboren haben. Sieh dir die Aufzeichnungen an: jeder einzelne Staat hat irgendwann ein Gesetz erlassen, demzufolge eine weiße Frau, die einen Sklaven heiratet, zeit seines Lebens seinem Herrn dienen muß und ihre Kinder Sklaven sind. Die Strafen für die weißen Partner von Mischehen – denn die Gesetze waren zwar so verfaßt, daß sie auch auf weiße Männer angewendet werden konnten, die schwarze Frauen heirateten, wurden aber praktisch nur auf weiße Frauen angewendet, die schwarze Männer heirateten – bestanden aus Geldbußen, Gefängnis, Auspeitschen und gelegentlich Versklavung. Priester, die solche Ehen vollzogen, wurden mit Geldstrafen belegt und/oder aus ihrem Amt verjagt. Freie Neger, die so kühn waren, eine weiße Frau zu heiraten, wurden für gewöhnlich versklavt.«

»Ich verstehe dennoch etwas nicht. Wie kommt ein zartes, gebildetes, weißes Mädchen auf die Idee, einen großen, schwarzen, stämmigen Nigger auch nur anzusehen?«

»Es genügt ja, daß er groß, schwarz und stämmig ist, ganz zu schweigen von dem Gerücht, daß die meisten von ihnen über Apparate wie Hengste oder Zuchtstiere verfügen. Unter den Frauen jeder Klasse gibt es – mehr oder weniger ausgeprägte Nymphomaninnen. Die direkte Sinnlichkeit des Niggers kann solche Frauen sehr wohl anziehen. Dazu kommt Zorn, geboren aus Frustration. Wenn eine Frau zum Beispiel in dem Ausmaß von ihrem Mann vernachlässigt wird, wie es bei Pam der Fall war, kann sie sehr wohl auf den Gedanken kommen, es ihm mit gleicher Münze heimzuzahlen.«

Ashton sah Tolbert an.

»Ist sie auf den Gedanken gekommen?«

»Nein. Natürlich nicht! Auf Pam hat dieses Verhalten so gewirkt, daß sie sich von den Männern überhaupt abgewendet hat. Gott allein weiß, ob ich bei ihr jemals Erfolg haben werde.«

»Tol«, fragte Ashton, »glaubst du an Hexerei? Hältst du es für möglich, daß ein Zauberer eine feinsinnige, kultivierte Person so weit beeinflussen kann, daß diese Person –«

Tolbert starrte ihn an.

»Jetzt hebt sich endlich der Nebel«, stellte er fest. »Und mir wird klar, worum es bei diesem verteufelten Gespräch überhaupt geht. Ash, auf die Gefahr hin, daß ich dich beleidige, möchte ich feststellen, daß es einiges für sich hat, wenn man seine Frau gelegentlich kräftig übers Knie legt.«

»Du beleidigst mich nicht; wenn ich davon überzeugt wäre, daß eine Tracht Prügel Cecilias bösartiges Mundwerk zum Schweigen bringen würde, hätte ich diese Methode schon längst angewendet, Tol. Aber du schätzt mich falsch ein, wenn du glaubst, daß ich nur wegen irgendeines Weibergeschwätzes zu dir gekommen bin. Der Grund für meine Besorgnis ist nicht die heftige Abneigung, die Pam und Cecilia füreinander hegen.«

»Sondern?«

»Kennst du den fraglichen Nigger?«

»Wes? Ja. Ein beachtenswerter Nigger, nicht wahr? Direkt aus Afrika, wie ich gehört habe. Ich begreife sehr gut, warum alle Nigger hier ringsum – und noch einige Weiße dazu – ihn für einen Zauberer halten. Ich gebe auch zu, daß Pam viel zu vernarrt in ihn ist. Aber diese Vernarrtheit ist nicht persönlich, Ash. Für sie ist er ein Werkzeug – zugegeben, ein verdammt großartiges Werkzeug –, durch das sie ihre Lieblingstheorie beweisen kann: daß rassische Über- oder Unterlegenheit Unsinn ist. Weißt du, daß sie ihn lesen und schreiben lehrt und ihm beibringt, grammatikalisch richtig zu sprechen?«

»Das habe ich Cecilias liebevollen Bemerkungen entnommen.

Hast du ihr nicht gesagt, daß sie dadurch gegen die Gesetze des Staates Mississippi verstößt?«

»Selbstverständlich. Und im Anschluß daran habe ich ihr gesagt, daß sie weitermachen und sich nicht darum kümmern soll, wogegen sie verstößt. Wes hat in kürzerer Zeit mehr gelernt als jeder Nigger, den ich kenne. Ich vermute, daß Pam ihn deinem Vater abkaufen, nach dem Norden bringen und dort freilassen will, sobald seine Bildung ein gewisses Niveau erreicht hat.«

»Mein Pa würde nie darauf einsteigen. Tol, wenn du auch nur den geringsten Einfluß auf Pam hast, bring sie dazu, diesen Nigger loszuwerden, ja?«

»Und warum sollte ich das tun?«

»Weil er ein Hexenmeister ist. Ein Voodoo-Zauberer. Wirklich, Tol. Eines Nachts wird er sie so weit bringen, völlig freiwillig in sein Bett zu kommen.«

Tolbert beobachtete Ashs weißes, gespanntes Gesicht, den Muskel, der in seiner Wange zuckte.

»Ash«, sagte er ruhig, »ich glaube nicht an Hexerei, Voodoo, Zauberei. Deshalb kannst du mich nicht davon überzeugen, daß das, was du für möglich hältst, jemals geschehen wird.«

»Wirklich nicht? Dann hör mir mal zu, Tolbert Weatherbee. Vor drei Tagen haben alle Feldnigger auf ihrer Plantage gesehen, wie sie mit diesem großen schwarzen Affen unter einem Baum gesessen ist, seine Hand gehalten und geweint hat. Und vorgestern nacht ist er mit der bewußtlosen Pam in den Armen ins Haus gekommen. Das haben alle ihre Dienstmädchen beschworen. Er hat gesagt, er hat sie ohnmächtig auf dem Feld gefunden.«

Tolbert holte tief Luft und sagte dann mit unsicherer Stimme: »Sie kann vom Pferd gefallen sein. Prinz Rupert ist ein temperamentvolles Tier, und –«

»Warum, zum Teufel, sollte sie lange nach Mitternacht ausreiten? Und noch dazu in einem gewöhnlichen Kleid, nicht im Reitdreß? Und was ist aus ihren verdammten Schuhen geworden? Bis heute hat sie niemand gefunden! Tol, er kann es schaffen. In der Nacht, nachdem Pa ihn gekauft hatte, ist er in den Wald gegangen. Ich bin ihm gefolgt. Ich weiß nicht, was danach geschehen ist. Ich habe es vergessen. Weil dieser afrikanische Hexenmeister dafür gesorgt hat, daß ich es vergesse. Er hat etwas Rundes, Glänzendes, Silbernes vor meinen Augen hin- und hergeschwenkt, und ich habe prompt das Bewußtsein verloren.«

»Ash, welche Sorte Feuerwasser hast du an diesem Abend getrunken?«

»Keinen Tropfen. Dieser Whisky hier ist der erste Alkohol seit zwei Wochen. Du weißt, daß ich kein Trinker bin. Und noch etwas: Ich bin gestern zu Pam gegangen und habe sie geradeheraus gefragt, was geschehen ist. Und sie hat keine Ahnung. Sie lügt nicht. Genau wie ich damals in Virginia hat sie eine ganze Nacht völlig vergessen. Sie sagte: ›Ich kann mich nur daran erinnern, Ash, daß gestern nacht eine Dunkelheit in Ingrahams Crest war. Eine große, schreckliche Dunkelheit. Aber ob etwas in dieser Dunkelheit geschehen ist, und wenn ja, was, das weiß ich nicht.‹«

»Mein Gott«, stöhnte Tolbert, »das hat sie gesagt?«

»Ja, Tol.«

Tolbert schwieg lange. Dann fragte er: »Ash, warum bittest du deinen Vater nicht, daß er diesen Nigger von Pam zurückverlangt?«

»Damit ich Pa erklären muß, was meiner Meinung nach los ist? Nein, Tol, um keinen Preis.«

»Wie reagiert eigentlich Bob auf das alles? Wenn, wie du sagst, die Nigger darüber tratschen, hat ihm sicherlich inzwischen schon jemand einen Floh ins Ohr gesetzt.«

»Das war nicht notwendig. Er war dabei, als die liebe Pam buchstäblich darum gebettelt hat, daß der große schwarze Zauberer nach Ingrahams Crest kommt und ihr Sklaventreiber wird. Das heißt ihr Aufseher. Sie hat das Wort nicht gebraucht, aber sie hat es gemeint. Denn sie hat ihm von den Niggern eine Aufseherhütte bauen lassen, bevor sie ihn kommen ließ: drei Zimmer und eine Küche.«

»Großer Gott. Und Bob hat nicht –«

»Er hat nichts dagegen unternommen. Er wird es auch weiterhin nicht tun. Du bist ein sehr guter Kenner der menschlichen Natur, deshalb überlege dir einmal, was dieser ganz spezielle Skandal für seinen Ruf bedeuten würde. Beau Bob Bibbs, der größte Frauenheld im Staat Mississippi, ist nicht nur nicht imstande, seine Frau an sich zu fesseln, sondern er verliert sie auch noch an einen Feldnigger. Deshalb hat er sich eingeredet, daß alles, was er gesehen und gehört hat, überhaupt nicht geschehen ist, daß er irgend etwas mißverstanden hat. Er hört einfach die Gerüchte nicht, die ihn zwingen würden, einen Krieg zu beginnen, bei dem er der Verlierer sein kann. Natürlich kann er seine Freunde zusammentrommeln und Wes' Leiche den Geiern zum Fraß vorwerfen. Aber gerade auf die Meinung dieser Freunde legt er Wert. Und wenn sie Wes erledigt haben, was geschieht dann, Tol?«

»Ein Nigger ist tot. Ein kleines, armes Yankee-Mädchen flüchtet in den Norden, nach Boston, denn etwas anderes bleibt ihr ja nicht übrig, nicht wahr? Beau Bob Bibbs bleibt hier –«

»Und ist, solange er lebt, das Gespött des ganzen verdammten Staates Mississippi. Deshalb muß er die drei chinesichen Affen nachahmen, Augen, Ohren und Mund zuhalten, wenn es um dieses Thema geht.«

»Ich verstehe. Du hast wahrscheinlich recht. Verdammt, du *hast* recht. Aber was schlägst du jetzt vor, Ash?«

»Daß du heute noch zu ihr reitest. Mit ihr sprichst. Sie verführst, falls es sein muß. Mit ihr schläfst. Du bist ihr Freund. Du sagst, du liebst sie so sehr, daß du sie heiraten willst. Also rette sie, verdammt. Mach ihr klar, daß diese ganze Geschichte blutig enden wird, wenn sie nicht sofort dem Einfluß dieses Voodoo-Mannes entzogen wird. Um Mißverständnisse zu vermeiden: Ich zweifle nicht daran, daß Pam tugendhaft ist. Ich weiß genausogut, wie du, daß sie ein anständiges Mädchen ist. Aber ich zweifle an ihrer Willenskraft und seit gestern auch an ihrem Verstand. Mein Bruder Bob hat sie schon an den Rand eines Nervenzusammenbruchs getrieben. Aber das jetzt, Junge –«

Tolbert leerte gedankenverloren sein Glas.

»Gut, Ash. Ich werde heute abend mit ihr sprechen«, sagte er schließlich.

6

Noch bevor jedoch Tolbert Weatherbee sich auf den weiten Ritt nach Ingrahams Crest begeben konnte, befand sich Wallace Bibbs bereits an Ort und Stelle.

Denn Ashton hatte Cecilia leider unterschätzt. Ihr Haß auf Pamela Ingraham, ihre Vorliebe für Skandalgeschichten, ihre Niedertracht und vor allem Ashtons Reaktion auf ihre Berichte, sein – gespielt – gleichgültiges »Ich glaube es einfach nicht, Celie . . .« hatten sie veranlaßt, die Angelegenheit der höchsten Familieninstanz zu unterbreiten: Wallace Bibbs.

In Rosebriar erlebte sie befriedigt, wie sich der Ausdruck in den Augen des alten Mannes änderte: Zunächst ärgerlich, gelangweilt, gereizt, wurde er allmählich aufmerksam, und als sie dann einige wirkliche und erfundene Details hinzufügte, besorgt und sogar entsetzt. Denn er mußte zugeben, daß Pamela als eine Fremde unter ihnen lebte, daß sie liberale, ja sogar radikale Ideen in der Öffentlichkeit geäußert hatte, daß sie der fleischlichen Versuchung erlegen war, daß sie nur deshalb seine Schwiegertochter geworden war, weil er diese Ehe erzwungen hatte – und aus all diesen Gründen konnte er sich nicht der Erkenntnis verschließen, daß Cecilias Anschuldigungen ein gewisses Maß an Glaubwürdigkeit aufwiesen.

Vielleicht handelte es sich nur um eine drohende Gefahr – denn wer konnte schon sagen, was einem temperamentvollen Mädchen aus Neu-England alles einfiel? –, aber diese Gefahr schien wesentlich realer und wesentlich akuter, als ihm lieb war.

Sein behutsames Zugeständnis machte jedoch alles nur noch schlimmer. Denn jetzt übertraf sich die liebe Celie selbst, indem sie feststellte:

»Gefahr, Vater Wally? Ein großer Nigger, nackt bis auf ein Paar zerlumpte Hosen, kommt lange nach Mitternacht mit einer ohnmächtigen – oder angeblich ohnmächtigen – weißen Frau in den Armen zum Herrenhaus. Meiner Meinung nach ist es ganz gleich, was die Männer der Familie jetzt noch tun – hier paßt nur das Sprichwort von der Stalltüre, die man schließt, wenn die Kuh längst gestorben ist.«

Wallace Bibbs hatte seine Schwiegertochter nie besonders gemocht. Das bißchen Zuneigung für sie schmolz jetzt gänzlich dahin, wie Schnee an der Sonne.

»Gut, Tochter«, sagte er schließlich. »Ich werde mich selbst um die Angelegenheit kümmern. Falls auch nur ein Bruchteil von dem, was du mir erzählt hast, stimmt, werde ich dem Ganzen schleunigst einen Riegel vorschieben.«

Aber als Wallace Ingrahams Crest erreichte, stand er zwei Problemen gegenüber. Das erste war relativ leicht zu lösen, beanspruchte eigentlich nur etwas Geduld und Zeit, denn Pamela war nicht zu Hause. Sie war nach Collinswood gefahren, und nur Wes kannte den Grund dieses Besuchs. Er hatte jedoch keinesfalls die Absicht, Wallace Bibbs oder sonstwen diesen Grund zu verraten. Daraus ergab sich das zweite Problem für Wallace, nämlich, wie er sich Wes gegenüber verhalten sollte.

»Wes, ich hätte gute Lust, dir die Haut in Streifen vom Rücken zu schneiden«, dröhnte er.

Wes sah seinen Herrn ernst an und sagte genauso ernst: »Das werden Sie nicht tun, Massa Wally.«

»Warum nicht, gottverdammter Nigger? Warum, zum Teufel, sollte ich es nicht tun?«

Wes lächelte. »Weil nicht einmal Sie so ein Narr sind, Sir.«

In diesem Augenblick verließ Wallace Bibbs seine Selbstbeherrschung; er hob die Reitpeitsche und ließ sie pfeifend durch die Luft sausen. Wes bewegte sich, wie immer, beinahe graziös. Seine rechte Hand fuhr in die Höhe, seine langen schlanken Finger schlossen sich um das Gelenk des Pflanzers und drückten zu.

Wallace war sich einer Kraft bewußt, die, wie ihm später klar wurde und wie er auch in seinem Tagebuch festhielt, weit über das Physische hinausging. Er verwendete dafür das Wort »geheimnisvoll«. Seine Nachkommen hätten ebenso verständnislos den Ausdruck »kinetische parapsychologische Kraft« gebraucht, und beide Ausdrücke waren falsch. Was wußten schon die Weißen damals oder jetzt von *Sagbatas* Pantheon? Oder von den dunklen Göttern der Erde?

Wallys Finger öffneten sich. Nicht nur seine rechte Hand, sondern sein ganzer rechter Arm war schlaff, wie gelähmt. Wes nahm seinem Herrn die Reitpeitsche aus der Hand und streifte auch die Lederschlaufe ab, mit der sie an Wallace Bibbs' Handgelenk befestigt war. Dann zerbrach er sie auf einem seiner kräftigen Knie und warf die Teile in einen Busch.

»Sind Sie jetzt bereit, vernünftig zu reden, Massa Wally?« fragte er.

»Verdammt, Wes – du hast mich gelähmt!« brüllte Wallace.

Wes hörte, wie die Stimme seines Herrn leicht schwankte, und war in Versuchung, darauf zu antworten:

»Ja, und diese Lähmung wird weiterbestehen, wird um sich greifen, bis du auf alle meine Forderungen eingehst und mich vor allem einmal freiläßt.«

Aber das Risiko war zu groß. Er wußte inzwischen genau, wie Zauberkraft wirkt: Der Zauberer zwingt seinem Opfer, das wesentlich schwächer ist als er, seinen starken Willen auf. Man konnte jemandem in die Augen sehen und ihm einreden, daß ein Elefant von der nächsten Föhre herunterkletterte. Es spielte dabei überhaupt keine Rolle, daß weit und breit weder ein Elefant noch eine Föhre in Sicht war. Wichtig war nur, daß das Opfer entsetzt vor dem Dickhäuter, der ausschließlich in seiner Phantasie existierte, floh. Bei Beau Bob, bei Bascomb Collins und auch bei Ashton Bibbs hätte Wes keine Sekunde gezögert. Sie hätten geglaubt, daß die Lähmung – die Wes durch den Druck seiner Finger auf einen bestimmten Nerv ausgelöst hatte – bleibend war, hätten auf den Gebrauch des Arms verzichtet und wären schließlich als Krüppel durchs Leben gegangen. Denn nicht betätigte Muskeln und Sehnen schrumpfen und bestätigen so dem Opfer, daß sein Leiden unheilbar ist.

Aber Wallace Bibbs verfügte über einen eisernen Willen. Er hätte sich bereits am nächsten Tag dazu gezwungen, den Arm zu bewegen. Und Wes konnte es sich nicht leisten, Schwarze Magie vergeblich einzusetzen, weil er dadurch Zweifel an seinen Fähigkeiten geweckt hätte. Wie alle Religionen beruht auch Voodoo auf dem Glauben, der Berge versetzt. Deshalb wäre es nicht klug gewesen, eine Schwächung dieses Glaubens zu riskieren.

Darüber hinaus war eine weitere Überlegung für ihn bestimmend: Ein Sieg, den er dadurch errang, daß er einen Mann hypnotisierte, verlor irgendwie am Glanz. Mit Schwächlingen wie Beau Bob und Bascomb wäre er bedenkenlos verfahren. Aber ein solcher Sieg über einen wirklichen Mann konnte keineswegs als ehrenhaft bezeichnet werden. Deshalb sagte er ernst:

»Das Gefühl wird bald zurückkommen. Wenn es dann soweit ist, bitte ich Sie sehr schön, mir zu versprechen, daß Sie nicht mehr versuchen werden, mich zu schlagen. Nie wieder.«

»Das werde ich nicht versprechen«, explodierte Wallace. »Ich will verdammt sein, wenn ich mir von einem kraushaarigen, breitlippigen Teufelsbraten sagen lasse, was ich tun oder nicht tun soll!«

Wes schüttelte traurig den Kopf.

»Massa Wally, Massa Wally, das ist nicht klug und auch nicht vernünftig. Sie sind ein guter Mann, Sie sind ein viel besserer Master als die meisten Weißen. Wir haben uns immer vertragen, Sie und ich. Habe ich Ihnen je Schwierigkeiten gemacht, Sir?«

»Nein. Jedenfalls bis jetzt nicht. Aber ich habe nicht die Absicht, mich mit den Schwierigkeiten abzufinden, die du mir gerade machst, du großer schwarzer Affe!«

Wes kicherte leise.

»Da irren Sie sich mächtig, Massa Wally. Sie können gar nichts anderes tun, als sich mit diesen Schwierigkeiten abzufinden, Sir. Denken Sie einmal nach. Sie haben auf Miss Celie gehört, nicht wahr?«

»Also verdammt noch mal! Ich dulde nicht, daß einer wie du –«

»– den Namen einer weißen Dame in seinen großen Niggermund nimmt. Also gut. Sie sind mit dem einverstanden, was sie sagt. Sie glauben es. Und was dann? Sie haben einen wertvollen Nigger verloren. Und die Bibbs-Familie muß den Staat Mississippi verlassen, woanders hinziehen, weit weg, wo noch niemand von ihr gehört hat, denn Sie werden nicht ertragen, wie die Freunde und Nachbarn von nun an über Sie reden . . .«

»O Gott!« Wallace Bibbs schrie beinahe.

»Aber Sie können auch Ihren Verstand benützen, Sir, und auf mich hören. Ich sage Ihnen: Miss Pam ist mächtig gut zu mir gewesen. Sie glaubt, ich bin kein gewöhnlicher Nigger. Sie glaubt, ich kann lernen, etwas werden. Aber sie weiß, daß ich sie nie ungehörig berührt habe und daß ich es auch nie tun werde. Erstens habe ich zu viel Respekt vor ihr und zweitens will ich es gar nicht.«

Wallace Bibbs starrte ihn an.

»Vielleicht erklärst du mir deine letzte Bemerkung etwas näher, Wes.«

»Gut. Aber Ihnen wird das, was ich sage, nicht gefallen, Sir. Ich bin Afrikaner. Ich bin nicht hier geboren. Ich bin frei aufgewachsen, meine Seelen sind frei geblieben. Sie sehen mich an und Sie sehen nur einen großen, schwarzen, häßlichen Nigger, wie ein Affe. Und ich sehe Sie an, Sir, und Sie sehen aus wie etwas frisch Geschlachtetes, dem man die Haut abgezogen hat. Warten sie, Sir, werden Sie nicht wütend. Wir sprechen jetzt aufrichtig, Mann zu Mann, gut?«

»Gut«, stimmte Wallace Bibbs widerwillig zu.

»Alle Arten von Menschen, die ein Mann noch nicht kennt, sehen für ihn häßlich aus und riechen auch komisch. Ihren Niggern hat man beigebracht – zweihundert Jahre lang –, daß die Weißen großartig, schön und gescheit und daß ihre Frauen hübsch sind. Mir hat das niemand beigebracht, Sir. Meine Selido, meine denkende Seele, glaubt das einfach nicht. Vor ein paar Tagen, auf einer anderen Plantage, hat ein Mädchen mit heller Haut, wie eine Weiße, mich küssen wollen. Und ich konnte nicht, Sir. Ihr Geruch hat mich krank gemacht. Oh, sie war sauber, ganz sicher. Das meine ich nicht. Sie war ganz reingeschrubbt, ihre Haut war rosig; wahrscheinlich hat ihre Ma sie zwei Stunden in Seifenlauge gekocht. Aber sie hat wie eine Weiße gerochen. Genausogut könnte ich einen Fischbauch oder eine Ziege küssen, die sind auch weiß, nicht wahr?«

»Du unverschämter schwarzer Hurensohn!«

»Ich bin der Sohn von Göttern, Sir. Von *Vudun*. Sie haben mich aus Erde gemacht und mir Leben in den Mund, in die Nase geblasen. Sie haben mich zu einem freien Mann gemacht, Sir.«

»Aber das bist du nicht mehr. Du bist mein Nigger, Wes. Ich kann mit dir tun, was ich will!«

»Bis zu einem gewissen Punkt, Sir. Bei diesem Punkt beginnt meine Freiheit. Sie können mit mir tun, was Sie wollen? Massa

Wally, Sie können nichts mit mir tun, was ich Ihnen nicht erlaube.«

»Verdammt, ich werde –«

»Warten Sie. Ein Mann kann alles tun, wenn er einverstanden ist, den Preis dafür zu bezahlen. Sie wollen mir zeigen, daß Sie der Herr sind und ich der Sklave, und Sie peitschen mich aus. Aber wollen Sie es wirklich versuchen, wenn Sie wissen, daß es das letzte ist, was Sie in Ihrem Leben tun, Massa Wally?«

»Du – du drohst mir? Bei Gott, Wes, ich –«

»Bleiben Sie ganz ruhig, Sir, und hören Sie mir zu. Ich drohe nicht, Sir. Wenn ich sage, heute ist Montag, morgen ist Dienstag, ist das doch keine Drohung, oder? Ich sage Ihnen nur, was geschehen muß. Ein Mann peitscht mich aus, ich töte diesen Mann, Sir. Ich muß nicht darüber nachdenken. Auch wenn ich weiß, daß ich nachher langsam und grausam und schlimm sterbe. Denn mir macht das nichts aus – zu sterben. Ich habe dem alten Knochenmann schon zu oft in die Augen geschaut, und für weniger wichtige Sachen. Deshalb kann ich den Preis immer bezahlen. Aber wenn ich weiterlebe und mich erinnern muß, daß ein Mann mich ausgepeitscht hat und ich nichts dagegen getan habe, ist mir dieser Preis zu hoch.«

»Wes –«

»Also können Sie mit mir tun, was Sie wollen, wenn Sie dafür bezahlen wollen. Keine gemächlichen Tage mehr in der Sonne, mit den Jagdhunden im Kiefernwald. Keine Miss Lucille mehr, die Sie anlächelt und Ihre Hand hält. Keine Familienversammlungen mehr – Sie und Miss Lucille, Massa Ash, Massa Bob und die Damen. Keine Missy Deirdre mehr auf Ihren Knien. Ist Ihnen das Auspeitschen diesen Preis wert, Sir? Vor allem, wo ich doch mächtig gut arbeite und Ihnen keine Schwierigkeiten mache?«

»Keine Schwierigkeiten!« donnerte Wallace, aber sein Zorn war nicht echt. Wes erkannte den falschen Ton, unterdrückte ein Grinsen und wußte, daß er die Entscheidungsschlacht in diesem Krieg bereits gewonnen hatte und daß die nun folgenden Scharmützel immer leichter sein würden, bis er endgültig gesiegt und damit seine Freiheit erzwungen hatte. »Nicht nur Miss Cecilia erzählt mir wilde Geschichten –«, der Ausdruck »wilde Geschichten« entsprach schon einem Rückzug, was Wally Bibbs genau wußte –, »auch Colonel Bart Collins kam gestern zu mir herübergeritten und beschwerte sich darüber, daß –«

Er unterbrach sich. Die Beschwerde war lächerlich gewesen. Er hatte es dem alten geilen Trottel auch gesagt.

»Was für Beschwerden?« fragte Wes friedlich.

»Daß – daß du die Hälfte der Weiber auf seiner Plantage verhext hast. Daß sich sogar zwei seiner Hausmädchen deinetwegen geprügelt haben, und –«

»Es war nur ein Schlag, Sir. Ruby hat Ellen geschlagen. Ellen hat nicht zurückgeschlagen.«

»Ellen! Ist das die, die du nicht küssen wolltest?«

»Sir, ich bin ein Gentleman. Gentlemen sprechen nicht über Weibervolk. Ich glaube, ein Kerl, der damit angibt, wen er küßt, mit wem er ins Bett geht, ist überhaupt kein Mann, Sir.«

»Stimmt!« Wallace Bibbs dachte: Was ist dann eigentlich mein Sohn Bob? Er rieb sich den kribbelden Arm, in den langsam das Gefühl zurückkehrte.

»Wes, willst du, daß ich eines von diesen Mädchen für dich kaufe? Damit du sie heiraten kannst? Ruby oder – oder Ellen?«

Es hatte ihn einiges gekostet, den zweiten Namen auszusprechen. Natürlich war Ellen nur ein Achtelmischling; aber er hatte sofort das fast weiße Mädchen am Arm des verdammten großen schwarzen Affen vor sich gesehen und war beinahe daran erstickt.

»Nein, Sir. Danke, Sir. Sie sind sehr freundlich. Aber keine von ihnen. Sie sind zu hell.«

»Aha. Denkst du vielleicht an eine bestimmte Frau? Ein pechschwarzes Mädchen, denn wie du mir gerade erkärt hast, ziehst du so etwas vor?«

»Nein, Sir. Danke nochmals, Sir, zu freundlich. Ich will gar keine Frau, Sir.«

»Warum nicht?«

»Zu viel Schwierigkeiten, Sir. Für Sie und für mich.«

»Wes, ich verstehe einfach nicht . . .«

»Sir, ich werde einmal frei sein. Mein *Tau Vudun* hat es mir gesagt. Dann heirate ich. Nicht vorher.«

»Die gleiche Frage: Warum nicht, Wes?«

»Massa Wally, ich lebe gern. Und eine Frau – eine Sklavin, die meine Frau ist – gibt mir zu viele Gründe, zu sterben.«

»Wes, verdannt, du kannst einen wahnsinnig machen! Was, zum Teufel, meinst du damit?«

»Massa Wally, ein Mann packt Ihre Miss Lucille, und sie muß ihr Kleid halb ausziehen, so daß die Männer rundum ihre Titten sehen, dann peitscht er ihren Rücken, bis das Blut herunterrinnt – was tun Sie dann, Sir?«

»Aber verdammt, Wes, meine Frau ist weiß!«

»Und meine ist schwarz. Kein Unterschied. Der Tag weiß und blau und golden. Die Nacht schwarz wie Samt, mit Sternen darauf.«

Wallace Bibbs war ein intelligenter, logischer und im Grunde mitfühlender Mensch. Diese drei Eigenschaften besiegelten seine Niederlage.

»Ich würde deine Frau nie auspeitschen, Wes«, sagte er ruhig. »du hast mein Wort darauf.«

»Gut. Aber vielleicht regt sie Sie ganz schrecklich auf, Massa Wally. Frauen können wie Zahnschmerzen sein. Vielleicht macht sie Schwierigkeiten.«

»Dann bringe ich sie dir und sage dir, daß du ihr den Hintern versohlen sollst. Einverstanden?«

Wes lächelte.

»Und unsere Kinder? Stellen Sie sich vor, ein Mann nimmt Massa Ash und Massa Bob und verkauft sie irgendwo unten am Fluß?«

»Wes, jetzt beleidigst du mich. Auf meiner Plantage reiße ich nie Familien auseinander. Das weißt du, verdammt noch mal!«

»Die meisten großen Pflanzer tun das nicht. Ehrensache. Aber wenn die Zeiten nicht gut sind, Sir? Wenn die Zahlungen überfällig sind und die Herren von der Bank immerfort Geld verlangen?«

»Ich habe nie eine Familie auseinandergerissen, Wes. Ich würde es auch nie tun, ganz gleich, was geschieht. Eher würde ich ein Stück verkaufen.«

»Gut, ich will darüber nachdenken. Es ist schrecklich einsam, wenn man allein lebt. Besonders in der Nacht.«

»Du wirst mehr tun als nur darüber nachdenken, du schwarzer

Gauner! Ich befehle dir zu heiraten, Wes! Und zwar verdammt bald. Am Thanksgiving Day lade ich zu einem geselligen Maisschälen ein – alle Nigger von den nahe gelegenen Plantagen. Dann suchst du dir eine aus. Das Mädchen, das du willst, werde ich kaufen, und damit hat sich's!«

Er überlegte: Damit wäre wenigstens ein Teil der Schwierigkeiten beseitigt. Ich werde ein großes Theater um das Ereignis machen. Der größte Nigger heiratet ein Mädchen, von dem noch niemand etwas gehört hat. Die Leute werden sagen: »Seine Frau wird den Nigger bei Nacht schon zu Hause halten, wird es ihm abgewöhnen, herumzustreunen. So wird er auf der richtigen Seite der Trennungslinie bleiben.«

»Sir, Sie überstürzen das alles ein bißchen. Weil ich noch gar kein Mädchen habe. Ich gehe mit keiner, Massa Wally.«

»Auch nicht mit Ellen Collins?«

Wes lauchte dem Abendwind.

»Vielleicht fragen Sie sie danach, Sir. Sie wird bald hier sein. Fünf Minuten. Vielleicht weniger. Mit Miss Pam. Und noch jemandem. Einem weißen Gentleman. Aber ihn kenne ich nicht.«

Wallace Bibbs starrte den großen Schwarzen an. Er hatte schon oft von Ashton und Bob gehört, daß Wes Parks, lange bevor jemand in Sicht- und Hörweite war, wußte, wer da kam. Daß er die Menschen erkannte, noch ehe sie am Horizont auftauchten. Und daß er sich nie irrte.

»Wes, woher weißt du das?«

»Ich weiß es einfach, Käpt'n Wally. Ich weiß nicht, wie – ich weiß es einfach.«

»Wes, bist du ein Hexenmeister? Sag mir jetzt die Wahrheit! Bist du einer?«

Wes sah zum Tor hinüber. Wallace Bibbs hatte dort in einer Entfernung von knapp fünfzehn Metern seinen Rappen in voller Sicht angebunden. Aber jetzt wurde der Dunst dichter, der Schatten dunkler. Und Wes' *Selido* sagte ihm, daß sich das Selbstbewußtsein Wallace Bibbs' noch nicht von der rauhen Behandlung erholt hatte, die er ihm hatte zuteil werden lassen. Die Versuchung war unwiderstehlich, und wenn der Zauber dieses eine Mal wirkte, wäre der Gewinn für Wes unbezahlbar.

Er blickte seinem Herrn tief in die Augen. Summte leise, sanft: »Wo ist Ihr Pferd, Massa Wally?«

»Dort drüben beim Tor, Wes. Warum –«

»Vielleicht sehen Sie lieber nach, Sir.«

Wallace drehte sich um, starrte ungläubig, flüsterte: »Guter Gott!«

Er wendete sich wieder Wes zu. »Wohin – wohin ist es verschwunden? Ich hab' es doch angebunden. Es kann nicht –«

Wes hob die Hand, schnalzte mit Daumen und Mittelfinger vor dem Gesicht seines Herrn.

»Sehen Sie jetzt noch einmal hinüber, Sir«, sagte er leise.

Wallace blickte wieder zum Tor. Dort stampfte der Rappe, schüttelte die Mähne und schnaubte.

Pamela Ingrahams kleines Sulky bog in die lange Allee ein. Sie hielt die Zügel. Ellen saß neben ihr. Neben ihnen ein hochgewachsener Mann – Wallace Bibbs erkannte die hagere Gestalt Tolbert Weatherbees sogar im Zwielicht – auf einem knochigen Mietgaul. Genau wie Wes Parks es vorhergesagt hatte.

Wallace wendete sich wieder dem großen Schwarzen zu. »Wes«, fragte er, »Wes –?«

»Es ist alles in Ordnung, Sir. Ich habe Ihnen nur einen Streich gespielt. Jetzt werde ich aber das Tor öffnen und sie hereinlassen.«

7

Pamela Ingraham seufzte innerlich. O mein Gott, sieh sie dir nur an. Vater Wally denkt ganz deutlich »Arroganter junger Grünschnabel«, und Tolbert revanchiert sich mit »Scheinheiliger« und noch ein paar seiner Lieblingsausdrücke. Warum müssen die beiden Menschen, die ich am meisten respektiere, bewundere und sogar liebe – nur wage ich es bei Tol nicht wirklich –, einander hassen? Wenn ich doch etwas dagegen tun könnte.

»Mama«, piepste Deirdre, »wo ist Onkel Wes? Er hat heute noch gar nicht mit mir gesprochen.«

»Onkel Wes hat zu tun, Liebling«, flüsterste Pamela und war

sich bewußt, daß der Blick ihres Schwiegervaters von ihrem Gesicht zu dem ihres Kindes wanderte und daß ihr vor Nervosität das Blut in die Wangen gestiegen war.

»Pam«, brummte Wallace, »du hast diesen Niggerzauberer doch nicht mein Baby verhexen lassen, oder?«

»Wes ist ein Zauberer, Großvater?» fragte Deirdre.

»Ich halte Wes für einen«, antwortete Wallace. »Ich will verdammt sein, Pam, wenn ich diesen Nigger verstehen kann.«

»Was genau verstehen Sie an ihm nicht, Sir?« fragte Tolbert.

Wallace Bibbs' graue Augen wurden eiskalt, als er Tolbert ansah. Aber er war, im wahrsten Sinn des Wortes, wohlerzogen. Ein Streit im Haus einer Dame verstieß gegen den jedem südlichen Gentleman angeborenen Begriff von Noblesse.

»Nun, Herr Rechtsanwalt«, begann er, »das ist schwer zu sagen.« Aber seine kleine Enkelin unterbrach ihn.

»Mama«, beharrte Deirdre, »kommt Onkel Wes heute abend? Um mir eine Geschichte zu erzählen?«

»Das weiß ich nicht, Liebling«, antwortete Pam äußerlich ruhig, während ihre Nerven vibrierten. »Wenn er es nicht tut, werde ich dir eine erzählen. Jetzt sei aber ruhig, mein Süßes, und laß deinen Großvater und Rechtsanwalt Weatherbee miteinander sprechen.«

»Nein«, sagte Deirdre, »du erzählst sie nicht so wie Onkel Wes.«

Pam zog am Glockenband. Gleichsam als Bestätigung ihrer Überzeugung, daß ein Unglück selten allein kommt, tauchte Ellen an Stelle von Martha auf.

»Wo ist Martha, Ellen?« fragte Pam gereizt.

»Sie mußte sich hinlegen, Madam. Hat fürchterliche Kopfschmerzen. Deshalb habe ich ihr gesagt, daß ich heute abend ihre Arbeit tun werde.«

Nigger! Das böse Wort fiel Pamela beinahe automatisch ein, denn sie hatte sich durch das Leben im Süden von der Denkweise seiner Bewohner beeinflussen lassen. Martha stellt dich auf die Probe, du Dummchen, und du fällst prompt gleich am ersten Abend darauf herein. Jetzt werde ich dich also auch noch gegen sie verteidigen müssen, so wie ich mich ununterbrochen gegen sie verteidige, denn ich kenne nichts Schlaueres als ein faules und bösartiges schwarzes Weibsbild. – Nein, Wes ist eigentlich noch viel schlauer. Nur ist er nicht bösartig. Ich hoffe jedenfalls, daß er es nicht ist. Wo war ich in jener Nacht? Was ist geschehen? O mein Gott, ich –

»Pam«, sagte Tolbert besorgt, »du schaust so seltsam drein.«

»Entschuldige. Ich habe an etwas anderes gedacht. Die Tatsache, daß Martha bewußt Ellens Naivität ausgenützt hat, ärgert mich. Aber damit werde ich mich morgen beschäftigen. Ellen, bitte bring mein überaus ungezogenes Kind zu Bett.«

»Ja, Madam«, sagte Ellen, beugte sich hinunter und streckte Deirdre ihre schlanken, hellen Arme entgegen.

»Nein«, brüllte Deirdre, »ich will nicht ins Bett! Nicht bevor Onkel Wes da war und mir eine Geschichte erzählt hat.«

»Ich kenne eine Menge Geschichten, Honey«, sagte Ellen, »und ich erzähle sie dir gerne.«

»Huh«, schniefte Deirdre, »du kannst keine Geschichten nicht erzählen.«

»Mein Gott, wo hat sie nur diese Grammatik her?« stöhnte Pamela.

»O doch, das kann ich, Honey«, antwortete Ellen freundlich. »Warum probierst du es nicht einmal mit mir?«

»Du kannst es nicht«, widersprach Deirdre, »du bist nicht schwarz. Nur Schwarze können Geschichten erzählen.«

»Baby«, erklärte Wallace Bibbs feierlich, »wenn du das Wort ›Geschichten‹ als Synonym für ›Lügen‹ verwendest, hat du gerade eine der Tatsachen des Lebens begriffen.«

»Ich bin ein bißchen schwarz«, sagte Ellen dem Kind, »und deshalb kann ich Geschichten erzählen. Komm jetzt, sei ein liebes Kind . . .«

»Du bist nett«, stellte Deirdre fest. »Und hübsch. Und du riechst gut.«

Ellen hob sie hoch. »Sag den Herrschaften gute Nacht, Missy.«

»Gute Nacht«, rief Deirdre. »Gute Nacht, Mama. Und Opa. Und Anwalt Weatherbee.«

»Das hätte ich nicht geglaubt«, lachte Wallace, als Ellen das Kind aus dem Zimmer getragen hatte. »Pam, du hast da anscheinend einen Schatz erworben.«

»Das stimmt«, bestätigte Pam. Dann fügte sie spöttisch hinzu: »Auch das war einer von Wes' weisen Vorschlägen.«

»Wes hat vorgeschlagen, daß du Ellen von den Collins kaufst?« fragte Wallace.

»Allerdings. Was stört dich daran, Vater Wally?«

»Das läßt sich nicht so leicht erklären, Tochter. Ich schließe mich nur allmählich Ashs Meinung an, daß dieser große Nigger gefährlich ist.«

»Sir, ich gebe zu, daß es mich nichts angeht, aber da Ash heute morgen in meinem Büro genau das gleiche gesagt hat, interessiert mich dieser Wes. Er ist in Afrika geboren, nicht wahr?«

»Und ein Hexenmeister. Ein Voodoo-Mann.«

»Aber Vater Wally«, widersprach Pamela vorwurfsvoll, und es gelang ihr, trotz ihrer mangelnden Überzeugung genau den richtigen Ton zu treffen.

»Er ist einer«, wiederholte Wallace. »Zudem ist dieser schwarze Gauner so schlau, daß er mir keinen Vorwand für eine Tracht Prügel liefert.«

»Vater Wally«, fragte Pamela, »du weißt doch, was ich mit den Peitschen auf dieser Plantage getan habe?«

»Ja. Du hast sie verbrannt. Das war sehr gütig von dir, Tochter, aber kaum weise. Denn es gibt keine andere Möglichkeit, einen Nigger . . .«

». . . wirklich zum Arbeiten zu bringen als durch dauerndes und immer unbarmherzigeres Auspeitschen«, fiel ihm Pamela ins Wort. »Ich nehme an, ihr beide bleibt heute nacht hier? Es ist für euch viel zu spät, noch nach Hause zu reiten. Deshalb bitte ich dich um etwas, Vater Wally: Bevor du uns morgen verläßt, reite mit mir über die Plantage. Auch du, Tol, wenn du magst. Seht euch ganz Ingrahams Crest an. Dann sagt mir, ob irgendeine der Plantagen in der Gegend besser geführt ist. Und das ist alles Wes' Werk.«

»Wieso, Pam?« fragte Tolbert.

»Vor allem redet er den Feldarbeitern gut zu, packt sie bei ihrem Ehrgeiz, und sie leisten fünfmal so viel wie die Leute, die von Aufsehern und Sklaventreibern mit der Peitsche zur Arbeit gezwungen werden. Zweitens kann er großartig organisieren –«

»Na, ja, Tochter«, unterbrach sie jetzt Wallace.

»O doch, Vater Wally. Hör zu: Alle fortschrittlichen Pflanzer im Süden, also auch du, erlauben ihren Sklaven, private Gärten zu bebauen – mit Gemüse, Mais und dergleichen – und Hühner, gelegentlich sogar Schweine zu halten. Aber sie müssen sich nachts darum kümmern, nachdem sie den ganzen Tag für ihre Herren gearbeitet haben. Und auch am Samstagnachmittag und sogar am Sonntag.«

»Und?« fragte Wally.

»Und so ist Ingrahams Crest die einzige Plantage im Staat, wenn nicht im ganzen Süden, auf der ganze fünf Morgen mit Gemüse bepflanzt sind. Sie werden von den Alten betreut, denen die größeren Kinder helfen. Die Neger zwischen fünfzig und sechzig, die auf anderen Plantagen noch die ganze Zeit Baumwolle pflükken, arbeiten jeweils eine halbe Woche auf den Gemüsebeeten. Denn Wes hat mir gesagt: »Miss Pam, ein Mensch kann nicht sehr gut arbeiten, wenn er von Speck und Maisfladen lebt.« Wie ihr wißt, bekommen die Neger auf den meisten Plantagen nichts anderes zu essen. Ich gebe zu, daß sie davon satt werden, aber genügt es? Ich meine, verlangt der menschliche Körper nicht nach mehr Abwechslung? Vielleicht ist das der Grund, weshalb Neger die größten Diebe sind, die es überhaupt gibt – weil sie hungern. Ich meine, hungern nach Dingen, die gut schmecken, Knochen und Muskeln aufbauen, Kraft geben.«

»Weißt du, Tochter, da könntest du recht haben«, gab Wallace zu. »Und Wes hat dir das vorgeschlagen?«

»Ja. Deshalb sind meine Arbeiter jetzt schlank und kräftig und leistungsfähiger, Vater Wally. Seit ich die Gemüsebeete eingeführt und meinen Leuten einen Schweinestall überlassen habe, über den der alte Onkel Matthew mit eiserner Hand herrscht, habe ich kaum mehr Ausfälle durch Krankheit. Dazu kommt, daß Wes sehr viel über Ackerbau weiß. Er sagt, er war in Afrika ein *Galentu,* ein Landbesitzer, und sein Vater hat ihm sieben Plantagen hinterlassen, von denen die kleinste größer war als Collingswood.«

Wallace lachte laut auf. »Nigger! Wenn es um phantasievolle Lügen geht, sind sie unschlagbar. Das muß man ihnen lassen.«

»Vater Wally«, sagte Pamela ruhig, »in bezug auf Wes weißt du sehr genau, daß das nicht stimmt. Ich habe ihn nie bei einer Lüge ertappt, nie. Und du achtest ihn. Du hast sogar Angst vor ihm; Angst vor seinem Einfluß auf mich, oder? Oder weshalb bist du sonst heute hiergekommen? Das erste Mal seit Monaten. Aber Cecilia hat dich überzeugt, dich so gründlich überzeugt, daß deine Anwesenheit hier und deine Besorgnis – so gut sie gemeint sind – die größten Beleidigungen sind, die ich je erlebt habe.«

Sie begann hemmungslos zu weinen.

»Aber Pam, Honey«, stöhnte Wallace.

»Pam«, mischte sich Tolbert ein, »ich gehöre auch zu den Schurken, die überall Böses wittern. Denn ich bin aus dem gleichen Grund gekommen; auch ich mache mir Sorgen.«

Sie hob den Kopf. Ihre Lippen waren weiß, ihr Mund zuckte.

»Tol«, sagte sie. »Rechtsanwalt Weatherbee. Die Entfernung nach Natchez ist viel zu groß, als daß du heute abend zurückreiten könntest. Aber ich wäre dir dankbar, wenn du es morgen so früh wie möglich tätest. Und ich wäre dir noch dankbarer, wenn du nicht mehr hierher kämst. Nie wieder.«

»Pam«, protestierte Wallace Bibbs, »jetzt bist du unhöflich. Und unfair – außer du dehnst dein Verbot auch auf mich aus.«

»Nein«, flüsterte sie beschämt. »Nein, Vater Wally. Auch bei dir habe ich es gar nicht so gemeint, Tolbert. Es ist nur – daß die Menschen, und vor allem ihr beide, das von mir glaubt, mich für fähig haltet, etwas so Entsetzliches zu tun – das schmerzt. Nein, das Wort ist zu schwach. Es tötet. Denn wenn irgend etwas an mir euch zu dieser Meinung veranlaßt hat, dann möchte ich lieber nicht mehr leben.«

»Es ist vielleicht besser, wenn ich dir genau sage, was ich von dir halte, Pamela«, meldete sich wieder Tolbert zu Wort. »Ich halte dich für einen Engel. Ich weiß, daß du die erste Frau bist, die ich je geliebt habe. Entschuldigen Sie, Sir. Aber es mußte einmal heraus. Deshalb sage ich es aufrichtig und ehrlich vor Ihnen. Wenn sie endlich frei ist, wenn sie mir endlich gestattet, ihre Scheidung vor dem Gericht in Natchez zu vertreten, möchte ich sie heiraten – falls sie mich nehmen will. Nun, Pam, Honey, bist du immer noch böse auf mich? Immer noch beleidigt?«

»Ja. Denn eigentlich hast du nur gesagt, Tolbert, daß du dir einbildest, in eine Frau verliebt zu sein, der du nicht vertraust, die du nicht achtest oder bewunderst. Die du für fähig hältst, etwas zu tun, was Männer deiner Herkunft als Schande bezeichnen. Nein, danke. Auf diese Art von Liebe kann ich verzichten.«

»Und du, Pam!« fragte Wallace, »Hältst du es nicht für Schande? Dann bist du scheinheilig. Das ist nämlich der schwerste Vorwurf, den du gegen den armen Bob erhebst.«

Sie starrte ihn an und antworte langsam: »Nein, Vater Wally. Ehebruch – ja. Aber nicht die Hautfarbe seiner Partnerinnen bei dieser Sünde. Ich würde sie ihm genauso vorhalten, wenn es weiße Frauen wären. Ich halte Liebe für eine Privatangelegenheit. Solange sie innerhalb des heiligen Ehestandes ausgeübt wird, sind Rasse, Farbe, Religion der beiden Partner ausschließlich ihre Privatangelegenheit; sie geht keinen Außenstehenden etwas an.«

»Mein Gott!« Mehr brachte Wallace Bibbs nicht heraus.

Tolbert fuhr sich mit der Zunge über die trockenen Lippen. »Willst du damit sagen, daß du einen Nigger heiraten könntest, Pam? Zumindest einen so ungewöhnlichen Schwarzen wie Wes?«

Sie schüttelte traurig den Kopf. »Nein, Tol, das will ich nicht damit sagen. Denn ich könnte es nicht. Ich gehöre zu sehr zu meiner Gesellschaft, in meine Zeit. Ich hätte nicht den Mut dazu. Es wäre für mich genauso undenkbar wie für dich. Der Unterschied zwischen uns besteht darin, daß ich mich dieser Feigheit schäme. Ich würde gerne so edel sein wie Desdemona. Aber ich bin es nicht. Ich weiß, daß eure Vorurteile moralisch falsch sind. Ich hasse sie. Aber rein gefühlsmäßig teile ich sie.«

»Dazu kann ich nur Gott sei Dank sagen«, meinte Wally Bibbs. »Aber leider ist das nicht das einzige Problem, und das weißt du ganz genau, Tochter. Dieser große Affe kann die Menschen dazu bringen, das zu tun, was er will, selbst wenn es gegen ihren Glauben, ihre Instinkte, Vorurteile, Erziehung verstößt. Heute nachmittag, bevor ihr gekommen seid, hat er sich mir offen widersetzt. Mir widersprochen. Und er ist nicht tot. Ich habe ihm keine Kugel durch seinen Wollschädel gejagt, obwohl ich es hätte tun sollen. Ich habe überhaupt nichts getan. Innerhalb von fünf Minuten hatte er mich mit seinen schönen Worten davon überzeugt, daß sein Standpunkt absolut logisch – nein, absolut gerechtfertigt ist. Er hat dich dazu überredet, Ellen zu kaufen, vielleicht weil er weiß, daß sie und Thomas' Tochter einander seinetwegen in die Haare geraten sind. Anscheinend hat die kleine Ruby deiner Ellen eine Ohrfeige gegeben, weil Ellen versucht hat, diesen großen Affen zu küssen, und –«

»Vater Wally, das glaube ich einfach nicht.«

»Ich habe es von Bart Collins, Tochter, der mich nur deshalb aufgesucht hat, um sich darüber zu beklagen, daß Wes die Collingswood-Sklaven demoralisiert, indem er jedes Weibsbild unter sechzig verrückt macht. Bart schwört, daß die Frauen in den Sklavenhütten jede Nacht miteinander raufen.«

Pamela lächelte. Es war ein sehr boshaftes Lächeln.

»Wes sieht sehr gut aus, Vater Wally. Wenn selbst ich als weiße Frau das sehen kann, warum sollten dann die farbigen Frauen nicht auf seine überwältigende Anziehungskraft reagieren? Und warum soll man rein biologische Vorgänge auf Zauberei zurückführen?«

»Mein Gott, Tochter. Wenn du solche Dinge sagst, muß ich mir ja Sorgen um dich machen.«

»Ich habe dich nur necken wollen, Vater Wally.«

»Ich weiß. Die Hauptschwierigkeit besteht aber darin, daß ich nicht sicher bin, daß das Gerede über Zauberei und so weiter wirklich Unsinn ist. Heute nachmittag hat er mir gesagt, daß du mit Rechtsanwalt Weatherbee kommst. Daß ihr in fünf Minuten da sein werdet. Er hatte es ganz genau erraten.«

»Er kann Geräusche über unglaubliche Entfernungen wahrnehmen und deuten, Vater Wally. Er wurde in der Armee des Königs von Dahomey darauf trainiert.«

»Wurde er auch darauf trainiert, ein ganzes verdammtes Pferd verschwinden zu lassen? Er hat es getan. Mit meinem. Er hat Caliph vor meinen Augen in Luft verwandelt. Dann hat er mit den Fingern vor meinem Gesicht geschnipst, und das Tier war wieder da. Es war immer noch an deinem Tor festgebunden, Tochter.«

»Mesmerismus«, erklärte Tolbert unsicher. »Hypnose. Er hat Ihnen eingeredet, daß Ihr Pferd nicht da ist, und Sie –«

»Schon gut! Was für eine Rolle spielt es, wie er es geschafft hat,

Rechtsanwalt? Er hat es geschafft. Was hindert ihn also daran, dieses arme Kind zum Beispiel schlafwandeln zu lassen?«

»Vater Wally!«

»Oder sie träumen zu lassen, daß sie in den Armen des weißesten, blauäugigsten Beaus im ganzen Staat liegt? Oder gar in Ihren Armen, Rechtsanwalt?«

Pamela krampfte ihre Hände so fest um die Tischkante, daß ihre Knöchel weiß wurden. Genauso weiß wie ihre Lippen. Aber es geschah aus Zorn oder vielleicht aus Verzweiflung. Dennoch gelang es ihr im letzten Augenblick, sich zu beherrschen und nicht aufzustehen und den Raum zu verlassen.

»Vater Wally, das ist unverzeihlich! Wie kannst du es wagen, mich so zu beleidigen?«

»Ich habe es nicht so gemeint. Wenn du außerdem darüber nachdenkst, Honey, wirst du bemerken, daß es gar keine Beleidigung ist. Ist das arme kleine Lamm denn daran schuld, daß man ihm im Schlachthaus die Kehle durchschneidet? Aber es ist trotzdem tot, nicht wahr? Es gibt viele Frauen, die durch etwas zugrunde gerichtet wurden, was gegen ihren Willen mit ihnen geschah.«

Sie hob den Kopf. Ihr eben noch schneeweißes Gesicht war nun von flammender Röte überzogen.

»Das geschah nicht gegen meinen Willen, Vater Wally. Gegen meine moralischen Grundsätze, ja, aber nicht gegen meinen Willen. Aber gerade in diesem Fall bin ich nicht schuldlos, und das verzeihe ich mir nie.«

»Gut«, sagte Wallace Bibbs heiser. »Gehen wir davon aus, Pam. Die nächste Frage wollte ich dir eigentlich nicht in Gegenwart dieses jungen Mannes stellen. Aber jetzt hat er sich erklärt, und deshalb frage ich dich: Pamela, Tochter, wo warst du Samstag nacht? Lüge mich nicht an, Kind. Wo bist du gewesen?«

Sie sah ihn an. In ihrem Gesicht spiegelten sich Hilflosigkeit, Wehrlosigkeit, Verzweiflung. Aber sie antwortete klar und ohne zu zögern:

»Ich weiß es nicht, Vater Wally, ich weiß es wirklich nicht. Samstag nacht ist ausgelöscht. Völlig ausgelöscht. In meinem Gedächtnis haftet nicht die geringste Spur davon. Es ist, als würde mich irgend etwas daran hindern, mich zu erinnern. Als ob mein Gehirn und mein Herz sich weigerten –«

Tolbert Weatherbee sah sie an. Sein Gesicht drückte solche Qual aus, daß sogar Wallace davon beeindruckt war.

»Du weißt auch nicht mehr, was geschah, Pam?« flüsterte er.

»Auch das weiß ich nicht mehr. Ich weiß nur, was nicht geschehen ist. Aber ich werde *das* nicht zu meiner Verteidigung vorbringen, Herr Rechtsanwalt. Mein natürliches weibliches Zartgefühl läßt es nicht zu. Weil ihr als Männer diese Gefühle nicht kennt, steht es euch beiden frei, von mir zu denken, was ihr wollt. Auch, daß ich unter den gegebenen Umständen schon die Hure eines Niggers sein könnte – das glaubt ihr ja ohnehin, nicht wahr? Deshalb bin ich kaum eine passende Ehefrau für irgendeinen. Nicht einmal für das elende, ehebrecherische Schwein, mit dem ich bereits verheiratet bin. Ich habe auch nicht mehr die Absicht, mich von ihm scheiden zu lassen, denn ich bin ja nicht besser als er, nicht wahr? Und jetzt entschuldigt mich bitte, ich bin sehr müde. Todmüde.«

»Pam«, sagte Tolbert. In seinen dunklen Augen standen Tränen.

»Ja, Tol?«

»Für mich bist du das Beste, das Schönste, was mir je begegnet ist. Daran wird sich nie, nie etwas ändern.«

»Ich danke dir, Tol. Du hast gerade mein Leben gerettet – zumindest für heute nacht. Vielleicht sogar für länger. Ich weiß es nicht. Ich kann nicht mehr in die Zukunft sehen. Ich habe nämlich die *Lisadje* verloren.«

»Die was?« fragte Wallace Bibbs.

»Die *Lisadje*. Eine Perlenkette. Ein magisches Halsband aus weißen Steinen, die es vom Himmel geregnet hat. Zuerst brennen sie wie Feuer. Dann sind sie eiskalt. Und als ich sie trug, konnte ich sehen –«

»Was, Pam?« drängte Tolbert.

»Das Dunkel. Das Herz der Dunkelheit.«

Dann wandte sie sich langsam, träumerisch ab und glitt geräuschlos davon.

»O Gott. O mein Gott, bitte!« flüsterte Tolbert.

»Rette sie«, sagte Wallace Bibbs ruhig.

Tolbert Weatherbee starrte den älteren Mann an.
»Das werde ich, so wahr mir Gott helfe.«

8

Das Problem blieb jedoch weiter bestehen, war sogar noch komplizierter geworden.

»Am nächsten Tag war sie ruhig«, erzählte Wallace Bibbs seinem Sohn Ashton, während sie die Pferde an einem kleinen Bach trinken ließen. »Kühl und beherrscht. Nachdem diese Bohnenstange von Anwalt nach Hause geritten war, unterhielten wir uns miteinander, die kleine Pam und ich. Zunächst widersprach sie, als ich ihr sagte, daß ich Wes nach Rosebriar zurücknehmen will, weil es für alle Beteiligten das Beste ist. Aber ruhig und vernünftig. Sie meinte, ich müsse doch sehen, wie dringend sie ihn für die Leitung von Ingrahams Crest brauche.«

»Und stimmt das?«

»Ja, meiner Seele, dieser große schwarze Zauberer hat dort wahre Wunder gewirkt. Ich würde sagen, daß sich durch seine Tätigkeit der Wert der Plantage verdoppelt oder verdreifacht hat. Sie hat jetzt ein kleines Paradies. Kaum Unkraut auf den Feldern. Gepflegt, ordentlich – die saubersten Sklavenhütten, die ich je gesehen habe. Die Scheunen platzen beinahe aus den Nähten, die Tiere sind einfach prächtig gehalten. Du weißt doch, daß die Nigger sonst keine Ahnung haben, wie man mit Vieh umgeht.«

»Ich glaube, sie stellen sich absichtlich so an, Pa.«

»Dieser Gedanke ist mir auch schon gekommen, aber hast du jemals einen Nigger gekannt, der intelligent genug war, um wirklich Sabotage zu betreiben? Ich meine, geplante Sabotage, nicht nur Brandstiftung und so was?«

»Pa, ich glaube, daß sie viel schlauer sind, als wir annehmen, und daß das Herumschleichen, das stupide ›Ja, Sir, Boß‹ nur gespielt ist. Aber zurück zu Pamela. Was hat sie noch gesagt!«

»Etwas, wogegen ich wirklich nichts vorbringen konnte. Wenn ich ihr jetzt Wes wegnehme, würde ich nur den Gerüchten, die deine Celie inzwischen im ganzen Bezirk verbreitet, Nahrung geben.«

»Ich habe ihr gesagt, daß sie den Mund halten soll, sonst bearbeite ich sie einmal mit der Reitpeitsche. Aber du kennst ja Celie; ich muß dir also nicht erzählen, was ich damit erreicht habe. Sie hat sofort erklärt, daß Rechtsanwalt Weatherbee eine neue Scheidungsklientin haben wird, wenn ich es nur versuche.«

»Junge, wenn du deiner Frau nicht bald zeigst, wer der Herr im Haus ist, bist du verloren.«

»Ich weiß. Ich versuch es ja, Pa, doch das ist leichter gesagt als getan, schon gar bei Celie. Aber weiter!«

»Ich muß Pam zustimmen, daß die meisten Leute diese Geschichten erst glauben, wenn sie handfeste Beweise dafür sehen. Weiße Frauen im Süden überlegen es sich angesichts der Folgen zweimal, Rassenmischung zu betreiben. Sie hat mir sogar zu meiner Information erzählt, daß es im Norden in den wenigen derartigen Fällen, die sie kennt, sofort zu einer völligen Ächtung der beteiligten Frau kam und daß das Paar meist in eine andere Gegend ziehen mußte, um dem Geteert-und-gefedert-Werden zu entgehen.«

»Was wieder einmal beweist, daß die Yankees den Gipfel an Scheinheiligkeit darstellen.«

»Wir hier im Süden können es auch ganz gut«, bemerkte Wallace trocken. »Aber dann bin ich zu dem wirklich kritischen Punkt gekommen: Ein Nigger, der alle möglichen unheimlichen, unerklärlichen Dinge tun kann, braucht gar keine Vergewaltigung zu begehen. Er müßte sie nur wieder hypnotisieren. Ich habe sie daran erinnert, daß sie nicht weiß, was vergangene Samstag nacht geschehen ist.«

»Was hat sie darauf geantwortet?«

»Daß *das* sicherlich nicht geschehen ist. Daß sie eine verheiratete Frau ist, die es wissen würde. Daß es überhaupt keine Anzeichen dafür gegeben hat. Außerdem verachtet Wes die gesamte weiße Rasse einschließlich ihrer weiblichen Angehörigen und findet, daß er ihr haushoch überlegen ist. Dann hat sie mich freundlich angelächelt und gefragt: ›Und wer bin ich schon, Vater Wally, um sagen zu können, daß er nicht recht hat?‹«

»Sie ist verrückt.«

»Zeitweise, würde ich sagen. Vorgestern abend hatte sie eindeutig den Verstand verloren. Aber gestern war sie genauso normal wie du und ich. Nur, das ist immer noch nicht das Hauptproblem. Dieses Problem ist –«

»Was wir mit Wes tun sollen.«

»Richtig. Hast du dir je überlegt, was das für eine Aufgabe ist? Ganz abgesehen davon, daß er der verdammt beste Nigger ist, den ich je gehabt habe, hat er überhaupt nichts angestellt, Junge. Wir können den Leuten nicht einfach erklären, daß wir den Nigger loswerden mußten, weil wir Angst haben, er würde Bobs Frau verhexen, so daß sie etwa tut, woran keine weiße Frau denken würde. Wenn wir das auch nur andeuten, werden die Leute finden, wir Bibbs gehörten samt und sonders in die Klapsmühle.«

»Pa, wir müssen gar keine Erklärung abgeben. Wir könnten ihn einfach verkaufen. In einen anderen Staat. Es ist unser gutes Recht.«

»Diese Lösung wäre ideal gewesen, Ash, wenn sie uns vor drei Monaten eingefallen wäre. Bevor Pams Nigger begonnen haben, im ganzen Bezirk Gerüchte zu verbreiten. Daß sie seine Hand gehalten und geweint hat; daß er sie mitten in der Nacht auf den Armen ins Haus zruückgetragen hat, weil sie ohnmächtig war. Und zu allem Überfluß deine Celie, die angeblich Pam und den Nigger bei einer zärtlichen Liebesszene erwischt hat. Die Weißen flüstern schon darüber, schütteln die Köpfe, rätseln herum. Dabei ist's noch ein Glück, Sohn, daß sie nur rätseln, daß sie nicht sicher sind. Und dann verkaufen wir Wes, den Nigger, von dem du, ich und Bob überall herumerzählt haben, daß er der beste Hufschmied in Mississippi ist –«

»Ich verstehe; du hast recht, Pa. Wenn wir Wes jetzt verkaufen, bestätigen wir nur die Gerüchte, nicht wahr?«

»Allerdings. Verdammt, Sohn, manchmal möchte ich den Niggern gegenüber genau das prügelnde, herzlose, gemeine Ungeheuer sein, für das uns die Yankees halten. Denn dieser Nigger läßt uns keine andere Wahl. Wir müssen ihn umbringen. Für eine Untat, die er bestimmt nicht begangen hat und wahrscheinlich nie begehen wird. Wes ist nicht auf den Kopf gefallen,«

»Pa, hat du je von einem Nigger gehört, der nicht mit einer weißen Frau im Heu verschwinden würde, wenn man es ihm nur halb so leicht macht wie Wes?«

»Ich bin sicher, daß Wes es nicht tun würde. Denn die arme Ellen Collins frißt ihm aus der Hand, und er schenkt ihr nicht die geringste Aufmerksamkeit. Ja, sie hat einen Tropfen Niggerblut, aber kein Mensch sieht es ihr an. Er hat also schon ein Mädchen, das ein vollwertiger Ersatz für eine weiße Frau ist, und noch dazu den Vorteil hätte, daß er sie gesetzlich zu seiner Frau machen könnte. Aber er –«

»Pa, willst du damit sagen, daß Pam Ellen für Wes gekauft hat?«

»Falls sie das getan hat, hat sie nicht gewußt, was sie anrichtet. Denn während ich drüben war, habe ich *ihn* und Ellen in seiner Gegenwart beobachtet. Sie hat den Nigger angeschaut wie ein Stück Schokoladenkuchen, das sie auffressen möchte. Und er, Junge, er hat sie wie Dreck behandelt. Er hat ihr vor mir gesagt: ›Geh weg, du kleines, farbloses Ding!‹«

»Das könnte auch Verstellung sein, Pa.«

»Glaube ich nicht. Denn ich habe ihm vorher angeboten, Ellen für ihn zu kaufen. Sie oder die kleine Ruby Thomas; er kann sich's aussuchen.«

»Großer Gott, Pa, warum?«

»Weil ich will, daß er ein Weibsbild in seiner Hütte hat. Dann wird er nicht mehr mitten in der Nacht um das Herrenhaus herumstrolchen. So dumm ist er nicht. Das heißt, er ist überhaupt nicht dumm. Deshalb will ich diesem großen Affen eine Niggerfrau ins Bett legen, damit sie ihn in der Nacht ein bißchen abkühlt.«

»Und Pam aufweckt, falls sie wieder einmal schlafwandelt.«

»So direkt wollte ich das eigentlich nicht sagen, Sohn. Aber so ähnlich hab ich's gemeint.«

Vater und Sohn ritten weiter, ohne den kleinen Jockey Pee Wee zu bemerken, der sehr zufrieden von seinem Lauschposten im Astwerk eines mächtigen Baumes herunterkletterte.

»Jonas«, brüllte Beau Bob Bibbs. »Wo steckst du, du schwarzes Schwein?«

»Antworte ihm lieber«, sagte Jonas' Mutter. Sie stand hinter dem großen Mann und reinigte die blutigen Striemen, mit denen Jonas' Rücken bedeckt war.

»Nein«, widersprach Jonas, »ich antworte ihm nicht, Ma. Ihm nicht und keinem anderen Weißen. Zwischen uns ist es aus, zwischen mir und Massa Bob.«

»Sohn«, sagte Tildy, »du hältst es nicht aus, wenn er dich nochmals so peitscht. Und wenn du ihm nicht antwortest, peitscht er dich wieder.«

»Wenn er es noch einmal versucht, bring ich ihn um, Ma.«

»Jonas!« brüllte Bob draußen.

»Antworte ihm, Junge. O Gott, er –«

»Nein!«

Tildys dünne, schwankende, müde, alte Stimme gab Antwort.

»Hier sind wir, Massa Bob«, sagte sie.

»Das hättest du nicht tun sollen, Ma.«

Bob stürzte in die Hütte.

»Verdammt noch mal, du schwarzer Gauner, du –«

»Haben Sie gar keine Erziehung, Massa Bob?« fragte Tildy. »Ich habe Ihnen was Besseres beigebracht.«

»Entschuldige, Tante Tildy. Ich habe nicht gewußt, daß du hier drinnen bist.«

»Wo soll ich denn sonst sein, wenn Sie so wütend waren, daß Sie meinen Jungen beinahe umbringen, Massa Bob?«

»Ach, so arg war's ja gar nicht. Komm, Jonas, steh auf. Komm mit mir hinaus. Ich muß etwas mit dir besprechen, Boy.«

»Massa Bob«, sagte Tildy, und jetzt glänzten ihre müden Augen kriegerisch, »Sie wollen doch meinen Jonas nicht wieder peitschen, Sir? Sie haben ihn ohnehin schon halb umgebracht.«

»An einem oder zwei Hieben stirbt so ein Kerl wie Jonas nicht, Tante Tildy. Aber ich will ihn nicht auspeitschen – diesmal. Und wenn er die Arbeit, die ich ihm auftrage, gut macht, bekommt er mehr von mir, als er sich erträumt hat.«

»Ich habe nicht zwei Hiebe gezählt, Massa Bob«, widersprach Tildy, »ich habe fünfundfünzig oder sechsundfünfzig gezählt. Genug, um einen Mann umzubringen.«

»Ich werde Jonas nicht peitschen, Tante Tildy. Ehrenwort.

Außerdem ist er ein viel zu wertvoller Nigger, als daß ich ihn fertigmachen würde. Und jetzt geh in die Küche hinauf. Pa und Ash kommen heute abend zum Essen. Mach dich lieber auf die Beine, Alte, oder ich probier meine Peitsche an dir aus.«

»Andersrum stimmt's«, sagte Tildy. »Sie haben sicher noch nicht vergessen, wie oft ich Ihnen den Hintern versohlt habe, Massa Bob. Sie waren das schlimmste Kind, das ich je gesehen habe. Und wie ich höre, sind Sie's immer noch.«

»Oh, jetzt bin ich ein reiner Engel, Tildy. Demnächst werden mir noch Flügel wachsen. Aber jetzt verschwinde von hier. Ich muß Jonas einen komplizierten Auftrag erteilen.«

»Wieder Weibergeschichten«, schnaubte Tildy. »Gut, ich gehe. Aber bringen Sie meinen Jungen nicht in Schwierigkeiten!«

»Nein, tu ich nicht. Jetzt hau endlich ab!«

Erst nachdem Tildy außer Hörweite war, wendete sich Bob Jonas zu.

»Jonas, es tut mir leid, daß ich dich so zugerichtet habe. Ich bitte dich um Entschuldigung.«

Jonas starrte ihn ungläubig an. »Das gibt es nicht. Sie entschuldigen sich bei einem Nigger, weil Sie ihn gepeitscht haben? Was ist mit Ihnen los, Massa Bob?«

»Nicht weil ich dich gepeitscht habe, du fauler, besoffener, schwarzer Gauner, sondern weil ich zu weit gegangen bin. Zwanzig Hiebe hätten für das, was du getan hast, genügt. Du hast dich vollaufen lassen und bist nicht zur Arbeit erschienen. Aber es war das dritte Mal, du Esel, deshalb mußte ich ein Exempel statuieren, sonst rührt hier keiner mehr einen Finger.«

Jonas ließ den Kopf hängen. »Es tut mir leid, Massa Bob.«

»Ich habe dir schon den Posten als Antreiber wegnehmen müssen, weil die Nigger einem Säufer nicht gehorchen. Und du hörst nicht auf damit! Ich gebe ja zu, daß Phoebe das hübscheste schwarze Weibsbild auf dieser Plantage ist, aber großer Gott, Mann, wir haben Dutzende hübscher Mädchen. Such dir ein anderes aus, ja?«

»Massa Bob, ich liebe sie, Sir.«

»Du bist ein Riesennarr! Sie liebt dich nämlich sicher nicht.«

»Wes ist schuld, Sir. Dieser Niggerzauber auf der Plantage von

Ihrer Frau. Er hat Voodoo über Phoebe gemacht, Sir. Er hat sie um den Verstand gebracht.«

Bob sah Jonas nachdenklich an; seine blaßblauen Augen blinzelten listig.

»Jonas – hättest du Lust, diesen großen schwarzen Hexenmeister loszuwerden – für immer?«

»Wie geht das, Sir?« fragte Jonas.

»Heute abend werde ich sehr vergeßlich sein, Boy. Ich bin so müde, daß ich vergessen werde, die Gewehrkammer abzuschließen. Du kennst ja meine Hirschbüchse? Die, die mein Pa sich von dem alten deutschen Waffenschmied in Pennsylvanien machen ließ und die er mir an meinem einundzwanzigsten Geburtstag geschenkt hat?«

»Ja, Sir. Das ist ein mächtig gutes Gewehr. Schießt nie daneben, nicht wahr?«

»Na schön, auch der Ständer wird nicht abgeschlossen sein. Und die Schublade, in der ich Zündhütchen, Pulver und Kugeln aufbewahre, wird halb offenstehen. Ich bin in letzter Zeit schrecklich vergeßlich, Jonas.«

»Sie wollen, daß ich Wes töte, Massa Bob?«

»Na ja, du hast ja selbst gesagt, daß nur er schuld daran ist, wenn Phoebe –«

»Massa Bob, lassen Sie's lieber sein, Sir. Warum wollen Sie, daß ich Wes erschieße?«

»Verdammt, Jonas, das geht dich überhaupt nichts an. Ich will dir einen Gefallen tun und du –«

»Massa Bob, ich bin kein Narr. Sie tun niemandem einen Gefallen. Außerdem, wenn ich Wes töte, muß ich rennen. Das wissen Sie doch? Ihr Pa und Massa Ash halten große Stücke auf diesen Nigger. Massa Wally wird dafür sorgen, daß man mich aufhängt, weil ich Wes erschossen habe. Er kann den anderen Weißen einreden, daß sie mich hängen, als ob Wes ein Weißer wäre.«

»Jonas, sobald du zurückkommst und mir sagst, daß du ihn erwischt hast, bekommst du einen neuen Anzug, dreihundert Dollar und einen Paß nach Baltimore. Dazu einen Brief an meinen Cousin dort oben, in dem ich ihn bitte, dich an einem schönen Sonntag nach Philadelphia mitzunehmen und dort einfach zu verlieren. Mit anderen Worten, du bringst diesen Voodoo-Nigger um und bist frei. Was sagst du dazu?«

»Daß ich's tun werde. Aber, Massa Bob, es würde mich ruhiger machen, vielleicht auch meine Hand, so daß ich nicht danebenschieße, wenn Sie mir sagen, warum Sie es haben wollen. Es wäre gleichzeitig so was wie eine Sicherheit für mich, daß Sie sich nicht drücken, wenn etwas schiefgeht.«

Bob dachte: Warum, zum Teufel, sind die Nigger so verdammt dumm, wenn sie ordentliche Arbeit verrichten sollen, und so verdammt schlau, wenn sie die Weißen hereinlegen wollen? Laut sagte er: »Jonas, du lebst in den Sklavenhütten. Und du schleichst nachts herum wie ein Kater – also erzähl mir nicht, daß du keine Niggergerüchte gehört hast. Über etwas, was ich nicht erwähnen will.«

Jonas lächelte befriedigt, beinahe wollüstig. »Ja, Sir, ich habe was gehört. Aber ich geb' nichts auf das, was die Nigger sagen.«

»Was hast du gehört, Jonas? Raus damit! Ich peitsche dich deshalb nicht – mein Wort darauf.«

»Die Nigger sagen, daß Wes Ihre Missis vögelt, Sir, weil sie weiß ist. Sie sagen, einer verdammten Yankee ist es gleich, ob ein Kerl ein Nigger ist, solange nur –«

»Solange was, du schwarzer Schurke?«

»Solange er unten rum aussieht wie ein Zuchtstier, Sir.«

»Verdammt!« brüllte Beau Bob.

»Sie haben mich gefragt, Sir, und ich habe geantwortet.«

»Gut. Die Nigger lügen, aber das ist nicht wichtig. Die Tatsache, daß er der Anlaß für solche Gerüchte ist, genügt, damit ich seinen Tod wünsche. Ich kann ihn nicht selbst töten, das siehst du doch ein, Jonas? Erstens ist es unter meiner Würde, einen Nigger wegen irgendwelcher dreckiger Gerüchte zu töten, und zweitens würden die Leute dann erst recht denken, daß –«

»Daß die Gerüchte wahr sind. Überhaupt, seit –«

»Seit wann, Jonas?«

»Seit die Nigger auf der Ingraham-Plantage sicher sind, daß es wirklich passiert ist, Sir. Wes ist nicht ins Herrenhaus gegangen, sondern sie ist im Mondschein zu ihm gekommen. Ich glaube, daß so ein mächtiger Bock wie er für eine zarte weiße Dame zuviel war.

Weil alle Hausnigger gesehen haben, wie er sie nach Hause gebracht hat, auf den Armen, und sie war ohnmächtig. Und er war verdammt beinahe nackt, hat nur die Hosen angehabt, und –«

»Jonas, wenn du jetzt nicht dein dreckiges Maul hältst –«

»Warum, Sir? Sie brauchen mich ja dafür, und –«

»Schon gut. Du tust es, und –«

»Ich verliere Phoebe, Sir. Für immer.«

»Du hast sie ja schon verloren, du verdammter Narr. Außerdem – wer weiß, was du dort oben im Norden finden wirst? Es gibt alle möglichen Mädchen dort, wie ich höre, sogar noch hellere als Ellen Collins.«

»Sir, Ihre Frau hat Ellen gekauft, für ihn, für Wes. Ich glaube, sie tut alles, damit dieser Nigger glücklich ist.«

»Und du und ich würden alles tun, damit er tot ist, was, Jonas? Los, Mann, was sagst du?«

Der Schwarze lächelte triumphierend. »Schicken Sie Ihren Tischler hinüber, damit er dem Nigger für ein Nachthemd aus Kiefernholz Maß nimmt. Ich tu's«

9

»Tol«, seufzte Pamela. »Bitte komm nicht so oft her. Die Leute werden klatschen –«

»Was werden sie sagen, mein Zuckerpüppchen, meine einzig Geliebte?« neckte sie Tolbert. »Ich dürste nach deinen Worten und warte nur darauf, daß deine Honiglippen sie aussprechen. Ich glaube zumindest, daß es süße Honiglippen sind, ich weiß es ja nicht – sie können genausogut nach Essig schmecken.«

»Tolbert Weatherbee, benimm dich, bitte. Versuche nicht wieder, mich zu küssen. Ich bin ja in den letzten Tagen mit nichts anderem beschäftigt, als dich daran zu hindern.«

»Warum eigentlich, Pam? Siehst du denn nicht, daß ich mich vor Sehnsucht nach dir verzehre? Ich bestehe nur noch aus Haut und Knochen.«

»Als ich dich kennenlernte, hast du auch nicht anders ausgeschaut. Außerdem bist du der häßlichste Mann, den ich je gesehen habe. Ich muß allerdings zugeben, daß du bei näherer Bekanntschaft sehr gewinnst. Tolbert, wenn du noch einen Zentimeter näher kommst, muß ich meine Reitpeitsche gebrauchen.«

»Pam, Süße –«

»Hör auf damit, Tol. Ich habe dich ja gern. Aber ich bin vor dem Gesetz noch immer Bob Bibbs' Frau. Und ich werde diesen Zustand nicht ändern, solange es nicht unbedingt notwendig ist. Die Trennung von ihm ist sehr angenehm. Kannst du mir vielleicht erklären, welche Vorteile eine Scheidung gegenüber einer Trennung hat? Nur, daß die Geschiedene wieder heiraten kann. Wer sagt dir denn, daß ich überhaupt nochmals heiraten will? Wenn man einmal Beau Bob Bibbs' Frau war, empfindet man die Ehe nicht mehr als sehr erstrebenswerten Zustand.«

Tolbert grinste sie übermütig an. »Du mußt mich ja nicht heiraten, Pam, meine Süße. Mach mich einfach zu deinem Liebhaber, wenn du Lust dazu hast. Ich brauche nicht die amtliche Bestätigung mit Brief und Siegel, solange –«

Dann blickte er ihr in die Augen. »Pam, bitte«, stöhnte er, »ich wollte dich nur hänseln. Sieh mich nicht so an. Was habe ich jetzt schon wieder angestellt!«

Über ihre sommersprossigen Wangen rollten langsam Tränen, die in der Nachmittagssonne wie gelbe Diamanten glitzerten.

»Pam, verzeih mir. Ich bin ein Esel, ein Flegel, ein –«

»Ein Mann, der genauso denkt wie alle Männer. Daß eine Frau, die von ihrem Mann getrennt lebt und sich vielleicht sogar scheiden lassen wird, eine leichte Beute ist. Aber es spielt keine Rolle. Tolbert, wenn wir weiterhin Freunde bleiben wollen, mußt du versuchen, mich wenigstens ein bißchen zu respektieren. Ich weiß, daß es schwer ist –«

»Schwer! Mein Gott, Pam, ich respektiere dich mehr als irgendeinen Menschen auf der Welt. Ich habe dich mindestens tausendmal gebeten, mich zu heiraten. Welcher Mann will eine Frau heiraten, die er nicht respektiert?«

»Ziemlich viele, Tol, wenn sie alle anderen Möglichkeiten ausgeschöpft haben und zu der Erkenntnis gelangt sind, daß sie sich nur durch eine Heirat in den Besitz dieser Frau setzen können. Und es ist für dich schwer, mich zu respektieren, Tolbert. Du bist ein sehr guter Menschenkenner, und ich nehme an, daß du mich so siehst, wie ich wirklich bin.«

»Ich sehe einen Engel. Einen allerdings nicht ganz blütenweißen Engel. Weil dieser Engel – nicht aus eigener Schuld – viel zu sehr gelitten hat.«

»Siehst du mich wirklich so, Tol?«

»Ja. Und weil ich ein guter Menschenkenner bin, wie du es selbst zugegeben hast, weiß ich, daß ich recht habe.«

»Aber du hast nicht recht. Du irrst dich, Tol. Du irrst dich ganz gewaltig. Sag mir etwas: Du liebst mich wirklich? Nein, ich habe mich nicht richtig ausgedrückt. Ich meine, du empfindest für mich die hohe, heilige Liebe, die ein Mann für die Frau empfinden muß, die er heiratet?«

Er antwortete, zutiefst überzeugt: »Ja, Pam.«

»Dann bist du ein Dummkopf«, brauste sie auf. »Ich will nicht –« Sie unterbrach sich seufzend. »Das stimmt nicht. Ich könnte einen Dummkopf – einen guten, zärtlichen, sanften Dummkopf wie dich, Tol – heiraten, wenn er mich liebt. Aber er müßte *mich* lieben, nicht das völlig falsche Bild von mir, das er sich gemacht hat.«

»Du behauptest, daß ich dich nicht kenne? Darauf würde ich nicht wetten, wenn ich du wäre, Pam. Gerade deshalb liebe ich dich ja. Ich habe gesehen, was du alles erduldet und mit welcher Würde du es ertragen hast. Ich habe die Verleumdungen gehört, die verlogene, bösartige Menschen über dich verbreitet haben, und dabei bist du so völlig unschuldig, beinahe jungfräulich. Denn die Ehe hat mit letzterer Eigenschaft überhaupt nichts zu tun. Sie kann sie nicht zerstören und hat es auch bei dir nicht vermocht. Niemals hast du dich so weit erniedrigt, auf diese Verleumdungen zu antworten, geschweige denn, dein untadeliges Benehmen zu rechtfertigen. Das Benehmen einer Dame, einer wirklichen Dame.«

Sie neigte den Kopf. Ihre schmalen Schultern zuckten. Aber wie immer bekam sie sich sehr schnell wieder in die Gewalt. Sie sah ihn an und streckte ihm die Hand hin:

»Lebwohl, Tol.«

»Lebwohl? Pam, du willst damit doch nicht sagen –«

»Doch. Lebewohl für immer. Du hast mich in eine Situation gebracht, aus der ich keinen Ausweg sehe, außer vielleicht, dir die Wahrheit zu sagen. Wodurch ich dich auf jeden Fall verlieren würde. Deshalb ziehe ich diesen Weg vor und bewahre wenigstens den letzten Rest meiner Würde.«

»Pam, du kannst mir alles, einfach alles sagen, was du auf dem Herzen hast. Nichts kann meine Gefühle für dich ändern. Nichts wird sie jemals ändern. Ich hoffe, so ungefähr im Alter von neunzig Jahren mit deinem Namen auf den Lippen zu sterben. Und wenn es einmal soweit ist, werde ich ihn mit meiner letzten Kraft immer und immer wieder sagen, wie ein Gebet.«

Sie stöhnte: »O Gott.«

»Sag es mir! Alles, was du willst, Pam. Es macht mir überhaupt nichts aus, wirklich nicht. Es tut gut, wenn man etwas loswerden kann, was sonst auf der Seele lastet.«

»Aber ich kann es nicht, Tol. Es gibt keine Worte dafür. Oder jedenfalls keine Worte, die eine Dame verwenden könnte. Ich kenne aber keine anderen Ausdrücke. Ich habe nie die Sprache der Straßenmädchen gelernt, in der man es ganz genau beschreiben kann.«

Der Ton, in dem er »Pam« sagte, war voller Angst, voller Verzweiflung.

»Also habe ich keine Möglichkeit –« Sie unterbrach sich und sah ihn an. »Doch, es gibt eine. Ich muß diese unmögliche Situtation beenden, für immer. So oder so. Denn ich kann nicht mit einer Lüge leben oder deine Achtung und deine Liebe annehmen, denn beide beruhen – das ist das Traurige – auf völlig falschen Voraussetzungen.«

»Falsche Voraussetzungen«, begann er, aber sie unterbrach ihn mit einer Handbewegung. Ihre Augen blitzten, sie war merkwürdig erregt, und ihre Stimme klang rauh, beinahe heiser: »Halt den Mund, du Dummkopf. Küß mich.«

Er brachte kein Wort heraus, starrte sie nur an.

Sie schlug mit der Reitpeitsche auf ihren Stiefel und wiederholte: »Du hast gehört, was ich gesagt habe, Tolbert. Küsse mich. Worauf wartest du?«

Seine Augen begannen zu leuchten, sein Gesicht strahlte vor Freude auf. Er beugte sich zu ihr hinüber und küßte sie zärtlich, sanft, anbetend; seine Lippen streiften die ihren wie ein Hauch.

Aber sie legte ihm den Arm um den Hals, ohne darauf zu achten, daß die an ihrem Handgelenk baumelnde Reitpeitsche ihm einen Schlag auf den Rücken versetzte. Dann gruben sich ihre Finger wie Krallen in seinen Nacken. Ihre Lippen waren plötzlich heiß, verlangend, preßten sich wie wild auf die seinen. Als er unwillkürlich den Mund öffnete, fühlte er ihre Zunge, die erfahren, geschickt, spielerisch die seine suchte.

Dann zog sie sich genauso unvermittelt zurück und sah ihm in die Augen.

»Glaubst du immer noch, daß du mich liebst, Tol?« flüsterte sie. »Daß die Gerüchte erfunden sind? Daß alles, was ich erlebt habe, nicht meine Schuld ist?«

»Mein Gott, Pam –«, stammelte er.

»Jetzt kennst du mich also, Tol. Weißt genau, was für eine Art von Frau ich bin.«

»Sag mir, Pam, für was für eine Art von Frau hältst du dich eigentlich?«

»Für eine Hure. Jedenfalls meinem Temperament nach. Ich war im dritten Monat schwanger, als Wallace Bibbs seinen mißratenen Sohn zwang, mich zu heiraten. Dieser Zustand war nicht die Folge einer Vergewaltigung. Auch nicht einer verzeihlichen, vorübergehenden Schwäche, der selbst anständige Frauen, wie ich gehört habe, gelegentlich erliegen. Nein, Deirdre war das Ergebnis zahlreicher, wiederholter Sündenfälle, die Folge schmutziger, tierischer Leidenschaft. Der liebe Bob, den diese gierige, unersättliche Frau fürchterlich erschreckt hat – er brauchte bei ihr nicht einmal seine lächerlichen Verführungskünste anzuwenden –, verließ mich und wendete seine Gunst gefälligen schwarzen und weißen Weibsbildern zu, die im Bett mit allem zufrieden waren.«

»Pam –«

»Unterbrich mich nicht. Ich muß dieses Idol zerstören, obwohl es eigentlich eine eher dumme Art ist, Selbstmord zu begehen, nicht wahr? Denn ich werde es zwar überleben, daß ich dich, deine Gesellschaft verliere und damit die stille Freude, die du mir gebracht hast, aber ich glaube, daß ich deine Verachtung, deinen Hohn nicht ertragen werde. Hör mir weiter zu! Wenn er mich nicht voll befriedigte, pflegte ich mich laut und heftig zu beklagen. Ich bin ohne weibliche Gesellschaft aufgewachsen; meine Mutter starb, als ich sehr klein war, und mein Vater war ein so guter, anständiger Mann, ganz offensichtlich nicht von dieser Welt, daß er meine heftige körperliche Qual überhaupt nicht bemerkte, geschweige denn begriff.«

»Pam, Süße –«

»Deshalb habe ich überhaupt nicht gewußt, wie eine normale Frau eigentlich ist. Daß sie keine Gefühle – oder bestenfalls nur gedämpfte – hat. Daß sie sich ihrem Gatten aus Pflichtgefühl hingibt. Daß sie aber nie ein Verlangen nach ihm oder einem anderen Mann hat wie ich, und das auch noch jahrein, jahraus, Nacht für Nacht.«

»Pam!«

»Ich bin also verderbt. Ich bin zum mindesten genauso leidenschaftlich, wie es eure schwarzen Freundinnen angeblich sind. Wahrscheinlich sogar leidenschaftlicher. Meine einzige Tugend ist Selbstbeherrschung, die Fähigkeit, meine niedrigen, heftigen Triebe eisern im Zaum zu halten. Ich habe keine lasterhafte Vergangenheit, aber nur deshalb, weil meine Häßlichkeit, meine Magerkeit, meine beinahe schmerzhafte Schüchternheit mich gerettet haben, bis ich das gemeine Schwein kennenlernte, das ich dann geheiratet habe. Ein tierischer, niederträchtiger Mann, der eine Frau benützt hat, die er verachtete, weil ihr weibliches Verlangen sie überwältigt und sie ihn zu allem Überfluß auch noch angebetet hat.«

»Pam, hör zu, ich muß –«

»Nein, Tolbert, sag nichts. Nachdem ich jetzt durch dieses schamlose Geständnis das Recht auf deine Zuneigung, deinen Respekt verloren habe, mach bitte, bitte kehrt, reite nach Hause und laß mich in Frieden.«

»Nein, Pam. Zunächst möchte ich dir danken, daß du mir soviel Vertrauen bewiesen hast, dir sagen, daß ich dich, falls das überhaupt möglich ist, noch mehr liebe als vorher. Außerdem haben wir heute beide ganz offensichtlich unseren Glückstag.«

»Wie meinst du das, Tol?«

»Pam, Süße – ich habe nur deshalb nie geheiratet, weil ich nicht die Absicht hatte, mir eine von diesen eiskalten Südstaatenschönheiten ins Bett zu nehmen. Warum sind denn die Ehemänner hier alle notorische Ehebrecher? Weil ihnen angesichts ihrer Ehefrauen gar nichts anderes übrigbleibt. Deshalb auf in die Sklavenhütten, Junge! Dort wirst du die Frostbeulen wieder los, die du dir gestern nacht bei deiner Eheliebsten geholt hast – vorausgesetzt, daß sie überhaupt bereit war, dich so nahe herankommen zu lassen, was ja nicht sehr oft der Fall ist.«

»Tol, du mußt mich nicht trösten. Ich weiß nur zu genau, wie und was ich bin.«

»Und genau nach diesem ›Wie‹ und ›Was‹ hat der lange, gierige Tolbert Weatherbee während seines ganzen traurigen, einsamen Junggesellendaseins Ausschau gehalten. Ich habe schon daran gezweifelt, daß es das gibt: eine richtige Frau. Eine wirkliche, echte Frau, die Blut in den Adern hat statt Eistee und Limonade.«

»Und wieso habe ich Glück gehabt, Tol?«

»Weil du mich kennengelernt hast. Den einzigen Mann, der alle diese verrückten Gerüchte, die die Menschen so gierig aufnehmen, keinen Augenblick lang geglaubt hat. Zunächst, Pam, diese viktorianische Weltanschauung ist Unsinn. Sogar obszöner, widernatürlicher Unsinn. *Du* bist normal. Die anderen sind es nicht; alle die armen Frauen, die dazu erzogen, gezwungen wurden, ihr Frauentum zu vergessen, denen es sogar manchmal physisch genommen wurde.«

»Erzogen, gezwungen – ja, das kann ich begreifen. Aber ihres Frauentums physisch beraubt, Tol? Du willst doch nicht andeuten, daß den Frauen die Eierstöcke entfernt wurden. Verzeih dieses Wort, aber ich kenne kein anderes – will man dadurch verhindern, daß sie –«

»Freude an physischer Liebe haben? Nein, so weit sind sie nicht gegangen. Aber doch ziemlich weit. Als ich vergangenes Jahr meine Verwandten in England besucht habe, war bei den Angehörigen des Ärztestandes gerade ein drastischer chirurgischer Eingriff die große Mode. Er wird – um es geradeheraus zu sagen – Klitorektomie genannt. Sein Zweck: die Wurzel oder das Zentrum der sinnlichen Empfindungsfähigkeit der Frauen zu entfernen. Dieser Eingriff wird heutzutage erschreckend oft durchgeführt, damit junge, leidenschaftliche Frauen sich nicht mehr – Erleichterung verschaffen können. Angeblich führt nämlich diese Gewohnheit zum Wahnsinn.«

Sie wendete sich rasch von ihm ab, damit er nicht die Röte bemerkte, die ihr in die Wangen stieg. Ohne ihn anzusehen, fragte sie: »Stimmt das tatsächlich?«

Er lachte. »Wenn das der Fall wäre, säßen alle Männer dieser Erde schon längst in Irrenhäusern. Ich habe etliche dieser ärztlichen Nieten schwer gekränkt, weil ich sie gefragt habe, ob sie jemals auf die Idee gekommen sind, diese Verhaltensweise bei Jungen zu verhindern, indem sie sie kastrieren. – Aber jetzt muß ich dich etwas fragen, Pam, und ich erwarte eine ehrliche Antwort von dir. Hast du mich die ganze Zeit deshalb abgewiesen, mir nicht einmal gelegentlich einen Kuß gegönnt, weil du Angst vor dir selbst hattest?«

Sie sah ihm in die Augen. »Ja, Tol. Warte! Ich werde dich nämlich auch weiterhin abweisen, mich nicht von dir küssen lassen, solange ich mich nicht entschlossen habe, die scheußliche Prozedur der Scheidung hinter mich zu bringen. Falls ich es überhaupt jemals tue. Und selbst wenn ich mich einmal dazu entschließe, wenn ich mich endlich zu der Ansicht durchringe, daß meine Freiheit die Schande des öffentlichen Verfahrens wert ist – selbst dann wirst du noch warten müssen. Denn ich werde zuerst eine Reise nach Neu-England, vielleicht sogar nach Übersee unternehmen und mich unter den vorhandenen Junggesellen umsehen.«

»Mein Gott!«

»Und falls es so weit kommt, falls ich die Scheidung durchsetze und von dieser Reise zurückkehre, erwarte ich, daß du um mich wirbst, wie es sich gehört. Glaube mir, Anstand hat sehr viel für sich. Außerdem, falls es dir ein Trost ist: wenn ich verreise, so nur um sicher zu sein, daß ich dich nicht nur deshalb heirate, weil ich einsam bin, weil ich physisch nach dir Sehnsucht habe. Ich mag dich, Tol. Ich glaube, wir würden gut zusammenpassen. Zeitweise glaube ich sogar, daß ich dich liebe. Aber sehr oft habe ich einfach nur Verlangen nach dir. So, jetzt habe ich all das Scheußliche hinter mir; ich war es dir einfach schuldig, dir die Wahrheit zu sagen. Und jetzt reite bitte nach Hause.«

Er seufzte. »Gut, Pam. Zuerst muß ich dir jedoch noch etwas sagen: ich werde das, was du mir anvertraut hast, niemals ausnützen. Ich verspreche dir hiermit, daß ich nie versuchen werde, dich zu etwas zu zwingen oder zu überreden, was du nicht selbst willst.«

»Das ist sehr lieb von dir, Tol, danke. Aber versprichst du auch, mich zurückzuweisen, wenn ich den ersten Schritt in deine Arme mache? Denn das Problem besteht nicht darin, daß du mich nicht zu etwas Unmoralischem überredest, sondern darin, daß du mich daran hindern sollst, mich dir in der ersten Vollmondnacht, in der das Geißblatt blüht und die Grillen zirpen, an den Hals zu werfen.«

Er zog sie an sich, hielt sie fest.

»Du verlangst etwas Unmögliches, stöhnte er.

»Entweder du versprichst es, Tol, oder ich kann dich nicht wiedersehen.«

»Gut, gut, ich verspreche es. Aber Gott allein weiß –«

»Tol, bitte, laß mich vorausreiten. Komm mir erst in fünf Minuten nach, ja? Ich warte im Wäldchen hinter dem Tor auf dich. Dort bekommst du deinen Abschiedskuß. Er wird nicht so lasziv und sinnlich sein wie mein Kuß vorhin. Ich wollte damit nur deine falsche Meinung von mir richtigstellen.«

»Pam, Süße –«

»Tol, hör mir bitte zu. Wenn du mir nachreitest, nimm bei der Gabelung den linken Weg, damit du nicht in Sichtweite der Sklavenhütten kommst. Ich möchte nicht, daß die Nigger – daß meine Leute dich heute sehen. Sie haben ja schon oft genug bewiesen, daß sie gar zu gern Klatsch verbreiten.«

»Gut, Pam«, antwortete er und ließ sie los. Es bereitete ihm beinahe körperlichen Schmerz, sie davonreiten zu sehen.

Deshalb war es kein Wunder, daß er in seinem inneren Aufruhr ihre Anweisungen sofort und vollständig vergaß. Seine Phantasie ging mit ihm durch, begrub alle seine guten Vorsätze und Versprechungen unter sich

Ich werde sie so bald wie möglich verführen, dachte er frohlokkend. Vielleicht gleich jetzt. Das kleine Wäldchen ist ruhig und sehr dunkel. Nicht, weil ich sie nicht liebe und achte – denn das tue ich weiß Gott –, sondern um sie so fest an mich zu binden, daß sie nicht mehr loskommt. Außerdem ist das die beste Methode, sie hier festzuhalten, so daß sie die Idee mit dieser verrückten Reise aufgibt.

Er sah auf die Uhr. Seufzte. Noch volle vier Minuten. Die Sekunden schlichen quälend langsam dahin, verwandelten sich zögernd in Minuten – endlich war es soweit.

Er schlug mit den Zügeln auf den Hals seines mageren Gauls. Das Tier setzte sich langsam in Bewegung; Tolbert trieb es mit Peitsche und Sporen zu einer etwas schnelleren Gangart an.

Bei der Gabelung schlug er gedankenlos den rechten Weg ein.

Als er sich an Pams Anweisungen erinnerte, befand er sich bereits in voller Sicht der Sklavenhütten. Ihm wurde sofort klar, daß er nicht mehr umkehren konnte, denn die Schwarzen, die sich um die größte Hütte drängten, hatten ihn bereits erblickt. Es handelte sich hauptsächlich um alte Leute, die Pamela nicht mehr auf den Feldern arbeiten ließ; ihre Tätigkeit bestand darin, die Gemüsebeete zu betreuen. Zwischen ihnen trieben sich ein paar Kinder herum, die zum Arbeiten noch zu jung waren. Jetzt erst fiel Tol auf, um wessen Hütte sie sich versammelt hatten: Wes' geräumigen, schönen Bungalow, der besser war als das Haus manches armen Weißen.

Dann hörte er sie schreien. Er gab seinem Pferd brutal Peitsche und Sporen, preschte durch die kreischende, auseinanderstiebende Gruppe, glitt aus dem Sattel und hatte auch schon den Revolver in der Faust.

Jetzt verstand er, was sie kreischte:

»Du geiles schwarzes Schwein. Dir werd ich's geben! Du hast es nicht gewagt, dir eine weiße Frau zu nehmen, was! Deshalb hast du dieses arme Kind hypnotisiert, verführt, vergewaltigt. Sie ist ja weiß genug, nicht wahr? Bei Gott, Wes, ich werde –«

Er lief in die Hütte. Sah Pamela, die wild mit ihrer Reitpeitsche auf Wes einschlug. Der große Neger stand unbeweglich wie ein Felsen vor ihr und machte keinen Versuch, sie abzuwehren, obwohl schon drei blutige Striemen quer über seine breite Brust verliefen.

Tolbert steckte den Colt ein, war mit ein paar raschen Schritten bei Pamela und packte ihre Handgelenke. Sie wehrte sich fauchend, spuckend, kratzend wie eine Wildkatze. Er holte mit der rechten Hand aus, schlug sie mit voller Wucht ins Gesicht und sagte ruhig: »Hör auf, Pam. Hysterie führt zu nichts.«

Dann sah er auf das Bett hinunter, auf die Gestalt, die er schon vorher undeutlich wahrgenommen hatte, und erkannte, daß es Ellen Collins war, die steif und reglos vor ihm lag. Ihr Körper war nur bis zu den Hüften von einer Decke verhüllt, der Oberkörper war nackt. Sogar in diesem Augenblick bemerkte er, wie weiß und schön ihre Brüste waren. Dann beanspruchte Pamela wieder seine ganze Aufmerksamkeit.

»Danke, Massa Tol«, sagte Wes, »aber lassen Sie sie nicht los. Sie hat den Verstand verloren, und ich habe keine Zeit, ich muß mich um das arme Mädchen kümmern.«

»Dich um sie kümmern!« fauchte Pamela. »Verdammt noch mal, du dreckiger Nigger, hast du dich noch nicht genug um sie gekümmert?«

»Nein, Madam, das habe ich nicht, Miss Pam. Beruhigen Sie sich, Madam, und schauen Sie.«

Die Worte waren ein Befehl voll unmißverständlicher Verachtung, und Pamela, die jegliche Gewalt über sich verloren hatte, gehorchte instinktiv.

Die großen Hände schlugen die Decke zurück.

»O mein Gott!« rief Pamela.

»Sie hat einen Schuß abbekommen«, erklärte Wes, »und ich muß die Kugel aus ihrem Bauch herausholen, sonst stirbt sie. Ich habe das Blut schon beinahe zum Stehen gebracht. Massa Tol, bitte bringen Sie Miss Pam hinaus. Sie ist mir nur im Weg, wenn sie ohnmächtig wird oder zu weinen beginnt.«

»Ich werde nicht ohnmächtig«, sagte Pamela grimmig. »Ich helfe dir, Wes. Tol – reite zu den Ställen und richte Moses aus, er soll dir ein ordentliches Reitpferd geben. Dann hol Doktor Ridgely. Reite wie der Teufel, Liebster. Reite das Pferd zuschanden, wenn es sein muß.«

»Wes«, fragte Tolbert, »wer hat auf sie geschossen? Du? Und wenn ja, warum?«

»Nein, Sir. Es war ein Nigger. Ein fremder Nigger, den ich nicht kenne. Seine Leiche liegt gleich hinter dem Hügel. Ich habe ihn umgebracht – ich habe ihm den Flintenlauf um den Hals gebogen.«

»Aber warum, Wes?« stammelte Pamela.

»Ich weiß es nicht, Miss Pam. Er hat gesagt, wegen eines Mädchens, das Freitag heißt. Warten Sie. Das bedeutet ihr Name nämlich in meiner Sprache. Phibbi – das Kind, das am Freitag geboren ist.«

»Auf der Plantage meines Mannes, auf Bobs Plantage, gibt es ein Mädchen namens Phoebe«, sagte Pamela.

»Ja, Madam. Das ist sie. Ich habe sie nie gesehen. Ich habe gehört, wie er den Hahn seiner Büchse gespannt hat, und habe diesem armen Ding hier gesagt, sie soll aus dem Weg gehen. Wie kann nur ein so kleines, farbloses Mädchen so tapfer sein? Wie der Schuß losgegangen ist, hat sie das Aufblitzen gesehen und sich vor mich geworfen. Sie hat die Kugel bekommen, die für mich bestimmt war. Aber jetzt haben wir genug gesprochen. Miss Pam, sind Sie sicher, daß Sie nicht ohnmächtig werden?«

»Ganz sicher, Wes. Und –«

»Ja, Miss Pam?«

»Bitte verzeih mir. Ich werde mir selbst nie verzeihen, daß ich dich beschimpft und geschlagen habe.«

»Das macht nichts. Sie waren aufgeregt. Vielleicht leben Sie auch schon zu lange im Süden. Sagen Sie jetzt den Niggerfrauen, sie sollen Wasser heiß machen. Ein paar Lappen auskochen – weiße, nicht gefärbte.«

»Wes«, mischte sich Tolbert ein, »du willst das arme Kind operieren?«

»Ich will die Kugel herausholen. Bis Sie mit dem weißen Doktor kommen, ist es zu spät. Vor allem, weil Sie es anscheinend gar nicht eilig haben.«

»Verschwinde jetzt, Tol«, befahl Pamela. »Und bring uns bitte den Arzt.«

»Gut, Pam. Ich suche Doktor Ridgely und komme so schnell wie möglich mit ihm zurück.«

Als Tolbert neben Doktor Ridgelys Wagen nach Ingraham Crest zurückritt, war es lange nach Mitternacht. Während des ganzen Weges hörte der Arzt nicht auf, ihm Vorwürfe zu machen.

»Rechtsanwalt Weatherbee, als Weißer, noch dazu als gebildeter Weißer, müßten Sie vernünftiger sein. Auch wenn sogar die Weißen glauben, daß der große Kerl ein Hexenmeister ist, hat das noch lange nichts mit ärztlicher Kunst und Operationstechnik zu tun.«

»Er hat die Blutung gestoppt, Doktor. Er schien zu wissen, was er tat.«

»Schien! Mein Gott! Das arme Kind kriegt todsicher Wundbrand. Und dabei ist sie das Hinterhofkind von Bart Collins. Sie wissen doch, wie sehr der alte Scheißkerl an seinen gelben Zwillingen hängt.«

»Das kann ich verstehen. Ellen ist reizend. Und Joe sieht sehr gut aus.«

»Ja, das stimmt. Er sieht vielleicht zu gut aus. Es heißt, daß die kleine Abigail Collins – seine Halbschwester – den gelben Nigger küßt und streichelt, wenn niemand in der Nähe ist. Rassenvermischung und Inzest, das ist vielleicht eine schöne Geschichte.«

»Ich glaub's nicht. Vor allem nicht den Inzest. Sie sind seit Jahren der Hausarzt der Familie. Sieht Abigail wie eine Collins aus?«

»Ganz sicher nicht. Wahrscheinlich, weil sie keine ist. Ich glaube, Susanna Collins hat sich damals revanchiert – obwohl sie mit ihrem Leben dafür bezahlt hat. Aber wir sind da. Wo ist das hübsche kleine gelbe Mädchen?«

»Unten bei den Hütten, Doktor. Dort drüben.«

Sie kamen aber nicht weit. Moses, Pamelas Reitknecht, hielt sie auf.

»Massa Tol, Doktor Ridgely, sie ist jetzt oben im Herrenhaus. Wes hat sie auf den Armen hinaufgetragen. Es geht ihr gut. Sie ist aufgewacht und hat mit Miss Pam gesprochen und gelacht.«

»Dann war es nur ein Kratzer«, schnaubte Tom Ridgely.

»Nein, Doktor, ich habe die Wunde gesehen. Links unterhalb des Nabels. Sie hat einen Bauchschuß gehabt«, widersprach Tolbert.

»Dann redet sie irre. Ist in einem Schock. Und wird in drei Tagen tot sein, wenn sie Glück hat. Ich habe kräftigere Leute mit scheußlichen Bauchwunden erlebt, die zwanzig Tage gebraucht haben. Sie leiden fürchterlich. Es ist barmherziger, wenn sie schnell sterben.«

»Doktor, Sir«, sagte Moses, »wenn Sie mit der armen Ellen fertig sind, kommen Sie vielleicht zu den Hütten? Der Nigger ist dort, der Wes umbringen wollte und aus Versehen Ellen erwischt hat. Er ist nicht tot, Sir. Wes hat den Flintenlauf von seinem Hals heruntergeholt. Wes schwört, daß er leben wird.«

»Hoffentlich lange genug, um gehängt zu werden«, sagte der Arzt. »Gut, Moses, ich komme, sobald ich kann.«

Doktor Ridgely beugte sich über Ellen. Richtete sich wieder auf.

»Tut es sehr weh, Kleine?«

»Nein, Sir, Doktor Ridgely«, flüsterte Ellen, »es tut überhaupt nicht weh.«

»Heiliger Gott«, sagte der Doktor. »Selbst mit anderthalb Unzen Opium im Leib müßte sie sich mit einer solchen Wunde den Hals wund schreien. Und so was habt ihr natürlich nicht im Haus. Was hat ihr der Nigger gegeben, Miss Ingraham?«

»Nichts, Doktor, überhaupt nichts. Er hat sie einfach mit seinem Rasiermesser aufgeschnitten, nachdem er es die längste Zeit ausgekocht hat, und hat die Kugel herausgeholt. Sie hat die ganze Zeit die Augen offen gehabt und keinen Ton von sich gegeben.«

»Um Himmels willen, das ist unmöglich! Ohne Lachgas oder Chloroform oder Schwefeläther hättet ihr mindestens fünf Nigger gebraucht, um sie festzuhalten.«

»Vielleicht, aber er hat ihr nichts gegeben. Ich habe heute ein Wunder erlebt, Gentlemen. Das Wunder des absoluten Glaubens. Er hat ihr gesagt, daß es nicht weh tun wird. Und sie hat keine Schmerzen gespürt, weil sie ihm geglaubt hat. Es ist sehr schwer, Wes nicht zu glauben, wenn er jemanden überzeugen will. Er hat mich von den unmöglichsten Dingen überzeugt.«

Tolbert starrte sie an. Dann wendete er sich ab. Das ist zuviel, dachte er, einfach zuviel. Ich –

»Hmmmm –«, sagte Doktor Ridgely, »lassen Sie mich die Wunde nochmals sehen. – Miss Pam, wollen Sie den Nigger verkaufen? Ich kaufe ihn sofort – Sie müssen nur den Preis nennen.«

»Wes gehört nicht mir, Doktor. Er gehört der Bibbs-Familie und wurde mir nur geliehen. Ich wäre froh, wenn er mir gehörte. Nur würde ich ihn in diesem Fall nicht um alles Geld der Welt verkaufen.«

Tolbert starrte sie wieder an und wendete sich dann an den Arzt. »Warum wollen Sie Wes kaufen, Doktor?«

»Mesmerismus. Hypnose. Ich habe es schon bei kleineren Eingriffen erlebt – aber noch nie bei einem so schweren Fall. Der Nigger muß ein wahrer Meister seines Fachs sein.«

»Das ist er«, bestätigte Pamela.

»In diesem Fall ist er ein Vermögen wert. Er würde die Hälfte meiner schweren Fälle retten, wenn er sie so tief hypnotisieren kann. Haben Sie übrigens bemerkt, daß ich das Mädchen nicht berührt habe? Wissen Sie, warum? Weil er die Wunde so gut genäht hat wie ein gelernter Chirurg, und noch dazu mit sauberem weißem Baumwollfaden! Wenn die Wunde nicht eitert – sie sieht so sauber aus, daß ich das für durchaus möglich halte –, wird Ellen am Leben bleiben. In diesem Fall ist Wes sogar meiner Meinung nach ein Wunderheiler. Sollte dieser Fall so enden, wie ich annehme, werde ich einen Bericht darüber an *The Lancet* schicken . . .«

Er wendete sich wieder dem Bett zu und murmelte halb zu sich selbst: »Natürlich ist jeder Mediziner, der es wagt, angesichts einer Bauchwunde optimistisch zu sein, ein Narr, aber . . . Ellen, Kind, bist du sicher, daß du nichts gespürt hast?«

»Ganz sicher, Sir, Doktor. Wes hat mir etwas Glänzendes, Silbernes vor die Augen gehalten. Und meine Seele ist müde geworden und eingeschlafen. Wie ich aufgewacht bin, war alles vorbei. Dann hat es begonnen weh zu tun, wirklich arg, Doktor, aber er – aber er –«

»Was hat Wes getan, Kleines?«

»Er hat mit mir gesprochen. So süß und sanft – wie Gesang. Er hat die Worte gesummt, wie bei einem Wiegenlied, wenn man ein Baby einschläfern will, und hat gesagt: ›Es tut nicht weh, kleine Ellen. Und es wird auch nicht weh tun. In zwei Wochen gehst du wieder herum. Mein Wort darauf.‹ Nach zwei Minuten war der Schmerz weg, und er wird auch nicht wiederkommen. Wes wird ihn nicht wiederkommen lassen. Er hat es mir versprochen.«

»Ellen, Baby«, sagte Pamela, »du solltest jetzt die Augen zumachen und dich ausruhen.«

»Ja, Madam. Aber ich bin jetzt glücklich, Miss Pam. Wissen Sie warum? Weil Wes mich liebt. Er hat es mir gesagt!«

»Er – Wes – hat dir gesagt, daß er dich liebt?« fragte Pamela.

»Ja, Madam. Nicht richtig, aber doch. Er hat gesagt: ›Ich habe dich lieb, kleines Mädchen ohne Farbe. Nicht so sehr, wie du es haben möchtest, aber doch genug. Deshalb rufe ich die Götter meiner Urgroßväter, damit sie über dich wachen. Also werde gesund, kleines Mädchen ohne Farbe, und dann werden wir weitersehen.«

»Ellen«, sagte Pamela scharf, »für ein krankes kleines Mädchen sprichst du viel zuviel.«

»Nein, Madam. Weil ich mich herrlich fühle, Miss Pam. Ich werde gesund werden und werde Wes dazu bringen, mich richtig zu lieben, mein Mann zu werden. Denn was ist ein Leben ohne ihn? Sie wissen ja, wie er ist, nicht wahr? So groß und stark und doch so sanft. So lieb und zärtlich –«

Pamelas angespanntes, weißes Gesicht grub sich in Tolberts Gedächtnis ein. Wie sie in diesem Augenblick aussah –

»Still, Ellen«, flüsterte Pamela mit tränenerstickter Stimme. »Still, Baby, still, schlaf jetzt, schlaf.«

10

»Nein«, sagte Wallace Bibbs kalt, »ich werde mich nicht für dich verwenden, Jonas. Du wirst deine Strafe wie ein Mann ertragen müssen, das ist alles.«

»Aber Käpt'n Wally, Sir – hundert Hiebe bringen mich um, ganz sicher. Meine Rippen sind noch nicht zusammengewachsen, weil dieser große Nigger sie so wild eingetreten hat.«

»Du kannst von Glück sagen, daß dich Wes nicht umgebracht

hat. Unter diesen Umständen wäre er freigesprochen worden. Außerdem kann ich nichts für dich tun. Der Kreisrichter –«

»– ist nach Ingrahams Crest gekommen und hat Ellen gesehen. Er hat geglaubt, sie ist eine Weiße. Auch nachdem Miss Pam ihm erklärt hat, daß sie keine ist, hat er noch eine Stunde gebraucht, bis er sich beruhigt hat. Deshalb werden sie mich jetzt in Natchez an den Pfahl binden und mir hundert Peitschenhiebe auf den nackten Rücken zählen, und alle werden zusehen und sich dabei unterhalten. Dann werden sie mir das rechte Ohr abschneiden und es an den Pfahl nageln. Nennen Sie das Gerechtigkeit, Käpt'n Wally, Sir? Ihren besten Nigger kaputtzumachen, weil seine Hand gezittert und er ein kleines gelbes Mädchen getroffen hat statt einen Nigger, der zaubert und hext und Voodoo treibt? Die Bibbs-Familie wäre sowieso mächtig froh, wenn sie ihn los wird.«

»Jonas, sei vorsichtig mit dem, was du sagst.«

»Nein, Sir. Ich werde nicht vorsichtig sein, Käpt'n Wally. Wenn Sie mich nicht freikriegen, werde ich die Wahrheit sagen. Wenn der gemeine Sheriff, der die Nigger nicht leiden kann, meine arme schwarze Haut in Streifen zerlegt, werde ich rufen: ›Peitschen Sie auch Massa Bob. Weil er mir dreihundert Dollar und einen neuen Anzug gegeben hat, damit ich den Nigger kaltmache. Er hat es mir gegeben, weil er es nicht aushält, daß ein Nigger eine weiße Miss vögelt, und sie ist noch dazu seine Frau!‹«

Weiter kam er nicht. Wally Bibbs' Reitpeitsche ließ die Haut auf seiner linken Wange von der Schläfe bis zum Kinn aufplatzen. Der Schlag hätte jeden anderen zu Boden gestreckt.

Jonas schüttelte den großen Kopf. Blutstropfen spritzten durch die Zelle.

»Es wird Ihnen leid tun, daß Sie das getan haben, Käpt'n Wally«, sagte er. »Weil ich es jetzt sagen werde. Laut, damit alle es hören. Die Bibbs-Familie wird in Mississippi erledigt sein.«

Diese verdammte Pamela! dachte Wallace Bibbs. Laut aber sagte er: »Das wird dir überhaupt nichts nützen, Jonas, denn in dem Augenblick, in dem du das Maul aufmachst, werde ich den Richter ersuchen, eine zusätzliche Strafe über dich zu verhängen, du verlogener, dickschädliger Narr! Wegen öffentlicher Beleidigung einer weißen Dame. Ich werde ihm außerdem die Strafe vorschlagen, und du kannst sicher sein, daß er darauf eingeht: Peitschen bis zum Tod.«

»Käpt'n Wally, das können Sie nicht«, stöhnte Jonas.

»Ich kann und ich werde es, außer du nimmst Vernunft an, Jonas. Erstens wird dir niemand glauben, zweitens ist es schrecklich, zu Tode gepeitscht zu werden. Ich werde nicht einmal mit dir handeln, du schwarzer Esel. Als ich herkam, war ich noch bereit, um eine Herabsetzung der Strafe zu ersuchen – auf fünfzig Hiebe. Aber jetzt werde ich auch das nicht tun. Du wirst deine hundert Hiebe bekommen und dein dreckiges Ohr verlieren. Und du wirst den Mund halten – oder ich sorge dafür, daß du ihn morgen zum letzten Mal in deinem Leben aufgemacht hast. Hast du mich verstanden, Nigger?«

»Ja, Sir, Käpt'n Wally. Ich habe Sie verstanden. Ich werde nichts sagen, Sir. Ich werde wahrscheinlich sowieso nur schreien können.«

»Jetzt redest du vernünftig. Ich werde etwas für dich tun, Jonas: dich wieder auf meine Plantage oder die von Master Ashton nehmen und dir wenigstens eine Zeitlang leichtere Arbeit geben. Vielleicht kaufe ich dir auch ein hübsches Mädchen, als Ersatz für das, das Wes dir weggenommen hat.« Er dachte: Du machst viel zu viele Konzessionen, du Narr. Dann fuhr er fort: »Aber das alles hängt von dir ab, Jonas. Auch, ob du lebst oder stirbst. Also los, Nigger, was hast du dazu zu sagen?«

»Ich werde nicht reden. Ich werde überhaupt nicht reden, Käpt'n Wally. Ich verspreche Ihnen das.«

»Das ist besser. Das ist wesentlich besser. Du wirst es nicht bedauern, Jonas.«

Nachdem Wallace Bibbs aus Natchez zurückgekehrt war, ritt er zum »Westsektor« hinaus, zu einem Teil von Rosebriar, der so groß war, daß er eigentlich als eigene Plantage gelten konnte. Der Westsektor hätte an dem Tag Beau Bob Bibbs' Eigentum werden sollen, an dem er volljährig wurde oder heiratete. Aber Bobs bisheriges Verhalten hatte das verhindert.

Sein Verhalten – oder die Ansichten seines alten, senilen Pa, dachte Wallace. Denn Gott weiß, daß es einen Haufen Söhne gibt, die es ärger treiben als Bob, und dennoch das Vermögen ihrer

Väter erben. Barton Collins zum Beispiel, der seine gelben Kinder im Herrenhaus vor den Augen der armen Susanne aufgezogen hat. Was ich Bob nicht verzeihe, ist seine Feigheit und Niedertracht.

Er glaubt also, daß Pamela es ihm mit gleicher Münze heimgezahlt hat. Komisch – ich glaube es nicht. Das heißt, ich weiß, daß sie es nicht getan hat. Weil sie gar nicht auf den Gedanken gekommen ist. Obwohl Wes – wie Pam richtig bemerkt hat – der verdammt bestaussehende Mann ist, der mir je vor die Augen gekommen ist.

In diesem Punkt hat Bob also recht gehabt. Uns bleibt nur ein Ausweg: Wes Parks umzubringen. Denn er ist die Verkörperung all dessen, was unsere Feinde vertreten, die Negierung all dessen, woran wir glauben. Wir können ja die Sklaverei vor uns selbst nur rechtfertigen, wenn wir ehrlich überzeugt sind, daß ein Nigger ein minderwertiges Wesen ist. Aber Wes vertauscht die Rollen, hält uns vor Augen, wie es wäre, wenn wir an Stelle der Nigger stünden – und wenn man es so sieht, kann man die Sklaverei nicht mehr für gerechtfertigt halten. Es gibt eine einzige Plantage, auf der nicht ausgepeitscht wird: Pamelas. Es gibt keinen einzigen Herrn, der dem freundlichen, jovialen Bild entspricht, das wir von uns selbst entwerfen.

Aber ich muß aufhören, so zu denken. Wenn ich zulasse, daß Wes meinen Glauben an mich selbst, an die Gerechtigkeit unserer Sache zerstört, bricht alles, was ich aufgebaut habe, zusammen.

In diesem Augenblick wurden seine Überlegungen jedoch unterbrochen. Denn Hände zogen an seinem Steigbügel, und eine – trotz aller offensichtlichen Angst – süße Stimme sagte:

»Käpt'n Wally, kann ich einen Augenblick mit Ihnen sprechen? O bitte, Käpt'n Wally! Es ist mächtig wichtig für mich. Bitte, Sir, hören Sie mir zu, bitte.«

Er sah sie an. Sie war groß, größer als die meisten Frauen. Außerdem war sie nicht nur hübsch, sondern eine Schönheit. Eine Schönheit, wie er sie in seinem ganzen Leben nicht gesehen hatte.

Zum Teil beruhte ihre Wirkung darauf, daß sie von nordafrikanischen Negern abstammte, von Negern aus der Sahelzone, im Süden der Sahara. Die Stämme dieser Gegend weisen eher kaukasische Züge auf, und deshalb empfand Wallace Bibbs das Mädchen als schön. Trotz ihrer tiefschwarzen Hautfarbe und ihres krausen Haares entsprach sie dem Schönheitsideal, an das er gewöhnt war; eine Schönheit, die sich nicht nur in ihren feinen Gesichtszügen und den mandelförmigen Augen manifestierte, sondern auch in der Grazie ihrer Bewegungen.

»Wer bist du?« knurrte er.

»Phoebe, Sir.«

»Phoebe?« Dann fiel es ihm ein.

»Du bist das Weibsstück«, brüllte er, »das an allem schuld ist. Ich habe dich schon gesucht, damit ich dir die Tracht Prügel verabreichen kann, die du verdienst.«

Sie sah ihn an; ihre mandelförmigen und überraschend hellen Augen füllten sich mit Tränen. Sie flossen ihr langsam über die Wangen, und plötzlich hörte Wallace Bibbs Wes sagen: »Und meine ist schwarz. Kein Unterschied. Der Tag ist weiß und blau und golden. Die Nacht ist schwarz wie Samt. Mit all den Sternen.«

Er konnte es nicht. Er konnte dieses Mädchen, das sicherlich Wes' Geliebte war, nicht auspeitschen. Weil sie Wes gehörte. Weil er es einfach nicht fertigbrachte. Ein Mann, dachte er, der ein so liebliches, zartes, schönes Mädchen wie dieses hier peitschen kann, ist ein gemeiner Hund.

»Gut«, knurrte er, »ich werde dich jetzt nicht auspeitschen. Ich werde mir anhören, was du zu sagen hast, Phoebe. Aber sag die reine Wahrheit, sonst sorge ich dafür, daß dir die Haut in Fetzen herunterhängt.«

»Es ist nicht mehr viel Haut da, Sir«, flüsterte sie, griff nach hinten, machte die obersten Knöpfe ihres Kleides auf und wendete ihm dann den Rücken zu.

»Um Himmels willen!« Wallace Bibbs brüllte es beinahe. »Wer hat dich so zugerichtet, Mädchen? Du weißt genau, daß ich auf meiner Plantage nicht zulasse –«

»– daß Frauen so hart gepeitscht werden. Das weiß ich, Sir. Deshalb tun Sie es ja lieber selbst, Sir, wenn Sie glauben, daß wir es verdient haben. Aber ich habe Angst gehabt, mit Ihnen zu sprechen Sir. Jonas hätte mich erschlagen. Vielleicht tut er es sowieso, wenn sie ihn nicht morgen mit dem schrecklichen Auspeitschen umbringen. Wegen dieser Ellen, dieser kleinen, gelben Hure.«

Wallace stieg vom Pferd. Er sah ihr in die Augen, die sich jetzt auf gleicher Höhe mit den seinen befanden, so groß war sie.

»In diesem Punkt seid ihr euch einig, du und Jonas«, sagte er, »daß Ellen Collins eine Hure ist. Komisch, das habe ich noch nie gehört. Sie hat immer einen guten Ruf gehabt.«

»Vielleicht ist sie es nicht, Sir. Vielleicht sind Jonas und ich nicht fair. Es ist schwer, fair zu sein, wenn man ein gebrochenes Herz hat.«

»Jonas hat Wes deinetwegen umbringen wollen. Das hat man mir jedenfalls erzhält. Weil Wes dich ihm weggenommen hat – stimmt das, Phoebe?«

»Nein, Sir Käpt'n Wally. Wes hat mich nie gesehen, Sir.«

»Mein Gott, da kennt sich ja kein Mensch mehr aus. Es wäre besser, wenn du mir die ganze Sache erklärst, Mädchen.«

»Ich versuchs's ja, Sir. Das war der Grund, weshalb ich Sie aufgehalten habe, Sir, und ich bitte Sie dafür um Verzeihung. Wes hat mich nie gesehen. Aber ich habe ihn gesehen, sehr oft. Ich bin sogar in der Nacht heimlich weg und hab mich bei seiner Hütte versteckt, damit ich ihn ansehen kann, Käpt'n Wally.«

»Dieser Nigger! Bei Gott, Phoebe, ich werde diesen Hexenmeister verkaufen.«

»O nein, Sir. Bitte tun Sie das nicht, Käpt'n Wally. Verkaufen Sie besser mich. Darum wollte ich Sie nämlich bitten.«

Wallace starrte das schwarze Mädchen an.

»Du wolltest mich darum bitten, daß ich *dich* verkaufe? Phoebe, das kann doch nicht dein Ernst sein. Du willst nicht, daß ich Wes verkaufe, der mir nichts als Schwierigkeiten bereitet, obwohl er nichts tut, wofür ich ihn auspeitschen könnte. Aber er ist schuld daran, daß die anderen Nigger, zum Beispiel Jonas, verrückt spielen; und trotzdem soll ich dich an seiner Stelle verkaufen. Was für einen Sinn hat das? Ganz gleich, wen von euch beiden ich verkaufe, ihr wärt auf jeden Fall getrennt, und . . .«

»Ja, Sir, das stimmt. Aber ich wollte Sie bitten, mich nicht zu weit weg zu verkaufen, nur zu den Collins oder den Weatherbees oder den Thomas. Ich habe auch an Miss Pam gedacht, aber das wäre ganz schlecht, Sir.«

Wally sah sie an. »Sprich weiter, Mädchen.«

»Ja, Sir. Bleibe ich hier, so peitscht mich Jonas jedesmal aus, wenn er mich allein erwischt. Ich weiß, Sie können ihm befehlen, daß er es nicht mehr tut, Sir. Aber Jonas hat den Verstand verloren. Er sieht mich und vergißt alles, was Sie ihm gesagt haben. Vielleicht bringt er mich sogar irgendwann in der Nacht um. Er hat das auch gesagt: daß er mir ein Messer in den Bauch stoßen wird.«

»Phoebe, selbst ein Nigger, der so verrückt ist wie Jonas, weiß verdammt genau . . .«

»Sir, manchmal ist er vernünftig und manchmal ist er verrückt, und das sind zwei verschiedene Sachen. Ja, Sie sperren ihn ein, und der Bezirksrichter läßt ihn aufhängen. Was nützt mir das, wenn ich tot bin? Ich bin kein Hausmädchen, Sir. Sie können nicht Tag und Nacht auf mich aufpassen.«

Das stimmt, dachte Wallace. Auf einer großen Plantage kann jeder Nigger jeden anderen töten, sobald er Lust dazu hat. Wir können sie nicht einmal so weit beaufsichtigen, daß sie nicht nachts die Mädchen von den Arbeitsplantagen verführen.

Phoebe sprach inzwischen weiter.

»Er wird mich wieder auspeitschen, Sir. Nicht, weil er will, daß ich –«, sie wurde rot, vermied den direkten Ausdruck für die Art Tätigkeit, an die sie dachte, und zog schließlich eine Umschreibung vor, »das tue, was kein anständiges Mädchen tun soll. Ich habe schon daran gedacht, es zu tun, auch wenn es eine Sünde ist, nur damit er aufhört, mich zu prügeln. Aber Jonas wird auch dann nicht aufhaören, mich fast zu Tode zu peitschen, Sir. Weil er will, daß ich ihn heirate, und das werde ich auf gar keinen Fall tun, Sir.«

»Warum nicht? Weil du Wes liebst?«

»Ja, Sir. Auch deshalb. Ich glaube, daß ein anständiges Mädchen auf den Mann warten muß, den sie heiratet, und nicht – sie errötete wieder – »sich für jeden Nigger hinlegen soll, der sie haben will. Aber ehrlich, Sir, wenn ein Mann ein Mädchen schlägt, hört er bestimmt nicht damit auf, wenn sie mit ihm über den Besenstiel springt.«

»Da kannst du recht haben, Phoebe. Du willst also, daß ich dich verkaufe, damit Jonas dich nicht mehr prügeln kann? Würden wir nicht das gleiche erreichen, wenn du Wes heiratest?«

»Nein, Sir, Käpt'n Wally. Ich weiß ja gar nicht, ob Wes mich will. Überhaupt jetzt, wo dieses verrückte gelbe Mädchen sich vor ihn geworfen hat, um ihm das Leben zu retten, und fast dabei gestorben ist.«

»Dankbarkeit, Kind, hat nichts mit Liebe zu tun. Oder nur verdammt wenig.«

»Aber Ellen ist so hübsch, Sir. Wie ein weißes Mädchen. Blaue Augen, gelbes Haar.«

»Ich weiß zufällig, daß ihr das bei Wes überhaupt nichts nützt, Süße. Er hat mir selbst gesagt, daß das Mädchen, das er heiraten wird, so schwarz sein muß wie die Nacht.«

Phoebe sah ihren Herrn an; dann begann sie haltlos zu weinen.

»Hat er das gesagt? O danke, Master, und danke, lieber Gott.«

»Ich sehe wirklich keine Schwierigkeiten, Phoebe. Ich kann dafür sorgen, daß Wes dich kennenlernt. Ich weiß sogar, wie. In drei Wochen ist Thanksgiving und –«

»Bitte nicht, Sir. Verkaufen Sie mich zuerst. Verstehen Sie denn nicht, Sir – auch wenn Wes mich mag, kann ich nicht seine ›fremde‹ Frau werden. Außer Sie wollen Jonas verkaufen, Käpt'n. Wenn Jonas das Auspeitschen morgen übersteht, wird er gemeiner als vorher. Dann bringt er Wes um, und ich bin eine Witwe oder vielleicht auch tot, weil ich glaube, daß ich dann tot umfalle, daß mein armes Herz aufhört zu schlagen. Oder Wes muß ihn umbringen, und die Weißen hängen ihn deshalb auf, und was wird dann aus mir, Sir?«

Sie hat recht, dachte Wallace. Ich kann Jonas nicht verkaufen – ich weiß nicht, wieviel er weiß. Ich muß Jonas behalten, und ich muß Wes behalten. Wenn ich einen von ihnen beiden verkaufe, zerreißen sich die Leute den Mund über Pamelas Leichtfertigkeit. Dabei ist sie unschuldig. Aber das nützt ihr überhaupt nichts, wenn alle sie für schuldig halten, wenn der Schein gegen sie spricht!

»Gut«, sagte er, »ich werde noch heute mit Mr. Collins sprechen. Aber es ist sehr unbequem, eine ›fremde‹ Frau zu sein, Phoebe.«

Der Ausdruck »fremde«, den er verwendete, war von den Niggern für Ehen erfunden worden, bei denen die Partner auf verschiedenen Plantagen lebten. Selbst die nachsichtigsten Sklavenbesitzer mißbilligten solche Arrangements, sowohl wegen der durch Eifersucht und Grübeln verursachten moralischen Probleme als auch wegen des Leistungsabfalls bei den männlichen Sklaven. Selbstverständlich versuchten diese Ehemänner, allnächtlich zu ihren geliebten Frauen zu gelangen, statt zu schlafen und am nächsten Tag ausgeruht zur Arbeit zu erscheinen. Dem Besitzer des Ehemannes war es außerdem ein ständiger Dorn im Auge, daß anstelle seines Sklavenbestandes der seines Nachbarn vergrößert wurde. Deshalb kam es in den meisten derartigen Fällen zu einem Gentleman's Agreement: einer der beiden Sklaven wurde an den Besitzer des anderen verkauft. Aber in diesem Falle, überlegte Wallace, war nicht einmal das möglich.

»Das weiß ich, Sir. Aber es nicht ganz so schlecht, es hat auch was Gutes. Vielleicht mache ich einmal etwas falsch, und mein Herr peitscht mich aus. Mir ist es lieber, Wes sieht das nicht, wenn er mein Mann ist. Ich weiß nicht, was er dann tun würde. Und ich habe ihn so lieb, Sir. Ich will nicht, daß man ihn aufhängt, auch nicht, wenn er einen Weißen umbringt.«

»Ich gebe zu, daß diese Gefahr besteht. Wes ist einfach zu stolz. Ich hoffe nur, daß er vernünftig wird, wenn er mit dir verheiratet ist und ihr Kinder habt.«

»Ich hoffe das auch, Sir. Sir, ich bin so froh, daß ich endlich mit Ihnen hab' sprechen können. Sie sind so gut, Sir; genau wie alle Nigger es von Ihnen sagen. Und Sie sind vor allem so vernünftig. Mächtig viele Herren sind es nicht.«

»Danke für das Kompliment, Phoebe. Hast du sonst noch etwas auf dem Herzen?«

»Ja, Sir. Noch etwas. Ich habe zuerst Angst gehabt, davon zu sprechen, aber jetzt habe ich keine mehr, weil Sie so gut und vernünftig sind. Es ist der Hauptgrund, warum Sie mich verkaufen müssen. Massa Bob, Sir, er –«

»O Gott!«

»Amen, Sir. Er ist hinter mir her. Noch nicht lange. Sie und ich wissen, warum. Ich will es nicht sagen, weil ich dabei so traurig werde, weil ich mir solche Sorgen mache, und weil Sie sicher deshalb wütend werden. Massa Bob hat überall so viele gelbe und hellbraune Mädchen, ich weiß gar nicht, warum er ein schwarzes Feldmädchen wie mich haben will, das nach Schweiß stinkt, weil es sich immer nur am Samstagabend richtig waschen kann. Er macht sich nichts aus mir, Sir, er will nur –«

»Wehe, du sprichst es aus, Phoebe!«

»Ja, Sir. Es tut mir leid, Sir. Ich habe Sie nicht ärgern wollen, Sir. Vergessen Sie, daß ich davon gesprochen habe. Nur – verkaufen Sie mich, ich habe Ihnen ja ein paar Gründe gesagt. Es sind gute Gründe, nicht wahr?«

»Ja. Aber hör nicht auf die dreckigen Klatschmäuler, Phoebe. Und vor allem, erzähl nichts weiter. Das würde dir bei mir nur schaden.«

»Sir, ich habe es nicht erzählt. Nicht einmal Ihnen. Ich habe drum herumgeredet. Sie brauchen sich keine Sorgen zu machen, daß ich es weitererzähle. Ich kann es gar nicht, Sir. Wie ich es zum ersten Mal gehört habe, ist mir so schlecht geworden, ich habe mein Abendessen nicht in mir behalten können. Ich habe seit Tagen nichts gegessen, Käpt'n. Und vorher auch nicht viel. Deshalb bin ich so dünn. Ich kann einfach nicht essen, weil ich mir so viele Sorgen mache, weil ich mich sehne und diesen Mann so liebhabe, auch wenn er nichts von mir weiß.«

»Es hat nicht viel Sinn, sich zu Tode zu hungern, Phoebe. Also gut – ich werde noch heute abend mit Collins sprechen. Und um dich ein bißchen aufzuheitern, verrate ich dir ein Geheimnis. Aber es muß unbedingt unter uns bleiben. Versprichst du's mir?«

»Ja, Sir, ich verspreche es. Hoch und heilig.«

»Schön. Zu Thanksgiving veranstalte ich für alle meine Leute ein geselliges Maisschälen. Der Mann, der den roten Kolben findet, darf das hübscheste Mädchen küssen. Ich glaube, wenn Wes der Glückliche ist, kommst nur du für ihn in Frage. Deshalb werde ich ein bißchen mogeln. Ich werde dafür sorgen, daß Wes den roten Kolben bekommt. Ich werde ihn nämlich im Vorübergehen auf Wes' Haufen fallen lassen. Bist du damit einverstanden, Phoebe?«

»Aber Sir, was ist, wenn er nicht mich küßt? Wenn er sich Ellen aussucht oder die kleine Ruby Thomas, die die ganze Zeit damit angibt, daß sie ihn schon noch kriegen wird? Das heißt, sie hat damit angegeben. Seit Ellen sich beinahe für ihn hat umbringen lassen, ist Ruby kleinlaut geworden.«

»Ich würde mir diesbezüglich keine Sorgen machen, Phoebe. Ich habe auch schon davon gehört, ich interessiere mich nämlich dafür, was meine Leute tun. Ihr seid alle gute Nigger, und ich möchte, daß ihr glücklich seid. Deshalb habe ich Wes angeboten, Ellen oder Ruby für ihn zu kaufen, je nachdem, welche ihm lieber ist. Weißt du, was er darauf geantwortet hat?«

»Nein, Sir, was war es denn?«

»Ich will sie nicht, Käpt'n Wally. Ich will kein ausgewaschenes Mädchen ohne Farbe. Das Mädchen, das ich heirate, muß so schwarz sein wie die Nacht. Wie Mitternacht, und ihre Augen müssen wie zwei Sterne sein.«

Noch bevor ihm klar wurde, was Phoebe vorhatte, war sie auf die Knie gefallen und hatte seine Hände ergriffen.

»Sir«, schluchzte sie, »ich muß Ihnen dafür die Hand küssen. Sie können mich auspeitschen, weil ich zudringlich bin, aber es ist nicht genug, wenn ich nur danke sage.«

Im nächsten Augenblick preßten sich ihre warmen Lippen auf seinen Handrücken. Er fühlte ihre tränennasse Wange, die seine Hand streifte.

»Schon gut, Phoebe, hör auf. Das gehört sich nicht. Steh auf, ja?«

Sie stand auf und ließ den Kopf hängen.

»Es tut mir sehr leid, Sir. Ich habe mich nicht halten hönnen, wie Sie das gesagt haben. Ich bitte um Verzeihung, Käpt'n Wallly.«

»Vergiß es. Ich will dir was sagen: Komm morgen abend zum großen Haus und melde dich bei Miss Lucille. Sie wird dir ein paar abgelegte Kleider geben, die sonst nur die Hausmädchen bekommen. Ich möchte, daß du zu Thanksgiving möglichst gut ausschaust. Wie du siehst, stehe ich auf deiner Seite, Phoebe. Ich glaube, du bist die beste Frau, die Wes sich aussuchen könnte.«

»O Gott, Sir, ich muß noch viel mehr weinen. Ich bin nicht gewöhnt, so gut behandelt zu werden.«

»Ist schon recht, Phoebe. Jetzt lauf nach Hause, es ist schon fast finster. Und, Phoebe, schleiche dich bis Thanksgiving nicht mehr nach Ingrahams Crest. Das würde dir bei Wes nur schaden. Er mag keine leichten Mädchen, die sich nicht beherrschen können.«

»Ja, Sir, Käpt'n Wally, das heißt, nein, Sir. Ich werde es nicht mehr tun. Ich tue alles, damit ich diesen Mann bekomme, das wissen Sie.«

»Du mußt nur warten, Kind, und Geduld haben«, sagte Wally. Aber während er sprach, schoß ihm ein Gedanke durch den Kopf. Dieser verdammte Nigger! Ich frage mich, wo, zum Teufel, er jetzt steckt und was er grade tut.

Wallace Bibbs hätte sich in seinen kühnsten Vorstellungen nie träumen lassen, wo sich Wes in diesem Augenblick befand und was er tat. Wes stakte nämlich gerade sein Kanu durch das natürliche Labyrinth der Kanäle im Sumpf. Das Kanu hatte ihn Wochen unglaublich geduldiger Arbeit gekostet, denn er hatte auf seinen Schlaf verzichtet und es bei Nacht nach der althergebrachten Methode gebaut: er hatte rotglühende Kohlen auf den Stamm einer gefällten Zypresse gelegt, nach dem Erkalten der Kohlen die Asche weggekratzt und den Vorgang hundertmal wiederholt, bis der Stamm so weit ausgehöhlt war, daß er Wes' riesigen Körper im Wasser tragen konnte. Sobald das Werk vollendet war, konnte er mühelos einen Ort erreichen, an dem kein Hund seine Spur aufnehmen und zu dem ihm kein Mensch, sei es zu Pferd oder zu Fuß, folgen konnte. Auch vor Fallenstellern und Fischern war er sicher, denn kein Mensch war imstande, die beinahe unsichtbaren Hinweise zu erkennen, mit denen er seinen Weg markiert hatte.

Dieser Ort befand sich im unzugänglichsten Teil des Sumpfes. Er war so sehr von Bäumen überwachsen, daß Wes sogar zu Mittag eine Laterne brauchte, wenn er eines der vielen Bücher lesen wollte, die er dorthin geschafft hatte. Es wimmelte in der Gegend von Giftschlangen, und zu allem Überfluß befand sich der bevorzugte Brutplatz der neun Meter langen Sumpfalligatoren ganz in der Nähe. Jeder andere Mensch hätte die Stelle gemieden.

Jeder außer Wesley Parks. Für ihn war sie die Zufluchtsstätte, der Wohnort seiner Geister.

Deshalb trieb er jetzt den Bug seines Bootes an die Pfähle, auf denen – in sicherer Höhe über dem Wasser – die kegelförmige, strohgedeckte, typisch westafrikanische Hütte ruhte, die er sich gebaut hatte. Er machte sein primitives Boot fest, kletterte die Strickleiter hinauf, zog sie hinter sich hoch, stieß die Tür auf und betrat seinen persönlichen Machtbereich.

Ursprünglich hatte er die Hütte als sein *Dexoxo* geplant, das Kulthaus seiner Ahnengötter. Er hatte auch drei Altäre in ihr aufgestellt, weil sein Clan drei Gründer hatte, nicht nur einen, wie die unbedeutenderen Familien. Aber allmählich hatte sich der Charakter der Hütte gewandelt; sie war nur noch zum Teil dem Kult der Ahnengötter geweiht. Wes vollzog in ihr zwar jedesmal gewissenhaft die vorgeschriebenen Rituale und Opfer, aber dann widmete er sich seinen anderen Beschäftigungen.

Diese könnte man am besten mit dem Begriff Laboratoriumsarbeit umschreiben. Er experimentierte zum Beispiel mit Gift. Er hatte bereits die Wirkung verschiedener in Mississippi heimischer Giftpflanzen entdeckt. Außerdem hielt er sich einen Käfig voller Mokassinschlangen, denen er Gift abzapfte. Er hielt sie dazu knapp hinter dem Kopf fest und preßte ihr Sekret in eine Steinschale. Er hoffte, daß er nicht gezwungen sein würde, jemanden zu töten, um seine Freiheit zu erlangen. Aber wenn es keine andere Möglichkeit gab, wollte er wenigstens keinerlei Hinweis darauf hinterlassen, daß seine Hand bei einem Mord im Spiel gewesen war.

Hier baute er auch die Fallen, in denen er Fische und Niederwild fing, so daß sein Geist infolge der eintönigen Kost, die die meisten Sklaven erhielten, nicht abstumpfte. Und hier nähte er sich auch die Kleidung, die alle männlichen Bewohner Dahomeys trugen. Die dazu erfoderliche grüne Seide hatte er von Pamela erbeten, die schließlich müde geworden war, ihn vergeblich nach dem Verwendungszweck des Stoffes zu fragen. In Dahomey war Nähen eine männliche Beschäftigung; sogar die Kleider der Frauen wurden von männlichen Schneidern genäht, die sie dann an die Frauen verkauften. Sein Wunsch, afrikanische Kleider zu tragen, war ein

Teil seines Bestrebens, seine Identität zu bewahren, der Fürst zu bleiben, den kein Mensch jemals wirklich versklaven konnte.

An diesem Abend jedoch hatte seine lange Reise zu seinem *Dexoco* zwei diametral entgegengesetzte Ursachen. Die erste war Mitleid. Er wollte, falls es ihm möglich war, Jonas' Leben retten. Er wollte die schrecklichen Wunden reinigen und heilen, die die hundert Peitschenhiebe und der Verlust des Ohres Jonas zugefügt hatten. Er wollte dadurch weder Jonas' Freundschaft gewinnen, an der ihm überhaupt nichts gelegen war, noch Jonas zeigen, daß er ihm den Mordversuch verziehen hatte; nein, es war Teil seines stillen, unablässigen Kampfes gegen die Weißen. Wenn Jonas nicht starb, würde das ihre Berechnungen über den Haufen werfen; und deshalb würde Wes dafür sorgen, daß Jonas am Leben blieb.

Daher verrichtete er die *Attoh*-Opfer für seine Vorfahren diesmal nur flüchtig und begann nachher sofort seine Heilsalbe zu mischen. Ihr Hauptbestandteil waren die zerriebenen Blätter einer Blume, die zu der gleichen Familie wie der Mohn gehörte und daher Opiate enthielt. Er wußte nicht, warum seine Salbe den Wundschmerz so wirksam linderte, er wußte nur, daß sie half, denn er hatte sie schon oft für die Brandwunden verwendet, die er sich bei seiner Tätigkeit als Schmied zufügte.

Während er diese Blätter mit Ölen vermischte, die er aus Sonnenblumen und Baumwollsamen gewonnen hatte, lächelte er. Der Grund für seine gute Laune war die Gewißheit, daß der Gefängniswärter ihm den Zutritt zu Jonas' Zelle gestatten würde. Denn jetzt wußte Wes, daß seine *Azaundato*-Kräfte nicht nur die Schwarzen, sondern auch die Weißen beeinflussen konnten. Ihm war bewußt, daß es sich nicht um Magie handelte; der Doktor hatte die Ausdrücke der Weißen dafür verwendet: Mesmerismus, Hypnose. Es war Wes jedoch nicht klar, in welch ungewöhnlichem Ausmaß er über diese Fähigkeit verfügte. Er konnte auch nicht erklären, wieso er imstande war, Gedanken, Vorstellungen, Träume über mehrere Meilen hinweg auf eine Person zu projizieren.

Als die Salbe fertig war, bedeckte er die Schale mit einem sauberen weißen Tuch, um sie vor Fliegen zu schützen, und wendete sich einem zweiten Experiment zu. Er hatte sich vor einigen Wochen, als das Heimweh nach Afrika besonders arg gewesen war, eine *Xetagble*-Flöte geschnitzt. Sie war ihm jedoch nicht geglückt; die Töne waren viel zu tief. Er wußte, daß das Holz, das er verwendet hatte, in Ordnung war; der Fehler konnte also nur bei den Klappen liegen. Er fertigte deshalb neue, wesentlich dünnere Klappen an. Die unteren fünf Töne stimmten daraufhin; bei den oberen drei hatte er des Guten zuviel getan: der höchste Ton war selbst für Ohren unhörbar, und die nächsten beiden klangen noch immer viel zu schrill. Weil es aber schon spät war, nahm er die Flöte in seine Hütte mit; er wollte versuchen, nach dem Gehör herauszubekommen, wie dick er die Klappen machen mußte.

Er probierte die Flöte aus, während er auf seinem Maultier zur Arbeit ritt. In dem Augenblick, als er die höchste Note blies, die er selbst nicht hören konnte, spielte sein Maultier verrückt. Wes mußte seine ganze Kraft aufbieten, um nicht abgeworfen zu werden. Und da das Maultier wohl eigensinnig, aber sonst von bemerkenswert friedlicher Gemütsart war, dachte Wes darüber nach, was an dem ungewöhnlichen Verhalten des Tieres schuld sein mochte. Er gelangte zu dem Schluß, daß das Maultier einen Ton hören konnte, den er selbst nicht mehr wahrnahm. Er stieg ab, band das Tier an einen Baumstamm und veranstaltete ein Flötenkonzert, das binnen kurzem seinen Verdacht bestätigte: der für ihn unhörbare Ton machte das Tür verrückt.

Deshalb ersetzte Wes in dieser Nacht in seinem *Dexoxo*-Haus die beiden obersten Klappen durch dickere, mit denen er endlich die gewünschte Tonfolge erzielte, und fertigte hastig eine zweite, kleinere Flöte an, die nur eine Klappe enthielt – die, die den unhörbaren Ton hervorbrachte.

Er trat zu dem Käfig, in dem er als Futter für seine Schlangen Ratten hielt, und blies die kleine Flöte. Die Ratten wurden wild, kreischten, sprangen übereinander, kletterten an den Wänden des Käfigs hinauf, quiekten böse. Wes sah zu den Schlangen hinüber: die Wassermokassins hatten sich aufgerichtet, bereit, zuzustoßen.

Er lächelte. Er hatte ein weitere Freiheit gewonnen. Von nun an konnte er nachts herumstreifen, wann und wo er wollte, und niemand, vor allem kein Reiter, würde ihn daran hindern. Nicht einmal die »Paddyroller«, die verhaßten Sklavenjäger, die jedem Schwarzen, den sie nachts ohne Passierschein aufgriffen, fünfzig Peitschenhiebe aufzählten.

Wes überlegte nur kurz, was er außer der Flöte, die er in seine Hüfttasche steckte, mitnehmen sollte. Dann lächelte er, langte mit der Hand in einen Käfig, in dem sich eine einzige Mokassinschlange befand, und holte das Tier mit sicherem Griff heraus. Beinahe sorglos verstaute er es in einem Sack. Er konnte sich diesen scheinbaren Leichtsinn leisten: vor einigen Wochen hatte er der Schlange die Giftzähne ausgebrochen. Eine frohe Melodie aus Dahomey summend, schritt er in die Nacht hinaus.

11

Der Wächter des Gefängnisses für entlaufene Sklaven und schwarze Rechtsbrecher hieß Timothy Watkins. Weil er hundertfünfzig Kilo wog, hatte er den Spitznahmen »Mini-Tim« erhalten. Mini-Tim war ungefähr so freundlich wie eine Klapperschlange mit Bauchschmerzen. Und er hatte die Möglichkeit, seine Unlustgefühle jederzeit abzureagieren – an Hunderten von wehrlosen Opfern. Daß Jonas nicht zu diesen Opfern gehörte, war nur dem Umstand zuzuschreiben, daß nicht einmal Mini-Tim es wagte, einem Menschen etwas anzutun, der dem Tod so nahe war wie Jonas. Außerdem gehörte Jonas Käpt'n Wally Bibbs, und die Bibbs waren eine der mächstigsten Familien im Staat. Deshalb versetzte Mini-Tim dem blutenden, nicht mehr menschenähnlichen Körper, der ihm übergeben wurde, nur einen kräftigen Tritt in den Hintern. Jonas flog mit dem Gesicht voran in das schmutzige Stroh auf dem Zellenboden; Mini-Tim versperrte die Zellentür und überließ ihn sich selbst.

Jonas würgte und weinte und fluchte, verlor jedoch zu seinem Glück immer wieder das Bewußtsein. Weil er aber ein sehr kräftiger Mann war, wurden die Zeitintervalle, in denen er ohne Bewußtsein war, immer kürzer und die Schmerzen immer heftiger.

»Ich werde ihn umbringen«, murmelte er, »werde Käpt'n Wally umbringen. Massa Bob hat sich wenigstens geschämt zu kommen, aber Käpt'n Wally war da. Hat die ganze Zeit zugesehen, wie der kahlköpfige Dreckskerl mich kaputtgemacht hat. Den armen Jonas kaputtgemacht –«

Er hob die Hand zu der Stelle, an der sich einmal sein rechtes Ohr befunden hatte. Seine Finger griffen in klebrigen Teer, den man auf die Wunde geschmiert hatte, um die Blutung zu stillen.

»Kaputt«, stöhnte er. »Kein Mädchen wird mich mehr ansehen. Aus meinem Rücken haben sie Hackfleisch gemacht. Das Ohr ist weg. Und ich habe nie besonders gut ausgesehen. Aber jetzt –

Ich werde Käpt'n Wally umlegen. Ärger als heute kann's für mich nicht mehr werden, wenn sie mich erwischen. Er hätte mich retten können. Ein Wort von ihm, und –«

Er stöhnte plötzlich auf.

»Es tut weh. O Jesus, es tut so fürchterlich weh. Salzwasser auf meinem armen Rücken. Es ist getrocknet, und die Striemen sind voller Salz. Es wird nicht aufhören weh zu tun. Es wird nicht aufhören, bis ich sterbe oder verrückt werde. Baby Jesus, hilf mir. Hilf dem armen Jonas. Mach, daß es nicht mehr weh tut, ja?«

Er ließ den Kopf ins Stroh sinken und erbrach Klumpen von Blut und Schleim. Schluchzen erschütterte seinen Körper. Dann hob er den Kopf wieder, um zu fluchen, zu brüllen, und sah die Lampe und darüber Mini-Tims Vollmondgesicht.

»Geh zum Teufel«, brüllte Jonas. »Du Fettwanst, du Dreckskerl, du Schwein. Ganz bestimmt haben sie dich kastriert, deshalb bist du so fett. Sie haben deine Eier in den Dreck geworfen, und du hast sie gefressen wie ein Schwein.«

Aber Mini-Tim antwortete ihm nicht. Er schlug Jonas nicht mit seinem Prügel den Schädel ein, wie dieser gehofft hatte. Tims kleine blaue Äuglein starrten ins Leere.

»Mach die Tür auf, Dicker«, sagte Wesley Parks.

Mini-Tim öffnete die Tür.

»Jetzt gib mir die Schlüssel«, fuhr Wes fort.

Mini-Tim reichte sie ihm.

»Du kommst hierher, um mich umzubringen«, flüsterte Jonas. »Großer Gott, Wes, hast du mir nicht schon genug angetan?«

»Ich komme hierher, um dich zu heilen, du hirnloser Nigger. Jetzt sei ruhig, ja? Ich muß darüber nachdenken, was ich mit dem Dicken tun werde.«

»Bring ihn um«, röchelte Jonas. »Bring ihn um, und wir werden unser Leben lang Freunde sein, Wes.«

»Ich bringe ihn um, und wir sind beide tot«, stellte Wes ruhig fest. »Außerdem brauche ich keinen Freund wie dich. Aber warte, ich hab's.«

Er wendete sich Mini-Tim zu.

»Dicker, du weißt, wo der Schweinestall ist, nicht wahr? Du wirst jetzt dorthin gehen und dich in den Schmutz legen und dich mit deinen Verwandten suhlen. Du wirst die ganze Nacht grunzen und dich im Schlamm wälzen. Du wirst glücklich sein zusammen mit deinen Verwandten, weil ihr in dem Dreck liegt, in den ihr gehört. Jetzt sage ›Ja, Master. Ich höre und gehorche‹.«

»Ja, Master. Ich höre und gehorche.«

»Verdufte«, sagte Wes, und während der Gefängniswärter sich entfernte, beugte er sich über Jonas.

»Lieg jetzt still«, befahl er. »Zuerst muß ich deinen Rücken reinigen. Das wird weh tun. Aber du wirst es aushalten. Ein Mann, der das ausgehalten hat, was man dir heute angetan hat, ist tapfer. Wenn ich dann den Schmutz und das Salz abgewaschen habe, werde ich dir eine Salbe auf den Rücken schmieren. Eine gute Salbe, wie man sie in Afrika macht. Wahrscheinlich wirst du glauben, es ist Vudu. In dem Augenblick, in dem sie auf deiner Haut ist, hört der Schmerz auf. Nicht nach und nach, sondern sofort. Und kommt auch nicht wieder. In zwei, drei Tagen sind deine Striemen praktisch geheilt.«

»Warum tust du das, Wes? Ich habe versucht, dich umzubringen. Ich wollte dich umbringen. Ich habe es ernst gemeint, Nigger.«

»Du hast überhaupt nichts gemeint. Du bist überhaupt nichts, Jonas. Du bist groß und stark und nicht einmal so arg häßlich. Aber du hast kein Hirn. Und jetzt lieg still, ich bin sofort wieder da.«

Wes kam nach ein paar Minuten zurück und brachte eine Schüssel mit warmem Wasser mit, in dem ein paar reine Lappen schwammen. Vorsichtig reinigte er Jonas' Striemen und die Stelle, an der sein Ohr gesessen hatte. Trotz seiner Vorsicht verursachte er Jonas beträchtliche Schmerzen. Aber Jonas' Stolz ließ nicht zu, daß er in Wes' Gegenwart schrie.

Als Wes jedoch die weiße Salbe auf die Kopfwunde auftrug, starrte ihn der große Neger verblüfft an.

»Großer Gott, Mann, was ist das für ein Zeug?«

»*Gbo*. Zauber. Meine Ahnengötter haben ihn mir in der Nacht gebracht. Aber jetzt halte den Mund.«

Jonas gehorchte. Von Zeit zu Zeit stöhnte er – aber nur, weil er sich so wohl fühlte. Der Schmerz hörte in dem Augenblick auf, als Wes die Salbe in die Striemen rieb, ganz gleich, wie scheußlich die Wunde gewesen war. Als Wes mit seiner Arbeit fertig war, lachte Jonas glücklich auf.

»Wes, ich bin dir mächtig dankbar. Ich weiß nicht, warum du das für einen Kerl tust, der dich umbringen wollte, aber –«

»Warum ist nicht wichtig, Jonas. In drei oder vier Tagen wirst du beinahe gesund sein. Aber du darfst niemandem sagen, daß ich das gemacht habe. Nicht einmal Miss Pam. Versprichst du's mir?«

»Ich verspreche es, Wes. Ich will dich was fragen –«

»Was denn, Jonas?«

»Wie ist es – wenn man es mit einer Weißen treibt? Sagst du's mir?«

»Ich weiß es nicht, Jonas. Ich habe es nie versucht. Ich will's gar nicht wissen.«

»Wes, du willst doch nicht sagen –«

»Nein, ich will nichts sagen, Jonas. Ein armer dummer Nigger wie du wird es ja doch nicht verstehen. Stell dir einfach vor, daß mein Körper ein Tempel für die Ahnengötter meines Volks ist. Die Götter wollen nicht, daß ich diesen Tempel schmutzig mache, sie wollen, daß meine Kinder ihnen gehören. Daß sie schwarz sind wie die Nacht. Deshalb muß meine Frau mitternachtsschwarz sein und ihre Augen wie zwei Sterne.«

Er unterbrach sich, sah Jonas an und fuhr dann fort. »Zum Teufel, man kann einem dummen Nigger wie dir so etwas einfach nicht erklären. Deine Seele ist verkrüppelt, und dein bißchen Verstand haben die Weißen restlos durcheinandergebracht.«

Jonas schüttelte den Kopf. »Du hast recht. Wenn ich so viele Chancen hätte wie du –«

»Dann wärst du ich, und dann würdest du es auch nicht wollen. Halt jetzt den Mund, Jonas. Sieh dir meine Hand an.«

»Deine Hand?«

»Ja, schau her. Ich habe den Mond in der Hand, Jonas, den weißen Mond. Siehst du ihn? Deine Augen werden müde, nicht wahr? Ganz schrecklich müde. Und dein Kopf kann sich an nichts erinnern. An überhaupt nichts. Du weißt nicht mehr, daß du mich gesehen hast, Jonas. Du hast alles vergessen, nicht wahr? Jetzt sag mir, Jonas, woran du dich erinnerst. Was ist heute nacht hier geschehen?«

»Ich erinnere mich – an nichts –« stöhnte Jonas. »Kopf so schwer, Augen so müde. Nichts mehr da, nur schwarz – Nacht ohne Sterne. Ich sehe nichts, ich höre nichts – ich vergesse – vergesse –«

»So ist's recht.« Wes richtete sich auf und verschwand in der Dunkelheit und damit auch aus Jonas' verwirrtem Schädel.

»Pa!« sagte Ashton Bibbs. »Wir müssen etwas unternehmen. Diesmal hat Wes wirklich etwas Schreckliches angerichtet.«

Wallace Bibbs, der mit seiner Frau am Frühstückstisch saß, blickte zu seinem hochgewachsenen Sohn empor.

»Was ist denn jetzt schon wieder, Ash?«

»Er hat den Gefängniswärter verhext. Hat ihn um den Verstand gebracht, Pa. Der arme Kerl ist total verrückt und –«

»Mir fallen ziemlich viele Bezeichnungen für Tim Watkins ein, Sohn«, unterbrach in Lucille Bibbs, »aber ich würde dieses fette Schwein nie einen ›armen Kerl‹ nennen. Es gibt im ganzen Staat Mississippi keinen gemeineren Schurken, findest du nicht auch, Wally?«

»Da muß ich dir zustimmen, meine Liebe. Ich habe mich mindestens tausendmal darüber beschwert, daß er die ihm anvertrauten Gefangenen mißhandelt. Aber er sorgt wenigstens für Ordnung.«

»Sag, Sohn, was hat Wes Tim eigentlich angetan?« fragte Lucille.

»Das ist es ja, Ma, ich weiß es nicht. Niemand weiß es. Man kann nicht einmal beweisen, daß es Wes war.«

»Wie gewöhnlich«, meinte Wallace Bibbs.

»Man hat Tim im Schweinestall gefunden, wo er sich gemeinsam mit den Schweinen im Schlamm gewälzt hat. Ein Eber hatte ihm sogar die Nase und einen Teil des Ohres abgebissen. Aber das machte ihm nichts aus. Er ist zwischen den Schweinen gesessen, hat gegrunzt und war von Kopf bis Fuß mit Schlamm bedeckt. Als man ihn endlich herausgeholt und gefragt hat, wer ihn dorthin gebracht hat, konnte er nicht antworten. Er kann nicht sprechen, Ma, nur grunzen. Es ist richtig widerlich.«

»Mir fällt dazu der Ausdruck ›poetische Gerechtigkeit‹ ein«, sagte Lucille, »denn hier haben wir die beste Illustration für diesen Begriff. Wenn je eine Strafe einem Verbrechen entsprochen hat, dann ist es hier der Fall.«

»Ash«, fragte Wallace, »hat irgendwer Wes in der Nähe des Gefängnisses gesehen?«

»Wes? Das glaubst du doch selbst nicht, Pa. Aber irgend jemand hat heute vor Morgengrauen Jonas' Wunden gereinigt, Salbe auf seinen Rücken und die Stelle geschmiert, an der sein Ohr gesessen ist, und hat ihn damit praktisch geheilt. Ich bin nämlich über Nacht in der Stadt geblieben und habe am Morgen Doktor Ridgely dazu überredet, mit mir ins Gefängnis zu gehen und dem armen Jonas zu helfen. Tom Ridgely hat nur einen Blick auf Jonas geworfen und gesagt: ›Euer Haus-Zauberer, Ash. Dieser große Voodoo-Nigger von der Plantage deiner Schwägerin. Todsicher. Der Nigger versteht zehnmal mehr von Medizin als jeder Arzt, den ich kenne.‹ Weißt du, was er dann getan hat, Pa?«

»Nein, was denn?«

»Er hat etwas Salbe von Jonas' Rücken auf eine Glasscheibe gekratzt. Er will sie im Labor untersuchen, um die Formel herauszubekommen. ›Wenn ich die Zusammensetzung herauskriege‹, hat er gesagt, ›dann gehe ich in die Geschichte der Medizin ein.‹«

»Jonas muß doch wissen, wer ihn geheilt hat«, meinte Lucille.

»Das ist es ja, Ma, er scheint es wirklich nicht zu wissen. ›Ich kann mich nicht erinnern, Massa Ash‹, hat er mir erklärt.«

»Schon wieder«, sagte Wally.

»Ja, Pa. Deshalb muß es Wes gewesen sein.«

»Sohn, niemand hat ihn im Gefängnis oder auch nur in der Nähe gesehen. Jonas kann sich nicht erinnern. Und Mini-Tim ist reif fürs Irrenhaus, wenn du recht hast. Deshalb bin ich dafür, daß wir das Ganze auf sich beruhen lassen. Das Äußerste, was man Wes anlasten kann, ist, daß er Mini-Tim einen Streich – wenn du willst, einen grausamen Streich – gespielt hat. Wahrscheinlich hat er mit diesem Spaß übers Ziel geschossen. Er wollte den Dicken sicherlich nur lächerlich machen. Du wirst mir doch nicht einreden, daß Wes auch ein Schwein verhext hat, damit es den armen Tim anknabbert?«

»Nein, Pa, aber –«

»Aber er hat sich wie ein wahrer Christ benommen, und zwar dem Mann gegenüber, der ihn töten wollte. Er hat Ellen Collins das Leben gerettet.«

»Allerdings. Nachdem er sie zunächst einmal in Gefahr gebracht hat«, warf Ashton ein.

»Sohn, Ellen befand sich bei Wes' Hütte, als der Schuß fiel. Er ist nicht zum Herrenhaus gekommen, um sie zu suchen. Auf den meisten großen Plantagen kümmern sich die Hausnigger nicht um die Feldarbeiter. Aber sie hat selbst zugegeben, daß sie Wes nachgelaufen ist. Deshalb möchte ich wissen, was du vorschlägst, Sohn. Sollen wir ein Lynch-Aufgebot zusammenstellen und wie die Wilden hinter Wes herjagen, nur weil ein Schwein Tim Watkins die Nase weggefressen hat?«

»Nein, Pa. Ich bin dafür, daß du jetzt deinen Kaffee trinkst und dann mit mir nach Ingrahams Crest reitest. Ich habe Tol Weatherbee schon vorausgeschickt. Aber er ist ein einzelner Mann, und mindestens fünfzig Rotnacken sind hinter Wes her.«

»Ash, wer hat diesen Leuten gesagt, daß es Wes war, der –«

»Niemand, Pa. Sie haben ihn erwischt – oder es jedenfalls versucht. Es sind unsere berühmten Paddyroller, vor denen die Nigger solche Angst haben. Er hat ihre Pferde verhext und –«

»Wie hat er das getan?«

»Frag mich nicht, Pa, ich weiß es nicht. Sie wissen es übrigens auch nicht. Sie haben beinahe eine Stunde lang darüber debattiert, was sie jetzt tun sollen. Sie hatten die Bluthunde bellen und jaulen gehört und sind in die Richtung geritten, aus der der Lärm gekommen ist. Sie wollten den Nigger haben, bevor ihn die Hunde in Stücke reißen. Aber noch ehe sie dort waren, sind die Hunde zurückgekommen; sie hatten die Schwänze zwischen die Beine geklemmt und sind gerannt, als wäre der Teufel hinter ihnen her.«

»Und dieser Teufel war natürlich Wes.«

»Sie sind zu einer Lichtung gekommen, und auf dieser Lichtung ist Wes gestanden. Sie wußten nicht, wer er ist. Sie sagten nur ›Der verdammt größte Nigger, den wir je gesehen haben‹. Einer von ihnen hat seine schwarze Peitsche geschwungen und –«

»Und Wes hat sie gepackt, ihm entrissen und sie weggeworfen.«

»Er hat sie nicht weggeworfen, Pa. Er hat sie auf den Boden vor sich geworfen. Die Paddyroller schwören, daß sie sich in eine Schlange verwandelt hat. In eine acht Meter lange Giftschlange. Die die Pferde angegriffen hat.«

»Mein Gott.«

»Deshalb hat einer von ihnen die Pistole gezogen. Aber bevor er schießen konnte, hat Wes ihre Pferde verhext.«

»Wie?«

»Das wissen sie nicht, Pa. Er hat die Hand an den Mund gehalten, und die Gäule haben daraufhin verrückt gespielt. Du weißt, daß diese Burschen gute Reiter sind, aber kein einziger ist im Sattel geblieben. Drei liegen im Spital – zwei gebrochene Beine, ein gebrochener Arm. Außerdem mußte Ridgely nicht weniger als fünf gebrochene Rippen verpflastern.«

»Und in dem Tumult ist Wes entkommen?«

»Ja, Pa. Aber er ist nicht davongelaufen. Sie sagen, daß er zuerst die Schlange aufgehoben und in sein Hemd gesteckt hat. Dann ist er gewachsen, immer größer geworden, bis sein Kopf an die Wolken gestoßen ist. Und dann ist er über die Bäume hinweggestiegen; seine Schritte hallten wie Donner, und um seinen Kopf zuckten Blitze.«

»Sohn«, fragte Lucille besorgt, »fühlst du dich vielleicht nicht wohl?«

»Ma, Wes kann solche Wunder vollbringen. Ich will damit nicht sagen, daß er sie wirklich vollbringt. Aber er überzeugt die Leute davon, daß er es kann. Sie lassen sich von niemandem mehr einreden, daß das, was sie angeblich gesehen haben, nicht wirklich geschehen ist.«

»Und jetzt sind die Paddyroller wieder hinter ihm her?«

»Als ich die Stadt verließ, waren sie noch nicht aufgebrochen. Aber es wird nicht mehr lange dauern. Sie müssen ihn kriegen. Was sollten sie sonst tun, wenn ein Nigger ihre Hunde verjagt, ihre Pferde verhext, ihnen die Knochen bricht –«

»Peitschen in Schlangen verwandelt, bis in den Himmel wächst, über einen ganzen verdammten Wald hinwegsteigt –«

»Pa, ich spreche von den Dingen, die er nachweislich getan hat, nicht von dem, was ein Haufen halbbetrunkener, abergläubischer Rotnacken gesehen haben will.«

»Ich habe gesehen, daß er mein Pferd verschwinden ließ und dann wieder zurückbrachte«, sagte Wallace Bibbs gleichmütig, »und du –«

»Ich habe gesehen, wie er Niggergeister beschworen hat. Schön. Er ist also der verdammt beste Hypnotiseur, von dem wir je gehört haben, oder –«

»Ein Zauberer. Ein echter Hexenmeister.«

»Also Wally –«, sagte Lucille.

»Gut«, seufzte Wallace, »aber es ist manchmal schwer, nicht daran zu glauben, auch wenn es noch so vernunftswidrig klingt. Du selbst hast gemeint, daß die arme Phoebe verhext ist, Liebste.«

»Das ist sie auch, aber durch Liebe. Ich habe noch nie ein Mädchen gesehen, das in einen Mann so verliebt war wie Phoebe in Wes, und ich bin davon überzeugt, daß sie an gebrochenem Herzen stirbt, wenn sie ihn nicht heiraten kann. Gestern vormittag hat der Aufseher von Collins sie geholt – ich kann nicht verstehen, warum du sie verkauft hast, auch wenn sie dich darum gebeten hat. Du solltest lieber Jonas verkaufen.«

»Ich weiß. Du hast recht, meine Liebe, aber ich habe meine Gründe, warum ich –«

»Diese Gründe wirst du mir demnächst erklären müssen, Wallace! Nun, der junge Bascomb war mit Bob gestern abend hier und hat mir erzählt, daß Phoebe sofort nach der Ankunft in Collinswood in Ohnmacht gefallen ist. Weil bei ihnen noch nie ein kräftiges Feldmädchen bewußtlos geworden ist, haben sie Tom

Ridgely holen lassen, und weißt du, was er gesagt hat? Daß sie beinahe verhungert ist. Sie ißt anscheinend überhaupt nichts mehr, und –«

»Entschuldige, Ma«, unterbrach sie Ashton, »aber wir sollten jetzt hinüberreiten, Pa, wirklich!«

»Gut, Ash. Machen wir uns auf den Weg.«

Sie kamen zu spät. Als sie in Ingrahams Crest eintrafen, waren die Paddyroller bereits dort gewesen und wieder weggeritten – diesmal hatte sie Tolbert Weatherbees Scharfsinn um ihre Beute geprellt.

»Es war verdammt komisch«, lachte der junge Anwalt. »Die großen Bluthunde, die einen Stier oder einen Bären ohne Zögern angreifen, haben sich geduckt und vor Angst gewinselt, als Pam Wes hinausführte, damit ihn die Patrouille identifiziert.«

»Konnten sie ihn identifizieren?« fragte Wallace Bibbs.

»Nicht einstimmig. Einige sagten, er wäre nicht groß genug. Andere, daß der Mann auf der Lichtung eine andere Haltung gehabt hätte. Daraufhin habe ich sie gefragt, welche Anschuldigungen gegen ihn vorliegen.«

»Du warst großartig, Tol«, stellte Pamela fest. »Einmalig.«

»Danke, meine Liebe. Es waren die üblichen Anschuldigungen – daß er ohne Passierschein unterwegs gewesen ist. Daraufhin hat Pam –«

»Ich«, unterbrach ihn Pam, und in ihrer Stimme klang unterdrücktes Lachen mit, »habe ihnen gesagt, daß Wes auf jeden Fall einen Passierschein bei sich hat, wenn er die Plantage verläßt, weil ich ihm jeden Samstag abend sieben Passierscheine ausstelle – für jede Nacht einen. Und sie –«

»– gaben zu, daß sie ihn überhaupt nicht danach gefragt hatten«, fuhr Tolbert fort. »Zu allem Überfluß erklärten sie, daß sie nicht dazugekommen wären, weil Wes eine Peitsche in eine Giftschlange verwandelt hatte. Also habe ich –«

»– ihnen geraten, nach Hause zu reiten und ein Mittel gegen Kopfschmerzen zu schlucken«, lachte Pamela. »Dann hat er ihnen feierlich erklärt, daß er als mein Anwalt Klage einbringen wird – wegen Besitzstörung, Beschädigung meines Eigentums und Überschreitens ihrer Befugnisse. Er sagte ihnen wörtlich: ›Gentlemen, wenn Sie einer Jury von nüchternen, verantwortungsbewußten Bürgern einreden wollen, daß Mrs. Ingrahams Neger eine Peitsche in eine Schlange verwandelt, Ihre Pferde verhext hat und dann über die größten Bäume des Waldes geschritten ist, wird der Richter Sie in Bausch und Bogen in die Staatliche Irrenanstalt einweisen lassen.«

»Was hat Wes eigentlich zu dem Ganzen gesagt?« fragte Wallace Bibbs.

»Einen der für ihn charakteristischen sibyllinischen Aussprüche«, antwortete Pamela. »Daß vielleicht eine seiner drei Seelen durch die Nacht geirrt ist, während er schlief, und all diese Dinge getan hat, von denen die Seele träumt. Er hat mir übrigens geraten, ihm um meinetwillen zu glauben. ›Sie wissen nicht, ob ich in meiner Hütte war, Miss Pam‹, meinte er, ›und für Ihren Seelenfrieden ist es am besten, wenn es dabei bleibt. Wollen wir es nicht dabei bewenden lassen, Madam?‹«

»Es bleibt uns also nichts übrig«, brüllte Wallace, »als die Tatsache hinzunehmen, daß ein weißer Gefängniswärter Nase und Verstand verloren hat. Ruf mir diesen Nigger, Pam, bitte.«

Wes kam und war so gelassen wie immer.

»Er hat nicht den Verstand verloren, dieser fette Kerl, Käpt'n Wally. Gerade jetzt spricht er sehr vernünftig. Reiten Sie nach Natchez, und Sie werden es selbst sehen.«

»Woher, zum Teufel, willst du das wissen, Wes?« tobte Wallace.

»Ich habe meine *Selido* hingeschickt, und sie ist zurückgekommen und hat es mir erzählt.«

»Wen hast du hingeschickt?«

»Meine *Selido*. Meine denkende Seele, Käpt'n Wally.«

Wallace Bibbs schrie beinahe. »Dieser Nigger kann ein Maultier verrückt machen. Wo, zum Teufel, warst du überhaupt, Wes, während deine Seele in Natchez war, du verrückter Hund?«

»Hier auf der Plantage, Sir.«

Ashton mischte sich ein. »Du kannst jetzt jemanden nach Natchez schicken und würdest dort erfahren, daß Tim Watkins seit zehn Minuten seine fünf Sinne wieder beisammen hat. Wollen wir wetten?«

»Natürlich nicht? Ich weiß nicht, wie dieser Schwarze das alles fertigbringt, aber ich habe schon zu viele Beweise dafür, daß er übernatürliche Kräfte besitzt. Wes, wo warst du vergangene Nacht?«

»Das weiß ich nicht, Sir.«

»Du weißt es nicht?«

»Nein, Sir, Käpt'n Wally. Ich glaube, daß ich in meiner Hütte war und geschlafen habe. Ich bin ganz bestimmt hineingegangen und habe mich hingelegt. Ich habe auch geschlafen. Aber wer weiß, wohin die Seele eines Menschen geht, während er schläft, Käpt'n Wally? Überhaupt, wenn er erregt ist und sich Sorgen macht.«

»Weswegen machst du dir Sorgen, Wes?« fragte Tolbert.

»Wegen Jonas, Sir. Ich finde, daß ich irgendwie schuld bin. Ich habe ihn gefangen und niedergeschlagen. Ich habe nicht gewußt, was die Weißen mit ihm machen werden. Wenn ich es gewußt hätte, hätte ich ihn laufenlassen.«

»Wes, nimm dich mit deinen Worten in acht«, warnte ihn Wallace Bibbs.

»Es ist keine Sünde, wenn man die Wahrheit sagt«, antwortete Wes sanft, »das haben Sie mir doch immer erklärt, Käpt'n Wally, Sir.«

»Und was sagst du dazu, wenn man einen Menschen in einen Schweinestall steckt, so daß ihm die Nase und ein Teil des Ohres einfach abgefressen werden?«

»Dazu kann ich nichts sagen, Sir, weil ich nicht dort war. Ich habe nicht gesehen, wie es geschehen ist. Ich glaube, daß dieser Kerl von selbst hineingesprungen ist. Die eigensinnigen Schweineleute tun das manchmal, Käpt'n. In seinem Land hat jeder Clan etwas, einen Vogel, ein Tier, eine Pflanze – Miss Pam, wie nennen Sie das, bitte?«

»Er meint ein Totem«, erklärte Pamela, »und er glaubt, daß jeder von uns eines hat. Meines sind die *Lisadje,* nicht wahr, Wes?«

»Ja, Madam. Rechtsanwalt Weatherbee gehört zu den Schlangenleuten, weil er sehr schlau ist, Käpt'n Wally und Massa Ash gehören zu den großen Vögeln. Adler oder Falken.«

»Und Tim Watkins«, unterbrach ihn Ash, »gehört zu den

eigensinnigen Schweineleuten und empfand plötzlich den unwiderstehlichen Drang, sich gemeinsam mit seinen Verwandten zu suhlen?«

»Ja, Sir, Massa Ash.«

»Hast du ihn vielleicht auf diese Idee gebracht?«

»Ich weiß es nicht, Sir. Vielleicht hat das eine von meinen Seelen getan, während ich geschlafen habe. Die wandernden Seelen machen manchmal ganz komische Sachen, junger Herr.«

»Aber seine Nase, Wes!« brüllte Wallace. »Seine verdammte Nase! Das ist einfach zuviel!«

»Käpt'n Wally, Sir, meine Seele spricht nur mit Dingen, die auch eine Seele haben. Mit Menschen, Blumen, Bäumen, Vögeln, Schlangen, aber nicht mit Schweinen, Sir. Sie haben keine Seele. Deshalb kann ich ihnen nichts befehlen. Außerdem würde ich ihnen so etwas nicht befehlen. So etwas tun nur Weiße, Käpt'n Wally.«

»Was soll das heißen, Wes?« fragte Pam.

»Die Schweine haben eine weiße Haut, nicht wahr, Madam? Wenn man die Borsten abbrüht, ist ihre Haut immer weiß. Deshalb benehmen sie sich manchmal wie Weiße.«

»Die Schweine benehmen sich wie Weiße?« schrie Wallace wütend. »Wes – ich habe dir mein Wort darauf gegeben, daß ich dich nie auspeitschen werde. Aber du gehst zu weit. Hüte deine Zunge!«

»Ich habe nichts Schlechtes gesagt, Käpt'n Wally. Ich habe Sie nur an etwas erinnert, das Sie jeden Tag sehen. Die Schweine haben ein paar mächtig komische Gewohnheiten. Schneiden den Menschen Dinge ab, wenn man nicht aufpaßt. Das heißt bei den Weißen doch Gerechtigkeit, Sir. Wie Jonas' Ohr.«

»Wes, eines Tages werde ich –«

»– ein hübsches Mädchen für mich finden. Das haben Sie mir versprochen, Sir«, sagte Wes ernst. Aber seine Augen blitzten übermütig.

Wallace Bibbs starrte den großen Mann an, der theoretisch sein Eigentum war. Er begann sich allerdings zu fragen, wer eigentlich wem gehörte.

»Das wäre eine Lösung«, sagte er laut. »Wenn eine Frau und ein paar Kinder an dir hängen, wirst du vielleicht etwas vernünftiger werden, Wes. Gut. Heute ist der erste Donnerstag im November, also haben wir in drei Wochen Thanksgiving. Da gebe ich ein Fest für alle Nigger in der Umgebung. Auch für deine, Pam. Ich lade sie ein. Gib ihnen den Tag frei und Passierscheine dazu, damit sie nach Rosebriar kommen können.«

Pamela sah Wes an. Tolbert Weahterbee bemerkte den hinterhältigen Ausdruck in ihrem Gesicht.

»Kann ich auch Ellen mitbringen?« säuselte sie. »Nach den Definitionen in den Südstaaten ist sie ja ein Nigger, nicht wahr?«

»Ja natürlich, vorausgesetzt, daß sie schon kräftig genug ist.«

»Ach, Ellen geht es großartig, nicht wahr, Wes?«

»Ich weiß es nicht, Madam. Ihr Körper ist in Ordnung, glaube ich. Aber ihr Verstand ist es nicht, Miss Pam. Sie ist tatsächlich verrückt.«

»Deinetwegen«, lachte Pam, aber ihr Lachen klang nicht ganz echt, fand Tolbert. »Gibt es im Umkreis von zwanzig Meilen ein einziges schwarzes Mädchen, das du nicht verhext hast, Wes?«

»Ich weiß es nicht, Madam, ich kann Frauen nicht verhexen. Ich weiß nicht, wie man das tut. Sonst hätte ich ja schon ein Mädchen, nicht wahr? Das ist klar, nicht wahr, Miss Pam?«

»Davon bin ich nicht überzeugt. Cas Thomas wollte dich wegen seiner Tochter Ruby erschießen. Ellen ist beinahe gestorben, weil sie dein Leben gerettet hat. Jonas wollte dich wegen einer gewissen Phoebe erschießen. Aha! Also die ist es. Sie muß es sein. Sie ist die einzige, die ich noch nicht kennengelernt habe.«

»Ich kenne sie auch nicht, Miss Pam. Jonas ist ja auch verrückt. Mir kommt vor, daß hier die verrücktesten Nigger beisammen sind, die ich je gesehen habe. Kein Wunder, daß sie keine vernünftige Arbeit leisten können, wenn sie verrückt sind.«

»Mir kommt vor, daß du daran schuld bist, wenn ein paar von ihnen verrückt spielen, Wes«, bemerkte Ashton, »die arme Phoebe inbegriffen, von der du behauptest, daß du sie überhaupt nicht kennst.«

»Das ist richtig«, warf Wallace ein, »ich weiß es. Phoebe schwört, daß sie wohl Wes ein paarmal gesehen hat, daß er sie aber nie angeschaut hat. Stimmt das, Wes?«

»Ja, das stimmt, Käpt'n Wally.«

»Diesen Zustand werde ich jedenfalls zu Thanksgiving ändern«, stellte Wally fest, »denn ich glaube, Phoebe ist genau das Richtige für Wes. Schön, das wäre also erledigt. Und jetzt geh wieder an die Arbeit, Wes. Du hast für einen Tag genügend Unheil angerichtet.«

12

Am Abend des Mittwoch vor dem vierten Donnerstag im November 1856 frisierte Pamela persönlich Ellen Collins' dunkelblondes Haar; für kurze Zeit hatten Herrin und Sklavin die Rollen getauscht. Diese an und für sich außergewöhnliche Tatsache gewann noch dadurch an Gewicht, daß es Pamela in ihrem heimatlichen Massachusetts nicht im Traum eingefallen wäre, dem bei ihr im Dienst stehenden Mädchen die Haare aufzustecken.

Besonders war überdies, daß jedes Kleidungsstück, das Ellen am Leib trug, nicht wie üblich von ihrer Herrin abgelegt, sondern in den ersten Geschäften von New Orleans gekauft worden war, weil Natchez nicht mit der Eleganz dieser europäischesten Stadt des Südens konkurrieren konnte. Ellen war überdies im St.-Louis-Hotel nicht als Pamelas Dienstmädchen, sondern als ihre Gesellschafterin abgestiegen. Sie hatten eine kleine Suite gemietet und sich als »Mrs. Pamela Ingraham Bibbs und Miss Ellen Collins« eingetragen.

Fairneß oder Übermut? fragte sich Pamela. Es hat mir Spaß gemacht, diese hochnäsigen Südstaatler zu schockieren. Aber es war für mich absolut ungefährlich. Selbst wenn wir Bekannte getroffen hätten, hätten sie einfach angenommen, daß ich Ellen als Zofe mitgenommen habe; Zofen bewohnen für gewöhlich die gleiche Suite wie ihre Herrinnen.

Sie betrachtete Ellens hübsches Gesicht im Spiegel. Sah, daß die sonst so ruhigen blauen Augen jetzt ängstlich und nervös blickten.

Ich habe sie dazu angestiftet, eines der größten Tabus der Südstaaten zu brechen. Ich habe sie praktisch dazu gezwungen, sich als Weiße auszugeben. Unsinn! Eine Person, die so mühelos als Weiße gelten kann wie dieses arme Kind, ist eine Weiße, und damit hat sich's. Die neue Mrs. Bascombs Bibbs ist eine Weiße, obwohl sie infolge ihres Teints, ihres ganzen Aussehens den Kindern des Butlers von der Collins-Plantage viel mehr ähnelt als meine Ellen. Die blauäugige, blonde Ellen ist ein Nigger, und die dunkelhäutige, braunäugige Hortense mit dem schwarzen Wollhaar ist eine Weiße. Was sagt doch die spitzzüngige Martha? »Miss Pam, wenn ein Tropfen farbiges Blut einen Menschen zu einem Nigger macht, dann gibt es im Süden überhaupt keine Weißen.« Das ist natürlich übertrieben. Aber nicht so übertrieben, wie die Südstaatler es gerne hätten. Zum Beispiel das zweite der Collins-Kinder, Abigail. Wenn sie eine Collins ist, bin ich die Queen Victoria. Und wenn Ellen eine Farbige ist, dann ist's die dunkelhaarige Abigail, die weder ihrem Bruder Bascomb noch ihrer Schwester Ruth ähnlich sieht, ebenfalls. Warum sollte die arme Frau, die täglich Ellen und Joe – die illegitimen Kinder ihres Mannes – vor Augen hatte, nicht auf diese Idee gekommen sein? Die vollkommene Rache, an der einer der vielen wirklich gut aussehenden Mulatten der Collins-Plantage beteiligt war.

Sie lächelte Ellens Spiegelbild zu und fragte: »Was hast du, Kleine, sag mir's?«

»Ich bin so fürchterlich aufgeregt, Madam. Nicht, weil ich keine Chance bei Wes habe – das weiß ich schon.«

»Woher willst du das wissen, Ellen?«

»Weil er es mir gesagt hat. Er hat gesagt, daß für die Leute in seinem Land die Weißen wie Gespenster aussehen. Daß ihm Weiße nie gefallen haben. Ich habe ihm darauf gesagt, er würde schon in unserer Hochzeitsnacht feststellen, daß seine Vorurteile ungerecht sind. Da hat er mir erklärt: ›Das glaube ich dir, Ellen. Du bist ein sehr hübsches Mädchen, auch wenn du nicht die richtige Farbe hast. Aber wir beide könnten nie glücklich miteinander sein. Weil du wie eine Weiße aussiehst und ich schwarz wie die Sünde bin. Die Leute würden uns nirgends in Ruhe lassen. Glaubst du, daß du irgendwo auch nur dazu kommen würdest, zu sagen, daß du keine Weiße bist, bevor sie mich lynchen?« Und ich habe geantwortet: ›In Boston, wo Miss Pam zu Hause ist.‹ Und er hat gesagt: ›Nicht einmal dort, Süße, nicht einmal dort . . .‹«

Pamela hatte Tränen in den Augen.

»Leider hat er recht, und du hast unrecht, armes Kind. Vielleicht in Kanada – aber auch da bin ich nicht sicher.«

»In New Orleans gibt es hellhäutige Frauen, die mit schwarzen Männern verheiratet sind, und niemand –«

»Hast du je mit einer dieser Frauen gesprochen, Ellen? Ich habe mich mit Madame Pluchet unterhalten, der französischen Kreolin, die dir dieses Kleid genäht hat. Sie sind Gefangene ihrer Umgebung, an den Ort gebunden, wo man sie kennt. Sobald sie ihren Bezirk verlassen, beginnen die Schwierigkeiten. Vielleicht werden in hundert Jahren Mischehen möglich sein. Vielleicht werden die Menschen begreifen, daß persönliche Freiheit auch die Freiheit beinhaltet, seinen Ehepartner nach Gutdünken zu wählen, und daß die Hautfarbe zweier Partner niemanden etwas angeht.«

»Madam, darf ich Sie etwas fragen? Ohne daß Sie mir böse sind? Denn Sie waren wie eine Schwester zu mir, Miss Pam. Und wie eine Mutter. Deshalb möchte ich lieber sterben, als Sie böse machen.«

»Du willst mich wegen Wes fragen, nicht wahr?« sagte Pamela ruhig. »Wegen meiner angeblichen Beziehung zu ihm.«

»Nein, Madam. Weil ich weiß, daß zwischen Ihnen und Wes nichts gewesen ist. Wes hat es mir gesagt, und er ist zu stolz, um zu lügen. Außerdem kenne ich Sie zu gut, Madam. Sie würden so etwas nie tun.«

»Ich danke dir für dein Vertrauen, Ellen; aber was willst du denn eigentlich wissen?«

»Was Sie für ihn empfinden, Madam. Denn ich habe bemerkt, daß Sie ihn angesehen haben, als ob –«

»Als ob was? Sprich es aus, Kind.«

»Als ob Sie ihn lieben. Verzeihen Sie mir, ich wollte Sie nicht kränken. Es tut mir so leid, Miss Pam. Jetzt weinen Sie. Und ich wollte doch Ihre Gefühle um nichts in der Welt verletzen –«

»Das hast du auch nicht getan. Das Leben und die Mitmenschen haben sie verletzt. Und dumme Vorurteile, auch die meinen. Ich habe Wes gerne, sehr gerne. Vielleicht könnte ich ihn unter anderen Umständen, in einem anderen Land, lieben. Vielleicht sogar hier, wenn ich den Mut aufbrächte. Aber ich bin nicht so mutig. Deshalb schwanken meine Gefühle ihm gegenüber. Manchmal hasse ich ihn, weil er so groß, so fürchterlich schwarz und so – so männlich ist. In diesen Augenblicken stößt er mich ab –«

»Mich stößt er nie ab, und ich bin genauso weiß wie Sie, Madam, jedenfalls äußerlich.«

»Du bist weißer als ich. Aber du bist nicht als Weiße erzogen worden mit allen Privilegien und Vorurteilen der Weißen. Ich kann wohl erkennen, daß Wesley Parks der am besten aussehende Mann unter meinen Bekannten ist, daß er überdies ein echter Gentleman ist – aber ich kann mir einfach nicht vorstellen, daß ich, daß ich –«

»–erschöpft und nackt in seinen Armen liege.«

Pamela schwieg lange. Dann sagte sie:

»Ja. Genau das kann ich mir nicht vorstellen, meine Liebe.«

»Dann danke ich Gott dafür, daß ich keine Weiße bin, Miss Pam.«

Das war natürlich überheblich von Ellen. Und da die Götter Überheblichkeit bestrafen, bereute sie diese Feststellung zehn Minuten später schon bitterlich.

Nach diesem Gespräch trat ein langes Schweigen zwischen den beiden Frauen ein, das erst durch eine männliche Stimme unterbrochen wurde, die aus dem Erdgeschoß heraufrief:

»Pam, Pam, bist du dort oben? Darf ich hinaufkommen?«

»Dwight!« rief Pamela. »Natürlich darfst du heraufkommen. Was für eine angenehme Überraschung. Ich habe dich erst –«

Sie lief zur Türe, Sekunden später lag sie in den Armen des bestaussehenden Weißen, den Ellen je zu Gesicht bekommen hatte.

›Dwight, du bist unmöglich«, stellte Pamela fest. »Ich erwarte dich zu Weihnachten, und du –«

»– kommst zu Thanksgiving. Hast du den Puter und die Zutaten schon bereitgestellt, Pam? Ich warne dich, ich werde dich arm essen.« Dann flüsterte er: »Das muß ein Traum sein. Kneif mich, Pam, damit ich aufwache.«

»Dwight –«, begann Pamela langsam.

»Oder ich bin tot. Sankt Peter muß eingeschlafen sein, so daß ich durch das Himmelstor schlüpfen konnte. Denn ich bin im Himmel – das ist ja der Ort, an dem sich Engel normalerweise aufhalten, nicht wahr?«

»Dwight –«, wiederholte Pamela noch zögernder.

»Na komm schon, Pam, stell mich vor. Da sitzt das Mädchen, das ich heiraten werde, und du –«

»Dwight!«

»Du willst mir mitteilen, daß sie einen Verlobten oder einen Ehemann hat? Spielt keine Rolle! Ich fordere ihn! In diesem barbarischen Land gibt es ja Gott sei Dank noch Duelle. Also los, Pam! Ach, Unsinn! Ich bin Dwight Ingraham, meine Liebe, Pams Vetter. Und ich habe mich in Sie verliebt, ohne zu wissen, wie Sie heißen. Sagen Sie mir deshalb bitte Ihren Namen – obwohl er eigentlich keine Rolle spielt, denn ich werde ihn ohnehin bald ändern.«

»Sir«, flüsterte Ellen, und Pamela sah, daß ihr Tränen in die klaren blauen Augen stiegen. »Sie können mich nicht heiraten. Selbst wenn es sich nicht nur um einen Scherz handelt, weil –«

»Ich scherze nie, nicht wahr, Pamela? Ich bin der typische Bostoner. Durch und durch seriös. Also sagen Sie mir, Geliebte, wie Sie heißen, bitte.«

»Ich heiße Ellen. Aber Sie können jemanden wie mich niemals heiraten. Ich bin nämlich farbig, Sir. Und Miss Pams Sklavin. Sie hat erst vor kurzem zweitausend Dollar für mich bezahlt.«

Dwight Ingraham warf den Kopf zurück und lachte schallend.

»Sie machen sich über mich lustig«, sagte er. »Bitte, hören Sie damit auf, ja? Sagen Sie mir, Geliebte, wer Sie wirklich sind.«

»Sie hat es soeben getan, Cousin Dwight«, stellte Pamela trokken fest. »Du bist heute noch schwerer von Begriff als sonst. Komm, gehen wir hinunter, damit wir in Ruhe miteinander sprechen können. Hast du schon gegessen? Ich werde jedenfalls –«

»Nein, das wirst du nicht, Pam«, unterbrach sie Dwight. »Sie kommt mit, oder ich rühre mich nicht vom Fleck! Ich will alles über sie wissen. Denn Gott ist mein Zeuge, sie ist das lieblichste Geschöpf, das ich je gesehen habe.«

»Damit hast du völlig recht«, sagte Pamela traurig. »Aber da die Gesetze und Vorurteile dieser Welt nun einmal nicht zu ändern sind, kannst du überhaupt nichts für sie tun, Cousin. Du kannst sie nicht einmal – und ich nehme an, daß du schon auf diese Idee gekommen bist – zu deinem ›Fancy Girl‹ machen, wie man hier unten sagt.«

»Übersetzt du mir das Wort?« fragte Dwight.

»Deine Geliebte, du Dummkopf. Weil ich das nie erlauben würde. Laß dich deshalb warnen, Dwight. Sobald ich dich dabei erwische, daß du Ellen zu nahe kommst, traktiere ich dich mit der Reitpeitsche.«

»Ich kaufe dir zwei Dutzend Reitpeitschen«, versprach Dwight feierlich, »damit du immer Ersatz für die hast, die du auf meinem armen Rücken zerbrichst. Denn wenn du mich von ihr fernhalten willst, mußt du mich schon erschießen, das ist die einzige Möglichkeit –«

»Sir«, flüsterte Ellen, »und wenn ich Sie bitte, sich mir nicht zu nähern? Ich bin zu einem anständigen Mädchen erzogen worden. Und ich möchte es bleiben, bis ich den Mann kennenlerne, den ich heiraten kann. Einen Farbigen, Sir. Einen anderen darf ich ja nicht –«

»Hier unten«, ergänzte Dwight ruhig.

»Dwight!« rief Pamela.

»Pam, du bist eine Heuchlerin. Du mußt eine sein, denn du behauptest, daß du an die Gleichheit der Menschen glaubst, und du lebst hier –«

»Vom Schweiß der anderen«, stellte Pamela bitter fest.

»Genau. Auf die Gefahr hin, daß ich mich unmöglich benehme, muß ich sagen, daß diese Feststellung den Nagel auf den Kopf trifft.«

»Sie wissen aber nicht, Sir«, unterbrach ihn Ellen scharf, »daß Miss Pam in ihrem Testament bestimmt hat, daß wir bei ihrem Tod alle frei werden, und –«

»Und was ist, wenn sie neunzig wird, meine Liebe? Wir Ingrahams sind eine sehr langlebige Familie.«

»Sie hat keine andere Möglichkeit, Sir. Die Gesetze des Staates erlauben es nicht.«

»Ich verstehe. Pam, ich bitte um Entschuldigung. Ich habe mich dumm und ungezogen benommen. Verzeih mir, bitte.«

»Weil du dumm und ungezogen warst – gerne. Wann hätte ich

das nicht getan, du junger Hitzkopf? Denn du hast dich oft genug so benommen. Ich verzeihe dir aber nicht, daß du nicht zu deinen Grundsätzen stehst, daß du ein Flegel und ein Schurke bist, daß du die Hilflosen und die Unschuldigen ausnützt, denn das ist unverzeihlich.«

»Ich habe dich soeben um Verzeihung gebeten, Pam, als ich unrecht hatte. Deshalb erwarte ich von dir, weil du eine Dame bist, daß du erkennst, wann du unrecht hast, und dich ebenfalls entschuldigst. Und jetzt eben bist du im Unrecht.«

»Und wieso, bitte?«

»Weil du annimmst, daß ich gelogen habe, als ich in *The Spectator* schrieb, daß ich absolut an die Gleichheit aller Rassen glaube. Ich stehe zu meinen Grundsätzen, Pam. Wenn ich Ellen liebe – und ich werde mir spätestens in einem Monat über meine Gefühle für sie im klaren sein –, werde ich sie heiraten, selbst wenn sie schwarz wie die Sünde und häßlich wie die Nacht wäre. Da sie keines von beiden ist, gebe ich gerne zu, daß mein Entschluß nicht sehr heroisch ist; dafür ist er aber großartig und sogar durchführbar. Also wollen wir alle drei hinuntergehen und uns darüber unterhalten, gut? Denn, so unromantisch es klingt, ich bin hungrig wie ein Wolf.«

»Dwight, das kannst du nicht«, jammerte Pamela.

»Was kann ich nicht? Essen? Ich versichere dir, das kann ich ganz bestimmt. Ellen mitnehmen? Wie ich die Dinge sehe, ist das ganz einfach. Du verkaufst sie mir. Ich nehme sie absolut legal in den Norden mit. Dort lasse ich sie frei, und danach heirate ich sie – falls sie mich nimmt. Nehmen Sie mich, meine Liebe?«

»Sir«, fragte Ellen, »fühlen Sie sich ganz bestimmt wohl?«

»Sie meinen, daß ich verrückt bin? Allerdings, aber nach Ihnen. Oh, Sie müssen mir nicht sofort antworten. Ich habe die Absicht, bis Weihnachten zu bleiben, vorausgesetzt, daß Pam mich nicht hinauswirft. Sie haben also Zeit. Natürlich könnten Sie das Ganze sehr beschleunigen, indem Sie so rasch wie möglich ›ja‹ sagen. Dann könnten wir unsere Flitterwochen noch während der Weihnachtszeit in Boston verbringen.«

»Sir, Sie vergessen etwas. Ich habe farbiges Blut in mir. Nicht viel, aber doch. Nehmen wir an, daß eines unserer Kinder pechschwarz ist, was dann?«

»Dann erschieße ich den gewissenlosen schwarzen Schuft, der es gezeugt hat, und züchtige Sie mit dem Rohrstock. In Ordnung?«

»O Sir, hören Sie auf, mich zu necken. Es wäre möglich. Jeder, der auch nur einen Tropfen farbigen Bluts hat, kann jederzeit ein schwarzes Kind bekommen. Ein Atavismus, der vielleicht auf den Urgroßvater zurückgeht . . .«

»Und einer meiner Vorfahren war ein Chinese«, erklärte Dwight feierlich. »Würden Sie mir also vergeben, wenn unser Erbe gelb ist und Schlitzaugen hat? Das Ganze ist absoluter Blödsinn, meine Liebe. Es kommt niemals vor, und selbst wenn es vorkäme, würde ich es mein Leben lang lieben, weil es Ihr Kind wäre.«

»Dwight, du bist übergeschnappt«, rief Pamela.

»Ja, Miss Pam«, warf Ellen leise ein. »Auch ich bin dieser Meinung. Jedenfalls kann man es so ausdrücken.«

»Ich nehme an, du würdest es anders formulieren, Ellen«, sagte Pamela eisig.

»Ja, Madam. Ich glaube, sein Herz und seine Seele sind sehr groß. Größer als die Ihre, Madam, wenn ich daran denke, was Sie vor kurzem gesagt haben.«

Merkwürdigerweise begannen zwei der drei Skandale, die die Gesellschaft des Bezirks Natchez bis in ihre Grundfesten erschütterten, an dem Abend vor Thanksgiving. Der dritte allerdings ereignete sich wesentlich später, und an ihm war Wes beteiligt. Deshalb war es wahrscheinlich der größte, schrecklichste und tragischeste von den dreien.

Den ersten Skandal hatte Dwight Ingraham mit seinem Antrag an Ellen entfesselt. Der zweite begann am selben Abend in Collinswood.

Abigail Collins war damit beschäftigt, eines ihrer beinahe noch neuen Kleider für ihre Zofe Ruby Thomas enger zu machen. Denn obwohl die junge Missy Abigail – wie die Schwarzen sie nannten – und Ruby beinahe die gleiche Figur hatten, hatte sich Ruby die viktorianische Einstellung zu eigen gemacht, daß eine junge Frau einer unglücklichen Liebe am besten Ausdruck verleiht, indem sie in den Hungerstreik tritt.

»O Gott, Missy«, jammerte sie jetzt, »wie schau ich aus! Wes wird mich überhaupt nicht ansehen. Ich bin ja nur noch Haut und Knochen.«

»Daran bist du selbst schuld, Ruby. Du warst das hübscheste farbige Mädchen weit und breit, bis du begonnen hast, dich zu Tode zu hungern. Und noch dazu wegen eines Feldniggers. Ich verstehe dich einfach nicht.«

»Weil Sie Wes nie gesehen haben, Miss Abigail. Alle, die ihn kennen, auch die weißen Damen, sagen, daß er der schönste Mann der Welt ist.«

»Du meinst Pamela Ingraham«, rümpfte Abigail die Nase; sie war in ihren Äußerungen gegenüber Ruby und Joe, Ellens Zwillingsbruder, keineswegs sehr vorsichtig. Sie wußte noch nicht, daß sie das teuer zu stehen kommen würde. »Aber die ist eine verdammte Yankee, Ruby, und eigentlich keine Dame.«

Sie unterbrach sich und starrte ihr Dienstmädchen an. Dann siegte die Neugierde über den gesunden Menschenverstand.

»Ruby, du glaubst doch nicht, daß es wahr ist?«

»Daß was wahr ist, Miss Abigail?«

»Daß Pam Ingraham etwas mit ihrem Nigger hat?«

»Natürlich ist es wahr, Miss Abigail. Wozu hat sie sonst Ellen gekauft? Als Deckung, sage ich Ihnen. Die arme Ellen. Seit sie sich zwischen Wes und die Kugel geworfen hat, mit der Jonas ihn hat umbringen wollen, verprügelt Miss Pam sie Tag und Nacht!«

»Pamela Ingraham peitscht niemanden aus! Das weißt du, Ruby! Sie hat alle Peitschen auf ihrer Plantage verbrannt. Und ich habe gehört, daß sie Ellen nicht wie eine Sklavin, sondern wie ihre Schwester behandelt. Erzähle nicht aus dummer Eifersucht die Unwahrheit. Mädchen.«

»Aber ich bin so eifersüchtig, Miss Abigail. Ich habe diesen Mann so lieb. Und Ellen ist drüben und kann ihn so oft sehen und anrühren, wie sie will. O Gott, ich –«

»Falls Wes, wie du behauptest, Pamelas Liebhaber ist, hat Ellen kaum die Möglichkeit, mit ihm zusammen zu sein, Ruby.«

»Sie hat genauso die Möglichkeit, mit ihm zusammen zu sein,

wie Sie und Joe«, sprudelte Ruby heraus, bei der der Zorn über ihre ohnehin nicht besonders große Zurückhaltung siegte.

Abigails Hand landete mit lautem Klatschen auf Rubys Wange.

Ruby schüttelte den Kopf. Große Tränen rollten ihr über die Wangen, über die roten Spuren, die Abigails Finger hinterlassen hatten.

»Es tut mir leid, Ruby, aber wenn du solche dreckigen Lügen erzählst –«

»Lügen, Miss Abigail? Die kleine Kammer oben im zweiten Stock hat kein Schloß, nicht wahr? Und wie heiß es da drinnen ist! Man bekommt überhaupt keine Luft. Besonders wenn man nicht allein ist. Und wenn man sich küßt und streichelt und unter die Kleider greift. Und dabei ist er farbig. Ich sag' ja nichts, Joe ist so hell, daß man das vergißt. Und ich glaube, daß es dem lieben Gott gleich ist, welche Farbe die Menschen haben. Aber er hat verboten, daß Bruder und Schwester was miteinander haben. Weil ihr Baby im Kopf nicht richtig sein wird –«

»Baby!« keuchte Abigail. »Ruby, du glaubst doch nicht wirklich, daß Joe und ich – o Gott, wie kannst du nur so etwas denken!«

»Nein. Noch nicht. Aber Sie werden. Sie werden einmal schmusen, wenn niemand zu Hause ist, und –«

»Du verdammte schwarze Spionin!«

»Nein, das bin ich nicht. Ich bin nicht viel schwärzer als Sie, Missy. Ich bin keine Spionin, sonst würden Sie nicht mehr hier sitzen. Sonst würde Massa Bart Ihre Kehrseite so bearbeiten, daß Sie im Stehen essen müßten. Joe würde er den Sklavenhändlern übergeben, und die würden ihn an eine alte weiße Dame verkaufen oder vielleicht an einen von den verkehrten Weißen, die Jungen lieber haben als Mädchen. Seien Sie deshalb lieber vorsichtig, Miss Abigail.« Dann bemerkte Ruby, daß ihre junge Herrin weinte, und unterbrach sich erschrocken.

»O Gott, warum kann ich bloß nicht mein loses Mundwerk halten. Missy, es tut mir leid. Ich bitte Sie um Verzeihung, Missy, es tut mir ganz schrecklich leid.«

Damit schlang sie die Arme um Abigail. In dieser einfachen Geste lag ein weiterer Aspekt der Beziehungen zwischen den beiden Rassen, den kein Nordstaatler für möglich gehalten hätte.

Ruby Thomas und Abigail Collins liebten einander innig, keine hatte eine bessere Freundin als die andere, ungeachtet des Blödsinns, den die Rassisten verzapften. Ruby und Abigail konnte man eher für Schwestern halten als Abigail und ihre natürliche Schwester Ruth Collins. Das erklärte zum Teil auch die häufigen Streitigkeiten zwischen Herrin und Zofe. Nur Menschen, die einander lieben, können so erbittert miteinander streiten.

»Es ist schon in Ordnung, Ruby«, schnüffelte Abigail. »Ruby – Joe ist *nicht* mein Halbbruder. Er kann es nicht sein! Oder – oder –«

»Oder wie könnten Sie ihn sonst so lieben«, ergänzte Ruby, »wie eine Frau einen Mann liebt.«

»Ja. Genau das will ich sagen. Es spielt überhaupt keine Rolle, daß er farbig ist, Ruby. Denn wenn mein Bruder Bas ein Mädchen heiraten kann, das so aussieht wie Hortense, warum kann ich dann nicht –«

»Missy, wenn Sie erst anfangen nachzudenken, wer im Süden wirklich weiß und wer farbig ist, kommen Sie um den Verstand. Außerdem ist das gar nicht wichtig. Mehr als eine weiße Dame hat es vor Ihnen getan, und ebenso viele werden es tun, wenn wir beide nicht mehr am Leben sind.«

»Nenne eine einzige. Pam natürlich ausgenommen, und nicht einmal das kannst du beweisen.«

»Die alte Miss Norton zum Beispiel.«

»Aber die ist ja eine Mulattin. Jeder weiß –«

»Und ich bin die Königin von England«, schnaubte Ruby, »und was jeder weiß, ist einfach nicht wahr.«

»Aber Ruby, auf der Volkszählungsliste steht sie als –«

»Als freie Farbige. Richtig. Bloß wissen die Volkszähler nicht, wie sie eine freie Farbige geworden ist. Sie hat das nämlich selbst gemacht.«

»Ruby, niemand kann einfach seine Rasse ändern!«

»Missy, Leute, die so aussehen wie Joe und Ellen, müssen nur irgendwohin davonlaufen, wo die Menschen sie nicht kennen, und dort sind sie im Handumdrehen Weiße. Wenn sie erst einmal so lange an einem Ort gelebt haben, daß sie wählen dürfen, lassen sie sich einfach bei Gericht registrieren. Jetzt hören Sie mir einmal zu, Miss Abigail, das, was die alte Miss Norton gemacht hat, das müssen Sie auch tun. Der alte Massa Ronald Graves, Massa Jim Graves' Pa, hat Miss Norton noch in Savannah gekannt. Sie ist mit dem Dampfer aus Deutschland gekommen und hat Tannenbaum geheißen. In Deutschland gibt es keine Nigger, nicht einmal helle.«

»Ruby, das ist einfach –«

»Unmöglich? Nein, Missy. Miss Tannenbaum hat bei reichen Leuten in Savannah gearbeitet, hat den Kindern Französisch und Deutsch und Musik beigebracht, und dann hat sie sich in Wilbur Norton verliebt. Sie kennen ihn ja, nicht wahr?«

»Ihren Mann? Ja. Ein Farbiger. Dunkelbraune, beinahe schwarze Haut. Aber wenn sie eine weiße deutsche Frau gewesen wäre, wie du sagst, hätte sie nach dem Gesetz unseres Staates –«

»Ihn nicht heiraten können. Richtig. Also hat sie Geld zusammengespart, ihre Stellung aufgegeben und ihn seinen Leuten abgekauft. Dann hat sie ihren Nigger genommen und ist mit ihm nach New Orleans gezogen, wo niemand gewußt hat, wer sie ist. Sie ist zum Richter gegangen und hat auf die Bibel geschworen, daß sie farbiges Blut in den Adern hat. Das war sogar wahr, Missy.«

»Aber Ruby!«

»Doch, Missy. Sie hat Wilbur Nortons Rasiermesser genommen und sich ins Handgelenk geschnitten. Dann hat sie ihm das Messer gegeben, und er hat sich auch einen Schnitt beigebracht. Dann haben sie die Wunden aufeinandergehalten, so daß sich ihr Blut vermischt hat. Wie sie mit dem verbundenen Handgelenk zum Richter gekommen ist, hat sie also die Wahrheit gesagt. Sie hat Niggerblut in den Adern gehabt – nämlich seines. So hat man sie in New Orleans in die Volkszählungslisten als freie Farbige eingetragen – eine blonde, blauäugige deutsche Dame. Dann sind die beiden zu einem Priester gegangen, sie mit einer Bestätigung von einem Notar, daß er sich die Listen angeschaut hat und daß sie nicht lügt, und sie haben geheiratet. Wie sie hierhergekommen sind, hat sie den alten Massa Ronald Graves gebeten, nichts zu sagen. Natürlich hat er es versprochen. Er hat ja nicht gewollt, daß Nigger auf die Idee kommen, es gibt weiße Damen, die so was tun.«

»Ohhh Ruby! Das ist eine wunderbare Geschichte! Bist du ganz sicher, daß sie auch wahr ist?«

»Ich kann es auf die Bibel beschwören. Deshalb ist Joes Farbe nicht Ihr größtes Problem. Sondern Ihr größtes Problem ist, daß Sie den gleichen Pa haben wie er: Massa Bart.« Ruby sagte es zutiefst betrübt.

»Dann gibt es keine Hoffnung, denn Joe und Ellen sind beide Papa wie aus dem Gesicht geschnitten, das weißt du ja.«

»Miss Abigail – wenn ich Ihnen etwas sage, versprechen Sie, daß Sie mich nicht wieder schlagen?«

»Das hängt davon ab, was du mir erzählst, Ruby.«

»Na schön. Dann muß ich's eben riskieren. Jemand muß diese verdammte Collins-Familie in Ordnung bringen. Deshalb sag ich Ihnen was, Missy: Schauen Sie einmal ganz genau in Ihren Handspiegel. Weil, wenn Sie eine Collins sind, bin ich nicht nur die Königin von England, sondern auch noch die Kaiserin von China. Sie und Joe sind genausowenig Bruder und Schwester wie Joe und ich. Joe und Ellen sehen Massa Bascomb und Missy Ruth sehr ähnlich, nicht wahr? Aber glauben Sie, jemand würde jemals auf die Idee kommen, daß Sie Massa Bascombs Schwester oder Missy Ruths Halbschwester sind?«

»Das kommt daher, daß ich schwarzes Haar habe und –«

»Eine andere Nase, einen anderen Mund. Andere Augen. Haben Sie jemals ein Bild von Ihrer armen Ma, Miss Susanna, gesehen, die bei Ihrer Geburt gestorben ist?«

»Ja. Sie war –«

»Blond. Wie Massa Bascomb und wie Massa Barton. Sie war ja mit den Collins verwandt. Alle Collins haben blondes Haar und blaue Augen – wie kommt es dann, daß Sie so dunkel sind, Missy? Warum sehen Sie so anders aus als Ihre Verwandten?«

»Ruby, du willst doch nicht sagen, daß ich –«

»Farbig? Nein. Weil Sie's nicht sind. Ich will nur sagen, daß Sie keine Collins sind. Deshalb ist Joe nicht Ihr Bruder, und Sie dürfen ihn heiraten, wenn Sie es schaffen, mit ihm nach dem Norden zu fliehen. Wie gefällt Ihnen das?«

»O Ruby! Wenn es wirklich wahr wäre! Aber wie könnte man so etwas Schreckliches jemals beweisen?«

Ruby grinste ihr junge Herrin an. »Das kann ich Ihnen auch sagen. Ihre Ma war mächtig stolz. Sie war bös auf Massa Barton, weil er es mit Candy getrieben hat, der Ma von Joe und Ellen. Sie war sein Fancy Girl –«

»Ruby!«

»Warten Sie noch ein bißchen, Missy, ich bin gleich soweit. Meine Ma hat nämlich gesagt, daß ihre Mama, Miss Susanna, es ihm heimgezahlt hat. Daß Massa Wilkes Thomas Ihr Pa ist und nicht Massa Barton. Also sind Sie und Joe überhaupt nicht verwandt, wie ich gesagt habe. Wenn Sie mit ihm von hier fortgehen, können Sie ihn also heiraten, so wie ich es Ihnen erklärt habe.«

»Ruby, gibt es eine Möglichkeit, das alles zu beweisen?«

»Meine Ma sagt ja. Wissen Sie, meine Ma und Ihre Mama haben sich wirklich gut verstanden, so wie Sie und ich, Missy. Meine Ma hat die Briefe, die Ihre Mama Massa Wilkes Thomas geschrieben hat, in einem hohlen Baum versteckt, und er hat sie sich dort geholt. Sie sagt, daß Ihre Mama ein ›Erinnerungsbuch‹ gehabt hat, in das sie alles hineingeschrieben hat, was sie erlebt hat. Sie hat es irgendwo versteckt, wo Massa Barton es nicht finden konnte. Sie können wetten, daß Ihre Stiefmama, Miss Cathy, es auch nicht gefunden hat, sonst hätte sie schon längst ein mächtiges Geschrei drum gemacht.«

»Ruby, weißt du vielleicht, wo sich das Tagebuch meiner Mutter befindet?«

»Nein. Aber es muß irgendwo im Nähzimmer sein, sagt meine Ma. Weil das Nähzimmer damals das Wohnzimmer von Ihrer Ma war. Miss Cathy hat ein Nähzimmer draus gemacht, als sie Massa Barton geheiratet hat. Meine Ma sagt, daß Ihre Ma nie nähen wollte, daß sie aber gern gelesen hat, deshalb sollten Sie dort nachsehen.«

»O Ruby! Du bist ein Schatz!« rief Abigail und küßte sie.

Aber Ruby hatte noch etwas auf dem Herzen.

»Missy Abigail, wie vertragen Sie sich mit Miss Pam? Sind Sie ihre Freundin?«

»Keineswegs. Ich kenne sie zwar kaum, aber bei dem Klatsch, den es um sie gibt – und dann ihr Lieblingsnigger . . . Ich habe mich jedenfalls von ihr ferngehalten.«

»Das ist aber nicht gut. Morgen bei dem Fest werden Sie sich mit ihr anfreunden, ja?«

»Das werde ich nicht. Es fällt mir nicht im Traum ein!«

»Denken Sie doch mal nach, Missy. Sie und Miss Pam sitzen in dem gleichen Boot, oder Sie werden es jedenfalls bald tun. Sie ist eine verdammte Yankee. Sie ist gegen Sklaverei. Wem sonst können Sie sagen: ›Liebste, ich bin jetzt im dritten Monat, und mein Pa bringt Joe und mich um, wenn er es erfährt. Wie wäre es, wenn Sie mir das Fahrgeld für den Dampfer nach Cincinnati borgen, und –‹«

»Ruby, wenn du nicht sofort still bist, bekommst du noch eine Ohrfeige!«

»Ist schon gut. Ich habe alles gesagt. Wenn Ihnen etwas Besseres einfällt, dann erzählen Sie es mir, weil ich's gern hören möchte. Ich kann mir vorstellen, wie Sie zu Ihrem Pa gehen und sagen: ›Papa, ich liebe Joe. Er ist überhaupt nicht farbig, jedenfalls merkt es niemand. Und er ist auch nicht mein Halbbruder, weil meine arme tote Mama dich betrogen hat; Massa Wilkes Thomas ist mein Papa, und ich kann's auch beweisen.‹«

»O mein Gott. Bitte sei still, Ruby.«

Ruby lächelte. »Ja, Miss Abigail. Kein Wort kommt mehr über meine Lippen. Außerdem habe ich schon alles gesagt.«

Unten in den Sklavenhütten bereitete sich inzwischen ein anderer Teil der Tragödie vor, die im Lauf dieser Nacht ihren Anfang nehmen sollte. Phoebe nahm in der Hütte, in der sie gemeinsam mit der alten Tante Sukey lebte, ein Bad. Das Wasser konnte ihr nicht heiß genug sein, so daß Tante Sukey schließlich kicherte: »Kind, was willst du eigentlich? Die Farbe herunterwaschen? Das geht ganz bestimmt nicht.«

»Ich will nicht schwarz *riechen,* Tante Sukey'. Ich will den Niggergestank und den Schweiß und den Schmutz loswerden. Wenn ich nur ein bißchen Kölnischwasser hätte, wie die weißen Damen. Ein bißchen Parfum, so daß ich wirklich gut rieche.«

»Vielleicht kann ich es dir beschaffen, Kind«, meinte Tante Sukey.

»Wie willst du das machen?«

»Ich bitte Missy Ruth um welches. Sie gibt's mir sicher, und wenn es nur geschieht, um Miss Abigail zu ärgern. Ich sag ihr, ich will es für meine Enkelin.«

»Bitte, Tante Sukey. Bring es mir jetzt gleich. Geh hinauf ins Herrenhaus und hol mir Kölnischwasser und Parfum und Toilettewasser, und wenn du es stehlen mußt.«

Tante Sukey lächelte. Sie hatte keine Zähne mehr, aber ihr Lächeln war sehr zärtlich.

»Gut, Baby, ich hol es gleich«, sagte sie.

13

Das Erntedankfest, das am nächsten Tag bevorstand, bereitete Wesley Parks neue Sorgen. Er hatte sogar überlegt, ob er sich nicht krank stellen sollte.

Er hatte tatsächlich Angst davor, an dem Fest teilzunehmen, weil es seine langsam reifenden Pläne zur Wiedererlangung seiner Freiheit bedrohte. Diese Pläne setzten voraus, daß er ungebunden und ledig blieb. Er hatte dank seinen neu erworbenen Kenntnissen im Lesen inzwischen aus seinen Büchern erfahren, wie schrecklich weit es von Mississippi in das freie Territorium war. Von den anderen Sklaven hatte er gehört, daß es praktisch keine Möglichkeit gab, aus dem tiefen Süden in die Freiheit zu entkommen. Denn der Erfolg der Untergrund-Eisenbahn beschränkte sich auf die Befreiung von Schwarzen aus den nördlichen Südstaaten. Siebenundneunzig Prozent der Schwarzen, die ihr Schicksal selbst in die Hand nahmen und entliefen, kamen aus Virginia, Maryland und Kentucky.

Hatte er eine Frau, würden sich die Schwierigkeiten und Gefahren einer Flucht verdoppeln. Das wußte er sehr genau.

Dennoch fürchtete er jetzt, daß er seine Pläne ändern mußte. Die Alternative, mit der er sich immer mehr beschäftigte, bestand darin, daß er Käpt'n Wally eine Vereinbarung abzwang. Wallace Bibbs verdingte gegen eine Leihgebühr Wes als Schmied auf andere Plantagen, und Wes wollte einen Teil dieser Einkünfte für sich behalten. Damit konnte er sich dann die Freiheit und eine Frau kaufen. Diese Methode war langsamer, aber sicherer. Ihm gefiel diese Vorstellung zwar überhaupt nicht, aber in seine Rechnung hatte sich ein neuer Faktor eingeschlichen und ein altes Problem wieder aufleben lassen. Das alte Problem war natürlich seine brennende, unterdrückte Männlichkeit. Der neue Faktor war das Mädchen Phoebe. Denn obwohl er sorgfältig vermieden hatte, sie auch nur zufällig zu treffen, hatte er von seinem kleinen Freund Pee Wee eine beinahe lyrische Beschreibung ihrer einmaligen Schönheit erhalten.

»Sie ist schwarz, Wes. Sie ist das verdammt schwärzeste Mädchen, das ich je gesehen habe. Und weißt du was? Es stört mich überhaupt nicht. Ich bin mit Sary verheiratet – weil du mir geholfen hast –, und sie ist wirklich hell. Honigbraun, wie Ruby. Aber bei Gott, ich hätte Lust, es einmal mit Phoebe zu versuchen. Die meisten Nigger sind verrückt nach hellen Mädchen, aber Phoebe ist hübsch, Wes. Verdammt, sie ist einfach schön. Und sie ist verrückt nach dir. Genau wie Ruby oder Ellen, oder wie jedes andere Mädchen auf den Plantagen hier herum. Weißt du, welche ich nehmen würde, Wes?«

»Nein. Welche denn, Pee Wee?«

»Ruby. Ellen ist zu hell, du würdest nur Schwierigkeiten mit den Weißen haben. Und Phoebe – Wes, wenn du Phoebe nimmst, mußt du Jonas umbringen, sonst bringt er dich um. Dieser Jonas ist ein mächtig böser Nigger, besonders seit dem, was die Weißen mit ihm gemacht haben. – Aber, Wes, sag mir, welches Mädchen wirst du dir nehmen?«

Damit du es deiner Frau erzählen kannst, was? dachte Wes. Laut sagte er: »Ich weiß es nicht, Pee Wee. Vielleicht keine von ihnen. Eine Frau bringt nur Sorgen. Sie ist eine Last. Eines Tages werde ich von hier fortgehen, kleiner Freund. Auf dieser Reise werde ich es verdammt eilig haben und deshalb nicht viel mitnehmen können. Ich kann niemanden brauchen, der mir eine Last ist.«

»Bei Gott, Wes, ein Mann kann nicht leben, wenn er nicht ab und zu ein bißchen Spaß hat. Wes, wie schaffst du es überhaupt? Wie ich Sary geheiratet habe, ist der Liebessaft nur so aus mir herausgeschossen, weil ich so lang gewartet habe. Du sprichst nicht einmal mit Weibern, ausgenommen Miss Pam und vielleicht Ellen. Hm – Ellen. Stimmt's? Du hast was mit Ellen, ja?«

»Nein. Sie ist zu weiß. Bei weißer Haut wird mir schlecht.«

»Aber du mußt einfach jemanden haben!«

»Schlangen«, erklärte Wes feierlich. »Ich treibe es mit Schlangen, Pee Wee.«

»Verdammt. Jetzt machst du Spaß. Willst mich hereinlegen, nicht wahr? Schlangen – nein.«

»Nein, ich mache keinen Spaß, Pee Wee. Natürlich ist es schwierig. Weil ich sie zuerst in Frauen verwandeln muß.«

Pee Wee sah ihn aufmerksam an und sagte langsam: »So wie du die Peitschen von den Paddyrollern in Schlangen verwandelt hast, was? O Gott, Wes, ich möchte so gern, daß du mir etwas davon beibringst. Es muß mächtig fein sein, wenn man ein Voodoo-Mann ist.«

»Das ist es nicht, Pee Wee. Es ist traurig. Und schmerzvoll. Aber jetzt verschwinde. Ich hab noch Verschiedenes zu tun.«

»Was denn?«

»Ein Bad nehmen. Meine Kleider für morgen zurechtlegen. Beschließen, welchen Zauber ich mitnehmen soll.«

»Nimm einen guten Zauber mit, Wes. Du wirst ihn brauchen. Ich sage dir, Jonas ist verrückt.«

Nachdem Pee Wee gegangen war, dachte Wes in seiner einsamen Hütte über das Mädchen Phoebe nach. Über Pee Wees Reaktion auf sie. Er erinnerte sich nur zu gut an den Tag, an dem seine Schwierigkeiten mit Jonas begonnen hatten. Obwohl er Phoebe überhaupt nicht gesehen hatte, war er sich ihrer Ausstrahlung deutlich bewußt gewesen. Wenn seine Schätzungen stimmten, war er jetzt ungefähr sechsunddreißig Jahre alt und befand sich auf dem Höhepunkt seiner Manneskraft, so daß ihm sein Junggesellendasein unerträglich wurde. Er brauchte eine Frau, das wußte er nur zu gut. Aber andererseits war der Preis für eine Frau unter den außerordentlichen Umständen, unter denen er zur Zeit lebte, ungewöhnlich hoch. Er konnte sogar mit Sklaverei bis an sein Lebensende dafür bezahlen müssen. Bei diesem Gedanken riefen seine drei Seelen wie aus einem Mund: »Nein, das niemals!«

Er brauchte also eine Hausfrau Älteste. Kinder zog er überhaupt nicht in Betracht. Er hatte vor, mit Hilfe der raffinierten afrikanischen Methoden eine Empfängnis zu verhüten, bis er und seine

Frau – falls Phoebe wirklich so war, wie man es ihm berichtet und er sie sich erträumt hatte – frei waren.

Inzwischen waren aber einige weniger wichtige Entscheidungen zu treffen. Zunächst seine Kleidung. Er hätte gern die Toga aus grüner Seide angelegt, um in all seinem Glanz als Häuptling auf dem Fest zu erscheinen. Sein scharfer Verstand sagte ihm aber, daß ein solches Vorgehen nicht ratsam war. Weil sich jedoch sein Stolz gegen die Tracht der Sklaven auflehnte, entschloß er sich zu einem Kompromiß. In Dahomey war das Nähen eine den Männern vorbehaltene Kunst, deshalb hatte er sich für diese Gelegenheit eigene Kleidungsstücke angefertigt. Obwohl diese Kleidung recht prächtig war, unterschied sie sich doch nicht allzusehr von dem, was die Schwarzen in Amerika trugen. Die Hose war lang, lag aber wie eine zweite Haut um seine kräftigen Beine. Er hatte sie mit einem Extrakt aus Zedernmoos und Walnüssen rehbraun gefärbt. Statt des für Sklaven üblichen Hemds hatte er sich eine Variation des *Awo,* des losen, ärmellosen Gewandes aus Dahomey, das bis zu den halben Schenkeln reicht, genäht. Aus Rücksicht auf den Einfluß der Viktorianischen Mode unter den Sklaven hatte er Ärmel angesetzt, die knapp oberhalb der Ellbogen endeten. Das Gewand war aus weißer Seide, die er in Natchez gekauft hatte. Pamela gestattete ihm, das Geld, das er als Schmied bei kleinen Farmern und Städtern verdiente, für sich zu behalten. Das leuchtende Weiß wurde durch kunstvolle grüne Stickereien betont, die er an Ausschnitt, Saum und Ärmeln angebracht hatte. Schließlich entschloß er sich, doch die Häuptlingsmütze aufzusetzen.

Diese Kombination unterschied sich nicht zu sehr von der normalen Kleidung der Sklaven, so daß sie nur leises Staunen, aber keine Bewunderung und vor allem keinen Neid hervorrufen würde. Der wichtigste Unterschied bestand darin, daß er kein Stückchen roten Stoffs verwendet hatte – obwohl Rot die Lieblingsfarbe der Sklaven war. Am auffallendsten waren allerdings seine knöchelhohen Stiefel aus geschmeidigem Schlangenleder. Die Kunst, Reptilienhäute so weich zu gerben, erlernten die Weißen erst hundert Jahre später.

Zur Vervollständigung seines afrikanischen Gewandes wollte er den Schlangenfetisch aus gehämmertem Silber um den Hals tragen und in der Hand einen Häuptlings-Spazierstock. Aus Sicherheitsgründen durften auch die beiden Flöten nicht fehlen: die *Xetagble,* die wie Vogelsang klang, und das kleine Instrument mit nur einer Klappe, dessen lautloser Ton Pferde verhexte.

Nachdem er diese Entschlüsse gefaßt hatte, bereitete er sich ein Bad, indem er in einem großen Eisenkessel, wie ihn die Frauen zum Wäschewaschen benützten, Wasser erhitzte.

Während er darauf wartete, daß das Wasser heiß wurde, brachte er seinen *Tau Vudun* ein Opfer dar und vergnügte sich damit, die *Du,* die heiligen Würfel, aus seinem *Fa,* seinem Schicksalsbecher, zu werfen. Es war ein sehr schöner *Fa*-Becher, obwohl er natürlich nicht an das aus Silber angefertigte Original heranreichte. Wes hatte ihn aus Holz geschnitzt und prachtvoll verziert.

In dem Becher befanden sich sechzehn winzige Muscheln – ein Ersatz für die heiligen *Du*-Samen, die es in diesem Land nicht gab. Er warf diese *Du* in althergebrachter Weise. Er schüttete sie in die eine Hand, die er kurz öffnete, so daß ein oder zwei *Dus* in die andere Hand fielen. Fiel nur eines, zog er zwei Striche in weißen Ton, den er auf ein Brett aufgetragen hatte; fielen zwei, gab's einen Strich. Nachdem er das achtmal wiederholt hatte, begutachtete er die Striche.

Ihr Muster war beunruhigend. Sie zeigten an, daß er große Liebe finden würde; jedoch sie würde nur allzubald enden. Er konnte den Grund für dieses Ende nicht erkennen, weil er kein ausgebildeter Weissager war. Deshalb zitterte er jetzt, und Angstschweiß stand auf seinem Körper. Sie wird durch den Tod enden, nahm er an. Einer von uns wird über den großen Fluß zu den Ahnen gehen. Aber wer? Sie oder ich?

Dann fiel sein Blick auf die restlichen Zeichen. Ihnen zufolge würde es nach der Tragödie einen neuen Anfang geben. Oder neue Anfänge? Er wußte es nicht. Vielleicht würden im Lauf der Jahre verschiedene Abschnitte seines Lebens rauh und plötzlich beendet werden, bis –

Seufzend schob er den *Fa*-Becher, die Muschel-*Dus,* das Brett in eine Schublade unter seinem Bett. Tauchte die Fingerspitzen ins Wasser.

Es war heiß genug. Und morgen war der entscheidende Tag.

»Ich hätte es nie geglaubt«, sagte Dwight Ingraham. »Wenn mir jemand erzählt hätte, daß sich die Sklavenbesitzer im Süden so viel Mühe geben und so große Ausgaben auf sich nehmen, um ihre Schwarzen glücklich zu machen, hätte ich –«

»Dwight«, unterbrach ihn Pamela scharf, »sei doch kein solcher Einfaltspinsel.«

»Ich verstehe dich nicht, Liebste. Warum bin ich jetzt schon wieder dumm?«

»Weil du auf den äußeren Schein hereinfällst. In diesem Leben ist nichts so einfach, wie es aussieht. Ein Mann wie Wallace Bibbs, der über den kühl rechnenden Verstand verfügt, um eine solche Show aufzuziehen, ist für die Sache der Sklavenbefreier viel gefährlicher als jeder brutale und ungerechte Sklavenhalter.«

»Damit hast du allerdings recht, Pamela«, stellte Tolbert Weatherbee fest. »Strenge Herren sind schuld daran, daß ihre Sklaven rebellieren, entlaufen oder vertieren. Männer wie Wally Bibbs jedoch sind schuld daran, daß die Schwarzen zu wahren Sklaven werden. Er formt den Geist und den Willen der Neger nach seinen Vorstellungen. Die Zuckerbrot-und-Peitsche-Methode. Er peitscht seine Nigger, schön und gut. Aber nicht zu viel. Maximal zwanzig Hiebe für Männer und zehn für Frauen. Und nur wenn sie sich eindeutig gegen seine Vorschriften vergangen haben. Ein paar Tage später findet er einen Grund, den Nigger, den er gepeitscht hat, zu loben und ihm auf die Schulter zu klopfen. Er gibt ihm eine Zigarre oder ein Glas Schnaps. Deshalb ist er für seine Leute der gute alte Herr. Sie sind Wachs in seinen Händen; er hat aus Menschen Sklaven gemacht. Diese Methode hat noch nie versagt.«

»Doch – bei Wes.«

»Bis jetzt. Deshalb veranstaltet er ja dieses Tanzvergnügen, nicht wahr?« warf Tolbert ein.

»Ich verstehe dich«, meinte Dwight. »Er beherrscht ihren Geist. Nach ihrem Gesichtsausdruck zu schließen anscheinend sogar perfekt. Wie glücklich sie alle aussehen.«

»Heute«, meinte Pamela grimmig.

»Übrigens, Liebste, wer von den Anwesenden ist eigentlich dieser Wes? Ich nehme an, daß er mein wichtigster Rivale um die Gunst der kleinen Ellen ist.«

»Dwight Ingraham, sag so etwas nie wieder laut! Wag es nicht! Ich habe dir immer wieder erklärt –«, tobte Pamela.

»Erzähl mir bloß nicht«, lachte Tolbert, »daß ein wohlerzogener neuenglischer Sklavenbefreier wie dein Cousin sich schon zum Südstaaten-Standpunkt bekehrt hat. Es spricht sehr viel dafür, daß man sein Glück einmal woanders versucht, nicht wahr, Dwight?«

»Es ist eine Frage der Gegenseitigkeit«, meinte Dwight gelassen. »Da Ellen als meine Frau sicherlich glücklicher sein würde als jetzt, kann ich meine Absichten nicht als schlecht bezeichnen, Herr Rechtsanwalt. Wollen Sie mir vielleicht ein paar aufklärende Worte zu diesem Thema sagen?«

»Als Ihre Frau?« stotterte Tolbert. »Als Mrs. Dwight Ingraham? Großer Gott!«

»Ich habe ihm gesagt, daß er verrückt ist«, Pamela weinte beinahe, »aber er will nicht auf mich hören. Tol, erkläre es ihm. Mach ihm begreiflich, warum er es nicht tun kann –«

»Meinen Sie es ernst, Dwight?« fragte Tolbert.

»Gott ist mein Zeuge, daß ich es ernst meine.«

»Tol, erkläre ihm, warum er nie –«

»Das Mädchen heiraten kann, das ich liebe? Wegen ihrer Vorfahren? Unsinn, Pam! In unserer Ahnenreihe gab's Pokahontas, eine sehr nackte, sehr wilde Rothaut. Oder willst du das leugnen?«

»Nein, ich leugne es nicht, aber trotzdem –«

Plötzlich streckte Tolbert Dwight die Hand entgegen.

»Schlagen Sie ein, Mister Ingraham. Es ist eine besondere Gelegenheit und eine Ehre für mich, jemanden wie Sie kennenzulernen.«

»Tolbert!« rief Pamela.

»Jemanden, der wirklich den Mut hat, zu seiner Überzeugung zu stehen«, fuhr Tolbert fort. »Sie haben verdammt recht. Ellen ist eine Collins, nicht wahr, Pam? Damit gehört sie zu einer der ältesten, aristokratischesten Familien in Mississippi. Das ist herrlich! Das ist wunderbar! Das ist das Beste, was ich seit Jahren gehört habe. Es erquickt mein Herz und erfreut meinen Geist.«

»Tol, hör auf, dich über meinen armen, geistesgestörten Vetter lustig zu machen, nur weil er nicht –«

»Die Sitten und Gebräuche des Südens versteht? Zum Teufel mit ihnen! Sieh dir doch Ellen an. Wenn du nicht wüßtest, daß sie den fatalen Blutstropfen in sich hat, was würdest du dann über sie sagen?«

»Daß sie reizend, bezaubernd und gut ist«, antwortete Pamela kläglich. »Nur – ich weiß es eben, Tol.«

»Genau wie du weißt, daß einige unserer Vorfahren um ein Lagerfeuer herumgehopst sind, wobei die blutigen Skalps einiger anderer unserer Vorfahren an ihren Gürteln baumelten«, stellte Dwight fest. »Ich liebe Ellen. Ich werde sie heiraten, also gewöhne dich lieber an den Gedanken. Sagen Sie, Herr Rechtsanwalt, können Sie mir helfen, Ellen mit sowenig Aufsehen wie möglich ins freie Territorium zu bringen?«

»Selbstverständlich. Kommen Sie morgen in mein Büro, Dwight, und wir setzen die Papiere auf. Natürlich muß Pam den Vertrag über den Verkauf unterschreiben. Bist du mit einem Dollar Kaufpreis einverstanden, Süße?«

»Ich unterschreibe nichts! Ich werde diesem jungen Hitzkopf nicht auch noch helfen –«

»– sich wie ein Gentleman, ein Ehrenmann zu benehmen. Vielleicht möchtest du ihn lieber zu Beau Bob schicken, damit er Unterricht in ordentlichem Benehmen bekommt, wie es in den Südstaaten üblich ist. Du weißt ja, daß du mit deiner Haltung eben diese Einstellung verteidigst.«

»Das tue ich nicht. Ich will nur nicht, daß in den Adern der letzten Ingrahams, die es geben wird, farbiges Blut fließt. Es ist einfach nicht richtig. Es ist –«

»Eine Tatsache, an die du dich gewöhnen mußt, Pam«, unterbrach sie Dwight. »Du weißt ja nicht einmal, was für Blut *jetzt* in ihnen fließt. Die Menschen erinnern sich an den berühmten General, die Opernsängerin, den Staatsmann unter ihren Vorfahren und vergessen gern den Spieler, den Pferdedieb, die Vertreterin des ältesten Gewerbes der Welt.«

»Gut, gut. Aber ich sage immer noch –«

»Daß in Ellens Adern Negerblut fließt wie bei vielen sehr

berühmten Leuten. Du liest ja gerne französische Romane. Nun, die Dumas, Vater und Sohn, sind Farbige, und noch dazu sehr dunkle. Alexander Puschkin war der Enkel eines gewissen Hannibal, eines pechschwarzen Sklaven, den Katharina die Große nach Rußland importiert hat und der ihr zweifellos in vieler Hinsicht treu gedient hat.«

»Bravo, Dwight«, sagte Tolbert.

»Benjamin Banneker, einer der größten Wissenschaftler und geschicktesten Handwerker dieses Landes, war der Nachkomme einer Engländerin namens Molly Welsh, die als Dienstmädchen nach Amerika kam, sich von ihren Ersparnissen eine Farm und dazu zwei Schwarze kaufte, beide freiließ und einen von ihnen heiratete.«

»Gut«, sagte Pamela, »ich bin überstimmt. Ihr habt die besseren Argumente. Aber ich bin eine Frau. Mein Herz weiß mehr als mein Verstand, und ich kann meinen Gefühlen immer vertrauen. Versucht deshalb nicht, über dieses Thema vernünftig mit mir zu sprechen. Ich werde schrecklich unvernünftig reagieren.«

Ihre Begleiter erhoben sich plötzlich. Pam sah auf und erblickte zu ihrer Überraschung Abigail Collins, die neben ihr stand.

»Haben Sie etwas dagegen, wenn ich mich zu Ihnen setze?« fragte Abigail. »Ich möchte Ihren Yankee-Vetter kennenlernen, Pam. Man erzählt, er sei ein glühender Verfechter der Sklavenbefreiung. Ich würde sehr gerne seine Ansichten über die Sklaverei kennenlernen und von ihm hören, wie schrecklich schlecht wir hier unsere Schwarzen behandeln.«

»Ich habe es mir überlegt«, erklärte Dwight feierlich. »Ich habe nämlich die ernsthafte Absicht, selbst Sklaven zu erwerben. Vielleicht könnten Sie mir helfen, Miss –«

»Collins, Miss Abigail Collins«, ergänzte Pamela. »Dieser Schandfleck für Neu-England, Abigail, ist mein Vetter Dwight Ingraham.«

»Ich bin entzückt, Ihre Bekanntschaft zu machen, Mr. Ingraham«, schnurrte Abigail. »Jetzt erklären Sie mir einmal, wie ich Ihnen helfen kann, Sklavenbesitzer zu werden.«

»Indem Sie mich den Eigentümern der Neger vorstellen, die ich kaufen möchte. Beginnen wir mit der dort –«, er zeigte auf Ruby

Thomas, die neben Ellen saß und vergeblich versuchte, mit ihr Streit anzufangen, »und dann das Mädchen neben ihr, die die Südstaatler, wie mir Pam versichert, als Schwarze bezeichnen, obwohl mich die Behauptung verblüfft. Und die dort drüben –«, er zeigte auf noch ein blendend aussehendes schokoladenbraunes Mädchen, »und –«

»Halt, Junge«, brüllte Tolbert, »immer langsam! Sie wollen offenbar nicht einfach Sklavenbesitzer werden, sondern Sie wollen sich einen Harem zulegen!«

»Stimmt«, gab Dwight unbekümmert zu. »Also los, liebe Miss Collins, wem muß ich meine Angebote schicken?«

»Niemandem«, lachte Abigail. »Ich muß schon sagen, Mr. Ingraham, Sie haben eine sehr schlechte Wahl getroffen.«

»Wieso denn, meine Liebe? Ich finde, diese Mädchen sehen einfach umwerfend aus.«

»O ja, sie sind sehr hübsch, das gebe ich zu. Nur, sie sind unverkäuflich. Sehen Sie, die sehr Hellhäutige dort – die Nigger bezeichnen das als hellgelb – gehört Pam. Ich bezweifle, daß Ihre Cousine, obwohl sie auch eine verdammte Yankee ist, Ihnen angesichts Ihrer fragwürdigen Absichten ihre Zofe verkaufen würde. Die hübsche Braune daneben ist meine Zofe, und ich versichere Ihnen, daß ich ebenfalls nicht die Absicht habe, sie für ein Leben in Sünde herzugeben. Die andere, die mit der Haut wie Schokoladenglasur, ist Lottie; da Pam rechtmäßig von ihrem Mann getrennt lebt, kann ich ja ruhig erwähnen, daß Lottie Beau Bobs neueste Eroberung ist. Streichen Sie sie also auch aus Ihrer Wunschliste. Die Bibbs werden sie ganz bestimmt nicht verkaufen.« »Ich gebe mich nicht so leicht geschlagen. Ich werde heute nacht ein paar Paddyroller anheuern und die Mädchen einfach entführen lassen. Aber dann möchte ich auch Pams berühmten Wes kaufen, damit er meinen Harem bewacht. Übrigens, Liebste, du hast ihn mir noch nicht gezeigt. Wo ist er?«

»Dort drüben«, antwortete Pamela grimmig und deutete mit dem Kinn auf die Ecke, in der sich eine Schar kichernder schwarzer, brauner und hellhäutiger Mädchen um Wes drängte.

»Das ist also Ihr Wes«, hauchte Abigail. »Wissen Sie, Pam, meine Liebe, jetzt verstehe ich die wilden Geschichten über ihn.

Wenn man ihn sieht, werden sie glaubwürdig. Er sieht wirklich zu gut aus, nicht wahr?«

»Glauben auch Sie die Geschichten, Abigail?« fragte Pamela mit kaum unterdrücktem Zorn.

»Nein, nein, natürlich nicht, Pam, Liebste.« Ihr Tonfall ließ deutlich heraushören, daß sie genau das Gegenteil von dem meinte, was sie sagte. »Außerdem habe ich für eine Südstaatlerin sehr liberale Ansichten über gewisse Dinge – aber wollen wir uns nicht setzen und es uns gemütlich machen?«

Dwight griff nach ihrem Ellenbogen, so daß sie mit kunstvoll natürlicher Grazie auf einen der eisernen Gartenstühle sinken konnte, die die Bibbs für ihre weißen Gäste bereitgestellt hatten. Sie wußten, daß die Weißen zusammen mit ihren Sklaven kommen würden, denn es machte den Pflanzern ungeheuren Spaß, ihre Schwarzen bei den seltenen Festen zu beobachten, die sie ihnen bewilligten.

»Sag mal, Pam«, fragte Dwight, »kannst du ein Gespräch zwischen Wes und mir arrangieren? Ich muß mit ihm reden. Seine Geschichten sind einfach fabelhaft.«

»Geschichten? Was für Geschichten, Mr. Ingraham?« wollte Abigail wissen.

Dwight erklärte es ihr und bemerkte, daß die Vorausbestellungen bereits die erste Auflage der geplanten *Geschichten eines afrikanischen Äsop* überschritten, so daß der Verlag sofort eine zweite Auflage herausbrachte.

»Sie müssen mir ein Exemplar schicken«, seufzte Abigail. »Ich weiß, das Buch ist gut. Nigger haben ein unglaubliches Talent fürs Geschichten-Erfinden – von kleinen Flunkereien bis zu handfesten Lügen. Denn, mein lieber Herr Sklavenbefreier, eines werden Sie von einem Nigger nie erfahren: die Wahrheit.«

Dwight sah sie mißbilligend an. Ihm wurde eines der merkwürdigsten Phänomene der amerikanischen Geschichte klar. Infolge ihrer Isolierung, ihrer emotionellen Abhängigkeit, ihres niedrigen kulturellen Niveaus waren die weißen Damen des Südens die scharfzüngigsten, hinterhältigsten Vertreterinnen ihres Geschlechts.

»Könnten Sie überhaupt die Wahrheit ertragen, wenn Sie sie anhören müßten, meine liebe Miss Collins?« fragte er.

Abigails Antwort überraschte nicht nur ihn, sondern auch Pamela und Tolbert.

»Ja. Ich mußte sie erst gestern abend ertragen. Es war sehr unangenehm. Meine Zofe Ruby – Nummer eins auf Ihrer Kaufliste, Mister Ingraham – hat mir genau gesagt, was ich bin.«

»Und was sind Sie genau, wenn ich fragen darf?« erkundigte sich Pam.

»Sie dürfen fragen, aber ich darf ihnen die Antwort schuldig bleiben. Vielleicht später, wenn keine Herren dabei sind. Das heißt, ich werde Ihnen sogar antworten müssen, denn das ist der Hauptgrund, warum ich mich Ihnen aufgedrängt habe. Ich möchte mit Ihnen sprechen, Pam. Allein. Das heißt – ich muß ganz dringend mit Ihnen sprechen.«

Pam antwortete ruhig: »Sie sind in Ingrahams Crest jederzeit willkommen, Abigail.«

»Auch morgen nachmittag, sagen wir gegen vier? Sie können Anwalt Weatherbee und Mister Ingraham wegschicken – sie sollen Kaninchen jagen oder Fancy Girls, oder sonst irgend etwas, nicht wahr?«

»Ich kann sie wegschicken. Was sie dann tun, ist ihnen überlassen. Ich darf Sie also morgen erwarten?«

»Ja, o ja. Ich danke Ihnen so sehr, Pam.«

»Keine Ursache. Übrigens fällt mir eben etwas auf, Tol: daß sich keine der ernsthaften Bewerberinnen um Wes der Gruppe um ihn angeschlossen hast. Ruby und Ellen sitzen dort drüben und plaudern honigsüß miteinander. Wenn sich also unter den Mädchen, die ihn eingekreist haben, nicht die mysteriöse Phoebe befindet, mit der mein lieber Schwiegervater Wes offenbar verkuppeln will, dann treibt mein Vorarbeiter oder Aufseher nur seinen Scherz mit seinen Anbeterinnen.«

»Sie haben recht«, meinte Abigail. »Phoebe steht dort drüben. Ich habe meiner Stiefmutter geholfen, als Phoebe bei ihrer Ankunft auf unserer Plantage ohnmächtig wurde, daher kenne ich sie. Mein Gott, ich glaube, sie wird gleich wieder das Bewußtsein verlieren. Pam, sehen Sie nur, wie bitterlich das arme Ding weint.«

Pamela streckte Tolbert die Hand hin. »Hilf mir auf, Tolbert«, sagte sie energisch. »Ich muß etwas unternehmen.«

Nachdem sie sich erhoben hatte – was bei der Mode von 1850 ein schwieriges Unterfangen war –, schritt Pamela entschlossen zu Phoebe hinüber, die etwas abseits vom Festtrubel im Schatten einer ungeheuren Bluteiche stand, Wes anstarrte und weinte.

Ohne zu zögern, legte Pam den Arm um Phoebes schlanke Taille und murmelte: »Nicht, Kind. Weine nicht. Du ruinierst deine Augen.«

Phoebe fuhr herum und sah die fremde weiße Frau an.

»Ich kann nicht anders«, stöhnte sie, »ich habe überhaupt keine Chance, Madam. Ich bin nicht so mutig und unternehmungslustig wie diese Mädchen. Und ich bin so verdammt schwarz.«

»Gerade deshalb hast du eine ausgezeichnete Chance, Phoebe«, stellte Pamela fest. »Wes hat mir oft genug gesagt, daß das Mädchen, das er heiratet, schwarz wie die Nacht sein muß. Er ist viel zu sehr Afrikaner, als daß Mulattinnen auf ihn Eindruck machen könnten, Kind.«

Phoebe sah sie entgeistert an. »Sie sind Miss Pam. Sie müssen es sein! O Madam. Lassen Sie mich los, bitte. Lassen Sie mich sofort los.«

»Nein. Nicht, bevor ich dir alles erklärt habe, Kind. Phoebe, sieh mich an, sieh mir in die Augen!«

»Ja, Madam. Nur, Madam, die Leute behaupten –«

»Lauter Lügen, Phoebe. Diese Geschichten sind nicht wahr. Ich schwöre es als Christin auf das kleine Kreuz, das du trägst. Sie sind nicht wahr.«

Phoebe sah ihr in die Augen. Erkannte die unerschütterliche Ehrlichkeit, die Generationen aufrechter puritanischer Vorfahren Pamela mitgegeben und mit der sie jede Faser ihres Wesens durchtränkt hatten.

»Miss Pam«, flüsterte sie, »es tut mir leid. Ich bitte Sie sehr um Verzeihung. Wenn es um Wes geht, steht mein Verstand still. Mein Herz ist einfach stärker, Madam.«

»Das kann ich sehr gut verstehen. Wes ist der großartigste Neger, den ich je kennengelernt habe. Aber jetzt warte einen Augenblick, Phoebe. Ich werde mit diesem Unfug Schluß machen.«

Als sie sich der Stelle näherte, an der Wes sorglos und vergnügt mit den Sklavenmädchen schäkerte, bohrte Cecilia Bibbs Hortense Collins den Ellbogen in die Seite.

»Wenn man von schamlosen Weibsbildern spricht, dann steht Pamela Ingraham an der ersten Stelle. Anscheinend amüsiert sich ihr Lieblingsnigger für ihren Geschmack zu gut.«

»Mein Gott, Celie. Du willst doch nicht sagen, daß sie tatsächlich –«

»Paß nur auf, Liebste. Ich habe meinem Dummkopf von Ehemann die ganze Zeit erklärt, daß Pam zu allem fähig ist, wenn es darum geht, ihren großen schwarzen Niggerbock den Krallen einer anderen Frau, sei sie nun weiß oder schwarz, zu entreißen.«

In dem allgemeinen Schweigen, das plötzlich eingetreten war, konnte man Pamelas klare Stimme hören: »Wes, bitte. Könntest du mit mir kommen?«

»Mein Gott!« sagte Bascomb Collins zu Beau Bibbs. »Du mußt diesen Nigger umbringen, Bob! Dir bleibt gar nichts anderes übrig.«

»Und diese Yankee-Hure muß ich mit der Pferdepeitsche bearbeiten.«

Wallace Bibbs wendete sich an seine Frau. »Ich habe schon vieles in meinem Leben gesehen«, stöhnte er, »aber das ist das Ärgste. Es tut mir leid, meine Liebe, daß du so etwas mitansehen mußt.«

»Sei kein Narr, Wally«, antwortete Lucille Bibbs fröhlich. »Sie macht ihn nur mit Phoebe bekannt. Ich beobachte seit einer Viertelstunde, wie sich Pam bemüht, das arme, verliebte Kind zu trösten. Anscheinend ist unsere Ex-Schwiegertochter für direkte Maßnahmen.«

»Tatsächlich, du hast recht, Lucille. Du hast absolut recht. Dafür danke ich Gott.«

»Wes«, sagte Pam ruhig, »das hier ist Phoebe. Ich werde euch jetzt allein lassen, damit ihr miteinander sprechen könnt. Sie braucht jemanden, der sie beruhigt und tröstet. Und sie ist süß, nicht wahr? Sogar ich als Frau sehe das. Wenn du also kein vollkommener Esel bist – was ich eigentlich nicht glaube –«

»O nein, Madam«, schluchzte Phoebe, »bleiben Sie bitte bei uns. Ich schäme mich so. Ich glaube, ich werde gleich ohnmächtig oder so was.«

»Howdy, Phoebe«, sagte Wes. Seine Baßstimme sprach ihren Namen aus wie Glockenton.

Und Himmel und Erde verschmelzen, dachte Pamela in stillem Staunen. Dann wandte sie sich zum Gehen, aber in diesem Augenblick flüsterte Phoebe »Howdy, Wes«, und ihre Stimme klang dabei so süß wie noch nie.

Wes hatte jedoch den Klang schon vernommen, sogar oft. So singt der *Otutu,* der Regenvogel, wenn die ersten Tropfen nach Monaten, manchmal auch Jahren der Trockenheit fallen.

Der Trockenheit, die jetzt in seinem allzulange dürren und verschlossenen Herzen zu Ende ging.

14

»Pee Wee«, wollte Joe Collins wissen, »was, in Dreiteufelsnamen, machst du hier? Du kriechst auf dem Boden herum wie ein Baby!«

»Sch!« zischte Pee Wee. »Halt's Maul, Joe. Und bleib nicht stehen, geh auch auf Hände und Knie hinunter, bevor sie sich umdrehen und dich sehen.«

»Bevor wer?« begann Joe, aber Pee Wee griff hinauf und packte ihn am Arm. »Zum Teufel, Joe, du wirst alles verderben. Komm runter, hab ich gesagt.«

Pee Wees Stimme war so drängend, daß Joe gehorchte. Verständnislos kniete er auf dem Boden.

»Bei Gott«, meinte Pee Wee angeekelt, »ihr gelben Nigger seid blöder als die Weißen. Ich krieche hier herum, damit ich in die Nähe von Massa Bob und Massa Bascomb komme. Ich will hören, was sie sagen.«

»Warum, Pee Wee?« fragte Joe ebenfalls in verschwörerischem Flüsterton, den er aus Nachahmungstrieb annahm.

Denn obwohl Pee Wee mit seinem Urteil über Joes Intelligenz übertrieb, war es nicht ganz falsch. Joe Collins war seiner Schwester Ellen geistig weit unterlegen.

»Wir gehören den Weißen, nicht wahr?« stellte Pee Wee fest.

»Sie können uns jederzeit verprügeln, wenn's ihnen Spaß macht. Oder uns verkaufen, wie Massa Bart die arme Ellen verkauft hat. Wer schützt uns dagegen, Joe?«

Joe dachte nach. Dann antwortete er traurig. »Niemand.«

»Das glaubst du, Junge. Alles, was wir gegen den Willen der Weißen erfahren, alles, was sie sagen, wenn sie glauben, daß keiner von uns zuhört, ist wie ein Federkissen zwischen unserer armen Haut und ihren Peitschen. Massa Bob peitscht mich nie aus wie den armen Jonas. Er hat Angst, daß ich in Hörweite von Käpt'n Wally ein Wort sage über tausend Dinge, die er tut. Also komm weiter.«

»Ich seh' nicht ein, was mir die Lauscherei nützen kann«, meinte Joe.

»Wahrscheinlisch nichts, weil du blöd bist. Massa Bob spricht jetzt mit Massa Bascomb. Er ist dein Halbbruder, und trotzdem kann er dir jederzeit einen Tritt in den Hintern versetzen, und du kannst nichts dagegen tun, nicht wahr? Aber vielleicht sagt er etwas, was Massa Bart oder gar Miss Hortense nicht erfahren sollen. Dann hast du ihn, Joe-Boy.«

Joe fand, daß Pee Wees Standpunkt viel für sich hatte. Er würde in nächster Zeit soviel Schutz wie nur irgend möglich brauchen. Das wußte er genau. Denn zeitig an diesem Morgen – die Collins schliefen noch – hatte ihm Ruby Thomas in der Küche beim Morgenkaffee zugeflüstert: »Missy Abigail will sofort mit dir sprechen. Ich brauche dir ja nicht zu sagen wo, oder?«

Als der arme Joe, der bis dahin ein beinahe perfekter Sklave gewesen war, von diesem Gespräch in der kleinen Dachkammer zurückkam, schwindelte ihn so sehr, daß er kaum gehen konnte. In ihm stritten sehr gemischte Gefühle. Zunächst Freude, wie ein Buschfeuer in der trockenen Jahreszeit. Dann Hoffnung, in einem Ausmaß, an das er nie zu denken gewagt hatte. Aber die alles beherrschenden Gefühle waren Erleichterung – und Angst.

Das überwältigende Gefühl der Erleichterung war darauf zurückzuführen, daß er sich noch genügend Negermentalität bewahrt hatte, um bei dem Gedanken an Inzest zu schaudern.

Dieses althergebrachte Stammes-, ja sogar Rassentabu war schuld daran, daß seine Beziehungen zu Abigail nur bis zu einem bestimmten Punkt gediehen waren.

Die Angst wieder kam daher, daß Abigail ihm sicherlich keine Ruhe lassen würde, bis er das kindische verantwortungs- und sorglose Dasein aufgab, das die weißen Herren ihren Lieblingssklaven ermöglichten, und nicht nur die Mühen und Gefahren einer Flucht, sondern auch die Pflichten eines Mannes auf sich nahm. Für jemanden, der daran gewöhnt war, mit zufriedener Resignation andere für sich entscheiden zu lassen, mußte die Vorstellung, das Leben eines *weißen* Mannes zu führen, entsetzlich sein.

Aber er war jung. Er hatte jetzt einige Stunden Zeit gehabt, über die ganze Sache in Ruhe nachzudenken; seine Überlegungen waren nicht zuletzt von dem ständig unterdrückten Verlangen beeinflußt, das in seinen Lenden brannte. Deshalb vergaß er seine Angst und kroch auf Händen und Knien hinter Pee Wee die Hecke entlang, die den Rasen vor dem Haus von dem wesentlich vernachlässigteren Teil des Gartens neben und hinter dem Haus trennte. Der Gedanke, daß er endlich die unvorstellbaren Freuden genießen würde, auf die er bisher infolge seiner – jetzt allerdings angezweifelten – Blutsverwandtschaft mit Abigail verzichtet hatte, machte ihn zum ersten Mal in seinem Leben kühn.

Er hatte Glück. Die beiden erreichten unentdeckt ihren Lauschposten. Zufällig hatten nämlich Wallace und Ashton Bibbs in eben diesem Augenblick beschlossen, den großen Wettbewerb im Maisschälen zu starten. Deshalb brüllten die beiden Sklavenbesitzer jetzt fröhlich Befehle, und lachend schoben und zogen junge Sklaven die Wagen mit den Maiskolben aus der Scheune, ohne erst Maultiere davorzuspannen. Der Krug mit Whisky ging von einem Schwarzen zum anderen, denn an diesem Tag hatten sie das Vorrecht, sich zu betrinken; ihre Witze und ihre Lieder waren bereits mehr als zweideutig. Unter Geschrei, Gesang und Gelächter wurden die Anführer der beiden konkurrierenden Teams gewählt, die schwarzen Frauen zogen sich mit schrillem Lachen hinter die Seitenlinien zurück, um von dort aus ihre Männer zu beobachten und anzufeuern, die weißen Zuschauer unterhielten sich amüsiert, die brennenden Holzscheite krachten unter den Spießen – kein Wunder also, daß in dem allgemeinen Durcheinander von Geräuschen, Bewegungen, Gerüchen niemand bemerkte, was Pee Wee und Joe unternahmen. Ein paar Schwarze, die die Vorräte an Feuerholz und Wasser ergänzten, sich um die Wagen und Pferde der weißen Gäste kümmerten, den weißen Damen und Herren Getränke servierten, sahen, wie Pee Wee und Joe die Hecke entlangkrochen, schüttelten die Köpfe und grinsten. Sie hielten das sonderbare Benehmen der beiden für einen der Streiche, wie sie sich der kleine Jockey so oft ausdachte.

Endlich saßen er und Joe auf dem grünen Rasen, einen Meter hinter Beau Bob Bibbs und Bascomb Collins, die als alte Freunde in ein ernsthaftes Gespräch vertieft waren.

»Ich sage immer noch, daß du diesen Neger umbringen mußt«, stellte Bascomb soeben fest. »Verdammt, Bob, es ist ja kinderleicht. Du mußt ihn nur provozieren, so daß er dich angreift, und ihn dann niederschießen. Seine Größe nützt ihm gegen einen Revolver überhaupt nichts.«

Bas, du scheinst heute überhaupt nicht nachzudenken. Sonst würdest du nämlich begreifen, daß neben dir der einzige Mann im Staat Missisippi sitzt, der es sich nicht leisten kann, Wes Parks zu erledigen.«

»Und warum kannst du es dir nicht leisten? Willst du mir das vielleicht erklären, Bob?«

»Stell dir einmal vor, es gäbe Gerüchte, daß deine Hortense eine Schwäche für schwarze Haut hat –«

»Verdammt, Hortense würde nie –«

»Sei nicht so sicher, alter Junge. Bei ihrem Aussehen könnte es ihr ohne weiteres einfallen –«

»Bob, hast du es darauf angelegt, dich mit mir zu schlagen?«

»Nein, ich will nur, daß du von deinem Verstand Gebrauch machst. Überleg doch mal, Bas! Ich glaube, daß Pam sich nichts zuschulden kommen läßt, sondern nur zuviel Aufhebens um ihren Nigger macht. Heute sieht es aus, als wäre sie endlich vernünftig geworden und versuchte, ihre Fehler wiedergutzumachen. Wenn ich Wes jetzt töte, bestätige ich damit nur alle dreckigen Lügen, die Celie verbreitet hat. Würde es dir Spaß machen, wenn man dich dein Leben lang als den Mann bezeichnet, der seine Frau mit einem Feldnigger erwischt hat?«

»Nein, natürlich nicht, aber –«

»Nichts aber! Nicht nur ich habe überall herumerzählt, was für ein großartiger Schmied Wes ist, auch Pamela verleiht ihn, damit er sich Geld verdienen kann; alle Plantagenbesitzer im Staat wissen, daß Wes der wertvollste Nigger auf Rosebriar ist. Man bringt keinen Nigger um, der so nützlich ist wie er. Man verwöhnt ihn, genau wie es Pa und Ash mit ihm tun. Das heutige Fest hat Pa nur deshalb veranstaltet, damit Wes heiratet und das Gerede aufhört.«

»Es wird nicht aufhören.«

»Das weiß ich; meine kleine, spitzzüngige Schwägerin wird schon dafür sorgen.«

»Bob, kannst du ihn nicht umbringen lassen? Bezahl doch einen Nigger, damit er –«

»Ich habe es versucht. Es ist danebengegangen. Du bist inzwischen ja draufgekommen, wer es war, nicht wahr?«

»Natürlich Jonas! Und der verdammte Narr hat statt dessen Ellen erwischt.«

»Stimmt. Ich sehe deshalb keine Möglichkeit –«

»Doch. Jonas muß es noch einmal versuchen. Diesmal mit einem Messer. Wir müssen nur einen roten Kolben auf Wes' Haufen fallen lassen. Er wird daraufhin todsicher Phoebe küssen. Selbst ein Blinder sieht, daß er verrückt nach ihr ist. Und wenn Jonas ihn dabei erwischt –. Wo ist Jonas überhaupt?«

»Er sitzt in seiner Hütte und schmollt. Das fürchterliche Auspeitschen hat ihn kaputtgemacht, Bas. Er ist launenhaft und gemein geworden. Er trinkt nicht einmal mehr, hält sich abseits und grübelt.«

»Um so besser. Holen wir ihn, Bob.«

»Na schön, nur –«

»Nur was?«

»Mein Gott, Bas, ich bin in einer vertreufelten Klemme. Pa darf überhaupt nicht auf die Idee kommen, daß ich an der Sache beteiligt bin. Er hält große Stücke auf Wes.«

»Bob, hast du vielleicht wieder mit Townsend Graves Karten gespielt?«

»Ja«, gab Bob kleinlaut zu.

»Ach Gott! Wieviel ist es denn diesmal, Junge?«

»Zwanzigtausend. Dabei ist das noch nicht das Ärgste. Ich mußte ihm mein Land verpfänden, damit er mir Zeit läßt, das Geld aufzutreiben. Bis Ende Februar.«

»Du hast Land verpfändet, das nicht dir gehört, weil ein Berufsspieler Schuldscheine von dir besitzt. Dieser Dreckskerl lebt davon, daß er Grünschnäbel wie dich ausnimmt. Und zu allem Überfluß ist dein Vater Käpt'n Wallace Bibbs, die Rechtschaffenheit in Person. Da kann ich nur sagen: Gott sei dir gnädig.«

»Amen«, flüsterte Bob. »Bas, hol Jonas. Geh ohne mich. Schleich dich davon, damit es niemand sieht. Ich werde mich erst besser fühlen, wenn ich zusehen kann, wie Jonas diesem großen Bock das Herz aus dem Leib schneidet.«

»Gut, Bob, ich will es tun.«

»Mein Gott«, krächzte Pee Wee, »sind das Neuigkeiten!«

»Das stimmt schon«, antwortete Joe betrübt, »aber ich sehe gar nicht, was ich davon habe.«

»Natürlich sollst du etwas davon haben«, kicherte Pee Wee. »Ich wollte Wes warnen, weil er mein Freund ist. Er hat Sary verzaubert, so daß sie mich genommen hat. Aber jetzt kannst du ihn warnen, Junge. So bekommst du Wes auf deine Seite.«

»Nein. Dieser verdammte Affe hat meine Schwester beinahe umgebracht!«

»Scheiße! Daran war Wes nicht schuld! Wenn deine Schwester nicht bei der Hütte gewesen wäre, wo sie verdammt nichts zu suchen gehabt hat, wäre ihr nichts passiert. Aber sie war so scharf auf Wes' Schwanz –«

»Pee Wee, bist du lebensmüde?« fragte Joe langsam und ruhig; er meinte es ernst. Sobald Pee Wee das begriff, trat er den Rückzug an.

»Na schön, ich nehm's zurück. Ich weiß nicht, warum sie dort war. Aber sie war dort, das weißt du. Du weißt auch, daß Wes ihr das Leben gerettet hat, weil er die Kugel rechtzeitig aus ihr rausgeschnitten hat. Wes ist auch nicht schuld daran, daß sie sich zwischen ihn und die Kugel geworfen hat. Es war ihr freier Wille. Oder nicht?«

»Ja, das wird schon so gewesen sein, Pee Wee.«

»Joe, nach allem, was ich so höre, bist du in Schwierigkeiten. In großen Schwierigkeiten sogar. Schön, du siehst wie ein Weißer aus, aber du bist keiner. Wenn du ein weißes Mädchen vögelst, schneiden dir die Weißen die Eier ab.«

»Pee Wee, das tu ich nicht, ich schwör's dir. Missy Abby ist meine Halbschwester.«

»Wieder Scheiße. Ich bin mit Sary verheiratet, nicht? Und sie ist Rubys Schwester. Also weiß ich, wer Missy Abigails Vater ist. Sie ist genausowenig deine Schwester, wie sie meine ist. Du wirst Wes brauchen. Du brauchst einen Zauberer, der Peitschen in Schlangen verwandeln, über Bäume steigen und Pferde verhexen kann. Du hast jetzt deine Chance – setz deinen müden Arsch in Bewegung und erzähl ihm, was wir gehört haben.«

»Danke, Joe«, meinte Wes ruhig. »Das ist sehr nett von dir.«

»Aber Wes! Du solltest etwas tun. Jonas ist auf dem Weg hierher, und er ist ganz sicher verrückt vor Wut.«

Wes schälte weiterhin mit unglaublicher Geschwindigkeit die Blätter von den Maiskolben. Phoebe saß ein paar Meter entfernt, nähte mit flinken Fingern eine prächtige Patchwork-Decke und blickte hingebungsvoll, beinahe anbetend auf ihn.

»Schau sie doch an!« tobte Joe. »Sie frißt dich mit den Augen. Wenn Jonas das sieht –«

»Mach dir wegen Jonas keine Sorgen. Los, erzähl mir von deinen Schwierigkeiten. Die Leute sagen, daß du bis zum Hals drin steckst.«

»Die Leute reden verdammt viel«, fuhr Joe auf. Dann erinnerte er sich, daß er sich in einer Zwangslage befand, und fuhr wesentlich ruhiger fort:

»Ich bitte um Verzeihung, Wes. Du hast recht; ich habe so viele Schwierigkeiten, daß ich nicht damit fertigwerde. Ich könnte Hilfe brauchen, von dir, großer Mann.«

»Was für Hilfe, Joe?«

»Es gibt ein Buch. Ein Tagebuch. Das Miss Susanna geschrieben hat, während sie –«

»– Massa Bart mit Massa Wilkes Thomas betrogen hat. Ein Buch, das beweist, daß Abigail Collins nicht deine Schwester ist. Du mußt es finden, nicht wahr, Joe?«

»Wes, wie in Dreiteufelsnamen –«

»Weiß ich das? Ich habe gewisse Möglichkeiten, Joe.«

»Sagst du mir, wo ich das Buch finde, Wes?«

»Gut. Das ist leicht. Zuerst werde ich dir aber sagen, was du damit tun mußt, weil das viel wichtiger ist. Du sagst Miss Abigail, daß sie das Buch Anwalt Weatherbee bringt. Der soll ein Papier aufsetzen, in dem sie ihren Anteil an Land und Geld und sonstigen Besitz der Collins aufgibt, wenn Massa Bart stirbt, weil sie keine Collins ist.«

»Allmächtiger, was soll das nützen?«

»Anwalt Weatherbee muß mit ihr und dem Buch zum Friedensrichter gehen. Der Friedensrichter muß das Buch lesen und zugeben, daß es ein Beweismittel ist. Dann gibt es zwei aufrechte Weiße – Massa Tol und den Richter –, die auf die Bibel schwören können, daß es so ein Buch gibt und daß in ihm genau das steht, was Missy Abigail behauptet. Eigentlich müßte sie das Buch dem Richter geben, damit er es in Verwahrung nimmt. So kann keiner von den Collins das Buch in die Finger bekommen, es zerreißen oder verbrennen. Das verstehst du doch, nicht wahr?«

»Ja. Mein Gott, bist du klug. Woher weißt du diese Dinge?«

»Von Anwalt Weatherbee. Er borgt mir Gesetzbücher. Ich habe ihm gesagt, daß ich selbst einmal Anwalt werden will. Es wird uns Schwarzen mächtig helfen, wenn einer von uns wirklich etwas über Gesetze weiß.«

»Und er hat sich nicht krumm gelacht, weil ein Nigger das Recht studieren will? Hat er nicht zu dir gesagt, daß du größenwahnsinnig bist?«

»Zuerst hat er es für einen Spaß gehalten. Dann hat er einmal vor Miss Pam begonnen, mir zu Rechtsfällen Fragen zu stellen. Wahrscheinlich, um mich bloßzustellen. Aber ich habe mehr als die Hälfte richtig beantworten können. Da hat er zu Miss Pam gesagt: ›Pam, dieser Nigger ist entweder ein Scharlatan oder ein Phänomen. Ich werde ihm jetzt wirklich Jus beibringen.‹ Seither legt er mir erfundene Rechtsfälle vor und beurteilt dann, wie ich sie gelöst habe.«

»Na ja, die Leute haben immer schon gesagt, daß Anwalt Weatherbee mächtig komische Ansichten hat. Wahrscheinlich verträgt er sich deshalb so gut mit Miss Pam. Aber jetzt etwas anderes. Abby wird es gar nicht gefallen, daß sie auf ihren Teil vom Vermögen der Collins verzichten muß, da bin ich ziemlich sicher.«

»Sie hat aber keine andere Wahl. Sie ist wirklich keine Collins, Joe. Ich habe darüber mit Leuten gesprochen, die es wissen müssen. Zum Beispiel mit meinem Freund Gus, dem Reitknecht. Er hat damals mächtig komische Dinge gesehen. Sie kann also aufhören, das Tagebuch ihrer Ma zu suchen. Oder sie verbrennt es, sobald sie es findet. Oder sie übergibt es dem Anwalt und dem Gericht, wie ich es dir erklärt habe. Aber wenn sie das erben will, was ihr nach Recht und Gesetz nicht zusteht, dann muß sie dich aufgeben. Und nach allem, was ich gehört habe, will sie das ganz bestimmt nicht. Oder doch?«

»Nein, das glaube ich eigentlich nicht. Mir scheint, sie hat mich wirklich gern. Sie schwört jeden Tag, sie möchte, daß ich nicht ihr Halbbruder bin.«

»Deshalb wäre es gut, wenn du das Buch findest.«

»Glaub' ich auch. Los, Wes, sag mir, wie ich es finden kann.«

»Hast du eine Ahnung, wo es versteckt sein könnte? Du nennst mir die Orte, und ich sage dir dann, wo du suchen sollst.«

»Das ist einfach. Es muß irgendwo im Nähzimmer sein, sagt Ruby. Weil das Nähzimmer das Wohnzimmer von Miss Susanna gewesen ist. Aber Abby und ich haben es von oben bis unten durchstöbert, haben alles umgedreht –«

»Beschreibe mir das Zimmer. Wie es aussieht, was drinnen ist. Und laß nichts aus.«

Joe gehorchte, was ganz einfach war. Der Raum war winzig, eigentlich nur eine Kammer. Als er den Kamin nannte, unterbrach ihn Wes.

»Der Kamin – ist er aus Ziegeln oder Stein?«

»Aus Ziegeln. Warum?«

»Nur so.« Wes hatte inzwischen eine Menge Romane gelesen,

die ihm Pamela geborgt hatte. Er erkannte zwar nicht ihre kitschige Sentimentalität, weil die Kultur, die sie hervorgebracht hatte, sich so sehr von der seinen unterschied, daß er sie nicht richtig beurteilen konnte. Aber die Sitten, Gebräuche, Umgangsformen, die in ihnen beschrieben wurden, interessierten ihn. Und die viktorianischen Mädchen verbargen – so wollten es zumindest die Romanschreiber jener Zeit – samt und sonders alle geheimen Schriftstücke hinter einem losen Ziegel in der Kamineinfassung.

Wes hatte natürlich keinesfalls die Absicht, merken zu lassen, wie einfach seine Schlußfolgerung war. Die erste Mrs. Collins war eine leidenschaftliche Leserin gewesen, hatte ihm Ellen erzählt. Zweifellos hatte sie mindestens einen Roman gelesen, in dem dieses Versteck vorkam. Da der menschliche Geist keineswegs sehr originell oder erfindungsreich ist –

Jetzt mußte er seine Überlegungen nur noch mit dem Schleier des Geheimnisvollen versehen. Ihnen sozusagen eine magische Aura verleihen. Deshalb sagte er:

»Leg die linke Hand auf meinen Kopf, Joe. Nein – nimm mir zuerst die Kappe ab und leg sie auf den Baumstamm dort. So ist es richtig, ja. Jetzt mach die Augen zu und denke an diesen Raum. Denke an alles, was drinnen steht. Sag kein Wort, denke nur . . .«

»Gut, Wes«, hauchte Joe ehrfurchtsvoll.

Wes wartete und versuchte abzuschätzen, wie lange ein langsamer Denker wie Joe brauchte, um sich alle Gegenstände im Zimmer ins Gedächtnis zu rufen. Dann sagte er:

»Der Kamin, Joe. Ein Ziegel in der Einfassung ist lose. Ich kann ihn nicht genau sehen. Du denkst nicht klar genug. Aber du wirst diesen Ziegel finden –«

»Großer Gott, Wes«, war alles, was Joe hervorbrachte.

Es konnte einfach nicht schiefgehen. Denn die einzige Alternative, die viktorianischen Schriftstellern zu Gebote stand – eine Schublade mit doppeltem Boden –, setzte die Mitwisserschaft eines Tischlers voraus. Das hätte Susanna Collins nie gewagt. Schon am nächsten Tag beschrieb Abigail Pamela beinahe ehrfürchtig, was sich ereignet und wie rasch sie das Tagebuch hinter dem losen Ziegel gefunden hatte, den es in jedem mehr als zwanzig Jahre alten Kamin logischerweise geben mußte.

In Dahomey gibt es ein altes Sprichwort: »Wer unter Bäume tritt, die der Leopard bewohnt, muß leise schreiten.« Es entspricht ungefähr dem deutschen »Vorsicht ist die Mutter der Weisheit«. Daß Abigail Pamela besuchte, war ein eindeutiger Beweis dafür, daß Wes beide Sprichwörter vergessen hatte oder sich einfach nicht nach ihnen richtete. Daraus ergab sich wieder, daß sein Glaube an sich selbst, an die Wirksamkeit seiner »Macht«, ihm schadete, weil er dadurch allzu sorglos wurde.

Sofort nachdem er Joe auf die richtige Spur gesetzt hatte, beging er den ersten von mehreren Fehlern, die ihm an diesem Tag unterliefen. Es handelte sich im Grunde um den einfachsten, verständlichsten aller seiner Fehler. Er interessierte sich einfach nicht weiter für Abigails und Joes Pläne. Er konnte nicht Gedanken lesen – obwohl er bei den meisten Menschen seiner Umgebung erfolgreich diesen Eindruck zu erwecken wußte – und ahnte deshalb nicht, daß Abigail die Absicht hatte, am nächsten Tag in Ingrahams Crest eine Frau um Hilfe und Beistand zu bitten, die ihr auf Grund ihrer Herkunft eigentlich beides gern gewähren mußte.

Wes hätte Joe natürlich geraten, seine Liebste von diesem Schritt zurückzuhalten, hätte ihm erklärt, daß Pamelas Yankeegefühle und liberale Ansichten wie Schnee an der Sonne schmolzen. Er kannte auch das Hauptmotiv für Pamelas zunehmenden Rassismus und ihre reaktionäre Einstellung nicht: Dwight Ingrahams empörende Absicht, eine Sklavin nicht zu seiner Geliebten zu machen, was durchaus üblich war, sondern zu seiner gesetzlich angetrauten Ehefrau.

Dieser Fehler legte wohl den jungen Liebenden zusätzliche Hindernisse in den Weg, war aber nicht der schwerwiegendste, den Wes an diesem Tag beging. Die anderen – wie er die von Ruby beleidigte Phoebe rächte, wie er den armen Jonas vor der ganzen Gesellschaft lächerlich machte, wie er mit Beau Bob Bibbs und Bascomb Collins umsprang – wogen viel schwerer, denn sie grenzten an Hybris. Und die schnelle und gerechte Strafe der Götter für solche Herausforderung wird unleugbar als gerecht empfunden. Wes Parks führte durch die offen zur Schau getragene Verachtung für gewöhnliche Sterbliche notwendigerweise seine Demütigung herbei. Doch sie ließ ihn seine Grenzen erkennen und trug letzten Endes dazu bei, ihn menschlicher und besser zu machen.

15

Pee Wee war gerade im Begriff, eine Parodie des »Vater unser« zu singen. Wes bemerkte, daß die weißen Gäste nachsichtig über die Spottverse des verschrumpelten kleinen Farbigen lachten. Pee Wee tat, als wäre er betrunken, war es jedoch keinesfalls, oder jedenfalls nicht in dem Maße, wie er vorgab.

Der Hofnarr, dachte Wes. Erfüllt eine sehr wichtige Funktion – er ist das Sicherheitsventil für die Ressentiments der Menschen. Dank seinen Spottliedern können sie Dampf ablassen, so daß sie nicht explodieren, wie unlängst der arme Jonas.

»Der alte Massa schläft im Federbett«, begann Pee Wee, und Cudjo, der Collins-Fiedler, der ihn begleitete, griff sofort die neue Melodie auf.

»Der arme Pee Wee in dem Stroh.
Aber wenn ich in den Himmel komm,
Arbeit ich nicht mehr und bin froh.«

Wes lächelte grimmig. Pee Wee war schlau gewesen, wie immer. Er hatte die letzte Zeile des Liedes geändert. Eigentlich hätte sie gelautet:

»Bin ich kein Sklave mehr und froh.«

Pee Wee kannte nämlich seine Grenzen aus langjähriger Erfahrung sehr genau. Hätte er die letzte Zeit in der Version gesungen, die die Schwarzen in Abwesenheit von weißen Zuhörern bevorzugten, hätte ihm dies zwanzig Peitschenhiebe eingetragen. Deshalb sicherte er sich den Beifall der Schwarzen und die nachsichtige Duldung der Weißen, indem er nur so weit ging, als er es wagen durfte.

Pee Wee hatte eine gute Stimme, das mußte Wes zugeben, ein hoher, lyrischer Tenor, der seiner kleinen Statur entsprach. Seine Stimme und sein Talent, schlau und vorsichtig Zwietracht zu säen, waren wahrscheinlich der Grund, warum die übrigen Sklaven ihn aufgefordert hatten, die gewagten satirischen »Mais Songs« anzustimmen.

Nicht wahrscheinlich, sondern ganz sicher, überlegte Wes. Denn weil er klein und unbedeutend und komisch ist, kann er sich Dinge erlauben, für die ein Mann mit einer imposanten Statur blutig geschlagen würde.

Pee Wee trat sofort den Beweis für Wes' Überlegungen an. Er warf den krausen Wollschädel zurück und begann:

»Käpt'n Wallys Nigger sind dick und rund!«

Beide maisschälenden Mannschaften stimmten im Chor ein: »Oh! Oh! Oh!«

»Sie kriegen viel Essen und sind gesund«, fuhr Pee Wee fort, und diesmal stimmten alle Zuschauer in das rhythmische »Oh! Oh! Oh!« ein. Dann sangen die Sklaven den Refrain, wobei Pee Wees Tenor über ihren Baßstimmen schwebte.

»Los, Jungs, kommt und schält den Mais,
Oh! Oh! Oh!
Zeigt dem Herrn euren großen Fleiß!
Oh! Oh! Oh!«

Aber dann verstummte der Gesang plötzlich. Cudjo hörte auf zu fiedeln, und die Schwarzen schauten Pee Wee spöttisch grinsend an, denn sie wußten, wie der Text weiterging, und waren neugierig, wie der kleine Jockey die Gefahr abwenden würde, in die er sich selbst gebracht hatte.

Pee Wee kratzte sich in komischer Verzweiflung am Kopf. »Hört mal alle!« rief er, »singt jetzt keinen Ton mehr. Laßt mich überlegen. Wartet mal! Welche guten Weißen sind überhaupt hier? Ja, da sind die Bibbs, das muß ja so sein, nicht wahr? Ihnen gehört die Plantage, nicht? Ihnen gehört auch der kleine, zitternde, arme Nigger Pee Wee!«

Er hat sie herumgekriegt, dachte Wes amüsiert, er hat sie herumgekriegt. Wie sie lachen. Die Kunst der Clowns ist doch die größte. Denn wie sonst könnte man ungestraft die bittere Wahrheit sagen?

»Und die Collins. Feine Leute, die Collins. Behandeln ihre Neger gut. Manche Leute sagen, sogar zu gut.«

Dieser Seitenhieb auf die Neigung der Collins' zur Rassenvermischung entging der Gesellschaft nicht. Die Weißen begannen zu lachen. Etwas zögernd stimmten die Collins ein.

»Und dort die Thomas! Alle Thomas. Mehr Thomas als die meisten Leute wissen.« Das begriffen die Weißen nicht. Denn obwohl etliche der Plantagenbesitzer Kommentare darüber abgegeben hatten, daß Abigail so ganz anders aussah als ihre Geschwister und als die Collins überhaupt, hinderte sie die abergläubische Ehrfurcht vor den Toten, Überlegungen anzustellen, ob Abigail nicht vielleicht das Produkt eines Ehebruchs war. Noch weniger versuchten sie zu ergründen, wer der Vater sein könnte.

Die Sklaven hingegen wußten aus trauriger Erfahrung, daß Vorsicht die wichtigste Voraussetzung für ihr Überleben war. Sie wußten, daß das Vergnügen, eine Fehde zwischen den mächtigen Clans der Thomas und der Collins anzuzetteln, die Urheber des Klatsches teuer zu stehen kommen würde. Deshalb hatten die Haussklaven der Collins – mit Ausnahme von Ruby Thomas – ihre berechtigte Theorie über Abigails Abstammung niemals einem Weißen gegenüber erwähnt. Auch die sonst so unbesorgte Ruby hatte ihr Wissen nur an Abigail weitergegeben. Und aus solcher Vorsicht beherrschten sich die Sklaven auch jetzt; es wurde kein Gelächter laut, nur hier und da kicherte jemand leise.

»Gute Leute, die Thomas«, fuhr Pee Wee schnell fort. »Ja, mächtig fein. Genau wie die Weatherbees dort drüben. Und die Brownleys. Und die Graves! Moment! Was ist das? Es sind gar keine Graves da? Dann können wir den Song ja endlich zu Ende singen.«

»Massa Graves' Nigger sind dünn und arm!«
«Oh! Oh! Oh!« fiel der Chor ein.
»Haben mächtigen Hunger, daß Gott erbarm!«

Das »Oh! Oh! Oh!« der Sklaven wurde vom Gelächter der Weißen übertönt. Pee Wee hatte seinen Spott gegen eine Familie gerichtet, deren Vertreter nicht anwesend waren, und damit seinen Respekt vor den Weißen bewiesen. Das genügte bei dieser besonderen Gelegenheit, um seine Haut vor Schaden zu bewahren.

Jetzt kam der kleine Unruhestifter zu dem Lied, das einen der Höhepunkte dieses Tages darstellte. Denn sobald es angestimmt wurde, mußte der Mann, der den roten Maiskolben gefunden hatte, ihn herzeigen. In diesem Augenblick stand alles still, während er großartig zu den Frauen hinüberstolzierte, das Mädchen seiner Wahl bei der Hand nahm und sie zum Entzücken von Schwarzen und Weißen vor der versammelten Gesellschaft küßte. Also kratzte Cudjo auf seiner Geige, und Pee Wee sang:

»Die alte Missus in dem Herrenhaus ißt Kuchen und Konfekt!
Schält den Mais und werft ihn in den Sack!
Der arme Nigger kaut den Schweinebauch, den er heimlich hat versteckt!
Schält den Mais und werft ihn in den Sack.
Ja, schält den Mais, biegt die Blätter zurück,
Wo ist der rote Kolben, wer hat heute Glück?«

Wes stand langsam auf. Er hatte nicht nur einen roten Kolben, sondern gleich drei gefunden. Was eigentlich unmöglich war und eine eindeutige Verletzung der Spielregeln darstellte. Wes hatte natürlich bemerkt, daß Wallace Bibbs, sein Sohn Ashton und Bascomb Collins unabhängig voneinander zufällig an seinem Maishaufen vorbeigeschlendert waren und dabei je einen roten Kolben dazugeworfen hatten. Aber an diesem Tag paßte es ihm in den Kram, sich unaufmerksam und unwissend zu stellen und bei dem Betrug mitzumachen.

Als er jetzt aufstand, verfehlten seine prächtige Kleidung und sein würdevolles Auftreten nicht ihre Wirkung auf die versammelten Weißen. Ihre Reaktionen variierten je nach Temperament und Geschlecht.

Die Männer dachten: Gut aussehender Nigger. Ganz schön viel wert. Aber es wird ihnen natürlich nicht im Traum einfallen, ihn zu verkaufen.

Ich würde so einen Nigger sofort verkaufen. Sind die Bibbs denn alle verrückt, daß sie nicht sehen, wie gefährlich der Kerl ist?

Er sieht irgendwie unheimlich aus. Seltsam. Kein Wunder, daß die Leute sagen, er ist ein Hexenmeister.

Einige Männer hätten das, was sie dachten, nie laut geäußert:

Diese Ingraham-Frau, hm! Beau Bobs Frau – eine verdammte Yankee, nicht wahr? Dazu das Gerede über sie . . .

Die Frauen hingegen starrten alle Pamela an. Ihre Gedanken kreisten um ein einziges Thema:

Mein Gott! Ich möchte es wirklich wissen! Ich wollte es nie von einer weißen Frau glauben, auch wenn sie eine verdammte Yankee ist. Aber jetzt – mein Gott!

Also stimmt es. Tatsächlich. Es muß stimmen. Denn bei den meisten Frauen siegt die Vernunft über die Neugierde, weil die Nigger normalerweise so schrecklich häßlich sind. Der hier ist aber nicht häßlich.

Ein kohlschwarzes Exemplar, das eine Sünde wert ist. Du bist ganz schön selbstsicher, was, du schwarzer Bastard? Wenn du mein Nigger wärst, würde ich dir die Haut in Streifen vom Leib schneiden, ich würde dich Tag und Nacht quälen.

Pamelas Lippen waren weiß geworden. Sie senkte den Kopf. Zählte bis zehn. Bis fünfzig. Bis hundert. Blickte wieder auf. Sah, daß Wes sich mit der Grazie eines Fürsten zu Phoebe hinunterbeugte.

»Steh auf, Liebste«, sagte er.

»Ich kann nicht. Meine Beine haben keine Kraft! Ich fall um und werde ohnmächtig, sicher.«

»Berühre meine Hand, Phoebe, nur mit den Fingerspitzen, kleiner *Otutu*-Vogel.«

Phoebe streckte die zitternde Hand aus und berührte ihn. Plötzlich leuchteten ihre gelbbraunen Augen auf, die in dem dunklen Gesicht so überraschend hell wirkten.

»Wes, was hast du unter der Haut? Es fühlt sich an wie süßes Feuer, das bis in meine Seele brennt.«

»Es ist die Macht, Phoebe. Und die Herrlichkeit, Freitag-Mädchen. Mein Freitag-Mädchen. Du gehörst mir allein, nicht wahr?«

»Ja, Wes. Ich gehöre dir. Ich habe dir immer schon gehört. Ich habe nicht gewußt, wer mein Mann ist, bis ich dich gesehen habe. Aber wie ich dich gesehen habe, habe ich gewußt, daß ich dich kenne, Wes. Schon lange. Immer schon, mein geliebter, großer Mann.«

»Steh jetzt auf, Phoebe, steh auf, Freitag-Mädchen.«

Phoebe stand langsam auf. Sie zitterte wie Espenlaub. Die

Weißen in ihrer Nähe sahen, wie ihr die Tränen über die Wangen liefen.

Sie verstummten. Das war nicht in Ordnung. Es war nicht das, worauf sie spöttisch und amüsiert den ganzen Tag gewartet hatten. Für die Südstaatler war der Anblick eines schwarzen Paares, das sich »mit den dicken Wulstlippen« küßte, umwerfend komisch. Aber Phoebes innige Gefühle störten sie. Sie wirkten zu menschlich, waren zu offensichtlich ein Versprechen und ein Sakrament zugleich, waren zu innig, zu schön und zu lebendig. Sie erkannten darin die Zärtlichkeit, die Empfindsamkeit, das Feingefühl, das sie für ausschließliche Attribute der Mädchen ihrer eigenen Rasse hielten. Keine verdammte Feldniggerin hatte das Recht, so offen diese Art von Liebe zur Schau zu stellen. Diese hohe, heilige Art von Liebe!

Wes machte alles nur noch schlimmer. Statt sie wie ein tolpatschiger Bär zu packen, beugte er sich zu ihr hinab und berührte ihre Lippen leicht und zart wie ein Hauch. Als er sich jedoch aufrichtete, ohne sie umarmt, ja überhaupt angefaßt zu haben, stellte sie sich auf die Zehenspitzen, hing an seinem Mund, an seinem Atem, hingegeben, selbstvergessen . . .

Niemand lachte, klatschte oder spottete. Es war einfach nicht komisch.

»Mein Otutu-Vogel«, Wes' Baß klang samtweich, »mein Freitag-Mädchen.«

»Wes, o Wes. Ich liebe dich so sehr.«

»Ich liebe dich auch, Freitag-Mädchen. Jetzt wollen wir tanzen. So wie mein Volk in Afrika tanzt. Wir haben für alles einen Tanz. Auch wenn wir sagen wollen: Ich gehöre dir für immer. Wenn wir einander unser heiliges Wort geben.«

»Aber Wes, ich kann nicht tanzen, hab's nie gelernt. Ich kann einfach nicht –«

»Hör nur auf die Musik, kleines Freitag-Mädchen.« Wes zog aus seinem Hemd die *Xetagble*-Flöte. Bei den ersten Tönen verstummten alle Gespräche. Diese Musik war zu fremdartig, unheimlich, überirdisch. Und zugleich lieblich.

Träumerisch begann Phoebe zu tanzen. Sie wurde über sich, über ihre Ängste, ja sogar über die häßliche, bedrückende Umwelt emporgehoben. Ohne sie zu berühren, tanzte *Hwesu*, der Afrikaner, mit ihr, um sie. Sie vollzogen vor dem Altar eines sehr mächtigen und grausamen Gottes ein feierliches Ritual. Als es zu Ende war, herrschte zunächst lastende Stille. Dann standen die Weißen wie ein Mann auf, klatschten und jubelten. Das war nun zuviel für Ruby Thomas. Tränen der Wut stiegen ihr in die Augen, während sie in den freien Kreis lief, den Wes und Phoebe gerade verließen. Sie fuhr den Fiedler an:

»Ich will für die Weißen singen. Spiel ›Hübsches gelbes Mädchen‹, Cudjo.«

Dieses Lied kannten und liebten alle Schwarzen. Die erste Strophe lautete.

»Der Massa bringt ein gelbes Girl
Sich aus dem Süden zurück.
Sie hat das Haar so dicht gekraust –
Ihr Mund ist breit und dick.«

Aber Ruby, die ihrer Wut freien Lauf lassen wollte, improvisierte, wie es nur die Schwarzen können, und schmetterte mit heiserer Stimme heraus:

»Käpt'n Wally hat ein Niggergirl
Für Wes im Süden gekauft.
Wie Kletten ist ihr Haar verfilzt,
Ihr Mund wie ein Schwein, das sauft.«

Jetzt klang spöttisches, erleichtertes Gelächter bei den Weißen auf. Das war der Normalfall. So hatten sich die Nigger zu benehmen. Das verstanden sie und das gefiel ihnen.

Unbekümmert sang Ruby weiter:

»Statt Füßen hat sie Schaufelräder
Und schlurft so durch das Haus.
Eine Woche muß sie Dampf ansammeln,
Aber dann, o Junge, gibt sie's aus.«

Die Weißen brüllten vor Lachen. Einige Schwarze lachten auch, ein bißchen unsicher, mehr aus Höflichkeit ihren Herren gegenüber. Aber sie fanden es eigentlich nicht komisch. Die meisten von ihnen waren selbst pechschwarz, und daß sich die hellbraune Mulattin Ruby über die Wesensmerkmale ihrer Rasse lustig machte, brachte sie in Wut. Die schwarzen Frauen sahen einander an. Einige der schweren Matronen nickten grimmig. Ruby würde von Glück reden können, wenn sie mit halbwegs heiler Haut nach Collinswood zurückkam.

Doch in ihrer Wut merkte sie nichts und vergrößerte ihre Chancen auf einen Aufenthalt im Krankentrakt von Collinswood noch durch eine dritte Strophe:

»Neben ihr sieht Ruß wie Baumwollflocken aus,
Ihre X-Beine sind eine Pracht.
Und wenn sie völlig ausgezogen ist,
Wie findet Wes sie in der Nacht?«

Einige der weißen Damen kreischten vor Vergnügen. Die Schwarzen wurden still. Phoebe hatte sich schluchzend an Wes gedrängt. Er schob sie weg und sagte ruhig: »Warte hier, Freitag-Mädchen.« Mit zwei Schritten war er bei Ruby.

Das Lachen verstummte schlagartig.

»Tol!« rief Pamela. »Tu etwas. Er bringt sie um!«

Tolbert Weatherbee stand zwar auf, fragte sich aber, wie er oder sonst jemand Wes an etwas hindern sollte, was der sich vorgenommen hatte. Dann setzte er sich wieder hin.

Denn Wes hatte Ruby nicht berührt. Es war auch ganz klar, daß er nicht die Absicht hatte, ihr etwas anzutun. Jedenfalls nicht körperlich.

Statt dessen beugte er sich vor und sah ihr in die Augen.

»Baby«, sagte er leise, »ich habe gehört, daß du mächtig viel sprichst. Jetzt hast du auch noch verdammt zuviel gesungen. Also denke ich mir, daß dein Hals Ruhe braucht. Vielleicht dein Leben lang. Bei allen *Vudun* des Himmels, des Meeres, der Erde, des Donners schlage ich dich jetzt mit Stummheit!«

Ruby öffnete den Mund, um ihn anzuschreien, ihn zu verfluchen, ihn zu bitten, ihn anzuflehen, irgend etwas. Aber sie brachte keinen Ton mehr hervor. Sie fuhr sich mit den Händen an den Hals, griff nach ihren Lippen, nach der Zunge. Verächtlich wendete sich Wes halb ab.

»Achtung, Wes!« schrie Pamela.

Wes wich nach links aus und vermied so Jonas' mörderische Klinge. Im nächsten Augenblick hob er die riesige Faust wie eine Ramme und ließ sie Jonas auf den Kopf fallen.

Dann beugte er sich über den bewußtlosen Mann. Nahm das Schlachtmesser aus den schlaffen Fingern des halbverrückten armen Teufels.

»Gib mir das Messer, Wes«, sagte Käpt'n Wally.

»Ich hätt's nicht gegen ihn verwendet, Sir«, meinte Wes sanft. »Habe es ihm nur weggenommen, damit er sich nicht selbst verletzt, dieser verrückte Nigger. Hier, nehmen Sie es, Sir. Ich brauche kein Messer. Messer und Revolver sind Spielzeug für kleine Jungen. Ein Mann braucht so was nicht.«

Jonas öffnete die Augen. Stöhnte. Spuckte aus.

»Ich bringe diesen Nigger um«, murmelte er. »Ich schneide ihn in Stücke.«

In diesem Augenblick hatte Beau Bob eine glänzende Idee.

»Ein fairer Kampf«, rief er. »Ein Faustkampf, Pa, keine Waffen. Wäre ein riesiger Spaß. Eine Unterhaltung für unsere Gäste.«

»Ich schließe mich dem Antrag an«, krähte Bascomb Collins.

»Jetzt hört einmal, ihr beiden«, begann Käpt'n Wally. Aber einige junge Männer griffen den Einfall auf.

»Ein fairer Kampf. Ein Faustkampf. Fünf Dollar auf den Sieger!«

Wallace Bibbs sah Wes an. Boxkämpfe zwischen kräftigen Sklaven waren ein beliebter Sport im Süden; oft wurden sie von den jüngeren Mitgliedern der Pflanzerfamilien veranstaltet. Wally war davon überzeugt, daß Wes Jonas mühelos halbtot schlagen konnte. Eigentlich war es eine vernünftige, gerechte Art, den Streit zu beenden.

»Nun, Wes?« fragte er ruhig.

»Gut, Sir«, antwortete Wes. »Aber können wir zwei Stühle haben?«

»Stühle?« fragte Beau Bob.

»Damit wir uns zwischen den Runden ausruhen können, Massa Bob.«

Die Bitte war gerechtfertigt, das begriff sogar Bob.

»Aber natürlich, Wes«, meinte er. »Komm, Bas, wir wollen Jonas in die richtige Verfassung für den Kampf bringen.«

Inzwischen hatte Wallace Bibbs Ruby bemerkt. Ihre Lippen waren blutig, weil sie mit den Fingernägeln daran riß. Dazwischen schloß sie die Hände um den Hals, als wollte sie sich selbst erwürgen.

»Was ist mit dir los, Mädchen?« fragte Wally.

Ruby antwortete nicht. Sie konnte nicht.

Wallace Bibbs begriff. Er brüllte Wes an.

»Nimm ihn weg, Wes! Verdammt, nimm den Zauber von diesem Mädchen weg!«

Was natürlich die Aufmerksamkeit aller auf Ruby lenkte. Vor allem die weißen Frauen drängten sich heran und starrten das verzweifelte Mädchen an.

»Nimm den Zauber von ihr, Wes!« wiederholte Wallace Bibbs.

»Das kann ich nicht, Sir«, widersprach Wes sanft. »Ich habe nichts getan. Der böse Teufel hat sie mit Stummheit geschlagen. Oder vielleicht der liebe Gott. Als Strafe für ihre böse Zunge. Sie wird wahrscheinlich stumm bleiben.«

Inzwischen war Pamela Ingraham mit Abigail Collins auf dem Schauplatz erschienen.

»O Ruby«, stöhnte Abigail.

In Rubys Augen standen große Tränen. Sie wies auf Wes, legte dann die Hände aneinander und sah bittend, betend zum Himmel.

»Wes«, sagte Pamela erbittert und zornig, »andere kannst du vielleicht belügen, mich nicht. Ich kenne dich zu gut. Ich weiß, was deine afrikanische schwarze Magie vermag. Du hast eine tote Frau aus ihrem Grab geholt die mir beinahe mein Kind weggenommen hat. Du bist böse, Wes. Durch und durch böse. Erzähl mir deshalb nicht, daß du nicht daran schuld bist. Du hast es getan, du schwarzer, niederträchtiger Zauberer. Und jetzt nimm den Zauber von ihr!«

Die Frauen sahen einander an. Es war nicht zu übersehen, was sie dachten, Pamela beachtete sie nicht.

»Nimm den Zauber weg«, wiederholte sie.

»Gut, Miss Pam. Aber jemand soll zuerst Phoebe hierherbringen, ja?«

Zwei der schwarzen Frauen, die die arme Phoebe gestützt hatten, zogen sie zu Wes.

»Ruby«, sagte Wes, noch immer leise, »du kniest jetzt nieder und küßt den Saum von Phoebes Kleid. Und bittest sie im Geist um Verzeihung. Du solltest ihr eigentlich die Füße küssen, aber ich will dich vor den Weißen nicht so beschämen. Wenn du das tust, kommt deine Stimme zurück. Wenn du es nicht tust, bleibst du stumm, Mädchen. Für immer. Hast du mich verstanden?«

Ruby nickte und wendete sich zu Phoebe.

»Du darfst ihm nicht gehorchen, Ruby«, tobte Pamela. »Wage es nicht, etwas so Erniedrigendes zu tun.«

Ruby breitete die Hände in einer hilflosen Geste aus. Dann fiel sie auf die Knie, ergriff Phoebes beinahe neues Kleid, führte es an den Mund. Sie sah Phoebe aus tränenblinden Augen an und flüsterte:

»Phoebe, ich bitte dich ganz demütig um Verzeihung.«

»Ist schon in Ordnung, Ruby«, unterbrach sie Phoebe. »Ich weiß, was du fühlst. Ich liebe ihn ja genauso.«

»Man sollte dich auspeitschen, Wes«, sagte Pamela.

Inzwischen waren Bascomb und Bob mit dem bedrohlich aussehenden Jonas eingetroffen.

»Wir sind bereit«, rief Beau Bob. »Wenn es den Anwesenden recht ist, werde ich Jonas und Bas wird Wes sekundieren.«

»Wer ist Ringrichter? fragte Tolbert.

»Dieses Amt möchte ich übernehmen«, meldete sich der junge Thomas Wilkes.

»Gut«, seufzte Wallace Bibbs, »lies ihnen die Regeln vor –«

»Sir«, unterbrach ihn Wes, »wir sind mit dem Mais beinahe fertig. Können wir nicht mit dem Faustkampf warten, bis wir wissen, wer das Maisschälen gewonnen hat?«

»Du hast wohl Angst«, spottete Jonas. »Du machst vor Angst in die Hosen. Ich werde dich so hart treffen, daß du die Posaunen von Jericho hörst.«

Wes musterte Jonas vom Kopf bis zu den Füßen, als sähe er ein seltsames, ekelhaftes Tier. Dann drehte er sich ruhig zu Wallace Bibbs um, als wäre Jonas gar nicht vorhanden.

»Nun, Sir?« fragte er.

»Du hast recht«, meinte Käpt'n Wally. »Wir wollen zuerst mit dem Maisschälen fertig werden und dann den Faustkampf durchführen. Bis dahin ist es auch kühler.«

Es ertönte wohl ein leises Murren, aber die jungen Herren

wußten, daß es gescheiter war, Wallys Geduld auf keine allzu harte Probe zu stellen. Außerdem würden sie ja nicht um ihr Vergnügen kommen. Käpt'n Wally hatte ihnen sein Wort gegeben, und alle wußten, daß sein Wort Gesetz war.

»Pam«, seufzte Tolbert, »ich verstehe dich nicht. Ich habe das Gefühl, daß du vorhin Wes gegenüber ziemlich ungerecht gewesen bist. Ich habe noch nie erlebt, daß er etwas wirklich Böses getan hätte. Daß Tim Watkins Nase und Ohr weggefressen wurden? Es würde dir jedenfalls sehr schwer fallen zu beweisen, daß das beabsichtigt war.«

»Halte den Mund, Tol«, rief Pamela zornig. Tolbert sah sie an und bemerkte, daß sie weinte.

»Pam!«

»Schon gut! Schon gut! Ich war ungerecht. Aber wer sagt dir denn, daß es auf dieser Welt gerecht zugeht, Tolbert? Ich bin halb verrückt – und er ganz allein ist daran schuld, dieser große, schwarze Hexenmeister. Hast du gesehen, wie sie mich angeschaut haben, alle diese vornehmen Damen?«

Tolbert wußte, daß Lügen keinen Sinn hatte.

»Ja, Pam. Aber Liebste, du kannst dich doch nicht durch die unbegründete Meinung von Narren beeinflussen lassen, die noch dazu bösartig sind.«

»Unbegründet? Du bist kein sehr guter Beobachter der Weiblichkeit, mein Freund. Sie haben triftige Gründe für ihre Meinung. Sie ist geradezu in ihnen verwurzelt. So tief verwurzelt, daß man annehmen kann, sie würden an meiner Stelle genau das tun, was sie von mir glauben.«

»Pam!«

»Entschuldige.« Sie wischte sich mit ihrer sommersprossigen Hand die letzten Tränen aus den Augen und lächelte ihn an. Das Lächeln war halb jungmädchenhaftes Kichern, halb ergebene Resignation – und völlig pervers. »Ich fühle mich jetzt viel besser. Es hat mir sehr geholfen, daß ich mich aussprechen konnte. Es ist nämlich wahr. Die meisten schrecklichen Dinge sind leider wahr. Zum mindesten teilweise. Denn nichts ist jemals ganz schwarz oder ganz weiß. Deshalb hasse ich Wes Parks die meiste Zeit mehr als den Tod und die Steuern. Ich mag ihn trotz – oder vielleicht sogar wegen – seiner Hautfarbe viel zu sehr und bin viel zu feige, um diesem Gefühl nachzugeben. Um dich zu beruhigen, Tol: weil ich zu weiblich und deshalb zu pervers bin, um zu leugnen, hat dich in den letzten Monaten etwas gequält, was *nie* geschehen ist. Es geht um die Nacht, an die ich mich nicht mehr erinnere, in der Wes mich verhext hat.«

»Dafür danke ich Gott«, sagte Tolbert inbrünstig.

»Ein sehr zwiespältiger Dank. Wes hat seine tote Frau Dangbevi beschworen, so daß ich sie gesehen habe. Sie hat Deirdre in die Arme genommen. Ich habe sie dazu gebracht, mir mein Kind zurückzugeben. Jedenfalls seine Seele.«

»Pam«, flüsterte Tolbert; seine Stimme war rauh vor Besorgnis.

»Du hast recht, natürlich, ich bin verrückt. Habe ich denn nicht ein Recht darauf? Ich habe soviel mitgemacht, daß ich mich ohne weiteres in den Wahnsinn flüchten könnte. Ich war mit Beau Bob verheiratet. Mein Kind kränkelt, sein Leben hängt an einem seidenen Faden. Es erinnert mich immer wieder daran, daß ich gesündigt habe. Mir ist bewußt, daß ich erschreckend sinnlich veranlagt bin. Und jetzt, um allem die Krone aufzusetzen, bin ich für euch die verdammte Yankee, die sich über ungeschriebene Gesetze lustig macht, die sich über die geheiligten Sitten, Gebräuche, Moralbegriffe der Südstaaten hinwegsetzt. Die ohne Zweifel das Fancy Girl keines großen, schwarzen Niggerbocks ist.«

»Weil wir beide aber genau wissen, daß zum mindesten der letzte Punkt nicht zutrifft, sehe ich keinen Grund, warum wir uns darüber den Kopf zerbrechen sollten.«

»Tol, antworte mir, aber ohne lange zu überlegen: Du hast Gerichtserfahrung; wieviel Männer wurden deiner Schätzung nach für Verbrechen gehängt, die sie nicht begangen haben?«

»Ich nehme an, Hunderte. Von Dutzenden weiß ich es. Und?«

»Und – siehst du denn nicht, daß man schon das Urteil über mich gesprochen hat? Daß ich unmöglich meine Unschuld beweisen kann, weil schon der Versuch, es zu tun, zu entwürdigend wäre? Mich beunruhigt nur, daß der Kummer mein Wesen verändert hat. Ich habe die Neger gern gehabt; jetzt mag ich sie immer weniger. Manchmal hasse ich sie sogar. Als ich geglaubt habe, daß

Wes Ellen vergewaltigt hat, und ihn deshalb geschlagen habe, hat es mir Spaß gemacht. Es war richtig angenehm, ihn zu schlagen.«

»Pam!«

»Ich weiß, ich weiß. Das ist schrecklich pervers, nicht wahr? Ich bin nun einmal pervers. Meine Gefühle sind durcheinandergeraten. Was ist denn überhaupt richtig? Was ist die Wahrheit? Schon Pilatus hat das gefragt. Das sind die wichtigsten Fragen, die je gestellt wurden. Die Wahrheit sieht so aus, daß ich nicht weiß, was ich will oder was ich empfinde. Ich empfinde jetzt eine heftige Abneigung gegen diese Schwarzen. Dwights Vernarrtheit hat dieses Gefühl in mir noch verstärkt.«

»Ich würde es nicht als Vernarrtheit bezeichnen. Als Südstaatler hätte ich das Problem nie von dieser Seite gesehen. Weil ich aber gezwungen war, logisch darüber nachzudenken, sehe ich ein, wie vernünftig er sich verhält. Ich will dir ein altes Familiengeheimnis verraten. Der erste Weatherbee war ein österreichischer Jude. Weatherbee ist eine ungefähre Übersetzung seines Namens. Sehe ich wie ein Jude aus? Ich fühle mich jedenfalls nicht so.«

»Juden sind aber Weiße!«

»Allerdings. Aber gesellschaftlich kaum akzeptable Weiße, wenn du die Einstellung des Südens auf sie anwendest. Dwight liebt Ellen. Vernunft und moralisches Empfinden sagen mir, daß es richtig von ihm ist, sie zu heiraten, auch wenn sie wie Wes' Phoebe aussähe. Zugegeben, gefühlsmäßig würde es mich ein bißchen aus dem Gleichgewicht bringen. Aber diese Frage stellt sich ja gar nicht, oder? Hast du vielleicht die Absicht, mich abzuweisen, weil ich einen jüdischen Urgroßvater hatte?«

»Natürlich nicht. Ich werde dich abweisen, weil du ein Esel bist, allerdings ein sehr netter. Was ist denn jetzt los?«

»Das Maisschälen ist zu Ende. Und – hast du es anders erwartet? – Wes' Team hat gewonnen. Komm mit!«

»Wohin?«

»Zum Boxkampf. Ich werde mit Vergnügen zusehen, wie Wes aus Beau Bobs Nigger Hackfleisch macht. Na schön, das ist kleinlich gedacht. Vielleicht sogar pervers. Aber ich bin auch nur ein Mensch, nicht wahr?«

»Ja, das bist du, und –«

»Und was?«

»Wenn du so menschlich bist, liebe ich dich beinahe, Tol. Jedenfalls ein kleines bißchen.«

»Als bescheidener Mensch bin ich schon damit zufrieden. Komm jetzt!«

»Zieh das Hemd aus, Wes«, sagte Bascomb.

»Nein, Sir, das ist nicht notwendig, Sir.«

»Verdammt, Wes, es wird ja ganz verschwitzt und schmutzig. Vielleicht sogar blutig. Und es ist ein wirklich hübsches Hemd. Seide, nicht wahr?«

»Ja, Sir. Ein afrikanisches Hemd. In meinem Land heißt es *Awo.*«

»Dann zieh es aus.«

»Bitte nicht, Sir. Phoebe schaut mir zu, Massa Bascomb. Ich will nicht in der Öffentlichkeit vor ihr halbnackt herumlaufen.«

»Ich will verdammt sein, Wes, wenn ich das begreife.«

»Das kann niemand, Sir. Sie müßten ein Schwarzer – nein, ein Afrikaner sein, damit Sie mich verstehen. Außerdem werde ich nicht einmal schwitzen. Schauen Sie nur zu, Massa Bascomb.«

»Die Kämpfer mögen vortreten«, bellte Wilkes Thomas junior.

Wes und Jonas traten in das Viereck, das durch auf dem Boden liegende Pfosten abgegrenzt war.

»Ihr habt die Regeln gehört«, rief der junge Thomas wichtigtuerisch. »Keine Schläge ins Genick. Keine Schläge während eines Clinch. Trennt euch, wenn ich eure Schultern berühre. Jetzt schüttelt einander die Hände und fangt an!«

Ashton Bibbs stand mit einer Kuhglocke neben dem Ring und läutete sie. Wes hob die rechte Hand. Er bewegte sie rasch vor Jonas' Augen hin und her. Dabei flüsterte er: »Der Mond, Jonas, erinnerst du dich? Der Mond, der dein Gehirn gefressen hat. Du wirst tun, was ich befehle!«

»Ja, Sir, Wes, ich höre und gehorche«, murmelte Jonas.

Wes warf den Kopf zurück und lachte laut. Ich habe es noch nie so schnell geschafft, dachte er. Warum? Weil die erste Hypnose noch immer in ihm nachwirkt. Er wird mich, meinen Einfluß, nie mehr ganz abschütteln können.

Dann setzte er sich lässig auf seinen Stuhl. Als er sich umsah, entdeckte er Phoebe zwischen den schwarzen Frauen. Ihr Gesicht war grau. Zwei ältere, kräftige Negerinnen stützten sie.

Mach dir keine Sorgen, kleiner *Otutu*-Vogel – diesen Gedanken projizierte er in ihren Geist. Dann läutete Ashton die Glocke.

Jonas tänzelte in die Mitte des Rings. Er hüpfte, duckte sich, schlug kraftvolle Schläge in die leere Luft. Wes grinste über das ganze Gesicht und blieb sitzen, wo er war.

»Wes!« rief Wallace Bibbs. »Du stehst jetzt auf und kämpfst.«

»Nein, Sir, Käpt'n Wally«, antwortete Wes fröhlich. »Das ist nicht notwendig. Der Nachmittag ist zu schön. Ich will ihn mir nicht dadurch verderben, daß ich mein Hemd schmutzig mache und mir die Fäuste an dem Kopf von einem verrückten Nigger blutig schlage.«

»Wes!« brüllte Wallace empört. »Ich befehle dir –«

»Machen Sie sich keine Sorgen, Käpt'n, Sir, und alle Damen und Herren. Sie werden einen Kampf sehen. Einen mächtig guten Kampf. Besser als das, was ich Ihnen zeigen kann. Jonas wird mit meinen *Taukwiyo* kämpfen.«

»Deinen was?« knurrte Beau Bob.

»Meinen *Taukwiyo.* Den Geistern von meinen Urgroßvätern, Massa Bob. Ich habe sie aus dem Kulthaus in Afrika gerufen, Sir. Sie sind tot, Massa Bob, schon lange tot, aber sie kommen, wenn ich sie rufe.«

»Was für ein Unsinn ist das wieder?« fragte der junge Wilkes Thomas zornig.

»Kein Unsinn, Massa Wilkes, überhaupt kein Unsinn. Ich kann das wirklich. Warten Sie, ich zeige es Ihnen. Jonas! Du siehst die Geister von meinen Urgroßvätern?«

»Ja, Wes. Die sind aber mächtig alt und häßlich.«

»Der dort ist *Mase.* Schüttle *Mase* die Hand, Jonas.«

Jonas schüttelte eine unsichtbare Hand.

»Jetzt *Agade,* gut so. Und jetzt *Siligbo.* Aber sei vorsichtig. *Siligbo* ist mächtig stark.«

»Wes, zum Teufel –«, begann Beau Bob, aber Jonas schrie plötzlich laut auf.

Er sprang zurück und versuchte, seine Hand wegzuziehen, die anscheinend in der Luft erstarrt war.

»Er zerquetscht meine Hand, Wes«, heulte Jonas, »sag ihm, er soll sie loslassen. Er bricht mir alle Knochen!«

»Aber, *Taukwiyo*«, sagte Wes vorwurfsvoll, »das ist nicht fair. Laß den armen Jonas los. Wenn du ihm die Hand zerquetschst, kann er nicht mehr kämpfen. Hörst du mich, Urgroßvater? Laß ihn los!«

Jonas' Hand sank herab. Er betrachtete sie ungläubig.

»Ich glaube, Sie können jetzt die Glocke für die erste Runde läuten, Massa Ash«, erklärte Wes äußerst selbstzufrieden.

»Hör mit diesen Kinkerlitzchen auf!« brüllte Beau Bob. »Sag ihm, daß er endlich aufstehen und kämpfen soll, Pa!«

Aber noch während er sprach, schlug Jonas einen mächtigen Schwinger gegen jemand nicht Sichtbaren. Offensichtlich schlug der arme Jonas jedoch daneben, denn alle Zuschauer sahen, wie Jonas' Kopf unter einem unsichtbaren, aber mörderischen Schlag zur Seite flog. Der große Mann ging zu Boden wie ein gefällter Ochse.

»Mein Gott!« murmelte Beau Bob.

»Na, komm schon, Jonas«, meinte Wes vorwurfsvoll von seinem Stuhl aus, »das war *Mase*, der dich geschlagen hat. Der ist viel zu alt, um dir weh zu tun. Er ist neunhundert Jahre alt – nein, tausend. Er kann gar nicht so hart schlagen. Steh auf, ja? Du enttäuschst die freundlichen weißen Zuschauer. Sie wollen einen ordentlichen Kampf sehen.«

Jonas hob langsam den Kopf. Er blinzelte benommen.

Plötzlich erkannte Tolbert Weatherbee, der ohnehin einen Sinn für schwarzen Humor hatte, wie unwiderstehlich komisch die Szene war. Er rief:

»Zähl ihn aus, Wilkes. Nach den Regeln des Marquis von Queensberry! Ich halte es für ein technisches K.o.«

Rund um den Ring lief Gelächter durch die Reihen.

Wilkes junior zuckte es verdächtig um die Lippen, als er mit dem Auszählen begann. Bei »Neun« stolperte Jonas, noch immer benommen, auf die Füße.

»Seht ihn euch an, *Taukwiyo*«, sagte Wes mit gespieltem Ernst. »Tut diesen freundlichen Leuten einen Gefallen, wollt ihr? Schlagt ihn nicht zu schnell und nicht zu hart. Er ist ein netter Kerl, der

Jonas. Er kann nichts dafür, daß er so verdammt häßlich und dumm ist. Seid nicht zu hart mit ihm, Urgroßväter. Wenn ihr brav seid, werde ich *Lixa* vor euren Altar gießen.«

»Was willst du tun, Wes?« fragte Bascomb.

»Ein bißchen Whisky vor ihren Altar gießen, Massa Bas. Sie sind richtige Säufer, diese Geister von meinen Urgroßvätern.«

Sogar Pamela fand, daß es das Absurdeste und Komischeste war, was sie oder die anderen je erlebt hatten. In der zehnten Runde jedoch begannen sich Wally Bibbs und noch einige Zuschauer zu wundern. Denn Jonas' linkes Auge war völlig geschlossen. Er blutete stark aus einem Cut. Einige schworen, daß Jonas sich mit seinen wilden Schwingern selbst verletzt hatte. Andere, vor allem Wally Bibbs, Ashton, Beau Bob, Bascomb Collins und der junge Wilkes Thomas, waren dessen nicht so sicher. Ash zum mindesten hatte den Eindruck, daß er gelegentlich riesige, dunkle, durchscheinende Gestalten sah, die sich auf den armen Jonas stürzten. Er erinnerte sich an den Wald in Virginia.

»Hör mit dieser Posse auf, Wes«, sagte er ruhig. »Das ist nicht mehr komisch, das ist grausam. Hör auf, habe ich gesagt.«

»Gut, Massa Ash«, antwortete Wes, dann hob er die Stimme: *»Thaukwiyo Siligbo,* mach ihn fertig. Aber nicht zu hart, gib acht.«

Alle Anwesenden hörten – oder waren nachher davon überzeugt, es gehört zu haben – das dumpfe Geräusch, mit dem eine Faust gegen das zerschlagene Kinn des armen Jonas krachte. Sie sahen, wie Jonas langsam, träumerisch nach hinten flog und auf dem Boden landete. Und zwar in einer Gruppe von weißen Zuschauern, wobei er drei junge Gentlemen mit sich riß. Das hielt Ashton für eine wohlüberlegte Bosheit von Wes.

Wallace Bibbs war einer der ersten, der bei dem gefällten Gladiator eintraf. Er starrte den bewußtlosen Schwarzen an. Dann fiel ihm reichlich spät ein, wie komisch das Ganze gewesen war. Er warf den Kopf zurück und brüllte vor Lachen. Er lachte, bis ihm die Tränen kamen. Als Jonas wieder zu sich kam, hörte er als erstes dieses Gelächter. Zugleich mit dem Bewußtsein erwachte in ihm die Wut. Er blinzelte heftig mit seinem unverletzten Auge und fixierte das Gesicht seines Herrn. Der Zorn, die Demütigung und der Schmerz bewirkten, daß sich dieses lachende Gesicht für immer seinem Geist einprägte.

Gut, dachte er langsam, aber mit tödlicher Endgültigkeit. Sie haben soeben Ihr Todesurteil unterschrieben, Käpt'n Wally. Nachher wird man mich auch umbringen. Aber das macht mir nichts aus, wenn ich nur weiß, daß der Teufel Ihnen und Wes die Zunge herausreißt und Sie in der Hölle über Schwefelkies brät. Ich werde glücklich sterben, sobald ich euch beide getötet habe, den schwarzen und den weißen Teufel.

Das waren aber noch nicht alle taktischen Fehler, die an diesem Thanksgiving Day begangen wurden. Wes und Käpt'n Wallace Bibbs schloß sich auch noch Abigail Collins an.

Sie gab einer absolut unvernünfigen, aber sehr menschlichen Regung nach und suchte unter den Zuschauern des Boxkampfs Wilkes Thomas senior, zupfte den soignierten, wohlerzogenen und noch immer sehr gut aussehenden alten Herrn am Ärmel, flüsterte: »Könnte ich Sie einen Augenblick sprechen, Sir?«

Wilkes Thomas drehte sich um. Er erkannte Abigail sofort, und in seine strengen, dunklen Augen trat ein warmer Glanz. Zärtlichkeit, süße, zarte, traurige Erinnerungen stiegen in ihm auf.

»Natürlich, mein Kind«, antwortete er.

»Irgendwo, wo wir allein sind, wo uns niemand hören kann?«

Wilkes Thomas zog die dunklen, jetzt schon von silbernem Reif überhauchten Augenbrauen in die Höhe.

»Bitte, Sir«, bettelte Abigail, »es ist wichtig, jedenfalls für mich.«

»Gut, kleine Abigail.« Er liebte diesen Namen. Er und Susan Collins hatten ihn vor Abigails Geburt ausgewählt. Einen Jungen hätten sie vorsichtigerweise Benton genannt, denn es hatte schon etliche Bentons in beiden Familien gegeben.

Wilkes Thomas ergriff Abigails schlanken Arm, und diese Berührung löste süße Erinnerungen und bittere, schmerzliche Gefühle in ihm aus. Er erlebte Freude, Leidenschaft, Kummer, Trauer und Reue wieder, aber diese Gefühle waren gedämpft, weil die zierliche Gestalt an seiner Seite ging.

Sie entfernten sich von der Menge und gingen zu den Koppeln, auf denen sich die prächtigen Stuten und Fohlen der Bibbs im goldenen Schein der untergehenden Sonne tummelten.

»Das genügt«, meinte Abigail. Sie stellte sich vor Wilkes Thomas auf und sah ihm in die Augen. Die ihren waren blau; aber von einem dunklen Blau, zum Unterschied zu den himmelblauen Augen der Collins.

Bestürzt sah er, daß sie voll Tränen standen.

»Abigail! Was, um Himmels willen, ist denn geschehen?«

»Sir«, flüsterte Abigail, »sind Sie mein Vater?«

»O Gott!« seufzte Wilkes Thomas senior.

Wes schritt mit Phoebe durch die Abenddämmerung. Sie lehnte sich zärtlich an ihn, ihr kleiner, kurzgeschorener Kopf ruhte an seiner Schulter. Sie schwiegen. Worte waren überflüssig.

Dann sah Wes am Horizont zwei Reiter, die sich entfernten. Er erkannte Beau Bob Bibbs und Bascomb Collins. Und *Legba* gab ihm die Idee zu einem Schabernack ein, denn Wes war ein bißchen trunken vor Triumph und Glück.

Ich möchte wissen, dachte er vergnügt, ob sie so weit reicht.

Ohne zu zögern, nahm er die kleine, stumme Flöte aus der Tasche und blies sie mit aller Kraft.

Bascomb Collins mußte seine Anmaßung, immer nur Hengste zu reiten, teuer bezahlen. Über Weihnachten, Neujahr und weit bis ins nächste Jahr hinein trug er an einem Bein einen Gipsverband, der ihm bis zur Hüfte reichte. Außerdem hinkte er bis an sein Lebensende. Beau Bob hatte mehr Glück; er kam mit zwei gebrochenen Rippen davon.

Der eigentliche Verlierer war aber Wes. Er hatte eine Grundregel noch nicht begriffen: Wenn man es mit starken Gegnern zu tun hat, genügt es nicht, sie zu verletzen; man muß sie töten. Er hatte an diesem Tag drei stolze Männer unerträglich gedemütigt: Bob, Bascomb, Jonas. Der Stolze kann eine Niederlage oder den Tod akzeptieren, aber niemals eine Demütigung. Wes hätte das wissen müssen, da er ebenfalls zu den Stolzen gehörte. Aber die Liebe und ein paar zu leicht errungene Erfolge, die ihm zu Kopf gestiegen waren, hatten ihn verwirrt.

Oder vielleicht hatte *Legba* sein Gehirn gegessen.

16

»Es war keine gute Idee, Ruby«, sagte Abigail Collins.

»Das glaube ich auch«, meinte Ruby ungerührt.

»Er hat ja zugegeben, daß er mein wirklicher Vater ist, oder jedenfalls beinahe, ohne es ausdrücklich auszusprechen. Aber als ich ihm sagte, ich möchte im Norden in die Schule gehen, in Mount Holyoke, dem einzigen College für weibliche Hörer, das ich kenne – Pamela hat es auch besucht –, hat er mir erklärt: ›Ich finde, Abigail, daß der Ruf, in dem Pamela Ingraham hier steht, kaum eine Empfehlung für diese Schule darstellt.‹ Als ich daraufhin meinte: ›Schön, dann eben eine andere‹, hat er mir in die Augen geschaut und gesagt: ›Selbst wenn ich zugäbe, daß Gründe zu der Annahme bestehen, es könnte eine besondere Beziehung zwischen uns vorhanden sein – glauben Sie nicht, daß ich Sie dann ebenso ungern wie Barton Collins in das Land der Yankees schicken würde? Ich würde bestimmt nicht wollen, daß meine Tochter mit den verderblichen Grundsätzen in Berührung kommt, die bei diesem Diebsgesindel von Yankees gang und gäbe sind.‹ . . . Ruby, du hörst mir ja überhaupt nicht zu.«

»Nein – ich meine, ja, ich höre zu, Missy Abigail. Was haben Sie darauf geantwortet?«

»Ich habe ihm auseinandergesetzt, daß einem Vater das persönliche Glück seiner Tochter wichtiger sein müßte als alle Vorurteile. Aber er hat mir mit seiner Antwort den Wind aus den Segeln genommen. Er hat gesagt: ›Abigail, vor dem Gesetz sind Sie Barton Collins' Tochter. Vielleicht können Sie mir erklären, wie ich als loyaler Freund Ihrer Familie einer minderjährigen Tochter eben dieser Familie Geld zur Verfügung stellen kann, damit sie es auf eine Weise verwendet, mit der der *Pater familias*, in diesem Fall Bart Collins, auf keinen Fall einverstanden wäre? Das mindeste, worauf ich gefaßt sein müßte, wäre ein verdammt peinlicher Prozeß. Denn ich würde wahrscheinlich damit diesen Gentleman darauf aufmerksam machen, daß zwischen Ihnen und mir eine besondere Beziehung bestehen könnte, und ihn, da er ein Mann von Ehre ist, dadurch veranlassen, mich zu fordern. Duelle sind zwar barbarisch, unmodern und blödsinnig, aber der arme Bart hätte gar keine andere Wahl. Und in diesem Fall wären die Folgen für Sie, mein liebes Kind, äußerst tragisch, ganz gleich, wer gewinnt!›«

»Mir scheint, Massa Wilkes hat uns da ganz schön hereingelegt, was?«

»Und ob! Dabei haben wir uns solche Mühe gegeben, uns eine Geschichte auszudenken, bei der Joe gänzlich aus dem Spiel bleibt – und was haben wir erreicht? Daß er sich genauso gegen das Ganze stellt wie Papa. O Gott, ist das ein heilloses Durcheinander! Weil ja Mister Thomas mein Papa ist, oder?«

»Ja, das ist er sicherlich. Was wollen Sie jetzt tun?«

»Zweierlei. Ich werde heute noch Pam aufsuchen. Dann werde ich vor Anwalt Weatherbee die Erklärung abgeben, die Wes Joe vorgeschlagen hat, denn ich fange an zu glauben, daß Wes der gescheiteste Mensch ist, der mir je begegnet ist.«

»Er ist gemein. Ein Teufel. Ein Zauberer, ein Voodoo-Hexer. Ich hasse ihn!«

»Nein, das stimmt nicht. Du liebst ihn, Ruby. Seit gestern begreife sogar ich, warum.«

»Er hat mich verhext. Hat mich vor allen Leuten gedemütigt. Hat diese häßliche, dreckige Feldniggerin geküßt.«

»Jetzt bist du ungerecht, Ruby. Phoebe ist hübsch. Sogar sehr hübsch. Sie ist schön, obwohl sie schwarz ist, genau wie Wes gut aussieht, obwohl er ein Nigger ist. Du mußt zugeben, daß er gut aussieht. Gestern war er bei weitem der bestaussehende Mann auf dem Fest einschließlich Dwight und Joe.«

»Missy Abigail, lassen Sie sich nur nicht auch von ihm verhexen!«

Abigail lachte mutwillig.

»Vielleicht ist's schon passiert. Aber jetzt hilf mir bitte beim Anziehen, ja? Wenn du etwas zu tun hast, vergißt du darüber dein gebrochenes Herz.«

»Nein. Ich werde erst aufhören daran zu denken, wenn ich nicht mehr atme, nicht mehr lebe. Es dauert sowieso nicht mehr lang. Es wird sogar sehr bald soweit sein.«

»Unsinn! Die Menschen sterben heute nicht mehr an gebrochenem Herzen, Ruby. Wir leben in einer modernen Zeit.«

»Das glauben Sie, Missy.«

»Meinen Glückwunsch, Wes«, sagte Dwight Ingraham. »Wann wird die Hochzeit sein?«

»Am Christtag, Sir Und wann heiraten Sie?«

»Das ist die Frage. Ich weiß ja nicht einmal, ob ich mich überhaupt als verlobt betrachten kann.«

»Oh, das sind Sie sicherlich. Ellen hat mir erzählt, was Sie gesagt haben. Deshalb möchte ich Sie etwas fragen, Sir. Ellen ist meine Freundin, ihr Wohl liegt mir am Herzen. Haben Sie es ehrlich gemeint, Sir?«

»Ich habe es ehrlich gemeint, Wes. Ich habe noch nie in meinem Leben etwas ehrlicher gemeint!«

»Gut, dann will ich Ihnen helfen. Hören Sie, Massa Dwight, ich kenne Miss Pam. Ich kenne sie besser als jeder andere hier. Manchmal glaube ich, daß ich sie besser kenne, als sie selbst es tut. Deshalb will ich Ihnen etwas sagen: Bitten Sie sie nicht, Ihnen Ellen zu verkaufen. Sie wird es nicht tun. Sie lebt schon zu lange im Süden und denkt wie alle hier. Ich nehme an, daß die Leute überall zuviel reden, vor allem über Dinge, die sie nichts angehen. Aber hier im Süden müssen die Weißen nicht arbeiten, und deshalb reden sie noch viel mehr als anderswo.«

»Und?«

»Und sie haben Miss Pam sehr verletzt, Massa Dwight. Sie muß sich so oft gegen falsche Anschuldigungen wehren, daß sie gar keine Zeit hat, darüber nachzudenken, wer sie ist und woran sie glaubt. Sie ist eine gute Frau, Sir. Aber nicht stark. Sie wissen ja, was schwache Leute tun, wenn sie merken, daß sie unterliegen, daß sie keine Hilfe erwarten können, nicht wahr, Sir?«

»Ich glaube schon. Sie geben nach, nicht wahr? Schließen Kompromisse.«

»Massa Dwight, Sie gebrauchen mächtig schwere Worte, ich kann Ihnen nicht ganz folgen. Aber ich wollte sagen, daß die meisten Leute, wenn sie merken, daß sie von ihren Feinden eingekreist sind, zu den Feinden übergehen. Sie nehmen die Bräuche und Gedanken der Leute um sie herum an, so wie kleine Vögel und Käfer und Tiere im Dschungel die Farbe wechseln können, um mit den Blumen und Büschen zu verschmelzen und sich besser zu verstecken. Weil sie keine Zähne und Klauen haben.«

»Wes, du verstehst alles sehr gut. Du sprichst besser als jeder andere Neger, besser als mancher Weiße. Du hast sogar Lesen und schreiben gelernt, hat mir Pam gesagt.«

»Weil sie es mich gelehrt hat. Aber jetzt hat sie damit aufgehört. Weil die Leute – die Weißen und die Nigger – ihre Güte mir gegenüber, ihr Interesse an mir für etwas anderes gehalten haben, was es ganz bestimmt nicht war, was weder ihr noch mir je in den Kopf gekommen ist, Sir. Sie glauben mir doch, nicht wahr?«

»Natürlich. Ich kenne Pam viel zu gut. Und jetzt kenne ich auch dich. Jedenfalls glaube ich dich zu kennen.«

»O ja, das tun Sie. Deshalb wissen Sie auch, daß ich stolz bin. Stolz auf mich, auf mein Volk, auch auf meine Hautfarbe, Sir – nicht wie diese dummen, tierischen Nigger, die Sklavennigger, die sich schämen, weil sie schwarz sind.«

»Es wäre mir lieber, wenn du das Wort ›Nigger‹ nicht verwendest, Wes. Der richtige Ausdruck ist Neger oder Schwarzer. Beides bedeutet das gleiche, nur haben wir das Wort ›Neger‹ von den Portugiesen übernommen, die als erste Europäer mit Schwarzen in Kontakt gekommen sind. ›Neger‹ heißt nichs anderes als ›Schwarze‹.«

»Die Schwarzen hier sind aber Nigger, Sir. Sie sind zu Niggern gemacht worden, man hat sie gepeitscht, ihnen angst gemacht, hat ihnen von dem Augenblick ihrer Geburt an eingeredet, sie seien schlechter als die Weißen. Ich bin ein Schwarzer, Sir. Ein Schwarzer ist etwas Besonderes. Es gibt Stämme bei uns, bei denen ein Junge, wenn er ein Mann werden will, einen Löwen nur mit einem Messer und einem Speer töten muß. Mein Volk ist ein Volk von Kriegern. Wir haben Frauen in unserem Heer, die tapferer und wilder kämpfen als Männer in anderen Stämmen. Wenn ich deshalb Schwarze sehe, die Nigger sind, die für die Weißen den Clown spielen, sich am Kopf kratzen, schlurfen, sich dumm stellen, wird mir so schlecht, daß ich erbrechen könnte.«

»Wenn ich schottische und irische Einwanderer sehe – wir Ingrahams stammen von Schotten und Iren ab –, die sich betrinken, ihre Frauen verprügeln und sich wie Schweine im eigenen

Dreck wälzen, empfinde ich wie du. Das hat nichts mit der Rasse zu tun, Wes. Es ist die natürliche, beinahe unvermeidliche Folge von Unwissenheit und Armut.«

»Ja, aber die Leute, von denen Sie sprechen, können sich hinaufarbeiten. Sie können mit der übrigen Bevölkerung verschmelzen und von ihr aufgesaugt werden. War Ihr Großvater reich und gebildet?«

»Nein. Unsere Vorfahren waren bettelarm. Ich nehme an, daß sie nur eine Volksschule besucht haben. Sie haben Lesen, Schreiben und Rechnen gelernt, sonst nichts.«

»Und jetzt überlegen Sie einmal, was Sie sind, Massa Dwight. Ihrem Urgroßvater hat man an seiner Hautfarbe nicht angesehen, von wo er stammte. Ich nehme an, daß er's schwer hatte, aber nur, weil er nicht viel gewußt und komisch gesprochen hat und die Leute ihn darum für dumm gehalten haben.«

»Sehr richtig, Wes.«

»Er hat nur ein bißchen lernen, sich gutes Englisch und ordentliches Benehmen zulegen müssen, und dann ist er in eine andere Gegend übergesiedelt –«

»Nicht er. Erst sein Sohn, mein Großvater.«

»Gut. Dasselbe. Ihr Großvater konnte ein Gentleman werden. Die Leute haben nichts dagegen gehabt, weil er genauso ausgesehen und gesprochen hat wie sie. Aber mein Urenkel – falls ich jemals einen habe – kann alle Gesetzbücher auswendig lernen, und trotzdem: wenn er sich einmal in der Nacht verirrt und irgendwo in diesem Land die falsche Straße entlanggeht, bringen ihn die Weißen um, nur weil er schwarz ist.«

»Das stimmt, Wes. Und es wird noch lange, lange stimmen. Deshalb frage ich dich offen: Was willst du unternehmen, um diesen Zustand zu ändern?«

»Lernen, klüger werden. Frei werden. Ich will mit Käpt'n Wally sprechen, weil ich jetzt heirate. Ich werde ihn bitten, daß ich am Samstagnachmittag und -abend mich woanders verdingen und daß ich meinen Verdienst behalten darf. Daß ich zuerst mich von ihm freikaufe und dann Phoebe.«

»Und deine Kinder?«

»Ich werde keine haben – bis wir frei sind.«

»Aber Wes, liegt das nicht in Gottes Hand?«

»Nein, Sir, es liegt in meiner Hand. Ich kann dafür sorgen, daß wir keine Kinder haben. Ich weiß wie. Ich weiß sehr viel, was die Weißen nicht wissen.«

»Das glaube ich gerne. Du hast gestern eine ganz schöne Schau abgezogen. Wes, wie schaffst du das nur?«

»Es beginnt damit, daß ich ein Schwarzer bin. Ein Afrikaner. In Afrika ist vieles anders als hier. Sie sind gescheit, und ich bin gescheit, Sir, ja?«

»Ja. Das stimmt. Obwohl ich nicht weiß, wie gescheit *ich* bin.«

»Sie sind sehr gescheit. Sie haben Ihre Weisheit, Ihre Wissenschaft aus Büchern. Aber ich bin anders gescheit. Ich bin in Dingen gescheit, an die die Weißen überhaupt nicht glauben – lassen Sie mich nachdenken, wie hat Anwalt Weatherbee es ausgedrückt? Richtig, jetzt hab ich's – Dinge, die allen Naturgesetzen widersprechen.«

»Nach dem gestrigen Tag gebe ich sogar das zu.«

»Es ist aber so, Sir, daß das gar keine Naturgesetze sind. Nur die Weißen glauben es. Weil ihre Lehrer und weisen Männer sie gelehrt haben, nur das zu glauben, was sie sehen können, entgeht ihnen drei Viertel von dem, was es auf der Welt gibt. Sie wissen nicht einmal, wie man richtig sieht.«

»Weißt du es denn, Wes?«

»Ja, ich sehe mit meinem ganzen Körper. Ich fühle die Dinge, Sir wie heiße Blitze auf der Haut, die von Leuten kommen, die weit entfernt sind. Ich sehe auch mit meinem Geist. So kann ich sehen, *was* die Menschen sind. Ich kann sogar sehen, wenn Menschen gar keine Menschen sind, auch wenn jeder sie dafür hält. Ich bemühe mich gerade jetzt, immer besser zu sehen, die Gabe, die ich habe, stärker zu machen.«

»Wes, du hast gesagt, einige Menschen sind keine Menschen.«

»Ja, Sir, Manche Menschen kommen von einem anderen Ort – einem Ort, der *hier* und gleichzeitig woanders ist. Jeder Mensch hat sein besonderes Licht. Wenn ich die Augen zusammenkneife, sehe ich das Licht. Das Licht hat bei jedem Menschen eine andere Farbe. Bei manchen ist es schwächer als bei den anderen. Die, die nicht menschlich sind, haben überhaupt kein Licht. Massa Townsend Graves zum Beispiel. Er ist kein Graves. Er ist nicht einmal ein Mensch, Sir.«

»Was ist er denn, Wes?«

»Ich glaube, ein Teufel. Oder ein böser Geist. Meine *Selido,* meine denkende Seele, sagt mir, daß er Massa Bob ruinieren wird.«

»Das ist zuviel für mich. Wes, bevor wir uns ins Uferlose verlieren, du wolltest mir sagen, was ich wegen Ellen tun soll.«

»Sie stehlen, Sir. Aber sie gescheit stehlen. So, daß Miss Pam überhaupt nicht auf die Idee kommt, zu den Beahörden zu gehen. Sie soll gar nicht wissen, daß Ellen fort ist, bis Sie ihr aus Boston schreiben und ihr erzählen, daß Sie schon verheiratet sind.«

»Wes, das ist einfach unmöglich. Ich hatte die Absicht, Pam offen und ehrlich ein Angebot für Ellen zu machen, und –«

»Und Miss Pam wird es glatt ablehnen. Das wissen Sie doch?«

»Ja, ich glaube schon. Aber ich muß sie fragen, Wes. Es ist die einzige anständige Lösung.«

»Anständig und gescheit ist nicht dasselbe, Massa Dwight. Hmm – gut. Tun Sie es. Aber fragen Sie sie in Gegenwart von Ellen.«

»Warum?«

»Eine Idee von mir. Ich werde Ellen sagen, was sie tun muß. Sie muß weinen, bitten, schwören, daß sie sich umbringt, wenn Miss Pam sich weigert.«

»Ich muß schon sagen, du bist wirklich ein kluger Bursche. Pam wird natürlich gerührt sein und nachgeben. Großartig. Genau das Richtige!«

»Massa Dwight, Sie verstehen nicht viel von Frauen, nicht wahr? Und von Miss Pam noch weniger. Sie wird nicht gerührt sein. Sie wird wütend sein, weil Ellen so vorlaut ist. Sie wird vielleicht drohen, sie auspeitschen zu lassen – vielleicht wird sie sie sogar schlagen. Sie hat mich einmal mit einer Peitsche geschlagen!«

»Gorßer Gott! Pam? Das hätte ich nie gedacht.«

»Und ob sie es getan hat. Sie hat geglaubt, daß ich es mit Ellen getrieben habe, deshalb hat sie mich geschlagen. Sie hat sich nachher entschuldigt, als sie gemerkt hat, daß es nicht stimmt.

Deshalb hoffe ich, daß sie jetzt Ellen schlägt. Dadurch wird alles glaubwürdiger erscheinen.«

»Was wird für Pam glaubwürdiger erscheinen?«

»Daß Ellen aufhört zu essen und ein paar Tage lang Trübsal bläst. Massa Dwight, glauben Sie an mich? Haben Sie Vertrauen zu mir? Vertrauen, daß ich Ihr Freund bin und nicht nur ein armer, dummer Niggersklave?«

»Ja, Wes. Ich glaube sogar, daß du ein Weiser bist. Ein Wahrsager und ein Weiser. Jemand, der Künste beherrscht, die die Welt vergessen hat. Ein wahrer Zauberer. Ein echter Hexenmeister.«

»Gut. Geben Sie mir die Hand, Sir. Als würden Sie mir die Hand schütteln, wie ein Mann dem anderen, wie einem Bruder.«

»Warum nicht? Wir sind ja Männer und Brüder, Wes. Diese Beziehung ehrt mich.«

»Miss Pam hat das auch einmal gesagt. Aber sie hat vergessen, daß sie es gesagt, ja daß sie es überhaupt gedacht hat. Nehmen Sie jetzt meine rechte Hand, Sir. Halten Sie sie fest. Lassen Sie sie nicht los!«

»Gut. Großer Gott! Wes, hast du elektrische Blitze unter der Haut? Du strahlst eine Art von Elektromagnetismus aus, die – warum wird es finster? Finster wie in der Nacht. Dabei ist es –«

»Mittag in der Zeit, in der Sie leben, Sir. Aber in meiner Welt gibt es keine Zeit. Die Dunkelheit ist das Gewicht der Trauer, die über Ingrahams Crest hängt. Weil dieser Ort nicht weiterbestehen wird, Massa Dwight. Auch die Bibbs-Familie nicht, ausgenommen Massa Ash. Jemand oder etwas hat ihr Schicksal gegen sie gewendet. Die kleine Deirdre wird die erste sein, die geht. Und dann Käpt'n Wally. Oder umgekehrt, da bin ich nicht sicher.«

Und Pam?«

»Ich weiß nicht. Vielleicht kann Massa Tol sie retten. Aber ihr Licht ist auch sehr schwach. Es flackert nur noch. Ich tue, was ich kann, für sie. Jetzt halten Sie sich fest. Wir gehen weit, Massa Dwight. Mächtig weit.«

»Wohin, Wes? Wohin führst du mich?«

»In die Dunkehlheit. In das Herz der Dunkelheit. Wo die Wahrheit und die Macht und die Herrlichkeit sind. Ich muß Sie sehend machen, sonst lassen Sie nicht zu, daß ich das tue, was ich tun muß, um Ihnen Ellen zu geben. Um sie frei und glücklich zu machen. Halten Sie sich fest, Sir, es geht los!«

»Mein Gott«, flüsterte Dwight, »bist du sicher, daß es gut geht? Daß sie es überlebt? Ohne den Verstand zu verlieren?«

»Sie haben es gesehen, Massa Dwight. Glauben Sie jetzt an mich? Ich meine, daß ich auch das tun kann?«

»Ja, ich glaube dir. Ich werde mich genau nach allem richten, was du gesagt hast. Nur – es ist so schrecklich.«

»Das weiß ich. Aber Ellen wird in Ordnung sein. Ich gebe Ihnen mein Wort.«

»Wes, warum kommt ihr beide, du und Phoebe, nicht mit uns? Ich kann euch als unsere Diener ausgeben. Wenn wir erst auf freiem Territorium sind –«

»Ich kann Miss Pam nicht im Stich lassen, Sir. Sie wird mich brauchen, wenn die arme kleine Deirdre über den Fluß geht. Sie wird mich ganz mächtig brauchen. Und auch Massa Ash. Ich muß aufpassen, daß er nicht in die schreckliche Dunkelheit hinuntergezogen wird. Machen Sie sich aber keine Sorgen wegen mir. Später werde ich Sie und Ellen in Boston besuchen. Gemeinsam mit Phoebe. Es wird eine Weile dauern, weil ich uns freikaufen will. Ich kann sie nicht den Gefahren aussetzen, die mit einer Flucht zusammenhängen. Hunde und Flinten und Peitschen und das alles. Die Paddyroller sind scheußlich gemein. Ich glaube, ich werde mächtig lange brauchen, bis ich genügend Geld beisammen habe, um Phoebe und mich freizukaufen.«

»Ich verstehe!« Aber dann fiel Dwight etwas ein. »Warum habe ich denn nicht schon früher daran gedacht? Wes, du wirst ganz schön viel Geld mit unserem – Unsinn! – mit *deinem* Buch verdienen. *Die Erzählungen eines afrikanischen Äsop*. Ich werde dir das Geld schicken. Nein, ich werde es an Anwalt Weatherbee schicken, damit er es für dich auf die Bank legt. Und falls das Buch nicht so viel einbringt, daß ihr euch damit eure Freiheit kauft, werde ich eine Spendenaktion einleiten und dir auch dieses Geld schicken. Natürlich bedeutet das, daß du mindestens zwei bis drei Jahre warten mußt, bevor du –«

»Drei Jahre sind nichts, Sir. Ich meine, das ist überhaupt keine

Zeit. Wenn ich es selbst verdienen müßte, würde ich zehn Jahre brauchen. Deshalb danke ich Ihnen. Wir können Anwalt Weatherbee vertrauen. Sein Licht ist hell und rein und stark. Er ist ein guter Mensch, Sir. Wirklich gut. Wenn er den Kummer und die Trauer überstehen kann, die zwischen ihn und Miss Pam kommen, wird für die beiden alles gut werden, glaube ich. Aber Sir, haben Sie sich alles, was ich Ihnen gezeigt habe, fest eingeprägt?«

»Ja, Wes, das habe ich.«

17

Erst nachher fiel es Dwight Ingraham ein, daß Abigail Collins' Besuch in Ingrahams Crest – und vor allem ihre ungewöhnlichen Motive für den Besuch bei Pamela – den Plänen, die Wes für ihn geschmiedet hatte, überaus förderlich gewesen war.

Denn Abbys Besuch führte bei Pamela zu einer Stimmung, in der auch der harmloseste Satz, den er oder Ellen sagten, automatisch eine Explosion auslösen mußte.

Dwight saß im Arbeitszimmer neben dem Salon, als die Stimme seiner Cousine so schrill und laut wurde, daß er trotz der dicken Wand jedes Wort verstehen konnte.

»Abigail«, hörte er sie schreien, und in ihrer Stimme klang kaum unterdrückte Wut mit, »Sie wollen tatsächlich, daß ich Ihnen Geld leihe, damit Sie mit Ihrem farbigen Halbbruder davonlaufen können? Daß ich mich der Beihilfe zu Rassen- und Blutschande schuldig mache?«

»Hören Sie, Pam«, antwortete Abigail langsam, »das ist eine sehr häßliche Art, die Dinge zu sehen.«

Dwight ging aus dem Arbeitszimmer in die Halle, wo er besser hören konnte. Natürlich schickte es sich für einen Gentleman keinesfalls, andere Leute zu belauschen; aber es gab Zeiten, in denen nüchternes Denken und Zweckmäßigkeit wichtiger waren als Höflichkeit und korrektes Benehmen.

»Wie würden Sie es denn bezeichnen, Abigail?« Pamelas Stimme war jetzt so ruhig, daß Dwight, der sie sehr genau kannte, dachte: Seien Sie lieber vorsichtig, kleine Miss Collins. Lassen Sie sich nicht durch die eiserne Selbstbeherrschung der Ingrahams täuschen.

»Vor allem«, erklärte Abigail, »ist es blanker Unsinn, Leute, die so aussehen wie Joe und Ellen, als Farbige zu bezeichnen. Denn Joe gilt in dem Augenblick nicht mehr als Farbiger, in dem er eine Fahrkarte nach einem Ort löst, wo ihn niemand kennt.«

»Ganz gleich, wohin er geht, er nimmt immer sein farbiges Blut mit. Ist Ihnen das nicht klar?«

»Meiner Meinung nach spielt das keine Rolle, weil es nur ein paar Tropfen sind. In Joes und Ellens Fall hat die Rassenvermischung vor so kurzer Zeit stattgefunden, daß die Leute davon wissen und es beweisen können. Bei anderen Leuten, zum Beispiel bei meiner Schwägerin Hortense, weiß jeder, daß wahrscheinlich das gleiche passiert ist. Weil aber niemand Beweise dafür anbieten kann, läßt man ihre Familie in Ruhe. Außerdem haben die Leute Angst, daß bei solchen Nachforschungen Dinge ans Tageslicht kommen könnten, die den Großteil unserer Grundbesitzer zwingen würden, ihren Wohnsitz in eine Gegend zu verlegen, in der niemand über ihre Vorfahren Bescheid weiß.«

»Es ist ein Jammer, daß Sie eine Frau sind, sonst würde ich Anwalt Weatherbee vorschlagen, Sie in seinem Büro anzustellen.«

»Ach, Unsinn, Pam. Ich will kein Anwalt werden. Ich will nur den Mann heiraten, den ich liebe, nämlich Joe. Ich liebe ihn, seit ich denken kann!«

»Joe ist Ihr Halbbruder. Das wissen Sie. Das ist das Ärgste an der Sklaverei – die schreckliche Unmoral, die sie hervorruft.«

»Die Unmoral betrifft meinen Stiefvater, nicht mich. Zu Ihrer Information – ich bin ein anständiges Mädchen. Ich bin noch immer so, wie mich meine Mutter geboren hat. Aber weil Sie mich dazu zwingen, muß ich Ihnen sagen, daß Joe nicht mein Halbbruder ist. Und zwar deshalb, weil er wohl ein Collins ist, ich aber keine bin.«

»Wie, um alles in der Welt, wollen Sie das wissen oder gar beweisen, Abigail?«

»Dieses Buch« – Dwight merkte, daß Abigail es Pamela zeigte – »ist das Tagebuch meiner Mutter. Papa – ich meine, mein Stiefvater Barton Collins – hat sie schwer gekränkt, weil er ein Verhältnis mit Candy gehabt hat, der Quarterone, die Ellens und Joes Mutter war. Deshalb hat sie beschlossen, sich zu rächen. Ich werfe es ihr nicht vor. Sie hat es Papa auf die gleiche Art heimgezahlt.«

»Abigail, wollen Sie damit sagen, daß Sie auch farbig sind?«

»Nein. Natürlich nicht. Mein wirklicher Vater ist ein Weißer, ein Plantagenbesitzer und Gentleman, und ich bin stolz darauf, seine Tochter zu sein.«

»Was wollen Sie eigentlich mit diesem Tagebuch anfangen, Abby? Von Rechts wegen müßten Sie es verbrennen.«

»Ich werde es Anwalt Weatherbee bringen. Noch heute abend. Er muß eine eidesstattliche Erklärung aufsetzen, in der ich auf meinen Anteil am Vermögen der Collins verzichte. Diese Erklärung lasse ich von einem Friedensrichter beglaubigen, dem ich auch das Tagebuch als Beweis für die Wahrheit meiner Aussage übergebe. Dadurch bringe ich es außer Reichweite der Leute, die es verbrennen würden, wie mein Stiefvater, mein Stiefbruder und vor allem meine gemeine kleine Stiefschwester Ruth.«

»Sie haben einen ausgezeichneten juristischen Berater, nicht wahr? Wer ist es denn, wenn ich fragen darf?«

»Wes.«

»Wes! Immer wieder Wes! Dieser dreckige schwarze Hexenmeister! Es ist Zeit, daß ich ihn auspeitschen lasse, das schwöre ich.«

»Pamela!«

»Deshalb sind Sie also zu mir gekommen, nicht wahr? Weil Sie angenommen haben, daß auch ich Rassenvermischung betrieben habe, was ihr gemeinen Hexen hier im Süden ja alle glaubt, und daß ich deshalb Mitleid mit Ihnen haben würde. So ist es doch, oder?«

»Na ja –«

»Ich will Ihnen etwas sagen, meine Liebe. Ich bin eine waschechtere Südstaatlerin als Sie. Ich hasse die Nigger. Ich kann sie nicht riechen. Und am meisten hasse ich Wes.«

Dwinght mußte zugeben, daß Abigails Antwort Mut bewies.

»Warum? Weil er eine schwarze Feldsklavin Ihnen vorgezogen hat, Pam?«

»Abigail, Sie maßen sich das Recht an – Sie, die illegitime

Tochter einer Ehebrecherin –, in mein Haus zu kommen und mich zu beleidigen. Ich ersuche Sie, diesen Raum sofort zu verlassen. Dort drüben ist die Tür. Ich muß wohl nicht hinzufügen, daß Sie sie für immer hinter sich schließen sollen.«

»Pam, Sie werden doch nicht Papa – meinem Stiefvater – erzählen, was ich Ihnen gesagt habe?«

»Nein. Ich werde ihm nur vorschlagen, Joe nach dem Süden zu verkaufen. Wenn er darauf besteht, werde ich ihn über Ihre Beziehungen zu Joe informieren, sonst nichts. Ich möchte nicht, daß Barton Collins, auch wenn er ein unmoralischer alter Narr ist, in einem sinnlosen Duell getötet wird. Und jetzt verschwinden Sie, Abigail.«

»Pam, wenn Sie meinem Stiefvater vorschlagen, Joe zu verkaufen, überleben Sie den Tag nicht, an dem das geschieht.«

»Sie – Sie drohen mir?«

»Ich drohe nicht. Ich verspreche es Ihnen. Sie haben meine arme tote Mutter mit einem Ausdruck bezeichnet, der Grund genug für mich wäre, Sie umzubringen, Sie bissige, verdammte Yankee-Hure. Aber sie ist tot, und Worte können ihr oder mir nicht mehr weh tun. Wenn Sie mir jedoch Joe wegnehmen, töte ich Sie, Pam. So, jetzt wissen Sie Bescheid.«

Die Tür wurde aufgerissen, Dwight versuchte auszuweichen – zu spät. Abigail prallte gegen ihn. Er hielt sie an den Armen fest und sagte: »Entschuldigen Sie, meine Liebe.«

Und sie antwortete: »Und Sie sind mein Zeuge. Dwight Ingraham.«

Er ließ sie los. Sah ihr nach, während sie durch die Halle lief, auf die Veranda, hörte, wie die Absätze ihrer Reitstiefel über die Verandastufen klapperten.

»Du hast dich also entschlossen, den Lauscher an der Wand zu spielen?« fragte Pamela.

»Pam –« stöhnte Dwight und verstummte sofort wieder. Denn Ellen Collins kam durch die Halle auf sie zu.

»Ich habe nicht nach dir geläutet«, fuhr Pamela sie an.

»Das weiß ich, Madam«, sagte Ellen, »aber wir drei, Sie, Dwight und ich, müssen uns miteinander unterhalten. Und zwar sofort.«

Dwight bemerkte, daß Ellens Gesicht sehr weiß war. Sogar ihre

Lippen hatten die Farbe verloren. Sie zitterte. Die rechte Hand hielt sie unter den Falten ihrer steif gestärkten Zofenschürze versteckt.

»Du unverschämtes gelbes Weibsstück!« schrie Pamela.

Dwight wurde klar, daß seine Cousine Pamela sich mit erschrekkender Schnelligkeit Sitten, Bräuche und Ausdrucksweise der Südstaaten zu eigen machte.

»Nein, Madam«, widersprach Ellen sanft, aber entschieden, »Sie wissen, daß das nicht stimmt. Ich habe mich Ihnen gegenüber nie unverschämt betragen. Aber wir müssen jetzt über mein Leben sprechen. Das heißt, über mein künftiges Leben. Dwight liebt mich.«

»Dwight!« explodierte Pamela. »Du sprichst über einen weißen Gentleman, Mädchen. Sag ›Mister Ingraham‹, zum Teufel.«

»Ich weiß, daß er ein weißer Gentleman ist, Madam. Ich finde nur, daß das keine Rolle spielt, weil ich genauso weiß aussehe. Aber von mir aus, halten wir uns an die idiotischen, grausamen Spielregeln des Südens.«

Dwight dachte voll Verzweiflung: Wes hat ihr ihre Rolle sehr gut einstudiert.

»Mister Ingraham liebt mich. Und ich liebe ihn.«

»Gott sei Lob und Dank«, sagte Dwight inbrünstig. Es war das erste Mal, daß sie ihm ihre Liebe gestand.

»Dwight, du hältst den Mund, oder ich schlage dich grün und blau«, tobte Pamela.

»Dann würde mir nichts übrigbleiben, als dich über das Knie zu legen und dir deinen reizenden Hintern zu versohlen, meine Süße«, erklärte Dwight feierlich.

»Ihr habt euch wohl vorgenommen, mich heute nicht nur zu bedrohen, sondern auch zu beleidigen? Na schön, fahr mit deiner Rede fort, Ellen. Mit deiner rührenden, sentimentalen Rede. Obwohl du dir die Mühe sparen kannst. Ich bin uneingeschränkt gegen die Rassenvermischung. Um so mehr, als mein vertrottelter Vetter der letzte männliche Sproß meiner Familie ist, so daß von nun an alle jemals geborenen Ingrahams farbiges Blut in den Adern haben würden, wenn er dich heiratet. Deshalb lautet meine Antwort ›nein‹. Du mußt mich gar nicht erst fragen. Ich werde dich nicht an Dwight, sondern an einen Sklavenhändler verkaufen. Ich nehme an, daß du in einem der berüchtigten Häuser von New Orleans ein erstklassiges Fancy Girl abgeben wirst.«

»Pamela«, keuchte Dwight.

»Madam«, flüsterte Ellen, »Sie werden es sich doch noch einmal überlegen?«

»Niemals!«

»Leben Sie wohl, Massa Dwight«, murmelte Ellen, »Sie sind mächtig gut und mächtig lieb. Es war sehr schön, Sie zu kennen, auch wenn es nicht lange gedauert hat.«

»Ellen, Liebste«, stöhnte Dwight und trat auf sie zu, um sie in die Arme zu schließen.

Es war zu spät. Ihre rechte Hand, in der sie eine kleine schwarze Phiole hielt, fuhr blitzschnell in die Höhe, und die Phiole verschwand zwischen ihren Lippen. Dwight hatte ihr einen Augenblick lang wie gelähmt zugesehen, dann sprang er zu ihr und riß ihr die Phiole aus dem Mund.

»Zu spät, Massa Dwight«, sagte Ellen ruhig, »ich habe alles geschluckt.«

»Ellen«, Pamela weinte jetzt bitterlich, »was war in dem Fläschchen? Schnell, sprich!«

»Gift. Ich habe es von Wes gestohlen. Er verwendet es, um Ratten zu töten. Es gibt kein Gegengift. In zwanzig Minuten können Ihre Nigger ein Loch graben und alles, was von mir übrig ist, hineinwerfen.«

»Dwight«, schrie Pamela, »steh nicht tatenlos herum. Sag Moses, er soll ein Pferd satteln. Hol Doktor Ridgely.«

»Ich weiß nicht, wo der Doktor wohnt, Pamela«, flüsterte Dwight, »und ich kann zwar ein Sulky lenken, habe aber nie reiten gelernt. Ellen! O mein Gott!«

Ellen schwankte. Dann begann sie zu zucken. Auf ihre Lippen trat blutiger Schaum. Sie brach zusammen. Aber nicht graziös und offensichtlich gespielt, sondern sie schlug zu Dwights Schrecken der Länge nach auf den Boden. Aus ihrer Nase floß Blut.

Dwight fiel auf die Knie. Er nahm sie in die Arme, schaukelte mit ihr vor und zurück, und seine Tränen tropften auf ihr Gesicht.

Ihre Augenlider flackerten, sie blickte ihn noch einmal an.

»Weinen Sie nicht um mich, Massa Dwight«, hauchte sie. Dann erlosch das Licht in ihren blauen Augen. Sie wurden glasig und starr; es waren die gebrochenen Augen einer Toten.

Dwight hob das tränenüberströmte Gesicht zu Pamela. Es war wutverzerrt.

»Du Mörderin!« schrie er.

Das Begräbnis des Sklavenmädchens Ellen Collins war das Ereignis des Jahres. Weiße aus der ganzen Grafschaft und sogar aus den umliegenden Bezirken strömten noch am selben Abend nach Collinswood, Rosebriar und Ingrahams Crest. Wieder einmal dokumentierten die Schwarzen, wie gut ihr Nachrichtensystem funktionierte, obwohl sie diesmal von den Weißen kräftig unterstützt wurden. Zwar war Moses, Pamelas Stallknecht, auf eigene Verantwortung statt auf seinem Maultier auf dem schnellsten Reitpferd von Ingraham nach Rosebriar geritten, wo er eine Viertelstunde nach dem tragischen Vorfall eintraf, aber er wurde von dort nach Collinswood weitergeschickt, und außerdem verständigte Cecilia alle Plantagen in einem Umkreis von zwei Reitstunden, indem sie Sklaven auf den Vollblutpferden ihres Mannes aussandte. Auf allen Plantagen wiederholte sich dieser Vorgang, weil die Frauen der Plantagenbesitzer keiner ihrer Geschlechtsgenossinnen das Vergnügen vorenthalten wollten, die Reaktion von Barton Collins auf den Tod seiner innig geliebten Tochter mitzuerleben.

Das alles veranlaßte Phoebe, naserümpfend zu Wes zu sagen: »Ein schwarzes Mädchen könnte sich den Bauch aufschlitzen, sich mit Kerosin übergießen und sich anzünden, und niemand würde sich darum kümmern. Aber wenn sich ein hübsches gelbes Mädchen umbringt, dann gibt das ein riesiges Aufsehen! Na, ich bin froh, daß sie fort ist. Jetzt muß ich mir wegen ihr keine Sorgen mehr machen.«

Wes funkelte seine Zukünftige an. Sie standen knapp vor ihrem ersten Streit.

»Phoebe, hast du vergessen, warum ich in diesem Augenblick überhaupt bei dir sein kann?«

»Nein, Wes, das habe ich nicht vergessen. Ihretwegen. Ich

werde ihr mein Leben lang dafür dankbar sein. Aber ich hätte mir trotzdem Sorgen gemacht, weil sie so hübsch und hellhäutig war. Wenn ich mir jetzt noch ausdenken könnte, wie ich Ruby dazu bringe, daß sie sich den Hals durchschneidet, wäre alles in Ordnung.«

Wes antwortete ihr nicht. Ohne ein weiteres Wort drehte er sich um und ging zu Phoebes Verzweiflung zu Abigail Collins und Ruby Thomas hinüber, die einander umschlungen hielten und herzzerreißend schluchzten. Denn jede von ihnen hatte das sanfte, freundliche Mädchen, das den Namen Collins mit mehr Recht trug als Abigail, auf ihre Weise geliebt. Allerdings schluchzte Abigail nicht nur aus Kummer, sondern auch aus Wut.

»Ich habe ihr gesagt, daß ich sie umbringen werde«, tobte sie, als Wes ihr so nahe war, daß er sie nicht nur hören, sondern auch die hervorgestoßenen, vom Schluchzen unterbrochenen Worte verstehen konnte. »Und jetzt werde ich es tun. Weil *sie* die arme Ellen getötet hat. Sie hat sie vorsätzlich ermordet, weil sie das arme Mädchen nicht Mr. Ingraham geben wollte. Weißt du auch, warum sie es nicht wollte, Ruby?«

»Nein, Madam. O Ellen, du warst meine Schwester, meine wirkliche Schwester. Und jetzt bist du für immer fort.«

»Diese Yankee-Hexe hat gewußt, wenn sie Dwight und Ellen hilft – von mir und Joe ganz zu schweigen –«

»Schsch, Miss Abigail«, unterbrach sie Ruby, »sprechen Sie nicht so laut, die Leute könnten Sie hören.«

»Das ist mir gleich. Es wird sowieso alles herauskommen, wenn ich ihr eine Kugel ins Herz jage. Sie wußte, daß die Leute sich dadurch an das Gerede über sie und Wes erinnern würden.«

»Miss Abigail«, sagte Wes ruhig, »es ist besser, wenn Sie nicht auf solches Gerede hören. Was die Leute über Miss Pam und mich erzählt haben, ist nicht wahr. Das ist eine Sache. Die andere ist, daß es besser wäre, wenn Sie jetzt nichts Unüberlegtes tun. Weil die Dinge nicht halb so schlimm sind, wie sie jetzt aussehen. Haben Sie das Buch Anwalt Weatherbee übergeben?«

»Ja.«

»Gut. Halten Sie jetzt Ihre Nerven und Ihr Temperament im Zaum. Weil ich nächste Woche um diese Zeit sehr gute Nachrichten für Sie haben werde – und auch für Ruby, wenn sie nicht mehr wütend auf mich ist, sondern mir zuhört. Schicken Sie Joe nächsten Sonntag zu mir, heute in einer Woche, ja?«

»Ja, Wes.«

Als Wes sie verließ, hörte er Rubys Stimme.

»Er hat jetzt auch Sie verhext, Missy. Ganz sicher. Man muß Sie nur ansehen – kühl wie Eis. Nicht eine Träne mehr.«

Aber in diesem Augenblick schoß Phoebe an ihnen vorbei und packte Wes am Arm. »Wes«, sagte sie, »oh, Wes.«

»Was hast du, Phoebe-Mädchen?«

»Du machst mir Kummer, Wes. Wenn du vor meinen Augen mit beiden – mit dem schwarzen und dem gelben Mädchen – flirtest.«

»Phoebe, ich glaube, es ist besser, wenn ich dich bald heirate.«

«Oh, Wes«, stöhnte Phoebe und bewies damit, daß in dem beschränkten emotionellen Vokabular der gleiche Laut sowohl Verzweiflung als auch Leidenschaft ausdrücken kann.

»Weißt du auch warum, Freitag-Mädchen?«

»Nein, Wes, aber ich hoffe, weil du mich liebst, so wie ich dich liebe.«

»Da bin ich mir im Augenblick nicht so sicher; aber ich bekäme dadurch das gesetzliche Recht, dir jedesmal deinen kleinen Hintern zu versohlen, wenn du dich so dumm benimmst wie eben jetzt.«

»Wes, du – bist böse auf mich!«

»Nein, nur ein bißchen enttäuscht. Ich habe geglaubt, daß du mehr Verstand hast. Aber jetzt laß mich in Ruhe. Ich habe Wichtigeres zu erledigen. Warte hier auf mich, ich bin bald wieder da.«

»Das wird gut sein, denn wenn du nicht bald kommst –«

»Was ist dann?«

»Dann nehme ich auch Rattengift.«

»Ich bringe dir heute abend ein Pfund mit«, grinste Wes, machte kehrt und ging.

Phoebes liebevolles Herz ging mit ihrem sonst sehr beachtlichen Verstand durch. An einem Tag wie diesem ließ sich auch kaum ein vernünftiges Verhalten von ihr erwarten. Sie schlich hinter Wes her und betete, daß er sie nicht entdecken möge.

Er drängte sich durch die Menge, die der Predigt von Pfarrer Hadley Curtwright lauschte.

Der gute Pfarrer hatte keine sehr aufmerksamen Zuhörer, denn die Augen der Anwesenden wanderten unaufhörlich zwischen Barton Collins und Pamela Ingraham hin und her.

Der alte Plantagenbesitzer, dem Tränen über die Wangen flossen, stand zwischen Wilkes Thomas junior und Beau Bob Bibbs, die ihn an den Armen gepackt hatten und buchstäblich auf den Beinen hielten, während Pamela ganz in Schwarz und tief verschleiert erschienen war und sich auf den Arm von Tolbert Weatherbee stützte. Neben ihr stand Dwight Ingraham; obwohl auch er weinte, strahlte er eine solch ruhige Würde aus, daß alle Zuschauer zutiefst gerührt waren.

Zwischen den neugierigen und boshaften Verwandten und Bekannten der Collins wurden geflüsterte Vermutungen darüber ausgetauscht, warum sowohl Barton Collins' Sohn als auch seine Frau bei der Zeremonie nicht anwesend waren. Bob Bibbs berichtete daraufhin von Bascombs Reitunfall am Thanksgiving Day, worauf nur noch die Frage offenblieb, warum Catherine Collins nicht zum Begräbnis gekommen war. Die Damen kamen sehr bald auf die logische Erklärung: Catherine empfand wohl soviel Pomp und Aufhebens um den Leichnam des unehelichen Kindes ihres Mannes als eine Beleidigung für sich und war deshalb absichtlich zu Hause geblieben.

In einiger Entfernung von den Ingrahams und von Anwalt Weatherbee stand Cecilia Bibbs und fühlte sich in Hochform, während sie Gift in die bereitwillig lauschenden Ohren von Hortense Collins, Trudy Graves und Evelyn Weatherbee träufelte.

Ihr Mann stand nicht neben ihr. Phoebe sah ihn in der Nähe des offenen Grabes, ein paar Schritte hinter Barton Collins. Ashton hatte den rechten Arm um die siebzehnjährige Ruth Collins gelegt, die bitterlich an seiner Schulter weinte, während seine Eltern, Wallace und Lucille Bibbs, die beiden besorgt beobachteten.

Phoebe verfügte natürlich auch über den allen Frauen angeborenen Instinkt für Skandale. Na also, dachte sie, ich habe ja gewußt, daß die bösartige, gemeine Miss Celie Massa Ash in die Arme einer anderen Frau treiben wird. Aber ich habe geglaubt, daß er sich nur in den Sklavenhütten vergnügen wird, wie sein Bruder Bob. Und jetzt Missy Ruth – die ist wirklich hübsch. Sogar schön. Jedenfalls schöner als Missy Abigail. Weil sie wie ein Engel aussieht mit ihrem gelben Haar.

Sie blieb stehen und starrte Ashton und Ruth mit unverhohlener Neugier an.

Massa Ash ist zu alt für Missy Ruth. Er ist dreißig und sie siebzehn. Das wird ihr aber nichts ausmachen, wenn sie ihn liebt. Und wenn sie es bis jetzt noch nicht tun sollte, wird sie ihn sicher nach dem heutigen Tag lieben.

Phoebe war eine ausgezeichnete Kennerin der weiblichen Psyche, aber offensichtlich ahnungslos in bezug auf den männlichen Verstand. Denn sie fiel Beau Bob auf.

Die Schmerzen in seinen fest bandagierten Rippen brachten ihn auf Rachegedanken.

Wes ist schuld daran, überlegte er. Er hat Bascombs und mein Pferd verhext. Ich weiß nicht wie, aber er war es ganz bestimmt. Deshalb werde ich es ihm heimzahlen. Außerdem ist das Mädchen hübsch. Ein verdammt wohlgeformtes Stück kohlschwarzer Sünde. Hübscher als Charlotte. Ich hab's noch nie mit einer reinrassigen Negerin getrieben; bis jetzt waren's immer nur Mischlinge. Die Nigger sagen, je schwärzer die Beere, desto süßer der Saft. Dann müßte diese Phoebe wirklich etwas Besonders sein. Außerdem ist der schwarze Hexenmeister auf keinen Fall ein Dummkopf. Ich muß nur Geduld haben, bis meine Rippen geheilt sind, aber dann –.

Inzwischen sah Phoebe, daß Wes sich von Ashton Bibbs und Ruth Collins entfernte und geradewegs auf Pamela Ingraham zuging. Tränen des Zorns und der Eifersucht stiegen ihr in die Augen.

Sie, dachte sie, immer wieder sie! Sie schwört, daß es nicht wahr ist, genau wie Wes, aber wie kann ich wissen, daß nicht alle beide lügen? Es ist ja klar, daß keiner von ihnen es zugeben wird.

Sie rannte hinter Wes her. Als sie nur noch einen Meter von ihm entfernt war, hörte sie Pamela mit tränenerstickter, rauher, zorniger Stimme sagen:

»Du hast Ellen das Gift gegeben, Wes, nicht wahr? Du hast es ihr absichtlich gegeben, du mörderisches schwarzes Schwein!«

Wes' Stimme klang ruhig und traurig. »Sie können denken, was Sie wollen, Miss Pam. Dadurch ändert sich nichts. Wie die arme Ellen das Zeug gekriegt hat, ist eine Sache, und warum sie es geschluckt hat, eine andere. Gott der Herr weiß, auf wessen Haupt ihr Tod fällt. Deshalb muß ich mir keine Sorgen machen. Ich weiß, daß es nicht meines ist.«

»Du unverschämter schwarzer Dreckskerl«, rief Pamela. »Ich werde dich auspeitschen lassen, hörst du!«

»Nein, Madam, ich höre es nicht, weil Sie es nicht tun werden. Sie können es nicht, weil der Mann, der Wes auspeitschen kann, noch nicht geboren ist. Sie können mich nur in eine Lage bringen, in der ich sterben muß. Das spielt aber keine Rolle, Miss Pam. Jeder Mensch muß einmal diese Welt verlassen. Ich würde lieber heute, in diesem Augenblick, sterben, als mich peitschen zu lassen wie ein Maultier oder ein Pferd. Und ich würde glücklich sterben, denn ich würde den Mann, der es versuchte, mit seiner eigenen Peitsche erwürgt haben. Deshalb wollen wir lieber aufhören, Unsinn zu reden.«

»Ich will –« begann Pamela.

»Verdammt sein? Das sind Sie schon.«

»Wes!« knurrte Tolbert Weatherbee.

»Ja, Sir. Ich sage Miss Pam nur die Wahrheit, Sir. Miss Pam ist verdammt, weil ihr Gewissen sie nicht in Ruhe lassen wird, wenn sie erst einmal zu sich kommt und wieder so über Menschen und Dinge denkt wie früher. Sie weiß, daß sie der Grund ist, warum die arme Ellen sich umgebracht hat. Miss Pam weiß das genau, Sir, und ihr ist klar, daß es gemein und engherzig von ihr war, diesen beiden jungen Menschen im Weg zu stehen. Noch dazu wegen etwas, was überhaupt nicht wichtig ist, ihrer Hautfarbe. Das Ärgste daran aber ist, daß sie in diesem Augenblick nicht sie selbst war, denn wir beide wissen, daß sie gut und edel und großherzig ist – zumindest war sie es früher. Deshalb lieben Sie sie ja, nehme ich an.«

Warum kann ich ihn nicht zum Schweigen bringen? fragte sich Tolbert. Weil man die absolute Würde nicht daran hindern kann, die absolute Wahrheit zu sagen.

Laut sagte er: »Wes, glaubst du nicht, daß du zu weit gehst?«

»Nein, Sir, und vor allem, Sie glauben es auch nicht. Denn ich spreche nur im Interesse von Miss Pam, und deshalb werde ich ihr die Wahrheit sagen, ganz gleich, wie schlimm sie klingt. Die Wahrheit ist, daß sie sich von den Leuten hier verändern, verderben, hinunterziehen läßt. Sie kann so wütend auf mich sein, wie sie will, ich werde nie wütend auf sie sein. Ich kann es mir nicht leisten. Sie ist der beste Freund, den ich je unter den Weißen gehabt habe. Sie hat mich alles, was ich über Ihre Sprache, Ihre Bücher und Ihre Lebensweise weiß, gelehrt, und das ist sehr viel, Herr Anwalt. Deshalb werde ich immer versuchen, ihr zur Seite zu stehen, wenn sie schwere Zeiten durchmacht, ganz gleich, was sie zu mir sagt oder was sie tut. Und diese schweren Zeiten werden mächtig bald kommen.«

»Wes –«, stöhnte Pamela.

»Jetzt muß ich mit Massa Dwight sprechen«, sagte Wes. »Entschuldigen Sie uns bitte, Herr Anwalt und Miss Pam.«

Ohne auf eine Antwort zu warten, ergriff er Dwight am Arm und führte ihn weg, als wäre der junge Verleger eine Marionette.

Phoebe folgte ihnen natürlich.

»Wes«, seufzte Dwight, »ich weiß, daß es nicht dein Fehler war – sie war eben nicht kräftig genug –, oder vielleicht hast du das Zeug zu stark gemacht – oder –?«

»Jetzt seien Sie einmal still, Massa Dwight. In dieser Beziehung gibt es keine Schwierigkeiten. Die wirkliche Schwierigkeit besteht darin, daß Massa Bart sie *hier* begraben läßt. Miss Pams Plantage liegt näher beim Sumpf. Es wäre viel einfacher gewesen, aber hier gibt's Schwierigkeiten. Wir müssen um Mitternacht zur Stelle sein. Und sogar dann ist es eine Sache auf Biegen oder Brechen. Haben Sie eine Pistole?«

»Eine Pistole? Wozu denn, Wes?«

»Dann besorge ich Ihnen eine. Sie werden jedem, der uns aufhalten will, drohen, daß Sie ihm ein Loch in den Schädel brennen. Ich nehme den großen Wagen und die beiden besten Maultiere. Wir haben immer noch eine Chance, Sir, aber ich muß zugeben, daß sie nicht mehr sehr groß ist.«

Das ergibt ja alles keinen Sinn, dachte Phoebe.

In dieser Nacht ereigneten sich gleichzeitig mehrere Dinge, die die einzelnen Beobachter nur als Teile eines Mosaiks sahen; keiner von ihnen war in der Lage, sie zusammenzusetzen und das Muster zu erkennen.

In Collinswood, das endlich den Großteil seiner ungebetenen Gäste los war, schliefen sowohl die Collins – mit einer Ausnahme – als auch ihre Sklaven – ebenfalls mit einer Ausnahme. Eine der beiden Personen war Bascomb Collins, den der Schmerz in seinem frisch gebrochenen und schlecht eingerichteten rechten Bein wach hielt; die andere Phoebe, die als Feldsklavin noch nie im Haus der Collins gewesen war und unter normalen Umständen auch nie hingekommen wäre.

Bascomb lag allein in einem Zimmer, weil Hortense kluger- und egoistischerweise – sein Stöhnen und Herumwälzen brachten sie um ihren Schönheitsschlaf – in ein anderes Zimmer übergesiedelt war, bis es ihrem Mann so gut ging, daß sie in das große Ehebett zurückkehren konnte. Außerdem waren sie nach Collinswood gezogen, weil Bascomb dort wesentlich besser versorgt werden konnte als in seinem eigenen, neuen Heim, dessen Personal noch viel zu wenig geschult war.

Deshalb lag Bascomb wach, rauchte Zigarren, trank Whisky, stöhnte und ächzte und bedachte nicht, daß diese Tätigkeiten keinesfalls schlaffördernd waren. Nicht einmal der Whisky half ihm, denn er betäubte nur den Schmerz ein wenig und umnebelte die Sinne. Bascomb war also nicht sicher, ob er wirklich in dieser schlaflosen Nacht gespenstische Geräusche gehört hatte oder ob er es sich nur einbildete.

»Schon wieder«, murmelte er. »Weiß Gott, ich verliere noch den Verstand. Es klingt, als würden sie die arme Ellen noch einmal begraben. Das arme Kind. Sie war so gut und süß. Außerdem war es nicht ihre Schuld, daß sie farbiges Blut hatte. Papa hätte sie und Joe nach dem Norden schicken sollen, wo sie als freie Weiße leben konnten. Kein Mensch hätte jemals etwas erfahren. – Mein Gott, ich muß betrunken sein. Das Geräusch von Schaufel und Hacke. Von unserem Friedhof, todsicher. Ich sollte einem unserer Hausnigger läuten. Aber um diese Zeit kann ich ja keinen von diesen schwarzen Kerlen wachkriegen. Außerdem hat es jetzt aufgehört.

Ich höre nichts mehr. Vorausgesetzt, daß ich überhaupt etwas gehört habe. Wahrscheinlich waren es meine Nerven. Verdammt, dieses Bein! Ich werde mir noch einen genehmigen.«

Um die gleiche Zeit lag Phoebe in der Hütte wach, die sie mit Tante Sukey teilte. Der Grund: Wes hatte sie nicht besucht, wie er ihr halb und halb versprochen hatte und wie er es beinahe jeden Abend tat.

Deshalb weinte Phoebe und dachte unglücklich: Er hat mich heute abend nicht besucht. Er wird's auch nie wieder tun. Weil er böse auf mich ist, wegen dessen, was ich über Ruby gesagt habe, daß sie sich den Hals durchschneiden soll. Oder weil diese böse, verdorbene weiße Yankee-Frau ihn nicht kommen läßt, weil sie ihn in ihrem Bett braucht. Das ist es! Warum hat er denn nie versucht, mich dazu zu überreden? Er müßte mich ja gar nicht überreden, ich warte ja nur darauf.

Dann stand sie auf und ging zur Tür. Die alte Tante schlief wie gewöhnlich tief und fest. Phoebe trat in die helle Nacht hinaus, in das Licht der Sterne und des Mondes, in dem sie die Umgebung sehr deutlich wahrnehmen konnte. Sie konnte an nichts anderes denken als an Wes. Daß er nicht gekommen war. Daß er vielleicht nie wieder kommen würde. Deshalb vergaß sie die Paddyroller völlig, und auch das, was sie mit ihr tun würden, wenn sie sie ohne Passierschein aufgriffen. Sie lief mit gesenktem Kopf, tränenblind, einfach los, die Straße entlang, die nach Rosebriar und von dort nach Ingrahams Crest führte. Dorthin, wo Wes war.

Sie kam aber nicht weit. Noch ehe sie eine Meile zurückgelegt hatte, hörte sie hinter sich das Rollen von Wagenrädern, das Klappern von Hufen. Die Geräusche näherten sich ihr mit einer Geschwindigkeit, die kein sterbliches Zugtier je erreichen konnte. Sie sprang von der Straße, versteckte sich zwischen Büschen und blieb dort zitternd knien. Dann sah sie es.

Ein Wagen, zweimal so groß wie ein Raddampfer auf dem Mississippi, von zwei Maultieren gezogen, die größer waren als Elefanten. Ihre Nüstern sprühten Feuer, von ihren Hufen sprangen Funken, wenn sie die Steine berührten. Ein weißgekleideter

Riese schwang die Peitsche über ihre Rücken, kein Mensch, ein Geist.

Neben diesem Geist saß ein zweiter, ebenfalls weiß gekleidet und vermummt. Wie der Kutscher hatte auch er kein Gesicht und keine Augen. In den Armen hielt er eine schlaffe, leblose Gestalt, deren langes Haar im Fahrtwind wehte, eine stille Gestalt, deren Gesicht mitleiderregend dem Mond zugekehrt war.

Die arme Phoebe kannte dieses Gesicht.

Sie steckte die linke Hand in den Mund und biß darauf, um den Schrei zu unterdrücken, der ihr in die Kehle stieg. Sie zog sie erst wieder heraus, als der Geisterwagen mit seinen gespenstischen Fahrgästen und der schrecklichen Last um eine Kurve und damit außer Sicht war.

Erst dann versuchte sie, sich zu erheben. Sie konnte es nicht. Das Gewicht der Dunkehlheit lag auf ihr, und dankbar versank sie in diese Dunkelheit, in der sie nicht zu denken oder sich zu erinnern brauchte.

Kapitän Wilbur Drake vom Dampfboot Southern Star, das stromabwärts nach New Orleans unterwegs war, sah kurz vor Tagesanbruch ein Signalfeuer beim Landeplatz der Gillmores. Er wendete sich an seinen Zweiten Offizier:

»Komisch, Rod! Dort drüben, das muß ein Signal für uns sein, damit wir beim Landeplatz der Gillmores jemand an Bord nehmen. Und drüben, beim alten Dock, ist ein zweites Signal. Aber die Gillmores leben nicht mehr dort. Die Plantage ist verlassen, das Haus verfallen. Was, zum Teufel –«

»Es muß ja kein Mitglied der Gillmorefamilie sein, Sir. Ich könnte wetten, daß es sich um einen Notfall handelt. Irgendwer, vielleicht Nachbarn der Gillmores oder einfach Leute, die gehört haben, daß es dort eine Anlegestelle gibt und die sie benützen, weil sie auf sie angewiesen sind. Wir wollen hinschauen! Sind dem Fahrplan ohnehin voraus, sind beide bewaffnet, haben die notwendige Mannschaft –«

»Gut. Geben Sie die Orders, Rod.«

Das geschah, und kurz darauf legte das Dampfboot am Steg an. Der Zweite Offizier wendete sich wieder dem Kapitän zu.

»Anscheinend eine Frau, Sir. Mit einem Nigger. Dem verdammt größten Nigger, den ich je gesehen habe!«

»Fragen Sie sie, was sie wollen, Rod. Aber lassen Sie die Hand auf Ihrer Kanone. Schießen Sie sofort, wenn Sie's für nötig halten. Der Nigger sieht gefährlich aus, also Vorsicht.«

Der Zweite Offizier schritt über die Laufplanke auf das Paar zu. Am Ufer entdeckte er neben der Frau eine Kiste und mehrere Koffer, was ihn einigermaßen beruhigte. Offensichtlich hatte sie die Absicht, nach New Orleans zu reisen.

»Ja, Madam?« fragte er.

»Bitte, Sir«, antwortete der Nigger, »lassen Sie mich für die Dame sprechen. Sie ist Miss Thomas Willaby, Sir, die frühere Miss Ellen Collin. Sie ist mächtig aufgeregt, Sir. Deshalb bitte ich Sie alle, Sir, sich gut um sie zu kümmern. Wir, ihre Leute, haben ihr zugeredet, noch eine Weile auf der Plantage zu bleiben, aber sie wollte nichts davon hören. Sie hat seit dem Tag vor gestern kein einziges Wort gesagt, ganz genauso, als wäre sie stumm.«

»Du solltest mir das lieber erklären, Nigger. Und zwar sehr genau.«

»Ja, Sir, Käpt'n, das versuche ich ja, wenn Sie nur so freundlich wären und mir zuhören. Ihr Mann, Sir, Massa Tom Willaby, war ein mächtig wilder junger Gentleman. Deshalb hat ihn vor vier Tagen der Mann einer anderen weißen Dame mit ihr im Bett erwischt – das heißt mit der Frau von dem anderen Gentleman. Er hat ihn an Ort und Stelle erschossen. Und die arme weiße Dame so verprügelt, daß sie jetzt im Spital liegt.«

Rodney Tyler zweifelte keinen Augenblick an der Wahrheit dieser Geschichte. Er hatte zu oft von ähnlichen Vorfällen gehört oder gelesen.

»Deshalb ist die arme Miss Ellen ganz außer sich. Ist ja ganz natürlich, nicht wahr? Massa Tom war ein Narr, daß er zu einer fremden Frau gegangen ist, wenn er eine so hübsche Frau wie Miss Ellen hat.«

»Schön.« Rodney zögerte. »Ich möchte ihr Gesicht sehen, Nigger. Du willst mir doch nicht eine entlaufene Mulattin als Weiße andrehen?«

Der große Schwarze nahm ein brennendes Scheit vom Signalfeuer.

»Haben Sie schon einmal ein Niggermädchen mit blauen Augen und gelben Haaren gesehen, Sir?« fragte er.

»In Ordnung. Wird sie jemand in New Orleans abholen?«

»Ja, aber erst in einer Woche oder so. Ihr einziger lebender Verwandter ist ein Yankee-Cousin oben in Boston. Wir sind nach Natchez geritten und haben ihm ein Telegramm geschickt. Er hat uns geantwortet. Er wird sie abholen – aber Boston ist mächtig weit, nicht wahr, Sir?«

»Allerdings. Sag mal, Nigger, wer wird das alles bezahlen?«

»Ich, Sir. Es ist natürlich ihr Geld. Ihre alte Mammy hat es aus ihrer Börse genommen und mir gegeben. Und ich wäre Ihnen sehr dankbar, wenn Sie mir eine Bestätigung geben, damit ich beweisen kann, daß ich keinen Pfennig davon gestohlen habe.«

»Außer dem Teil, den ihr Nigger schon gestohlen habt, bevor ihr hierhergekommen seid.«

»Ich bitte um Verzeihung, Käpt'n, aber das ist nicht so. Die Weißen haben uns Willaby-Nigger wirklich gut behandelt. Sogar Massa Tom war gut zu uns; er hat nur einen Fehler gehabt, er war verrückt nach Frauen. Deshalb haben wir keinen Pfennig genommen, Käpt'n. Außerdem wäre es dumm von uns, in so einem Fall etwas zu stehlen. Weil die Weißen genau das von uns erwarten, würden sie unsere Hütten mit einem Staubkamm durchsuchen, das wissen Sie, Sir.«

»Na schön, ich weiß nicht warum, aber du scheinst verläßlich zu sein. Du bist ein braver, alter Nigger, nicht wahr?«

»Ich versuche einer zu sein, Sir. Massa Tom hat mich nie nicht auspeitschen müssen. Wenn es heller wäre, würde ich Ihnen meinen Rücken zeigen. Nicht eine Narbe darauf, Sir.«

»Sehr gut. Wir nehmen Mrs. Willaby nach Orleans mit. Aber wenn ihre Yankee-Verwandten erst in einer Woche dort sein können, was sollen wir mit ihr tun, sobald wir anlegen?«

»Sie sind alle sehr freundliche Gentlemen, Sie werden sie sicher im Hotel St. Louis unterbringen. Sie hat Geld in diesem Beutel, mehr als dreihundert Dollar. Das ist doch genug oder, Sir?«

»Das kann man wohl sagen! Na schön, Junge, bring das Gepäck der Dame an Bord.«

Drei Tage später verließ Dwight Ingrahams Crest. Er benahm sich beim Abschied seiner Cousine Pamela gegenüber sehr edel.

»Ich vergebe dir, Pam«, sagte er sanft, »du warst außer dir. Wie Wes sehr richtig bemerkt hat, lebst du schon zu lange hier unten. Du sollst dich auch nicht dafür verantwortlich fühlen, daß die Ingrahams mit uns aussterben. Denn ich werde nie heiraten. Nach Ellen kann mir keine Frau mehr gefallen. Aber versprich mir etwas, Cousine. Gib mir dein Wort darauf! Versprich mir, daß du Wes nicht bestrafen wirst. Das bist du mir schuldig. Nun, Pam?«

»Ich werde ihn nicht bestrafen. Aber nicht, weil du mich darum bittest. Sondern weil ich es ohnehin nicht vorhatte. Ich nehme an, daß bei mir jetzt die Reaktion eingesetzt hat; Wes hat es als ›vernünftig werden‹ bezeichnet. Ich hoffe nur, daß ich von nun an mit mir leben kann, denn wenn ich mich im Spiegel sehe, wird mir übel.«

»Nein. Du bist in Ordnung, Pam. Du mußt es sein. Zu viele Menschen hängen von dir ab. Laß sie nicht im Stich, ja?«

Er beugte sich zu ihr und küßte sie. Sagte: »Auf Wiedersehen, Pam, ich schreibe dir.« Dann ging er über die Veranda, die Treppen hinunter zu Moses, der mit dem Wagen wartete. Er stieg ein, und der Wagen fuhr ab; die Räder rollten, das Geschirr klirrte, die Hufschläge verklangen. Dwight Ingraham hatte den Ort seiner Erinnerungen verlassen, an dem er mit dem Todesengel gerungen hatte. Er hat verloren, wie wir alle nur allzubald verlieren, dachte Pamela.

Barton Collins, der ein umständlicher, eigenwilliger alter Mann war und jeder Kleinigkeit seine Aufmerksamkeit schenkte, besuchte am Morgen nach dem Begräbnis Ellens Grab. Er hatte den Eindruck, daß etwas ganz und gar nicht stimmte. Aber erst einen Tag später wurde ihm klar, was ihn gestört hatte: Die Kränze und Blumen auf dem Grab lagen nicht mehr so da, wie sie beim Begräbnis arrangiert worden waren. Die einzig mögliche Erklärung dafür war, daß sie jemand in der Nacht umgruppiert hatte. Aber wozu?

Als er seiner Frau von dieser merkwürdigen Entdeckung erzählte, nannte sie ihn einen schwachsinnigen alten Narren, den der Tod seines gelben Bastards völlig um den Verstand gebracht hatte. Deshalb sprach er nicht mehr darüber, auch nicht Bascomb gegenüber, als er ihn an seinem Schmerzenslager besuchte. Daher verblaßte Bascombs ohnehin unklare Erinnerung an das, was er in der Nacht nach dem Begräbnis gehört hatte, vollends. Und Phoebe war nur eine Feldsklavin, der der Zutritt zum Herrenhaus verboten war. Da sie außerdem zu zurückhaltend und zu schüchtern war, erzählte sie nur Wes von ihrer schrecklichen Vision. Er lachte sie aus, nannte sie »Verrückter kleiner Otutu-Vogel« und gab ihr ein von ihm selbst fabriziertes Beruhigungsmittel.

So standen die Dinge, als Beau Bob Bibbs nach Natchez ritt. Die Ruhe, die auf den drei Plantagen eingekehrt war, langweilte ihn. Er wollte versuchen, so viel Geld aufzutreiben, daß er Townsend Graves wenigstens einen Teil der Schuld zurückzahlen konnte. Sonst bestand die Gefahr, daß der Gentleman-Spieler den Westteil von Rosebriar mit Beschlag belegte, den ihm Bob als Sicherheit überschrieben hatte. Das unangenehme daran war, daß Townsend bei dieser Gelegenheit die Wahrheit erfahren würde. Bob hatte ihm Land überschrieben, das ihm gar nicht gehörte.

Er hatte den Zeitpunkt sehr unglücklich gewählt, denn als er in den Saloon schlenderte, stand er unvermittelt Townsend Graves höchstpersönlich gegenüber. Weil Bob in Gedanken versunken war, erkannte er seinen Gläubiger zu spät, um so zu tun, als hätte er ihn überhaupt nicht bemerkt, und wieder hinauszuschlendern.

Es blieb ihm nichts übrig, als es durchzustehen.

»Hallo, Townsend«, sagte er und streckte die Hand aus.

Townsend ergriff sie, aber am Gelenk, drehte sie mit der Handfläche nach oben und betrachtete sie verächtlich.

»Leer wie immer«, seufzte er. »Macht nichts. Mein Alter Herr wird sich freuen, wenn er hört, daß ich wieder zur guten Gesellschaft gehöre, indem ich ein ehrbarer Plantagenbesitzer geworden bin. Der Westabschnitt ist ganz hübsch groß. Der Viehbestand und deine Nigger sind ja inbegriffen, nicht wahr? Ich habe deinen netten kleinen Schuldschein nicht bei mir, aber ich glaube mich daran zu erinnern.«

»Ja. Wo, zum Teufel, hast du gesteckt, Town? Ich habe dich seit Wochen nicht gesehen.«

»Was dir natürlich schlaflose Nächte und bittere Tränen verursacht hat, wie? Du weißt ja, wo ich gewesen bin. Flußaufwärts, in Cincinnati. Geschäftlich.«

»Deine üblichen Geschäfte – einfältige Gimpel rupfen. Flußaufwärts bis Cincinnati, wobei du kein einziges Mal an Land gehst, den ganzen Tag schläfst und bei Nacht am Spieltisch sitzt. Ich wette, Gravesend könnte abbrennen, und du würdest es nicht bemerken, ehe du es in der Zeitung liest.«

»Nicht einmal dann. Zeitungen langweilen mich zu Tode. Bankrotterklärungen, Überschwemmungen, Feuersbrünste, Skandale – wer wen mit wessen Frau erwischt hat – und so weiter. Sag mal, Bob, wer ist eigentlich derzeit mit einem Revolver hinter dir her?«

»Niemand. Mein Gewissen ist so rein wie frisch gefallener Schnee. Hier ist überhaupt nichts los. Sobald du mich bis aufs Hemd ausgeplündert hast, werde ich auswandern nach dem Norden und dort Verkäufer oder etwas Ähnliches werden.«

»Bist du sicher, daß hier nie etwas passiert, Bobby-Boy? Denn entweder bin ich verrückt geworden, oder es hat sich etwas sehr Sonderbares ereignet.«

»Ich verstehe dich nicht.«

»Hat Bart Collins sein gelbes Hinterhofkind Ellen verkauft? Oder ist sie entlaufen? Ich könnte darauf wetten, daß letzteres der Fall ist, denn der alte Narr hängt ja wie verrückt an seinen Bastarden.«

»Ach Gott, Tom. Hast du es wirklich nicht gehört? Sie ist tot! Sie hat sich umgebracht, das arme kleine Ding, weil dieses vertrocknete gemeine Yankee-Weib, von dem ich getrennt lebe, sie nicht ihrem Cousin Dwight überlassen wollte.«

»Moment, Bobby-Boy. Sag das noch einmal, aber langsam. Hol tief Luft und erzähle von Anfang an. Beginn damit, was, zum Teufel, deine Pam mit Ellen zu schaffen hat. Als ich sie das letzte Mal sah, war Ellen Hausmädchen bei den Collins, und in Anbetracht dessen, wie ihr Papa an ihr hing, müßte sie es heute noch sein.«

»Das war, bevor Bas Hortense Brownley geheiratet hat, und –«

Er erzählte die ganze komplizierte Geschichte. Townsend unterbrach ihn kein einziges Mal. Er rauchte eine der langen, bleistiftdünnen Zigarren, die sozusagen sein Markenzeichen waren, und sah Beau Bob Bibbs ungläubig an.

»Dann muß einer von uns beiden verrückt sein«, stellte er ruhig fest, als Bob mit der Geschichte fertig war. Er hatte auch nicht das kleinste Detail ausgelassen, nicht einmal die Reaktionen der Beteiligten und das Verhalten jedes einzelnen beim Begräbnis. »Weil ich weiß, daß ich nicht verrückt bin, kannst nur du es sein – aber du hast mich davon überzeugt, daß ein Begräbnis stattgefunden hat und daß jemand begraben wurde. Worauf sich die Frage stellt: Wer, zum Teufel, liegt in dem Grab? Ellen Collins sicher nicht.«

»Also Town –«

»Ich bin mit der *Mississippi Belle* stromaufwärts gefahren. Ellen befand sich ebenfalls an Bord. Bob, ich kenne die beiden gelben Bastarde, seit sie auf der Welt sind. Ich war damals zwölf Jahre alt, also alt genug, um mich an die Aufregung zu erinnern, die ihre Geburt bei den Damen hier in der Gegend verursacht hat. Meine Ma war empört, genau wie die deine. Eine Delegation von Plantagenbesitzerinnen hat damals die arme Susanna Collins besucht, um ihr ihre moralische Unterstützung anzubieten und sie zu trösten. Deshalb versuche nicht, mir einzureden, daß ich mich irre. Ich habe sogar mit ihr gesprochen. Sie hat mich angesehen, als wäre sie geistesabwesend und würde kein Wort von dem verstehen, was ich sage. Sie hat geflüstert: ›Ich fürchte, ich kenne Sie nicht, Sir‹, und sie hat es ehrlich gemeint. Ich könnte beschwören, daß sie mich nicht erkannt hat – aber sie hat überhaupt nicht viel gewußt. Dann ist der elegante junge Kerl mit dem Yankee-Akzent zu uns gekommen und hat ganz glatt und freundlich gesagt: ›Wenn Sie ein Bekannter meiner Frau sind, müssen Sie bitte Nachsicht mit ihr üben, Sir. Sie ist sehr krank gewesen und leidet an Gedächtnisschwund. Der Arzt sagt, daß ihr Gedächtnis allmählich zurückkehren wird, aber bis dahin –‹«

»Dwight!« rief Bob. »Pamelas Yankee-Cousin, Dwight Ingraham.«

»Wäre möglich. Ich habe ihn nicht nach seinem Namen gefragt, und er hat sich nicht vorgestellt. Ich sagte nur: ›Ich könnte mich irren, aber ich glaube, daß ich sie kenne. Wenn Sie mir die Frage gestatten: Was haben Sie von diesem Mädchen gewußt, bevor Sie sie geheiratet haben?‹«

»Und was hat er darauf geantwortet?«

»Alles, Sir. Wie Sie wahrscheinlich schon bemerkt haben, bin ich nicht aus dem Süden. Deshalb teile ich Ihre Überzeugung und Vorurteile nicht. Sind Sie aus Mississippi? Vielleicht aus Natchez?‹«

»Was du mit ›ja‹ beantwortet hast. Und dann?«

»Stellte er fest: ›Zu Ihrer Information, Sir, ich habe diese junge Dame‹ – das Wort ›Dame‹ hat er verdammt betont, Bob – ›auf einer Plantage namens Ingrahams Crest kennengelernt.‹ Dann hat er sich an sie gewendet: ›Komm jetzt, Ellen, Liebste, du mußt dich ein wenig ausruhen. Sie entschuldigen uns wohl, Sir.‹ Er hat sich wie ein verdammter blaublütiger Fürst verbeugt und mich einfach stehengelassen.«

»Aber Town, das ist unmöglich. Ich habe die aufgebahrte Ellen gesehen. Sie haben den Sarg offengelassen, bis die ganze Familie, also die Collins, ihre Nigger, wir und unsere und Pams Nigger, daran vorbeigezogen waren und sie betrauert hatten. In dem Sarg ist Ellen gelegen, Mann. Und ich kenne sie und Joe, verdammt noch mal, auch, seit ich auf der Welt bin.«

»Dann habe ich ein Gespenst gesehen. Oder eine Wiederauferstandene. Einen Zombie, wie die Nigger in New Orleans sagen, die an Voodoo glauben.«

»Mir scheint, du lügst wirklich nicht, und du willst mich auch nicht zum Narren halten. Du bist von der Sache überzeugt, nicht wahr?«

»Ja. Ich bin bereit, bei dem Grab meiner Großmutter zu beschwören, daß ich Ellen Collins auf der *Mississippi Belle* gesehen und mit ihr gesprochen habe, und zwar kurz bevor wir Cincinnati erreichten.«

»Wes – Wes Parks! Er hat's getan. Er kann das. Dieser verdammte afrikanische Voodoo-Hexenmeister kann beinahe alles. Komm mit!«

»Wohin, Bob?«

»Nach Collinswood natürlich. Um den alten Bart Collins davon zu überzeugen, daß der Sarg exhumiert werden muß. Und daß man ihn aufmachen und nachsehen muß, wer drinnen liegt.«

Hätte Townsend Graves recht gehabt, wäre die logische Folge gewesen, daß der Sarg leer war. Hätte er unrecht gehabt, hätte man Ellens Leiche finden müssen.

Der Sarg war nicht leer, der Körper einer jungen, blonden Frau lag darin. Seit dem Begräbnis waren drei Wochen vergangen. Weihnachten stand vor der Tür sowie die Vorbereitungen für die Hochzeit von Wes und Phoebe. Die Kunst des Einbalsamierens war im Süden nicht unbekannt. Sie wurde aber außerhalb der Städte selten praktiziert, und schon gar nicht auf den einsam liegenden Plantagen.

Dennoch, überlegte Beau Bob, nachdem Barton Collins sie hinausgeworfen hatte, der Dezember war ungewöhnlich kühl gewesen. Das Gesicht hätte eigentlich besser erhalten sein müssen, als es der Fall war. Es ähnelte natürlich Ellens Gesicht, aber –.

Pamela Ingraham saß am Bett der armen kleinen Deirdre. Das Kind, das immer kränklich war, litt an einer schweren Erkältung. Es war endlich eingeschlafen. Erst jetzt erinnerte sich Pamela des Päckchens, das Moses ihr am Vormittag vom Postamt in Natchez gebracht hatte. Sie hatte es noch nicht geöffnet und auch nicht nach dem Absender gesehen. Ihre Sorge um Deirdre und der furchtbare Gedanke, daß Gott sie vielleicht in ihrem Kind für Ellens Tod strafen könnte, ließ sie alles andere vergessen.

Aber jetzt schien das Kind über den Berg zu sein, es schlief ruhig, und Pamela erinnerte sich mit wachsender Neugierde des Päckchens. Sie korrespondierte nämlich mit niemandem außer mit Cousin Dwight, und der war kein eifriger Briefschreiber.

Also stand sie auf und schlich auf Zehenspitzen in ihr Arbeitszimmer. Sobald sie das Päckchen in der Hand hielt, wußte sie, daß es von Dwight kam. Sein schwungvolles Gekritzel war unverkennbar. Sie wunderte sich nur darüber, daß es sich um ein Päckchen und nicht um einen Brief handelte, griff nach der Schere und schnitt die Schnur entzwei.

Es war eine Fotografie; sie stammte von einem der Wanderfotografen, die diese neue Kunst über das ganze Land verbreiteten. Das Bild zeigte Dwight und Ellen im Hochzeitsstaat.

Ellens Gesicht war zauberhaft, um ihre Lippen lag ein süßes, ein wenig geheimnisvolles Lächeln. Wie das von Leonardo da Vincis Gioconda, mußte Pamela denken. Dwights Gesicht hingegen strahlte vor Zärtlichkeit, Freude und Stolz.

Eine Mitteilung war beigelegt. Sie lautete:

»Es tut mir leid, meine Liebe. Ich kann Dir keine Erklärung anbieten. Gottes Wege sind wunderbar. Manchmal hat er seltsame Helfer. Ellen läßt Dich grüßen; sie vergibt Dir. Es geht ihr jetzt sehr gut, obwohl sie eine Zeitlang so krank war, daß ich mir um ihren Verstand Sorgen gemacht habe. Falls Du, lieber Shylock, eine Bezahlung für das Pfund Fleisch erwartest – die darin eingeschlossene Seele ist unbezahlbar –, lege ich einen Scheck bei. Das heißt, betrachte ihn als ein Weihnachtsgeschenk von uns beiden, und veranstalte mit einem Teil davon ein großes Fest für deine Leute, ja? Wir sind sehr glücklich. Alles Liebe und fröhliche Weihnachten von uns beiden.

Dwight.«

Wes, dachte Pamela, immer wieder Wes! Gibt es überhaupt etwas, was er nicht fertigbringt? Ich sollte ihn holen lassen, Erklärungen von ihm fordern. Ich habe das arme Kind im Sarg liegen gesehen. Sie war wirklich tot. Schon um nicht den Verstand zu verlieren, sollte ich Wes kommen lassen! Nur – was für einen Sinn hätte es?

Sie kannte die Antwort. Überhaupt keinen . . .

18

»Nun, Wes«, sagte Captain Wallace Bibbs, »morgen ist dein großer Tag. Was wünschest du dir als Hochzeitsgeschenk, Junge?«

»Lassen Sie mich einen Augenblick überlegen, Sir.«

»Gut«, lachte Wally, »aber laß dir nichts einfallen, was mich finanziell ruiniert.«

Wes merkte, daß Wally in guter Stimmung war. Deshalb überlegte er, wie er seinen Wunsch formulieren, mit welchen Worten er ihn ausdrücken sollte.

»Hast du noch nicht lang genug nachgedacht?« drängte Wallace.

»Doch, Sir. Ich habe eigentlich gar nicht nachdenken müssen. Ich wollte nur herausbekommen, ob Sie wirklich gut aufgelegt sind, Käpt'n Wally.«

»O Gott! Das muß ja etwas ganz Teures sein. Was willst du also, Wes?«

»Daß Sie einen Preis für mich festsetzen, Sir. Und Massa Collins bitten, daß er einen für Phoebe festsetzt. Daß Sie mich am Samstagnachmittag und an anderen Tagen in meiner Freizeit für andere Leute gegen Lohn arbeiten lassen. Und daß Sie diese Löhne in Ihre Bücher eintragen, als Bezahlung für unsere Freiheit, Sir.«

Wallace Bibbs' gespanntes, klar geschnittenes altes Gesicht nahm unvermittelt einen Ausdruck von Schmerz und Kummer an. Er hätte das, was er fühlte, kaum mit Worten ausdrücken können. Zunächst fiel ihm auf, daß er durch Wes' Bitte weder beleidigt noch ärgerlich war. Sie hatte ihn verletzt. Es war so, als ob sein Lieblingshund, den er jahrelang verwöhnt und verzärtelt hatte, ihn plötzlich angefallen und gebissen hätte.

Man kann ihnen *niemals* trauen, dachte er voll Bitterkeit. Nie! Mein Gott! Ich habe Wes wie meinen eigenen Sohn behandelt. Sogar besser als Bob. Worüber kann er sich beklagen? Er kommt und geht, wie und wann er will, verfügt über – oder nimmt sich – Freiheiten wie kein anderer Nigger, den ich je besessen habe. Hier brach er seinen Gedankengang ab, weil er plötzlich etwas erkannte. Das Wort »Nigger« hatte ihn darauf gebracht.

Zum Teufel, Wally, sagte er sich, gib es doch zu. Wes ist kein Nigger und wird nie einer sein. Er ist ein Schwarzer, aber er wird nie das unterdrückte verachtete Geschöpf sein, zu dem wir die Nigger machen.

»Würdest du mir sagen«, fragte er laut, »worüber du dich beklagen kannst? Ich meine, die Art, wie ich dich behandle?«

»Ich kann mich nicht beklagen, Sir. Sie sind sehr gut zu mir und auch zu Phoebe, das muß ich zugeben.«

»Also dann?«

»Ich glaube, mich stört eigentlich, daß ich davon abhängig bin, wie irgend jemand mich behandelt, gut oder schlecht. Sie kennen das nicht, Sir. Sie sind ein großer Herr. Die Leute müssen Sie ordentlich behandeln, Sie respektieren, ober sie sehen in die Mündung Ihres Revolvers. Ich will die gute Behandlung nicht wie ein Geschenk, wie einen abgelegten Rock, eine ausrangierte Hose. Ich will sie, weil Gott sie mir zugedacht hat und sie mir gebührt.«

»Wes, ich bin ein Weißer, verdammt, und –«

»Ich bin ein Schwarzer. Wer hat Ihnen jemals gesagt, Sir, daß in den Augen Gottes die Hautfarbe eines Menschen irgendeine Rolle spielt? Ihnen spielt die Farbe eines Pferdes ja auch keine Rolle. Gott hat seine Geschöpfe in allen möglichen Farben geschaffen; ich glaube, daß er Abwechslung liebt. Aber er hat nie gesagt, daß dieser Mann, weil er weiß ist, jenen Mann besitzen darf, weil er schwarz ist.«

»Und ob er das gesagt hat! Du hast die Bibel gelesen, Wes. Mistress Pamela hat mir erzählt, daß du sie vom Anfang bis zum Ende gelesen hast. Also weißt du auch, was in ihr steht.«

»›Du sollst der Diener deines Bruders sein. Ein Holzträger und Wasserschöpfer.‹ Ja, Sir, das habe ich gelesen. ›Und Japhet soll in den Zelten Sems leben, und Cana'an soll sein Diener sein.‹ Auch das habe ich gelesen. Aber kein einziges Wort in der Bibel sagt, daß wir Ham oder Cana'an sein müssen. Wir müssen Ihnen einfach glauben, daß es so ist, und Sie wissen sehr gut, daß die Leute alles, was nicht genau festgehalten ist, zu ihren Gunsten auslegen. Sem, Ham und Japhet waren alle Noahs Söhne, nicht wahr? Wie kommt es dann, daß Sem und Japhet von einer Farbe waren und Ham von einer anderen? Wenn das überhaupt stimmt. Weil die Heilige Schrift das nirgends gradheraus und deutlich sagt. Ihr Weißen habt ein mächtig verworrenes Buch. Einen Haufen Lügen.«

»Wes Parks!«

»Ja, Sir. Weil Gott gut sein muß, wenn er wirklich Gott ist. Auf jeden Fall muß er besser sein als die Menschen. Deshalb kann er nicht mit etwas so Niedrigem und Bösem einverstanden sein – daß jemand Leute besitzt, als wären sie Schweine, und sie wie Vieh behandelt. Sie können nicht erwarten, daß er das gutheißt, was mit der armen Ellen geschehen ist – daß er überhaupt billigt, daß es eine Ellen und einen Joe gibt und alle die braunen und gelben Hinterhofkinder von Massa Bob, von denen es im Westabschnitt nur so wimmelt.«

»Wes, verdammt noch mal!«

»Hat Gott Ihnen das Recht gegeben, Ihre eigenen Enkel zu besitzen und zu verkaufen, als wären sie kleine Ferkel? War Gott damit einverstanden, daß Massa Bart Collins sich von Miss Pam zweitausend Dollar für seine eigene Tochter bezahlen ließ?«

»Kurz gesagt, ich habe einen Verfechter der Sklavenbefreiung an meinem Busen genährt. Darauf kommt es ja heraus, nicht wahr, Wes? Gib es nur ehrlich zu!«

»Sie könnten es so ausdrücken, Sir. Meiner Meinung nach kann man sagen, daß Sie sich einen Mann gekauft haben. Sie haben damit einen Fehler begangen: ein Mann eignet sich einfach nicht zum Sklaven. Weil ein Mann weiß, daß die Sklaverei unrecht ist, daß es einen mächtigen Unterschied zwischen Menschen, ganz gleich welcher Hautfarbe, und Lasttieren gibt. Sie wissen es genau, Sir, weil Sie selbst ein Mann sind. Einer der besten, die ich kenne. Deshalb will ich auch Sie befreien, Käpt'n Wally.«

»Mich befreien? Das ist das Schönste!«

»Ja, Sir. Weil Sie wissen, was ein Mann ist, weil Sie sich selbst verleugnen müssen, weil Sie nie der Versuchung nachgeben dürfen, sich gehenzulassen, freundlich, anständig und gut zu sein, so wie der liebe Gott Sie geschaffen hat. Sie müssen Ihr wahres Ich unterdrücken, um ein Leben zu führen, das für Sie überhaupt keinen Sinn hat, sondern nur für die Leute, die davon profitieren, die vom Schweiß der anderen leben. Sie gehören zu denen, die Menschen aus ihrem Heimatland stehlen oder sie von anderen kaufen, die sie gestohlen haben. Das Gesetz verbietet Geschäfte mit Dieben, nicht wahr? Wissen Sie, was ein Mann ist, der so lebt wie Sie? Ein Sklave seiner Selbstsucht und seiner Gier. Er ist viel unfreier als ich, denn ich kann so sein, wie ich wirklich bin.«

»Wes, ich gestatte dir nicht, so mit mir zu reden!«

»Wie wollen Sie mich daran hindern, Käpt'n Wally? Wir sind allein und sprechen von Mann zu Mann miteinander. Wollen Sie den Revolver ziehen und mich erschießen? Zum Mörder werden, weil Sie die Wahrheit nicht vertragen? Es würde mir allerdings nicht viel ausmachen. Ich möchte lieber tot sein als einem anderen Menschen gehören, nicht einmal Ihnen, Käpt'n Wally, auch wenn Sie ein guter Mann sind. Deshalb gebe ich Ihnen eine Chance, wie ein Mensch zu handeln – ruhig und anständig, ohne daß es zu einem Aufsehen in der Öffentlichkeit kommt. Sir, ich mache Ihnen einen fairen Vorschlag – werden Sie mir erlauben, mich und Phoebe freizukaufen, nach dem Norden zu gehen und frei zu sein?«

»Und wahrscheinlich zu verhungern«, schnaubte Wallace. Er sah Wes aus trüben Augen an. »Also gut, Wes, du gewinnst – wieder einmal. Weil die Alternativen dazu schlimmer sind: du würdest davonlaufen, bei dem Versuch würdet ihr beide umkommen, oder du würdest etwas noch Unsinnigeres unternehmen. Mein Preis: zweitausend Dollar für dich, fünfzehnhundert für Phoebe. Faire Marktpreise. Wesentlich weniger, als du wert bist. Einverstanden?«

»Einverstanden. Würde es Ihnen etwas ausmachen, es mit einem Handschlag zu besiegeln, Sir? Vergessen Sie einen Augenblick lang, daß ich schwarz bin, so daß wir das sein können, als was uns der liebe Gott erschaffen hat: Menschen und Brüder. Zwei Menschen, zwei Männer, die ein Gentlemen's Agreement treffen.«

Wallace Bibbs zögerte, dann streckte er langsam die Hand hin. Wes ergriff sie.

Wallace zog die Augenbrauen hoch.

»Du bist nicht menschlich, Wes. Du hast das Höllenfeuer in deinen Händen.«

»Nein, Sir. Das ist die Macht und die Herrlichkeit. Ein bißchen davon ist mir angeboren, aber ich habe jahrelang geübt und gearbeitet, um es aufzubauen, um es so stark zu machen, wie es jetzt ist. Weil wir gerade darüber sprechen: Darf ich Ihnen etwas sagen, Sir, zu Ihrem Nutzen?«

»Und zwar, Wes?« Captain Wally war erschöpft und deprimiert, bleierne Müdigkeit hatte von ihm Besitz ergriffen.

»Reiten Sie nicht in Vollmondnächten aus, Sir. Jedenfalls nicht allein. Nehmen Sie Massa Ash mit oder Massa Bob, wenn Sie ihn finden.«

»Warum, Wes?«

»Weil jemand darauf aus ist, Ihnen Schaden zuzufügen, Sir. Ich habe es immer wieder versucht, aber ich kann nicht erkennen, wer es ist. Weil er eigentlich keinen Grund dafür hat. Sein Verstand arbeitet nicht richtig, sonst könnte ich seine Gedanken deutlich genug hören, um zu wissen, wer es ist.«

»Wes, du sprichst heute noch mehr in Rätseln als sonst. Willst du behaupten, daß du hören kannst, wie die Menschen denken?«

»Ja, Sir. Ich sehe auch das Licht um ihre Köpfe. Bei wirklichen Menschen jedenfalls. Die anderen haben kein Licht. Um ihren Kopf ist Dunkelheit. Manchmal ist ein ganzes Haus voll von dieser Dunkelheit. Zum Beispiel Ingrahams Crest. Dort draußen ist es mächtig dunkel, Sir.«

»Wes, du kannst einen wahnsinnig machen! Du kannst hören, wie die Menschen denken, außer es handelt sich nicht um wirkliche Menschen. Wenn sie keine Menschen sind, was sind sie dann, um Himmels willen?«

»Die *anderen*, Sir. Die Nicht-Menschen, die so tun, als ob sie wirklich wären. Manche von ihnen können es sehr gut. Aber deshalb müssen Sie sich keine Sorgen machen. Der Kerl ist keiner von ihnen.«

»Wer ist es denn, Wes?«

»Ich habe Ihnen gesagt, daß ich es nicht weiß, Sir. Ich versuche, es herauszubekommen, aber sein Verstand ist so wild und verrückt, daß er mir immer wieder entwischt. Noch etwas: Bitten Sie Massa Ash, zu mir zu kommen, ich muß ihm auch etwas sagen.«

»Und zwar?«

»Sir, Massa Ash ist ein erwachsener Mann, also geht es Sie eigentlich nichts an. Aber Sie sind sein Pa, und Sie haben ihn lieb, wenn Sie mir also versprechen, daß Sie nicht in die Luft gehen und ihn wegen etwas bestrafen, das er überhaupt noch nicht getan hat, erzähl' ich es Ihnen.«

»Wes, warum sollte ich Ash die Leviten lesen für etwas, was er nicht getan hat?«

»*Noch* nicht; er wird es sehr wahrscheinlich tun. Es wäre nur natürlich. Er ist ja mit Miss Cecilie verheiratet, und neben ihr wirkt jede Frau wie ein Engel.«

»Wes, du hast nicht das geringste Recht, so über eine weiße Dame zu sprechen, die noch dazu meine Schwiegertochter ist.«

»Das ist ja der Jammer! Ich weiß, daß ich nicht das Recht habe. Auch nicht über eine schwarze Frau. Aber wir sprechen hier nicht über das Recht, Käpt'n Wally, sondern über die Wahrheit. Sagen Sie deshalb Massa Ash nur, er soll sich vom Collins-Mädchen fernhalten. Nicht, weil sie nicht süß und gut ist, denn das ist sie. Sondern weil ich einen Tod dabei sehe; ich weiß aber nicht, wessen Tod.«

»Daher bläst also der Wind, was? Welches Collins-Mädchen, Wes?«

»Es gibt nur eines. Massa Bart hat jetzt, wo die arme Ellen fort ist, nur ein Mädchen.«

»Wes, du weißt verdammt genau, daß Barton Collins zwei Töchter hat, Abigail und Ruth.«

»Ruth ist seine richtige Tochter, Missy Abigail nicht. Haben Sie sie am Thanksgiving Day neben Massa Wilkes Thomas gesehen?«

»Du meine Güte! Ich konnte meinen Blick nicht von den beiden losreißen, weil mir irgend etwas an ihnen aufgefallen ist. Aber ich bin nicht draufgekommen, was es ist.«

»Bis jetzt. Bis ich es Ihnen gesagt habe. Sie ist ihm wie aus dem Gesicht geschnitten, nicht wahr?«

»Das stimmt. Mein Gott, es wäre entsetzlich, wenn Bart jetzt, nach so vielen Jahren, draufkommen und –«

»Massa Wilkes zum Duell fordern würde? Das wäre sicherlich entsetzlich. Aber ich habe auch da meine Pläne. Missy Abigail wird sehr bald von hier fortgehen. Sehr weit fort. Ich werde ihr dabei helfen.«

»Wes, du greifst immer in das Leben der anderen Menschen ein, nicht wahr?«

»Meist versuche ich, sie zu retten. Es gibt schon so genügend Schwierigkeiten auf dieser Welt.«

Wallace Bibbs fiel etwas ein. »Machst du dir Sorgen wegen Phoebe, Wes? Das mußt du nicht. Ich garantiere dir persönlich, daß die weißen Müßiggänger, die sich in den Sklavenhütten vergnügen, und auch mein Sohn Bob sie in Ruhe lassen werden.«

»Sir, ich bin nicht so sicher. Mir wäre es lieber, wenn Sie die Garantie rückgängig machen.«

»Warum, Wes?«

Wes grinste. »Gut, machen Sie sie nicht rückgängig. Ich will Ihnen was sagen, Sir: Ich garantiere Ihnen persönlich, daß jeder weiße oder schwarze Mann, der versucht, sich an Miss Lucille, Miss Celie oder auch Miss Pam heranzumachen, es mit mir zu tun kriegt. Einverstanden?«

»Wes, das ist die Höhe! Warum, zum Teufel –«

»Ich kann Ihnen die Dinge nur deutlich machen, indem ich sie umdrehe. Wozu brauchen Sie einen Nigger, der Ihre Frauen beschützt, Sir? Sie sind ein Mann, nicht wahr? Ein Mann verteidigt seine Frauen, sein Heim und –«

»Seine Ehre.«

»Richtig. Und ich bin ein Mann, Sir. Ich war an Orten und habe Dinge getan, bei denen Sie oder jeder andere Weiße ohnmächtig geworden wäre. Wenn ich Sie in mein *Fazume* mitgenommen hätte, wie Massa Dwight, wären Sie –«

»Dwight! Dwight Ingraham! Moment mal, Wes! Jetzt will ich die Wahrheit wissen. Mein Sohn Bob schwört, daß die Leiche in Ellens Grab nicht Ellen ist. Und Townsend Graves bestätigt es. Es stimmt, daß keiner von beiden sehr wahrheitsliebend ist, aber warum sollten sie so etwas erfinden? Was hätten sie davon?«

»Das weiß ich nicht, Sir. Vielleicht macht es ihnen Spaß, anderen einen Streich zu spielen.«

»Eher macht es dir Spaß. Wo ist Ellen Collins?«

»Ich weiß es nicht, Sir. Vielleicht im Himmel. Weil ihre Gedanken so glücklich klingen. Sie haben sie ja im Sarg gesehen, Käpt'n Wally.«

»Und Doc Ridgely hat sie für tot erklärt und den Totenschein ausgestellt. Überzeugende Beweise – für jedermann, der dich nicht kennt. Deshalb frage ich dich noch einmal: Wo ist Ellen Collins?«

»In Cambridge, Massachusetts«, kam Pamelas Stimme ruhig aus dem Hintergrund, »wo sie – ein wenig illegal, weil Rassenvermischung in meinem Heimatstaat gegen das Gesetz verstößt – meinen Cousin Dwight geheiratet hat. Sie wird sicherlich auch seine Frau bleiben, weil ihre Herkunft überhaupt nicht in Frage gestellt wurde. Mögen sie miteinander glücklich werden, Vater Wally. Ich habe das Menschenmögliche getan, um es zu verhindern, und es ist mir nicht gelungen.

Wes ist mir überlegen. Er ist zweifellos uns allen überlegen. Er hat einen Selbstmord absolut glaubwürdig vorgetäuscht, hat ein Mädchen in einen todesähnlichen Zustand versetzt, den nicht einmal ein Arzt vom wirklichen Tod unterscheiden konnte, hat die Körperfunktionen dieses Mädchens so weit herabgesetzt, daß sie volle acht Stunden praktisch ohne jegliche Luftzufuhr in einem Sarg sechs Meter unter der Erdoberfläche überlebt hat, hat vom Armenfriedhof in Natchez – wie du siehst, Wes, habe ich Nachforschungen über deine Unternehmungen angestellt – eine namenlose weibliche Leiche gestohlen, eine Ertrunkene, deren Gesicht bereits entstellt war, die aber die richtige Haarfarbe, Größe und so weiter aufwies, um als Ersatz für die angebliche Selbstmörderin zu dienen. Einem Menschen, der das alles fertigbringt, ist nichts unmöglich.

Er hat uns geschlagen. Er schlägt uns immer. Wir sind wie Marionetten in seinen Händen. Sogar das Glück bleibt ihm treu. Bascomb Collins hat gehört, wie er und Dwight Ellen ausgegraben haben. Aber Bascomb hat ein gebrochenes Bein und konnte nicht selbst nachsehen, und falls er die Hausdiener gerufen hat, haben sie ihn nicht gehört. Mr. Collins hat bemerkt, daß die Blumen auf dem Grab anders angeordnet waren. Aber er erwähnte es Cathy Collins gegenüber, und sie schloß ihm den Mund mit der berechtigten Bemerkung, daß schon viel zuviel Aufhebens vom Tod eines gelben Hinterhofkindes gemacht worden war. Deshalb unterhielten sich er und sein Sohn nicht über das, was sie beobachtet hatten.

Ich weiß nicht, wie es weitergegangen ist. Hier klafft eine große Lücke. Aber mehr als eine Woche später taucht Ellen mit meinem schwachsinnigen Cousin an Bord des Dampfschiffs *Mississippi Belle* auf, das stromaufwärts ins freie Territorium unterwegs ist. Dort sieht sie zufällig der Falschspieler Townsend Graves, der zu Wes's Glück nichts von dem Selbstmord gehört und auch keine Zeitungen gelesen hat, und deshalb bei seiner Rückkehr nach Natchez nichts davon erwähnt, bis er auf meinen geliebten Bob stößt.«

»Pam«, sagte Wallace Bibbs, »das ist zuviel für mich. Bist du sicher, daß sich alles so abgespielt hat?«

Sie hob die rechte Hand, in der sie die Fotografie hielt. Überreichte sie ihm schweigend.

»Großer Gott!« sagte er.

»Wenn du klug bist, Vater Wally«, flüsterte sie, »verkaufst du ihn. Oder findest einen Vorwand, um ihn zu töten. Aber leider ist eine der Hauptstärken seiner Schwarzen Magie, daß er die Leute dazu bringt, ihn zu mögen, ihn sogar zu lieben – so wie du ihn liebst, so wie ich ihn geliebt habe, bevor ich ihn zu fürchten begann.«

»Hier haben Sie unrecht, Miss Pam«, unterbrach sie Wes. »Sie sind der letzte Mensch auf der Welt, der Angst vor mir haben muß. Ich würde mein Leben für Sie geben.«

»Nein, danke, Wes. Dein Schutz ist das letzte, was ich haben will oder brauche. Außerdem hast du ihn mir ohnehin schon angedeihen lassen, nicht wahr? Oder besser, wieder angedeihen lassen. Ich habe nämlich die *Lisadje* heute früh gefunden. Das heißt, sie sind wieder aufgetaucht, genau wie du es beabsichtigt hast. In einer Schreibtischlade, in die ich tausendmal hineingesehen habe, seit ich sie verloren hatte, seit sie verschwunden waren. Ich habe sie nie dort bemerkt – weil sie nicht dort waren. Aber heute früh lagen sie plötzlich in dieser Lade. Ich kenne ihre Macht. Nicht einmal deine *Dangbevi* konnte ihnen widerstehen.«

»Tochter –«, stöhnte Wallace Bibbs.

Ihre nächsten Worte waren an ihn gerichtet, »Da du als Gentleman, als Ehrenmann und als Christ keine der dringend notwendigen Maßnahmen gegen Wes ergreifen kannst, bitte ich dich, Vater Walley, ihn von hier wegzunehmen. Heute noch. Sofort. Sonst verliere ich den Rest meines Verstandes.«

»Gut. Wes, hol deine Sachen. Ich will verdammt sein, wenn ich weiß, was ich mit dir anfangen soll. Jeden anderen Nigger, der mir einen solchen Streich spielt, würde ich zu den Sklavendresseuren schicken, würde ihn auspeitschen lassen, bis ihm sein Übermut vergeht und bis er mehr tot als lebendig ist.«

»Aber West ist kein ›anderer Nigger‹«, stellte Pamela ruhig fest. »Wenn du ihn zu den Sklavendresseuren schickst, erzieht er sie um, das weißt du. Und jeder Mann, der versucht, ihn oder Phoebe auszupeitschen, würde dafür sterben. Das weißt du sehr genau, Vater Wally. Du hast nur zwei Möglichkeiten; ihn zu verkaufen, was wie Feigheit wirken würde, oder ihn freizulassen. Das ist vielleicht auch feig – oder aber ein edler Zug, ich weiß es nicht.«

»Es gibt eine dritte Möglichkeit. Er hat sie mir vorgeschlagen, und ich werde sie ergreifen, weil er nur auf diese Weise wenigstens für einen Teil der Schwierigkeiten, die er uns bereitet hat, bezahlen muß. Ich erlaube ihm, seine und Phoebes Freiheit zu erkaufen. Falls sie Kinder bekommen, verlange ich nichts für sie. Dann wird vielleicht wieder Frieden auf Rosebriar und Ingrahams Crest einkehren.«

»Nein«, erklärte Wes feierlich, »das wird nicht geschehen. Denn der einzige Grund, warum jetzt eine Art von Frieden hier herrscht, ist, daß ich Tag und Nacht über Ihnen wache. Wenn ich fortgehe, und das wird früher geschehen, als Sie glauben, wird die Dunkelheit auf Ingrahams Crest herabsinken. Denn Sie, Miss Pam, werden sehr bald einen mächtig großen Fehler begehen. Nicht das, was Sie jetzt denken, denn wenn Sie Ihrem Temperament gemäß handeln, ist es kein Fehler, selbst wenn die Weißen es eine Sünde nennen. Nein, Sie werden einen Fehler begehen, weil Sie etwas gutmachen wollen, was Sie Ihrer Meinung nach verschuldet haben.«

»Wes, verdammt noch mal, halte endlich deinen Mund!« brüllte Wallace Bibbs. »Wir können auf deine Prophezeiungen verzichten. Wir haben genug von ihnen.«

»Gut, Sir. Ich halte den Mund. Nur noch eines: Legen Sie unsere Vereinbarung schriftlich fest? Und übergeben Sie sie Anwalt Weatherbee zur Aufbewahrung?«

»Ich will verdammt sein, wenn ich das tue. Ich habe dir mein Wort gegeben, und das genügt.«

»Ja Sir, das weiß ich, Käpt'n Wally. Aber vielleicht sind Sie nicht da, um den Leuten zu sagen, daß wir dieses Abkommen getroffen haben? Vielleicht reiten Sie trotz allem, was ich Ihnen gesagt habe, in einer Neumondnacht allein fort! Und es geschieht, was meine Seele sieht.«

»Dieses Risiko mußt du eben eingehen, Wes. Und jetzt komm!«

Wallace Bibbs ritt Caliph, seinen schwarzen Wallach und Wes sein großes Maultier; als sie den Südteil von Rosebriar überquerten, bemerkte Wes, daß sich in einiger Entferung von ihnen zwei Reiter einander näherten. Sein geschultes Gehör verriet ihm, daß einer der Reiter ein temperamentvolles Pferd und der andere ein Maultier ritt, also vermutlich ein junger weißer Plantagenbesitzer und sein schwarzer Sklave.

Er machte Wallace Bibbs aber noch nicht auf dieses Zusammentreffen aufmerksam. Zuerst wollte er die beiden unsichtbaren Reiter durch Schlußfolgerungen, die er im Geist anstellte, identifizieren.

Ein Pferd, das so schnaubt und tänzelt? Massa Bascombs Flying Cloud? Nein, Massa Bas liegt im Bett. Massa Ashs Mickey Finn? Ja, richtig, der muß es sein. Und der Nigger? Pee Wee, der eine Botschaft überbringt? Nein. Pee Wee ist Massa Bobs Jockey, und Massa Bob und Massa Ash können einander nicht ausstehen. Also stimmt das, was ich mir seit dem Begräbnis denke. Er hat Missy Ruth damals wirklich zärtlich festgehalten, und sie hat an seiner Schulter geweint, als wäre es ein Vergnügen. Es mußte dazu kommen, schon weil Miss Celie eine solche Nervensäge ist. Also ist es Gus, der Pferdeknecht der Collins.

»Nun, Wes?« fragte Wallace Bibbs.

»Miss Pam hat es ziemlich genau erraten. Nur hat sie es nach der Denkweise der Weißen erklärt. Ellen hat wirklich versucht, sich umzubringen. Weil sie aber nicht ganz weiß ist, sind ihre Seelen durch die Luft zu meinem *Fazume,* meinem Wald des Schicksals, geflogen. Ich habe sie zu ihr zurückgeschickt, aber sie hat versucht, sie nicht einzulassen und tot zu bleiben. Ich habe verteufelt lange gebraucht, um den kleinen Teil ihres Verstandes, der noch lebendig war, davon zu überzeugen, daß das, was sie tat, falsch war. Ihre Seelen sind immer wieder zu mir zurückgekehrt, und ich habe sie immer wieder zu ihr ins Grab geschickt. Erst nach elf Uhr nachts sind sie bei ihr geblieben. Da habe ich Massa Dwight aufgeweckt, wir sind hinübergefahren und haben sie ausgegraben. Es wäre beinahe schiefgegangen – wir sind so spät hingekommen, daß sie schon begonnen hatte, den Verstand zu verlieren. Sie hat uns nicht erkannt, Sir. Ich hatte Angst, daß sie ein Zombie geworden war.«

»Wes, verdammt, erwartest du, daß ich anstelle von Miss Pamelas Version die deine akzeptiere?«

»Das können Sie halten, wie Sie wollen, Sir. Ich sage Ihnen was: wenn wir nach links um diese Baumgruppe reiten, treffen wir Massa Ash, der mit Gus, dem Pferdeknecht der Collins, spricht. Es könnte sehr interessant sein zu erfahren, worüber sie sprechen.«

»Ich weiß, ich weiß, verdammt noch mal. Du hast es ja schon früher bewiesen. Wir werden sie tatsächlich dort antreffen. Pam hat recht. Wenn man einen Nigger wie dich besitzt, könnte man wahnsinnig werden. Komm jetzt weiter!«

Als sie um die Ecke bogen und die beiden Reiter erblickten, ballte Ashton Bibbs die rechte Hand zur Faust und versuchte, sie in die Tasche seiner Reitjacke zu stecken.

Ihre Hand zittert, Sie finden nicht in die Tasche, übertrug Wes seine Gedanken auf Ashton. Sie bekommen die Verschlußklappe nicht auf. Wenn Sie herumfummeln, merkt es Käpt'n Wally.

Er riß sein großes Maultier herum, so daß er Wally Bibbs die Aussicht verstellte. Dabei sah er, wie das zusammengeballte Papier ins Gras fiel. Er merkte sich die Stelle mit Hilfe eines Steines, eines Baumes, eines vertrockneten Dornbusches.

»Hallo, Sohn«, sagte Wallace.

»Morgen Pa. Morgen Wes. Ich muß sagen, für einen Mann, der morgen heiratet, siehst du viel zu ruhig aus. Hast du die Ware vielleicht schon vorzeitig ausprobiert?«

»Nein, Sir, Massa Ash. Ich finde, man sollte das Mädchen respektieren, das man heiratet. Heiraten ist etwas sehr Feierliches, beinahe Heiliges. Wir werden einander morgen vor Gott unser Wort geben. Ich habe die Absicht, meines zu halten. Ich werde die Frauen und Töchter von anderen Leuten in Ruhe lassen. Ich glaube, daß Phoebe, weil ich sie die ganze Zeit respektiert habe, mich und unser Heim respektieren wird, wenn wir erst beisammen sind. Vielleicht irre ich mich. Viele Leute denken anders, das weiß ich.«

»Howdy, Gus«, sagte Wallace Bibbs. »Was machst du hier?«

»Massa Bart hat mich geschickt«, antwortete Gus, etwas zu schnell. »Er wollte wissen, ob morgen nachmittag vier Uhr rechtzeitig genug ist, um Phoebe herüberzubringen. Er will sie selber zum Altar führen, weil sie ihm gehört.«

»Gut«, stellte Wally fest. »Kommt Miss Cathy auch?«

»Ja, Sir. Und Massa Bascomb und Miss Hortense. Ich werde sie im Wagen herüberfahren, weil Massa Bascombs Bein noch immer geschient ist und er nicht reiten kann. Er fühlt sich aber schon viel besser, Sir.«

»Und wie geht es deinem Herrn? Du hast gesagt, daß er Phoebe selbst herüberbringt. Heißt das, daß er seinen Kummer wegen der armen Ellen bereits überwunden hat?«

»Das ist ja das Komische, Käpt'n Wally. Massa Bart hat sich beinahe zu Tode gegrämt. Er hat die arme Ellen wirklich liebgehabt, weil sie seine Tochter war. Aber jetzt hat er es ganz überwunden. Das ist so komisch. Ihre Schwiegertochter, Miss Pam, ist vergangene Woche auf die Plantage gekommen und hat mit ihm und mit Massa Bart gesprochen. Sie hat ihnen etwas gezeigt. Ruby sagt, ein Foto. Seither ist Massa Bart wie ausgewechselt.«

»Das ist gut. Ich werde ihn morgen abend fragen, was Miss Pam ihm erzählt hat. Oder ich frage sie selbst, weil sie auch bei der Hochzeit sein wird.«

»Wird Anwalt Weatherbee auch kommen, Sir?« fragte Gus. Wes fand, daß sein Ton deutlich besorgt klang.

»Das weiß ich nicht, aber ich nehme es an«, meinte Wallace Bibbs mürrisch. »Warum?«

»Weil Pee Wee mir heute früh gesagt hat, daß Massa Bob auch dabei sein wird. Ich verstehe nichts von Trennung und Scheidung, Sir, aber zwei junge, heißblütige weiße Gentlemen in Gesellschaft einer Dame, die sie beide lieben, ist nicht gut, finde ich, Sir.«

»Das finde ich auch, Gus, aber mach dir deshalb keine Sorgen. Mein Sohn und ich werden sie schon voneinander fernhalten. Gibt es noch etwas?«

»Nein, Sir. Das war alles, was ich ausrichten sollte. Ich muß jetzt wieder zurück.«

»Warte einen Augenblick, Gus,«, warf Wes ein. »Würdest du dieses Paket für Phoebe mitnehmen?«

»Ja sicher, Wes. Was ist denn drin?«

»Das geht dich nichts an, Gus. Und falls die Schnur nicht mehr in Ordnung oder das Papier eingerissen ist, wenn Pheobe das Paket bekommt, dann wird derjenige, der das getan hat, in nächster Zeit soviel Unglück haben, daß er sich wünschen wird, nie geboren zu sein. Hast du mich verstanden, Gus?«

»Ich habe dich verstanden, Wes. Ich werde dein Paket nicht anrühren. Darauf kannst du deinen letzten Dollar wetten. Auf Wiedersehen, Massa Ash, Käpt'n Wally, Wes.« Er stieß dem Maultier die Fersen in die Seiten, und das Tier setzte sich schwerfällig in Galopp.

»Wes«, fragte Wally, »sag mir einmal, was in dem Paket ist. Hat es mit Voodoo zu tun? Eine Hexerei?«

»Nein, Sir, Käpt'n Walley. Warum sollte ich die arme Phoebe verhexen! Sie ist mein Mädchen, und ich liebe sie. In dem Paket ist ein Kleid, Sir. Ein Hochzeitskleid, das ich für sie gemacht habe. Und ein bißchen Schmuck. Ich habe den Schmuck aus ein paar goldenen Zwanzig-Dollar-Münzen gemacht, die ich für das Geld gekauft habe, das ich mir in meiner Freizeit verdient habe.«

Ashton starrte Wes verwundert an.

»*Du* hast ein Hochzeitskleid für deine Braut gemacht? Warum denn? Wo, zum Teufel, hast du gelernt, Kleider zu machen? Du siehst verdammt nicht wie eine Schneiderin aus.«

»Massa Ash, in jedem Land sind die Bräuche anders. In meinem Land machen die Männer alle Kleider und auch sonst alle Näharbeiten. Sie haben ja auch hier Männer, die die Kleider für andere Männer nähen – Sie nennen sie Schneider. Aber in meinem Land machen die Männer die Kleider für alle anderen, für Männer, Frauen und Kinder. Die Männer, die Kleider und Schirme und Zelte und Schlafmatten und Hängematten machen – überhaupt alles, was aus Stoff ist –, gehören zu einer besonderen Gilde, der Gilde der Stoffarbeiter.«

»Und du warst ein Stoffarbeiter?«

»Nein, Sir, ich habe zur Gilde der Eisenarbeiter gehört. Aber ich hatte drei gute Freunde, meine besten Freunde. Einer gehörte zur Gilde der Messing- und Silberarbeiter – das sind die, die Schmuck machen –, der andere zur Gilde der Stoffarbeiter und der dritte zu den *Azaundatos.*«

»*Azaundatos?*«

»Zu den Zauberen, Sir, die Sie Hexenmeister nennen.«

»Und du hast dir von jedem sein Handwerk beibringen lassen?«

»Ja, Sir, jedenfalls ein bißchen. Ich habe ihnen dafür mein Handwerk beigebracht.«

»Was dir am besten gefallen hat und wovon du am meisten gelernt hast, das war die Zauberei, nicht wahr?«

»Nein, Sir, sie hat mir nicht gefallen. Ich habe sie gehaßt. Mein Freund *Kpadunu* hat mich gezwungen zu lernen, wie man sich selbst dafür ausbildet, weil er gesagt hat, ich würde es brauchen. Er hat recht gehabt. Ich habe mich schon oben in Virginia richtig dafür ausgebildet, als ich gesehen habe, was es heißt, in diesem Land ein Sklave zu sein. In meinem Land gibt es auch Sklaven. Ich habe von meinem Vater vierhundert Maxi-Sklaven geerbt und sieben Plantagen, auf denen sie gearbeitet haben.«

Ashton sah seinen Vater an. Sie kannten Wes inzwischen zu gut, um anzunehmen, daß er log. Wes log nie bewußt, das war ihnen klar. Manchmal interpretierte er Ereignisse ganz anders als sie, aber das kam daher, daß seine Denkweise sich von der ihren unterschied.

»Aber wir und unsere Sklaven«, fuhr West fort, »sind von der gleichen Farbe. Deshalb können wir nie glauben, daß sie keine richtigen Menschen sind, und sie wie Hunde behandeln. Bei uns kann ein Sklave Lohn bekommen, kann sich einen Sklaven kaufen, kann eine freie Frau heiraten, und seine Kinder sind immer frei. Wenn er dem König gehört oder im Krieg gefangengenommen wird, ist das ärgste, was ihm geschehen kann, daß er als *Attoh* beim Festtag der Königlichen Vorfahren geopfert wird. Und das ist nicht einmal so arg. Man schneidet ihm rasch und sauber den Kopf ab. Aber wir haben noch nie ein dreizehnjähriges Mädchen zu Tode gepeitscht, wie der Pflanzer unten in Biloxi. Wir haben nie jemandem das angetan, was mit dem armen Jonas geschehen ist. Bei uns bekommt niemand ein Brandzeichen wie eine Kuh, wir zerschneiden niemandem die Sehnen, weil er entlaufen ist, stutzen niemandem die Ohren. Keiner von unseren Sklaven geht mit

Narben und Peitschenhieben herum, wie hier auf jeder Plantage. Als ich herausgefunden hatte, wie die Sklaverei in Amerika aussieht, und daß die Weißen ein Fluch Gottes sind, habe ich begonnen, wirklich *Azaundato* zu lernen. Ich bin kein Hexenmeister, weil es so etwas nicht gibt. Weiße, die nach Afrika gekommen sind, haben dieses Wort erfunden. Ich glaube, Zauberer wäre der richtige Ausdruck dafür. Wenn Sie es übersetzen, müßten Sie sagen ›Ein Mann, der Schwarze Magie treibt‹, während *Bokono* heißt: ›Ein Mann, der Helle Magie treibt.‹«

»Du hast dich für die Schwarze Magie entschlossen, Wes. Warum nicht für die Helle, du Schuft?«

»Weil man Feuer nur mit Feuer und das Böse nur mit dem Bösen bekämpfen kann, Sir. Außerdem bin ich kein wirklicher Schwarzer Magier. Ich habe versucht, für alle möglichst viel Gutes zu tun. Obwohl ich manchmal ein mächtig starkes *Gbo* – Sie würden es Magie nennen – anwenden mußte, um das zu erreichen, was notwendig war. Ich versuche sogar jetzt, Ihnen zu helfen, aber Sie lassen es nicht zu.«

»Du unverschämter schwarzer –«

»Warte, Ash«, unterbrach ihn Wallace Bibbs, »hör ihm zu. Ich habe festgestellt, daß es sich meist auszahlt, ihm zuzuhören.«

»Weil in dem, was Sie jetzt beginnen wollen, ein Sterben ist, Massa Ash. Ein mächtig schlechtes Sterben, schrecklich und grausam, allein in der Dunkelheit. Und obwohl Sie mir mißtrauen, seit Sie in dem Wald in Virginia dazugekommen sind, wie ich mit meinen *Tau Vudun*, den Geistern meiner Großväter, gesprochen habe, weiß ich, daß Sie der wahre Sohn Ihres Vaters sind. Deshalb sind Sie ein guter Mensch, Sie können gar nicht anders. Ich weiß auch, daß Sie nicht glücklich sind, aber sie müssen es nur noch eine kurze Zeit ertragen, nicht glücklich zu sein. Solange ein Mensch lebt, können die meisten Schwierigkeiten in Ordnung gebracht werden.«

»Wes«, fragte Ashton, »du behauptest, daß ich sterben werde?«

»Nein, Sir. Ich sage, daß jemand sterben wird. Ich weiß nicht, wer. Ich glaube nicht, daß Sie es sind. Aber jemand, der Ihnen nahesteht.«

»Das verhüte der Himmel!«

»Hören wir mit diesem Thema auf!« befahl Wallace Bibbs scharf. »Wes, warum, zum Teufel, hast du Phoebe ein Hochzeitskleid genäht? Hast du nicht gewußt, daß Massa Barton oder Miss Cathy ihr eines schenken werden?«

»Ja, Sir, das habe ich gewußt. Aber ich habe auch gewußt, daß sie es weiß machen werden. Sie wissen, wie ein Mädchen, das so schwarz ist wie Phoebe, in einem weißen Kleid aussehen würde. Ich kann die bissige kleine Ruby Thomas schon sagen hören: ›Wie eine Fliege, die in ein Faß Buttermilch gefallen ist.‹«

»Deshalb hat du es –«

»Rosa gemacht, Sir. Sie wird sehr hübsch aussehen, meine Phoebe, mit dem rosa Kleid und dem rosa Kopfschmuck, den ich ihr gemacht habe, und den goldenen Ohrringen.«

»Das nehme ich auch an«, stellte Wally fest. »Noch etwas: Hör auf herumzuerzählen, daß die Sklaverei was Schlimmes ist und die Weißen Gottes Fluch sind. Wenn du das den falschen Leuten sagst, kann nicht einmal ich dich beschützen.«

»Ich habe nicht die Absicht. Was für einen Sinn hat es, einem Blinden ein Bild zu zeigen oder einem Tauben zu predigen? Ich habe es nur Ihnen und Massa Ash gesagt, weil Sie beide anständige Menschen sind und Verstand besitzen und wissen, daß ich recht habe. An dem Tag, an dem Sie es sich selbst eingestehen, werden sich Ihre Herzen mit Freude und Herrlichkeit füllen, und dann werden Sie frei sein.«

»Von diesem sterblichen Körper«, fügte Wallace hinzu.

»Ja, Sir. Das stimmt. Sollten wir jetzt nicht weiterreiten?«

19

»Wally«, sagte Lucille Bibbs zu ihrem Mann, »manchmal denke ich, daß du diesen verdammten Wes lieber verkaufen solltest. Weißt du, wie viele Leute schon hier sind?«

»Viel zu viele«, seufzte Wallace Bibbs, »und dabei sind noch mehr unterwegs. Die Hochzeit von Wes und Phoebe wird mich eine schöne Stange Geld kosten, das muß ich zugeben, meine

Liebe. Aber irgendwie ist es ein Teil des Preises, den wir für unsere Lebensweise hier im Süden zahlen müssen.«

»Unsinn, das Leben auf dem Land hat überall seinen Preis, würde ich sagen. Ganz abgesehen von der Arbeit – und ich wette mein Haushaltsgeld darauf, daß es wesentlich schwieriger ist, eine Plantage zu leiten, auf der Sklaven arbeiten, als eine Farm im Norden, auf der Lohnarbeiter beschäftigt sind.«

»Diese Wette würdest du todsicher gewinnen.«

»Das weiß ich. Eigentlich wollte ich ja sagen, daß die Leute hier sehr wenig haben, womit sie sich beschäftigen können. Die merkwürdigen Dinge, die Wes vollbracht hat, sind für unsere Nachbarn ein wahrer Glücksfall. Deshalb haben sich alle unsere Freunde und Bekannten einfach zu unserem Weihnachtsessen angemeldet, weil sie hoffen, daß Wes wieder etwas Außergewöhnliches vollbringen wird.«

»Lucille, niemand weiß etwas über Ellen außer dir, mir, Pam und vielleicht Anwalt Weatherbee.«

»Anwalt Weatherbee weiß es ganz bestimmt. Du kannst sicher sein, daß Pam es ihm erzählt hat. Sie ist ganz verrückt nach ihm.«

»Davon später, laß mich ausreden. Du, ich, Pam, Tolbert Weatherbee und Bart Collins wissen davon. Und auch Ash. Ich habe es ihm erzählt und ihn streng ermahnt, Celie kein Wort davon zu sagen. Du weißt ja, wie sie ist.«

»Diese Giftschlange«, zischte Lucille. »Vielleicht beißt sie sich einmal selbst und stirbt an ihrem eigenen Gift.«

»Lucille!«

»Ich meine es ernst. Ich habe zwei Schwiegertöchter, und ich verliere die, an der ich hänge. Pam ist ein großartiges Mädchen, Wally, auch wenn sie ein Yankee ist. Celie dagegen, du guter Gott! Aber leider wird Pamela sehr bald ihre Skrupel überwunden haben und die Scheidung von Bob beantragen, wenn mich nicht alles täuscht. Die erste Scheidung in deiner und auch meiner Familie. Eine scheußliche Angelegenheit, Wally.«

»Ich bin ganz deiner Meinung. Aber, Himmel, du lenkst mich immer wieder ab, Lucille. Ich habe gesagt, daß nur die Leute, die ich erwähnt habe, von Ellen wissen. Nicht einmal Bob und Townsend Graves sind ihrer Sache sicher. Bart will es so haben, und ich gebe ihm recht. Also halte du den Mund darüber, meine Teure.«

»Mach dir deswegen keine Sorgen. Ach Gott, da kommt Cato mit den Eierflips. Wie viele Gäste haben wir jetzt eigentlich?«

»Zählen wir einmal. Merk dir das Ergebnis und laß es Trilby in der Küche ausrichten. Sie wird inzwischen ganz aus dem Häuschen sein.«

»Das kann ich ihr nicht verdenken. Also da hätten wir –«

Es folgte eine Aufzählung der bereits anwesenden Familien und ihrer Mitglieder, und am Ende der Liste tauchte der Name von Anwalt Weatherbee auf.

»Der Pam eifrig und galant den Hof macht«, stellte Lucille traurig fest. »Das komische daran ist, daß ich ihn mag, Wally. Ash bewundert ihn, obwohl er ein Paragraphenreiter und ein radikaler Sklavenbefreier ist. Und Pam liebt ihn. Wann immer sie ihn ansieht, strahlt ihr Gesicht. Als ob die komischen Perlen, die sie trägt, es erhellen würden. Merkwürdig, sie sehen aus wie Kiesel. Wie weiße Steine. Dennoch haben sie einen milchigen Schimmer, wie Mondschein. Ich muß sie mir einmal genauer ansehen. Glaubst du, daß der Friedensrichter ihren Antrag abweisen könnte, wenn sie sich endlich entschließt, die Scheidung einzureichen?«

»Ausgeschlossen. Es liegen so viele Beweise gegen unseren Bob vor, daß die Scheidung eine reine Formalität ist. – Ach, jetzt fällt mir ein, warum Townsend Graves nicht gekommen ist. Er und Bob sind miteinander verkracht.«

»Erzähl mir bloß nicht, Wally, daß Bob und Townsend wegen eines Mädchens gestritten haben.«

»Nein. Sie haben nicht gestritten. Bob ist aus einem bestimmten Grund auf Townsend und auf mich böse. Erinnerst du dich, daß ich dir von seiner neuesten Errungenschaft namens Lottie erzählt habe? Ein hübsches Mädchen, ein bißchen in der Art von Phoebe, aber heller. Und sehr unverschämt und selbstsicher. Ich habe sie nur deshalb nicht verkauft, weil ich davon überzeugt bin, daß es keinen Sinn hat – Bob würde sich sofort eine andere zulegen. Aber vor ungefähr einer Woche hat sich Bob betrunken und daraufhin wieder einmal mit Townsend Karten gespielt. Wie gewöhnlich hat ihn Townsend bis aufs Hemd ausgeplündert. Weil Bob kein Geld hatte, mußte er Townsends Vorschlag annehmen, Lottie gegen den gesamten Gewinn seines Partners zu setzen. Natürlich hat unser Sohn wieder verloren. Er ist winselnd angekrochen gekommen. Er wollte, daß ich diesen Schurken auszahle, damit er Lottie behalten kann. Die Gelegenheit war einmalig. Ich habe glatt abgelehnt und den Verlust einer hübschen Sklavin in Kauf genommen, die mindestens achthundert oder tausend Dollar wert ist, um Bob eine Lehre zu erteilen. Ich fürchte nur, daß es nichts genützt hat. Townsend ist also mit Lottie in seinem eleganten kleinen Zweispänner abgefahren, und sie schien das Ganze zu genießen. Er nimmt sie in sein Haus nach Natchez, wo sie, wie er sagt, bei ihm Mädchen für alles spielen soll. Das ›alles‹ hat er ganz besonders betont.

Zum Abschied hat er Bob gegenüber noch eine kryptische Bemerkung fallen lassen – wie hat sie nur gelautet? Ach ja: ›Offensichtlich ist deine Hoffnung auf Rettung von dieser Seite vergeblich, nicht wahr? Also werde ich doch noch Plantagenbesitzer! Kismet! Allahs Wille geschehe! Auf Wiedersehen, mein Freund und großzügiger Ernährer!‹ Ich frage mich, was der Kerl damit gemeint hat?«

»Das weiß ich auch nicht«, seufzte Lucille. »Gelegentlich denke ich mir, daß wir eigentlich Bob verkaufen sollten. Wir sollten ihn nach dem Norden schicken, in eine Firma stecken. Kennst du irgendwelche Yankees, Wally?«

»Nur die Ingrahams. Die haben inzwischen durch Pam viel zuviel über unseren geliebten Sohn erfahren. Ach, zum Teufel damit. Wen haben wir noch hier? Wir müssen uns mit unseren Gästen beschäftigen.«

Wallace blickte sich im großen Salon um, bis er die Collins entdeckte. Sie hatten sich im Raum verteilt und plauderten mit den übrigen anwesenden Familien. Bascomb saß in einem Lehnstuhl, hatte das gebrochene Bein auf einen Schemel gelegt, die Krücken neben sich gestellt und unterhielt sich mit Beau Bob und Wilkes Thomas junior. Und Barton sah tatsächlich so aus, wie Gus am Vortag behauptet hatte – als hätte er überhaupt keinen Kummer. Er strahlte geradezu vor Glück.

Warum auch nicht? sinnierte Wally. Es ist die beste Lösung. Was hätte er sonst mit seiner farbigen Tochter tun können? Sie mit einem freien Farbigen verheiraten, am besten einem Mulatten, der ein Geschäft betreibt. Da er sie nach den Gesetzen des Staates Mississippi nicht freilassen kann, wäre sie ihrem Mann ohne Aufsehen in sein Heim gefolgt und damit de facto, aber nicht legal, frei gewesen. So wird es jedenfalls meist gehandhabt.

»Wally«, fragte Lucille, »wen, um Himmels willen, suchst du?«

»Das erzähle ich dir später. Heute nacht, wenn das Fest vorbei ist. Nur so eine Idee von mir – eigentlich ein bloßer Verdacht.«

Dann seufzte er erleichtert auf, ohne es zu bemerken. Er hatte den Gegenstand seiner Suche gefunden. Abigail Collins. Sie saß allein, unterhielt sich mit keinem der jungen Männer oder der jungen Mädchen, sondern blickte unverwandt Wilkes Thomas junior an.

Wallace starrte sie an und vergaß in seiner Sorge, daß seine Frau neben ihm stand, die ihn besser kannte als er sich selbst. Hilflos stand er der Trägödie gegenüber, die eben über die beiden Familien, mit denen er so gut befreundet war, hereinzubrechen drohte. Sorgfältig prüfte er Abigails Züge.

Die gleiche gebogene Adlernase, wegen der sie nicht ganz so hübsch war wie die übrigen weiblichen Collins, der gleiche dunkle, volle, eindeutig sinnliche Mund, die gleichen kräftigen schwarzen Augenbrauen; das gleiche dichte, tiefschwarze Haar, die gleichen roten Wangen. Obwohl ihre Haut sicherlich nicht der Sonne ausgesetzt worden war, unterschied sich ihr Teint deutlich von dem der Collins. Sie war genauso weiß, vielleicht sogar noch heller, aber es war die weiße Haut einer blauäugigen Brünetten und nicht die einer Blondine.

Aber er hatte zu lange gezögert, Abigail viel zu gründlich gemustert. Denn er hörte Lucille flüstern: »O mein Gott! Und ich habe es nie zuvor bemerkt. Wann ist es dir aufgefallen, Wally?« fragte sie, noch immer flüsternd.

»Es ist mir nicht aufgefallen, man hat mich darauf aufmerksam gemacht. Natürlich war es niemand anderer als Wes. Manchmal glaube ich tatsächlich, daß dieser Nigger ein Übermensch ist. Er irrt sich nie. Was er sagt, trifft zu, und was er prophezeit, geschieht. Lucille, bitte tu mir einen Gefallen, unterhalte dich mit dem Mädchen, lenke sie ab, bevor Cecilia bemerkt, wie sie ihn anstarrt, und sich ihren Reim darauf macht.«

Während seine Frau, die trotz ihres Alters immer noch graziös und schlank war, aufstand und zu Abigail hinüberging, suchte er seine Schwiegertochter Cecilia.

Er entdeckte sie beinahe sofort als Mittelpunkt einer kleinen Damengruppe. Wie gewöhnlich hörten ihr alle mit dem gierigen Ausdruck zu, der, wie er dachte, charakteristisch für die große Leidenschaft der Frauen ist: den Tratsch. Und je schmutziger das Gerede ist und je mehr es dem Ruf des Opfers schadet, desto besser.

Er erkannte jedoch, daß der Gegenstand von Cecilias Bosheit wie gewöhnlich Pamela war, und atmete erleichtert auf. Denn was konnte die liebe, giftzüngige Celie über Pamela sagen, was sie nicht schon mindestens tausendmal gesagt hatte?

Aber dann erschrak er zutiefst. Wo war Ash, sein ältester Sohn? Und wo, in Dreiteufels Namen, war die kleine Ruth Collins?

Mit sechs großen Schritten war er bei Cecilia. Er unterbrach, ohne sich überhaupt zu entschuldigen, ihr »Also wirklich, meine Liebe, es ist ja ganz sonnenklar, daß –«.

»Cecilia, wo, zum Teufel, ist Ash?«

»Ach, der wird bald kommen, Vater Wally«, antwortete Cecilia. »Irgendein blöder Nigger hat die Stalltür nicht richtig verriegelt, und Mickey Finn ist ausgebrochen. Ash jagt gerade seinem Stolz, seiner Freude nach. Du weißt ja, wie er dieses Pferd liebt. Wenn dieses nervöse, unruhige Biest kleiner und eine Stute wäre, hätte sich Ash sicherlich schon von mir scheiden lassen und es in sein Schlafzimmer genommen.«

Wally glaubte kein Wort. Jeder Nigger in Rosebriar wußte, wie verrückt Ashton auf sein preisgekröntes Sprungpferd war. Kein Schwarzer hätte es riskiert, halbtot gepeitscht zu werden, weil er es Mickey Finn gegenüber an der gebührenden Sorgfalt hatte fehlen lassen. Eigentlich durfte sich nur Ashtons Reitknecht Rad, den er persönlich ausgebildet hatte, dem nervösen, unruhigen, aber ungewöhnlich edlen und schnellen Wallach nähern. Rad war der nüchternste und verläßlichste Schwarze, den Wally kannte.

Also ein Ausrede, überlegte er. Eine Lüge, die Cecilia ohne weiteres schluckt, weil sie selbst eine ausgezeichnete Reiterin und Pferdeliebhaberin ist?

Er drehte sich um, drängte sich zu Barton durch, packte ihn am Arm und fragte ihn: »Was ist eigentlich mit Ruth, deiner Jüngsten? Werden wir heute nicht das Vergnügen ihrer Gesellschaft genießen können?«

»Nein, Wally, leider nicht. Sie ist – nun ja, sie fühlt sich nicht wohl. Die übliche Frauengeschichte, du verstehst, nicht wahr? Sie hat mich gebeten, sie zu entschuldigen, obwohl sie sicherlich wütend wäre, wenn sie wüßte, wie offen ich dir gegenüber bin.«

Wally Bibbs dachte auch darüber nach. Wie viele Männer im Süden wußten eigentlich , wann ihre heranwachsenden Töchter die Regel hatten? Praktisch keiner. Deshalb stimmte etwas daran nicht, daß Bart Collins darüber Bescheid wußte. Es bedeutete, daß irgend jemand – wahrscheinlich Ruth selbst – ihn über einen Umstand informiert hatte, den er unter gar keinen Umständen selbst herausfinden konnte. Es war unerheblich, ob es stimmte oder nicht, es war jedenfalls das perfekte Alibi.

Wallace ließ Barton brüsk stehen und ging zu Abigail hinüber, die sich jetzt recht lebhaft mit Lucille unterhielt.

»Hallo, Süße«, sagte er mit so schlecht gespielter Herzlichkeit, daß seine Frau ihn erschrocken ansah, »wo ist denn Ihre kleine Schwester heute abend?«

»Fragen Sie mich nur das nicht, Käpt'n Wally«, lachte Abigail. »Das kleine Biest und ich, wie stehen zueinander wie Hund und Katze. Ich habe sie zum letzten Mal gesehen, als ich die Treppe hinunterging, um mit Mama und Papa zu Ihrer Weihnachtsparty und der großen, großen Hochzeit zu fahren. Sie galoppierte wild in Richtung auf den Sumpf zu. Sie tut das jetzt oft. Ich nehme an, daß sie einen Verehrer hat, von dem sie weiß, daß er Papa nicht zusagen würde. Sie hat sich zum Beispiel die Hintertreppe hinuntergeschlichen, um sicher zu sein, daß Mama und Papa sie nicht sehen. Meinetwegen braucht sie sich keine Sorgen zu machen, ich werde sie ganz bestimmt nicht verpetzen. Ich bin keine Klatschbase, und wer weiß, vielleicht muß eines Tages ich sie bitten, den Mund zu halten.«

»Woher wissen Sie, daß ich Bart keinen Floh ins Ohr setzen werde?« knurrte Wally.

»Das weiß ich, weil eine solche Handlungsweise unhöflich, ungezogen und unfair wäre, und das sind Sie ganz bestimmt nicht, Käpt'n Wally. Manchmal bin ich trotz des Altersunterschiedes in Versuchung, Sie der lieben Lucille abspenstig zu machen, obwohl ich Ihre Frau wirklich schätze.«

»Ich schenke ihn Ihnen«, lachte Lucille, die genau wußte, daß Abigail nur geschäkert hatte, ein Zeitvertreib, den alle Damen im Süden liebten, vor allem wenn sie sicher waren, daß man sie nicht ernst nahm.

Wallace überlegte: Er konnte seine Gäste nicht im Stich lassen. Das war undenkbar. Morgen, dachte er wütend, ziehe ich Ash die Haut bei lebendigem Leib ab! Ein Bob reicht! Zwei halte ich nicht aus.

In diesem Augenblick sah er, daß Reverend Curtwright, der die Trauung vollziehen sollte, den Raum betrat. Zu Wallys Überraschung folgte ihm Fred Hoskins, einer der Feldsklaven der Bibbs, auf dem Fuß.

Das erstaunliche daran war nicht die Tatsache, daß Fred das Herrenhaus betrat. Wally ermutigte seine Sklaven, zu ihm zu kommen, wenn sie ernste Probleme oder Beschwerden hatten. Dadurch bestärkte er sie in der Meinung, daß er der beste Herr im ganzen Staat Mississippi war. Weder den Sklaven noch Wally war dabei klar, daß seine unparteiische Gerechtigkeit, seine Objektivität, seine Fairneß nichts als kluger Geschäftsgeist waren. Wie jeder große Sklavenbesitzer im Süden war Wallace Bibbs sehr um sein Ansehen als Mensch besorgt. Er war absolut kein Dummkopf und begriff sehr genau, daß es für die Sklaverei keinerlei moralische Berechtigung gab. Außerdem war er weit intelligenter als die übrigen Pflanzer und wußte deshalb, daß die Anspielungen der Südstaatler auf die angeblich so entsetzliche Grausamkeit des Industriesystems der Nordstaaten reine Augenwischerei waren. Beide Systeme waren moralisch unhaltbar, was natürlich die Schuld nach keiner Seite verringerte. Deshalb bemühte sich Wallace Bibbs, immer fair, gerecht, vernünftig und freundlich zu sein und seine Schwarzen genauso väterlich zu behandeln wie seine eigenen Kinder. Nur dadurch war er imstande, die Scham zu unterdrücken, die er unter dem Einfluß von Wes immer öfter empfand.

Fred Hoskins verstieß aber jetzt gegen alle Regeln. Jeder Schwarze, auch ein verschwitzter Feldarbeiter, durfte ins Herrenhaus kommen und sogar Wallace Bibbs' Arbeitszimmer betreten, aber ausschließlich zwischen halb zehn und elf Uhr vormittags. Sie kamen vertrauensvoll, denn sie wußten, daß er ihnen aufmerksam zuhörte, auf ihre Probleme einging und auf ihre Beschwerden prompt reagierte. In letzter Zeit war die Zahl der Beschwerden deutlich zurückgegangen, vor allem deshalb, weil sich unter den sadistischen Rohlingen, die sich meist um einen Posten als Aufseher bewarben, herumgesprochen hatte, daß auf Rosebriar kein Platz für sie war. Wally Bibbs' Aufseher hielten sich deshalb den Schwarzen gegenüber an das Beispiel, das ihnen der Besitzer der Plantage gab. Das führte zu dem gar nicht so erstaunlichen Ergebnis, daß dank den zufriedenen Arbeitskräften die Bibbs-Plantage eine der blühendsten im ganzen Staat war.

Daß Fred aber kühn den Salon betrat, in dem sich die Gäste seines Herrn aufhielten, noch dazu bevor die Hochzeitszeremonie begonnen hatte, war ein eklatanter Verstoß gegen alle Verhaltensvorschriften, die für Rosebriar Geltung hatten.

»Howdy, Reverend«, sagte Wallace, »Ich werde mich Ihnen sofort widmen. Zuerst muß ich diesem unverschämten Nigger die Leviten lesen. Fred, was, zum Teufel, fällt dir ein, hier so hereinzuplatzen?«

Aus den Augenwinkeln bemerkte er, daß der gute Mann Gottes, dessen Neugierde nicht ganz im Einklang mit seiner geistlichen Kleidung stand, in Hörweite geblieben war. Von mir aus, dachte er. Fred kann nichts sagen, was er oder ein anderer der Anwesenden nicht hätte hören dürfen.

»Entschuldigen Sie, Käpt'n, Sir«, sagte Fred. »Ich weiß, daß ich am Abend eigentlich nicht hereinkommen darf. Aber ich glaube, daß das, was ich Ihnen sagen muß, so wichtig ist, daß es nicht bis morgen Zeit hat. Ich glaube, Sie müssen es sofort wissen.«

Wallace betrachtete den schlanken Schwarzen. Fred Hoskins war Jagdhüter auf Rosebriar, was deutlich auf seine Haltung abfärbte. Seine Bewegungen waren geschmeidig, und sein ganzes Wesen strahlte ruhige Selbstsicherheit aus. Es war unschwer zu erkennen, daß er jetzt sehr besorgt war.

Wallys Ton wurde sofort sanfter. »Also gut, Fred. Raus damit, Junge.«

»Sir, ich bin ins Moor hinausgegangen. Wollte sehen, ob ich nicht ein paar Enten erwische. Ich habe mir gedacht, daß Sie sie brauchen könnten, wo Sie doch so viele Gäste hier haben.«

»Da hast du recht. Hast du welche gekriegt?«

»Ja, Sir, hab' sie schon Trilby gegeben. Natürlich habe ich meine alte, doppelläufige Schrotflinte genommen und habe die schwere Büchse, die Sie mir geborgt haben, in meiner Hütte gelassen. Also Sir, während ich auf Entenjagd war, hat jemand das Schloß an meiner Tür aufgebrochen und die schwere Büchse gestohlen. Und dazu einen mächtigen Haufen Pulver und Kugeln. Hier ist das Schloß, Sir. Wollen Sie es sich einmal ansehen?«

Wallace prüfte das Schloß. Es war zerschlagen worden, wahrscheinlich mit einem Hammer.

»Mein Gott«, sagte er, »ich füttere euch Nigger doch gut genug, so daß keiner von euch mitten im Winter auf Hirschjagd gehen muß. In Ordnung, Fred. Es war richtig, daß du zu mir gekommen bist. Morgen werde ich alle Hütten durchsuchen lassen.«

»Sir, wenn Sie mich fragen, morgen wird es zu spät sein. Der Nigger, der das Gewehr gestohlen hat, ist hinter keinem Hirsch her. Ich bin sofort zu Jonas' Hütte gegangen. Er war nicht da. Niemand hat ihn heute gesehen.«

»Allmächtiger Gott!«

»Wes hat ihm Phoebe weggenommen. Was noch ärger ist, er hat Jonas am Thanksgiving Day vor allen lächerlich gemacht. Sir, ich schlage vor, Sie lassen mich und vier oder fünf verläßliche Nigger während der Hochzeit um das Herrenhaus Wache stehen und dann für den Rest der Nacht um Wes' Hütte. Jonas hat schon einmal versucht, Wes zu erschießen; damals hat er Ellen beinahe umgebracht. Das arme Kind. Ich glaube, ihre Zeit war einfach abgelaufen. Wes hat ihr zwar damals das Leben gerettet, aber Gott hat die trotzdem zu sich geholt.«

»Ja, das wird wohl so sein, Freund. Du hast ganz recht. Nimm dir ein paar Boys, die mit dir Wache stehen. Falls Jonas sich zeigt, versucht ihn lebendig zu fangen. Der arme Teufel ist wahnsinnig. Ich werde ihn wohl verkaufen müssen.«

»Das wär' das Beste, was Sie tun können, Sir. Möglichst weit weg.«

Fünf Minuten später hörte Wes unten im Keller, in dem die Haussklaven ihre Schlafräume hatten, in Trilbys Zimmer Freds Geschichte von dem gestohlenen Gewehr und von seinem sicherlich zutreffenden Verdacht, was Jonas damit unternehmen wollte. Weil niemand den Schwarzen den angelsächsischen Aberglauben eingeredet hatte, daß es Unglück bringt, wenn der Bräutigam die Braut am Hochzeitstag vor der Zeremonie sieht, befand sich Phoebe bei Wes und hörte ebenfalls den Bericht. Auch Maebelle, Trilbys jüngste Tochter, vernahm ihn durch das Schlüsselloch, an das ihre Mutter sie als Tugendwächterin postiert hatte.

»O Gott, Wes«, weinte Phoebe, »was sollen wir tun? Er wird dich ganz sicher töten, Jonas ist wahnsinnig. Er ist verrückt vor Eifersucht.«

»Vielleicht schießt er wieder daneben«, meinte Wes, aber seine Augen blitzten übermütig, »und trifft dich, wie damals die arme Ellen. Weil ich dann Ruby habe, die nur darauf wartet, mich zu trösten.«

»Wes Parks!« kreischte Phoebe und trommelte mit den Fäusten gegen seine Brust. »Wenn ich dich je dabei erwische, daß du dieses braune Niggerflittchen auch nur aus den Augenwinkeln ansiehst, zerschlage ich jeden Teller in der Hütte an deinem großen Schädel! Hast du mich verstanden, Big Boy?«

»Ich habe dich sehr gut verstanden«, stöhnte Wes. »Fred, was hältst du davon? Ich finde, daß einer, der eine so wilde Frau heiratet, den Verstand verloren hat.«

»Alle Weiber sind eifersüchtig, Wes. Eine Frau, die nicht eifersüchtig ist, liebt ihren Mann nicht. Aber was Jonas betrifft, glaube ich, daß ich, Tommy Grimes, Sutton, Will und Pee Wee – er ist flink wie eine Katze und kann Geräusche auf eine Meile hören – heute nacht um deine Hütte Wache stehen sollten.«

Wes dachte nach. »Nein, das wird nicht notwendig sein, Fred.

Ein Mann und seine Frau wollen in der ersten Nacht ganz allein sein.«

»Es ist also wirklich die erste Nacht?« neckte ihn Fred.

»Natürlich! Für was für eine Art von Mädchen hältst du mich?« fragte Phoebe wütend.

»Für das hübscheste, süßeste schwarze Schokoladenstück, das ich je gesehen habe. Wenn du mein Mädchen wärst, würdest du jetzt schon einen Schubkarren für deinen Bauch brauchen.«

»Ich bin aber nicht dein Mädchen. Und mein Wes respektiert mich, weil ich ein anständiges Mädchen bin.«

»Ach, Phoebe, er ist nur zu müde, das ist alles. Die anderen Mädchen – vor allem Ruby Thomas – kosten ihn soviel Kraft, daß er ihn bei dir einfach nicht mehr in die Höhe bringt.«

Wes war über Freds Scherz nicht beleidigt. Gepfefferte Witze waren auf Sklavenhochzeiten üblich, und das wußte er. Aber Phoebe, die normalerweise fröhlich war und Sinn für Humor besaß, war überempfindlich, wenn es um ihre Beziehung zu Wes ging. Sie war in einem Land und zu einer Zeit geboren, in der es nichts Schlimmeres gab, als schwarz zu sein. Sie konnte einfach nicht glauben, daß sie schön war, und schon gar nicht, daß sie infolge von Wes' afrikanischer Herkunft nichts von hellhäutigen Mädchen zu befürchten hatte.

Deshalb nahm sie Freds Bemerkung für bare Münze, stieß Wes von sich und vergrub das Gesicht in den Händen.

»Mein Gott, was habe ich da angerichtet«, stöhnte Fred. »Ich mit meinem losen Mundwerk. Phoebe, Liebling, ich habe ja nur Spaß gemacht. Wes sieht kein anderes Mädchen an.«

»Ist schon in Ordnung, Fred«, unterbrach ihn Wes. »Ich kümmere mich selbst um sie. Phoebe, mein Freitag-Mädchen, wo bist du jetzt? Wessen Ring trägst du am Finger? Wer hat dir das *Akimenbhwe*-Parfum gebracht? Und das rosa Gewand?«

»Du, Wes, aber –«

»Aber wo ist Ruby? Wieso ist sie jetzt nicht hier? Vielleicht, weil sie keine Lust dazu hat?«

»Nein! Sie würde sehr gern hier sein. Bei dir. Aber –«

»Sie ist es nicht. Weil ich das letzte Wort hatte, Phoebe, Freitag-Mädchen, kleiner, verrückter Otutu-Vogel. Und ich habe gesagt, daß ich dich will. In guten und in schlechten Zeiten, in Krankheit und im Wohlergehen. Daß ich dich haben und behalten, lieben und ehren will, bis daß der Tod uns scheidet.«

»O Wes!« Phoebe warf sich ihm in die Arme.

Sein Gesicht blieb finster und ernst.

»Fred«, sagte er, »mach dir wegen mir und Phoebe keine Sorgen. Wenn sich Jonas bei meiner Hütte zeigt, biege ich den Gewehrlauf um seinen Hals wie beim ersten Mal. Er kann es mit mir nicht aufnehmen, deshalb vergiß ihn. Außerdem liegen die Schwierigkeiten nicht hier in Rosebriar.«

Fred glaubte wie alle Schwarzen uneingeschränkt an Wes' magische Kräfte.

»Wo liegen sie denn, Wes?« fragte er.

»In Collinswood, und vielleicht sogar noch weiter. Es tut mir leid, Fred, aber ich muß dich bitten, bei meiner Hochzeit nicht dabei zu sein. Ich hebe dir ein Stück vom Hochzeitskuchen auf, und deine Frau Susie wird dir alles erzählen, ja? Du mußt nämlich etwas für mich tun, Fred, etwas mächtig Wichtiges.«

»Aber natürlich, Wes. Mit Vergnügen. Was soll ich tun, Big Boy?«

»Reite nach Collinswood, sofort. Nimm dir ein Pferd. Ich bringe es morgen mit Käpt'n Wally in Ordnung. Nimm ein schnelles Pferd und reite wie der Teufel, damit du rechtzeitig dort bist. Du mußt Ruby daran hindern, das zu tun, was sie sich jetzt eben einredet. Ich kann ihre Gedanken laut und klar hören, Fred.«

»O Wes«, sagte Phoebe.

»Du willst bestimmt nicht, daß sie stirbt, Liebling. Das würde soviel Unglück über unsere Hochzeit bringen, daß es uns nie mehr gut gehen kann. Das ist das eine, Fred. Das andere ist, du mußt Mammy Justine erklären, daß sie Missy Ruth nicht ausgehen lassen darf. Hoffentlich ist sie noch nicht fort – denn in dieser Sache sehe ich ein Sterben. Ich kann nur nicht erkennen, wer stirbt, und wenn du nicht mehr rechtzeitig zu Missy Ruth kommst, mußt du Massa Ash daran hindern, zu ihr zu gehen.«

»Ich habe es gewußt!« rief Phoebe.

»Natürlich hast du es gewußt. Nur wird bei dir meine Macht schwach, wie bei Samson, nachdem ihm Dalilah das Haar abgeschnitten hat. Aber etwas Schreckliches lauert draußen und will heute nacht geschehen. Es wartet auf jemanden, den wir wirklich gut kennen.«

»Auf Ruby?« fragte Phoebe. Ihr Tonfall war wider Willen hoffnungsvoll.

»Vielleicht, wenn Fred nicht rechtzeitig hinkommt. Ein Sterben wartet jedenfalls draußen in der Nacht auf jemanden. Vielleicht auf mehrere Leute. Ich habe irgendwie geglaubt, daß es Käpt'n Wally sein wird. Aber er ist ja hier drinnen.«

»Wes«, sagte Fred, »wenn die Zeit für einen Menschen gekommen ist, findet ihn der alte Knochenmann, ganz gleich, wo er ist.«

»Das stimmt«, seufzte Wes. »Aber Massa Ash ist nicht hier. Draußen in der Kälte, in der Finsternis, der Nässe wartet *Ku* auf jemanden. Er wartet auf jemanden mit dem Blut der Bibbs in den Adern, um seinen Atem und sein Gehirn zu essen. Oder auf jemanden, der zu ihnen gehört.«

»Ku?« fragte Fred.

»Der Tod. Der Herr des Todes. Ich kann sehen, wie er immerfort um einen bestimmten Platz tanzt. Aber ich weiß nicht, wo dieser Platz ist. Es könnte Massa Ash sein. Weil Missy Ruth ihm einen Brief geschickt und ihn gebeten hat, zu demselben Ort wie immer zu kommen. Ich bin nie dort gewesen, deshalb kann ich den Ort nicht im Geist sehen. Wenn sie aber schon dort sind, stör sie nicht.«

»Warum nicht, Wes?« fragte Phoebe.

»Weil sie sündigen werden. Sie und noch ein Paar, um ungefähr die gleiche Zeit. Es hat aber keinen Sinn, von dem anderen Paar zu sprechen, weil niemand sie aufhalten kann und weil niemand sie davor retten kann, dafür zu bezahlen. Aber bei Massa Ash und Missy Ruth kommst du vielleicht noch rechtzeitig nach Collinswood und kannst Mammy Justine sagen, daß sie Missy Ruth nicht aus dem Haus lassen darf.«

»Was ist, wenn ich es nicht schaffe?« fragte Fred.

»Dann wird es ein Sterben geben. Ein schlimmes, schmerzhaftes Sterben in der Finsternis. Noch ein Sterben, meine ich. Weil das andere Paar auch an einem Sterben schuld sein wird, aber das kann ich nicht verhindern.«

»Du meinst, daß heute nacht zwei Leute sterben werden?« flüsterte Phoebe.

Wes dachte nach, schloß die Augen, konzentrierte sich. Schließlich sagte er: »Nicht heute nacht. Der alte *Ku* wird mir mächtig nahe kommen, Freitag-Mädchen. Er wird mich beinahe kriegen. Ich wollte es dir zuerst nicht sagen, aber ich glaube, es ist besser so, damit du nicht solche Angst haben mußt. Weil er mich schließlich loslassen und jemand anderen nehmen wird. Heute nacht wird er nur einen Menschen nehmen. Später wird *Ku* mehr Menschen über den Fluß schicken.«

»Was für Leute?« seufzte Fred.

»Alle Bibbs. Und Leute, die ihnen nahestehen. Diese Familie ist am Ende. Ihr *Fa*, ihr Schicksal, hat sich gegen sie gewendet. Jetzt mach aber, daß du hier rauskommst. Verdammt, Fred, setz dich endlich in Bewegung, reite!«

Fred stand auf und ging zur Tür. Bevor er sie erreichte, hörten alle im Raum Maebelles nackte Füße über den Fußboden huschen, als sie ihren Horchposten verließ.

»Was ist das?« fragte Fred ängstlich.

Wes hatte die menschlichen Schritte sehr gut gehört, aber neben ihnen ein dumpferes Geräusch.

»Das war er«, sagte er traurig. »*Ku* oder wie ihr ihn nennt, der alte Knochenmann. Es gibt keine Hoffnung mehr, Fred. Trotzdem müssen wir es versuchen, du mußt hinüberreiten. Er ist nicht hinter dir her, deshalb brauchst du keine Angst zu haben.«

»Gut, Wes, ich gehe.«

»Wes, o Wes«, sagte Phoebe, »er holt mich. Ich weiß es genau.«

Wes schloß sie in die Arme und zog sie an sich. Er hob das Gesicht, damit sie nicht die plötzlichen Tränen sah, die ihm in die Augen stiegen. Er flüsterte mit erstickter Stimme:

»Nein. Nein, kleiner Otutu-Vogel. Nicht dich. Nicht heute nacht. Noch nicht.«

20

Trilby stieß die Tür auf, steckte ihren massigen Kopf durch die Spalte und knurrte Phoebe und Wes mit ihrer tiefen Altstimme an: »Also los, ihr beiden, es ist soweit.«

Wes lächelte Phoebe zu und sagte: »Geh mit ihr, Freitag-Mädchen, ich muß mich umziehen.«

»Dich umziehen«, belferte Trilby. »Was willst du anziehen, Nigger? Hast ja schon die richtigen Sachen an. Saubere Hose, eine Jacke, weißes Hemd, Schuhe an den Füßen. Was willst du anziehen? Seide und Samt? Los, mach weiter! Laß die Weißen nicht warten.«

»Alte Frau«, sagte Wes ruhig, »du bist dumm. Tu mir einen Gefallen: Verschwinde mit deinem Fettwanst und deinem vorlauten Mundwerk von hier, bitte, damit ich mich umziehen kann.«

»Weißt du, wer ich bin?« bellte Trilby. Sie bellte immer. Wenn sie nicht bellte, brüllte sie. Pee Wee pflegte zu sagen: »Trilby kann nur auf zwei Arten sprechen: laut und so, daß man taub wird. Und die Weißen nur auf zwei Arten behandeln: Schlecht, und wenn das nicht wirkt, noch schlechter.«

»Ja«, seufzte Wes. »Du bist Trilby. Du bist Käpt'n Wally Bibbs' Trilby, die für die Weißen kocht. Weil die Weißen einer Frau, die sie gut füttert, alles durchgehen lassen, haben sie dir nie Benehmen oder Verstand beigebracht. Jetzt verschwinde, bevor ich sie dir beibringe.«

»Großer Gott«, brüllte Trilby. »Hör dir den Nigger an! Ich werde dir gleich zeigen, wer hier was zu sagen hat!«

Sie hob die kleine Peitsche, die die meisten Chefköchinnen als Zepter ihrer Macht trugen und unaufhörlich und erbarmungslos auf ihre Küchenmädchen und -jungen herabsausen ließen. Aber noch während der Riemen durch die Luft sauste, fixierte Wes Trilbys Gesicht, und Hand, Arm und Peitsche blieben wie bei einer Statue völlig unbeweglich in der Luft hängen.

»Wes, Liebling, mach sie nicht ärgerlich«, bat Phoebe.

»Keine Sorge, Freitag-Mädchen! Sie hat es sich inzwischen überlegt. Du hast in der Küche eine Menge zu tun, nicht wahr, Trilby?«

»Ja, Sir«, murmelte Trilby, »ja, Wes, stimmt genau. Gehe wohl besser an meine Arbeit.«

Sie sah die beiden lange an. Dann knurrte sie leiser – es klang beinahe freundlich und war gewiß auch so gemeint:

»Ich hoffe, ihr werdet sehr glücklich, Kinder.«

Sie drehte sich um, dreihundert Pfund, die in romantische Träumerei versunken waren, und verließ das Zimmer.

Wes blickte ihr grinsend nach.

»Großer Gott«, sagte Phoebe beeindruckt, »wer hätte das gedacht.«

»Hunde, die bellen, beißen nicht«, stellte Wes fest. »Jetzt verschwinde auch du, Phoebe, damit ich mich anziehen kann.«

»Nein. Ich gehe erst, wenn du –« »Wenn ich was?«

»Wenn du mich noch einmal küßt. Bitte, Wes, ich mag die Art, wie du küßt.«

»Das bedeutet, daß ich dich besser küsse als deine übrigen Verehrer. Also hast du dich herumgetrieben. Vielleicht sollte ich es mir noch überlegen, dich zu heiraten.«

»O Wes, du weißt ganz genau, daß ich mich nie mit jemandem herumgetrieben habe, außer mit dir. Ich habe auch niemanden anderen geküßt, außer –«

»Außer wen?«

»Außer Jonas. Er hat mich gezwungen, ihn zu küssen. Du weißt, wie stark er ist. Er hat mein Gesicht mit seinen schwarzen Pfoten festgehalten und mich gegen meinen Willen geküßt. Mein Mund war vier Tage lang geschwollen.«

»Ich werde mir diesen verrückten Nigger sehr bald gründlich vorknöpfen. Los, Phoebe-Baby, verschwinde.«

»Nein. Erst wenn du mich geküßt hast.«

Er küßte sie. Sehr lange. Liebkoste ihren Mund zärtlich und erfahren.

Endlich riß sie sich von ihm los.

»Allmächtiger Gott«, flüsterte sie.

»Allmächtiger Gott – was soll das heißen, Freitag-Mädchen?« neckte er sie.

»Jetzt weiß ich, wieso ein Mädchen schlecht wird. Weil ich mit dir an Ort und Stelle schlecht sein möchte.«

»Du mußt nur noch kurze Zeit warten, Phoebe, Otutu-Vogel, bis der alte weiße Prediger die magischen Worte sagt, die Schlechtes in Gutes verwandeln. Bald danach wirst du ganz mir gehören und ich ganz dir, für immer, Phoebe.«

»Verändert das etwas, Wes? Wird es dadurch, daß er die Worte sagt, richtig?«

»Nein, die Liebe verändert es. Wahre Liebe macht einen Menschen blind, so daß er niemand anderen sehen kann. So geht es mir. Es gibt keine andere als dich, Phoebe, es gibt nur dich auf der ganzen weiten Welt. Heute nacht werden wir sein wie Adam und Eva. Der erste Mann und die erste Frau. Allein in der ganzen Schöpfung. Der Abendstern und der Morgenstern werden singen, der Mond wird Silber über den ganzen Himmel ausgießen.«

»O Wes«, schluchzte sie.

»Warum weinst du denn, Phoebe?«

»Weil ich dich so sehr liebe, daß es weh tut. Ich glaube, ich werde sterben.«

»Nein, das wirst du nicht, Freitag-Mädchen. Aber jetzt geh bitte fort, damit ich mich umziehen kann. Du darfst mich noch nicht nackt sehen.«

»Gut, Wes, ich gehe jetzt. Aber später –«

»Was wird später sein, Phoebe?«

»So wie ich mich jetzt fühle, werde ich dich bei lebendigem Leib verbrennen.«

Kaum war Wes umgezogen, tauchte Pee Wee auf, der sich praktisch selbst zum Trauzeugen ernannt hatte. Er starrte Wes verblüfft an.

»Mein Gott!«

»Was ist denn los, kleiner Mann?«

»Was hast du denn da an, Wes? Du siehst genau wie ein König aus. Nein, das stimmt nicht, Du siehst aus wie einer von den drei Weisen, die aus dem Osten gekommen sind, als das kleine Jesusbaby geboren wurde.«

»Ich bin ein Weiser. Aber das hier sind die Kleider, die in meinem Land ein *Axi* bei seiner Hochzeit trägt. Ich war ein *Axi* – ein Fürst, wie du sagen würdest –, jedenfalls beinahe, weil ich mit der Tochter des Königs verheiratet war. Wo ist Sary? Sie wird Phoebes Ehrendame sein.«

»Natürlich, Wes. Sie ist ganz stolz, weil du sie darum gebeten hast. Sie sitzt mit den übrigen Mädchen in der Küche. Sie tratschen und trinken den guten Wein, den Miss Lucille für sie hinuntergeschickt hat. Ich wette, du bist nicht der einzige, der heute nacht seinen Spaß haben wird.«

»Du hast jede Nacht deinen Spaß. Ich habe gehört, daß du die arme Sary nicht zur Ruhe kommen läßt.«

»Das ist wahr. Das tue ich wirklich. Aber hör mal, Wes, ich habe Rosieshawn, Sarys beste Freundin, als Brautjungfer herbringen müssen, weil Ruby dir einen Korb gegeben hat. Ich habe sie gefragt, wie du es mir gesagt hast, aber sie hat nicht wollen. Sie hat sich für die Einladung bedankt, aber die einzige Art, wie sie zu deiner Hochzeit kommen würde, wäre ganz in Weiß, als deine Braut. Weil das nicht geht, hat sie mir diesen Zettel für dich gegeben. Du kannst ja lesen, nicht wahr?«

»Natürlich, Pee Wee.« Wes griff nach dem Brief.

»Was steht drin, Wes? Ich habe versucht, es herauszukriegen, denn ich kann Gedrucktes ziemlich gut lesen. Aber so eine verdrehte Handschrift – nein!«

Rubys Handschrift war wunderschön. Nur die Tränenflecke verdarben den Eindruck ein bißchen. Wie viele ungebildete Menschen drückte sich Ruby schriftlich weit besser aus als mündlich, weil sie sich mit dem Schreiben wesentlich mehr Mühe gab. Man merkte dem Schriftstück an, wie sehr sie sich geplagt hatte und wieviel Konzepte mit Bleistift ihm vorangegangen waren.

Wes las:

»Ich danke Ihnen für Ihre freundliche Einladung, Mister Wesley Parks, aber ich bin mit einer anderen Angelegenheit so beschäftigt, daß ich ablehnen muß; vielen Dank! Die Angelegenheit, mit der ich beschäftigt bin, ist mein Begräbnis. Es wird morgen stattfinden. Sie und Ihre Frau sind herzlich dazu eingeladen.

Ihre ergebene Ruby Thomas.«

»O Gott!« sagte Pee Wee, »Wes, glaubst du, daß sie es ernst meint?«

»Ich weiß, daß sie es ernst meint, deshalb habe ich Fred Hoskins vor beinahe einer Stunde hinübergeschickt, damit er sie daran hindert. Ich hoffe nur, daß er zurechtkommt.«

»Das hoffe ich auch. Wäre schrecklich, wenn sie es der armen Ellen nachmacht.«

In diesem Augenblick trat Pee Wees Frau Sarah ein. Wes mußte zugeben, daß sie eines der entzückendsten und kleinsten Mädchen war, die er kannte. Viel deutlicher als ihre Schwester Ruby zeigte sie Wes, wie ungerecht sein Vorurteil hellhäutigen Mädchen gegenüber war. Sarah war honigbraun, und obwohl sie nicht so hübsch war wie ihre viel größere Schwester, war sie eine viel angenehmere Gefährtin, weil sie, wie Pee Wee es ausdrückte, »keinen bösen Knochen im Leib hat. Sie lacht immer und ist immer guter Laune«.

»Wes«, hauchte sie, »du bist der verdammt hübscheste Mann, den ich je gesehen habe. Beug dich herunter, damit ich dir einen Kuß geben kann, solange Phoebe nicht in der Nähe ist. Sonst würde sie mir die Haare ausreißen und die Augen auskratzen.«

»Und was ist mit mir?« knurrte Pee Wee mit gespielter Empörung. »Ich bin dein Mann, Weib. Wenn du dich weiter so frech aufführst, werde ich deinen Hintern mit einer Zaunlatte bearbeiten müssen.«

»Ach, halte den Mund, Pee Wee«, lachte Sarah, »ich habe nicht jeden Tag Gelegenheit, so einen großen, gutaussehenden Mann zu küssen. Deshalb nütze ich die Gelegenheit. Beug dich herunter, damit ich dich küssen kann, Wes Parks. Du bist ja der Bräutigam, oder?«

Wes küßte sie leicht auf die Lippen.

»Gott«, quiekte sie, »ist diese Phoebe ein glückliches Mädchen. Aber Wes, beeil dich jetzt. Die Weißen oben werden schon ungeduldig. – Sag mal, der Ohrring, den du da trägst, und der Ring in dem einen Nasenflügel – ich habe noch nie jemanden gesehen, der dort einen Ring getragen hätte, aber du siehst gut damit aus, Big Boy. Sind die Ringe wirklich aus echtem Gold? Jedenfalls sehen sie so aus.«

»Ja. Ich habe alle Zwanzig-Dollar-Münzen, die ich mir erspart habe, dafür verwendet. Daraus habe ich diese Ringe, die Halskette und das Zeug für Phoebe gemacht. Das alles ist aus echtem Gold, Sary. In diesem Land heiratet ein Mann nur einmal, deshalb wollte ich es richtig machen.«

»Das ist dir auch gelungen. Übrigens – das ist Rosieshawn. Du kennst sie noch nicht, nicht wahr?«

»Nein. Howdy, Rosieshawn.«

Rosieshawn hatte zwar in der Taufe den Namen Rose of Sharon erhalten, da aber nicht einmal ihre Mutter die richtige Schreibweise kannte, war sie dazu verurteilt, als »Rosieshawn« durchs Leben zu gehen. Sie hatte Lucilles Wein bereits kräftig zugesprochen – wie im übrigen alle schwarzen und weißen Gäste der Bibbs – und konnte jetzt ihre Augen nicht von Wes losreißen.

»Sary, halt mich fest«, flüsterte sie, »und laß mich nicht los. Sonst stehle ich ihn, bei Gott. Ich klemm ihn mir unter den Arm und marschiere mit ihm geradewegs in den Wald, da kann Phoebe tun, was sie will. Das ist der hübscheste große Niggermann, den ich je gesehen habe.«

Wes lächelte sie an. Die Vorstellung, daß ihn dieses anziehende Geschöpf verführen könnte, war durchaus nicht unangenehm. Rosieshawn war nicht nur beinahe genauso hübsch wie Phoebe, sondern auch genauso schwarz. Für *Hwesu* aus Dahomey waren die beiden Begriffe »schwarz« und »schön« unbestreitbar Synonyme.

»Ich werde dich nicht vergessen, Rosieshawn«, erklärte er feierlich. »Wenn mir Phoebe einmal genügend Zeit oder Luft läßt, daß ich mir ein Fancy Girl zulege, lasse ich es dich wissen.«

Dann drängten sich lachende Männer und Frauen um ihn und schoben ihn die Treppe hinauf.

An jedem Ende des großen Salons befanden sich Schiebetüren, so daß er je nach der Zahl der anwesenden Gäste um die beiden anschließenden Räume vergrößert werden konnte. Jetzt waren diese Türen jedoch nur einen Spalt breit offen; in einem der anschließenden Räume befanden sich Phoebe und ihre Brautjungfern, in dem anderen Wes und seine männlichen Begleiter.

Wes beobachtete durch den Spalt die weißen Gäste. Sie hatten schon reichlich getrunken. Und weil Lucille Bibbs das Weihnachtsessen erst nach der Trauung servieren lassen wollte, hatten sie praktisch außer Alkohol nichts im Magen. Die Fröhlichkeit grenzte daher an Ausgelassenheit.

Wes runzelte die Stirne. Zorn stieg in ihm auf. Seine *Djautaux*, seine wachsame Seele, flüsterte in ihm:

Gib acht, Sohn des *Gbenu*. Diese blassen Leute wollen sich über dich lustig machen.

Er wußte, weshalb sie gekommen waren. Im vorwiegend ländlichen Süden war das Leben der Weißen, milde ausgedrückt, steif und langweilig. Wer aber zu den Pflanzern gehörte, verfügte in seinen schwarzen Sklaven über eine nie versagende Quelle des Amüsements.

Das härteste Los, das einen Schwarzen in dem Land dieser geistig blinden Menschen treffen kann, überlegte Wes, ist, an einen grausamen Herrn verkauft zu werden. Aber sofort danach kommen die freundlichen Herren, wie Käpt'n Wally oder Massa Barton Collins, die durch ihr Interesse an der Lebensweise ihrer Sklaven einen zusätzlichen Druck auf sie ausüben. Am besten ist man dran, wenn man einen gleichgültigen Herrn hat, der nur darauf achtet, daß die Arbeit getan wird, und seine Sklaven im übrigen in Ruhe läßt. Die Gäste hier sind zu einer Zirkusvorstellung gekommen, in der ich den königlichen Hofnarren spielen soll.

Er bemerkte, daß Phoebe in der Doppeltüre am anderen Ende des Salons stand. Sie war von ihren Brautjungfern umgeben, und ihr sanftes, dunkles Gesicht war tränenüberströmt. Wes sah, wie sie zitterte. Sie trug das dunkelrosa Brautkleid, einen Turban von der gleichen Farbe, rosa gefärbte Schuhe mit hohen Absätzen, die Ohrringe, das Halsband und die Schlangenbrosche aus Gold, die Wes für sie gemacht hatte, und sah unwahrscheinlich lieblich aus.

Selbst den halb betrunkenen Weißen fiel das auf. Es beunruhigte sie irgendwie. Einige der jüngeren Herren – vor allem Beau Bob und Bascomb – reagierten auf soviel Schönheit mit Begierde, und Wes merkte sich diese Reaktion genau. Die älteren Männer waren einfach verwirrt.

Die Reaktionen der Frauen waren einheitlicher, und zwar einheitlich feindselig. In der archaischen Gesellschaft ihrer Zeit waren kecke, dreiste, hübsche Niggermädchen für sie schon arg genug; aber diese ruhige, würdevolle und vor allem tiefschwarze Schönheit war unterträglich. Sie verstummten, Gelächter und Geplauder erstarben.

In diesem Schweigen trat Wes vor, gefolgt von seinen Begleitern. Er trug die traditionelle grüne, goldgestickte Seidentoga seines Stammes, die Kappe der Häuptlinge, einen Ohrring im linken Ohr, einen kleinen goldenen Klips im nicht durchbohrten linken Nasenflügel und eine Halskette, die den Schlangengott *Dangh* darstellte. Cecilia Bibbs reagierte darauf so, wie dumme, boshafte Menschen immer auf das Ungewöhnliche, Fremdartige, Unbekannte reagieren: sie warf den Kopf zurück und lachte hysterisch. Fairerweise sei gesagt, daß keine einzige Anwesende es ihr gleichtat.

Pamela Ingrahams scharfe Stimme durchschnitt dieses Gelächter wie ein Messer aus Eis. »Worüber lachst du eigentlich, Cecilia?« fragte sie. »Ein Mann hat das Recht auf seine heimatlichen Sitten und seine heimatliche Kleidung. Vor allem, wenn diese Kleidung so schön ist. Wes, du siehst großartig aus, ganz wie der Fürst, der du einmal gewesen bist. Ich hoffe nur, daß Phoebe zu schätzen weiß, was sie da bekommt.«

»Falls sie das nicht tut«, näselte Cecilia, »kannst du sie ja darüber aufklären, nicht wahr, meine Liebe? Und weil wir gerade dabei sind, könntest du uns vielleicht erzählen, wo und wie und wann du die Voodoo-Perlen bekommen hast, die du da trägst?«

»Das ist ganz einfach. Wes hat sie mir geschenkt. Sie sind *Lisadje*, für den Kult des Himmelgottes bestimmt, dem ich, laut Wes, von Geburt an geweiht bin. Ich habe sie allerdings einige Monate lang verloren geglaubt. Das heißt, sie sind auf unerklärliche Weise verschwunden gewesen. Gestern früh sind sie dann auf genauso unerklärliche Weise wieder aufgetaucht. Wahrscheinlich war Wes der Meinung, daß ich sie heute abend brauche, denn mit ihrer Hilfe kann man Hexen erkennen.«

»Pam, um Himmels willen«, sagte Wally Bibbs.

»Das stimmt doch, Wes, nicht wahr?« fuhr Pamela unerschütterlich fort. »Hast du mir nicht gesagt, daß sie grün werden, wenn eine Hexe sie berührt?«

Ich habe dir keine solchen unsinnigen Weibermärchen erzählt, dachte Wes zornig, aber ich danke dir für die Anregung und für die Gelegenheit. Als Dank oder als Strafe dafür befehle ich dir bei *Legba,* dem Herrn der Fleischeslust, heute nacht du selbst zu sein. Gib dich deinem Geliebten hin. Laß die Schakalhündin *Se* los, die du so lange in dir angekettet hattest.

Denn du, blasse Pamela, unterscheidest dich in einem von deinen Schwestern: du hast Adel in dir, Größe, Güte – und du zerstörst das alles absichtlich. Deshalb werden die Götter dich wahnsinnig machen und zerstören – oder retten. Ich kann nicht wissen, was sie beschließen werden.

»Nun, Wes?« drängte Pamela.

Wes sah zu Phoebe hinüber, sah, daß in den klaren braunen Augen seiner Braut Kummer, Qual und Verzweiflung standen. Er erkannte, daß dieses reine, einfache Naturkind an diesen Gefühlen sterben würde, wenn er sie nicht bannen konnte. Damit erlosch das letzte Mitgefühl, das er vielleicht für Pamela empfunden hatte.

»Ja, Madam«, sagte er ruhig, »sie verbrennen der Hexe auch die Hand. Deshalb, Miss Pam, gehen Sie ja nicht –«

»Berühre sie, Cecilia«, unterbrach ihn Pamela triumphierend. »Los! Oder hast du nicht den Mut?«

Cecilia lachte wieder, streckte die Hand aus und betastete die *Lisadje*-Perlen.

Alle Anwesenden sahen es: ihr milchiger, mondlichtartiger Glanz verschwand. Sie flackerten und zuckten in einem unirdischen Grün, wie ein dämonisches Feuer. Alle Lampen, alle Kerzen im Salon brannten plötzlich trüber, glühten kaum mehr wahrnehmbar, während das grüne Feuer stärker wurde und die grotesk verzerrten Schatten der Gäste an die Decke warf.

Cecilias Lippen öffneten sich. Ihre Zähne schimmerten wie blasse, geisterhafte Smaragde in dem grünlichen Leuchten. Der schlanke Hals bog sich nach hinten, der offene Mund schnappte nach Luft. Die Weingläser, die neben ihr auf dem Tisch standen, hatten sich in silberne Kristalle aufgelöst, ehe ihre schreiende

Stimme auf eine Tonhöhe gesunken war, die menschliche Ohren vernehmen konnten.

Wes hob langsam und befehlend die Hand. Das grüne Licht wurde schwächer und verglomm, Kerzen und Lampen leuchteten hell auf und bekamen wieder ihren üblichen warmen Schimmer. Die *Lisadje* um Pamelas Hals waren weiß, Mondesglanz, Perlmutter, eine Milchstraße, deren Pracht sich auf ihre Augen übertrug.

»Mein Gott!« sagte Wilkes Thomas senior, »habe ich den Verstand verloren? Oder habe ich wirklich das gesehen, was ich –«

»– glaube gesehen zu haben«, unterbrach ihn sein Sohn. »Falls es nicht Tatsache ist, dann kannst du für mich eine Zwangsjacke dazubestellen.«

Cecilia Bibbs stöhnte verzweifelt. »Meine Hand, o meine Hand! Sie schmerzt! O Gott, wie sehr sie schmerzt!«

Von der Tür her kam Wes' Baß: »Miss Lucille, Sie sollten lieber etwas Butter auf Miss Celies Hand tun. Ich glaube, sie ist mächtig arg verbrannt.«

Alle Blicke wendeten sich den Perlen um Pamelas Hals zu.

»Nein«, lachte sie vergnügt, »mich verbrennen sie nicht. Wie ihr seht, bin ich zufällig keine Hexe, meine Lieben.«

»Wes!« brüllte Wallace Bibbs und verstummte. Was hatte Wes jetzt eigentlich getan? Was konnte man ihm anlasten, ihm beweisen? Es ist jedes Mal die gleiche Schwierigkeit, dachte er verzweifelt. Man sieht nie, daß er etwas tut. Man kann neben ihm stehen und trotzdem nicht erkennen, daß er in die Ereignisse eingreift. Wenn man ihn anklagt – wie damals die Paddyrollers –, halten einen die übrigen Menschen für verrückt. Wie Pam gesagt hat: »Er schlägt uns. Er schlägt uns in allem. In seinen Händen sind wir nichts als Marionetten.« Gott schütze uns vor dem Tag, an dem er nicht mehr damit zufrieden ist, die sogenannte überlegene Rasse in aller Öffentlichkeit zum besten zu halten, sondern wirklich anfängt, einen ihrer Vertreter zu verletzen, zu zerstören.

»Also schön«, sagte er. »Ihr habt jetzt alle das bekommen, worauf ihr gewartet habt, nicht wahr? Das Schauspiel gesehen, das euch herlockte. Denn es besteht kein Zweifel: Wes ist ein Zauberer. Oder der Teufel selbst. Deshalb wäre es besser, wenn wir ihn verheiraten und es Phoebe überlassen, ihn zu zähmen oder ihn wenigstens an die Kandare zu nehmen. Nun, Reverend Curtwright, können wir mit der Zeremonie beginnen?«

Abigail Collins, die die herkömmliche »gute« Erziehung einer Pflanzertochter erhalten hatte, stand auf und begab sich ans Piano. Bei den ersten Tönen trat ihr Vater auf Phoebe zu und ergriff sie am Arm. Diese Geste war von väterlichem Stolz erfüllt; Barton Collins' blühendes Gesicht strahlte buchstäblich vor Vergnügen. Denn Phoebe war in diesem Augenblick trotz ihrer schwarzen Hautfarbe für ihn eine seiner Töchter. Sie gehörte ihm. Alle seine Schwarzen, seine »Leute«, waren für ihn seine Kinder – einige der helleren, vor allem Joe und Ellen, sogar im wörtlichen Sinn. Wie die meisten der wirklich großen Pflanzer, die über hundert Sklaven besaßen, hatte er seine Schwarzen gern und liebte sie väterlich. Was seine Schwarzen natürlich als verdammt lästig empfanden.

Wallace und Lucille Bibbs nahmen ihre Plätze hinter Wes ein und gingen auf Reverend Curtwright zu. Dann führte Barton Collins die arme Phoebe, die wie Espenlaub zitterte, an ihren Platz. Ihre Wangen waren tränenüberströmt, und nur Wes begriff, daß es Tränen des Kummers, nicht der Freude waren.

Dennoch ging alles ziemlich gut vorbei. Nur zwei Mißtöne gab es. Der erste kam von Reverend Curtwright, den niemand darauf hingewiesen hatte, er solle drei Worte auslassen, die für gewöhnlich bei Sklavenhochzeiten gebraucht wurden. Daher sagte er nicht nur: »Bis daß der Tod euch scheide«, sondern »Bis daß der Tod oder die Trennung euch scheide!«

Bei diesen Worten erstarrte Wes zu einer Statue aus Ebenholz, bis Wallace Bibbs' Stimme die beinahe greifbare Stille unterbrach:

»Vielleicht wiederholen Sie diesen Teil noch einmal, Reverend. Es verstößt gegen meine Grundsätze, Familien auseinanderzureißen, indem ich einen Teil des Paares oder seine Kinder verkaufe. Ich nehme an, daß Mr. Collins, der Besitzer der Braut, mit mir einer Meinung ist. Nicht wahr, Bart?«

»Natürlich«, antwortete Bart Collins empört. »Ich habe nie in meinem Leben eine Familie durch einen Verkauf getrennt.«

»Es tut mir leid, Gentlemen«, sagte Reverend Curtwright, »Sie hätten mich vorher darauf aufmerksam machen sollen. Ich habe es nicht gewußt.«

»Ist schon in Ordnung, Reverend«, meinte Wally Bibbs. »Es war mein Fehler. Würden Sie jetzt den Absatz noch einmal lesen? Natürlich ohne ›oder die Trennung‹.«

Danach lief die Zeremonie reibungslos ab. Das heißt, die versammelten Gäste waren dieser Meinung. Nur Wes erkannte in den Augen seiner Braut, als er sich zu ihr beugte, um sie zu küssen, den Zweifel und die Frage und den eifersüchtigen Schmerz.

Der zweite Mißton kam erst nach der Zeremonie. Durch den Anlaß, die reichlich genossenen Alkoholika und seine väterlichen Gefühle beflügelt, verkündete Barton Collins vergnügt: »Mit deiner Erlaubnis, Wes, beanspruche ich das Recht des Vaters, die Braut zu küssen.«

Er bezog sich auf die Tatsache, daß er als symbolische Vatergestalt während der Trauung neben ihr gestanden war und so zum mindesten einen Augenblick lang den Mann vertreten hatte, der ihr wirklicher Vater war und den Phoebe überhaupt nicht kannte.

Wes begriff sofort, daß Bart Collins versuchte, großzügig und freundschaftlich zu sein, trat zurück, lächelte und sagte: »Küssen Sie sie nur, Sir.«

Daraufhin gab Bart Collins der armen Phoebe einen lauten, schmatzenden Kuß auf die Wange und löste damit einen allgemeinen Ansturm aus. Als nächster küßte sie Wally Bibbs und dann alle männlichen Gäste mit Ausnahme von Bascomb Collins, der sich infolge seines gebrochenen Beines nicht von seinem Stuhl erheben konnte.

Wie üblich blieb es Beau Bob vorbehalten, alles zu verderben. Er war eindeutig betrunken, packte Phoebes Gesicht mit seinen großen roten Händen und küßte sie leidenschaftlich auf den Mund.

»Aber Bob!« protestierte seine Mutter.

»Das hätten Sie nicht tun dürfen, Massa Bob«, flüsterte Phoebe.

»Verdammt, Süße«, lachte Bob, »ein kleines Küßchen hat nichts zu sagen. Ich hätte Lust, mein *Jus primae noctis* zu beanspruchen.«

Nur drei der Anwesenden verstanden seine Worte. Wallace Bibbs, weil er ein Mann von Bildung war, Tolbert Weatherbee, weil es sich um einen juristischen Ausdruck handelte, und schließlich Wes. Der vor allem deshalb, weil er ohne weiteres Bobs primitive und böse Gedanken erraten konnte, aber auch weil der Ausdruck, den Bob gebraucht hatte, in den Büchern aufschien, die Anwalt Weatherbee Wes geliehen hatte. Deshalb wußte er, daß Beau Bob das Recht der mittelalterlichen Feudalherren beanspruchte, in der Hochzeitsnacht das Bett mit der Braut ihrer Leibeigenen zu teilen, bevor sie sie ihrem gesetzlichen Ehemann übergaben.

Da Wes ein raffinierter, kluger Sohn Dahomeys war, beging er nicht den Fehler, laut zu protestieren. Er sah Bob nur ruhig in die Augen und übertrug mit unwiderstehlicher Gewalt seine Gedanken in dessen Verstand: Sind Sie lebensüberdrüssig, Massa Bob?

Bob trat einen Schritt zurück und grinste einfältig. »Ich habe nur Spaß gemacht, Wes!«

»Bob«, sagte sein Vater müde, »du hast zwei Möglichkeiten: entweder du benimmst dich oder du verschwindest. Mir ist es ziemlich gleichgültig, wofür du dich entscheidest.«

»Aber Pa«, protestierte Bob, »was ist denn heute abend mit euch allen los? Das ist doch eine Hochzeit, oder? Warum nehmt ihr denn alles so verdammt ernst? Das möchte ich wirklich wissen.«

»Wir nehmen nicht alles ernst, aber ich bestehe darauf, daß wir einen gewissen Abstand wahren. Das ist etwas, worauf du nie achtest, nicht wahr? Zum Teufel, es hat ja doch keinen Sinn!«

Lucille unterbrach das peinliche Schweigen.

»Meine Damen und Herren, im Eßsaal wartet das Dinner auf uns. Wes, für dich und deine Hochzeitsgäste hat Trilby unten ein Festessen vorbereitet. Ich hoffe, daß ihr sehr glücklich werdet.«

»Danke, Miss Lucille«, antwortete Wes ernst.

Als er den zitternden Mund und die in Tränen schimmernden Augen seiner Braut sah, zweifelte er daran.

21

»Phoebe«, sagte Wes, »komm zu mir, kleiner Otutu-Vogel.«

»Nein«, schluchzte Phoebe. »Ich will nicht, Wes. Ruf deine weiße Frau. Ich bin zu schwarz für dich. Du hast mir nie Zauberperlen gegeben.«

»Also, Phoebe«, meinte Sary, »du bist wirklich dumm. Du verdirbst damit euer Hochzeitsdinner.«

»Laß sie doch», kicherte Rosieshawn, »ich werde Wes schon trösten.«

»Na los!« schrie Phoebe. »Tu's doch, Rosieshawn, stell dich nur an bei ihm! Was glaubst du, die wievielte du sein wirst? Denn vor dir kommen noch alle weißen Frauen, die in meinen Mann verliebt sind.«

»Na also«, sagte Wes mit gespielter Strenge, legte sein Gesicht in ernste Falten und bemühte sich, möglichst gleichgültig zu sprechen. »Du hast soeben das richtige Wort gebraucht, Phoebe. Dein *Mann*. Pee Wee, leih mir deinen Leibriemen. Heute trag ich keinen. Ich kann ja diesem verrückten Ding, das ich aus schierer Verblödung geheiratet habe, gleich hier zeigen, wer die Hosen anhat.«

»Leih ihn dir von jemand anderem«, lachte Pee Wee. »Ich bin so dünn, daß ich die Hosen verliere, wenn ich den Gürtel abnehme. Sary wäre bestimmt nicht dafür, daß ich den anderen Mädchen zeige, was ich da unten rum alles habe.«

»Was du da unten hast!« quietschte Sary. »Man braucht ja Massa Barts Vergrößerungsglas, um es zu finden.«

»Sary!« rief Pee Wee, jetzt wirklich böse.

»Phoebe«, orgelte Wes, »ich habe gesagt, du sollst zu mir herkommen.«

Sie gehorchte mit gesenktem Kopf; ihre Wangen waren tränennaß, und sie zitterte am ganzen Körper. Er zog sie auf seinen Schoß und wollte sie küssen, aber sie drehte das Gesicht weg.

»Phoebe«, flüsterte er, »ich habe dir keine Perlen geschenkt? Was trägst du denn um den Hals?«

»Eine Halskette, aber –«

»Und woraus ist sie?«

»Aus Gold, aber – o Wes!«

»Aus Gold, nicht aus einfachen weißen Kieseln, die ich bei Neumond in einem ausgetrockneten Bachbett gesucht habe. Auf deiner Halskette liegt mein Segen, auf den Perlen mein Fluch!«

Sie sah ihn an, dann leuchteten ihre Augen auf.

»Wes, willst du damit sagen, daß du sie nicht liebst? Eine so hübsche weiße Dame wie sie?«

»Phoebe, Baby, ich kann die Weißen nicht leiden. Wenn du das nicht begreifst, verstehst du mich überhaupt nicht. Ich habe Miss Pam diese *Lisadie*-Perlen geschenkt, um ihr eine Lehre zu erteilen: daß es mehr Dinge auf der Welt gibt, als die Weißen glauben wollen. Als sie sie das erste Mal getragen hat, war sie entsetzt; sie hat geglaubt, sie sieht Gespenster. Vielleicht hat sie tatsächlich welche gesehen, das weiß ich nicht. Also hat sie sie weggeworfen.«

»Sie hat sie aber heute abend getragen.«

»Weil sie sie irgendwo gefunden hat. Das ist der größte Fehler, den sie je begangen hat. Weil sie ihr Leben lang an das denken wird, was sie heute nacht wegen dieser verdammten Perlen tun wird.«

»Was wird sie tun, Wes?« fragte Gus mit schwankender Stimme. »Wird sie sich von Anwalt Weatherbee vögeln lassen?«

»Gus«, verwies ihn Wes, »solche Fragen stellt man nicht in weiblicher Gesellschaft. Schon gar nicht vor unschuldigen Mädchen wie meiner Phoebe.«

»Ich bin nicht deine Phoebe. Du willst mich ja gar nicht. Du hast mich nur geheiratet, weil – weil –«

»Warum, Freitag-Mädchen?« fragte Wes grinsend.

»O Wes!« jammerte sie. Dann warf sie ihm einen verstohlenen Blick aus verdächtig trockenen Augen zu und flüsterte:

»Wes – bist du wütend auf Miss Pam? Wirklich wütend?«

»Nein. Ich war es einmal, wegen dem, was sie der armen Ellen angetan hat. Jetzt bin ich es nicht mehr. Jetzt tut sie mir leid – weil sie todsicher die Hölle auf Erden haben wird, und zwar bald. Das ist aber nicht wichtig, Phoebe. Wichtig ist: Warum habe ich dich geheiratet? Los, sag mir's! Warum habe ich etwas so Unsinniges getan? Weil mich sonst keine gewollt hat? Weil mich alle anderen Mädchen abgewiesen haben?«

»*Ich* hätte dich sicher nicht abgewiesen«, lachte Rosieshawn. »Du hättest mich früher fragen sollen. Dann hätte dieses dumme kleine schwarze Mädchen, das überhaupt nicht begreift, was für ein Glück es hat, keine Ahnung, wo du heute nacht bist. Aber weil sie nicht genug Verstand besitzt, um zu schätzen, was sie bekommen hat – wie wäre es, wenn wir beide verschwinden, Wes, Liebling? Gehen wir in den Wald?«

Wes begriff, daß er an Rosie eine Verbündete hatte und zugleich die beste Medizin gegen Phoebes Niedergeschlagenheit.

»Rosieshawn, mir scheint, du willst nicht alt werden? Das heißt, du würdest nicht einmal mehr den morgigen Sonnenaufgang erleben. Ich schwöre bei Gott, wenn du dein freches, unverschämtes Maul noch ein einziges Mal meinem Wes gegenüber aufmachst, schneide ich nicht den Hochzeitskuchen in Stücke, sondern dich.«

»Du wirst niemanden in Stücke schneiden, Phoebe«, lachte Wes. »Los, gib mir einen Kuß.«

»Nein, ich will nicht, weil du mich nicht liebhast –«

Weiter kam sie nicht. Wes beugte sich vor und verschloß ihr den Mund mit seinen Lippen. Er küßte sie so lange, daß Pee Wee, der es nicht lassen konnte, den Clown zu spielen, aufstand und lachend um die beiden herumhüpfte.

»Riecht ihr den Rauch? Seht ihr die Flammen? Ihre Unterhöschen fangen gleich Feuer. Ihre Haare stehen zu Berge. Wes, hör lieber auf, sonst schmilzt sie wie Wachs in deinen Händen.«

Wes ließ sie los und lächelte sie an.

»Wes«, flüsterte sie, »o Wes, bitte –«

»Bitte was, Otutu-Vogel?«

»Bitte bring mich nach Hause – gleich.«

»Nein, das wird er nicht, Phoebe«, knurrte Trilby, die in der offenen Tür stand. »Ich habe mich nicht zwei Tage lang am heißen Herd abgerackert, damit du mein Festmahl nicht einmal kostest. Außerdem mußt du essen, Kind; du wirst verdammt viel Kraft nötig haben!«

»Ich kann nichts essen, Trilby. Ich kann einfach nicht«, jammerte Phoebe.

»Dann können wir dich morgen begraben«, kicherte Trilby. »Wenn du versuchst, einen Kerl wie Wes mit leerem Magen auf dich zu nehmen, bist du morgen tot.«

»Phoebe«, schaltete sich Wes ein, »wir müssen höflich sein. Außerdem haben wir ein ganzes Leben lang Zeit. Also sei schön brav und geduldig. Wir müssen beide zusammen den Hochzeitskuchen anschneiden, du hältst das Messer, und ich lege meine Hand auf deine.«

»Gut, Wes, nur – küsse mich heute abend nicht mehr, bitte. Erst wenn wir nach Hause kommen und nicht mehr warten müssen. Hast du mich verstanden, mein großer Mann?«

»Aber natürlich, Phoebe.« Dann brüllte Wes in die Küche: »Bring das Essen, Trilby. Wir verhungern hier.«

Sie verabschiedeten sich bald und flüchteten unter einem Regen von alten Schuhen, Reis und hier nicht wiederzugebenden Ratschlägen in die Nacht hinaus.

Das war ihr Glück, denn kaum eine halbe Stunde später kam Fred Hoskins zurück.

Oben im Speisesaal hatten die weißen Gäste getafelt; natürlich Puter mit allen möglichen Beilagen, aber auch jede Art von Wild: Schnepfen, Wildenten, Wildgänse, Kaninchen, Eichhörnchen; überdies Hähnchen und gebratene Spanferkel, Meerestiere, wie Austern, Muscheln, Garnelen, Krabben sowie Wels und Barsch; dazu wurden Kartoffeln, Bataten, grüne Erbsen, Broccoli und gemischter Salat gereicht. Überdies stand neben jedem Teller Weißgebäck mit Butterröllchen. Die Nachspeisen nahmen erst recht kein Ende: Eiscreme, Sorbets, kandierte Früchte, alle Arten von Torten und natürlich große Stücke vom Hochzeitskuchen, die heraufgebracht wurden, nachdem die Jungvermählten ihn angeschnitten hatten. Heruntergespült wurde das alles mit großen Mengen Wein, Bier, Tee, Kaffee und verschiedenen Likören.

Alle waren nun friedlich gesättigt und ein wenig schläfrig, mit Ausnahme von drei Personen, die hellwach, mißgelaunt und eindeutig von Unlustgefühlen beherrscht waren. Diese drei Ausnahmen waren Pamela, Cecilia und Beau Bob.

Cecilia hatte nur wenig gegessen. Es ist schwierig zu essen, wenn die Finger der rechten Hand geschwollen und voller Blasen sind. Außerdem hatte sich ihr die Stimmung, in die Pamelas öffentlicher Triumph sie versetzt hatte, auf den Magen geschlagen.

Ihre Laune wurde auch keineswegs besser, als ihr Schwager sich zu ihr beugte und näselte:

»Zeig mir einmal deine Hand, Cecilia.«

Schweigend hielt sie ihm die Rechte mit der Handfläche nach oben hin.

»Mein Gott!« sagte Bob.

»Sie hat etwas auf die Perlen geschmiert«, meinte Cecilia. »Wahrscheinlich eine Säure.«

»Warum verbrennen sie ihr dann nicht die Haut?«

»Dieses eiskalte Weibsstück kann von überhaupt nichts verbrannt werden.«

Bob grinste sie an. »Da hast du unrecht, Celie. Denn eines ist Pam ganz bestimmt nicht: kalt.«

Cecilia lächelte giftig. »Das nützt dir nicht sehr viel, Beau Bob.«

»Zum Teufel, Celie, diese essigsaure verdammte Yankee-Hexe interessiert mich überhaupt nicht, hat mich nie interessiert. Du weißt genau, daß Pa –«

»Dich gezwungen hat, sie zu heiraten. Aber ich glaube kaum, daß er dich dazu gezwungen hat, sie einem Winkeladvokaten und einem Nigger abzutreten.«

»Also, Celie, verdammt noch mal, ich habe dir gesagt –«

»Daß es dir egal ist. Ich bezweifle nicht, daß das in bezug auf Pam stimmt. Wie steht es aber um deinen Ruf, Bob? Du bist doch ein Südstaatler, ein Pflanzer und ein Gentleman – vor allem ein Gentleman, oder? Du läßt zu, daß deine Frau dich, deinen Tisch und dein Bett verläßt, die gesetzliche Trennung erzwingt? Daß sie sich nächtlichen Vergnügungen hingibt – du gibst ja zu, daß sie temperamentvoll ist –, und zwar mit anderen Männern? Einer dieser Männer ist ein Winkeladvokat. Ein anderer, obwohl ich es nicht glauben wollte, bis ich sie beisammen sah, ein Nigger. Und was tut daraufhin unser vornehmer, tapferer Südstaatler, Pflanzer, Ehrenmann? Nichts. Überhaupt nichts. Er taucht allein bei Gesellschaften auf, in denen seine von ihm getrennt lebende Frau anwesend ist. In Begleitung des Winkeladvokaten. Außerdem trägt sie stolz eine Perlenkette, die ihr, wie sie selbst öffentlich zugibt, der Nigger geschenkt hat. Dennoch unternimmt der besagte Herr noch immer keinen der offensichtlich angezeigten

Schritte. Er fordert den Winkeladvokaten nicht. Sieh ihn dir doch an, Bob, wie zufrieden und selbstgefällig seine Augen glänzen! Unser Held sammelt auch nicht seine Freunde um sich – hast du überhaupt noch Freunde, lieber Bob, oder hast du schon zu viele ungedeckte Schuldscheine ausgestellt? –, um gemeinsam mit ihnen den Nigger zu lynchen. Den großen, schwarzen, stämmigen Nigger mit dem mächtigen Ding, dem deine weiße Frau eine entzückte Ohnmacht verdankt. Der in der Nacht barfuß und halb nackt zum Herrenhaus gekommen ist und sie dabei nach Gebrauch wie eine geschlachtete Ziege auf den Armen zurückgetragen hat.«

»Mein Gott«, flüsterte Bob, »Pam hat recht. Du bist es wirklich.«

»Was bin ich?«

»Eine Hexe.«

»Vielleicht. Und du bist ein Kapaun, nicht wahr?«

Bob sah sie nur an. Er fühlte sich in diesem Augenblick alles andere als wohl. Denn sie hatte recht, das mußte er zugeben. Sie hatte sich allerdings nicht überlegt, wohin die Handlungsweise, zu der sie ihn drängte, führen würde. Ein Duell? Tolbert Weatherbee war ein ausgezeichneter Schütze. Genauso gut wie Bob, wahrscheinlich sogar eine Spur besser. Und der Nigger? Er konnte seinen Freunden nicht sagen: »Dieser große, schwarze Dreckskerl hat meine Frau vergewaltigt«, wie es in solchen Fällen üblich war. Er konnte nur sagen: »Der Nigger treibt es mit meiner Frau. Sie ist zwar damit einverstanden, aber trotzdem –« Denn das Verhältnis dauerte schon zu lange. Alle scharfzüngigen Weiber im Bezirk hatten sich bereits darüber den Mund zerrissen. Es gab nicht den geringsten Hinweis dafür, daß Pam vergewaltigt oder beleidigt worden wäre. Sie hatte auch nie gegen das protestiert, was Wes ihr persönlich und ihrer Stellung als Frau, als weißer Frau, angetan hatte.

Sie hatte öffentlich mit ihrem Niggermann gestritten, hatte ihn vor allen Leuten zurechtgewiesen, aber wie? Mit den Ausdrücken und im Tonfall einer eifersüchtigen, zänkischen Frau, die beleidigt ist, weil er sie vernachlässigt, nicht, weil er ihr zu nahetritt. Sie hatte diesen schwarzen Zauberer erst vor wenigen Stunden einen Fürsten genannt. Falls Bob also Celies Drängen nachgab, rächte er dadurch keineswegs seine gekränkte Ehre, sondern machte sich nur lächerlich. Begriff sie denn nicht, daß er nicht anders handeln konnte, daß er sich gleichgültig stellen, so tun mußte, als glaube er kein Wort von all dem Gerede? Selbst wenn es ihm durch ein Wunder gelang, Tol Westherbee in einem blödsinnigen Duell zu erschießen, und selbst wenn er ein paar Freunde zusammentrieb und Wes lynchte, würde er sein Leben lang als der Gehörnte gelten.

Es war ihm klar, daß er Cecilia nicht mit diesen klaren, logischen Argumenten kommen konnte. Ich muß es ihr irgendwie heimzahlen, überlegte er, ich muß einen Weg finden.

Dann lächelte er.

»Celie«, näselte er, »laß bitte deine Wut nicht an mir aus! Wir sitzen schließlich im gleichen Boot. Mit einem Unterschied: Ich will Pam nicht haben. Aber du willst wahrscheinlich meinen Bruder haben. Schau deshalb auf die Uhr, die du um den Hals trägst. Wie spät ist es? Und dann frage dich einmal das, was sich wahrscheinlich jede Frau in diesem Zimmer schon längst fragt: Wo befindet sich eigentlich dein geliebter Ehemann in diesem Augenblick?«

Cecilias Lippen wurden weiß. Sie sah auf die Uhr, die an einer goldenen Kette um ihren Hals hing. Dann stand sie wortlos auf und ging auf ihren Schwiegervater zu.

Plötzlich blieb sie stehen; ihre Augen leuchteten vor Staunen und boshafter Freude auf. Denn Abigail Thomas beugte sich soeben über Wilkes Thomas' Stuhl, hatte beide Arme um seinen Hals gelegt und flüsterte ihm etwas ins Ohr. Die beiden Gesichter so dicht beieinander sprachen eine zu deutliche Sprache.

Cecilia mußte innerlich lachen. Dann fragte sie sich: Was kann ich mit diesem Wissen anfangen?

Sie dachte nach. Das Problem war ungewöhnlich. Sie ging die einzelnen Punkte der Reihe nach durch: Ein längst verjährter Ehebruch. Ein alter Hahnrei. Ein beinahe erwachsenes außereheliches Kind. Die Ehebrecherin lag seit mehr als neunzehn Jahren im Grab. Ihr Liebhaber und der betrogene Ehemann waren gute Freunde. Was ließ sich wirklich damit anfangen?

Es fiel ihr nichts ein.

Sie setzte sich wieder in Bewegung. Es würde sich schon noch ergeben. Es hatte sich noch jedes Mal etwas ergeben. Sie muße nur geduldig sein, den Mund halten, bis zum richtigen Augenblick. Sie durfte sich nicht um die Wirkung dieses herrlichen alten Skandals bringen, indem sie ihn zu früh aufdeckte. Sicher würde sie den richtigen Augenblick erkennen. In solchen Fällen war ihr Instinkt unfehlbar. Sie legte die Hand auf Captain Wallys Arm.

Pamela Ingraham sah Tolbert Weatherbee an, dann blickte sie in eine andere Richtung, Hitzewellen überliefen sie und brachten Farbe in ihre blassen Wangen. Sie schlug die Beine übereinander und preßte unter ihrem voluminösen Kleid die Schenkel zusammen. Entspannte sich, preßte wieder. Sie fragte sich, ob auch andere Frauen sich so Erleichterung verschaffen konnten.

Ihr half es jedenfalls. Ja, jetzt, endlich. Ihr Hals war rauh, weil sie krampfhaft ein Stöhnen unterdrückte. Sie senkte den Kopf, bis ihr Atem wieder ruhig ging.

Ich hätte nicht so viel trinken dürfen, dachte sie verzweifelt. Ich hätte gar nicht damit anfangen dürfen. Ich weiß ja, wohin das Trinken führt.

Sie hob den Kopf, und ihr Blick traf den Tolberts. Seine dunklen Augen blickten besorgt.

»Was hat du, Pam?« flüsterte er.

»Nichts. Ich bin müde. Würdest du mich jetzt bitte nach Hause bringen, Tol?«

Cecilia sah, daß Beau Bob gegangen war, ohne sich zu verabschieden. Pam und Tolbert waren im Begriff aufzubrechen. Unterhaltet euch gut, Kinder, dachte sie bitter. Ihr habt wenigstens einander, während ich –

Sie wendete sich wieder ihrem Schwiegervater zu.

»Vielleicht kann ich diesen verdammten Lausebengel noch erwischen«, sagte Wallace Bibbs gerade, allerdings ohne jegliche Überzeugung. Cecilia hörte aus seinem Ton Schmerz, Kummer und Sorge heraus.

»Ich bin also die letzte, die es erfährt, nicht wahr, Vater Wally? Es gibt eine andere Frau!«

»Cecilia, um Himmels willen«, begann er, unterbrach sich aber. Trilbys Tochter Maebelle stand neben seinem Stuhl.

»Käpt'n Wally, Sir«, stotterte Maebelle mit vor Aufregung heiserer Stimme, »Momma hat gesagt, ich soll Sie bitten, daß Sie in die Küche herunterkommen. Sie muß Ihnen etwas mitteilen. Sie sagt, sie will nicht hinaufkommen, weil es die anderen nicht hören sollen. Aber sie sagt, Sie sollen Massa Bart mitnehmen, wenn Sie wollen.«

Wallace preßte die Lippen zusammen. Ash und Ruth, dachte er. Man hat sie gesehen, oder – mein Gott – ein Unfall. Es ist ihnen etwas zugestoßen!

Cecilias Stimme unterbrach die Stille wie ein Peitschenknall. »Hängt das, was Trilby Captain Wally sagen will, mit meinem Mann zusammen? Belüg mich nicht, Maebelle!«

»Nein, Madam. Oh, Madam, Momma hat gesagt, ich darf es niemandem erzählen, aber –«

»Heraus damit, Mädchen«, fuhr sie Captain Wally an. Alles, dachte er, auch die bitterste Wahrheit, ist besser als die Ungewißheit.

»Ja, Sir. Es ist Ruby, Sir. Ruby Thomas. Miss Abigails Ruby.«

»O Gott, noch eine Niggerdummheit«, knirschte Wally. »Was ist mit Ruby, Maebelle?«

»Sie – sie hat sich umgebracht. Wegen Wes.«

Wallace Bibbs holte tief Luft.

»Celie, hol Abigail. Geh mit ihr in dein Schlafzimmer hinauf. Sorge dafür, daß sie dort bleibt. Aber erzähl ihr noch nichts. Mein Bedarf an Hysterie ist für heute abend gedeckt. Ich möchte dieser Geschichte zuerst auf den Grund gehen. Sie und dieses hübsche braunhäutige Kind waren nämlich wie Schwestern.«

»Gut. Nimmst du Bart Collins mit, Vater Wally?«

»Nein. Verdammt noch mal, nein. Zumindest jetzt noch nicht. Zuerst will ich wissen, woher Trilby ihre Informationen hat und wie genau sie sind. Ich will keinen zweiten Fall Ellen erleben –«

Er sah, daß Cecilia ihn anstarrte, bemerkte den Ausdruck in ihren Augen.

»Vater Wally, Ellen hat nicht Selbstmord begangen, nicht wahr?« fragte sie.

»O Gott! Cecilia, bitte, ich –«

»Sie ist ermordet worden, nicht wahr? Pamela hat sie ermordet, damit sie nicht mit dem jungen Dwight auf und davon gehen kann. Damit das Blut der Ingrahams rein bleibt. Also so was! Weißt du, Vater Wally, daß ich zum ersten Mal, seit ich Pam kenne, einverstanden bin mit dem, was sie getan hat? Bravo, sage ich. Mach dir keine Sorgen, ich werde kein Sterbenswörtchen weitererzählen.«

Wallace dachte: Du irrst, du irrst fürchterlich. Aber das tust du ja immer.

Laut sagte er: »Das hoffe ich sehr, Celie.«

Dann ging er in die Küche hinunter.

22

»Nein, Sir«, sagte Fred Hoskins. »Sie ist noch nicht tot, Käpt'n Wally. Sie war es jedenfalls nicht, wie ich von Collinswood fort bin. Mammy Justine hat sie gezwungen, Senfwasser zu trinken, damit sie erbricht. Aber sie beißt die Zähne zusammen, damit es drinnen bleibt. Mammy Justine sagt, daß sie ganz sicher stirbt, wenn sie das Zeug nicht los wird.«

»Was hat sie denn genommen, Fred?« fragte Captain Wally.

»Rattengift. Das gleiche wie Ellen. Mein Gott, Sir, was ist mit diesen jungen Dingern los, daß sie sich reihum vergiften?«

»Jugend. Liebeskummer. Narrheit. Wer kann das wissen?«

Plötzlich fiel Wallace etwas ein. Auf jeder großen Plantage war der offizielle Jäger immer der vertrauenswürdigste Sklave unter den Feldarbeitern. Darauf wurde stets geachtet, denn er war der einzige Sklave, der freien Zutritt zu den Gewehren und der Munition hatte. So gesehen war Freds Verhalten an diesem Abend aber unerklärlich, entsprach nicht dem in ihn gesetzten Vertrauen. Seine Handlungsweise stand in eklatantem Widerspruch zu seinem Benehmen in den letzten zwanzig Jahren.

»Fred«, fragte Wallace Bibbs, »was hast du eigentlich heute abend in Collinswood gesucht? Du gehörst doch zu den Gästen von Wes? Und du bist hinübergeritten, noch dazu auf einem meiner Pferde, nicht wahr? Mit einem Maultier hättest du nie in so kurzer Zeit hin und zurück sein können.«

»Ja, Sir, ich bin auf einem Pferd geritten, Käpt'n Wally. Wes hat es mir befohlen. Er hat gesagt, daß er es morgen mit Ihnen in Ordnung bringen wird.«

»Wes hat dir befohlen, ein Pferd zu nehmen –«

»Und zu reiten, als wäre mir der Teufel auf den Fersen. Ich sollte verhindern, daß Ruby diesen Unsinn tut. Ich weiß nicht, woher er es gewußt hat, aber Sie müssen zugeben, Sir, daß Wes sehr viel merkwürdige Dinge weiß. Er hat gesagt, er kann ihre Gedanken hören. Also hat er befohlen, ich soll mir ein Pferd nehmen, und –«

»Den bisherigen Rekord zwischen hier und Collinswood einstellen.« Wallace Bibbs schwankte zwischen Ärger und Anerkennung.

»Ja, Sir. Aber ich bin zu spät gekommen. Ich bin auch zu spät gekommen, um Missy Ruth aufzuhalten –«

Fred unterbrach sich mitten im Satz. Sein Blick wurde angstvoll, wanderte im Zimmer umher wie ein gefangenes Tier, das verzweifelt einen Fluchtweg sucht.

»Sprich weiter, Fred, erzähle! Woran solltest du Miss Ruth Collins hindern?«

»An nichts, Sir. Ich bin ganz durcheinander. Ich weiß nicht einmal, warum ich den Namen gesagt habe. Ich habe an etwas ganz anderes gedacht –«

»Nein, das hast du nicht, Nigger!« unterbrach ihn Trilbys tiefe Stimme. »Du weißt verdammt genau, was Wes dir befohlen hat. Du solltest mit Mammy Justine reden, damit sie das leichtsinnige Ding nicht ausreiten läßt. Dann hätte sie nicht den Mann einer anderen Frau am üblichen Ort treffen können. An dem Ort, an dem sie sich immer treffen, Käpt'n Wally. Lügen hat keinen Sinn, Fred. Meine Maebelle ist nämlich an der Tür gestanden und hat gehört, was Wes dir von dem Brief erzählt hat, den Ruth Massa Ash geschrieben hat – daß sie sich an dem üblichen Ort treffen wollen. Du weißt auch, was Wes gesagt hat: ›Sie werden sündigen.‹ Ich glaube, daß sie es schon früher getan haben. Ich glaube, sie haben es getan, seit es begonnen hat, bei Ellens Begräbnis. Dieser Voodoo-Hexenmeister hat noch etwas gesagt: ›Es wird ein Sterben dabei sein, ein böses und schmerzhaftes Sterben in der Dunkelheit.‹ Das hat Wes gesagt, stimmt's?«

»Ja, nur –«

»Ist schon in Ordnung, Fred«, beruhigte ihn Wally. »du hast dein Bestes getan, genau wie Wes. Ich danke dir dafür. Jetzt werde ich die Sache in die Hand nehmen. Ihr Nigger lebt schon lange genug bei uns Weißen, um zu wissen, daß wir auch unsere Schwächen haben, daß auch wir gelegentlich unvernünftig handeln. Nur – Massa Ashton ist mein Sohn. Mein braver Sohn, mit dem ich bis jetzt immer zufrieden war. Deshalb bitte ich euch alle inständig, daß ihr aus Loyalität mir und meiner Familie gegenüber den Mund haltet, ja bitte? Ich drohe euch nicht mit dem Auspeitschen, obwohl ihr wißt, daß ich euch alle zu Tode peitschen lassen könnte, wenn ihr solche Skandalgeschichten verbreitet. Aber das muß ich ja nicht, nicht wahr? Trilby, es geht um Ash! Um Ash, den du großgezogen hast.«

Trilby brach in Tränen aus, die wie eine glitzernde Sturzflut über ihre fetten Wangen flossen.

»Sehen Sie das Feuer dort, Käpt'n Wally? Wenn ich auch nur ein Wort über das alles sage, nehme ich eine rotglühende Kohle und lege sie mir auf die Zunge, bis ich nie wieder sprechen kann.«

Wallace Bibbs legte ihr den Arm um die massigen, zuckenden Schultern.

»Danke, Trilby«, sagte er, aber er sah Fred Hoskins an.

»Sie haben mein Wort darauf, Sir«, erklärte Fred.

»Ich werde dafür sorgen, daß auch Maebelle den Mund hält«, erklärte Trilby. »Sie hat sowieso eine Heidenangst vor mir, also müssen Sie sich deshalb keine Sorgen machen, Sir. Bleiben noch Wes und Phoebe übrig.«

»Ich werde morgen mit ihnen sprechen«, meinte Wallace Bibbs. »Obwohl es wahrscheinlich gar nicht notwendig ist. Wes hat ja schon davon gewußt und versucht, es auf seine eigene, ruhige Art zu verhindern. Er wird also nichts verbreiten und wird sicherlich auch nicht zulassen, daß Phoebe tratscht . . . Fred, geh in den Stall und sattle Caliph. Sattle ihn selbst, wecke Rad nicht auf, und bring ihn zur Hintertür. Ich gehe jetzt hinauf, kleide mich um und komme dann über die Hintertreppe hinunter. Trilby, zehn Minuten, nachdem ich fort bin, schickst du Maebelle zu Mrs. Lucille und läßt ihr ausrichten, daß ich ausgeritten bin. Sag, daß ich nach Collinswood hinüber bin, weil ich alles Menschenmögliche unternehmen will, um Ruby zu retten. Das werde ich später auch tatsächlich tun. Aber zuerst werde ich zu dem ›üblichen Ort‹ reiten. Ich glaube zu wissen, was damit gemeint ist.«

Er wollte gehen, aber Trilby hielt ihn zurück.

»Sir, was ist mit der Collins-Familie? Sie sind noch immer oben.«

»Sobald ich fort bin, kannst du sie informieren. Aber nur über Ruby!«

»Ja, Sir, das werde ich tun.«

Während Wally die Treppen hinaufging, dachte er:

Es kann nur die Jagdhütte sein, die Merton Weatherbee einst eingerichtet hatte. Ich darf gar nicht daran denken, was dabei herauskommen wird. Barton oder Bascomb werden Ash zum Duell fordern – Bart, weil Bascomb durch sein Bein ans Bett gefesselt ist –, aber was spielt das schon für eine Rolle? Einer von ihnen wird dran glauben. Es gibt keinen Ausweg. Ein verheirateter Mann verführt die jüngste, jungfräuliche Tochter einer angesehenen Familie. Wes hat ja gesagt: »Es ist ein Sterben drin, ein einsames, grausames Sterben in der Dunkelheit.« Außer, ich kann dem Ganzen noch ein Ende bereiten, bevor es herauskommt, bevor ein nicht wieder gutzumachender Schaden entsteht.

Er stieß die Tür zu seinem Ankleideraum auf, nahm aus dem Kasten seine ältesten, schäbigsten Reitsachen und überlegte dann weiter:

Das genügt. Ich muß rechtzeitig dort sein. Ich werde diese Geschichte beenden, für immer, bevor Bart oder Bascomb davon Wind bekommen, was los ist. Bart wird wahrscheinlich nie dahinterkommen. Er hat Abigail all die Jahre vor der Nase gehabt und nicht gemerkt, daß sie dem Thomas ähnlich sieht. Bascomb ist noch für Monate außer Gefecht; Ridgely sagt, daß das Bein sehr schlecht heilt. Also steht mir genügend Zeit zur Verfügung – vorausgesetzt, daß das arme, süße, unvernünftige Kind nicht schon schwanger ist. hoffentlich nicht! Denn dann kann ich das Verhältnis heute nacht für immer aus der Welt schaffen. Ich schicke, wenn es sein muß, Ash und Cecilia auf eine Europareise. Mir wird schon etwas einfallen. Ich werde es irgendwie in Ordnung bringen. Meine Nigger werden den Mund halten, sie sind alle brav. Wes ist der Beste. Er hat versucht, eine Lösung zu finden, bevor ich Lunte rieche, um mir Sorgen und Kummer zu ersparen. Gott segne ihn! Aber besser, ich weiß Bescheid. Falls mein verrückter Sohn nicht schon auf fremden Äckern gesät hat, werde ich das ganze verfluchte Durcheinander sehr schnell beenden.

Er hatte nur eine Einzelheit vergessen. Einen Mann. Einen Namen. Die Einzelheit war seine Hirschbüchse, die aus Fred Hoskins Hütte gestohlen worden war. Der Mann, den er vergessen hatte, trug die in Ölpapier gewickelte Büchse mit sich und mit ihr die Möglichkeit, seine Rachsucht auszutoben. Denn seinen Geist beherrschte ein schwelender, krankhafter, bodenloser Zorn, geboren aus Mißhandlung, Demütigung und Schmerz. Der Name, den Wallace Bibbs vergessen hatte, war Jonas.

Jonas kauerte seit zwei Stunden vor einem der Fenster des Jagdhauses und beobachtete genau, was drinnen vor sich ging. Dazwischen nahm er immer wieder einen kräftigen Schluck aus dem Krug mit Whisky, den er wohlweislich als Schutz gegen die Nachtkälte mitgenommen hatte. Daß er sich zu dieser Zeit an diesem Ort befand, war halb Zufall und halb wohlerwogener Plan.

Der Zufall hatte darin bestanden, daß Jonas, der einen Hirsch geschossen und ihn zm Schutz vor Raubtieren mit viel Mühe hoch in einen Baum gehängt hatte, auf dem Heimweg über Ashton Bibbs gestolpert war, der langsam durch den Regen ritt.

Der wohlüberlegte Plan ergab sich daraus: Jonas war Ashton heimlich gefolgt, kauerte nun als Voyeur vor der Hütte und dachte an Erpressung.

Die Langsamkeit, mit der Ashton dahinritt, hatte nämlich seine Neugierde geweckt. Ashton Bibbs liebte gute Pferde und ritt schneller und gewandter als alle seine Freunde und Nachbarn. Diesmal jedoch saß er mit hängenden Schultern und gebeugtem Rücken im Sattel, so daß sein Kinn beinahe auf der Brust ruhte. Es war zu dunkel, als daß Jonas seinen Gesichtsausdruck erkennen konnte, aber das war auch nicht nötig. Jeder, der Ash etwas besser kannte, mußte aus seiner Haltung schließen, daß etwas nicht in Ordnung war, daß eine nicht alltägliche Sorge ihn bedrückte. Jonas kannte Ashton sogar sehr gut. Sie waren beinahe gleichaltrig, hatten als Kinder miteinander gespielt, als Jungen miteinander gejagt, gefischt und reiten gelernt, waren beinahe wie Brüder aufgewachsen, bis Ashton seine Verpflichtung als Erbe von Rosebriar und Jonas sein Sklavendasein bewußt wurde, wodurch sich die beiden einander entfremdet hatten. Schließlich hatte Ashton seinen Vater gebeten, Jonas in Beau Bobs Westsektor zu versetzen. »So muß ich nicht jeden Tag das häßliche, gemeine, verdrossene Gesicht dieses Niggers sehen, Pa.«

Jonas hatte also sofort erkannt, daß etwas nicht stimmte. Die Folgerung, die er daraus zog, waren eines Wes würdig.

Es ist Weihnachten, sinnierte er, warum ist also Massa Ash nicht in Rosebriar und sitzt mit seiner Familie beim Weihnachtsessen? Warum ist er nicht bei Wes' Hochzeit? Er hängt ja an diesem großen Voodoo-Affen, als wäre er sein leiblicher Bruder. Also hat er heute nacht etwas vor. Etwas, das ihm gegen den Strich geht, denn er denkt sichtlich darüber nach, wie er es in Ordnung bringen kann. Normalerweise könnte ich ja nie mit ihm Schritt halten, noch dazu, wenn er zu Pferd ist, und ich bin zu Fuß. Etwas bedrückt ihn, liegt ihm auf der Seele. Deshalb werde ich ihm folgen, ganz gleich, wohin er reitet. Vielleicht erfahre ich etwas, womit ich ihn ein bißchen erpressen kann. Ein Mann reitet nicht am Weihnachtsabend allein im Regen herum, wenn er nicht Grund hat, das Tageslicht zu meiden.

Jonas, der vor dem Fenster kniete, hatte sehr bald herausbekommen, worum es ging. Was er sah und hörte, war ein klarer Beweis dafür, daß sich sogar ein so intelligenter Mann wie Wallace Bibbs ganz entsetzlich irren konnte, wenn er sich eine so unkonventionelle Situation wie diese vorstellte. Captain Wally wäre vor allem über das Verhalten eines jungen Mädchens einem Mann gegenüber erstaunt gewesen.

»Ruth, Liebling«, stöhnte Ashton, »es muß aufhören. Es ist unrecht, Kind, mein süßes Baby. Ich bin ein verheirateter Mann, das weißt du. Was würde geschehen, wenn jemand dich sieht und dir hierher folgt! Glaubst du wirklich, wir könnten deinen oder meinen Vater davon überzeugen, daß nichts Ernstes zwischen uns vorgefallen ist? Ein paar Küsse.«

»Du liebst mich eben nicht, Ash«, sagte Ruth, und in ihrer

Stimme klang das älteste Leitmotiv der Welt: bitterer Schmerz, Liebeskummer. »Sonst würdest du dir nämlich nicht den Kopf über Recht oder Unrecht zerbrechen. Du würdest wissen, daß wahre Liebe immer im Recht ist.«

Jonas hob den Kopf etwas höher, denn er war davon überzeugt, daß die beiden viel zu sehr mit ihren Problemen und miteinander beschäftigt waren, um zum Fenster zu schauen. Er hatte recht. Jetzt sah er Ruth Collins in voller Größe. Sie trug einen Reit-Zylinder und einen langen braunen Seehundmantel, der sie vom Hals bis zu den Füßen einhüllte. Trotz des mächtigen Feuers im Kamin, das in der Hütte sicher eine sehr behagliche Temperatur erzeugte, hatte sie den Mantel anbehalten und nicht einmal die obersten Knöpfe geöffnet.

Jonas mußte lachen. Massa Ash, dachte er, wenn Sie ein Mann wären, hätten Sie schon längst dafür gesorgt, daß ihr warm ist. Na, sobald Sie das tun, weshalb Sie ja eigentlich hierhergekommen sind, habe sich Sie jedenfalls ganz schön in der Hand.

Er führte sich wieder ein ordentliches Quantum Whisky zu Gemüte und wartete weiter.

»Ich liebe dich wirklich«, erklärte Ashton soeben, »aber –«

»Du bist mit ihr verheiratet. Mit der lieben Celia. Die dich so glücklich macht, Ash, nicht wahr?«

»Ruth, bitte!«

Sie stellte sich dicht vor ihn hin und blickte ihm in die Augen.

»Ash, Liebling, du bist ein Mann mit Grundsätzen, nicht wahr? Das heißt, du lügst nicht das Blaue vom Himmel herunter?«

»Ich lüge nie, das solltest du inzwischen begriffen haben.«

»Sagen wir *selten*, Liebster. *Nie* ist ein schrecklich großes Wort.«

»Na schön. Ich habe in letzter Zeit ein paarmal gelogen, weil ich mußte. Aber jedesmal warst du daran schuld. Ich glaube, daß Pa infolge von Wes' Andeutungen etwas zu merken beginnt. Deshalb mußte ich zu ein paar Notlügen Zuflucht nehmen, um ihm zu erklären, warum ich in den letzten drei Wochen so oft unerreichbar war. Heute abend treiben wir es aber auf die Spitze – deine und meine Familie sitzen gemeinsam beim Weihnachtsessen, und wir beide sind verschollen!«

Sie überhörte die letzte Bemerkung, sah ihn aus ihren sanften blauen Augen bewundernd an und brachte dadurch sein Herz zum Schmelzen.

»Mich belügst du aber nie, nicht wahr, Liebster?«

»Nein. Natürlich nicht. Ich belüge nur Menschen, die mir gleichgültig sind. Mit Ausnahme von Pa. Die Tatsache, daß du mich in eine Situation gebracht hast, in der ich sogar ihn belügen muß, den Mann, den ich mehr als jeden anderen bewundere und respektiere, schmerzt mich zutiefst. Ich konnte aber nicht anders handeln. Ich muß dich schützen, Liebste, deinen Ruf –«

»Zum Teufel mit meinem Ruf!« sagte sie voll Überzeugung. »Wenn eine Frau sich Sorgen wegen ihres Rufes macht, ist sie nicht verliebt. Ich aber bin in dich verliebt, Ash. Deshalb stelle ich dir jetzt zwei Fragen, auf die ich nichts als die reine, unverfälschte Wahrheit hören will. Erstens: Liebst du Cecilia? Ich weiß, daß du sie geliebt hast, als du sie geheiratet hast. Aber liebst du sie jetzt noch? Liebt Ashton Bibbs, der freundlichste, beste, edelste Mann der Welt, eine zänkische, gemeine, bösartige, scharfzüngige Frau, die nicht einmal mehr gut aussieht?«

»Nein, Ruth, ich liebe sie seit Jahren nicht mehr. Einer meiner immer wiederkehrenden Alpträume besteht darin, daß ich mich in einer Gefängniszelle befinde, der Pfarrer und der Wärter stehen neben mir und sind im Begriff, mich zum Galgen zu führen, weil ich Celie erdrosselt habe.«

Sie lächelte innig und zärtlich.

Jonas kicherte und nahm neuerlich einen kräftigen Schluck. Missy Ruth ist hübscher als ein Engel. Und dieser lange Narr diskutiert mit ihr, statt ihre süßen roten Lippen zu küssen, bis sie stöhnt. Dann könnte er sie auf das Bett legen, alle Hindernisse beseitigen und endlich das tun, was jeder andere Mann schon vor einer Stunde getan hätte.

»Gut, Ash. Jetzt Frage Nummer zwei. Liebst du mich?«

»Ja, Ruth. Gott stehe mir bei, ich liebe dich.«

»Warum verschwendest du dann die Zeit mir Vorträgen, statt mich in die Arme zu schließen und mich zu küssen?«

»Nein, eben das werde ich nicht tun. Du weißt, wohin das Küssen führt. Ich bin auch nur ein Mensch, Ruthie. Letztes Mal habe ich mich erst im letzten Augenblick wieder in die Hand bekommen. Du hast mich dabei ja nicht sehr unterstützt.«

»Ich wollte dich gar nicht unterstützen. Ich will dir ganz gehören, Ash. Weil ich nicht deine Frau werden kann, bin ich bereit, die Sünde, die Schande und die Sorgen auf mich zu nehmen, die mir aus einem Dasein als Fancy Girl erwachsen, das immer im Schatten leben muß. Ich bin sogar bereit, meine Kinder als verachtete, benachteiligte Bastarde in die Welt zu setzten, weil ich hoffe, daß der Vorzug, dich zum Vater zu haben, sie dafür entschädigen wird. Deshalb – küß mich, Ash! Geh so weit du willst – nein, so weit ich will. Du bist so verdammt anständig, daß du nicht einmal eine Frau in die Arme nehmen willst, die sich nur danach sehnt, ganz dein zu werden.«

»Ruth, du weißt nicht, was du sagst. O Gott, Baby, meine Süße –«

Sie drehte sich um und trat einen Schritt von ihm weg. Dann wendete sie sich ihm wieder zu, und ihr Gesicht glühte vor sinnlicher Leidenschaft. Er erkannte ihr Verlangen noch immer nicht, weil er es bei Mädchen ihrer Art einfach nicht für möglich hielt. Ihre zarten Finger zerrten fieberhaft an den Knöpfen des Mantels. Sie ließ Ash nicht aus den Augen, während sie langsam aus dem Pelz schlüpfte.

Sie trug immer noch Reithut und Reitstiefel. Dazwischen aber gab es außer einer züchtigen Perlenkette nichts als ihre blasse Haut, ihre zarte Schönheit.

Ash rang nach Luft und dachte: O Gott, ich bin verloren. Kurz danach hörte er überhaupt auf zu denken.

»Warum weinst du dir die Augen aus, dummer Nigger?« fragte Mammy Justine Joe Collins. »Sie hat es ja nicht deinetwegen getan.«

»Das weiß ich, aber sie und meine Schwester Ellen waren wie Schwestern, Mammy Justine.«

»Ja, Sohn, so ist es eben. Die arme Ellen ist genauso gestorben. Dieses verdammte Niggermädchen hier stirbt, weil ich sie nicht dazu bringen kann, den Mund aufzumachen und das Zeug zu erbrechen. Ich habe ihr die Kiefer auseinandergedrückt, aber wie ich ihr den Finger in den Mund gesteckt habe, damit sie kotzt, hat sie ihn mir beinahe abgebissen. Noch nie hab ich jemanden gesehen, der so aufs Sterben versessen war wie sie.«

»Mammy Justine«, sagte Joe, »ich möchte etwas versuchen.«

Cas Thomas funkelte ihn an. »Was willst du denn versuchen, Joe?«

»Ich will zuerst nur mit ihr sprechen. Wenn das nicht hilft –«

»Was dann, Junge?«

»Ich habe so eine Idee. Ich habe einmal etwas gesehen, und wenn das nicht nützt, dann nützt wirklich überhaupt nichts mehr.«

»Und was ist das?«

»Ach Cas, laß es ihn doch versuchen, ganz gleich, was er tun will«, stöhnte Beulah Thomas. »Unser Baby liegt hier und stirbt, Cas.«

»Wegen eines großen schwarzen Zauberers«, murrte Cas. »Na schön, Joe, versuch dein Glück. Ich wäre glücklich, wenn du sie retten könntest.«

Joe beugte sich über die schlanke Gestalt, die auf dem schmalen Bett lag, stöhnte, sich wand und die Zähne zusammenbiß. Im Gegensatz zur allgemein verbreiteten Meinung, daß Gift rasch und schmerzlos wirkt, kann der Tod durch Vergiften fürchterlich quälend und entsetzlich langsam sein. Das Rattengift, das Ruby geschluckt hatte, gehörte zu den am langsamsten wirkenden Giften, und darin lag eine gewisse Überlebenschance für sie.

»Ruby«, summte Joe, »sei doch nicht so dumm, Kind. Es gibt so viele Männer außer Wes.«

Ruby schüttelte zornig den Kopf, und diese Bewegung sagte deutlicher als alle Worte: Nicht für mich.

Joe begriff, daß es keinen Sinn hatte, ihr vernünftig zuzureden. Dennoch versuchte er es noch einmal.

»Ruby, willst du wirklich in die Hölle kommen? Die ist nämlich für Leute bestimmt, die sich selbst umbringen. Das steht in der Bibel.«

Diesmal nickte Ruby nachdrücklich. Auch diese Bewegung konnte Joe mühelos übersetzen: Ja, genau dorthin will ich, zu Feuer und Schwefel.

»Ruby, wirst du jetzt den Mund aufmachen, oder muß ich dich dazu zwingen?«

Wieder das rasche Hin- und Herwerfen des Kopfes. Ruby hatte glattes Haar, das ihr bei der wilden Verneinung über das Gesicht fiel.

»Cas«, sagte Joe, »Beulah – ich muß jetzt sehr roh sein. Ich hoffe, ihr werdet mir vergeben, aber ich habe gesehen, daß es nützt. Ich werde es also jetzt versuchen, ja?«

»Alles, was du willst, Junge«, jammerte Beulah, »wenn du nur mein armes Kind rettest.«

Cas nickte entschlossen. »Tu, was du kannst, Junge.«

Joe ballte die rechte Hand zur Faust und versetzte Ruby einen mörderischen Hieb in die Magengrube. Sie riß den Mund auf, und eine schäumende, grüne, entsetzlich stinkende Flüssigkeit schoß hervor, in Joes Gesicht und auf seine Kleider. Er riß sein Taschentuch heraus, wischte sich das Gesicht ab und fragte grinsend:

»Was hast du denn geschluckt, du übergeschnappte Gans? Stinktiermilch?«

»Gott sei Lob und Dank«, rief Mammy Justine.

»Woher hast du gewußt, Sohn«, fragte Cas, »daß du sie in den Magen boxen mußt?«

»Ich habe einmal gesehen, wie zwei Burschen gerauft haben«, antwortete Joe. »Der eine hat dem anderen einen Hieb in den Magen versetzt. Daraufhin hat der erste alles herausgespuckt, was er seit zwei Wochen gegessen hatte. Jetzt laß mich aber raus, ich muß mich umziehen. Mein Gott, stinkt das Zeug. Aber macht euch keine Sorgen mehr, sie kommt durch.«

Mit einem Satz war er zur Tür draußen. Er hatte eine Heidenangst, daß Cas oder Mammy Justine ihn fragen würden, wo er diese Betrunkenen gesehen hatte. Joe war nicht eigentlich dumm. Beweis dafür war die ziemlich erfolgreiche Karriere, die er machte, nachdem er die Freiheit gewonnen hatte. Aber er war ein schwacher, stotternder, unglaubwürdiger Lügner, das wußte er. Er hatte diese Betrunkenen in einem Bordell in Natchez gesehen. Einem Bordell für Weiße, dessen häufiger und gern gesehener Gast er war. Die Mittel dazu lieferte im Bart Collins' Großzügigkeit, den Grund für seine Besuche Abigail, die sich standhaft weigerte, das Feuer zu löschen, das sie in ihm entfachte.

Als er durch die Halle lief, sah er Abigail, die die Treppe herunterrannte. Sie stürmte schreiend in das Zimmer, das er gerade verlassen hatte. Danach hörte er Stimmen, die wild durcheinandersprachen und wahrscheinlich Erklärungen abgaben. Abigails Schluchzen und das scheußliche Geräusch, das Ruby beim Erbrechen erzeugte. Sie schien überhaupt nicht mehr aufhören zu können.

Das war gut für sie; je mehr sie von dem Dreckszeug erbrach, desto rascher würde sie wieder gesund werden. Dann dachte er an seine angebliche Halbschwester, die in Wirklichkeit seine Liebste war. An die ausweglose Situation, in der sie sich befanden. Irgendwann in der Zukunft würde es vielleicht möglich sein, daß sie ein Paar wurden, aber gegenwärtig war eine Liebschaft zwischen ihnen ein Ding der Unmöglichkeit.

Das stimmte allerdings nur teilweise. Warme, feuchte, keuchende, körperliche Liebe fand ständig zwischen ihnen statt – bis zu einem bestimmten Punkt. Dieser Punkt war immer in dem Augenblick erreicht, in dem Abigail in sein Ohr schluchzte: »Aber Joe, Liebling, was ist, wenn es mich erwischt? Wenn du mir ein Kind machst? Du weißt ja, was dann passieren würde.«

Und ob er das wußte! Man würde ihn halb zu Tode peitschen und danach den Sklavenhändlern übergeben. Für Abby würde man einen Quacksalber holen, der das ungeborene Baby abtreiben mußte, und sie dann auf eine Reise schicken.

»O Gott«, stöhnte er, »gibt es denn keine Möglichkeit, diesem Schlamassel zu entkommen? Sie quält mich noch zu Tode, quält sich selbst – mein Gott, ich werde noch platzen. Ich kann nicht so oft in die Stadt reiten.«

Dann blieb er stehen, und langsam veränderte sich sein hübsches, jugendliches Gesicht, begann zu strahlen.

Wes! fiel ihm ein. Er hat mir gesagt, daß er keine Kinder mit Phoebe haben wird, ehe sie ihre Freiheit erkauft haben. Er hat gesagt, er weiß, was man tun muß, damit ein Mädchen nicht schwanger wird. Ein alter, afrikanischer Zauber – ich muß morgen früh sofort mit ihm sprechen.

Er wußte nicht, daß es morgen früh zu spät sein würde – für alles.

Jonas verließ seinen Späherposten, führte einen lautlosen indianischen Kriegstanz auf und lief den Pfad hinunter, die Hirschbüchse in der einen, den Krug mit Whisky in der anderen Hand.

»Jetzt habe ich ihn!« krächzte er. »Ich habe Massa Ash richtig in der Hand. Ich muß nur so tun, als wollte ich Käpt'n Wally oder Massa Bart oder gar Miss Celie davon erzählen.«

Dann blieb er stehen und überlegte. Was für ein Anblick! Sie tun es genauso wie wir Nigger. Wahrscheinlich sind alle Menschen gleich, wenn es dazu kommt. Das arme kleine Ding. Wie sie aufgeschrien hat, wie Massa Ash sie – kaputtgemacht hat. Denn das stimmt genau. Er hat sie kaputtgemacht. Wenn sie jemand anderen heiratet, wird ihr Mann in der Hochzeitsnacht fragen: »Ruthie, Liebling, wieso kommt gar kein Blut? Ich könnte ja mit einem Pferd da hineinreiten!« Was kann sie dann darauf antworten? Und danach hätte sie die Hölle: Hiebe und böse Worte und schlechte Behandlung und wahrscheinlich eine Scheidung. Die Weißen sind komisch. Sie nehmen es sehr schwer, wenn schon jemand vor ihnen dagewesen ist. Nigger machen sich nicht soviel daraus. Was ein Mädchen vorher getan hat, ist ihnen ziemlich egal. Ein schwarzer Mann greift erst nach dem Rasiermesser, wenn sie nach der Heirat auf dumme Gedanken kommt. Aber sie ist für immer kaputt, das arme kleine Ding. Und was ist, wenn Massa Ash schon angebaut hat? Wenn er ihr einen Bauch angehängt hat? Dann wäre erst der Teufel los.

Wie sie geschrien hat, wollte er aufhören. Er hat geweint und sie um Verzeihung gebeten, weil er ihr weh tut. Aber sie ist ein tapferes kleines Ding, und sie hat es nicht zugelassen. Sie hat dann auch was davon gehabt. Sie hat geradezu gesungen, wie Massa Ash soweit war. Er war ja auch wirklich gut. Er kann nicht nur Pferde gut reiten. Und sie war nackt. Also so sieht ein weißes Mädchen aus. Klein unten rum nur ein bißchen Flaum, ganz hell, wie die Haare auf dem Kopf. O Gott, ich muß aufhören, daran zu denken, weil mir meine Eier schon weh tun und ich einen Steifen bekomme.

Plötzlich blieb er regungslos stehen. Seine dunklen Augen leuchteten auf. Er griff in die Hosentasche, in die er die Zündhütchen für die Hirschbüchse gesteckt hatte. Vorsichtig schob er das Ölpapier beiseite, in das sie gewickelt waren. Soweit er es fühlen konnte, waren sie noch trocken.

Dann rannte er in die Dunkelheit hinein.

Beau Bob Bibbs wendete sein Pferd, um von Ingrahams Crest nach Rosebriar zu reiten. Sein endgültiges Ziel war seine Junggesellenbude im Westabschnitt, zu der er nur über Rosebriar gelangen konnte. Er hoffte, daß niemand mehr wach war, um zu sehen, wie niedergeschlagen und verzweifelt er im Regen und der Dunkelheit vorüberritt.

In seiner Trunkenheit mußte er immerzu an eines denken.

Tol ist vor zwei Stunden hineingegangen und bis jetzt nicht herausgekommen. Natürlich wird Pamela schwören, daß sie ihn in einem Gästezimmer einquartiert hat, weil es zu naß und zu kalt ist, als daß er um diese Zeit nach Natchez zurückreiten könnte. Was hindert ihn aber daran, schlafzuwandeln? Oder genauer – was hindert sie daran, auf bloßen Füßen und mit bloßem Hintern zum Gästezimmer zu spazieren? Nichts. Verdammt nichts. Deshalb wird sie es tun. Mein Gott, ich habe ja nicht begriffen, was ich an ihr hatte. Einen Schatz! Eine wirklich heißblütige Frau. Die scharf darauf ist. Die es immerfort haben möchte. Und all das habe ich aufgegeben – ich habe Pam von mir gestoßen, weil ich wütend darüber war, daß Pa mich zur Heirat mit ihr gezwungen hat. Was habe ich jetzt? Nichts. Nicht einmal genug Geld, um mir eine Hure zu leisten. Lottie ist auch fort. Und dieser Scheißkerl von Townsend vergnügt sich jede Nacht mit dem Schokoladenstück. Ich bin ein Pechvogel! Jeder Mensch hat seine Glückssträhne, nur ich nicht. Der verdammte Wes. Der wird heute nacht in Form sein. Die kleine Phoebe ist ein aufregendes kohlschwarzes Prunkstück. Wäre das schön, wenn es heute noch das *Droit du Seigneur* gäbe – das Recht auf die erste Nacht. Heute würde ich es fordern. Aber mit Wes kann man nicht spaßen, mit diesem verdammten Hexenmeister. Na ja, Junge, marsch ins Bett mit dir! In dein einsames Bett, während Tol und Pam und Wes und Phoebe und Ash – ach verdammt, der treibt es wahrscheinlich mit seinem Pferd! Sonst liebt er ja nichts, dieser eiskalte Kerl.

Plötzlich grinste er.

Ich muß auf jeden Fall dort vorbeireiten, dachte er. Es ist zu dunkel, als daß ich etwas sehen könnte, aber ich kann hören, wie sie keuchen und stöhnen und sich auf der Matratze wälzen. Es nützt mir zwar nicht viel, aber vielleicht macht's mir Spaß.

Er trieb sein Pferd an, den Weg nach Rosebriar hinunter.

In diesem Augenblick hörte er den Schuß.

Den ersten Schuß jedenfalls.

23

Die Entfernung zwischen dem Jagdhaus und dem Herrenhaus von Ingrahams Crest war nicht groß. In dieser Dezembernacht gab es außer dem sanften Rauschen des Regens keinerlei andere Geräusche. Deshalb hörte die kleine Deirdre den Schuß, fünfzehn Sekunden, nachdem er gefallen war, klar und deutlich. Sie sprang aus dem Bett und lief weinend durch die Halle zum Zimmer ihrer Mutter und jammerte: »Mamma, ohhhh Mamma . . .«

Sie zitterte vor Angst, keuchte, schluchzte, streckte die kleine Hand aus, drückte die Klinke hinunter, stieß die Tür auf, holte tief Luft und jammerte wieder: »Mamma, ich habe Angst. Ich –«

Sie war so entsetzt, daß sie nicht weitersprechen konnte.

»Warum hörst du auf, Tol?« fragte Pamela.

»Pam«, flüsterte er. »Sieh doch. O Gott, schau!«

Pamela blickte zur Tür und sah Deirdre, die, Mund und Augen weit aufgerissen, stehengeblieben war. Pam funkelte ihre Tochter an. Sie sagte mit haßerfüllter, wuterstickter Stimme: »Verschwinde, du kleines Biest.«

Deirdre drehte sich um, rannte, lief an der Tür zu ihrem Zimmer vorbei, die Treppe hinunter zu den Dienerzimmern, weinte, schluchzte, schrie: »Martha! Martha! O Martha!«

Martha wurde wach, stand auf, öffnete die Tür und sagte: »Hier bin ich, Kleines. Was hat mein Baby so erschreckt?«

»O Martha«, konnte Deirdre nur flüstern.

»Sie ist fort, Tol«, stellte Pamela fest, »und wird nicht wiederkommen. Heute war ich zum ersten Mal streng mit ihr. Aber das war doch notwendig. Also – worauf wartest du?«

»Pam, ich kann nicht. Ich kann einfach nicht. Der Anblick dieses Kindes – deiner Tochter –, das mich angesehen hat, das hat mich fertiggemacht. Hast du nicht den Ausdruck ihrer Augen gesehen?«

»Sie ist fort. Und ich bin hier. Deshalb versuch's, Tol. O Liebster, bitte. versuch's.«

»Ich kann nicht. Hast du denn gar kein Schamgefühl? Ihr kleines Gesicht, ihre Augen –«

Pamelas Augen leuchteten auf. Sie zog die rechte Hand, die mit seinem langen Haar gespielt hatte, zurück, holte weit aus und schlug ihn mit aller Kraft ins Gesicht.

»Du Miststück!« knirschte er. »Dafür wirst du mir büßen.«

»Wie denn, Tol? Wie werde ich denn büßen?« schnurrte sie.

Wallace Bibbs schwankte im Sattel, als hätte ihn ein Schmiedehammer getroffen. Er fühlte noch keinen Schmerz, nur den mörderischen Aufprall, den betäubenden Schlag. Mit der Linken fuhr er unter seinen Rock, riß in der Hast die Knöpfe ab. Er tastete nach unten und griff in warme Feuchtigkeit.

Man hat auf mich geschossen, dachte er erstaunt, man hat mich in den Bauch geschossen. Mich schwer verletzt. Jemand will mich töten. Nein – jemand hat mich getötet. Wenn man da unten getroffen ist, gibt es keine Hoffnung mehr. Habe ich im Krieg je erlebt, daß einer mit einem Bauchschuß davongekommen ist? Ja, ein- oder zweimal unter Hunderten. Junge, kräftige Kerle. Ich bin achtundfünfzig! Aber ich muß hier weg. Bevor der Mörder neu laden kann. Ich kenne niemanden, der mein Feind sein könnte. Wer also, um Gottes willen? Wer will, daß ich sterbe? Bob? Um zu erben? Es wäre möglich. Mein Gott, wie ich blute. Ein Taschentuch – ich habe kein verdammtes Taschentuch – keines eingesteckt, kann es nicht in die Wunde stopfen. Die Hemdzipfel! Das geht! Ich muß hier weg. Bevor der Schmerz wirklich einsetzt. Bevor ich verblute. Wohin? Dorthin, wo Ash und das Mädchen sind. Es ist nicht mehr weit. Vielleicht bringt sie das zur Besinnung. Vielleicht hören sie auf.

Er gab Caliph die Sporen. Der Rappe machte einen Satz und fiel in Galopp. Wallace Bibbs klammerte sich verzweifelt an ihm fest.

»O Gott!« flüsterte Jonas. »Ich habe ihn verfehlt. Ich habe ihn auf diese Entfernung verfehlt! Oder ich habe ihn nur angeschossen. Das ist egal. Ich muß die Büchse loswerden. Ich werde sie in den Sumpf werfen. Nein! Zum Teufel, nein! Ich brauche sie noch!«

»Ruth, Baby, Liebste«, schluchzte Ashton. »Verzeih mir. Aber ich konnte dir nicht widerstehen. Jetzt sieh dir das an – das ganze Bett voller Blut.«

»Ich habe mich für dich aufgehoben, Ash, für den Mann, den ich liebe. Und Ash –«

»Ja, Liebste?«

»Es tut wirklich nicht mehr weh. Jedenfalls nicht mehr sehr. Wenn du sehr vorsichtig, sehr zart bist –«

»Ruth!«

»Ach, sei nicht so entrüstet. Ich liebe dich. Und das gehört doch zur Liebe, nicht wahr? Ist das Wichtigste daran. Deshalb möchte ich, daß du mich immer wieder liebst. Immer, immer wieder. Ich will, daß du nie mehr aufhörst.«

»Ruth – Baby –«

Sie richtete sich auf, fand seinen Mund.

Vor der Tür tänzelte, schnaubte und wieherte Caliph. Sie hörten ihn nicht.

Sehr langsam und ruhig, mit unendlicher Würde, neigte Captain Wallace Bibbs den Kopf, gab der Schwäche und dem Schmerz nach, glitt seitlich aus dem Sattel und fiel schwer in die Pfützen und den Schlamm vor der Tür. Er lag beinahe unter den Hufen des Pferdes, der Regen rieselte sanft auf sein Gesicht. Sie hörten auch nicht den dumpfen Aufprall seines Körpers auf der Erde.

Und auch nicht den zweiten Schuß.

»Wes«, murmelte Phoebe, »Wes –«

»Nein«, knurrte Wes mit gespieltem Zorn. »Was ist mit dir los,

Freitag-Mädchen? Willst du gleich in der ersten Nacht Witwe werden? Ich bin mächtig alt, kleiner Vogel, wenn du so weitermachst, werde ich nicht mehr lange durchhalten.«

»Ich habe dir ja gesagt, daß ich dich bei lebendigem Leib verbrennen werde«, kicherte sie, »und dabei habe ich noch gar nicht richtig angefangen. Es ist noch mächtig viel von dir übrig, scheint mir – also komm schon.«

»Komm schon – wozu?« neckte er sie.

»Du weißt es doch.« Phoebe versteckte ihr Gesicht an seinem Hals.

»Ich weiß gar nichts, du mußt es mir schon sagen.«

»Ach, Wes, du weißt, daß ich dumm bin. Ich weiß einfach nicht, wie man es richtig und schön sagt. Wenn ich die Leute darüber sprechen gehört habe, wie sie über einen Mann und eine Frau geredet haben –«

»Über einen Mann und *seine* Frau, Phoebe.«

»Ja, das stimmt. Ich bin deine Frau. Gott, wie gut das klingt.«

»Es tut auch gut, nicht wahr, kleiner Otutu-Vogel?«

Sie blinzelte ihn verstohlen an.

»Ich kann das nicht sagen. Überhaupt nicht. Meine Seele ist einfach ohnmächtig geworden. O Wes, bitte!«

»Bitte was?«

»Du weißt es doch. Wie kannst du mich nur so quälen?«

»Ich will dich nicht quälen. Ich will nur, daß du es sagst.«

»Das ist es ja eben. Ich weiß nicht, wie man es sagt. Wes, alle Wörter, die ich dafür kenne, sind grobe Niggerwörter. Schmutzige, gemeine Wörter. Und das ist es nicht. Überhaupt nicht. Mit dir ist es mächtig fein. So langsam und süß und zärtlich. Als würden wir beten. Als würde mein Körper eine Hymne singen, zusammen mit deinem, wie etwas Heiliges.«

Tränen brannten in seinen Augen. Sie hatte sich wunderbar ausgedrückt. Wunderschön. Denn es war ein *Attoh.* Ein rituelles Opfer. Die Verehrung des Lebens, der Liebe, des Partners.

»Wes«, flüsterte sie, »wie sagt man es mit dem Körper? Ich meine, wie kann ich sagen, daß ich solche Sehnsucht nach dir habe, daß es weh tut? Daß mein Körper sich nach deinem Körper sehnt, nach deinem Körper auf mir, der – die Nacht entzündet und die Sterne vom Himmel holt. Wie kann ein Mädchen so etwas sagen?«

»Du hast es gerade gesagt«, flüsterte er und küßte sie. Sie liebten einander wieder. Sie wußten nicht, daß es das letzte Mal in ihrem Leben war.

Der Schuß, den Jonas auf Captain Wally abfeuerte, weckte sie aus friedlichem Schlummer.

»Wes!« sagte Phoebe, »das war ein Gewehr. Du weißt, was Fred Hoskins gesagt hat – daß Jonas sein Gewehr gestohlen hat.«

»Er glaubt, daß es Jonas war. Er weiß es nicht sicher, Phoebe. Außerdem wird Jonas mit oder ohne Gewehr nicht so leicht mit mir fertig. Deshalb vergiß ihn, ja? Komm, gib mir einen Kuß, und –«

»Wes, du hast doch gesagt, daß du müde bist. Du hast gesagt, daß du nicht mehr kannst.«

»Na ja, inzwischen habe ich mich eben erholt.«

»Wes, Liebling, ich – ich kann nicht. Ich bin zu wund. Du warst der erste, weißt du. Der allererste.«

»Bist du ganz sicher, Phoebe?« neckte er sie.

»O Wes! Willst du damit sagen, daß du es nicht gemerkt hast?«

»Doch, Phoebe, ich habe es gemerkt. Ich war nur darüber erstaunt, daß du nicht gejammert und nicht geweint hast. Beim ersten Mal tut es ja schrecklich weh, nicht wahr?«

»Das stimmt schon, aber Tante Sukey hat mir gesagt, daß es zuerst weh tun wird. Und daß es zwei oder drei Tage später einfach herrlich sein wird. Deshalb habe ich mir gesagt: Ich werde meinem Mann die Nacht nicht verderben, indem ich weine und jammere. Ich werde die Zähne zusammenbeißen und es durchstehen. Aber sie hat nicht recht gehabt, die Tante Sukey. Es hat schon weh getan. Aber sogar beim ersten Mal war es herrlich, trotz Schmerzen. Wie du dann das Feuerwerk in mir angezündet hast, so daß meine Seele ohnmächtig geworden ist, habe ich den Schmerz überhaupt vergessen. Ich habe mich erst daran erinnert, wie ich aufgewacht bin und bemerkt habe, wie verdammt wund ich bin. Wes, ich werde ja nicht lange wund bleiben, nicht wahr?«

»Höchstens zwei oder drei Tage. Während dieser Zeit werden wir es nicht tun.«

»O Wes!«

»Du wirst nicht daran sterben, und mir wird die Ruhe guttun. Aber was, in *Legbas* Namen, ist das?«

Seine scharfen Ohren hatten das leise Geräusch vernommen, das ein brechender Zweig in zwanzig Meter Entfernung verursachte. Er sprang aus dem Bett, lief zur Tür und riß sie auf.

Was ein Fehler war. Vor dem Schein des Feuers hob sich seine mächtige Gestalt deutlich ab. Aus einer Entfernung von zwanzig Metern konnte Jonas mit dem phantastischen Gewehr einfach nicht danebenschießen.

Wes fühlte den brennenden Schmerz. Er fühlte, wie das Leben aus seinem Körper strömte. Er war viel schwerer verletzt als Captain Wally, hatte aber dennoch etwas mehr Glück. Die Kugel durchschlug seinen Körper und trat am Rücken wieder aus. Sie verletzte einen beinahe leeren Magen, weil er – in seine Liebe versunken – nicht imstande gewesen war, auch nur einen Bissen vom Hochzeitsmahl zu essen. Deshalb stiegen dank seiner Liebe seine Überlebenschancen; aus einem vollen Magen wären Speisereste in die Bauchhöhle ausgetreten, so daß der Wundbrand viel rascher eingesetzt hätte. Außerdem hatte die Kugel keinen Knochen getroffen, so daß Einschuß und Ausschuß klein und sauber waren. Der Aufprall war jedoch frontal erfolgt, wodurch sich der Schock verstärkte. Wes fühlte, wie ihn trotz seiner Größe und Kraft, trotz der gellenden Schreie Phoebes, das Bewußtsein verließ.

Als er aus der Ohnmacht erwachte, lag er auf dem Fußboden. Der eisige Regen, den ihm der Wind durch die offene Tür ins Gesicht trieb, hatte ihn zu sich kommen lassen. Beide Wunden bluteten immer noch. Niemand hatte ihn verbunden. Phoebe hatte ihm nicht geholfen, hatte nicht versucht, ihn zu retten.

Das sah Phoebe gar nicht ähnlich. Dann fiel ihm ein, wie weichherzig, wie ängstlich, wie schüchtern sie war.

Sicher ist sie ohnmächtig, dachte er dumpf. Mit einer ungeheuren Anstrengung hob er den Kopf und sah, daß sie nicht da war.

»Mein Gott«, stöhnte er laut. »Der verrückte, mörderische Nigger. Ich muß aufstehen. Sie retten. Weil dieser häßliche

Scheißkerl keine Frau mehr gehabt hat, seit sie ihm das Ohr abgeschnitten haben, ist er schon bis oben voll mit Samen.«

Wes' Zauberkräfte konnten jedoch körperliche Tatsachen nicht ändern; sie beschränkten sich darauf, den Willen und die Gefühle zu beeinflussen. Leider war es brutale Wirklichkeit, daß eine Kugel seinen Körper durchschlagen hatte und daß ihn mit jeder Sekunde das Leben und die Kräfte immer mehr verließen.

Seine Verzweiflung war so groß, daß er es schaffte, sich auf den Knien aufzurichten, bevor ihn der durch den schweren Blutverlust hervorgerufene Schwindel wieder zu Boden warf. Daraufhin beschränkte er sich darauf, Zentimeter um Zentimeter zum Bett zu kriechen. Dort zog er das Laken herunter, zerriß es zwischen seinen kräftigen Zähnen zu kleinen Stücken, die er in die Wunden stopfte. Dann wickelte er mühsam die Decken um seinen nackten Körper, weil seine Zähne klapperten und er wußte, daß die Kälte für ihn tödlich war. Dabei fiel sein Blick auf die Überreste des Lakens, und er sah die Blutflecken darauf.

Wir hätten das Hochzeitslaken ihrem ehrwürdigen Vater zeigen können, dachte er. Die Erinnerung an den alten, überlieferten Brauch in Dahomey, durch den das Mädchen in der Hochzeitsnacht beweist, daß es sich seine Unschuld bewahrt hat, erweckte seinen Lebenswillen neu. Seine Augen leuchteten auf.

»Von allen großen *Vudun* rufe ich dich an, *Chaunu*. Denn ist es nicht deine Aufgabe, jene zu bestrafen, die das *Su-du-du* über die körperlichen Beziehungen zwischen Männern und Frauen brechen? Ist nicht, nach dem Inzest, der Ehebruch unser zweitwichtigstes sexuelles Tabu? Auch der erzwungene Ehebruch, die Vergewaltigung der Ehefrau eines anderen. Ich bitte dich, deinen Fluch auf ihn zu legen, auf den schwarzen Mann namens Jonas, der durch seine Handlungen die auszeichnende, heilige Farbe seines Körpers entweiht. Nimm ihm seine Manneskraft, o großer Gott *Chaunu*. Mache ihn impotent, o mächtiger *Vudun*, ›Halte das Ding zurück‹.«

Er lag schwitzend, blutend, sterbend auf dem Fußboden, aber er konzentrierte sich mit schrecklicher Kraft und sandte sein unsichtbares Heer von Geistern hinter Jonas her. Als seine drei mächtigen Seelen ihn verlassen hatten, um sein Gebot zu erfüllen, erlosch das

Licht hinter seinen Augen, und er versank für einige Zeit in einen dem Tod ähnlichen Zustand.

Dadurch hatte er tragischerweise nicht die Möglichkeit, in dieser entscheidenden Stunde Phoebe oder sich selbst vor einem Feind zu schützen, der wesentlich gefährlicher war als Jonas. Seine soziale Stellung verlieh ihm nämlich beinahe unumschränkte Macht über das Leben der beiden Sklaven. Infolge eines Versehens ging dieser Feind also zunächst straffrei aus, nur weil Wes in seiner Angst um Phoebe, in seinem Bestreben, sie zu schützen, ihn einfach vergessen hatte. Das Vergessen war um so leichter zu erklären, als Wes diesen Feind als Person und als Mann so gering schätzte, daß er ihn für gewöhnlich völlig ignorierte.

Von allen Fehlern, die er in seinem Leben beging, war dies der schwerste, mit den schlimmsten Folgen. In Dahomey lautet ein Sprichwort: »Der Skorpion ist klein und schwach, aber sein Gift tötet!«

Als Beau Bob den zweiten Schuß hörte, war er den Sklavenhütten auf Rosebriar bereits so nahe, daß er das Aufblitzen von Jonas' gestohlenem Gewehr sah. Weil danach fünf Sekunden vergingen, bis er den Knall hörte, schätzte er, daß die Entfernung eine Meile betrug.

Er hatte es nicht eilig, diese Distanz zurückzulegen, sondern hielt zitternd sein Pferd an. Er war alles andere als tapfer, und er wußte es. Dann fiel ihm ein, daß ein Schuß bei den Sklavenhütten nur bedeuten konnte, daß ein Nigger einen anderen Nigger umbrachte. Das war zwar sehr bedauerlich, weil es seinen Vater und damit auch ihn Geld kostete, aber nicht weiter von Bedeutung.

Erst geraume Zeit danach – er hatte sehr viel Alkohol genossen – fiel Beau Bob Bibbs ein, wer der Mörder war und wer sein Opfer sein mußte.

Natürlich Jonas, dachte er. Er versucht es noch einmal, der schwarze, mordlustige Esel. Nicht einmal das Auspeitschen und der Verlust seines dreckigen Ohres haben ihn zur Vernunft gebracht.

Dann grinste er. Ich wünsche diesem breitmäuligen Dreckskerl

Glück. Denn mit Jonas werde ich fertig. Mit Wes nicht. Auch Ash und Pa schaffen es nicht. Wenn also der alte Jonas diesen großen, schwarzen Voodoo-Mann ins Jenseits befördert, um so besser. Abgesehen von dem Gerede über ihn und Pam bedeutet es, daß ich die kleine Phoebe von ihm übernehmen kann. Da fällt mir ein – falls Jonas Wes getötet hat, wird er sie aus der Hütte zerren und sie todsicher vergewaltigen, das schwarze Schwein.

Er griff unter die linke Achsel und zog seinen Derringer heraus. Es war ein 0,41-Modell, zweiläufig und nur zwölf Zentimeter lang. Ein reichlich kleiner Revolver für einen Nigger, der so groß und kräftig ist wie Jonas, dachte Bob, und noch dazu nur zwei Schuß.

Dennoch war es die einzige Faustfeuerwaffe, die er für gewöhnlich bei sich trug, weil alle anderen um das Jahr 1850 hergestellten Schießeisen zu groß und zu schwer waren, als daß man sie unter einem gutsitzenden Frack im Schulterhalfter tragen konnte. Bob war ein Dandy. Er verzichtete um der Eleganz willen gern auf eine stärkere Waffe. Immerhin war er mit der kleinen Pistole gelegentlich empörten Vätern, Brüdern, Ehemännern, Verlobten gegenüber im Vorteil, wenn sie ihm mit gutem Grund an den Kragen wollten.

Jetzt grinste er wieder. Ich habe es nicht eilig. Ich werde den Kerl überraschen, sobald er auf ihr bockt. Wenn ich sie kriege, wird sie also schon ein wenig abgenützt sein und nach dem Nigger stinken. Spielt keine Rolle. Ein gut geschmiertes Loch macht die Sache leichter. Plantagennigger haben selten Tripper oder Syphilis, die sie auf ein Mädchen übertragen. Jedesmal, wenn es mich erwischt hat, war irgendein weißes Mädchen in einem Bordell schuld.

Er ließ sein Pferd in Schritt fallen, denn er hatte es nicht eilig. Was jetzt mit der armen Phoebe geschah, interessierte ihn nicht. Er hatte absolut nicht die Absicht, sie vor einer Vergewaltigung zu retten.

Phoebe hatte geschrien, Jonas das Gesicht, den Hals und die Brust zerkratzt, ihn in den Bauch geboxt, auf seinen Kopf getrommelt, ihn mit Ellbogen und Knien abgewehrt, bis er sie durch einen brutalen Hieb auf das Kinn bewußtlos schlug. Sonst war noch nichts geschehen.

In diesem Augenblick lag Phoebe splitternackt auf Jonas' Bett. Ihre schlanken Beine waren weit gespreizt.

Jonas stand zwischen ihnen und zerrte wild an seinem schlaffen, unbeteiligt herunterhängenden Glied.

»O Gott«, weinte er. »Ich werde dich abschneiden, verdammt. Ich werde dich mit dem Rasiermesser abschneiden und an die Schweine verfüttern. Gott verdamm dich! Noch nie hast du mich so im Stich gelassen. Ich habe die Mädchen immer die ganze Nacht lang vögeln können – am Morgen waren sie dann so fertig, daß sie nicht einmal mehr gehen konnten. Und jetzt das! Vor dir liegt Phoebe, du verdammtes, baumelndes, nichtsnutziges Stück. Ich habe sie, und du wirst nicht einmal hart, so daß ich –«

Er unterbrach sich. Aus der Ecke, aus der Dunkelheit, starrten ihn Augen an.

»Wer bist du?« flüsterte er.

Dann sah er andere Augen. Hunderte von Augen. Die ihn von überall fixierten.

»O Gott!« stöhnte er.

Wes Parks – *drei* Wes Parks, bei Gott – schwebten aus dem Nichts heran. Die Augen waren weiße Höhlen, die Pupillen unsichtbar, über die Bäuche floß Blut. Sie glitten schweigend und drohend auf ihn zu, gefolgt von – den drei alten Großvater-Geistern, die ihn zu Thanksgiving zusammengeschlagen hatten. Und von Wesen mit zwei Köpfen oder drei Beinen, oder einem Auge mitten im Gesicht. Schwarzen, scheußlichen Wesen. Niggermonstern.

Dann drängten sich andere Schemen, Geister, schwarze, schreckliche Götter aus Afrika um ihn. Sie waren zahlreicher als die Sandkörner am Strand von Biloxi, und sie kamen immer näher. Sie stanken nach Friedhofserde, Würmern, verfaultem Fleisch.

Er schrie schrill auf und stürzte in die Nacht hinaus.

Daher hatte Beau Bob zu Beginn überhaupt keine Schwierigkeiten. Das einzige kleine Hindernis waren die Alkoholika, die er konsumiert hatte und die den Erfolg seiner Bemühungen so lange hinauszögerten, daß sie aufwachte, bevor er fertig war.

Sie wehrte sich nicht. Sie blieb regungslos liegen und ließ ihn gewähren, während ihr die Tränen über die Wangen flossen.

Es war schrecklich. Es war weniger als Masturbation und zugleich mehr. Weniger in dem Sinn, daß es weniger befriedigend war, daß der Orgasmus, den er endlich erreichte, rein mechanisch war und keinerlei Gefühle in ihm weckte; und mehr, weil es in ihm Selbstverachtung und Scham hervorrief, denn er war ja doch der Sohn seines Vaters und hatte auch dessen gute Eigenschaften geerbt.«

Er erhob sich, brachte seine Kleidung in Ordnung und sah sie an.

Sie weinte.

Noch nie im Leben hatte Beau Bob jemanden so weinen gesehen. Dreißig Sekunden später war er sicher, daß er es auch kein zweites Mal mehr erleben wollte.

»Hör doch auf!« knirschte er. »Verdammtes Niggerweib, weshalb weinst du so? Ich habe dir einen Gefallen getan. Wie viele schmierige Feldsklavinnen –«

In diesem Augenblick kam Jonas zurück. Jonas war keineswegs dumm. Er erfaßte die Situation mit einem Blick.

»Sie haben sie also ausgenützt, Massa Bob?« fragte er ruhig. »Meine Phoebe. Sie gehört mir, weil Wes nicht mehr zählt. Ich habe ihn umgebracht, so wie ich Ihren Pa umgebracht habe.«

»Großer Gott!« sagte Beau.

»Deshalb sind Sie der nächste. Ein Mann, der meine Frau mißbraucht, darf nicht weiterleben. Gleich, ob er weiß oder schwarz ist. Vielleicht sterbe ich dafür, denn auch wenn ich meine Phoebe nehme und davonlaufe, komme ich nicht weit. Das macht mir nichts. Ich werde glücklich sterben, weil ich weiß, daß der weiße Hundesohn, den sogar sein eigener Pa nicht leiden konnte, das bekommen hat, was er verdient.«

Er ging langsam auf Bob zu, und seine riesigen schwarzen Hände bogen sich zu mörderischen Krallen, die nach Bobs Hals griffen.

Bob zog rasch und sicher den Derringer. Schoß den großen Jonas mitten in den Bauch. Der wurde nicht einmal langsamer. Er kam immer näher.

Bob schoß noch einmal. Die Kugel durchschlug Jonas' linkes Auge, verwandelte es in eine blutige Masse und blieb dann in seinem Gehirn stecken. Er fiel um wie ein gefällter Stier und war tot, ehe er auf den Boden schlug.

Bob kämpfte gegen die Wellen von Übelkeit an, die in ihm aufstiegen. Er fühlte Phoebes Blicke auf seinem Rücken. Sie verbrannten sein Fleisch, drangen durch bis auf die Knochen.

»Er hat meinen Pa getötet«, stammelte er schließlich. »Er hat deinen Wes getötet.«

»Ich weiß. Ich habe gehört, was er gesagt hat. Massa Bob –«

»Ja?«

»Haben Sie noch eine Kugel in Ihrer Pistole? Weil ich Sie dann sehr demütig bitten möchte, eine für mich zu verwenden. Erlösen Sie mich von meinem Elend, Sir. Sie würden es für ein Pferd mit einem gebrochenen Bein tun, und ich bin ein menschliches Wesen.«

»Jetzt hör mal, Phoebe –«

»Ich habe nichts mehr, wofür ich leben möchte, Massa Bob. Überhaupt nichts. Mein Wes ist tot. Jonas hat ihn umgebracht. Und Sie haben mich genommen, als wäre ich eine Hure. Ich kann mir nie wieder ins Gesicht sehen. Ich kann nie mehr beim Waschen oder Zähneputzen in einen Spiegel schauen, weil ich das Gesicht von einer armen Hure vor mir haben würde. Sie haben solche Schande über mich gebracht, daß ich kein Recht mehr habe zu leben. Ohne meinen Wes will ich auch gar nicht weiterleben. Ich kann nicht mit soviel Schande leben.«

»Phoebe –«

»Ich habe Gott versprochen, daß ich meinem Mann treu sein werde. Daß ich auf alle anderen verzichte. Ich wollte mein Wort halten. Aber ein dreckiger schwarzer Bastard wie Jonas hat es mich nicht halten lassen, und ein dreckiger weißer Taugenichts wie Sie hat mich wirklich in die Schande gebracht. Deshalb ist es besser für mich, wenn ich tot bin. Bitte, Massa Bob, setzen Sie den Lauf an meinen Kopf an, so daß Sie nicht danebenschießen können, und –

»Nein! Verdammt, Phoebe, nein!«

»Dann werde ich es morgen selbst tun. Mit dem Rasiermesser von meinem Wes. Oder mit dem Küchenmesser. Niemand kann mich hindern. Bitte drehen Sie mir jetzt den Rücken zu, ja?«

»Dir den Rücken zudrehen?«

»Ja, Sir, ich muß aufstehen. Ich muß mich um meinen armen Wes kümmern, ihn für das Begräbnis zurechtmachen. Aber ich bin nackt. Drehen Sie mir deshalb bitte den Rücken zu, während ich mich in die Decke wickle, auch wenn sie dreckig ist und stinkt. Bitte, Massa Bob.«

Er drehte sich um. Die Scham, die er empfand, der Selbsthaß waren die schlimmsten Gefühle, die er je erlebt hatte.

Und auch die edelsten. Ein Jammer, daß sie nicht von Dauer waren.

Im ersten Morgengrauen verließen Ashton Bibbs und Ruth Collins das Jagdhaus. Es regnete nicht mehr, aber schwere Wolken trieben immer noch über den dunklen Himmel.

»Wirst du sie fragen, Ash?« flüsterte Ruth. »Heutzutage lassen sich immer mehr Menschen scheiden. Du kannst ritterlich sein, eine Prostituierte bezahlen, damit sie sich mit dir erwischen läßt und als Scheidungsgrund angegeben wird.«

Ash antwortete nicht. Er war nicht dazu imstande. Er starrte die zusammengesunkene Gestalt auf dem Boden an, öffnete den Mund, seine Lippen formten das Wort »Pa«, aber kein Laut wurde hörbar.

Er versuchte es noch einmal, mit halberstickter Stimme. Die Worte klangen rauh. »Pa! O mein Gott! Pa!«

Er fiel auf die Knie, drückte den grauen Kopf an sich. Seine Tränen fielen brennend heiß auf das bläuliche Gesicht.

Wallace Bibbs schlug die Augen auf, sein Blick wurde einen Augenblick lang klar.

»Ash«, krächzte er, »Ash.«

Dann wurde er wieder ohnmächtig.

»O Ash, Liebling, was sollen wir nur tun?« jammerte Ruth.

Ash sah sie an. In diesem Augenblick war er ganz der Sohn seines Vaters, kalt und hart und rechtschaffen.

»Du gehst nach Hause, Ruth«, sagte er langsam. »Allein. Ich hoffe, du wirst dich an den Gedanken gewöhnen können, daß ich auf deine Initiative, deinen Wunsch hin mit dir Ehebrauch getrieben habe, während mein Vater sterbend draußen im Regen lag. Nach der Blutlache zu urteilen, die halbe Nacht lang. Geh nach

Hause, denk darüber nach. Erinnere dich daran, daß du ein schamloses kleines Weibsstück bist, das den besten Mann, den wir beide kennen, das Leben gekostet hat. Bete zum Allmächtigen, er möge dir vergeben, denn ich werde es niemals tun. Weder dir noch mir selbst. Du hast mich verstanden, geh jetzt.«

»Ash«, stöhnte sie, »o Ash!«

Er blickte sie an und erkannte, wie gebrochen sie war. Deshalb schrie er sie an, bevor ihn das Mitleid überwältigte:

»Du hast mich doch verstanden, Hure! Geh nach Hause!«

24

Pamela Ingraham saß in einem weichen, goldfarbenen Morgenmantel am Frühstückstisch und war über Nacht schön geworden – das fand jedenfalls Tcl. Ihr Gesicht glühte, das weiche, hellbraune Haar umrahmte es wie ein Heiligenschein. Um ihre deutlich geschwollenen, aufgebissenen Lippen lag ein leises Lächeln.

Als Tolbert ihrem Blick begegnete, senkte er die Lider. Er war in diesem Augenblick sehr verwirrt. Ich liebe sie, sagte er sich, ich liebe sie wirklich, aber –

Aber trotz seiner intellektuellen Rebellion gegen die Sitten seiner Zeit war er doch in seinen Gefühlen ihr Produkt. Seit Jahren hatte er sich selbst und Freunden wie Ashton Bibbs, die vorurteilsfrei dachten und denen er vertrauen konnte, vorgeredet, daß er sich eine freigeistige Frau wünschte, die keine Heuchelei kannte, über einen glänzenden Geist und ein warmes Herz verfügte, leidenschaftlich und sinnlich war, fähig, Liebe zu schenken und zu empfangen.

Jetzt hatte er sie gefunden. Sie saß ihm gegenüber.

Er betrachtete sie, studierte sie und erinnerte sich an jedes Detail dieser Weihnachtsnacht. Wir haben nicht die Geburt des Heilands gefeiert, sondern die des Satans. Denn wenn je eine schwarze Messe öffentlich abgehalten wurde, dann haben es gestern meine Pam und Cecilie Bibbs mit Unterstützung des *Advocatus Diaboli* Wes getan. Ich habe meine vollkommene Partnerin gefunden. Nur

– mag ich das, was ich gefunden habe? Mag ich es wirklich? Sie ist erschreckend verderbt, beinahe verkommen.

Plötzlich mußte er an die Praktik denken, die sie angewendet hatte, um seine ersterbende Glut und sein schlaffes Glied wieder anzustacheln, und die er für reine Perversion hielt. Tiefe Röte stieg in sein dunkles, hageres Gesicht. Ich bin doch ein echtes Kind des Viktorianischen Zeitalters.

Als sie die Schamröte entdeckte, warf Pamela den Kopf zurück und lachte laut, fröhlich und ungezwungen.

»Ich habe dir ja gesagt, daß ich im Grunde meines Herzens eine Hure bin.«

»Nein, denn Huren, meine Liebe, sind *dabei* nicht sehr gut, während du es bist. Bezeichne dich deshalb nicht als Hure. Du bist keine, sondern vielleicht etwas Schlimmeres.«

»Etwas Schlimmeres?« fragte sie spöttisch. Ihre Stimme schnurrte förmlich vor Vergnügen und Befriedigung. »Schlimmer als eine Hure? Was bin ich denn, Tol?«

»Circe, denn du verwandelst Männer in Schweine.«

Sie lachte noch fröhlicher. Griff über den Frühstückstisch hinweg nach seiner Hand.

»Ich habe dich erschreckt, Liebster, nicht wahr? Den vornehmen Gentleman aus den Südstaaten, der es nicht mag, wenn er seinen Meister findet. Eine Frau, die ihm auf seinem ureigensten Gebiet überlegen ist.«

»Du warst mir vergangene Nacht reichlich oft überlegen.«

»War es falsch? Hat es dir keinen Spaß gemacht?«

»O doch. So sehr, daß ich fürchte, meine unsterbliche Seele dabei verloren zu haben.«

Ihre Augen wurden plötzlich dunkel. Alle Freude verschwand aus ihnen. Ihre Finger krampften sich schmerzhaft um sein Handgelenk.

»Tol, ich habe dich verloren, nicht wahr? Ich stoße dich ab, weil ich mich so gegeben habe, wie ich bin. Weil ich dumm genug war zu glauben, daß ich den richtigen Gefährten gefunden habe, den einzigen Mann ohne männliche Vorurteile, der mich so akzeptiert, so liebt, wie ich bin.«

»Ich liebe dich, ich liebe dich wirklich. Nur –«

»Nur – ich bin entsetzlich pervers, nicht wahr? Das habe ich immer schon gewußt. Das kannst du mir nicht vergeben, nicht wahr, Liebster? Du kannst nicht vergeben, daß ich absolut liebe, wenn ich liebe. Daß ich den Geliebten anbete. Ich liebe dich. Deshalb ist für mich alles an dir süß.«

»Verzeih mir, Pam. Ich bin ein gefühlloser Rohling. Ein Scheusal.«

Sie sah ihn an und versuchte nicht, die Tränen zu verbergen, die in ihre klaren Augen getreten waren und jetzt über ihre Wangen flossen.

»Du warst vergangene Nacht gelegentlich ziemlich brutal.«

»Ich weiß, Pam, es tut mir leid. Ich bitte dich dafür um Entschuldigung. Ich weiß nicht, was in mich gefahren ist. Ich verspreche dir, daß ich nie wieder –«

»Nein! Hast du nicht bemerkt, daß ich es genossen habe? Verstehst du denn überhaupt nichts von uns Frauen, mein armer Liebling?«

»Nur sehr wenig. Und von Frauen wie dir überhaupt nichts. Das heißt, falls es überhaupt noch eine Frau gibt, die so ist wie du.«

»Ich hoffe, es gibt keine. Tol – schieb deinen Stuhl zurück. Weg vom Tisch.«

»Ich soll meinen Stuhl zurückschieben?«

»Ja. Ich möchte vor dir niederknien. Ich möchte um mein Leben bitten. Ich möchte dich anflehen, mich nicht zu verlassen. Mich nicht wieder der Dunkelheit und der Kälte preiszugeben. Dem Hunger, Tol. Denn das war letzte Nacht das, was dich vor allem an mir gestört hat. Jahre des Hungers – Hunger nach ein bißchen Zärtlichkeit, Wärme, nach ein wenig – nein, ich will nicht lügen –, nach viel großer, echter Leidenschaft. Ich verspreche dir, Tol, in Zukunft – falls es noch eine Zukunft gibt – zurückhaltender zu sein. Ich kann mich zwar nicht sehr gut wie eine zimperliche Südstaatlerin benehmen, aber wenn du es haben willst –«

»Nein, mein Gott, nein. Pam, sieh mich an. Sieh mir in die Augen. Du findest meine Seele in ihnen. Das heißt, jetzt gehört sie dir, wie alles übrige an mir. Dich verlassen? Mein Gott! Weißt du nicht, daß ich verrückt würde?«

Jetzt weinte auch er. Wie ein Jüngling, ein Dummkopf – oder

wie ein Mann, der spät und zum ersten Mal in seinem Leben liebt. Sie beugte sich über den Tisch und küßte ihn. Zärtlich und sanft und dann, übergangslos, hungrig, verzweifelt, leidenschaftlich. Sie zwang seine Lippen auseinander, küßte ihn mit offenem Mund, heiß, feucht, fordernd, bis er wußte, daß er es keinen Augenblick länger ertragen konnte und sie entschieden von sich schob.

Im selben Augenblick sah er aus den Augenwinkeln die kleine Deirdre, die im Türrahmen stand und mit großen Augen Pamela und ihn beobachtete.

»O Gott! Nicht schon wieder!« weinte Pam.

»Pamela«, stöhnte er, »bitte, sei nicht –«

»Morgen, Mammy, Morgen, Anwalt Weatherbee«, sagte Deirdre.

»Hallo, Baby«, flüsterte Tol.

»Wo ist er?« wollte Deirdre wissen. »Habt ihr ihn noch nicht fertig?«

»Wen haben wir noch nicht fertig, Liebling?« fragte Pam, die mühsam um Selbstbeherrschung rang.

»Meinen kleinen Bruder. Martha hat gesagt, ihr habt letzte Nacht einen gemacht. Wo ist er? Kann ich ihn sehen?«

Pamela stützte sich mit beiden Händen auf den Tisch und schüttelte den Kopf, so daß ihre Tränen über das Tischtuch sprühten.

»Mama«, jammerte Deirdre. »Du weinst ja. O Mama!«

Pamela beugte sich hinunter, hob sie hoch und drückte sie krampfhaft an sich.

»Es ist schon in Ordnung, Liebling.«

»Wein nicht, Mama, ich habe dich lieb, und ich habe Anwalt Weatherbee auch lieb. Martha hat gesagt, daß er mein neuer Papa sein wird.«

»Die verdammte Martha!« knirschte Pamela.

»Mama!«

»Es tut mir leid, Kleines. Hast du schon gefrühstückt?«

»Ja, Mama. Hat mein kleiner Burder schon gefrühstückt? Ißt er viel, Mama? Ich möchte sehen, wie er ißt. Er muß mächtig klein sein, nicht wahr?«

»Deirdre, hör mir mal gut zu. Man kann einen kleinen Bruder nicht in einer Nacht machen. Es dauert viel länger, Liebling.«

»Wie lange?«

»Etwa neun Monate, nachdem man den Anfang gemacht hat. Aber die Schwierigkeit ist, daß man nicht sicher sein kann, daß man wirklich damit begonnen hat. Erst zwei oder drei Wochen nach der Nacht, in der man es zum ersten Mal versucht hat, weiß man es.«

Tol grinste sie an, schüttelte wie ein siegreicher Boxer die Hände über dem Kopf und sagte inbrünstig:

»Ich hoffe es so sehr, Pam. Ich hoffe es von ganzem Herzen.«

»Was hoffen Sie so sehr, Anwalt Weatherbee?« fragte Deirdre.

»Daß der Storch unseren Brief bekommen hat, in dem wir ihn bitten, dir einen kleinen Bruder zu bringen.«

»Tolbert, bitte«, unterbrach ihn Pamela. »Ich habe nicht die Absicht, sie jemals zu belügen. Sie wird von Anfang an – im Rahmen ihres Begriffsvermögens – die Wahrheit über Liebe und Geburt erfahren. Deirdre, wie wär's, wenn du jetzt Anwalt Weatherbee und mich allein läßt, damit wir in Ruhe miteinander reden können? Denk nicht mehr an die Geschichte mit dem kleinen Bruder, ja? Ich meine, sprich nicht mit Martha oder sonst wem darüber. Wenn einer unterwegs ist, sage ich es dir rechtzeitig.«

»Gut, Mama.« Deirdre drückte ihrer Mutter einen nassen, schallenden Schmatz auf die Wange.

»Gib Anwalt Weatherbee auch einen Kuß, Deirdre, und dann laß uns allein.«

Nachdem das Kind gegangen war, sahen sie einander an und überdachten das neu aufgetauchte Problem.

»Tol, wir sind ausgemachte Dummköpfe gewesen. Du hast überhaupt keine Vorsichtsmaßnahmen getroffen, nicht wahr, Liebling?«

»Nein, denn nach meinen bisherigen Erfahrungen mit dir habe ich nicht damit gerechnet, so vom Glück begünstigt zu sein. Ich bin völlig unvorbereitet hierhergekommen. Aber mach dir deshalb keine Sorgen. Ich wäre begeistert. Ich wäre der glücklichste Mann der Welt!«

»Du Esel! Du süßer, liebenswerter Esel! Und du nennst dich einen Anwalt!«

»O Gott! Daran habe ich überhaupt nicht gedacht.«

»Dann denk jetzt darüber nach. Das Gesetz ist in diesem Punkt vollkommen klar: Ehebruch ist ein legitimer Grund für eine Scheidung, aber wenn beide Teile Ehebruch begangen haben, gibt es keine Scheidung. Habe ich recht?«

»Allerdings, Pam, du solltest Martha verkaufen. So weit von hier weg wie möglich. Selbstverständlich kann ein Nigger vor Gericht nicht gegen einen Weißen aussagen, aber –«

»Das muß sie gar nicht. Sie muß nur dafür sorgen, daß die Neuigkeit meinem lieben Ehemann zu Ohren kommt, denn dann läßt er uns Tag und Nacht von Privatdetektiven beobachten. Du hast ja die Absicht, weiterhin mit mir zu schlafen, nicht wahr, Liebster?«

»Natürlich, aber von nun an mit den üblichen Vorsichtsmaßnahmen. Verkaufe also Martha sofort.«

»Nein, Tol.«

»Um Himmels willen, Pam. Du mußt es tun. Begreifst du nicht?«

»Nein, Liebling, denn es ist schon viel zu spät. Ist dir nicht klar, daß Deirdre, nachdem ich sie vergangene Nacht aus unserem Schlafzimmer gejagt habe, schnurstracks in die ausgebreiteten Arme der lieben Martha gelaufen ist? Jetzt ist es elf Uhr vormittags, Liebster. Wir haben lange geschlafen. Wir waren verständlicherweise müde. Deshalb ist der einzige Nigger auf dieser Plantage, der noch nicht weiß, daß wir es vergangene Nacht miteinander getrieben haben, der alte Onkel Ben, und der auch nur deshalb, weil er stocktaub ist.«

»O Gott!«

»Ich müßte also schon alle meine Arbeitskräfte verkaufen – und dabei wissen wir gar nicht, ob wir beide vergangene Nacht die ganze Sache nicht schon rettungslos verfahren haben.«

»Falls wir es getan haben – was dann, Pam?«

»Dann müssen wir fort von hier. Einzeln, nicht zur selben Zeit, damit Cecilia Bibbs' Zunge sich ein bißchen ausruhen kann. Ich werde Vater Wally bevollmächtigen, die Plantage zu verkaufen. Dann kommst du zu mir in mein Haus in Cambridge, in Massachusetts, und ich werde dich allen Nachbarn als meinen Mann vorstellen. Du suchst um Zulassung bei der Anwaltskammer von Massachusetts an, und wir beide lassen uns häuslich nieder, führen ein freudenreiches Leben der Sünde und produzieren eine ganze Schar kleiner Bastarde.«

»Klingt großartig. Aber wenn mein Schuß danebengegangen ist, was dann, Süße?«

»O Gott, wie zart du dich ausdrückst. Sobald ich weiß, daß du danebengeschossen hast, ersuche ich den Gerichtshof in Natchez um eine Scheidung von meinem geliebten Mann. Das würde allerdings bedeuten, daß du dieses Haus und mich absolut meiden mußt, bis das Scheidungsurteil ergangen ist. Ich werde blaß und leidend wirken, was mir nie schwergefallen ist, und mich von den Hausdienern dabei überraschen lassen, wie ich bittere Tränen vergieße. Das wird die Nigger, die so gern schlechte Nachrichten verbreiten, davon überzeugen, daß du mich sitzengelassen hast. Diese Neuigkeit wird die liebe Celie nur zu gerne weitererzählen.«

»Und inzwischen werde ich verrückt.«

»Ich auch. Das heißt, ich würde verrückt werden, wenn ich die Absicht hätte, auf deine Aufmerksamkeit zu verzichten. Die habe ich aber nicht. Tol, gibt es keinen Ort, wo wir einander tagsüber treffen und uns miteinander vergnügen können? Vielleicht in Natchez? Es könnten allerdings immer nur zwei oder drei Stunden sein, denn ich müßte, um den Schein zu wahren, vor Einbruch der Dunkelheit wieder zu Hause sein.«

»Pam, das ist unmöglich. Selbst wenn du ein Reitpferd oder Wagenpferde hast, die dreißig Meilen im Tag schaffen – denn so lang ist die Strecke nach Natchez und zurück –, würde es zu lange dauern. Du müßtest hier vor Tagesanbruch weg und kämst wegen des Zustandes, in dem sich die Straßen befinden, erst lange nach Mitternacht heim. Das geht nicht. Du würdest nur den allgemeinen Verdacht wecken.«

»Ach Gott! Gibt es nicht in Natchez eine sehr vornehme Pension, in der die Damen von den Plantagen absteigen, wenn sie einkaufen und über Nacht dort bleiben müssen?«

»Ja. Mrs. Connelleys Pension, Ecke Rankin und Jefferson Street. Aber dort könnte ich dich nie besuchen. Es ist das einzige Haus in

Natchez, in dem Damen ohne ihre Ehemänner übernachten können, weil sie wissen, daß ihr Ruf dort völlig ungefährdet ist. Nie gab es auch nur die Andeutung eines Skandals. Ist auch schwer möglich, weil Mrs. Connelley aufpaßt wie ein Schießhund.«

»Dann werde ich dort absteigen, wenn ich in die Stadt komme, nachdem ich dich vorher an einem anderen Ort getroffen habe. Gibt es denn gar keine Möglichkeit, Tol?«

»Ich hab's. Siehst du das Hemd, das ich trage? Das hat mir eine farbige Näherin angefertigt, übrigens die beste in der Stadt. Sie ist fett und geht auf die Fünfzig zu, sieht aber immer noch gut aus. Sie ist auch eine großartige Schneiderin. Alle Damen der Umgebung lassen bei ihr arbeiten und schwören auf ihre Kunst.«

»Dann verstehe ich aber nicht –«

»Warte! Nach dem Tod des Weißen, als dessen Geliebte sie in New Orleans gelebt hat, hat sie ein Absteigquartier geführt. Sie ist mit dem Geld, das er ihr hinterlassen hat, nach Natchez gezogen und hat ein ruhiges, sauberes, ordentliches Haus eröffnet, keineswegs ein Bordell, sondern ein diskreter Ort, an dem zwei Verliebte zusammenkommen konnten. Meist war einer der beiden verheiratet, manchmal sogar beide, allerdings nicht miteinander. Sie kam damit einem dringenden Bedürfnis nach, so daß ihr Geschäft blühte. Aber entweder sehnte sie sich nach Ehrbarkeit, oder sie hatte genug davon, andere glücklich zu machen, also verkaufte sie das Haus und heiratete. Einen gutaussehenden, kohlschwarzen Neger. Einen fleißigen, anständigen Menschen. Er besaß einen Mietstall auf der Commerce Street. Nur kam es leider so, wie es immer kommt, wenn ein Schwarzer eine Frau heiratet, die beinahe weiß ist.«

»Er wurde eifersüchtig?«

»Wahnsinnig und grundlos eifersüchtig. Ich glaube wirklich, daß sie ihm treu war. *Er* war es jedenfalls nicht. Er schlug sie jedesmal halbtot, wenn er getrunken hatte. Eines Nachts hielt sie es nicht mehr aus und erschoß ihn. Sie hat behauptet – und ich glaube ihr –, daß sie ihn nur erschrecken wollte, damit er aufhörte, sie blutig zu schlagen. Ich übernahm den Fall und erreichte einen Freispruch, was nicht schwierig war. Die

Geschworenen sprechen die Frauen immer frei, wenn sie so hell sind und der Ermordete so schwarz ist. Sie ist mir aber immer noch dankbar.«

»Deshalb werde ich mir also dort ein paar Kleider machen lassen?«

»Ja, Kleines. Während der Anproben klagst du über eine deiner häufigen Migränen, und sie bietet dir an, dich in ihrem Schlafzimmer im ersten Stock hinzulegen, bis es dir besser geht.«

»Wo du mich triffst?«

»Wo ich bereits ungeduldig wartend auf und ab gehe. Wie klingt das?«

»Wunderbar. Läßt du es mich wissen, wenn du alles arrangiert hast?«

»Betrachte es bereits als arrangiert. Wärst du mit Dienstag und Donnerstag einverstanden?«

»Großartig. Jetzt küß mich und reite nach Hause. Ich muß Verschiedenes erledigen.«

»Was denn, Geliebte?«

Ihr Gesicht verdüsterte sich. Der Ausdruck in ihren Augen jagte ihm Angst ein. Er hatte wieder das Gefühl, das er schon einige Male zuvor gehabt hatte, vor allem in der vergangenen Nacht: daß sie ihn benützte. Seinen Körper für ihr Vergnügen benützte. Und ihn als Menschen und Mann überhaupt nicht zur Kenntnis nahm.

Deshalb stellte er sich jetzt brutal die Frage: Ist diese Frau, die ich anbete, geistig völlig gesund?

»Was mußt du erledigen, Pam?« wiederholte er.

»Ich muß dieser schwarzen Hexe Martha Gottesfurcht beibringen!«

Als Tolbert gegangen war, läutete sie Martha, die durch den kaum unterdrückten Ausdruck von Triumph in ihren Augen ihr Schicksal besiegelte.

»Martha«, sagte Pamela, »letzte Nacht, oder eigentlich heute vormittag hast du die Frechheit gehabt –«

»Die was, Madam?«

»Du hast es gewagt, Deirdre, einem unschuldigen Kind gegenüber, eine Bemerkung über meine persönlichen Angelegenheiten zu machen. Darüber, was angeblich vergangene Nacht geschehen ist.«

Martha warf den Kopf zurück und lachte laut.

»Angeblich, Miss Pam? Man konnte Sie bis Natchez hören. Ich bin eine Frau, und ich sage nicht, daß ich nicht auch meinen Spaß gehabt habe. Aber ich will verdammt sein, wenn ich gewußt habe, daß eine weiße Frau, eine Dame, soviel Vergnügen am Ficken findet.«

Weiter kam sie nicht. Als Pam das abscheuliche, verpönte Wort vernahm, sauste ihre Hand in die Höhe. Sie schlug so heftig zu, daß die große Sklavin schwankte.

»Martha«, sagte Pamela mit eisiger Ruhe, »geh in den Stall. Warte dort auf mich. Inzwischen kannst du dich schon ausziehen. Bis auf die Haut, hast du verstanden?«

»O Gott, Miss Pam, Sie wollen mich peitschen?«

»Ich will dir beibringen, daß es dich sehr teuer zu stehen kommen kann, wenn du zu viel sprichst. Ich will sicher sein, daß du nie wieder –«

»Miss Pam, Sie wollen mich doch nicht zu Tode peitschen?«

»Vielleicht. Das hängt von dir ab, meine liebe Martha. Wenn ich sicher bin, daß du aufrichtig bereust und daß du wirklich fest entschlossen bist, nicht noch einmal diesen Fehler zu begehen, höre ich auf, aber nicht früher. Falls du zum Himmel – oder eher zur Hölle – fährst, bevor ich davon überzeugt bin, ist es eben dein Pech.«

»Miss Pam, es tut mir leid. Ich werde mir mein Maul nie wieder über Sie und Anwalt Weatherbee zerreißen. Von heute an bin ich taub und blind. Sie können es auf der Veranda treiben, wenn Sie wollen –«

Diesmal platzten Marthas Lippen unter Pamelas Schlag auf.

»Geh in den Stall, Martha.«

»Miss Pam, Sie haben etwas vergessen. Es gibt hier keine Peitschen. Sie haben sie selbst verbrannt. Sie haben gesagt, es ist gegen Ihre Grundsätze, arme Nigger auszupeitschen.«

»Das Auspeitschen von armen Niggern verstößt immer noch gegen meine Grundsätze. Aber nicht das Auspeitschen oder Töten eines nichtsnutzigen Weibsbildes, das das Gemüt eines unschuldigen Kindes vergiftet. Ich habe meine Reitpeitsche noch. Du hast gehört, was ich gesagt habe, Martha, geh jetzt.«

Als sie mit der Reitpeitsche in der Hand den Stall betrat, wartete Martha zusammengekauert auf sie. Sie hatte einen Arm über ihre schweren Brüste gelegt und versuchte mit der anderen Hand vergeblich, das dreieckige Vlies ihrer Scham zu verdecken. Die Schwarze zitterte vor Kälte und Angst. Ihre Haut war aschgrau.

»Steh auf«, sagte Pamela, »ich will dich sehen.«

Sie war erstaunt, wie heiser ihre Stimme in diesem Augenblick klang. Bin ich so pervers? dachte sie überrascht. Das richtige Wort wäre wohl pervertiert.

Sie betrachtete Marthas üppigen nackten Körper. Bemerkte zu ihrer Verwirrung und Scham, daß sie den Anblick genoß. Daß er ein wohlbekanntes Gefühl der Wärme in ihr hervorrief, dessen Zentrum in ihren Lenden lag. Diese Erkenntnis weckte ihren Zorn aufs neue.

Sie zog das Seil eines Flaschenzugs herunter, der an der Decke befestigt war und dazu diente, Heuballen auf und ab zu befördern.

»Streck die Hände aus«, befahl sie.

Martha gehorchte zitternd. Pamela band ihr die Hände zusammen, dann zog sie an dem Seil, bis sie Martha mit Hilfe des Flaschenzuges so weit hochgehievt hatte, daß ihre Zehen nicht mehr den Boden berührten.

»Sag deine Gebete, Martha«, knirschte sie, »weil du jetzt sterben wirst.«

Zwar schaffte sie es nicht ganz, kam aber ihrem Ziel sehr nahe. Sie hörte schließlich nicht aus Müdigkeit auf, sondern aus einem viel scheußlicheren Grund.

Sie ließ die blutige Peitsche fallen, trat von dem Körper zurück, der von Hieben zerfetzt war und nichts Menschenähnliches mehr hatte.

Ihre blaßblauen Augen waren weit aufgerissen. Sie fühlte, was ihr geschah, konnte es nicht verhindern und wollte es auch gar nicht. Sie genoß das, was geschah, nicht, sondern ertrug es; gleichzeitig haßte sie es und sich selbst. Endlich, auf dem Höhepunkt – oder war es der Tiefpunkt? – schrie sie verzweifelt auf und dann war es vorbei.

Sie stolperte aus dem Stall, in dem Martha wie eine geschlachtete und abgehäutete Ziege hing; aber ihre Dienerin hatte das letzte Wort.

»Ich werde Wes erzählen, was Sie mit mir getan haben, Miss Pam«, schluchzte sie.

Pamela antwortete ihr nicht. Sie trat in den Hof und lehnte sich an den Zaun. So blieb sie stehen, bis ihr Atem ruhiger ging. Und bis ihre Umgebung wieder deutliche Umrisse annahm, wieder die regennassen, melancholischen Winterfarben aufwies.

»Du Scheusal«, flüsterte sie sich zu, »du vollkommen perverses Scheusal«.

Dann lächelte sie. »Deshalb also macht es diesen Hexen im Süden solchen Spaß, ihre Nigger zu foltern.«

Sie blickte auf und sah Ashton Bibbs, der langsam durch das Tor ritt.

Sie lief ihm entgegen. Sie hatte ihren Schwager wirklich gern. Ihr war bewußt, daß ihr Leben ganz anders verlaufen wäre, wenn sie statt seines Bruders zuerst ihn kennengelernt hätte.

Aber bevor sie ihn erreichte, veranlaßte seine Haltung sie zum Stehenbleiben. Es war die Art, wie er vom Pferd stieg. Für gewöhnlich ritt Ash, als wäre er auf dem Rücken eines Pferdes geboren. Als er jetzt aus dem Sattel stieg, wirkten seine Bewegungen schwerfällig, müde, alt.

»Pam«, sagte er heiser, »Pam.«

Dann unterbrach er sich und flüsterte: »Mein Gott. Deine Hände ... Deine Kleider ... Dein Gesicht ... Deine Haare ...«

Sie betrachtete ihre Hände, sah die Blutflecken. Ärmel und Vorderseite ihres Kleides waren ebenfalls blutbespritzt. Sie brauchte keinen Spiegel, um zu wissen, wie ihr Gesicht und ihre Haare aussahen, sie las es in seinen Augen.

»Ich habe gerade eine Sau abgehäutet«, sagte sie freundlich, »eine schwarze Niggersau, die geradezu darum gebettelt hat. Aber sag mir: Welchem Wunder verdanke ich die Ehre deines Besuchs?«

»Wunder?« krächzte er.

Sie sah ihn an und bemerkte, daß seine Augen voller Tränen standen.

»O Ash«, sagte sie, »du Armer. Sag mir, was ist los?«

»Vater – und Wes, Pam. Jonas hat auf beide geschossen. Danach hat mein Bruder Bob, der gelegentlich sogar etwas richtig macht, Jonas dabei erwischt, wie er Phoebe vergewaltigt hat. Er hat Jonas erschossen. Deshalb bin ich hierhergeritten, um dich zu bitten, daß du nach Rosebriar kommst und Mama und Cecilia bei Pas Pflege hilfst. Ridgely hat seine Praxis dem jungen Doktor Raintree übergeben. Er ist zu uns gezogen. Aber Pa muß ununterbrochen betreut werden. Das heißt, daß ihr – du, Mama und Celie – euch ablösen müßt. Ridgely meint ganz richtig, daß wir ihn nicht der Pflege von irgendwelchen Niggerweibern anvertrauen können. Er sagt, wenn Pa die ersten Wochen übersteht, hat er eine Chance.«

»O Gott! Und Wes?«

»Keine Hoffnung. Ridgely sagt, daß er noch vor morgen früh tot sein wird. O mein Gott, Pam!«

Sie hatte sich zusammengekrümmt, preßte beide Hände auf ihr Herz. Er hörte ihre Stimme, die wie eine Totenglocke klang:

»Nicht Wes! Nicht mein Wes! O nein! Bitte, lieber Gott!«

25

Nachdem Ashton Bibbs fort war, rief Pam ihren Reitknecht Mose und befahl ihm, Prinz Rupert zu satteln. Schon im Weggehen rief sie ihm noch über die Schulter zu:

»Sag Mandy, sie soll mit ein paar Frauen in den Stall gehen, Martha losbinden und sich um sie kümmern.«

Mandy war Moses Frau. Sie gehörte zu den Schwarzen, die die Sklaverei seelisch stark gemacht hatte. Sie war für die Abschaffung der Sklaverei, vorausgesetzt, daß diese Abschaffung sie nicht das Leben kostete. Martha war eine großsprecherische Närrin, Mandy, die wohl als Sklavin geboren war, verfügte dennoch über ererbte afrikanische Schläue und war so gerissen, daß Pamela keine Ahnung von ihren wahren Gefühlen hatte.

Deshalb war es ein Fehler von Pamela, Mandy zu Martha zu schicken. Denn dadurch erfuhr die empörte Mandy, in welchem Zustand die bis dahin von ihren Sklaven geliebte Pamela Martha zurückgelassen hatte.

»Ihr größter Fehler«, sagte Tolbert ein Jahr später zu Ashton, als Pamelas Schicksal seinen Tiefpunkt erreicht hatte, »war vielleicht, daß sie überhaupt zur Welt kam. Sie ist eine wirklich tragische Figur, aber im griechischen, nicht im elisabethinischen Sinn. Sie ist Ginevra, Isolde, Lady Macbeth, Kleopatra, ein wenig von allen. Sie hat die Leidenschaft, das Feuer. Aber viel mehr ist sie Iphigenie, Klytämnestra, Elektra, Phädra, Antigone, Medea.«

»Nicht auch Kassandra?«

»Die vor allem. Ihre Prophezeiungen sind beinahe immer klar, wie einst bei Kassandra. Sie gerät nicht aus Versehen in die Gewalt des Bösen, sie sucht es ganz bewußt. Sie weiß nicht nur genau, was sie tut, sie haßt sich selbst, weil sie es tut, und verfällt deshalb auf diese extreme Selbstbestrafung. Wie eben jetzt, wobei die Folgen viel ärger sind, als wenn sie kein Gewissen hätte und sich ruhig ihrer Sünden erfreuen würde wie dein Bruder Bob.«

»Du sprichst, als wäre sie dumm, aber das ist sie beileibe nicht, Tol.«

»Natürlich nicht, sie ist vom Schicksal verfolgt, trägt ihre Furien in sich. Wie Medea und Kassandra ist sie zeitweise ein wenig verrückt. ›Wen die Götter vernichten wollen, den schlagen sie zuerst –‹«

»›Mit Wahnsinn‹. Ja, das weiß ich aus eigener Erfahrung.«

Pamela badete, wechselte die blutbefleckten Kleider und ritt nach Rosebriar hinüber. Sie hielt jedoch nicht beim Herrenhaus an, sondern ritt zu den Sklavenhütten, zu Wes' Hütte.

Wie werde ich das erklären? dachte sie unglücklich. Vater Wally ist mein Freund. Er hat immer zu mir gehalten und mich gerecht behandelt. Und ich lasse ihn auf seinem Schmerzenslager liegen und reite zu einem sterbenden Nigger. O nein, bitte, Gott, nein! Laß ihn nicht sterben. Laß Wes nicht sterben. Die Erklärung ist sehr einfach. Ich bin verrückt. Nur ist mein Wahnsinn sehr kompliziert. Er hat Methode. Wes liegt im Sterben. Deshalb reite ich zuerst zu ihm. Was beweist, daß ich unter anderem auch noch feige bin. Diese Eigenschaft weist nicht einmal die Würde aller meiner übrigen Charakteristika auf. Denn das wahrhaft Böse hat seine Größe. Während die Feigheit würdelos ist. Ich schleiche mich zu der Hütte eines sterbenden Niggers, weil ich es nicht wagen würde, hierher zu kommen, wenn Wes gesund und stark wäre. Warum eigentlich nicht? Was habe ich von Wes zu befürchten? Nichts. Überhaupt nichts.

Denk nicht darüber nach, befahl sie sich scharf. Man gräbt keine Leichen und andere vergessene Dinge aus. Weil Fäulnis stinkt, und ich bin verfault.

Als sie die Hütte betrat, sah sie eine junge Frau, sie sich über das Bett beugte, Wes' Gesicht wusch und heisere, zärtliche Laute von sich gab.

»Phoebe«, fragte Pamelia, »wie geht es ihm?«

Das Mädchen drehte sich um, und Pamela erkannte trotz des Dämmerlichts, daß es nicht Phoebe war. Sie war viel hellhäutiger und kleiner als Phoebe, und obwohl Phoebe gertenschlank war, war sie noch viel dünner. Sie wirkte beinahe abgezehrt.

»Wer bist du?« fragte Pamela.

»Ruby Thomas, Madam.«

»Natürlich, jetzt erinnere ich mich. Du hast am Thanksgiving Day ein Lied gesungen und –«

»Wes hat mich stumm gemacht. Weil ich eifersüchtig und gehässig und gemein war. Ich hatte es mir selbst zuzuschreiben.«

»Wo ist Phoebe?«

»In der nächsten Hütte, Madam. Auf einem Strohsack auf dem Fußboden. Ich habe ihr etwas von dem Zeug von Doktor Ridgely eingegeben, damit sie schläft. Das arme kleine Ding ist ganz von Sinnen. Sie hat geschrien und geweint, ist mit dem Kopf gegen den Bettpfosten gerannt, und das hat Wes nicht gut getan. Deshalb habe ich einen von den Bibbs-Niggern zum Herrenhaus geschickt, damit er den Doktor um ein Schlafmittel bittet. So ist es besser. Die arme Phoebe ist mir nur im Weg. Solange sie schläft, kann ich etwas Nützliches tun.«

»Wie geht es ihm, Ruby?«

»Er versucht, das Leben festzuhalten. Ich werde alles tun, was ich kann, damit er nicht stirbt. Denn sonst werden drei Menschen tot sein. Nein, vier. Weil man Jonas mitzählen muß, wenn er mir auch nie wie ein richtiger Mensch vorgekommen ist. Wes, weil ihn der Herr zu sich nimmt. Ich, weil ich mir in dem Augenblick, in dem er stirbt, mit Pas Rasiermesser den Hals durchschneide. Es hängt an einer Schnur um meinen Hals, damit es mir niemand wegnehmen kann.«

»Mein Gott, Ruby, du bist ja wahnsinnig.«

»Ja, Madam, wenn sie damit verrückt meinen. Ich war verrückt nach ihm, seit ich ihn zum ersten Mal gesehen habe. Und in den vierten Sarg werden Sie die arme Phoebe legen müssen, Madam. Nicht, weil sie sich etwas antun wird, Das muß sie gar nicht. Sie legt sich einfach hin und stirbt an gebrochenem Herzen, wenn Wes' Seele in die Ewigkeit eingeht. Deshalb hasse ich sie auch nicht mehr. Ich habe sie jetzt so lieb wie meine eigene Schwester, weil man einfach vor dieser Liebe Achtung haben muß.«

»Das stimmt.«

»Madam, weinen Sie sich doch aus. Sie sehnen sich ja danach, nicht wahr?«

»Ja, Ruby, da hast du recht.«

»Dann weinen Sie! Danach werden Sie sich besser fühlen. Ich glaube nicht, daß der liebe Gott sich darum kümmert, was für eine Farbe die Menschen haben. Nur Sie und Wes haben nicht zulassen können, daß Sie einander lieben. Ich denke mir, daß Sie sich das Aufsehen und den Skandal vor Augen gehalten haben, die Sie damit auslösen würden, und Wes hat diese komische afrikanische Idee gehabt, daß es eine Beleidigung für seine Vorfahren ist, wenn er ihnen Mischlingskinder anbietet, die keine schwarze Haut haben. Weil die Afrikaner glauben, daß gute Leute sich nach dem Tod in Götter verwandeln, nicht nur in Engel, wie bei uns. Und daß ein Mann seiner Frau einen Haufen Kinder machen muß. Je mehr Kinder er hat, desto mehr Anbeter haben seine Vorfahren, die Götter geworden sind. Es ist seine Pflicht. Ich weiß das, weil er es Joe erklärt hat, und der hat es wieder mir erzählt.«

»Ich könnte mir schlechtere Religionen vorstellen, und ich bin sicher, daß Wes ein Gott werden wird. Eine nachtschwarze, starke, schöne, afrikanische Gottheit. Denn er war schon beinahe eine, als er noch lebte.«

»Sie lieben ihn wirklich, Madam, nicht wahr?«

»Du erwartest nicht, daß ich darauf antworte, Ruby? Aber auch wenn ich wollte, ich könnte es nicht. Ich weiß es einfach nicht. Mein Verstand weigert sich, diesem Gefühl auf den Grund zu gehen. Es gibt Gefühle, die so tief im Herzen begraben sind, daß der Verstand sie nicht erfassen kann. Wir wollen es dabei bewenden und meine Gefühle für Wes begraben sein lassen.«

»Ja, Madam, Sie haben recht. Es hat keinen Sinn, über etwas zu sprechen, was nie sein kann.«

Wes bewegte sich und schlug die Augen auf. Beiden Frauen war klar, daß er sie nicht sah, nicht wußte, daß sie da waren.

»Phoebe«, sagte er, »mein Freitag-Mädchen, kleiner Otutu-Vogel. Mach dir keine Sorgen. Ich werde dich nicht verlassen. Du brauchst mich. Deshalb werde ich nicht sterben. Ich kann es nicht.«

Ruby wendete sich Pamela zu; ihre Augen leuchteten vor Freude.

»Jetzt wird er wirklich nicht sterben, Madam.«

Dann erlosch die Freude in den braunen Augen. »Mir wird es trotzdem nicht viel nützen.«

»Ruby, gib mir das Rasiermesser deines Vaters. Ich werde es ihm von einem meiner Leute bringen lassen. Übrigens, ich habe deinen Vater kennengelernt. Hat er es dir erzählt?«

»Ja, Madam. Er ist zu Ihrer Plantage hinübergeritten, um von Wes zu verlangen, daß er einen Zauber von mir nimmt, weil ich nicht gegessen habe. Er hat nicht begriffen, daß Wes damit überhaupt nichts zu tun hat. Ich habe einfach nicht essen können und kann es noch immer nicht. Deshalb bin ich so verdammt dünn. Aber von heute an werde ich es versuchen. Weil Wes mich braucht. Er liebt Phoebe, aber er braucht mich, weil die arme Phoebe kein verdammtes Hirn im Kopf hat. Daß bißchen, was sie vorher gehabt hat, hat ihr die Liebe zu Wes genommen. Deshalb wird sie ihn nicht ordentlich pflegen, nicht weil sie nicht will, sondern weil sie so von Sinnen ist, daß sie überhaupt nichts richtig macht.«

»Aber wenn Wes gesund wird, das heißt, falls er jemals gesund wird –«

»Miss Pam, haben Sie je erlebt, daß Wes gesagt hat, er tut etwas und daß er dann nicht Wort gehalten hat? Sogar wenn es um etwas gegangen ist, was ein gewöhnlicher Mensch nie tun könnte?«

»Ist er überhaupt ein Mensch, Ruby? Manchmal frage ich mich, was er eigentlich ist.«

»Ich mich auch, Madam. Aber das macht nichts, denn ich liebe ihn so sehr, daß es mir gleichgültig ist, wenn ich in die Hölle komme. Ich habe die Hoffnung ganz aufgegeben, daß ich jemals in den Himmel komme. Weil jeder sagt, daß Leute, die sich selbst umbringen, geradewegs in die Hölle fahren. Und ich habe es schon zweimal versucht. Damals, wie Pa wegen Wes auf Ihrer Plantage gewesen ist, Madam, und vergangene Nacht. Ich habe auf die Uhr gesehen, bis ich mir gedacht habe, daß jetzt Wes dem Pfarrer ›Ja‹ sagt, wie der ihn fragt, ob er Phoebe zur Frau nimmt. Dann habe ich ein ganzes Fläschchen Rattengift geschluckt. Deshalb kann ich jetzt nicht so gut sprechen. Ich kann nichts im Magen behalten, nicht einmal Wasser.«

»Ruby, du gibst mir sofort das Rasiermesser!«

»Nein, Madam. Ich gebe es heute abend meinem Pa zurück, Miss Pam. Ich gebe Ihnen mein Wort darauf. Weil ich jetzt leben muß – ich muß mich um Wes kümmern. Außerdem, wenn ich ihn nicht heiraten kann, kann ich sein Fancy Girl sein. Das ist besser als nichts, denke ich mir.«

Sie grinste plötzlich.

»Ich werde ihm einen Haufen schokoladefarbener Kinder schenken, die für seine Ahnengötter Hymnen singen werden. Das wird ihn sehr glücklich machen.«

»Du bist verrückt, Ruby!«

»Ja, Madam. Sie erzählen mir nichts Neues. Wie ich Wes das erste Mal gesehen habe, habe ich den Verstand verloren. Und ich werde verrückt nach ihm sein, bis der liebe Gott – oder der Teufel – mich zu sich nimmt.«

Obwohl man es halb und halb von ihm erwartet hatte, sprang

Wes nicht schon nach einigen Tagen geheilt von seinem Krankenbett auf. Erst nach drei Monaten machte er die ersten schwankenden Schritte; er war mager, beinahe ein Skelett, und durch die Haut, die ihre glänzende Schwärze verloren hatte und grau schimmerte, konnte man alle Knochen zählen.

Als es soweit war und Phoebe ihn vor sich stehen sah – er hielt sich allein durch seine Willenskraft aufrecht und lächelte sie an –, lief sie natürlich zu ihm, küßte ihn und weinte.

Danach tat sie etwas Seltsames. Sie holte eine der älteren Sklavinnen und übergab Wes ihrer Obhut. Das war notwendig, denn nach dem ersten Monat, als Wes zu vollem Bewußtsein erwacht war, hatte er Ruby nach Collinswood zurückgeschickt, indem er ernst sagte:

»Ich danke dir herzlich für alles, was du getan hast, Ruby. Aber ich habe eine gute Frau, und in diesem Land kann ein Mann nicht zwei Frauen haben. Du mußt ja zugeben, daß Phoebe mich wirklich gut pflegt, nicht wahr?«

Ruby mußte es widerwillig zugeben. Denn nachdem Phoebe sich von dem ersten Anfall von Kummer und Angst erholt hatte, hatte sie ihren kranken Mann nicht nur gut, sondern geradezu mit überwältigender Zärtlichkeit gepflegt. Dazu brauchte sie ziemlich viel Mut und vor allem einen eisenern Magen, da sie für den völlig hilflosen Wes zahlreiche unangenehme, aber notwendige Dinge tun mußte.

Doch sogar dabei behielt Phoebe das warme, zärtliche Lächeln, das Wes so an ihr liebte. Sie versäumte ihre Pflichten nur dann, wenn sie vor Müdigkeit nicht weiterkonnte, eine der anderen Frauen rief und in ihre Hütte nach Collinswood ging, um ein wenig zu schlafen. Sie war jetzt allein in der Hütte, denn Tante Sukey hatte die müden Augen für immer geschlossen. Ein- oder zweimal blieb Phoebe die ganze Nacht aus, eilte dann aber am Morgen an Wes' Krankenlager und jammerte:

»O Gott, Wes, Liebling, es tut mir so leid. Ich konnte einfach nicht aufwachen!«

Wes machte sich wegen ihrer nächtlichen Abwesenheit keine Sorgen. Dazu kannte er sie zu gut. Außerdem war er – obwohl er mit einer Wunde, die einen Elefanten, geschweige denn ein Maultier getötet hätte, darniederlag – mit anderen Dingen beschäftigt. Er mußte seinem Freund und häufigen Besucher Joe Collins gute Ratschläge in einer bestimmten heiklen Angelegenheit erteilen und sich vor allem darauf konzentrieren, gesund zu werden.

Er schaffte es. Laut Doktor Ridgely hatte ihn die Tatsache gerettet, daß Jonas' Kugel durch ihn hindurchgegangen war. Deshalb hörte die Eiterung nach einiger Zeit auf, Wes' Fleisch heilte rein und schnell, ohne übermäßige Narbenbildung und ohne negative Folgen, außer der reduzierten Größe seines Magens. Letztere raubte ihm den Appetit so vollständig, daß er verhungert wäre, wenn man ihn sich selbst überlassen hätte. Natürlich war er nie lange sich selbst überlassen, dafür sorgten schon das Leben, die Veranlagung seiner Mitmenschen, seine eindrucksvolle Erscheinung, sein ruhiger Charme und die Schwäche der Frauen. Dennoch schaffte er es ziemlich oft, einen Tag lang einfach das Essen zu vergessen. Man konnte aber seine Genesung als vollständig bezeichnen.

Er war wesentlich besser dran als Captain Wally, der auch weiterlebte, aber mit einer Kugel im Leib. Sie saß so tief, daß zu ihrer Entfernung eine größere Operation notwendig gewesen wäre, für die die Kräfte des Patienten einfach nicht ausreichten. Daß Wallace Bibbs zwei Monate nach Jonas' beinahe geglücktem Mordversuch überhaupt noch am Leben war, verdankte er nur der wirklich ausgezeichneten Pflege von Pamela, Lucille und Cecilie. Obwohl die drei Damen sonst nicht ein Herz und eine Seele waren, waren sie sich einig in ihrer Bewunderung, Achtung und Liebe für Wallace. Doktor Ridgely wußte allerdings, daß selbst ihre aufopferungsvolle Pflege Captain Wally nicht mehr sehr lange am Leben erhalten konnte.

An dem Tag jedenfalls, an dem Wes aufstand, ein paar Schritte ging und so bewies, daß seine Genesung gute Fortschritte machte, übergab ihn Phoebe der Pflege von Fred Hoskins' Frau Susie und kehrte nach Collinswood zurück. Diesmal am hellichten Tag.

Sofort nach ihrer Ankunft suchte sie die Plantage nach Ruth Collins ab und fand sie schließlich im einsamsten, dunkelsten Wald. Ruth wanderte, wie immer in letzter Zeit, ziellos herum und vergoß bittere Tränen. Sie bot einen bejammernswerten Anblick, denn sie hatte aufgehört zu essen und sah wie ein Schatten ihrer selbst aus. Die Schwarzen der Collins meinten dazu:

»Sie ist ein Geist geworden, ohne daß sie vorher gestorben ist. Sie ist nur noch Haut und Knochen; das arme Ding wird es nicht mehr lange machen.«

Ruths äußere Erscheinung hätte daher genügen müssen, um Mitleid selbst in einer Marmorstatue zu erwecken, geschweige denn in einem so gutherzigen, schüchternen und zurückhaltenden Mädchen wie Phoebe. Noch unverständlicher wurde die ganze Sache dadurch, daß kein Weißer oder Schwarzer sich auch nur an eine Gelegenheit erinnern konnte, bei der Ruth der Sklavin ein unfreundliches Wort gesagt oder sie durch irgend etwas beleidigt hätte. Als Phoebe die arme Ruth fand, riß sie sie zu Boden, setzte sich auf sie und schlug sie grün und blau. Die arme Ruth rührte sich nicht, wehrte sich nicht, riß nur Mund und Augen weit auf und nahm die Prügel hin, ohne einen Ton von sich zu geben. Es war geradzu gespenstisch.

Die Folgen dieser Wahnsinnstat waren unvermeidlich, vor allem, weil Phoebe sich weigerte, eine Erklärung abzugeben, und nur knurrte:

»Ich hasse alle weißen Mädchen. Übermütige, freche, kleine Huren, die nie die Ehemänner der anderen in Ruhe lassen, ich will sie umbringen. Ich will sie alle umbringen.«

Phoebe saß im Sklavengefängnis der Collins, die Haut auf ihrem Rücken war unter neununddreißig Peitschenhieben aufgeplatzt, und sie wartete auf das Eintreffen der Sklavenhändler, die sie fortbringen sollten. Sie mußte auf einem möglichst entfernten Sklavenmarkt verkauft werden, wo niemand etwas von ihrer Wahnsinnstat wußte. Niemand hätte eine gewalttätige, gefährliche oder verrückte Sklavin ersteigern wollen.

Dennoch entdeckte Phoebe zur ihrer Überraschung und, um es gleich zu sagen, zu ihrer Verzweiflung, daß ihre Aussichten, von Collinswood und zugleich von Rosebriar wegzukommen, gar nicht so groß waren, wie sie geglaubt hatte.

Zunächst hatte die arme kleine Ruth immer noch Ashton Bibbs' scharfes, grausames »Du hat mich gehört, Hure! Geh nach Hause« in den Ohren; außerdem quälte sie das Bewußtsein, wie sie es geschafft hatte, ihre Jungfräulichkeit zu verlieren. Sie hatte sich deshalb eingeredet, daß sie die niedrigste, gemeinste, erbärmlichste Sünderin sei und daß alles, was ihr bis zu ihrem Sterbetag zustieß, ihre wohlverdiente Strafe war. Vielleicht bot ihr der Himmel sogar eine Möglichkeit, ihre Sünden dadurch abzubüßen, daß sie das Martyrium reuig und demütig auf sich nahm. Deshalb setzte sie sich mit Tränen in den lieblichen blauen Augen bei ihrem Vater für Phoebe ein:

»Die arme Phoebe hat ganz eindeutig den Verstand verloren aus Kummer und weil sie so wenig schläft, Papa. Ich glaube, sie weiß überhaupt nicht, daß ich es war. Wahrscheinlich hat sie mich mit Pam Ingraham verwechselt, die ihr, bei Gott, genügend Grund zur Eifersucht gegeben hat.«

»Hm«, schnaubte Barton Collins. »Keine sehr stichhaltige Theorie, Tochter. Das Mädchen hielt sich mit meiner Erlaubnis in Rosebriar auf, um ihren Mann zu pflegen. Du behauptest also, daß Phoebe dich nicht nur mit Pam verwechselt hat, der du überhaupt nicht ähnlich siehst, sondern auch nicht den Unterschied zwischen Collinswood und Ingraham Crest kennt. Wenn sie nämlich auf Pamela Ingraham losgehen wollte, hätte sie genau in die entgegengesetzte Richtung marschieren müssen.«

»Warum hat sie es dann deiner Meinung nach getan, Papa?« fragte Abigail von der Tür her. Ohne daß die beiden es bemerkt hatten, war sie schon eine Zeitlang dort gestanden und hatte ohne die geringste Hemmung das Gespräch zwischen dem alten Mann und dem zarten blonden Mädchen belauscht, den beiden, die sie aus Gewohnheit in Gedanken immer noch als ihren Vater und ihrer Schwester bezeichnete.

Barton Collins drehte sich halb in seinem Stuhl um und starrte seine ältere Tochter an. Sein Blick wurde weich und zärtlich. Bart liebte Abigail und war stolz auf sie. Wie viele übersensible Männer verabscheute er die Treuebrüche, Lügen, Schwächen, kleine Vergehen und Feigheiten, die er im Lauf seines Lebens begangen hatte. Da Abigail keinen dieser Makel aufwies, war er ihr gegenüber besonders weichherzig.

»Ich will verdammt sein, wenn ich es weiß, Abby«, meinte er, »was hältst du davon, Kind?«

»Na ja –«, Abigail zögerte.

»O Abby, sag es«, bettelte Ruth, »sag irgend etwas, damit Papa die arme Phoebe nicht verkauft.«

Sie benahmen sich merkwürdigerweise zum ersten Mal in ihrem Leben freundlich, wirklich schwesterlich zueinander. Für dieses Wunder – denn sie hatten einander instinktiv seit ihrer frühesten Kindheit nicht gemocht – war indirekt Wes Parks verantwortlich. Joe Collins hatte die fachmännischen Ratschläge, die ihm Wes gegeben hatte, genau und häufig befolgt, und die liebe Abby war daraufhin so ruhig, friedlich, mit sich und der Welt zufrieden, daß sie ihre Güte auch auf ihre arme, zarte, sichtlich leidende Nicht-Schwester übertrug. Ruth, die verzweifelt eine Freundin suchte, reagierte herzlich auf diese plötzliche Freundlichkeit.

»Na schön«, seufzte Abigail. »Papa, gibst du uns dein Wort als Gentleman, daß du mich nicht verprügelst, wenn ich etwas schrecklich Undamenhaftes sage? Ich muß es tun, Papa. Es ist die einzig mögliche Erklärung!«

»Gut«, knurrte Barton, »aber hüte deine Zunge, junge Dame! Ich möchte nicht, daß meine Tochter wie – wie – na ja, wie ein leichtfertiges Weibsstück spricht«, schloß er lahm.

»Papa, Phoebe will verkauft werden. So weit fort wie möglich. Deshalb hat sie sich die arme kleine Ruth ausgesucht. Wenn sie eine große Kuh wie mich angefallen hätte, hätte wahrscheinlich sie die Prügel bezogen, und außerdem wärst du ihr gegenüber viel nachsichtiger gewesen. Du hättest sie bestimmt mit einmal Auspeitschen davonkommen lassen.«

»Na ja«, zögerte Barton, »ich weiß nicht recht –«

»Papa, warum will sie verkauft werden? Könnte sie sich nicht in Schwierigkeiten befinden? Ich meine – entschuldige bitte, Papa – in anderen Umständen?«

»Aber sie ist doch verheiratet, Abby.«

»Mit einem Mann, der seit ihrer Hochzeitsnacht mit einer Schußverletzung im Bett liegt. Der vielleicht nicht einmal Zeit gehabt habt – o Gott, wie soll ich es nur ausdrücken?«

»Die Ehe zu vollziehen«, schlug Barton vor, »so drückt man es anständig und vornehm aus, Tochter. Hm, deine Überlegungen sind gar nicht so dumm, Abby. Ich werde mich näher mit der Angelegenheit beschäftigen.«

»Papa«, explodierte Ruth, »Phoebe liebt Wes. Liebt ihn von ganzem Herzen. Sie würde nie –«

»Ehebruch begehen?« schnurrte Abigail und sah Ruth lange, eindringlich, berechnend an. Abby glaubte, die Ursache für Ruths körperlichen Verfall genau zu kennen. Sie hatte sich nur deshalb nicht früher vergewissert, weil sie sich ganz bewußt nicht in die Angelegenheit ihrer »Schwester« einmischte. Sie wollte, falls es notwendig war, die entsprechende Gegenleistung von Ruth verlangen.

»Genau, Abby«, fuhr Ruth sie an. »Du hast selbst gesagt, daß du noch nie eine Braut gesehen hast, die so verliebt war.«

»Das stimmt. Ich gebe zu, daß Phoebe Wes liebt. Aber Babys werden nicht nur vom Storch gebracht, meine liebe kleine Schwester.«

»Ich verstehe dich nicht, Tochter«, brummte Barton.

»Es gibt Vergewaltigungen, Papa. Bob Bibbs sagt, er ist dazugekommen, als Jonas Phoebe vergewaltigte. Deshalb hat er ihn ja erschossen.«

»Mein Gott! Daß ein Mann ein solches Gespräch mit seinen eigenen unverheirateten –«

»Und vermutlich jungfräulichen Töchtern«, unterbrach in Abigail.

»Abigail! Ich verprügele dich, wenn du so sprichst!«

»Entschuldige, Papa. Aber so war es doch, oder?«

»Ja. Aber –«

»Aber«, flüsterte Ruth, »das war vor drei Monaten. Und man würde es jetzt merken, nicht wahr? Negerinnen tragen keine Korsetts oder dergleichen.«

Abigail trat auf ihre Schwester zu, legte ihr den Arm zärtlich um die Taille, drückte sie an sich; dabei forschten, tasteten ihre langen, kräftigen Finger.

Ruths Lippen wurden weiß. Aber sie sagte nichts. Jedenfalls nicht in diesem Augenblick und nicht in Gegenwart ihres Vaters.

»Großer Gott!« stöhnte Barton. »Ich werde mich nie daran gewöhnen.«

»Woran, Papa?«

»An die moderne Zeit. An die undamenhafte Denkweise moderner junger Frauen. Ich habe mein Bestes getan, um euch vor –«

»Davor zu schützen, daß wir gewisse Dinge erfahren«, sagte Abigail leise. »Das war lieb von dir, Papa. Aber begreifst du denn nicht, daß es unmöglich ist? Wir leben auf einer Plantage, wir züchten Rinder. Wenn ein Mädchen so alt ist wie Ruth und nicht weiß, wo alle warmblütigen Säugetiere herkommen, muß sie blind geboren sein. Und taub. Falls jedoch die Beobachtung allein nicht genügt, falls wir naiv genug wären, um nicht zu erraten, daß die Menschen so ziemlich das gleiche tun wie die Tiere, umgebt ihr uns mit jungen schwarzen Frauen, die keinerlei Hemmungen haben. Diese Frauen erklären uns nur zu gern präzis und mit allen unanständigen Datails, was zwischen den beiden Geschlechtern vorgeht. Ihre genauen Kenntnisse stammen aus eigener Erfahrung. Deshalb könnt ihr uns nicht unsere geistige Unschuld bewahren, Papa. Das ist einfach unmöglich. Ihr schafft es nicht einmal immer, unsere körperliche Unschuld zu retten, bis wir glücklich verheiratet sind.«

»Heiliger Gott!« schrie Barton, »soll das ein Geständnis sein, Abigail? Es klingt verdammt so!«

Abby sah Ruth an, die einer Ohnmmacht nahe war.

»Nein, Papa, das ist es nicht. Weißt du, ich bin nicht katholisch und glaube nicht an die Beichte. Ich sage, daß es viel besser ist, wenn man sich mit seinen Sünden abfindet und bereit ist, die Folgen auf sich zu nehmen.«

»Abigail! Wenn ich denken müßte –«

»Denk lieber nicht, Papa. Denken macht Kopfweh. Ich habe dich lieb. Du bist ein lieber, süßer, alter Schatz. Aber Papa, ist es dir nie aufgefallen, daß gerade du kaum das Recht hast, Moralpredigten zu halten? Ich mußte nämlich mein Leben lang sehr eng mit den Früchten deiner Sünden zusammenleben.«

Bart senkte den Kopf. Als er ihn wieder hob, standen Tränen in seinen Augen.

»Papa, verzeih«, jammerte Abigail und küßte ihn. »Ich hab's nicht so gemeint. Du mußt dir wegen Ruth oder mir überhaupt keine Sorgen machen. Ach Gott, wechseln wir das Thema. Papa, warum läßt du nicht mich mit Phoebe sprechen? Ich bin sicher, daß ich ihr Vertrauen gewinne, daß sie mir gestehen wird, warum –«

»Nein«, unterbrach sie Bart steif. »Ich werde mich persönlich um die Angelegenheit kümmern. Und nun verschwindet beide. Ich muß nachdenken.«

»Bist du jetzt zufrieden?« fragte Ruth bitter, als sie außer Hörweite ihres Vaters waren. »Ich trage kein Korsett. Ich brauche es nicht. Ich bin viel zu mager, meine Liebe.«

»Das stimmt«, gab Abby zu. »Du bist dünner als eine Zaunlatte. Aber was besagt das, Ruthie? Daß du brav warst? Oder daß du Glück gehabt hast?«

Ruth sah sie an und sagte dann traurig und herausfordernd:

»Keines von beiden. Ich bin schlecht gewesen. Ich habe gesündigt. Ich habe es getan. Mit dem Mann, den ich liebe. Nur einmal. Nein – ein paarmal, aber nur bei einer Gelegenheit.«

»Am Weihnachtsabend. Mit Ashton Bibbs.«

»Ja, du hast recht, Abby. Willst du nichts unternehmen? Geh zurück. Erzähl es Papa. Vielleicht erschlägt er mich. Ich wäre froh darüber. Ich wäre ihm dafür dankbar. Schwer verletzte Hunde und Pferde bekommen den Gnadenschuß, aber menschliche Wesen –«

»Müssen die Folgen ihrer Sünden tragen. Vor allem die Folgen dieser speziellen Sünde. Deshalb habe ich gesagt, daß du Glück gehabt hast. Der Weihnachtsabend hat keine Folgen gehabt. Und daß Captain Wally angeschossen wurde, hat euch daran gehindert, die Sünde zu wiederholen.«

»Es ist viel ärger. Seither haßt mich Ash. Weil ich ihn in Versuchung geführt habe, bis er nicht mehr widerstehen konnte. Ich war es, Abby. Ich war der aktive Teil, nicht er. Das bedeutet, daß ich verderbt bin, nicht wahr?«

»O Gott, Ruthie, du Gänschen. Wenn das Verderbtheit ist, sind alle verliebten Frauen verderbt. Auch ich. Aber ich begreife noch immer nicht, wieso Ash dich deshalb haßt. Meiner Meinung nach müßte er genau das Gegenteil tun.«

»Das ist ja auch nicht der Grund, nein. Aber ich bin schuld daran, daß Jonas auf Captain Wally geschossen hat. Ich bin also nicht nur eine Ehebrecherin, sondern, wenn er stirbt, bin auch noch eine Mörderin.«

»Du bist schuld daran, daß Captain Wally verletzt wurde? Ruthie! Du willst doch nicht behaupten, daß du diesen verrückten Nigger –«

»Nein, natürlich nicht. Ich habe es nicht absichtlich getan, Abby. Aber es war trotzdem mein Fehler. Weißt du, ich habe nach Ash geschickt. Damit er sich mit mir trifft. Ich habe ihn gegen seinen Willen dazu gezwungen. Dabei habe ich mich so ungeschickt, so dumm benommen, daß irgendein Nigger es bemerkt hat. Der hat es Captain Wally erzählt. Und der ist in die Kälte und Nässe hinausgeritten, um zu verhindern, daß wir sündigen; deshalb hat er sich an der Stelle befunden, an der Jonas ihn erschießen konnte. Ash und ich haben ihn vor der Tür der Hütte gefunden, in der wir die Nacht verbracht haben. Er muß dort eine Schußverletzung erhalten haben. Aber wir waren so beschäftigt, daß wir nicht einmal den Schuß gehört haben. Und so mußte er stundenlang in seinem Blut im Regen liegen.«

»Mein Gott!«

»Jetzt verachtet mich Ash. Er hat recht. Ich habe ihn für immer verloren. Wieso habe ich also Glück gehabt? Weil es mich nicht erwischt hat? Weil ich nicht in anderen Umständen bin? Wenn du jemals einen Mann geliebt hättest, Schwester, würdest du wissen, daß es das herzlichste ist, sein Kind zur Welt zu bringen. Zum Teufel mit allen den Folgen!«

»Bravo«, rief Abigail und küßte sie zärtlich. »Du bist also doch eine echte Frau, Kleine. Ich werde meine Zeit nicht damit verschwenden, dir zu erklären, daß Ash Bibbs nicht der einzige Mann auf der Welt ist, auch wenn er wirklich gut aussieht. Die Zeit wird das für mich erledigen. Wir Frauen sind zäher, als man gemeinhin glaubt. Du wirst damit fertigwerden.«

»Nie!«

»O doch, Süße. Sobald der nächste gutaussehende Mann auftaucht. Im Augenblick will ich dir aber nur mein Ehrenwort darauf geben, daß ich keiner Menschenseele etwas davon erzählen werde. Wenn du willst, gehen wir morgen auf den Friedhof, und ich schwöre es auf Mamas Grabstein. Und damit du dir deinen süßen blonden Kopf überhaupt nicht mehr zerbrechen mußt und dich vielleicht auch ein bißchen besser fühlst, gestehe ich dir freiwillig, daß wir in dem gleichen Boot sitzen.«

»Abby! Du willst doch nicht sagen, daß du –«

»Aber natürlich Kleines. Auch ich. Damit hast du jetzt einen kräftigen Knüppel, mit dem du mir drohen kannst. Ich weiß nicht, ob ich je heiraten werde, weil auch ich dumnm genug bin, ihn für den einzigen Mann auf der Welt zu halten. Aber falls es dazu kommt, muß ich auf meiner Hochzeit ein scharlachrotes Kleid und einen roten Schleier tragen. Sollte ich also auch nur im Schlaf erwähnen, was du mir erzählt hast, kannst du von mir aus zu Papa gehen und ihm das sagen. Der arme Kerl. Wahrscheinlich würde ihn der Schlag treffen. Seine beiden geliebten Töchter wandelnd auf dem Rosenpfad.«

»Abby, wer?«

»Das sage ich dir nicht. Zu deinem Besten. Und auch zu meinem. Dieses Wissen wäre gefährlich. Weißt du, wir haben nicht aufgehört zu sündigen. Gott segne die Sünde, sie ist herrlich. Wir haben auch nicht die Absicht, aufzuhören. Bis wir eine Möglichkeit finden zu heiraten.«

»Das heißt, daß du dich mit einem verheirateten Mann eingelassen hast, genau wie ich! O Gott! Der junge Wilkes Thomas! Wer sonst!«

Abigail grinste und sagte gleichmütig: »Denk, was du willst. Ich werde es weder bestätigen noch leugnen. Aber jetzt komm. Ich muß Ruby finden.«

»Weshalb, Abby?«

»Ich will sie ins Sklavengefängnis schicken, damit sie versucht, etwas aus Phoebe herauszubekommen.«

Ich werde überhaupt nichts aus ihr herausbekommen, dachte Ruby. Sie traut mir nicht. Sie weiß verdammt genau, daß ich ihr am liebsten ihren Mann stehlen würde.

O Gott, es ist zu spät. Massa Bart ist schon da.

Sie sah, wie der rotgesichtige, rundliche, kleine Mann, dem sie gehörte, vom Pferd stieg und zu dem vergitterten Fenster der Hütte ging, die in Collinswood als selten verwendetes Gefängnis für jene Sklaven benützt wurde, die so widerspenstig waren, daß man sie verkaufen mußte. Barton Collins und Wallace Bibbs, beide im Grunde ihres Wesens freundliche Menschen, hatten nämlich nie berufsmäßige Sklavenabrichter wie Tom Cuthbert verwendet. Tom hatte diesen Beruf ergriffen, als ihn Pamela von seinem Posten als Aufseher in Ingrahams Crest gefeuert hatte. Der Grund für die Kündigung war seine krankhafte, sadistische Grausamkeit gewesen, die wichtigste Voraussetzung für das Abrichten von Sklaven.

Als Ruby sah, wie sich Barton Collins dem Fenster näherte, siegte ihre weibliche Neugier über ihre Angst. Sie beschloß, dieses Gespräch um jeden Preis zu belauschen, auch wenn sie dafür ausgespeitscht werden sollte. Das Glück lächelte jedoch gern dem Tollkühnen. Sie erreichte den Schutz der fensterlosen Rückwand, ohne daß Bart sie gesehen hatte. Da die einräumige Hütte nur eine Tür und ein Fenster besaß, beide an der Vorderwand, war es ein Kinderspiel für die gewandte Ruby, bis zur Ecke zu schleichen und aus einem Meter Entfernung dem Gespräch zu lauschen.

»Phoebe«, hörte sie Bart Collins streng sagen. »Komm her, Mädchen. Wir haben miteinander ein Hühnchen zu rupfen, kommt mir vor.«

»Ja, Sir, Massa Bart. Ich komme. Sind die Sklavenhändler-Herren schon da, Sir?«

»Nein. Weil ich nicht nach ihnen geschickt habe. Ich werde es auch nicht tun, ich werde dir sogar vielleicht verzeihen.«

»O Gott, Sir, das können Sie nicht tun! Sie müssen mich verkaufen, Sir. Ich bin verrückt, Sir! Ich habe den Verstand verloren. Ich weiß selbst nicht, was ich noch tun werde. Vielleicht stehle ich ein Küchenmesser und –«

»Phoebe, hör auf, mich anzulügen, Kind. Du bist schwanger, nicht wahr? Und das Kind ist nicht von Wes, ja?«

Ruby erstarrte. Sie atmete nicht einmal.

»Was ist schwanger, Sir?« fragte Phoebe leise.

»Du bekommst ein Kind. Bist in anderen Umständen.«

Ruby atmete langsam aus.

»Damit Wes nicht draufkommt«, fuhr Bart fort, »daß du ihn betrogen hast, während er hilflos im Bett lag –«

»O Gott, Sir, sagen Sie das nicht. Denken Sie es nicht einmal. Wenn die Leute das von mir glauben, will ich nicht weiterleben. Ich werde den lieben Gott bitten, mich tot umfallen zu lassen.«

»Also gut, Phoebe, welche andere Erklärung kannst du mir geben? Du hast genau die Tat begangen, wegen der du unweigerlich verkauft werden mußt. Du hast vorsätzlich deine junge Herrin, meine Tochter, angegriffen. Du bist immer die ruhigste, wohlerzogenste Sklavin gewesen, die ich je gehabt habe. Du hast nicht Mistress Pamela angegriffen, obwohl du mehr Grund hast, sie nicht zu mögen. Du hast den Augenblick gewählt, in dem dein Mann eindeutig auf dem Weg der Besserung war. Du willst offensichtlich von ihm wegkommen. Er hat dich nicht schlecht behandelt, weil er zu krank war, um dich überhaupt zu behandeln. Also?«

»Ich habe es Ihnen gesagt, Massa Bart. Ich bin verrückt. Einfach übergeschnappt.«

»Hör damit auf, Phoebe. Verrückte zeigen schon lange, bevor sie wirklich wahnsinnig werden, Anzeichen einer geistigen Störung. Du nicht. Du hast den armen Wes wie ein Engel gepflegt. Du hast dich nicht verändert. Deshalb erzähl mir die Wahrheit. Sündigen ist menschlich, Kind. Du warst einmal nachts zu einsam, zu verwirrt, zu traurig, nicht wahr? Deshalb hast du einem gut aussehenden Mann erlaubt, dich zu trösten; er ist so weit gegangen, daß ihr nicht mehr zurückkonntet.«

»Nein, Sir. Wie kommt es nur, daß die Weißen in manchen Dingen so klug und in anderen wieder so dumm sind?«

»Weil wir auch nur Menschen sind, Phoebe!«

»O Gott, Massa Bart, wie können Sie nur so gut zu mir sein? Wenn Sie gemein gewesen wären, geschimpft, geflucht und mich geschlagen hätten, hätte ich den Mund gehalten. Aber jetzt kann ich es nicht. Ich muß Ihnen die Wahrheit sagen, weil Sie mein Herz geschmolzen haben, weil Sie so sanft und lieb und freundlich sind.«

»Und was ist die Wahrheit?«

»Sie haben recht, Sir. Ich bin in anderen Umständen. Ich habe ein kleines Bastard-Baby im Bauch. Aber mit allem anderen haben Sie nicht recht. Weil ich meinen Mann nie betrogen habe, Sir.

Wenn man betrügt, tut man es freiwillig, nicht wahr? Ich bin aber gezwungen worden.«

»O Gott, Phoebe, wer ist der Schuldige? Wenn es einer von meinen Niggern ist, laß ich ihn auspeitschen, bis er halbtot ist. Und wenn er einem meiner Nachbarn gehört, verlange ich, daß sie das gleiche tun. Verdammt! Eine arme Frau zu vergewaltigen ist das Schlimmste.«

»Sir, o Gott, das können Sie nicht tun. Weil der Mann, der mich gezwungen hat – der Pa von meinem armen Baby –, kein Nigger ist. Er ist ein Weißer, Sir. Ein Freund von Ihnen. Oder jedenfalls von Massa Bascomb.«

»O du großer Gott! Sag es mir nicht. Ich weiß es. Dieser gewissenlose, nichtsnutzige Weiberheld und Schandfleck der gesamten weißen Rasse. Wie, um Himmels willen, kann ein Mann wie Wally Bibbs, der anständigste Mann, den ich kenne, je einen Sohn wie –«

»Massa Bob gezeugt haben. Ja, Massa Barton, Sie haben recht. Er war es. Von Anfang an. Die Geschichte, daß er den armen Jonas umgebracht hat, weil er mich vergewaltigt hat, war eine Lüge. Es war genau umgekehrt. Nicht, daß Jonas es nicht versucht hat. Er wollte es. Er hat mich aus Wes' Hütte weggetragen, nachdem er Käpt'n Wally und Wes angeschossen hat. Aber wie wir in seiner Hütte waren, hat er es nicht können. Das Ding, Sie wissen schon, Sir, ist nicht steif geworden. Deshalb ist er weggelaufen. Wahrscheinlich, um noch mehr Whisky zu trinken. Massa Bob muß Jonas gefolgt sein. Bei ihm war alles in Ordnung. Dann ist Jonas zurückgekommen und hat ihn dabei erwischt, wie er es mit mir gemacht hat. Jonas war immer verrückt nach mir. Deshalb hat er Massa Bob angegriffen. Da hat ihn Massa Bob getötet. In Selbstverteidigung. Am Weihnachtsabend. Ausgerechnet in der Nacht, in der Gott geboren wurde.«

»Phoebe, du hast mich gerade an etwas erinnert, was Miss Ruth gesagt hat. Wenn Bob Bibbs dich am Weihnachtsabend vergewaltigt hat, müßte man jetzt schon etwas merken. Du bist zwar etwas dicker, aber –«

»Ich habe keinen dicken Bauch. Ja, Sir. Sie haben recht, es sind erst zwei Monate. Deshalb weiß ich, daß dieses Baby nicht das

Kind von meinem armen Wes ist. Wer hat Ihnen denn gesagt, daß Massa Bob mit einem Mal genug hat, Sir?«

»Phoebe, es widerstrebt mir, das von dir zu denken, aber ich kann kaum glauben, daß Mister Bob dich wiederholt vergewaltigt hat. Du bist ja groß und kräftig.«

»Sir, die ersten Male, die er es danach versucht hat, habe ich ihn abgewehrt, aber dann hat er mich herumgekriegt. Er hat mich dazu gebracht, mich nicht mehr zu wehren. Haben Sie je gehört, Sir, daß Käpt'n Wally gesagt hat, er hinterläßt Wes in seinem Testament Massa Bob? Ich meine, daß er Wes ausdrücklich Massa Bob hinterläßt und nicht Massa Ash, weil er sich darauf verlassen kann, daß Wes Massa Bob aus seinen Schwierigkeiten hilft?«

»Nein, Phoebe, ich habe ihn nie etwas Derartiges sagen hören. Warum fragst du?«

»Wahrscheinlich hat Massa Bob auch dabei gelogen, wie er bei allem lügt. Aber er hat mir das jedenfalls erzählt. Mit so ernstem Gesicht, daß ich es geglaubt habe. Käpt'n Wally liegt ja im Sterben, Sir. Vielleicht gehört dann Wes Massa Bob. Und Massa Bob hat gesagt, daß das erste nach dem Tod seines Vaters sein wird, daß er Wes verkauft. In ein anderes Land. Auf eine Zuckerrohrplantage in Kuba oder Brasilien. Ich weiß nicht, wo diese Länder sind, aber ich weiß, daß sie mächtig weit weg sind. Damit ich Wes behalte, habe ich also nachgegeben. Jedenfalls habe ich geglaubt, daß es so gehen wird. Aber jetzt –«

»Phoebe, Wes liebt dich. Erklär es ihm. Er wird ganz bestimmt –«

»Mir vergeben? Ja, Sir. Ich glaube, das würde er, weil er gut und edel und freundlich und liebevoll ist. Aber Sir, haben Sie jemals einen Mann gesehen wie meinen Wes? Können Sie sich vorstellen, daß ihn irgend etwas daran hindern wird, Massa Bob umzubringen, wenn er es erst einmal weiß? Ich habe das Massa Bob auch gesagt, aber er hat sogar das gegen mich benützt. Er hat mir gesagt: ›Na schön, Phoebe, Wes wird mir alle Knochen im Leib brechen, wenn er draufkommt. Und was dann? Was würde es dir nützen, Mädchen? Stell dir nur vor, wie die Weißen ihn an einen frischen Stamm ketten, so daß er langsam verbrennt und du sein Weinen und Betteln und Schreien lange, lange hörst, bis er endlich tot ist. Vorher schneiden sie ihm die Nase, die Ohren, die Finger einzeln ab und peitschen ihn vom Kopf bis zu den Füßen blutig. Das geschieht mit einem Nigger, der einen Weißen tötet. Willst du das, Mädchen? Ein mächtig hoher Preis für meinen Tod.‹«

»O Gott!«

»Sehen Sie jetzt, warum Sie mich verkaufen müssen, Sir? Nicht weil ich mich schäme und Angst habe, Wes ins Gesicht zu sehen, sondern weil es schon genug Tote gibt und ich nicht will, daß mein Mann stirbt. Ich will nicht einmal, daß Massa Bob stirbt, weil er nichts dafür kann. Der arme Teufel, sein Ding wird immerzu steif, und er muß es irgendwo hineinstecken.«

»Phoebe, um Himmels willen!«

»Entschuldigen Sie, Sir. Ich habe nie so schmutzig gesprochen. Massa Bob hat es mir beigebracht. Er hat mir alle möglichen dreckigen Dinge beigebracht, die ich im sagen muß, während er es mit mir tut. Er hat nicht nur meinen Körper vergewaltigt, sondern auch meine Seele. Ich war ein braves Mädchen, und er hat eine Hure aus mir gemacht. Eine gemeine Hure, die dreckige Dinge sagt, die den Spiegel in ihrer Hütte zur Wand gedreht hat, weil ihr schlecht wird, wenn sie ihr häßliches, verbrauchtes Hurengesicht sieht. Bitte, Massa Bart, verkaufen Sie mich. Sehen Sie denn nicht, daß Sie es tun müssen?«

»Ja, Phoebe, du hast recht. Ich muß es wirklich. Aber ich werde dich um einen Dollar an meinen Cousin, den Reverend Merton Collins in Montgomery, Alabama, verkaufen. Er ist Geistlicher, und er und seine Frau sind die freundlichsten Menschen, die ich kenne. Sie werden für dich und dein Kind sorgen. Dafür mußt du ihnen treu und brav dienen. Versprichst du es mir?«

»O Gott, Sir. Natürlich verspreche ich es. Ich tue alles, damit ich von hier wegkomme und mein Wes leben und mich vergessen kann. Vielleicht kann er ein neues Leben mit einem anderen Mädchen beginnen. Vielleicht mit der verdammten Ruby.«

»So ist's recht, Phoebe. Komm her, Kind.«

Ruby lugte um die Ecke und sah, wie Barton Collins durch das Gitter Phoebe väterlich auf die Stirn küßte. Dann sagte er traurig: »Möge Gott sich segnen und beschützen, Tochter.«

Damit drehte er sich um und ging.

»O Sir, Sie sind so gut«, jammerte Phoebe. Sie und Käpt'n Wally sind die besten weißen Männer, denen der liebe Gott Leben eingehaucht hat. Gott segne Sie, Sir. Gott segne Sie, solange Sie leben.«

»Phoebe«, schluchzte Ruby. »Komm her, du armes, armes Ding.«

Phoebe sah Barton Collins nach, der gerade auf seinem prächtigen Grauschimmel verschwand. Dann flüsterte sie: »Du hast alles gehört, nicht wahr? Du hast gelauscht, ja? Und jetzt gehst du geradewegs zu meinem armen Wes und erzählst es ihm.«

»Nein, das tue ich nicht. Ich werde keinem Menschen auch nur ein Wort sagen. Wes nicht und auch sonst niemandem. Möge der liebe Gott mich tot umfallen lassen, wenn ich jemals irgendwem etwas von deinen Schwierigkeiten sage.«

»Sprich nicht von Gott. Vielleicht hört er dich und nimmt dich beim Wort. Ich kann dir einfach nicht glauben. Du liebst meinen Wes, und es wäre dumm von dir, wenn du das nicht ausnützt.«

»Und du meinst, daß ich nicht dumm bin?«

»Richtig. Du bist viel gescheiter als die meisten Weißen. Es gibt also keinen Grund – außer, daß du vielleicht das Licht gesehen und etwas von christlicher Nächstenliebe gelernt hast –, warum du nicht reden solltest. Ich glaube nicht, daß du für mich Mitleid und Freundlichkeit empfindest. Wie ich gesagt habe, gibt es keinen Grund.«

»Nur einen, und den hast du schon genannt: daß ich nicht dumm bin. Phoebe, die Menschen sind immer auf die Leute böse, die ihnen schlechte Nachrichten bringen. Wes liebt dich, liebt dich wirklich. Den, der ihm das erzählt, wird er sein Leben lang hassen und verachten. Weil ich nicht dumm bin, werde ich's also nicht sein. Darauf kannst du deinen letzten Cent wetten. Und es wird auch niemand sagen können: ›Hör mal, Wes, ich habe es von Ruby Thomas, sie hat Massa Bart Collins und Phoebe belauscht.‹ Ich werde Wes nie Grund geben, mich zu hassen und zu verachten. Erstens, weil ich ihn liebe, und zweitens, weil ich nicht dumm bin. Wenn die blöden Nigger schlecht über dich reden, wie sie es immer in solchen Fällen tun, werde ich dich loben, als wärst du ein

Engel. Später wird Wes dann denken: Die kleine Ruby ist gar nicht so schlecht, weil sie nie etwas Schlechtes und Gemeines über meine Phoebe gesagt hat.«

»Auch nicht, daß ich Füße wie Paddel habe? Daß ich so schwarz bin, daß Wes mich ohne Nachthemd nicht findet?«

»Phoebe, es tut mir leid, daß ich das gemeine Lied gesungen habe. Du tust mir auch leid. Wir beide tun mir leid. Weil wir beide Nigger sind und beide den Weißen gehören. Was mit dir geschehen ist, könnte mir genauso zustoßen. Es kann jedem armen Sklavenmädchen im Süden passieren. Deshalb glaub mir, daß ich mich über deinen Kummer und deine Sorgen nicht freue. Es tut mir leid, daß du Wes verlassen mußt; aber du hast recht. Wenn du es nicht tust, wird er getötet. Ich bete sogar, wenn es einen Weg für dich zurück gibt, daß du ihn findest. Weil ich diesen pechschwarzen Kerl so sehr liebe, daß ich möchte, daß er glücklich ist. Auch wenn ich dabei unglücklich werde. Wenn du also mein Wort willst, daß ich deinen geliebten Mann in Ruhe lassen werde, hast du es.«

Phoebe starrte sie an und flüsterte: »Komm her, Ruby.«

Ruby trat erstaunt an das Fenster.

»Jetzt streck die Arme durch das Gitter. Leg sie um mich. So ist's gut. Jetzt gib mir den Schwesterkuß.«

Ruby küßte sie. Sie hielten einander durch das Gitter umschlungen, und ihre Tränen flossen ineinander.

»Hör mir zu«, sagte Phoebe ruhig, »ich will dein Wort nicht, daß du Wes in Ruhe läßt. Weil ich nie mehr zurückkomme. Ich muß ein braunes oder vielleicht sogar gelbes Kind aufziehen. Selbst wenn es tot geboren ist, kann ich nicht zurückkommen. Weil mein Wes mir nur in die Augen schauen muß, und eine Minute später weiß er die ganze Wahrheit. Deshalb sage ich dir – geh zu Wes! Nimm ihn zum Mann. Sei gut zu ihm, Ruby, liebevoll und freundlich und treu. Ich wollte so sein, aber ich darf es nicht. Er ist der verdammt süßeste Mann, den eine Frau haben kann. Jetzt gehört er dir. Ich schenke ihn dir. Aber wenn du ihn je betrügst oder schlecht behandelst, komme ich aus der Hölle zurück und bestrafe dich.«

»Er will mich nicht, Phoebe. Er wird mich nicht nehmen. Er will nur dich.«

»Du mußt dich anstrengen, Ruby. Bring ihn dazu, dich zu lieben. Weil ich nicht will, daß ihn jemand anderer bekommt. Vor allem nicht die freche Rosieshawn, die es ganz bestimmt versuchen wird. Du bist die einzige, der ich traue. Ich habe gesehen, wie du ihn gepflegt hast. Wenn du nicht gewesen wärst, wäre er gestorben. Ich war ganz nutzlos, weil ich so erschreckt und verletzt und beschämt war. Deshalb mußt du seine Frau werden und ihn glücklich machen. Versprichst du es mir, Ruby? Schwörst du es auf die Bibel?«

In Ruby tobten die widersprechlichsten Gefühle. Liebe, Hoffnung, Sorge, Kummer, Scham und Angst. Auch Freude, auf die sie kein Recht hatte, die sich aber nicht unterdrücken ließ.

»Ich verspreche es dir, Phoebe. Ich glaube, das ist das leichteste Versprechen, das ich je gegeben habe. Oder vielleicht das schwerste.«

26

»Ja, Wes, das stimmt«, sagte Pee Wee. »Massa Bart hat sie verkauft. Ich weiß nicht wohin. Niemand weiß es.«

»Aber – aber –«, flüsterte Wes. »Er hat es versprochen, Pee Wee. Käpt'n Wally wollte nicht, daß der weiße Prediger das mit der ›Trennung‹ sagt, und Massa Bart hat zugestimmt. Niemand hat je gehört, daß die Bibbs oder die Collins ein Ehepaar getrennt hätten, indem sie einen Teil verkauft haben.«

»Er hat es aber getan, Wes. Du kannst es ihm nicht einmal übelnehmen. Denn wenn ein Niggermädchen ihre weiße Herrin zusammenschlägt, wie Phoebe es mit Miss Ruth getan hat, muß man sie verkaufen. Da gilt kein Versprechen, kein Pflanzer behält sich einen verrückten Nigger.«

Wes war noch sehr schwach. Seine Fähigkeiten hatten ihn verlassen. Er konnte die Menschen nicht mehr denken hören und sah auch keinen Lichtschein mehr um ihren Kopf.

»Phoebe hat Miss Ruth zusammengeschlagen? Nicht Missy Abigail?« fragte er.

»Richtig, Wes, du bist noch sehr krank, aber ich muß dir sagen, was ich mir denke. Es ist besser für dich, wenn du es von Anfang an weißt, so daß es dich nicht überrascht, wenn du es am wenigsten erwartest. Nicht nur ich, alle Collins-Nigger denken dasselbe, auch meine Sary. Sie hat mich erst auf die Idee gebracht.«

»Was ist mit Ruby? Glaubt sie es auch?«

»Das weiß ich nicht. Es ist komisch. Ruby hat immer verdammt zuviel gesprochen; aber jetzt, bei der Geschichte mit der armen Phoebe, ist sie stumm wie ein Fisch. Das ist bestimmt nicht normal.«

»Sicherlich nicht. Sprich weiter, Pee Wee.«

»Sary und alle Niggermädchen bei den Collins glauben, daß irgendein geiler Niggerbastard einmal in der Nacht in die Hütte der armen Phoebe geschlichen ist und sie vergewaltigt hat. Weil niemand, nicht einmal die vorlaute kleine Rosieshawn, glaubt, daß Phoebe dich betrogen hat. Alle sind sich einig, daß, wenn es so war, die arme Phoebe dazu gezwungen worden ist. Gott weiß, daß das arme Ding sogar den Boden küßt, auf dem du gehst. Wir stellen uns also vor, daß irgendein geiler Nigger sie vergewaltigt hat, als sie einmal ganz erschöpft war und tief geschlafen hat und nicht rasch genug munter geworden ist, um den Kerl abzuwehren. Und dann kommt die Zeit für ihre Regel, und es ist nichts, und ihr ist jeden Morgen schlecht, und sie kotzt wie ein Hund –«

»Ich verstehe, was du meinst. Bitte sprich weiter.«

»Mein Gott, Wes, du weißt, wie schamhaft Phoebe ist. Schüchtern, sanft. Wahrscheinlich hat sie sich nicht getraut, dir –«

»Die Wahrheit zu sagen. Sie hätte mir die Wahrheit sagen können. Sie weiß genau, daß ich ihr alles verzeihe, wenn es nicht ihre Schuld war.«

»Woher hätte sie das wissen sollen? Die meisten Niggermänner greifen nach dem Gürtel, dem Stock und oft genug nach dem Rasiermesser, und dann verprügeln und zerschneiden sie ihre arme Frau schrecklich. Ich glaube, daß sie sich zu sehr geschämt hat und es nicht fertiggebracht hat, dir davon zu erzählen, deshalb –«

»Hat sie sich ausgedacht, wie sie Massa Bart zwingen kann, sie zu verkaufen. Missy Ruth, die so klein und zierlich und ruhig und süß ist. Nicht Missy Abigail, die groß und kräftig ist. Ja, du hast recht. So ist es gewesen.«

»Wes, was wirst du jetzt tun?«

»Nichts, Pee Wee, sterben. Wenn meine Phoebe davongelaufen ist, sich hat verkaufen lassen, dann hat sie mich wirklich betrogen. Sie weiß, wie sehr ich sie liebe. Sie weiß verdammt genau, daß ich ihr alles, einfach alles verzeihen kann. Wenn sie ein Kind von irgendeinem Nigger bekommt, wenn der Nigger sie gezwungen hat, würde mich das traurig, aber nicht wütend machen. Ich würde den Nigger umbringen, wenn ich ihn erwische. Aber ich würde meiner Phoebe kein Haar krümmen – außer, wenn ich sie küsse –« und das weiß sie. Warum ist sie davongelaufen, wenn sie nicht schuldig ist? Deshalb kann ich nichts tun.«

»Du hast sterben gesagt, Wes.«

»Das ganz bestimmt. Ich werde mir nichts antun, wie es andere oft machen. Ich muß nicht. So wie ich mich jetzt fühle, muß ich mich nur lang ausstrecken und loslassen.«

»Wes! O verdammt, warum habe ich nicht mein großes Maul gehalten! Wes, hör mir zu, das kannst du nicht. Wir brauchen dich. Wir armen Teufel brauchen dich!«

»Ach, verschwinde und laß mich in Ruhe!«

Der kleine Jockey verließ Wes; sein Gesicht war grau vor Sorge und Angst. Wes stand langsam und mühsam auf und machte ein kleines *Attoh.* Er hatte natürlich nicht die Dinge, um ein richtiges *Attoh* zu machen, denn er brauchte dazu mindestens ein Lebewesen, ein Huhn, eine Ziege, als Opfer. Dennoch tat er, was ihm möglich war, und opferte den Kuchen, den Sary für ihn gebacken hatte, und sein gesamtes Mittagessen, das die *Tau Vudun* vielleicht besänftigen würde, da es zum Teil aus kaltem Huhn bestand. Als *Iixa* vergoß er den Wein, den ihm Mrs. Lucille Bibbs regelmäßig schickte, obwohl ihr sterbender Mann ihre ganze Zeit und Aufmerksamkeit beanspruchte.

»Große Vorfahren, die Götter geworden sind«, betete er in seinem heimatlichen *Fau,* »hört mich. Sendet mir die Frau wieder, die ich liebe. Euch, o *Taukwiyos,* Gründer meiner Sippe, bitte ich, sie ausfindig zu machen, wo immer sie sich aufhält, und sie zu mir zurückzubringen. Sagt ihr, daß ich ihr vergebe, ganz gleich, was sie getan hat. Sendet mir Phoebe wieder, ich bitte euch. Denn ohne sie kann und will ich nicht leben.«

Er kauerte, bis seine Knie schmerzten, bis sein noch immer wunder Bauch wie Feuer brannte. Aber die Götter schwiegen. Kein *Vudun* antwortete ihm. Er hob den hageren, ausgemergelten Kopf und schrie mit einer Stimme wie zersplitterndes Glas:

»Dann, o Götter des Himmels, weint um mich. Weint um meinen Kummer und meinen Verlust. Tränkt diese Erde mit euren Regentränen, *Vudun* des Himmels. Sie ist leer, bedeutungslos, ohne Inhalt. Das Böse hat von ihr Besitz ergriffen. Ich will nicht auf ihr leben. Phoebe war mein Magnet, der Mittelpunkt meines Lebens, mein Herz. Ihr habt es für richtig gehalten, sie mir zu nehmen. So sei es. Aber indem ihr das getan habt, habt ihr mich tödlich verwundet. Ich bitte euch, mich gnädig zu vernichten. Macht ein Ende mit mir. Macht ein Ende mit der Welt.«

Er blieb knien und lauschte.

Dann geschah es.

Ein Regenguß, dicht wie eine Wand, stürzte vom Himmel. Der Donner krachte, dröhnte und grollte, daß den Menschen der Verstand stillstand. Die Blitze machten die Nacht zum Tag, fuhren in die große Roteiche vor Wes' Tür und verwandelten sie in einen Feuerball, bis nur noch brennende Splitter übrig waren.

Weinend stand Wes auf. Er wankte in die Nacht, in den Regen hinaus. Dann verließen ihn die Kräfte, und er fiel hin. Er versuchte aufzustehen, es gelang ihm aber nicht. Er kroch weiter, in den heulenden Sturm hinaus, in den Tod, den er ersehnte.

»Du Schwein!« sagte Ashton Bibbs zu Townsend Graves. »Du bist hergekommen, hast das Krankenzimmer meines Vaters betreten und ihn wegen einer Spielschuld bedrängt, die mein nichtsnutziger Bruder bei dir gemacht hat. Verschwinde! Warte unten auf mich. Nicht einmal einen Lumpen wie dich will ich bei einem Wetter wie diesem hinausjagen, aber –«

»Zwanzigtausend Dollar sind zwanzigtausend Dollar, mein lieber Ash. Beruhige dich also. Ich wollte mich nur bei deinem Vater vergewissern, ob Beau Bob gelogen hat, als er behauptete, er würde den Westabschnitt erben, den er mir für seine Schuldscheine verpfändet hat. Sollte er mich nämlich betrogen haben, werde ich die Familie Bibbs und die Welt von einem verdammten Ärgernis befreien. Ich hasse es, Pulver und Blei für jemanden wie Bob zu verschwenden, aber schließlich und endlich kann man einem Gentleman nicht erlauben, sich vor seinen Ehrenschulden zu drücken, nicht wahr?«

»Falls mein Vater stirbt, weil du ihn aufgeregt hast, werde ich dich fordern, Townsend. Und ich bin kein Trunkenbold wie mein Bruder. Meine Hände zittern nicht.«

»Aber in einem solchen Fall hätte ich die Wahl der Waffen. Ich würde Degen wählen. Ich glaube nicht, daß du je in deinem Leben irgendeine Hieb- oder Stichwaffe in der Hand gehabt hast. Stimmt's? Hab' ich recht?«

»Es stimmt, aber ich werde dich trotzdem umbringen.«

»Tatsächlich? Das wird dir aber ein bißchen schwerfallen, alter Junge. Ich habe bei Raoul Robert aus Paris fechten gelernt. Er hat mich als seinen besten Schüler bezeichnet. Also seien wir lieber nicht voreilig. Es tut mir leid wegen deines Vaters. Ich hatte gehört, daß es ihm besser geht. Daß er sogar gesund wird. Aber das stimmt nicht. Ein Jammer. Es tut mir leid, Ashton, ehrlich. Ich habe ihn bewundert, genau wie ihr alle.«

»Dann hättest du ihn respektieren müssen. Warte unten auf mich. Vielleicht können wir uns irgendwie über das Geld einigen, das mein Bruder dir schuldet.«

»Das klingt schon besser. Das klingt eindeutig besser, Ashton.«

»Ash«, krächzte Wallace Bibbs. »Bring mir die Geldkassette aus meinem Arbeitszimmer. Jetzt gleich, Sohn.«

»Papa, du darfst dich nicht aufregen.«

»Ich rege mich nicht auf. Ich sterbe. Heute noch. Ich muß das erledigen. Bring mir die Kassette, Junge.«

»Wally, bitte«, sagte Lucille Bibbs.

»Papa, bitte«, wiederholte Ashton.

»Hol sie, Sohn.«

Ashton blickte seine Mutter an. Sie nickte. Er ging ins Arbeitszimmer und kam mit der Kassette zurück.

»Öffne sie«, befahl Wallace Bibbs.

Ashton öffnete sie. Er sah, daß zwei zusammengefaltete Dokumente in ihr lagen, jedes mehrere Seiten stark und mit großen, roten Wachssiegeln versehen. Das zuoberst liegende Dokument war schneeweiß, steif und neu; das darunter war schon ein wenig vergilbt und an den Rändern aufgebogen.

»Meine Testamente«, flüsterte Wally, »das obere ist das letzte und hebt das andere auf. Ich habe es von Tol Weatherbee vor drei Wochen aufsetzen lassen.«

»Wally, bitte. Du darfst nicht sprechen. Wirklich nicht«, unterbrach ihn Lucille.

»Ich muß sprechen, Lucille. Mein letzter Atemzug soll einem vernünftigen Zweck dienen. Ash, nimm das neue Testament und verbrenne es im Kamin.«

»Papa, nein. Das ist nicht fair. Ich weiß nicht, was in den Testamenten steht.«

»Deshalb ist es fair. Du weißt es nicht. Du wirst es erst morgen erfahren, wenn das alte verlesen wird.«

»O Wally, nein«, weinte Lucille.

»Ja, Lucille, meine liebe Lucille. Die beste Frau, die ein Mann haben kann, die beste Mutter seiner Söhne.«

»So ist es, Papa«, sagte Ashton.

»Verbrenne das neue Testament, Ashton.«

»Tu es, Sohn«, flüsterte Lucille, »wir werden die Möglichkeit haben, auf andere Weise zu helfen, etwas gutzumachen.«

Ashton ging zum Kamin und warf das Testament ins Feuer. Dann wendete er sich mit Tränen in den Augen wieder seinem Vater zu.

»Stell einen Wechsel aus. Auf zwanzigtausend Dollar. Für diesen elenden Lumpen unten. Datiere ihn mit übermorgen. Bis dahin wirst du mehr als diesen Betrag geerbt haben.«

»Papa, bitte, ich will dein Geld nicht. Ich will, daß du lebst und bei uns bleibst.«

Wallace grinste seinen Sohn zynisch an.

»Tut mir leid, den Gefallen kann ich dir nicht tun. Gib ihm den Wechsel. Dann versetz ihm einen Tritt in den Hintern und schmeiß ihn raus. Du hast mich verstanden Sohn, ja?«

»Das wenigstens wird mir ein Vergnügen sein, Papa. Und, Papa, ich habe mir jede Nacht, seitdem dies geschehen ist, den

Kopf darüber zerbrochen, ob es eine Entschuldigung, ob es Verzeihung für die Sünde gibt, die ich begangen habe. Ich glaube nicht. Ich habe ein unschuldiges Mädchen verdorben, ihr die Tugend geraubt, den guten Ruf, die Ehre eine jungen Frau vernichtet. Aber zum Vatermörder bin ich gegen meinen Wunsch und Willen geworden. Papa, ich will von dir weder Land noch Sklaven, noch Geld, sondern Vergebung. Ich bin ein schlechter Sohn gewesen, das weiß ich.«

»Komm her, Ash. Komm zu mir.«

Ashton stolperte zum Bett und kniete nieder.

Wallace legte ihm die zitternde, kalkweiße Hand auf den Kopf.

»Ich verzeihe dir von Herzen, Sohn«, flüsterte er. »Ich habe es von Anfang an getan. Wenn jeder Mann, der es mit dem falschen Mädchen treibt, in die Hölle käme, wäre die schon längst überfüllt. Ich habe dich ja nicht in ihrem Schlafzimmer erwischt. Sie ist zu dir geritten und hat ihre Höschen gleich daheim gelassen. Nicht wahr?«

Er sah, wie Ashton errötete.

»Ha«, kicherte er, »diesmal habe ich den Nagel auf den Kopf getroffen, was? Es gibt solche Sünden und auch andere Sünden. Du hast einen Fehltritt begangen. Aber du warst nie gemein, hast es nie an Achtung oder Liebe mir und deiner Mutter gegenüber fehlen lassen. Du bist jeden Abend an meinem Bett gesessen. Du siehst völlig erschöpft aus. Wie oft ist Bob hergekommen? Wo ist er jetzt?«

»Papa, vergib auch ihm. Ich bitte dich, flehe dich an.«

»Gut«, seufzte Wallace. »Aber schick ihn ohne einen roten Heller von hier fort, Ash. Das ist mein letzter Wunsch. Nicht aus Rache, sondern weil ihm nur Entbehrungen, Leiden und Sorgen den Kopf zurechtsetzen und ihn auf den richtigen Weg bringen können.«

»O Wally, nein«, weinte Lucille.

»Deine Liebe ist die Liebe einer Mutter. Zärtlich und unvernünftig. Setz Bob zwei Jahre lang ohne einen Pfennig auf die Straße, und er wird es schaffen. Er ist unser Sohn, wir haben ihn zu sehr verwöhnt, er ist zu weich. Die harte Notwendigkeit, die Armut –«

Seine Stimme erstarb.

»Wally«, flüsterte Lucille.

»Er schlummert nur, Mama«, sagte Ashton. »Wenn er aufwacht, wird es ihm besser gehen.«

Er irrte sich. Um drei Uhr früh starb Wallace Bibbs sehr ruhig und mit großer Würde, so wie er gelebt hatte.

»Hör zu, Pam, Liebling«, sagte Tolbert Weatherbee. »Ich weiß, daß du an der Reihe bist, die Totenwache bei Captain Wally zu halten. Aber du kannst bei einem solchen Gewitter nicht aus dem Haus gehen. Gott, wie unheimlich schnell es aufgezogen ist. Eben haben noch die Sterne geleuchtet, und im nächsten Augenblick haben sich die Schleusen des Himmels geöffnet, und die Sintflut hat sich über uns ergossen. Horch, ich könnte schwören, daß ich jammernde Stimmen im Sturm höre, wahrscheinlich, die Seelen der Verdammten. Aber ich bin ein abergläubischer Dummkopf, nicht wahr?«

»Vielleicht sind es unsere Seelen, Tol, deine und meine. Seltsam, wie sich unsere kleine Welt verändert hat. Meine Scheidung ist aufgeschoben, weil jeder Gerichtshof automatisch gegen eine Frau entscheiden würde, die eine Klage gegen den Sohn eines so angesehenen Vaters erhebt, während dieser Vater auf dem Sterbebett liegt. Das hast jedenfalls du behauptet, Liebling, und du hast leider recht. Noch dazu läßt Captain Wally dich holen und ein neues Testament aufsetzen, in dem er meinem geliebten Mann beinahe die Hälfte seines Besitzes vermacht und das alte Testament außer Kraft setzt, mit dem er Bob enterbt hatte. Er ist also nichts mit der Hälfte von Rosebriar. Bob wird sie innerhalb eines Jahres beim Kartenspiel verlieren, vertrinken, mit Frauen durchbringen. Aber ich habe ja dich dafür. Allerdings selten, weil Captain Wallys Unglück unser kleines Arrangement durcheinandergebracht hat. Nun, mein geliebter Tol, dann dürfen wir diese Gelegenheit nicht ungenützt vorbeigehen lassen. Was meinst du dazu, wenn wir selbst ein kleines Gewitter veranstalten?«

»Schamloses Weib«, lachte Tolbert und küßte sie. Aber dann runzelte er die Stirn. »Wir können es nicht, Pam. Ich habe dich nur zufällig besucht, nicht wahr? Um zu sehen, wie du mit der Strapaze fertig wirst. Du hältst dich großartig, meine Süße. Ich hatte jedoch nicht die Absicht zu bleiben und wäre schon längst fort, wenn nicht dieses verdammte Gewitter gekommen wäre.«

»Verwünsche das Gewitter nicht, Tol, mir ist es ein Geschenk des Himmels.«

»Ich bin ganz deiner Meinung. Aber leider habe ich nicht, wie dein leichtfertiger Mann, die Gewohnheit, Kondome mit mir herumzutragen, um nur ja keine Gelegenheit zu versäumen, die sich mir bietet. Ich bin also, Geliebte, nicht im geringsten vorbereitet . . .«

»Macht nichts! Ich hasse diese scheußlichen Dinger sowieso, Tol. Sie stören nur. Tun wir's ohne sie, Liebster.«

»Aber Pam, wir gehen ein –«

»Großes Risiko ein. Das ich gern auf mich nehme. Was haben wir zu verlieren? Was kann uns im schlimmsten Fall geschehen? Ich werde wieder Mutter. Zum zweiten Mal. Die Aussicht auf die Unannehmlichkeiten, die Schmerzen ist keinesfalls verlockend. Aber andererseits würde ich dein Kind in mir tragen, Tol. Das Ebenbild des Mannes, den ich liebe. Ein kleines Du, das ich halten, an mich drücken kann. Und was weiter? Wir werden gewisse Konzessionen machen. Das heißt, daß wir unser Leben im Norden neu aufbauen müssen, was für mich weniger schmerzlich sein wird als für dich, Liebster. Ich bin nämlich in Massachusetts aufgewachsen. Wir werden Hals über Kopf fliehen müssen, werden unsere Beziehung nicht legalisieren können, außer Bob läßt sich von einem Hahnrei in flagranti erwischen und umbringen. Diese Möglichkeit ist keineswegs von der Hand zu weisen. Trotz allem würde es uns nicht schlecht gehen. Ich werde deinen Ring tragen und tugendhaft wirken. Du wirst die personifizierte Ehrbarkeit sein. Es ist so gut wie überhaupt keine Gefahr damit verbunden. Hast du je gehört, daß man ein ruhiges, unauffälliges Ehepaar nach seinem Trauschein fragt? Wie viele Männer und Frauen wissen nach ein oder zwei Jahren schon nicht mehr, in welcher Schublade das Dokument liegt.«

»Das stimmt, aber –«

»Aber Unsinn! Laß uns nicht die ganze Nacht mit Gerede vergeuden. Ich will, daß du mich liebst, Tolbert. Ich will mit dir ins Bett gehen. Warm und nackt und hingerissen in deinen Armen liegen. Ich weiß, das klingt gräßlich. Schamlos. Nicht damenhaft. Ich bin eben keine Dame. Ich bin ich. Eine Frau, deren Leidenschaft sie verbrennt, und die sich selbst haßt, verachtet, voller Scham ist. Die sicherlich jetzt schon tot wäre, wenn sie nicht wenigstens gelegentlich an deiner Wärme, deiner Zärtlichkeit, deiner Güte, deinem Edelmut teilhaben könnte, wenn du nicht der Felsen wärst, die Eiche, an die sie sich wie Efeu klammert, die Stärke, die ihre Schwäche ausgleicht, das Leben.«

»O Gott, Pam, sag nie wieder so etwas. Denke es nicht einmal. Ich bitte, ich beschwöre dich.«

»Warum nicht? Es ist ja alles wahr. Also, Tol, Liebling, wirst du mir diesen Gefallen tun?«

»Hör auf! Gut, du hast gewonnen. Wie immer. Auch wenn du mich bis zur Sprachlosigkeit schockieren mußt.«

»Ich werde deine Widerstandskraft gegen Schocks testen. Heute nacht gebe ich mich so wild, wie ich wirklich bin. Sei also gewarnt. Küßt du mich, Tol?«

Er beugte sich zu ihr, um sie zu küssen. Aber bevor er ihren Mund erreichte, zerriß ein fürchterlicher Blitz die Nacht. Der darauf folgende Donnerschlag erschütterte das ganze Haus.

»Maaaaa-maaa«, kreischte die kleine Deirdre.

»Warte auf mich, Liebster«, sagte Pam. »Ich muß sie beruhigen. Ich bin auf solche Situationen vorbereitet. Eine Laudanumtinktur, die ihr der junge Doktor Raintree verschrieben hat, natürlich so schwach, daß ein Kind sie nehmen kann. Die arme Kleine ist wieder krank, eine der sogenannten Wintererkältungen, die meine Tochter das ganze Jahr über hat. Setz dich, rauche, wenn du magst. Ich bin gleich wieder da. Versuche also nicht, dich davonzuschleichen.«

»Mach dir keine Hoffnungen«, lachte Tolbert. »Ich lasse mich lieber von einer gewissen kleinen Hexe verbrennen, als von einem Gewitterregen ertränken.«

»Bist du's, Pee Wee?« rief Sary. »Komm herein, es regnet ja fürchterlich. Wir haben Besuch – Ruby ist auf einen Sprung vorbeigekommen, und das Gewitter hat sie überrascht. Ich glaube, wir müssen sie heute nacht hierbehalten.«

Pee Wee kam herein.

»Ich schlafe in der Mitte«, grinste er, »und ihr beiden Süßen könnt mich abwechselnd in die Rippen boxen, damit ich weiß, nach welcher Seite ich mich drehen soll.«

»Wenn du dich zu mir drehst, kratz ich dir die Augen aus«, meinte Ruby nicht ganz ernsthaft. »Mein Gott, Pee Wee, du bist ja naß bis auf die Haut.«

»Wahrhaftig, Liebster«, pflichtete ihr Sary besorgt bei. »Zieh die nassen Sachen aus, sonst holst du dir den Tod. Mach dir keine Sorgen, meine kleine Schwester dreht dir den Rücken zu . . . Außerdem, auch wenn sie etwas sieht, darf sie es nicht erkennen, weil sie ja angeblich unschuldig ist.«

»Ich bin nicht unschuldig«, widersprach Ruby traurig, »aber ich bin auch nicht schlecht. Mich hat noch kein Mann angerührt. Das heißt wahrscheinlich nicht, daß ich auch gut bin. Weil der einzige Mann, von dem ich mich anrühren lassen würde, nichts von mir will.«

»Wes!« stöhnte Pee Wee. Dann brach er überraschend in Tränen aus. »O Gott, der arme Wes!« jammerte er.

Ruby sprang auf.

»Pee Wee!« kreischte sie. »Er ist nicht – sag mir nicht – daß – daß Wes –«

»Tot umgefallen ist? Nein, Ruby. Aber er wird es bald tun. Er sagt, er will sterben. Ohne Phoebe hat er keinen Grund mehr zu leben. Und wenn Wes sagt, daß etwas geschehen wird, dann geschieht es. Das wißt ihr. Ich habe mit ihm gestritten und ihm zugeredet, bis ich heiser war. Hat nichts genützt. Er schwört, daß er jetzt sterben muß. Ruby! Wohin, zum Teufel, willst du gehen, Mädchen?«

»Zu ihm. Zu meinem Mann«, antwortete Ruby und stürzte in den Regen hinaus.

»Ruuubyyy«, brüllte Pee Wee.

»Laß sie gehen, Liebster. Sie ist die ganze Zeit wegen dieses verdammten Gewitters hier gehockt.«

»Aber Sary, sie wird sich draußen den Tod holen.«

»Vielleicht. Wenn es Gottes Wille ist, wird sie sterben. Mir wäre es beinahe lieber, als wenn der arme Wes sich hinlegt und hinübergeht. Du weißt ja, was dann mit meiner dummen Schwester geschehen würde.«

»Ja, sie hat es ja schon hundertmal gesagt. Sie schneidet sich den Hals von einem Ohr bis zum andern durch. Mein Gott, Sary, was für ein Gewitter. Ruby wird draußen ertrinken.«

»Nein, das wird sie nicht. Der liebe Gott beschützt arme liebeskranke Narren und dumme Kinder. Jetzt zieh deine nassen Sachen aus, sonst muß ich Massa Bob oder Massa Ash um ein Nachthemd aus Fichtenholz für dich und um ein schwarzes Trauerkleid für mich bitten. Du bist ja mächtig klein und mächtig häßlich. Aber du bist der einzige vertrocknete alte Nigger, den ich habe, deshalb möchte ich dich noch eine Weile behalten.«

»Außerdem bin ich ein süßer Zuckerklumpen, nicht wahr, Sary?« lächelte Pee Wee sie an.

Alle Liebenden sind darüber einig, daß Gewitternächte ihre Vorteile haben. Aber auch ihre Nachteile. Das gilt auch für die Nacht vom zweiundzwanzigsten Februar 1857. In dieser Nacht gab es neben vielen anderen auch eine legitime Empfängnis, denn Pee Wee und seine Frau bekamen »endlich Glück und Segen Gottes«, wie es der kleine Jockey, der vor väterlichem Stolz ganz aufgebläht war, später ausdrückte. Außerdem gab es einen beinahe erfolgreichen Selbstmordversuch und zwei Todesfälle.

Es regnete die ganze Nacht. Deshalb konnte Townsend Graves nicht ausgehen. Diese Tatsache ärgerte ihn, weil sie ihn Geld kostete. Für gewöhnlich gewann er in den Spielhöllen von Natchez allnächtlich mindestens hundert Dollar. Außerdem mußte er auf eine kleine ehebrecherische Zerstreuung mit der jungen Frau eines älteren Bankiers verzichten. Daß beide Widerwärtigkeiten nicht schwerwiegend waren, änderte nichts daran, daß er sich langweilte und verdrossen war. Deshalb trank er wesentlich mehr als sonst, weil es in dieser Nacht nicht auf seine Fingerfertigkeit oder Geistesgegenwart ankam.

Dann erblickte er sein Dienstmädchen Charlotte, deren warme braune Augen ihn liebevoll ansahen. Er zuckte die Schultern und dachte sich:

Zum Teufel, warum nicht? Schließlich habe ich sie ja »ganz ehrlich« im Spiel gewonnen. »Komm her, Lottie«, sagte er.

Am Tag vor dieser Nacht hatte ein ihm unbekannter Patient den jungen Doktor Peter Raintree aufgesucht. Daß der Doktor diesen Patienten nicht kannte, war nicht verwunderlich, denn Raintree stammte aus Mobile in Alabama und war von Doktor Ridgely nach Natchez geholt worden. Der erfahrene Arzt hatte seine Praxis dem jüngeren Kollegen überlassen und seine ganze Zeit dem eigensinnigen und vergeblichen Versuch gewidmet, Wallace Bibbs zu retten.

Aber die Identität des jungen, gutgekleideten Gentleman – offensichtlich der Sohn eines Plantagenbesitzers –, der um ein Rezept gegen die »schrecklichen Kopfschmerzen der alten schwarzen Mammy Justine« bat, war nicht das einzige, was sich der Kenntnis des jungen Arztes entzog. Auch vieles, was seinen Beruf betraf, entzog sich seiner Kenntnis.

Vor allem glaubte Doktor Raintree, alle Eigenschaften des wunderbaren schmerzstillenden Mittels zu kennen, das er so gern verschrieb. Er hatte keine Ahnung, welche tragischen Folgen es für die Persönlichkeit und das Leben seiner Patienten haben würde. Das konnte man ihm kaum zum Vorwurf machen, denn wenige Ärzte waren sich im neunzehnten Jahrhundert über die suchterzeugenden Eigenschaften der Opiumderivate im klaren.

Raintree war von Laudanum begeistert. Er verschrieb es selbst kleinen Kindern wie Deirdre Bibbs. Dadurch löste er zwei schreckliche Ereignisse dieser Nacht aus. Ohne Zögern stellte er ein Rezept für eine besonders starke Opiumtinktur aus und übergab es dem jungen, ihm unbekannten Pflanzersohn.

In der folgenden Nacht goß Joe Collins genügend Laudanum in den Portwein und den Sherry, den die Damen und Herren der Collins-Familie nach dem Abendessen zu sich nahmen, um eine Elefantenherde einzuschläfern. In seiner Eigenschaft als Hilfskraft für Cas Thomas, den Butler der Collins, schenkte er das beinahe tödliche Gebräu, das er fabriziert hatte, selbst ein.

Aber als er der lieben Abigail den süßen Portwein anbot, schüttelte er unmerklich den Kopf.

»Ach nein, danke, Joe«, sagte Abigail daraufhin fröhlich, »ich habe schon viel zuviel getrunken. Wenn ihr mich entschuldigen wollt, meine Lieben, werde ich jetzt lieber zu Bett gehen.«

Dann wendete sie sich wieder Joe zu und nickte schnell und unauffällig. Joes Mundwinkel verzogen sich, weil er ein Lächeln unterdrückte.

Infolge seiner Verletzung hatte Wes Parks mehr als die Hälfte seines Normalgewichts verloren. Das ermöglichte es Ruby Thomas, ihn wegzuschleppen, als sie ihn ein paar Meter von seiner Hütte bewußtlos auffand; er lag auf dem Bauch und war in Gefahr, in dem strömenden Regen zu ertrinken.

Sie drehte ihn auf den Rücken, packte ihn entschlossen unter den Achseln und zog ihn Zentimeter um Zentimeter in seine Hütte zurück. Obwohl Wes nur mehr aus Haut und Knochen bestand, war er immer noch ein großer, schwerer Mann, so daß sie lange dazu brauchte. Als sie es endlich geschafft hatte, war sie genauso naß bis auf die Haut wie er.

Sie versuchte, Wes auf das Bett zu heben. Es gelang ihr nicht. Dafür reichte ihre Kraft bei weitem nicht aus. Sie schluchzte, holte keuchend Luft, überlegte.

Zuerst muß ich ihm die nassen Kleider ausziehen, entschied sie. Natürlich sollte ich einen Mann nicht nackt sehen, der nicht vor Gott mein Ehemann ist, aber Wes ist mein Mann. Phoebe hat ihn mir übergeben. Wenn ich nicht dafür sorge, daß er trocken und warm wird, stirbt er.

Sie durchsuchte seine wenigen Habseligkeiten, bis sie sein Rasiermesser fand. Damit schnitt sie ihm die Kleider vom zitternden Körper. Sie betrachtete ihn einen Augenblick beim Licht der Kerze, die sie an der letzten glühenden Kohle im Herd entzündet hatte.

»Er sieht gut aus«, flüsterte sie, »selbst wenn er halb verhungert ist und ihm alle Knochen heraussstehen. Aber jetzt muß ich ihn trockenreiben.«

Dann ergab sich ein unerwartetes Hindernis: das Wasser aus ihren klatschnassen Kleidern, aus ihrem Haar tropfte auf seinen nackten Körper und auf sein stilles Gesicht.

»Du mußt dich ausziehen, Ruby«, sagte sie sich, »er ist verlöscht wie ein Licht. Er sieht deine Nacktheit nicht.«

Sie zog sich aus, trocknete zuerst sich und dann Wes ab. Dann nahm sie alle Decken und Laken vom Bett und wickelte sie so fest um ihn, wie sie konnte. Aber er zitterte immer noch.

Sie ging zur Holzkiste. Wes' Freunde sorgten dafür, daß sie immer voll war. Deshalb hatte sie genug Holz zur Verfügung. Bald loderte ein Feuer im Herd. Sie setzte sich so hin, daß sie sich nicht zwischen der Wärme und Wes befand; dabei merkte sie, wie kalt ihr selbst war.

Sie breitete ihre nassen Kleider auf dem Fußboden vor dem Feuer aus. Dampf stieg auf und mit ihm der Geruch der Waschlauge und ihres jungen Körpers. Sklaven badeten während der kalten Jahreszeit nicht allzuoft. Ihre Herren übrigens auch nicht.

Sie werden bald trocken sein, dachte sie. Dann fühlte sie mehr, als daß sie es sah, seine Augen, die im Halbdunkel der Hütte auf ihr ruhten. Sofort beugte sie sich vor, drückte einen Arm vor die Brust und breitete die andere Hand mit gespreizten Fingern über das dunkle, weiche, pelzige Dreieck ihres Schoßes.

»Du bist nackt«, sagte Wes. »Wieso, Ruby?«

»Meine Kleider sind naß geworden, während ich dich hereingezogen habe. Wes, sieh mich nicht an. Ich schäme mich. Bitte, sieh mich nicht an.«

»Warum nicht? Du bist sehr appetitlich anzusehen, Ruby. Bitte, steh auf. Ich möchte dich sehen. Ich möchte dich ganz sehen.«

»Warum, Wes?«

»Ich habe noch nie ein Mädchen von deiner Farbe nackt gesehen. Es muß irgendwie hübsch sein, stell ich mir vor.«

Langsam und scheu stand sie auf. Ließ die Arme heruntersinken. Kann ihm überhaupt jemand widerstehen, fragte sie sich. Selbst wenn er etwas Ungehöriges will?

Aber es war nicht ungehörig. Sein Blick liebkoste ihren Körper friedlich und ehrerbietig, ohne eine Spur von Verlangen. Diese Tatsache war merkwürdigerweise empörend. Sie ärgerte sie, verletzte ihren Stolz.

»Nun, Wes«, fragte sie, »gefällt dir das, was du siehst?«

»O ja. Du bist schön, Ruby. Anders als die Schönheit, an die ich gewöhnt bin, aber trotzdem schön. Du hast eine Haut wie Honig. Der Mann, der dich bekommt, ist glücklich.«

Sie konnte die Tränen nicht zurückhalten.

»Du hast mich schon bekommen, Wes.«

»Nein, Ruby. Nicht, solange meine Phoebe lebt.« Er schloß die Augen.

Sie setzte sich wieder hin und weinte endlos. Dadurch wurden ihr Herzeleid und Kummer nicht geringer. Etwas später stand sie auf und drehte ihre Kleider um, so daß sie mit der nassen Seite nach oben lagen.

Dabei bemerkte sie, daß Wes' Gesicht blaugrau geworden war. Er zitterte so heftig, daß die Decken bebten. Ruby wußte instinktiv, was sie tun mußte: sie kroch unter die Decken und preßte ihren warmen, jungen, nackten Körper an den hageren, zitternden Wes. Sie lag auf ihm, bis sie die Eiseskälte aus ihm vertrieben hatte, bis ihre jugendliche Wärme, die Zärtlichkeit ihres Herzens durch alle Poren in ihn eingedrungen waren. Sonst geschah nichts zwischen ihnen.

»Dennoch«, erzählte sie später ihren und seinen Kindern und sogar ihren Enkeln, »war es die schönste Nacht, die ich erlebt habe. Und auch die beste. So wahr mir Gott helfe.«

Sehr viel war allerdings zwischen Abby und Joe geschehen, und zwar zu ihrem beiderseitigen Entzücken. Jetzt hatten sie Zeit für ein bißchen Bettgeflüster.

»Guter Gott, Joe«, hauchte Abigail, »bist du sicher, daß sie auf das Zeugs tief schlafen? Man muß mich bis Natchez gehört haben.«

»Mach dir keine Sorgen, Abby«, meinte Joe mit selbstzufriedenem, stolzem Grinsen, »sie werden nicht vor dem Mittagessen aufwachen. Sie würden nicht einmal hören, wenn eine Kanone in der Halle abgeschossen wird.«

»Ich habe mir da einen gescheiten, kleinen, gelben Nigger-Mann zugelegt, was?« neckte ihn Abby. Für gewöhnlich wurde er bei derartigen Scherzen krebsrot und stotterte vor Wut. Aber an diesem Morgen war Joe zu entspannt, müde und befriedigt, um über irgend etwas beleidigt zu sein.

»Du hast dir einen weißen Yankee-Schneider als Mann zugelegt«, sagte er friedlich, »oder du wirst ihn dir zugelegt haben, sobald Wes soweit gesund ist, daß er uns helfen kann. Außerdem hat Papa –« Wenn Joe mit Abby allein war, bezeichnete er Collins absolut richtig als seinen Papa.

»Dein Papa«, unterbrach ihn Abby grinsend, »nicht meiner.«

»Gott sei Dank. Schrecklich, wenn er auch deiner wäre. Was wir jetzt machen, ist nur eine läßliche Sünde, aber wenn es Bruder und Schwester tun, ist es entsetzlich. Na, wie gesagt, er hat den Köder geschluckt. Ich habe gewußt, daß ich ihn soweit habe, als er mich am Weihnachtsmorgen zu sich kommen ließ und mir sagte, daß er mich freilassen will, sobald ich fünfundzwanzig bin. Daraufhin habe ich ihm gesagt, daß ich Schneider werden will, und er hat die Idee begeistert aufgegriffen. Ab nächster Woche gehe ich also bei Henry Fortuny in die Lehre, dem berühmten Mulatten, der die Anzüge für alle Pflanzer macht. Ich werde praktisch die ganze Zeit in Natchez sein. Mister Fortuny überläßt mir ein Zimmer über seinem Laden.«

»O Joe, da werde ich dich ja überhaupt nicht mehr sehen.«

»Was du wirklich meinst, du schamloses weißes Flittchen, ist, daß wir es nicht mehr tun können.«

»Ja, genau das meine ich. Ich bin jetzt eine Frau und brauche meinen Mann. Und ich brauche ihn sehr.«

»Ja, hart und häufig. Mach dir keine Sorgen, Liebling, ich habe auch dieses Problem gelöst.«

»Wie? Ich kann ganz bestimmt nicht auf Zehenspitzen die Hintertreppe eines Schneiderladens hinaufschleichen.«

»Du kennst doch Lucienne Lavallée? Sie hat früher für dich genäht.«

»Ja, aber ich gehe nicht mehr zu ihr, weil sie zu beliebt wurde und für jedermann genäht hat. Mir ist das Modell, das ich gerade trug, oft genug auf der Straße entgegengekommen.«

»Schön, aber jetzt wirst du wieder bei ihr arbeiten lassen. Alle deine Kleider, Liebste. Du brauchst ja neue Kleider, nicht wahr? Du bist praktisch nackt, hast nichts, um deine Blöße zu bedecken.«

»Eigentlich nicht«, murmelte Abigail verschmitzt und warf die Decke zur Seite. »Ach Joe, wir können ja ein anderes Mal darüber reden, oder?«

»Nein, jetzt, Liebling; vielleicht haben wir lange keine Gelegenheit mehr dazu. Deck deshalb die ganze Pracht wieder zu und hör auf, mich in Versuchung zu führen. Lucienne hat über ihrem Atelier eine kleine Wohnung und ist nicht abgeneigt, sie stundenweise an Leute zu vermieten, die den Mund halten können.«

Abigails dunkelblaue Augen funkelten.

»Woher weißt du das, Joe? Hast du sie selbst gelegentlich gemietet? Um dich mit einem schmierigen schwarzen Weibsstück herumzuwälzen und dann zu mir zu kommen? O Joe, wenn du das getan hast, sterbe ich.«

»Nein«, log er ruhig, denn er hatte die Wohnung gemietet. Die jeweiligen Weibsstücke waren allerdings arme weiße Verkäuferinnen gewesen; gelegentlich hatte er sich der Abwechslung halber eine Oktorone oder Quarterone zugelegt.

»Woher weißt du es dann?«

»Ein Zufall. Dank deiner lieben Freundin Pamela Ingraham und ihrem Liebhaber Anwalt Weatherbee. Ich habe einmal beobachtet, daß der Anwalt in Luciennes Haus geschlüpft ist, und habe gewartet, bis er wieder herauskam, weil ich mir beim besten Willen nicht vorstellen konnte, was er bei einer Schneiderin zu suchen hat. An seiner Stelle ist aber Miss Pam herausgekommen und hat sehr blaß und mager ausgesehen, vollkommen erledigt. Also habe ich Lucienne das Ganze auf den Kopf zugesagt; sie hat nicht nur alles zugegeben, sondern mich auch gebeten, keinem Menschen ein Sterbenswörtchen zu verraten. Ich habe ihr nur zu gern mein Wort als Gentleman gegeben, daß ich den Mund halten werde, wenn sie dich dafür die Wohnung an den Tagen benützen läßt, an denen sie frei ist. Am Dienstag und Donnerstag treffen sich die beiden dort, oder sie taten es jedenfalls, bevor Käpt'n Wally seinen Rückfall hatte. Natürlich habe ich ihr nicht gesagt, wer du bist, sondern nur, daß es sich um eine Weiße handelt. Das hat ihr nichts ausgemacht. Anscheinend wird die Rassenschranke heutzutage sehr oft übersprungen, und zwar in beiden Richtungen. Nun, wie gefällt dir mein schlauer Plan? Was sagst du dazu, Abby?«

»Wunderbar! Weil ich wegen des Risikos, das wir hier eingehen mußten, schon ein zitterndes Nervenbündel war.«

»Dieses Risiko hast du dir nur eingebildet. Es wird dort wahrscheinlich gefährlicher sein. Für deine Leute hier bin ich nur ein Nigger. Wenn sie an mich denken, was sie ohnehin nur selten tun, dann sehen sie in mir das gelbe Hinterhofkind deines Vaters und deinen Halbbruder. Deshalb bemerken sie überhaupt nicht, was sich vor ihrer Nase abspielt. Ihr Verstand und ihre Vorurteile machen sie blind. Wenn wir's nicht gerade auf dem Eßzimmertisch treiben –«

»Der Küchentisch, während Mammy Justine im Nebenraum wie ein ganzes Sägewerk schnarchte, war mächtig aufregend, nicht, Joe?«

»Das war dumm. Deshalb haben wir es zu weit getrieben. Ich weiß nicht, was in dich gefahren war, Abby, wir hätten so leicht erwischt werden können.«

»Kaum. Es war nach Mitternacht. Außerdem habe ich die Gefahr als anregend empfunden. Weil wir gerade von anregend sprechen – wie wär's, Liebling?«

»Noch einmal dasselbe? Mein Gott, Abby, bekommst du denn nie genug? Niemals?«

»Von dir nicht«, antwortete sie und schloß ihn in die Arme.

Noch viel mehr geschah zwischen Pam Ingraham und Tol Weatherbee. Sie trieben es um drei Uhr morgens, als der Sturm das Fenster zum Zimmer der kleinen Deirdre krachend aufstieß, noch immer.

»Was war das?« fragte Tol und versuchte sich aufzurichten.

Sie stieß ihn wieder zurück, hielt ihn an beiden Handgelenken fest, so daß er mit ausgebreiteten Armen liegen blieb. Er war immer wieder überrascht, wie kräftig, wie stark sie bei solchen Gelegenheiten war; und wie unermüdlich.

»Pam, ich habe ganz bestimmt Glas splittern gehört«, sagte er; aber sie beugte sich vor (sie saß immer noch gepfählt auf seinen Lenden) und fand seinen Mund, brachte seine Worte und ein wenig später auch seinen Verstand zum Schweigen.

Stunden später blickte Pamela Ingraham auf den toten Körper ihres Kindes hinunter, der von Glassplittern bedeckt und an Dutzenden Stellen zerschnitten war. Deirdre war in ihrem eigenen Blut ertrunken. Sie war in ihrem Kissen erstickt, weil Peter

Raintrees gepriesenes Laudanum verhindert hatte, daß sie aufwachte, daß sie den Kopf hob und die lebensrettende Luft einatmete. An wem konnte Pamela ihren Zorn auslassen, auf wen ihre Hoffnungslosigkeit und Tränen abwälzen?

Sie wendete sich zu Tol Weatherbee, der zitternd hinter ihr stand – Qual, Entsetzen, Mitleid im Blick. Mit gleichgültiger, trockener, beherrschter Stimme, deren kalte Wut um so schrecklicher war, sagte sie:

»Such deine Kleider. Die ich dir praktisch vom Leib gerissen habe. Zieh dich an. Verschwinde!«

»Du gibst mir die Schuld, Pam? Dafür?«

»Nein. Du hast ja das Klirren der Scheibe vernommen. Wenn ich auf dich gehört hätte, wäre sie zu retten gewesen.«

»Warum also?«

»Du bist ein Luxus, den ich mir nicht mehr leisten kann, Tol. Eine Freude, auf die ich keinen Anspruch mehr habe. Ich habe überhaupt keinen Anspruch mehr auf Freude. Ich habe ja auch keine Rechte mehr. Nicht einmal das Recht, einen Platz für mich zu beanspruchen, Luft zu atmen.«

»Pam – du kannst, du darfst nicht –«

»Selbstmord begehen? Nein, Tol. Der Tod ist eine Gnade, die ich nicht verdient habe. Eine Wohltat. Nein, ich werde weiterleben mit diesem Entsetzen in mir. Alles andere wäre feig. Und ich bin kein Feigling. Nur – zwischen uns beiden ist es aus. Ein gemeinsames Leben ist für uns unmöglich geworden. Das kannst du doch verstehen, oder? Du willst mir die Last, die Mühe ersparen – allerdings nicht die Qual. Komischerweise empfinde ich vorläufig überhaupt nichts. Ich werde wahrscheinlich erst in einigen Stunden zu schreien beginnen.«

»Pam!«

»Dann erst werde ich mir mit eigenen Händen langsam und sorgfältig die Augen auskratzen –«

»Pamela, um Himmels willen!«

»Damit ich sicher bin, daß ich nicht zufällig dieses Medea-Gesicht in einem Spiegel erblicke, daß mich nicht die Augen einer Mörderin anstarren. Denk daran, geliebter Tol, daß wir, während Deirdre verblutete, brünstig wie Schweine, wie Hunde waren.«

»O Gott, Pam, du kannst nicht, du darfst nicht –«

»So etwas sagen. Du hast recht, ich darf nicht. Deshalb muß ich dir auch nicht erklären, warum wir uns trennen müssen. Warum wir in Schweigen und Dunkelheit leben müssen. Erinnerst du dich, Wes hat es auch gesagt. Daß es eine Dunkelheit in Ingrahams Crest gibt. Eine Dunkelheit, die er fühlen konnte.«

»Pam, du darfst dich nicht so quälen. Es war nicht deine Schuld. Es war ein Unfall, Gottes Wille.«

»Gottes Fluch, der auf diesem Haus liegt. Auf dem Haus der Atriden, die ja auch Kindesmörder waren. Ich werde also in meiner Dunkelheit, in der Blindheit, die ich mir selbst zufüge, hier sitzen und lauschen.«

Plötzlich wußte er, wie er sie erreichen, aufrütteln konnte. »Das ist nur eine Art des Selbstmords, Pam. Aber genauso feig. Vielleicht noch feiger.«

»Du hast wieder einmal recht. Ich muß leben, atmen, unverwandt dieses Gorgonengesicht ansehen, ohne dabei zu versteinern. Und darauf warten, daß die Götter mich bestrafen. Sie werden sich eine neue Strafe ausdenken müssen. Die dem Entsetzlichen angemessen ist, das ich begangen habe. Eine schwierige Aufgabe, selbst für Götter. Aber ihnen oder mir wird schon etwas einfallen. Würdest du jetzt bitte nach Hause gehen? Es ist gar nicht so leicht, verrückt zu werden. Es erfordert Konzentration und Einsamkeit. Tol, ich bitte dich, ich flehe dich an, geh.«

Tränen blendeten ihn. Er schüttelte sie ab und sagte: »So sei es, Pam. Leb wohl.«

27

Sie begruben Captain Wallace Bibbs und seine noch nicht sieben Jahre alte Enkelin Deirdre gemeinsam auf dem Familienfriedhof von Rosebriar. Nicht nebeneinander, da der Platz neben Bibbs für Lucille, seine Frau, vorgesehen war. Deshalb legten sie den Sarg der kleinen Deirdre in ein Grab quer zu seinen Füßen.

Nur die engste Familie sowie Doktor Thomas Ridgely und

Anwalt Tolbert Weatherbee wohnten der Zeremonie bei. Doktor Ridgely war aus Rosebriar noch nicht in sein Haus zurückgekehrt, nachdem er drei Monate lang heldenhaft versucht hatte, Captain Wallys Leben zu retten. Tol Weatherbee kam einfach, völlig unerwartet und für alle außer Pamela überraschend. Niemand fragte ihn, woher er von den Todesfällen wußte und wieso er so rasch aus Natchez hatte kommen können. Die Mitglieder der Bibbs-Familie waren, mit Ausnahme von Cecilia, derart gramgebeugt, daß ihnen seine Anwesenheit überhaupt nicht auffiel. Cecilia erriet, daß er die Nacht in Ingrahams Crest verbracht haben und dabei gewesen sein mußte, als der Leichnam des Kindes entdeckt wurde. Wenn sie ihn fragte, mußte er also lügen, um die Reste von Pamelas gutem Ruf zu retten. Daher hatte sie nicht die Absicht, Fragen zu stellen. Sie hatte eine andere, viel aufschlußreichere Informationsquelle, nämlich Pamelas Dienerin Martha. Martha trug an ihrem Körper noch die Spuren von Pamelas wahnsinniger Grausamkeit und in ihrer Seele unerträglichen, unversöhnlichen Haß auf ihre Herrin. Außer den Familienmitgliedern war niemand über die beiden Todesfälle informiert worden, ausgenommen Reverend Curtwright, der die Zeremonie vornahm. Sonst hätten sich Hunderte von Menschen in dem kleinen Friedhof gedrängt.

Reverend Curtwright sprach genau sieben Minuten lang und hielt in dieser kurzen Zeit die bestdurchdachte und rührendste Predigt seines Lebens. Seine Themen waren Würde und Unschuld.

Als es vorbei war, verabschiedeten sich Pamela Ingraham und Tolbert Weatherbee sofort, lehnten die Einladung zum Leichenschmaus mit der Familie ab, die Reverend Curtwright und Doktor Ridgely bedrückt annahmen. Als Tol Weatherbee allein nach Natchez zurücktrabte, ritt Pamela langsam und tief gebeugt in die entgegengesetzte Richtung, nach Ingrahams Crest.

»Das ist merkwürdig«, stellte Cecilia fest, »sehr merkwürdig.«

»Nein«, widersprach ihr Beau Bob ruhig, »sie kann mich vielleicht nicht ausstehen, aber unser Kind hat sie wirklich geliebt. Das arme kleine Ding. O Gott, warum –«

»Bob«, sagte Lucille mit hoher, gepreßter Stimme, »reite hinter ihr her. Laß sie heute nicht allein.«

»Nein, Ma, ich kenne Pam, und ich weiß, daß sie allein sein will. Wenn sie sich nicht einmal von der Bohnenstange von Anwalt begleiten läßt, wie weit würde ich dann kommen? Du mußt die Tatsachen zur Kenntnis nehmen, Ma – Pam liebt diesen Winkeladvokaten und haßt mich.«

»Du hast ihr auch Grund genug dazu gegeben.«

»Und sie ist natürlich eine unschuldige Lilie, was?«

»Bob, um Himmels willen«, unterbrach ihn Ash, »hast du nicht einmal vor den Toten Achtung?«

»Verzeih, Ash, Ma hat mich an einem wunden Punkt getroffen, deshalb habe ich mich vergessen.«

»Ash, reite du hinter ihr her«, sagte Lucille.

»Ma, ich schließe mich da Bob an. Pam will offensichtlich keine Gesellschaft haben.«

»Mir ist es absolut egal, was sie will, ich spreche davon, was sie braucht. Wollt ihr beide mir einreden, daß ihr sie heute nachmittag angesehen, ihr Gesicht, ihre Augen betrachtet und nicht erkannt habt, daß sie wahnsinnig ist? Wahnsinnig vor Kummer – ich hoffe, nur vorübergehend –, aber wahnsinnig in der eigentlichen Bedeutung des Wortes. Hast du es nicht bemerkt, Cecilia?«

»O doch, aber ich habe es schon vor einem Jahr bemerkt. Seither hat sie es mir wiederholt bestätigt. Sie ist nicht zeitweise, sondern dauernd verrückt. Sie wird garantiert in einer Irrenanstalt enden.«

»Also Celie –«, sagte Ashton.

»Also Celie, Quatsch!« fuhr ihn Cecilia an. »Deine Mutter hat nur insofern unrecht, als sie die Ursache nicht richtig erkennt. Es ist nicht der Kummer – oder jedenfalls nicht nur der Kummer. Sie trauert wirklich, weil sie das Kind geliebt hat. Der wahre Grund ist aber das Bewußtsein ihrer Schuld. Für sie gibt es jetzt nur eine Schwierigkeit und Gefahr, falls ihr es überhaupt für eine Gefahr haltet, wenn Pam versucht, Beau Bob und die Welt von sich zu erlösen.«

»Mistress Bibbs!« sagte Reverend Curtwright.

»Entschuldigen Sie, Herr Pfarrer, aber meine christliche Nächstenliebe erstreckt sich nicht auf Pamela Ingraham, das ist einfach zuviel verlangt. Ich wiederhole: die Schwierigkeit und Gefahr besteht darin, daß Pamela Ingraham weiß, daß sie ihr eigenes Kind getötet hat. Sie ist im Bett gelegen, vier Meter vom Schlafzimmer der kleinen Deirdre entfernt, und hat nicht gehört, wie das Fenster aufgeflogen ist, wie die Scheiben zerborsten sind und ein Hagelschauer auf Deirdre heruntergeprasselt ist. Sie ist in ihrem Bett gelegen, während ihr Kind verblutet ist. Beau Bob, wenn das nicht Mord ist, was ist es dann?«

»O Gott«, sagte Bob.

»Ich behaupte nicht, daß sie es absichtlich getan hat. Gewisse nächtliche Betätigungen können sehr ermüdend sein. Sagen wir also, daß sie zu erschöpft war, um den Lärm zu hören. Oder vielleicht zu beschäftigt. Du kannst es dir aussuchen, Beau Bob. Bereiten dir eigentlich die Hörner Schmerzen, die sie dir aufgesetzt hat, lieber Schwager?«

»Celie, um Himmels willen«, sagte Ashton.

»Ich glaube, es war diesmal mehr um Tol Weatherbees willen. Na schön, Ash, du kannst gut rechnen. Natchez ist fünfzehn Meilen entfernt. Wir haben niemanden von Vaters und Deirdres Tod verständigt. Wir haben die beiden zu Mittag begraben. Sie sind gegen drei Uhr früh gestorben. Und Anwalt Weatherbee trifft frisch rasiert, in dunkler Kleidung, um ein Viertel vor zwölf aus Natchez ein. Pam hat, wie sie selbst zugibt, das Kind vor Tagesanbruch gefunden, obwohl sie nicht genau weiß, wie spät es war. Hätte sie sofort einen Nigger auf einem Maultier ausgeschickt, würde er jetzt in Natchez eintreffen. Wenn wir also nicht an ein Wunder glauben, müssen wir annehmen, daß Tol zugegen war, als das arme Ding gestorben ist. Er war wahrscheinlich der Grund dafür, daß sie nicht gehört hat, wie der Wind das Fenster aufgedrückt hat. Ich nehme an, daß der Anwalt es auch nicht gehört hat. Weiß einer der Anwesenden eine andere Erklärung, die mit allen Tatsachen in Einklang zu bringen ist, würde ich sie gerne hören.«

»Die Hure«, flüsterte Bob, »diese gemeine, niederträchtige Hure. Ich bring sie um.«

»Mister Bibbs«, begann Reverend Curtwright, »die erste Pflicht des Christen ist Vergebung.«

»Zum Teufel mit der Vergebung. Ich habe nicht die Absicht –«

»Halt den Mund, Bob«, sagte Ashton. »Wenn du Pam auch nur ein Härchen krümmst, fordert dich Tol. Du hast gar nicht den Mut, dich mit ihm zu schlagen. Falls Pam gesündigt hat, muß sie das mit ihrem Gewissen ausmachen. Sie ist vor dem Gesetz nicht mehr deine Frau. Aber das ist gar nicht das Problem. Mama hat nämlich recht. In der Stimmung, in der Pam sich jetzt befindet, ist sie ohne weiteres dazu fähig, Hand an sich zu legen. Und wir stehen hier herum und sehen zu, wie sie verschwindet. Mama, heb mir mein Essen auf, ja, bitte? Ich muß zu den Ställen hinüber und Rad sagen, daß er mir ein Pferd sattelt. Ma, du hast doch nichts dagegen, wenn ich Papas Caliph reite? Ich habe Mickey Finn zu Hause gelassen.«

»Natürlich nicht, Sohn. Nimm ihn und reite wie der Teufel.«

»Ash«, fragte Tom Ridgely ernst, »haben Sie etwas dagegen, wenn ich mitkomme? Sie könnten mich vielleicht brauchen.«

»Natürlich, Doktor, kommen Sie nur mit. Ich lasse Ihnen von Rad einen ordentlichen Gaul satteln.«

»Und ich«, sagte Beau Bob, »mache mich an meine Arbeit, ich bin nämlich Pflanzer. Wenn diese verdammte Hure sich den Hals durchschneiden will, soll sie es von mir aus ruhig tun. Auf Wiedersehen allerseits.«

Doktor Ridgely starrte den jüngsten Bibbs an; in seinen müden, alten Augen stand nichts als Verachtung.

»Ich hole meine Tasche«, sagte er.

»Nein, Sir, Massa Ash«, sagte Martha, »sie ist nicht nach Hause gekommen. Ich habe sie auch gar nicht erwartet. Ich nehme an, sie ist nach Natchez zu Anwalt Weatherbee geritten.«

»Das glaube ich nicht, Martha«, meinte Ashton. »Sie waren beide beim Begräbnis. Nachher ist er allein nach Natchez zurückgeritten, während sie sich in diese Richtung auf den Weg gemacht hat. Deshalb glaube ich nicht –«

»Mein Gott, Massa Ash! Sind Sie ein süßes, unschuldiges Kind! Wenn Sie die Absicht haben, eine Frau zu treffen, mit der Sie nicht verheiratet sind, und mit ihr ins Bett zu gehen, reiten Sie doch nicht Seite an Seite mit ihr in die Stadt.«

»Martha, du hast schlechte Gedanken«, fuhr Ashton sie an. »Ich fange an zu begreifen, warum sie dich mit der Peitsche bearbeitet hat.«

»Sie hat mich nicht wegen meiner bösen Gedanken gepeitscht, sondern wegen dem, was ich der kleinen Deirdre erzählt habe.«

»Und was, zum Teufel, hast du ihr erzählt?« fragte Tom Ridgely.

»Ich habe meinem armen Baby – mein Gott, sie haben sie umgebracht. Die bösen, verderbten Weißen haben mein Kind umgebracht!«

»Hör damit auf, Martha. Wenn ich Schauspieler sehen will, gehe ich ins Theater«, unterbrach sie Ashton. »Was hast du Deirdre erzählt?«

»Daß Miss Pam und Anwalt Weatherbee ihr einen kleinen Bruder machen. Sir, ich habe dem Kind irgend etwas sagen müssen. Sie ist mitten in der Nacht zu Tode erschrocken in mein Zimmer gerannt gekommen und hat geschrien, daß Anwalt Weatherbee ihre Mama umbringt. ›Er hat ihr alle Kleider vom Leib gerissen‹, hat sie gesagt, ›und sie aufs Bett geworfen.‹ Deshalb habe ich ihr das erzählt. Nur habe ich vergessen ihr zu erklären, daß, wenn ein Paar ein Baby gemacht hat, es noch neun Monate dauert, bevor es auf diese sündige Welt kommt. Deshalb ist sie am nächsten Morgen zu Miss Pam marschiert und hat sie gebeten, ihr den kleinen Bruder zu zeigen. Deshalb hat Miss Pam mich so arg gepeitscht, und ich habe doch nur versucht, Öl auf die Wellen zu gießen.«

»Ich verstehe. Wann war das, Martha?« fragte Tom Ridgely.

»In der Weihnachtsnacht, Doktor. Nachdem sie von Wes' Hochzeit aus Rosebriar zurückgekommen sind.«

»Und was war vergangene Nacht, Martha?«

»So ziemlich das gleiche, Massa Ash. Deshalb ist mein armes Baby gestorben. Sie haben mehr Lärm gemacht als ein Schmiedehammer, deshalb haben sie natürlich nicht hören können, wie das Fenster aufgegangen ist. Ich habe es gehört.«

»Warum hast du dann nicht nach Deirdre gesehen?«

»Massa Ash, ich schlafe unten, in den Niggerzimmern, neben der Küche. Sie wissen genau, daß man da unten nicht erkennen kann, von wo ein Geräusch kommt. Das offene Fenster konnte in jedem verdammten Zimmer sein. Deshalb bin ich still liegen geblieben und hab nur gehorcht. Weil ich mir gedacht habe, wenn es das Fenster von meinem armen Baby ist, schreit sie sich den

Hals wund. Sie ist so ängstlich. Ich meine, sie war es. Als sie nicht geschrien hat, als ich nur den Wind und den Regen und die beiden im Bett gehört habe –«

»Martha, um Himmels willen.«

»Ja, Sir, entschuldigen Sie, Massa Ash. Aber ich sage nur die Wahrheit, Sir. Ich bin wieder eingeschlafen. Ich will noch eines sagen. Ich hoffe nur, daß Sie mich deshalb nicht auspeitschen, weil ich beim nächsten Mal ganz sicher sterbe. Sie haben mein Baby umgebracht. Sie haben das arme Kind umgebracht, und man sollte sie deshalb hängen. Beide.«

»Martha«, fragte Tom Ridgely, »verstehe ich richtig, daß du Miss Pamela und Anwalt Weatherbee beschuldigst, die kleine Deirdre ermordet zu haben?«

»Wenn Sie meinen, daß sie es absichtlich getan haben – das nicht, Sir. Beide haben die arme Kleine sehr liebgehabt. Aber sie haben sie trotzdem umgebracht. Weil sie ihr etwas gegeben haben, damit sie schläft, obwohl sie genau gewußt haben, wie schwach und klein und krank sie war. Ich glaube, sie haben nicht gedacht, daß es sie umbringt, Doktor. Das Mittel war auch nicht allein daran schuld. Aber sie haben ihr dieses Zeugs gegeben« – Martha zog das Fläschchen aus der Schürzentasche –, »damit sie nicht aufwacht und sie dabei erwischt, wie zu Weihnachten. Das hat sie umgebracht. Weil sie deshalb nicht aufgewacht ist und nicht geschrien hat, so daß ich sie höre. Ich glaube nicht einmal, daß die Schnitte sie umgebracht haben. Sie war zwar blutig, aber die Schnitte waren nicht tief. Nein, sie ist erstickt, Sir. Wie sie den Regen gespürt hat, hat sie ihr armes kleines Gesicht ins Kissen gedrückt und vergessen zu atmen.«

»Martha, gib mir das Fläschchen«, befahl Ashton, »und sag mir, wo du es gefunden hast.«

»Auf dem Fußboden, Massa Ash, neben dem Bett von meiner Kleinen; ich bin beinahe draufgestiegen. Aber ich habe es noch rechtzeitig gesehen und aufgehoben. Ich habe es behalten, ohne etwas zu Miss Pam zu sagen, weil ich es Ihnen geben wollte, Sir, oder Massa Bob.«

»Zeigen Sie es mir, Ash?« fragte Doktor Ridgely.

Ashton reichte es ihm. Tom Ridgely betrachtete die hingekritzelte Aufschrift. Wie alles, was Ärzte oder Apotheker schreiben, war sie praktisch unleserlich. Er hob das Gefäß an die Nase und schnüffelte.

»Laudanum!« brüllte er. »Verdammt, fast reines Opium, Ash.«

»Doktor, wollen Sie damit sagen –«

»Daß Martha recht hat. Gott verdamme ihre verderbten geilen Seelen; sie sollten hängen.«

»Wenn Sie sie erwischen wollen, kann ich Ihnen sagen, wo sie jetzt stecken«, meinte Martha triumphierend.

»Und wo ist das, Martha?« wollte Ashton wissen.

»Bei Lucienne Lavallée, Sir, der Schneiderin. Der gelben Schneiderin in Natchez. Sie hat auch Kleider für Ihre Miss Celie gemacht, glaube ich.«

»Das tut sie noch immer. Du behauptest also, daß sie ein Absteigequartier unterhält?«

»Nein, Sir. Sie hat kein öffentliches Haus für Leute, die ihre gesetzlich angetrauten Frauen und Männer betrügen. Sie nimmt nur die beiden. Weil Anwalt Weatherbee sie vor dem Galgen gerettet hat, wie sie ihren schwarzen Niggermann umgebracht hat. Deshalb ist sie ihm dankbar und läßt die beiden ihr Zimmer im ersten Stock benützen. Joe Collins hat sie einmal gesehen; er ist immer in Natchez, weil Massa Bart ihn kommen und gehen läßt, wie er will. Weil die Leute in Natchez nicht wissen, wer er ist, und ihn für einen Weißen halten, hat er dort seinen Spaß. Er trinkt und spielt und treibt es mit armen weißen Mädchen. Jedenfalls hat er sie von dort herauskommen gesehen. Er hat es Ruby Thomas gesagt, die hat es ihrer Schwester Sary erzählt, die hat es wieder Pee Wee gesagt, und Pee Wee hat es Moses erzählt, und der hat es seiner Frau Mandy erzählt, und die hat es mir gesagt. Und so weiß ich es, Sir.«

»O Gott, gibt es denn irgend etwas, was ihr Nigger nicht wißt? Was euch entgeht, besonders wenn es skandalös und ein Unrecht ist?« fragte Ashton.

Sie ritten also nach Natchez. Suchten Lucienne Lavallées Schneiderwerkstatt auf. Sie leugnete natürlich unter Tränen, führte sie bereitwillig, sogar ängstlich in den ersten Stock, in die Wohnung. Sie war leer.

Danach suchten sie Tol Weatherbee auf.

»Ja, Ash«, sagte er, »ich habe die letzte Nacht in Ingraham Crest verbracht. Ich war nur auf einen Sprung vorbeigekommen, um zu sehen, wie Pam sich unter der seelischen Belastung hält. Moses sollte die Pferde satteln; wir wollten nach Rosebriar reiten, als das Gewitter losbrach. Da ich keine Lust habe, mein Ende vorzeitig durch Ertrinken oder beiderseitige Lungenentzündung herbeizuführen, bin ich in Ingrahams Crest geblieben. Was ist daran unrecht? Daß eine gesetztlich von ihrem Mann getrennt lebende Frau und ein Junggeselle – abgesehen von einer Schar Hausnigger – die Nacht allein im Herrenhaus einer Plantage verbringen? Infolge von Umständen, die ausschließlich Gottes Fügung waren?«

»Tol«, sagte Ash, »ich werde dich nicht fragen, ob vergangene Nacht zwischen dir und Pam etwas vorgefallen ist. Als Gentleman bist du verpflichtet zu lügen, um die Ehre der Dame zu schützen. Aber ich muß etwas anderes wissen: Hast du gehört, wie das verdammte Fenster aufgegangen ist?«

»Natürlich habe ich es gehört, aber ich kenne das obere Stockwerk von Ingrahams Crest zu wenig, so daß ich nicht wußte, aus welchem Raum das Geräusch kam. Ich habe mir eingebildet, daß es nicht Deidres Zimmer sein konnte, weil sie sonst das Haus zusammengebrüllt hätte. Sie hat keinen Ton von sich gegeben. Das mußt du mir glauben, Ash. Du weißt verdammt genau, daß weder Pam noch ich das arme Kind hätten sterben lassen.«

»Das ist nicht stichhaltig. Du hast vielleicht nicht gewußt, daß der Lärm, den das Fenster machte, aus Deidres Zimmer kam, aber Pam mußte es wissen.«

»Das stimmt. Sie hat aber ein starkes Schlafmittel genommen, ein Rezept Ihres jungen Kollegen, Doktor Tom, weil sie so aufgeregt darüber war, daß sie deine Mutter nicht am Bett deines Vaters ablösen konnte. Sie wäre an der Reihe gewesen. Anscheinend hat sie geschlafen wie eine Tote. Sie hat das Krachen nicht gehört. Ich habe es wohl gehört, aber ich hatte nicht damit gerechnet, die Nacht außer Haus zu verbringen, und wollte deshalb nicht in Unterhosen in einem fremden Haus herumstöbern. Ich hatte nämlich weder ein Nachthemd noch einen Schlafrock mit. Wenn das arme kleine Ding geschrien hätte, wäre ich natürlich zu ihr gestürzt, aber sie hat ja nicht geschrien.«

»Das wissen wir«, meinte Tom Ridgely grimmig, »sie hat genügend Opiumtinktur getrunken, um nie mehr aufzuwachen. Hat Mrs. Ingraham vielleicht etwas darüber gesagt, daß sie ihrer Tochter ein Schlafmittel gibt?«

Tolbert dachte nach.

»Ja, aber sie hat auch gesagt, daß es eine sehr schwache Laudanumtinktur ist, die Doktor Raintree speziell für ihr Kind verschrieben hat; er hat ihr versichert, daß sie Deirdre nicht schaden wird. Mein Gott! Sie glauben, daß Deirdre deshalb nicht geschrien hat, nicht aufgewacht ist?«

»Ich glaube«, knurrte Doktor Ridgely, »daß ich mich von hier direkt zu meinem jungen Kollegen begeben und eine Reitpeitsche mitnehmen werde. Man gibt einem Kind unter gar keinen Umständen Opium. Ich verschreibe es auch Erwachsenen nur, wenn sie sich im letzten Krebsstadium befinden und unerträgliche Schmerzen leiden. Das Zeug führt zur Gewöhnung, zerstört das Gehirn und führt schließlich den Tod herbei. Deshalb werde ich Doktor Raintree Unterricht in Medizin und ärztlicher Ethik erteilen.«

»Ich werde Sie, Doktor, im Falle einer Anklage wegen schwerer Körperverletzung verteidigen und einen Freispruch erzielen«, versicherte ihm Tolbert. »Wenn ich mir vorstelle –«

»Tol«, sage Ashton ruhig, »da ist noch etwas. Es geht mich wieder nichts an, aber Mama ist ganz krank vor Angst. Sie fürchte, daß Pam – also, daß sie sich etwas antun könnte. Sie muß ja in einem fürchterlichen Zustand sein. Deshalb sag mir, Tol: ist sie bei dir?«

»Wer soll bei mir sein? O Gott, du willst doch nicht sagen, daß Pam –«

»Verschwunden ist. Ja. Sie ist nach dem Begräbnis nicht nach Ingraham Crest zurückgekehrt. Und weil uns diese schwarze Hexe Martha gesagt hat, daß Pam sich regelmäßig mit dir in der Stadt trifft, haben wir gedacht –«

Tol war aufgesprungen. Er war weiß bis in die Lippen, beugte sich über den Schreibtisch, schüttelte verzweifelt den Kopf.

Schließlich schaffte er es, sich aufzurichten und zu sagen: »Gehen wir.«

Tom Cuthbert und sein einziger Sklave, ein riesiger Schwarzer namens Stone, ruhten vor ihrer elenden, schmutzigen Hütte aus. Das heißt, Stone lebte in einem Anbau, der sich an die Hinterwand der Hütte lehnte. Sie tranken abwechselnd Whisky aus einem Krug, und keiner machte sich die Mühe, den Rand mit der Handfläche abzuwischen, bevor er einen Zug nahm.

Denn wenn jemals ein Weißer und ein Schwarzer in jeder Beziehung unter den absolut gleichen Bedingungen lebten, dann waren es Tom Cuthbert, der Weiße, und Stone Mountain, der Schwarze.

Tol Weatherbee pflegte zu sagen: »Wenn Sie einen Beweis für die gleichen Anlagen beider Rassen suchen, dann finden Sie ihn hier. In Dingen, bei denen einem Bussard das Kotzen käme, sind Cuthbert und sein Nigger konkurrenzlos. Sie sind wirklich gleich. Ich würde sagen, daß sie gleich schweinisch sind, aber ich will wehrlose Schweine nicht beleidigen, indem ich sie mit Tom und Stone vergleiche. Ich würde sagen, daß Stone der ärgere ist, weil es ihm Vergnügen macht, seine Leidensgenossen auf Toms Befehl hin zu Tode zu quälen. Ich glaube aber nicht, daß er es so sieht; er würde jedes Lebewesen foltern, das ihm in die Hände fällt.«

In der Nacht, in der Ashton Bibbs, Tolbert Weatherbee und Thomas Ridgely – sie hatten sich getrennt, damit jeder einen Teil des großen Gebiets übernehmen konnte – die Felder von Rosebriar, Ingrahams Crest, Collinswood, Weatherbee Heights und Gravesend durchsuchten und keine Spur von Pamela fanden, waren Tom Cuthbert und sein Nigger selig betrunken und mit ihrem Tagewerk überaus zufrieden.

Dieses Tagewerk hing vor ihnen; es war mit den Handgelenken an ein Gerüst gebunden. Es sah immer noch menschlich aus und war dank ihrer Geschicklichkeit nicht einmal tot. Es würde auch nicht sterben. In einigen Tagen würden sie es seinem Herrn, dem vornehmen Pflanzer, zurückbringen, der sie bezahlt hatte, damit sie etwas taten, wozu er selbst keine Lust hatte. Er wollte nicht einmal zusehen, wie sie einen Menschen, einen stolzen Mann, in ein Ding verwandelten. Ein Ding, das nicht mehr wagte, laut zu sprechen oder den Kopf zu heben.

Tom Cuthbert war nämlich von Beruf Sklavenabrichter gewesen, bevor Preston Ingraham ihn als Aufseher in Ingrahams Crest eingestellt hatte. Nach seiner Entlassung durch Pamela war er zu diesem Beruf zurückgekehrt, für den er sich ganz besonders eignete. Stone Mountain, der über die gleichen tierischen Eigenschaften verfügte wie er, war sein Assistent, sein Sklave, sein Saufkumpan und sein Freund.

Sie hatten den Schwarzen mit Spaten geschlagen, die Löcher hatten, damit Blasen entstanden. Dann hatten sie die Blasen mit einem Ochsenziemer zum Aufplatzen gebracht. Danach hatten sie dem Opfer die Hoden und anschließend die Lippen mit einem rotglühenden Eisen verbrannt. Sie hatten ihm die Ohren gestutzt, hatten beide Wangen mit Brandzeichen versehen, und schließlich hatten sie ihn mit Salzwasser übergossen.

Jetzt ruhten sie sich aus. Der Pflanzer, der seinen bösartigen, eigensinnigen Sklaven zu ihnen geschickt hatte, damit sie ihn zu absolutem Gehorsam, absoluter Ergebenheit, absoluter Willenlosigkeit »erzogen«, prahlte in diesem Augenblick vor seinen Freunden: »Auf meiner Plantage sind wir gut zu den Niggern. Kaum einer bekommt die Peitsche.«

Tom Cuthbert richtete sich plötzlich auf. Seine kleinen, schwarzen Schweinsäuglein blinzelten. Er spähte zu den Büschen links hinüber, die sich leise bewegten.

»Du bleibst hier, Stone«, flüsterte er. »Verhalt dich ruhig, Nigger. Wehe, du rührst dich.«

Dann duckte er sich und verschwand mit einer für einen so großen, kräftigen Mann erstaunlichen Geschwindigkeit lautlos im dichten Gebüsch am Rand des Sumpfes.

Kurz danach hörte Stone einen erstickten Schrei. Er vergaß ihn beinahe sofort wieder und widmete sich grinsend dem Whisky, weil er beim Saufen jetzt seinem Herrn gegenüber im Vorteil war.

Eine halbe Stunde später, Stone war inzwischen eingedöst, kehrte Tom Cuthbert zurück. Er ließ sich niederplumpsen, streckte die Beine aus, kratzte sich am Bauch und am Hintern, streckte die Hand aus und knurrte: »Gib mit den verdammten Whisky, Nigger. Sag bloß nicht, daß du ihn ausgetrunken hast.«

»Nein, Sir, Massa Tom, hab' welchen übriggelassen. Wo waren Sie, Sir? Wieso sind Sie so lange fortgeblieben?«

»Ich habe eine Schuld zurückgezahlt. Gib mir den Whisky, Stone.«

Stone reichte ihm den Krug. Tom Cuthbert trank.

»Massa Tom«, sagte Stone.

»Du hast deinen Teil gehabt, Stone. Der Rest ist für mich.« Er kicherte. »So eine Gelegenheit! Hätte nie geglaubt, daß ich soviel Glück habe. Es war mächtig fein. Ganz mächtig fein.«

»Wovon sprechen Sie, Boss?«

»Das geht dich einen Dreck an, Nigger. Laß mich in Ruhe.«

Stone ließ ihn in Ruhe. Sah nach einiger Zeit, daß sein Herr tief schlief und schnarchte.

Stone stand auf und schlich ins Gebüsch. Er hörte links vor sich leises Wimmern und Stöhnen.

Er folgte den Lauten, bis er auf ihren Ursprung stieß.

Als Tom Cuthbert aufwachte, lag Stone neben ihm. Aber irgendwie gefiel Tom Stones Grinsen nicht. Es war zu zufrieden, zu selbstgefällig, irgendwie zu spöttisch, zu wissend. In dem Gebiet, aus dem Tom Cuthbert stammte, konnte ein Nigger gelyncht werden, wenn er so grinste.

»Was soll das Grinsen, Stone?« knurrte Tom.

»Nichts, Sir. Fühl mich nur mächtig wohl, das ist alles.«

»Wieso fühlst du dich so verdammt wohl, Nigger?«

»Nur so, Boss. Sagen Sie, Massa Tom, wer ist Wes?«

»Wes? Ein Nigger auf Käpt's Wallys Plantage. Ein großer Kerl, größer als du. Die Nigger behaupten, daß er ein Zauberer ist. Jetzt ist er aber gar nichts mehr, weil ihn ein anderer Nigger beinahe umgebracht hat. Hat ihm eine Kugel in den Bauch gejagt. Warum, Stone?«

»Nur so, Sir, ich habe Sie nur gefragt, weil mich vor kurzem jemand mit ihm verwechselt hat. Geglaubt hat, daß ich Wes bin.«

»Das kann schon sein. Ihr seid beide groß, schwarz und kräftig. Ich nehme an, daß ihr beide gleich stinkt. Ihr seid leicht zu verwechseln.«

»Na, diesen Wes möchte ich gern kennenlernen«, kicherte Stone.

Als die drei Sucher im Morgengrauen auf Rosebriar zusammentrafen, mußten sie die Frage nicht in Worte fassen. Sie sahen einander an; ihre Gesichter waren angespannt vor Angst und Sorge, und sie wußten, daß keiner von ihnen Pam Ingraham gefunden hatte.

»Ihr Pferd«, flüsterte Tol, »Prinz Rupert ist irgendwann am Morgen reiterlos nach Hause gekommen. Moses hat es gefunden, als er die Pferde füttern und tränken wolle – es hat geduldig vor seiner Box gewartet. Das heißt, daß sie abgeworfen wurde. Jemand oder etwas hat das Pferd erschreckt, obwohl es sonst so sanft ist.«

»Hast du es noch einmal im Haus versucht?« fragte Ashton.

»Natürlich. Sie ist nicht da. Diese schwarze Hexe Martha hat die Frechheit gehabt, mir laut zu erklären: ›Der liebe Gott mag keine schlechten Menschen, Massa Tol. Er bestraft sie, wenn sie vor seinem Angesicht Böses tun.‹ Das Miststück. Kein Wunder, daß Pam sie ausgepeitscht hat. Ich war selbst in Versuchung, ihr noch ein paar Striemen zu verpassen.«

»Wir wollen hineingehen«, meinte Ashton. »Wir können Kaffee trinken, und falls einer von euch Hunger hat, auch was essen. Ich muß gestehen, daß mir der Appetit vergangen ist. Aber wir müssen bei Kräften bleiben. Ich werde einen von den Hausdienern zu Rad in den Stall schicken, damit er uns frische Pferde sattelt.«

»Wo sollen wir Ihrer Meinung nach jetzt suchen, Ash? Mir kommt vor, daß wir überall nachgesehen haben«, meinte Doktor Ridgely.

»Der Sumpf ist noch übrig.«

»Guter Gott«, flüsterte Tolbert, »wenn sie in dieses Pestloch gegangen ist –«

»Finden wir ihren Leichnam. Sie kann an einem Schlangenbiß gestorben oder ertrunken sein. Oder wir finden sie überhaupt nicht, weil sie in einem Schlammloch versunken ist. Oder wir finden nur noch Stücke von ihr, weil sie in das Brutgebiet der Alligatoren gestolpert ist.«

«Ash, um Himmels willen«, unterbrach ihn Tolbert.

»Ich zähle nur die Möglichkeiten auf und bete zu Gott, daß ich mich irre. Jetzt kommt aber! Später werden wir alle Nachbarn zusammentrommeln. Deine Familie, Tol, die Thomas, die Graves, die Collins, alle Nigger, die sie entbehren können, dazu unsere und Pams Nigger. So viele Augen werden sicherlich etwas entdekken, was wir übersehen haben.«

Trotz der frühen Stunde waren Lucille und Cecilia bereits angekleidet und erwarteten sie.

»Nein, Ma«, krächzte Ashton. »Keine Spur von ihr. Als ob die Erde sie verschluckt hätte.«

»O mein Gott«, stöhnte Lucille. »Ash, glaubst du, daß sie in den Sumpf gegangen ist?«

»Ich weiß es nicht, Ma. Wir werden auch dort suchen, wollen aber zuerst einen Schluck Kaffee trinken.«

Er unterbrach sich und starrte seine Frau an. Er bemerkte das spöttische Lächeln, das ihre Mundwinkel verzog, in ihre Augen stieg.

»Sag es«, knirschte er, »welche Bosheit ist dir jetzt eingefallen, Celie? Wenn es etwas Vernünftiges ist, werden wir uns danach richten, ob es nun boshaft ist oder nicht. Also los, raus damit.«

»Habt ihr in Wes' Hütte nachgesehen? In seinem Bett?«

Ashton holte mit der Hand aus, aber Tolbert Weatherbee, der auf diese Möglichkeit gefaßt war, sprang vor und packte Ashtons Gelenk.

»Danke, Anwalt«, sagte Cecilia mit eiskalter Ruhe. »Aber die Absicht allein genügt, oder? Mein Mann wollte mich in Anwesenheit von Zeugen schlagen. Deshalb haben Sie jetzt eine neue Klientin: mich. Falls dem Gericht diese Handlungsweise nicht als Scheidungsgrund ausreicht, habe ich einen weiteren, wesentlich interessanteren. In der Halle habe ich das reizende Geständnis mitangehört, das du deinem Vater auf seinem Totenbett gemacht hast. ›Ich habe ein unschuldiges Mädchen verführt‹ – so ähnlich war es doch, nicht wahr, Liebling?«

»Du Hexe«, sagte Ashton, »du gemeine, niederträchtige Hexe.«

»Ich habe eine Zeitlang darüber nachdenken müssen, wer es sein könnte. Jetzt sitzt du wirklich in der Tinte, mein Herr Gemahl. Du bist ein ausgezeichneter Schütze, aber ich glaube nicht, daß du

Lust hast, einen Krüppel wie Bascomb Collins oder einen alten Mann wie Barton zu töten.«

»O Gott«, sagte Lucille, »also das –«

»War das Opfer. Ja, Mutter Bibbs: Ruth. Die süße, kleine, siebzehn Jahre alte Ruth Collins. Da fällt mir eben ein, daß ein Duell überflüssig ist. Es gibt doch ein Gesetz, das die Minderjährigen schützt? Da es sich hier um Unzucht mit einer Minderjährigen handelt, wird mein ungetreuer Mann auf längere Zeit hinter Gittern verschwinden.«

»Sie müssen sich einen anderen Anwalt suchen, Cecilia«, sagte Tolbert. »Ich übernehme Ihren Fall nicht. Erstens, weil Ashton mein bester Freund ist, und zweitens, weil ich den Prozeß nicht gewinnen könnte. Ich glaube auch nicht, daß es ein anderer Anwalt schaffen würde.«

»Warten Sie nur, bis ich morgen Martin Telfairs Büro aufsuche.«

»Ich würde Ihnen raten, es sich zweimal zu überlegen, bevor Sie zu Anwalt Telfair gehen«, meinte Tolbert. »Zugegeben, er ist gut. Er ist der beste im weiten Umkreis. Deshalb wird er Ihnen höflich die Tür weisen. Ein Mann wie er setzt seinen Ruf nicht in einem auf so wackeligen Beinen stehenden Fall wie dem Ihren aufs Spiel.«

»Wacklig – also hören Sie, Tol Weatherbee!«

»Wacklig. Ihr Mann, den Sie schwer gereizt haben, hat eine Bewegung gemacht, die man als Drohung auffassen könnte. Er hat die Drohung nicht in die Tat umgesetzt oder wurde jedenfalls daran gehindert. Das spielt keine Rolle. Er hat Sie nicht geschlagen. Selbst wenn er es getan hätte, war die Provokation so schwer, daß Sie eine solche Züchtigung verdient haben. Es gibt keinen Beweis dafür, daß er Sie vorher jemals geschlagen hätte. Damit ist die Klage wegen Brutalität abgewiesen. Der zweite Punkt? Reines Hörensagen, meine liebe Cecilia. Sie behaupten, daß Sie gelauscht und ein Geständnis gehört haben. Leider wird aber kein Gericht Ihre durch nichts beweisbare Behauptung akzeptieren. Und falls es wirklich so war: Wen können Sie als Zeugen nennen? Einen Toten und die Mutter des Angeklagten. Die Witwe kann ohne weiteres – was ich ihr auch raten würde – behaupten, daß sie keine klare Erinnerung an diese schreckliche Nacht hat. Sie weiß nicht mehr, worüber gesprochen wurde. Infolge ihrer tiefen

Trauer ist sie nicht einmal sicher, daß überhaupt gesprochen wurde. Was wird also aus Ihrem Fall, Cecilia? Andererseits könnte ein Jusstudent im ersten Semester, ein Gerichtsschreiber oder sogar ein Laie die Klage gewinnen, die die Collins wegen boshafter Verleumdung und übler Nachrede gegen Sie anstrengen, wenn Sie dumm genug sind, ein siebzehn Jahre altes Mädchen von makellosem Ruf als Beteiligte in einem Fall von Ehebruch zu nennen. Vergessen Sie also lieber den ganzen Unsinn.«

Cecilia dachte nach und bewies wieder einmal, daß sie alles mögliche, aber nicht dumm war.

»Schön, ich vergesse ihn. Aber ich werde eine Möglichkeit finden, dir, mein geliebter Ash, den Betrug heimzuzahlen, und Ihnen, Tol, Ihre Einmischung. In Ihrem Fall wird das gar nicht so schwierig sein. Moralische Verworfenheit ist ein triftiger Grund für den Ausschluß aus dem Anwaltsstand. Mutter Bibbs, würdest du mir Kaffee aufs Zimmer bringen lassen? Ich habe, offen gestanden, etwas gegen die Gesellschaft dieser beiden Gentlemen. Wenn du willst, kannst du dich mit Winkeladvokaten und Hurenböcken an einen Tisch setzen, es ist dein Haus; ich werde es jedenfalls ganz bestimmt nicht tun.« Sie drehte sich um und lief die Treppe hinauf.

»Ein süßes Geschöpf, deine Cecilia«, sagte Tolbert mit müdem Grinsen.

»Tol, kannst du mir die mildernden Umstände bei Totschlag aufzählen?« fragte Ash.

»Aber Ashton«, mahnte seine Mutter.

»Mama, sie ist unmöglich, das weißt du genau.«

»Vergiß sie, Ash«, unterbrach ihn Tolbert. »Beschäftigen wir uns lieber mit dem wichtigsten Problem: Pam. Mistress Bibbs, verzeihen Sie bitte, wenn ich etwas Unpassendes sage, aber in diesem Fall muß ich es tun.«

»Und das wäre?«

»Daß Cecilia recht haben kann, wenn sie annimmt, daß Pam zu Wes Parks' Hütte gegangen ist.«

Sie starrten ihn an. Ash öffnete den Mund, brachte aber keinen Ton hervor.

»Hören Sie mich an«, sagte Tol ruhig. »Ich will es Ihnen erklären. Pam bewundert Wes. Sie hält ihn für einen der edelsten, besten und klügsten Männer, die ihr je begegnet sind. Ich bin übrigens derselben Meinung. Sie alle wissen, daß ich die Schlange bin, die Sie am Busen genährt haben, der Verräter; meine Standes- und Rassengenossen haben es mir oft genug ins Gesicht gesagt. Ich bin für die Sklavenbefreiung. Ich finde, daß es keine Rechtfertigung für die Sklaverei gibt. Einen Menschen wie Wes zu versklaven, ist nicht nur ein Verbrechen, es ist Wahnsinn.«

»Pa wollte ihn freilassen, Tol«, sagte Ash. »Vielleicht hat er es in seinem Testament erwähnt. Wir werden es übermorgen erfahren.«

»In dem Testament, das ich für ihn verfaßt habe, steht nichts davon«, meinte Tolbert, »aber das spielt jetzt keine Rolle. Wir haben über Pam gesprochen. Ich liebe sie. Dennoch muß sogar ich zugeben, daß sie emotionell labil ist. Sie ist ohne weiteres dazu fähig, zuerst zu Wes zu gehen und sich bei ihm Rat und Trost zu holen.«

»Und die ganze Nacht in seiner Hütte zu verbringen?« fragte Ashton.

»Ja. Vor allem jetzt, wenn Wes zu schwach ist, um auch nur eine ungehörige Bewegung zu machen. Er würde es übrigens nie tun. Sein Rassenstolz ist viel zu groß. Er behauptet, und ich glaube es ihm, daß er weiße Frauen überhaupt nicht attraktiv findet.«

»Er hat es im Fall der armen kleinen Ellen Collins sehr deutlich bewiesen«, warf Doktor Ridgely ein. »Sie liebte ihn so sehr, daß sie sich vor ihn warf, um ihm das Leben zu retten. Sie war so weiß, daß sie jedem anderen gefallen hätte.«

»Jetzt kommt das Unpassende: Pam findet Wes attraktiv. Sie hat es mir gegenüber einige Male zugegeben. Cecilia irrt sich nur insofern, als Pam unfähig ist, diese Gefühle in die Tat umzusetzen. Das Äußerste sind gelegentliche boshafte Ausbrüche von Eifersucht.«

»Großer Gott«, sagte Lucille.

»Mrs. Bibbs, Männer wie Barton Collins, sein Sohn Bascomb, Ihr Sohn Bob und Townsend Graves haben unzählige Mulattenkinder in die Welt gesetzt. Warum bringen wir es nicht fertig zuzugeben, daß auch die Frauen – selbst weiße Frauen – nur Menschen sind? Die Anziehung, die verschiedene Rassen aufeinander ausüben –

die so gut bekannten Gegensätze, die einander anziehen – existiert ebenso wie die natürliche Abneigung. Pam hat den armen Wes verdammt schlecht behandelt, weil beide Gefühle in ihr vorhanden sind. Ich würde sagen, auch in Wes. Sie wirken auf mich wie zwei Menschen, die einander die Hände entgegenstrekken, aber durch eine große Glasscheibe voneinander getrennt sind.«

»Dann danke ich Gott für diese Glasscheibe«, meinte Ashton.

»Ich auch, Ash, aber nur weil ich gefühlsmäßig beteiligt bin. Verstandesmäßig stehe ich auf dem Standpunkt, daß alle Menschen das Recht haben sollten, ihren Partner unabhängig von Rasse oder Hautfarbe zu wählen. Ich gebe zu, daß diese Ansicht utopisch und deshalb unhaltbar ist. Die Vorurteile existieren, und zwar in so erdrückender Schwere, daß wir uns mit ihnen abfinden müssen. Wie steht es jetzt eigentlich mit dem Kaffee? Danach –«

»Danach was, Anwalt?« fragte Doktor Ridgely.

»Danach werden wir Wes Parks einen kleinen Besuch abstatten.«

»Ja, Sir«, erklärte Ruby Thomas, »sie war wirklich hier. Bis vor zwei Stunden.«

»Hat sie gesagt, wohin sie von hier gehen wollte?« fragte Tolbert.

»Nach Hause, Sir. Sie hat gesagt, daß sie nach Hause geht.«

»Los«, rief Tolbert. »Holen wir uns die Pferde, Ash.«

»Wartet. Wir haben Zeit«, widersprach Ashton. »Was, zum Teufel, tust du hier, Ruby?«

»Ich pflege Wes, Sir. Ich komme jede Nacht her. Ich – ich liebe Wes. Und außerdem hat Phoebe ihn mir geschenkt, wie sie weggegangen ist. Sie hat mir gesagt, ich soll ihn mir nehmen, seine Frau sein, weil sie nie wieder zurückkommen wird. Deshalb gehört er mir, Sir. Ich werde ihn heiraten, wenn er erst einmal gesund ist und ich vernünftig mit ihm reden kann.«

»Gut. Jetzt erzähl einmal: Was hat Mistress Pamela gesagt, als sie herkam?«

»Sie ist in der Tür gestanden und hat gotteslästerlich geflucht. Ich habe in meinem ganzen Leben nie so viele dreckige Wörter gehört, Massa Ash. Sie hat meinen armen Wes verflucht, der ohnmächtig war und sie gar nicht hören konnte. Sie hat behauptet, er hat etwas getan, was er nicht hätte tun dürfen. Ich habe nur nicht herausgekriegt, was es war. Sie hat so viele mir unbekannte Wörter verwendet, daß ich sie einfach nicht verstanden habe. Es war so, als wollte sie es nicht geradeheraus sagen. Als ob es etwas so Fürchterliches wäre, daß sie es nicht aussprechen kann. Aber ich kann Ihnen sagen, Gentlemen: ganz gleich, was sie von Wes behauptet, es ist nicht wahr. Mir ist nur eines klargeworden: sie glaubt, er hat letzte Nacht etwas Schreckliches getan. Ich frage Sie, Gentlemen, wie, um Gottes willen, kann ein so schwer verletzter Mann, der zu schwach ist, um aufzustehen, etwas Böses tun? Noch dazu das, woran Sie alle denken. Doktor Tom, ich frage Sie. Kann ein Mann, der dem Tod so nahe ist wie Wes, einer Frau etwas tun?«

»Natürlich nicht, Kind, aber vielleicht hast du nicht verstanden, was Miss Pamela gemeint hat. Vielleicht hat er ihr etwas Beleidigendes gesagt.« Ehe Ruby antworten konnte, griff Tol ein.

»Unsinn, Doc. Bitte, bevor wir nach Ingraham Crest reiten, möchte ich wissen, in welchem körperlichen und geistigen Zustand sich die arme Pam befindet, und ich möchte, daß Doktor Tom es auch hört. Ist sie dir merkwürdig vorgekommen, Ruby?«

»Merkwürdig? Sie war richtiggehend verrückt! Sie ist hereingekommen, ihre Kleider waren zerrissen und schmutzig. Ich glaube, sie hat sagen wollen, daß irgendein geiler Kerl, ein Weißer oder ein Nigger, sie erwischt hat, wie sie herumgeirrt ist, und versucht hat, sie zu vergewaltigen. Vielleicht hat er es sogar geschafft, das weiß ich nicht bestimmt, weil sie nicht klar geredet hat. Ich stelle mir nicht gern vor, daß es ein Nigger war, weil ich weiß, was die Weißen deswegen mit ihm tun würden. Aber es könnte einer gewesen sein, denn warum würde sie sonst Wes Vorwürfe machen? Na, jedenfalls war er es ganz sicher nicht. Wie ich Ihnen gesagt habe, hat er sich seit der vorigen Nacht nicht aus dem Bett gerührt, und außerdem war ich die ganze Zeit bei ihm.«

»Hast du ihr das nicht gesagt, Ruby?«

»Natürlich habe ich das getan. Sie hat mir sogar halbwegs geglaubt, nachdem ich es ihr erklärt habe. Und dann hat sie mich wütend gemacht, beinahe genauso verrückt wie sie selbst.«

»Wodurch, Ruby?«

»Sie ist zu Wes gegangen und hat sich auf sein Bett gesetzt. Sie hat sich so tief zu ihm hinuntergebeugt, zu seinem Gesicht, seinem Mund, daß es ausgesehen hat, als wollte sie ihn küssen. Vielleicht hat sie ihn auch geküßt, das weiß ich nicht.«

»Aber was hat sie gesagt, Ruby?«

»Sie hat gesagt: ›Ich vergebe dir, Wes. Aber warum, o warum, hast du mir wieder einmal bewiesen, was für eine schreckliche Hure ich bin? Ist dir nicht klar, daß ich das schon weiß.‹«

»Hast du sie mit irgend etwas bedroht? Einem Stock, einem Messer?«

»Nein, Sir, so dumm bin ich nicht. Ich habe sie nur verflucht. Mit den gleichen Worten, die ich von ihr gehört habe.«

»Gut. Du hast sie nicht tätlich angegriffen, deshalb kann man dir nichts vorwerfen. Schien sie fähig, allein nach Hause zu gehen? Hat sie krank gewirkt? Konnte sie aufrecht stehen, gehen?«

»Ja, Sir. Sie hat nur erschöpft ausgesehen, wie eine Frau, die ihren Spaß gehabt hat, aber sonst war sie in Ordnung. Da fällt mir ein: der arme Wes ist ja ganz und gar nicht in Ordnung. Wollen Sie ihn sich nicht ansehen, Doktor Tom? Bitte, würden Sie das tun?«

»Natürlich, Kind.«

»Doktor«, warf Ashton ein, »wir müssen weiter. Pam braucht ärztliche Hilfe, Nach dem, was dieses Weibsbild sagt –«

»Wir wissen nicht genau, was ihr zugestoßen ist, Ash, nicht einmal auf Grund dessen, was dieses offensichtlich eifersüchtige Kind sagt. Vielleicht eben deshalb nicht, wenn wir die weiblichen Emotionen in Betracht ziehen, die die kleine Ruby bewegen«, widersprach Tom Ridgely. »Ich schlage vor, wir lassen es dabei bewenden, legen den vorhandenen Zweifel zugunsten von Mistress Pamela aus, zumindest in bezug darauf, wie weit sie mit dem, war ihr angeblich widerfahren ist, einverstanden war.«

»O verdammt«, brüllte Ashton.

»Tatsachen sind oft unangenehm«, seufzte Tom Ridgely. »Ich

behandle seit bald vierzig Jahren weibliche Patienten. Als Arzt weiß ich, daß man nie sicher sein kann, was eine Frau, egal welcher Hautfarbe, tun oder nicht tun wird. Deshalb kann ich nicht ausschließen, daß sie freiwillig partizipiert hat; vielleicht aus einem Impuls der Selbsterniedrigung heraus, aus dem perversen Verlangen, den sündigen Köper zu bestrafen, indem sie ihn mit einem verächtlichen Partner besudelt.«

»Diese Ansicht teile ich ganz und gar nicht, Doktor«, sagte Tolbert.

»Es gibt noch eine Alternative, die mir persönlich am meisten zusagt«, meinte der Arzt.

»Und die wäre?« fragte Ashton.

»Daß ihr nichts zugestoßen ist. Überhaupt nicht.«

»Sie glauben also, daß Pam das Ganze vorgetäuscht hat? Warum denn, Doktor Tom?« stöhnte Ash.

»Ash, falls Sie mir erklären können, warum irgendeine Frau irgend etwas tut, bekommen Sie einen Preis. Im vorliegenden Fall wollen wir jedoch auf durch ›Seelenschmerz verursachte geistige Verwirrung‹ plädieren. Wir wollen außerdem übereinkommen, daß wir Mistress Pamela überhaupt keine Fragen stellen und uns nach Kräften bemühen, sie zum Schweigen zu bringen, falls sie jemals in Versuchung geraten sollte, ein Geständnis abzulegen. Ich für meinen Teil bin dafür, nichts zu wissen. Es wäre natürlich möglich, daß uns die Wahrheit beruhigt. Das ist sogar wahrscheinlich. Was aber, wenn sie es nicht tut? Weil auch die Möglichkeit besteht, ziehe ich selige Unwissenheit vor. Würden Sie jetzt bitte meine Tasche holen? Sie hängt am Sattelknauf meines Pferdes.«

Ashton sprach mit ruhiger, unbeteiligter Stimme:

»Ich mache bei einem solchen Abkommen nicht mit, Doktor. Wenn ein Nigger, ganz gleich aus welchem Grund, Geschlechtsbeziehungen zu einer weißen Frau hat, will ich, daß dieser Nigger stirbt. Bevor du dich auf mich stürzt, Tol: ich spreche nicht von Gerechtigkeit, sondern von Notwendigkeit. Wenn, wie du behauptest, die Sklaverei ein Verbrechen und absolut ungerechtfertigt ist, dann wäre es Wahnsinn, sie mit gerechten Maßnahmen aufrechtzuerhalten. Ich glaube, daß die Nigger eine sehr niedrige Klasse darstellen, eine Subspezies der menschlichen Art, daß wir ihnen einen Gefallen tun, indem wir uns um sie kümmern, sie erziehen, versuchen, sie auf eine etwas höhere Zivilisationsstufe zu bringen. Dennoch können wir in einem Fall wie dem vorliegenden nicht mit abstrakten Begriffen wie Gerechtigkeit operieren. Es geht zum Beispiel das Gerücht um, daß Big Mame an bestimmten Abenden gutsituierte Schwarze um die dreifache Gebühr zu ihren Mädchen läßt. Ich besuche keine Bordelle, aber wenn ich es täte und dabei über einen Nigger mit einer bezahlten Hure stolperte, würde ich diesen Nigger ohne zu überlegen erschießen und die Hure mit der Reitpeitsche bearbeiten. Deshalb werde ich Pam fragen, wo sie die Nacht verbracht hat, mit wem sie zusammengewesen und was geschehen ist. Falls ein Nigger daran beteiligt war, ist dieser Nigger ein toter Mann. Und wenn sie behauptet, daß man sie vergewaltigt hat, glaube ich ihr, auch wenn sie lügt wie gedruckt. Gibt sie jedoch zu, daß sie den Nigger persönlich dazu aufgefordert hat, erschieße ich ihn trotzdem. In diesem Fall sogar mit noch mehr Berechtigung.«

»Wieso, Ash?«

»Weil man einen Nigger, der eine solche Erfahrung gemacht hat, einfach nicht frei herumlaufen lassen kann. Er ist eine Bombe mit verdammt kurzer Zündschnur. Wir sind in meinem Süden, es geht um meine Lebensweise, und ich mag beide, ob sie nun recht oder unrecht sind. Um oben zu bleiben, müssen wir die Nigger unten halten. Das ist ganz einfach. Man könnte auch sagen, daß ich die Zivilisation der Unzivilisiertheit vorziehe und daß ich sie mit allen mir zur Verfügung stehenden Mitteln verteidigen werde.«

»Auch wenn du dabei selbst unzivilisiert handeln mußt?« fragte Tolbert.

»Auch dann. Jetzt bringe ich Ihnen Ihre Tasche, Doc.«

Er ging hinaus und holte die Tasche. Er zitterte vor Müdigkeit und Wut. Er wollte jemanden töten, am liebsten Ruby. Oder Pamela. Oder seine geliebte Cecilia.

Doktor Ridgely untersuchte Wes sorgfältig. Dann richtete er sich auf und sagte ruhig:

»Reiten Sie ohne mich hinüber. Er hat beiderseitige Lungenentzündung. Es besteht so gut wie überhaupt keine Hoffnung, aber ich muß alles versuchen.«

»Aber Doktor, was wird aus Pam?« rief Ash. Tolbert sagte überhaupt nichts; wahrscheinlich wußte er nicht, was man in dieser wahnsinnigen und grausamen Welt noch sagen konnte.

»Sie wird in Ordnung sein«, meinte der Arzt, »und falls sie es nicht ist, schicken Sie einen Nigger um Peter Raintree. Lassen Sie ihn bloß nicht Laudanum verschreiben, das ist alles.«

Er wendete sich wieder Wes zu.

Ruby kniete weinend neben dem Bett.

»Komm, Ash«, sagte Tolbert müde.

Die beiden Männer gingen in den hellen Tag hinaus. Sie schwangen sich auf ihre Pferde und ritten nach Ingraham Crest.

»Ja, sie ist nach Hause gekommen. Aber Sie können nicht mit ihr sprechen, sie badet gerade«, erklärte Martha auf ihre Frage nach Pam.

»Geht es ihr gut, Martha?« fragte Tolbert.

»Ja, Sir. Es geht ihr wieder gut. Sie sitzt in der Badewanne und singt. Sie hat ihr armes, totes Kind ganz vergessen. Aber Sie hätten sie sehen sollen, wie sie nach Hause gekommen ist. Sie hat vielleicht ausgesehen!«

»Martha«, unterbrach sie Ashton ruhig, »wenn du deinen großen schwarzen Mund nicht sofort hältst, sorge ich dafür, daß du ihn nie wieder aufmachst. Hast du mich verstanden?«

»Ja, Sir. Ich habe überhaupt nichts gesagt. Kein Wort.«

Sie warteten. Dreiviertel Stunden später schickten sie Martha hinauf; sie sollte Pamela fragen, ob sie sie sehen und sprechen könnten. Martha kam beinahe sofort zurück.

»Sie sagt, daß Sie hinaufkommen können, Gentlemen.«

Pamela trug ein weiches, warmes Hauskleid. Tolbert fand, daß sie wie ein Engel aussah. Nur ihre Augen schrien, lauter und schrecklicher als die Seelen der Verdammten in der Hölle.

»Pam«, krächzte er, »o Pam.«

Ashton Bibbs war zu müde, zu zornig, zu angewidert von der Welt, der Zeit, sich selbst, um rücksichtsvoll zu sein.

»Wo, zum Teufel, warst du vergangene Nacht, Pam?« brüllte er.

Sie sah ihn an und sagte ruhig, sanft, freundlich, aber überzeugend und vollkommen aufrichtig:

»Das weiß ich nicht, Ash. Ich weiß es wirklich nicht. Die vergangene Nacht ist anscheinend eine der vielen, vielen Nächte, die ich verloren habe.«

28

Testamente, die Besitzungen im Bezirk Adams betrafen, wurden für gewöhnlich im Büro von Richter Pierce Willoughby in Natchez verlesen und bestätigt. Da aber dieses Verfahren die betagte Witwe Biggs sowie ihre beiden Schwiegertöchter gezwungen hätte, insgesamt dreißig Meilen in der Kutsche zurückzulegen, sowie angesichts seiner langjährigen Freundschaft mit dem Verstorbenen, erklärte sich Richter Willoughby gern mit Anwalt Weatherbees Vorschlag einverstanden, das Testement in Rosebriar zu verlesen.

Deshalb machte sich der Richter eine Woche nach dem Begräbnis in Begleitung des Anwalts und zweier junger Schreiber auf den Weg nach Rosebriar. Die jungen Schreiber kamen auf Weatherbees Wunsch mit, um als Zeugen zu dienen und dadurch die Probleme zu vermeiden, die oft entstanden, wenn alle Anwesenden blutsverwandt waren und daher nicht als Zeuge fungieren konnten. «Testamente können zu scheußlichen Familienzwistigkeiten führen, wie Sie wissen, Euer Ehren«, sagte Tolbert zum Richter.

»Ich habe erlebt, daß sie zu Brudermord geführt haben«, seufzte der Richter, »und die Bibbs-Brüder sind heißblütige junge Männer. Sie haben recht, Anwalt, wir nehmen die Schreiber mit.«

Zunächst ging aber alles glatt. Es gab überhaupt keine Schwierigkeiten, außer den Qualen, die Tolbert Weatherbee litt, weil Pamela sich weigerte, auch nur in seine Richtung zu schauen, geschweige denn, seine Blicke zu erwidern. Deshalb traf ihn Beau Bob Bibbs' plötzlicher Ausbruch völlig unvorbereitet.

»Verdammt noch mal!« brüllte Bob, »enterbt! Ich muß das Haus im Westteil räumen und Rosebriar für immer verlassen. Was für ein dreckiges, verlogenes, gefälschtes Testament ist das denn?«

»Mister Bibbs«, sagte der Richter mit eisiger Verachtung (in seiner Eigenschaft als Gerichtsvollzieher in Natchez hatte er Bob Bibbs bereits eine erkleckliche Anzahl von Strafen aufgebrummt und ihn sogar wegen Trunkenheit, ungebührlichen Benehmens, Raufhändeln gelegentlich für ein paar Tage eingesperrt), »Sie haben die Unterschrift Ihres verstorbenen Vaters oft genug gesehen, um sie zu erkennen, nicht wahr?«

»Ja, natürlich, Euer Ehren, das habe ich schon . . .«

»Würden Sie dann bitte zu meinem Tisch kommen?«

»Ja, gewiß, Euer Ehren.«

Richter Willoughby blätterte die Seiten des Testaments um, kam zur letzten, faltete die übrigen so, daß Bob sie nicht lesen konnte, und hielt ihm das Testament hin.

»Ist das die Unterschrift Ihres Vaters?« fragte er.

Bob überlegte lange, bevor er antwortete. Er erkannte die stolze, eckige Schrift seines Vaters sofort. Es bestand kein Zweifel, daß es Captain Wallys Unterschrift war. Weil Bob aber nun einmal nicht aus seiner Haut konnte, dachte er einige Sekunden lang darüber nach, ob er ihre Authentizität nicht doch bestreiten und behaupten sollte, daß sein Bruder Ashton sie gefälscht hatte.

Vor dieser Torheit rettete ihn das Bewußtsein, was Ashton ihm antun würde, wenn er sie tatsächlich beging. Außerdem fiel ihm in diesem Augenblick noch etwas auf. Über der Unterschrift hatte Captain Wally eigenhändig hinzugefügt: »Mit eigener Hand vor diesen Zeugen am zweiten September 1852 gegeben.«

Bob erinnerte sich nur zu gut an dieses Datum; er hatte in diesem Jahr die Tochter eines armen, aber anständigen Kaufmanns in Natchez geschwängert, Captain Wally hatte ihn bereits ein Jahr zuvor gezwungen, Pamela zu heiraten und damit sein Kind ehelich zu machen, und diese für seinen Vater unerträgliche Wiederholung der gleichen Sünde hatte zu einem Wutausbruch geführt. unter dem die Wände von Rosebriar erzitterten. Captain Wally hatte den Kaufmann mit einer beträchtlichen Summe beschwichtigen müssen. Er hatte damals auch gedroht, Bob zu enterben.

Wie das Testament bewies, hatte er diese Drohung wahr gemacht. Dennoch blickte Beau Bob triumphierend auf.

»Ja, Sir«, sagte er ruhig, »das ist die Unterschrift meines Vaters, sie ist unverkennbar. Aber das ist nicht das eigentliche Problem. Das Problem besteht in dem Datum. Das hier ist einfach nicht das letzte Testament meines Vaters, und ich kann es beweisen, Euer Ehren.«

»Wie wollen Sie es beweisen?«

»Ich ersuche Sie, Anwalt Weatherbee zu vereidigen, denn es handelt sich ja um eine Art Gerichtsverfahren. Ich möchte in der Lage sein, ihn wegen Meineids zu verklagen, falls er lügt. Er hat guten Grund, mir nicht wohlgesinnt zu sein.«

»Einen Augenblick, junger Mann, Sie müssen sich schon deutlicher ausdrücken, wenn Sie mich davon überzeugen wollen, daß ein so ungewöhnliches Verfahren erforderlich ist.«

»Es ist erforderlich«, mischte sich Tolbert Weatherbee ein. «Wie lautet das Datum des Testaments, das Sie verlesen, Euer Ehren?«

»Der zweite September 1852.«

»Dann hat Mister Robert Bibbs recht. Ich habe vor ungefähr einem Monat ein zweites Testament verfaßt, das dieses außer Kraft setzt. In diesem zweiten Testament hat Captain Wally Bibbs seinen Besitz wesentlich gerechter verteilt. Soweit ich mich erinnere, ging etwas mehr als ein Viertel des Besitzes an Mr. Robert Bibbs. Mr. Ashton Bibbs erhielt den größeren Teil der Plantage mit der Auflage, daß er die Witwe Bibbs bis an ihr Lebensende erhalten müsse. Nach ihrem Tod sollten sich die Brüder Robert und Ashton Bibbs freundschaftlich und gerecht über die endgültige Aufteilung des Erbes einigen. Mister Bibbs hat das Testament unterschrieben; als Zeugen haben Doktor Thomas Ridgely und Mister Wilkes Thomas fungiert.«

»Ich verstehe«, seufzte der Richter, »und Sie haben keine Ahnung, was mit diesem Testament geschehen ist?«

»Nein, Euer Ehren.«

»Tol, ich hätte es verdammt nie geglaubt«, rief Bob. »Sie sind ja doch ein Gentleman, auch wenn Sie sich gern fremdes Eigentum aneignen.«

»Mir ist nicht bewußt, daß ich Ihnen etwas weggenommen hätte, Bob.«

»Gentlemen«, fuhr der Richter dazwischen, »hier ist weder der Ort noch die Zeit, einen privaten Streit auszutragen. Es tut mir leid, meine Damen und Herren, aber bis jemand dieses zweite Testament vorlegt, kann ich nichts anderes tun, als die Verlesung zu vertagen.«

Ashton Bibbs stand langsam auf.

»Dann müssen Sie sie für immer vertagen, Euer Ehren, weil das zweite Testament nicht mehr existiert. Ich habe es persönlich verbrannt.«

»Großer Gott«, brüllte Bob, »mein eigener Bruder! Du verdammter, verlogener, diebischer Gauner, ich werde –«

»Du wirst überhaupt nichts«, unterbrach in Ashton, »weil du nicht den Mut dazu hast. Hör also auf anzugeben. Ich weigere mich, mich in einer so ernsten Angelegenheit in eine Rauferei hineinziehen zu lassen. Da ich wiederholt bewiesen habe, daß ich mühelos mit dir fertig werde, wird niemand annehmen, daß ich aus Feigheit so handle.«

»Warum denn sonst, du Diebsgesicht?«

»Aus Anstand. Aus Achtung vor den Anwesenden. Euer Ehren, erteilen Sie mir die Erlaubnis, das alles zu erklären?«

»Es wäre besser, wenn Sie es täten. Ich muß Sie aber darauf aufmerksam machen, daß das, was Sie getan haben, ein schweres Verbrechen ist und als solches bestraft werden muß.«

»Um es kurz zu machen, Euer Ehren: ich habe das Testament auf Wunsch meines Vaters hin verbrannt. Er hat diesen Wunsch auf seinem Totenbett geäußert. Ich habe es erst getan, nachdem ich ihn gebeten hatte, nachsichtig zu sein und meinem jungen und oft auf Abwege geratenden Bruder zu verzeihen. Er hat sich leider geweigert. Er hat mir außerdem befohlen, Bob ohne einen roten Heller hinauszuwerfen. Er war nicht einmal zornig, als er das sagte. Er hat behauptet, daß nur drakonische Maßnahmen Bob wieder auf den rechten Weg bringen würden.«

»Ein *mündlich* geäußerter Wunsch«, schrie Bob. »Wer außer dir hat ihn gehört, du verlogener Heuchler?«

»Das ist der Kernpunkt der Angelegenheit«, sagte der Richter. »Denn wenn Sie keine Zeugen haben, werde ich persönlich die Anklage wegen schweren Verbrechens und vorsätzlichen Betrugs gegen Sie erheben.«

»Ich habe einen Zeugen, Euer Ehren, und zwar meine Mutter. Euer Ehren, Sie kennen sie, Sie wissen unter anderem, daß sie an

Bob hängt, daß sie ihr Leben lang Entschuldigungen für alles gefunden hat, was er getan hat, ganz gleich, wie schändlich es war. Aber bevor Sie sie befragen, Euer Ehren, bitte ich Sie um die Erlaubnis, Sie und alle Anwesenden über die Umstände zu informieren, unter denen mein Vater diesen Entschluß gefaßt hat.«

»Ich erhebe Einspruch«, brüllte Bob, »was er sagen will, ist Verleumdung, üble Nachrede und Ehrabschneiderei.«

»Einspruch abgewiesen,«, entschied der Richter. »Ihr Einspruch wäre nur statthaft, wenn die Aussage Ihres Bruders falsch und unbegründet wäre. Falls ich zu der Ansicht gelange, daß sie das ist, werde ich sie verwerfen. Als Richter versuche ich, unparteiisch zu sein, aber ich hatte in meiner offiziellen Eigenschaft schon mit Ihnen zu tun, Sir, und ich kann mir kaum vorstellen, daß jemand Ihre Ehre mehr beschmutzen könnte, als Sie selbst es bereits durch Ihr Verhalten getan haben.«

Cecilia Bibbs kicherte hörbar.

»Ruhe!« donnerte der Richter. »Sagen Sie aus, Mister Bibbs.«

»Gut. Papa war Bob gegenüber nachsichtiger geworden. Er hatte das Gefühl, daß er vielleicht zu streng mit ihm gewesen war. Wir einigten uns auf den Wortlaut des zweiten Testaments, bevor ich Tol Weatherbee überhaupt hinzuzog. Mein Bruder wird das wahrscheinlich bezweifeln, aber es war tatsächlich so. Wenn mir halb Rosebriar gehört und ich diese Hälfte gut verwalte, ist mein Vermögen so groß, daß ich auf den Rest verzichten kann. Ganz Rosebriar zu betreiben, ist nämlich eine sehr schwierige Aufgabe; deshalb hat Papa es vor zehn Jahren in drei Abschnitte aufgeteilt. Einen leitete Bob, einen ich und einen Papa selbst. Aber dann wurde wieder die problematische Beziehung meines Bruders zu Townsend Graves akut. Mein Vater war der Meinung, daß Townsend Graves einen äußerst schlechten Einfluß auf meinen Bruder ausübte. Kurz bevor mein Vater von Jonas angeschossen wurde, hatte er sich geweigert, Bob Geld zu geben oder zu leihen, damit dieser eine Sklavin namens Lottie auslösen konnte. Bob hatte sie für seine Spielschulden an Townsend verpfändet. Lottie war zwar Bobs Konkubine, aber dennoch Eigentum meines Vaters. Townsend besitzt das Mädchen noch, lebt offen mit ihr zusammen.«

»Mister Bibbs, gehört diese Tatsache wirklich zu dem vorliegenden Fall?« fragte der Richter.

»Allerdings, Euer Ehren. Denn die unmittelbare Ursache für den Tod meines Vaters war Townsend Graves. Er drang in sein Krankenzimmer ein und verlangte von ihm die zwanzigtausend Dollar, die Bob ihm schuldete. Mein Vater ist in der darauffolgenden Nacht vor Zorn und Scham gestorben. Wenn Sie die Meinung eines Fachmanns dazu hören wollen, schicke ich einen Nigger zu den Sklavenhütten, damit er Doktor Ridgely holt. Er versucht dort, Wes Parks das Leben zu retten, und wird leider auch dabei keinen Erfolg haben.«

Er blickte Pamela nicht an, als er das sagte, aber Tol sah zu ihr hinüber. Er sah den erschreckten Ausdruck in ihren Augen. Sah, daß sie aufzustehen versuchte. Sah, wie Cecilia Bibbs die Hand ausstreckte und sie festhielt. Er konnte nicht hören, was Cecilia flüsterte, aber er konnte es sich denken. Pamela setzte sich wieder, ihr Gesicht war kreidebleich.

»Deshalb holte mich mein Vater vier oder fünf Stunden vor seinem Tod an sein Bett und befahl mir, die Schulden meines Bruders zu bezahlen. Dann verlangte er, ich sollte das neue Testament verbrennen, weil Townsends Enthüllungen ihn davon überzeugt hatten, daß Bob ein hoffnungsloser Fall sei. Meine Mutter und ich versuchten ihn umzustimmen, aber er blieb eisern. Der Wille eines Sterbenden ist heilig, Euer Ehren. Ich habe widerwillig gehorcht und das Testament verbrannt.«

Er setzte sich.

»Witwe Bibbs«, sagte der Richter sanft, »Sie müssen nicht aufstehen. Beantworten Sie nur eine Frage: Hat Ihr älterer Sohn die Wahrheit gesagt?«

Lucille Bibbs liefen die Tränen über die Wangen; sie nickte müde.

»Ich fürchte, Sie müssen es laut sagen«, seufzte der Richter.

»Ja, Euer Ehren, es ist die Wahrheit«, erklärte Lucille Bibbs mit tränenerstickter Stimme.

»Dann werde ich mit der Verlesung des Testaments fortfahren«, sagte der Richter.

»Ich will verdammt sein, wenn ich es mir anhöre«, schrie Bob, sprang auf und stürmte aus dem Zimmer.

»Wie geht es ihm, Doktor?« fragte Pamela.

»Er hält gerade noch stand. Die Schwierigkeit ist, daß der arme Wes seinen Lebenswillen verloren hat. Daß Bart Collins Phoebe verkauft hat, nachdem er öffentlich versprochen hat, es nie zu tun, hat Wes erledigt. Ich bin bereit, meine ärztliche Ehre darauf zu wetten, daß Wes binnen einer Woche wieder auf den Füßen wäre, wenn Phoebe zurückkäme.«

»Nein, Doktor Tom«, mischte sich Ruby ein, »hier irren Sie sich. Wenn Phoebe zurückkommt und Wes herausfindet, warum sie fort ist, bringt es ihn sofort um.«

»Dann ist es also doch so, wie ich gedacht habe«, meinte Tom Ridgely. »Phoebe hat die kleine Ruth Collins angegriffen, um Bart Collins dazu zu zwingen, daß er sie verkauft. Sag mir, Ruby, wer ist der Mann, der daran schuld ist? Das beweist wieder einmal, daß man einer Frau nie trauen kann.«

»Damit haben Sie absolut recht«, meinte Pamela. »Wer ist es, Ruby?«

»Glauben Sie wirklich, ich würde es Ihnen sagen, Miss Pam? Ich kann Ihnen nur sagen, daß Sie endlich verschwinden sollen.«

»Hör mal, Ruby«, knurrte Tom Ridgely, »du kannst dir einfach nicht alles erlauben, Willst du, daß ich Bart Collins empfehle, dich mit der Reitpeitsche zu bearbeiten?«

»Tun Sie's nur. Wenn ich ausgepeitscht werde, weil ich schlecht über Miss Pam spreche, müssen Sie mich jeden Tag auspeitschen lassen.«

»Verdammt, du bringst mich so weit, daß ich dir selber ein paar überziehe.«

»Nicht, Doktor«, flüsterte Pam. »Ich will nicht, daß sie ausgepeitscht wird. Sie hat ja recht. Sie verfügt gar nicht über den Wortschatz oder die Phantasie, um mich mit allen Ausdrücken zu belegen, die mir gebühren. Ich bin eine Mörderin. Und eine Hure. Nein, das stimmt nicht. Dadurch beleidige ich die wirklichen Huren, die wenigstens soviel Selbstachtung besitzen, daß sie für ihr schmutziges Geschäft Geld verlangen, während ich –«

»Pamela! Mistress Ingraham«, sagte der Arzt streng. »Bedenken Sie, daß Sie sich in Anwesenheit einer Negerin so äußern.«

»Nicht Mistress Ingraham. Mistress Bibbs. Das werde ich nämlich sein, falls es mir gelingt, die Verzeihung meines Mannes zu erlangen, so daß er mich wieder bei sich aufnimmt. Wenn er das tut, werde ich den Rest meines Lebens als seine keusche, unterwürfige Frau verbringen. Vielleicht wird Gott mir dann verzeihen, daß ich mein Kind ermordet, es mit Laudanum vergiftet habe.«

»Mistress Ingraham – schon gut, Mistress Bibbs, Sie sind aufgeregt. Und ich finde immer noch, daß Sie Ihre persönlichen Angelegenheiten, Ihre Schwierigkeiten nicht vor einem schwarzen Weibsstück besprechen sollten.«

»Sie ist weder schwarz noch ein Weibsstück. Sie ist eigentlich ein süßes, unbeherrschtes, überraschend hübsches Kind, und sie hält mich für jemanden, der ihr ihren Mann wegnehmen will. Damit hat sie unrecht. Ich habe nie den Mut gehabt, mir einen Schwarzen als Liebhaber zuzulegen. Auch nicht die Größe, das zu ertragen, was mich infolge einer solchen stolzen Herausforderung an die Vorurteile meiner Rasse, meiner Zeit erwarten würde. Dennoch mußte ich für diese Sünde, die ich nie begangen habe, immer wieder bezahlen.«

»Mistress Bibbs, ich bitte Sie, ich flehe Sie an –«

»Den Mund zu halten? Aber ich muß sprechen, Doktor. Verstehen Sie denn nicht, daß das, was mich bedrückt, mich langsam, aber sicher umbringt? Lassen Sie mich es loswerden, bitte.«

»Gut, aber zuerst werfe ich dieses Weibsstück hinaus.«

»Nein, ein paar Dinge muß ich speziell ihr sagen. Ruby, Kind, ich hatte nie ein Verhältnis mit deinem Wes.«

»Mein Gott!« schrie Doktor Ridgely, »die Frau ist wahnsinnig. Verrückt!«

»Nein, Doktor, ich versuche eben, es nicht zu werden. Im Augenblick bin ich halb wahnsinnig. Oder zu drei Vierteln. Ich würde nur dann vollkommen verrückt, wenn ich nicht die Möglichkeit bekomme, meine Sünden nicht nur zu bereuen, sondern auch wiedergutzumachen. Deshalb fange ich damit an, Ruby, daß ich dich um Verzeihung bitte.«

»Pamela, Sie können einfach nicht einer Sklavin beichten.«

»O doch, das kann ich. Warum warten Sie nicht, bis Sie gehört haben, was ich sagen will? Ich bitte dich um Vergebung, Kind, für meine Gedanken und für alle Sünden der Wollust, die ich vielleicht begangen habe, während ich nicht bei mir war. Es gibt Lücken in meinem Leben, Doktor. Ganze Nächte existieren für mich nicht mehr. Nächte, von denen ich nicht weiß, was ich getan habe, wo ich war, was überhaupt geschehen ist. Wie die Nacht nach dem Begräbnis meines Kindes, zum Beispiel.«

»Auch wenn Sie in dieser Nacht etwas Unrechtes getan haben, Miss Pam, war es nicht mit Wes, das ist sicher«, sagte Ruby. »Weil er sich die ganze Nacht nicht aus dem Bett gerührt hat. Ich weiß es, ich war bei ihm.«

Pamela sah sie mit großen Augen an und dachte nach.

»Bist du sicher, Ruby?« fragte sie mit beinahe kindlicher Stimme. »Weil es Augenblicke gibt, in denen ich mich erinnere – nein, nicht einmal das, nur ein Aufblitzen, einen Schimmer wie das Licht einer Laterna magica, das auf eine Wand fällt. Ich weiß es nicht mehr!«

»Sie haben jemanden mit ihm verwechselt«, meinte Ruby, »und das bedeutet, daß es ein Nigger war, ganz gleich, was er Ihnen getan oder was er versucht hat.«

»Nein! Nein! Es war ein Weißer. Er war weiß und groß und stark und hat schlecht gerochen. Er – er – nein. Hat er? Ich weiß es nicht.«

Doktor Ridgely beobachtete sie, musterte ihr Gesicht genau. Seine wissenschaftliche Neugier überwand mühelos seine Vorurteile, die ohnehin nicht allzu tief saßen. Ich werde sie nicht am Reden hindern, beschloß er. Sie soll es nur loswerden. Es ist eine Art seelischer Läuterung. Nachher werde ich natürlich Ruby zum Schweigen bringen müssen, was gar nicht so leicht sein wird.

»Was ist in dieser Nacht geschehen, Pamela?« fragte er sanft.

»Ich weiß es nicht. Irgend etwas ist geschehen. Es war so schrecklich, daß mein Verstand sich weigert, sich daran zu erinnern. Ist das möglich, Doktor?«

»Natürlich. Ich habe es mindestens ein Dutzend Mal in meiner Praxis erlebt. Pamela, ich will geradeheraus fragen: Sind Sie vergewaltigt worden?«

Sie lachte bitter auf. »Wer hat mich denn jemals vergewaltigen müssen, Doktor? Für gewöhnlich ist das Gegenteil der Fall. In dieser Nacht hat es einen Mann gegeben. Einen weißen Mann. Ich erinnere mich nicht, ob er mir etwas getan oder ob er es überhaupt versucht hat. Eines kann ich Ihnen aber sagen: falls er es versucht hat, hat er es geschafft. Die Männer haben bei mir immer Erfolg, wenn sie sich ernsthaft bemühen. Denn nach zwei Minuten will ich es auch. Noch viel mehr als sie.«

»O Gott!«

»Ich erinnere mich nicht. Er war groß und stark und abstoßend schmutzig und hat schlecht gerochen. Einen Augenblick lang war sein Gesicht da, und dann war es weg. Und dann sagte Wes –«

»Sie lügen«, kreischte Ruby. »Sie lügen, und Ihre Füße stinken, und Sie lieben Jesus nicht. Wes war hier, Sie verrückte Weiße! Hier, sage ich Ihnen, hier!«

»Ruby, halt den Mund«, sagte Thomas Ridgely ruhig. »Was hat der Nigger gesagt, den Sie für Wes gehalten haben?«

»Ich weiß es nicht. Ich erinnere mich nicht. Etwas Komisches. Etwas Lustiges. Mir hat das, was er gesagt hat, Spaß gemacht.«

»Und was hat er getan, Miss Pam? Ihnen hat das auch Spaß gemacht, nicht wahr? Den meisten Spaß, könnte ich wetten«, mischte sich Ruby in dieses Verhör.

Tom Ridgely holte aus, um Ruby eine mächtige Ohrfeige zu versetzen. Aber Ruby war flink und wendig wie eine Katze; sie wich dem Schlag mühelos aus.

»Tut mir leid, Doktor Tom«, sagte sie mit berechnender, vorgetäuschter Demut. »Ich werde den Mund nicht mehr aufmachen.«

»Das wird auch gut sein«, brüllte der Arzt. Aber er war in Wirklichkeit gar nicht mehr wütend.

»Ich glaube nicht, daß er etwas getan hat«, flüsterte Pam. »Ich bin nicht sicher, daß er überhaupt da war. Ich weiß, daß der Weiße da war. Aber du sagst, daß Wes die ganze Nacht hier gelegen ist, und –«

»Pamela«, unterbrach sie Tom Ridgely, »werden Sie mir glauben, wenn ich Ihnen etwas in meiner Eigenschaft als Arzt erkläre?«

»Natürlich, Doktor, ich glaube Ihnen alles.«

»In den letzten drei Monaten war Wes Parks nicht fähig, auch nur fünfzig Schritte hintereinander zu gehen. Er hätte sich nicht einmal lange genug auf einem Maultier halten können, um bis zum Sumpf zu kommen. Selbst wenn ihn jemand dorthin getragen hätte, gibt es nicht die geringste Möglichkeit, daß er irgendwen hätte vergewaltigen können.«

»Wirklich, Doktor? Nun, das ist eine Erleichterung. Ich habe mir wieder etwas eingebildet, habe mich anscheinend an Dinge erinnert, die nie geschehen sind. Wie die Nacht, in der *Dangbevi*, Wes' tote Frau, aus ihrem Grab in Afrika gekommen ist und versucht hat, mir mein Kind zu stehlen. O mein Gott, inzwischen ist es ihr gelungen.«

»Pamela –«, sagte der Arzt. Er hatte Tränen in den Augen.

»Ruby«, sagte Pamela. »Wir beide werden Wes retten. Wir werden ihn gemeinsam retten. Dann heiratest du ihn. Machst ihn glücklich. Versprich mir das, Kind.«

»Ich habe es bereits dem lieben Gott versprochen, Miss Pam, deshalb muß ich es Ihnen nicht noch einmal versprechen.«

»Gut. Jetzt wollen wir neben dem Bett niederknien. Doktor Tom, kann er hören, was man ihm sagt?«

»Ich glaube schon, bin aber nicht ganz sicher, weil er nie antwortet.«

»Schön, wir müssen es eben versuchen. Hast du nicht verstanden, Ruby, du sollst niederknien.«

Erstaunt kniete Ruby neben Wes' Bett, neben seiner reglosen Gestalt nieder.

»Jetzt wiederhole das, was ich sage, Wort für Wort.«

»Ja, Miss Pam, ich tue alles, was Sie sagen.«

»Lieber Gott«, betete Pamela, »rette diesen guten, freundlichen, gerechten Mann. Nicht wegen seiner Güte, seiner Freundlichkeit, seiner Gerechtigkeit. Sondern weil Ruby und ich und so viele, viele Menschen ihn so sehr brauchen . . . Sprich es nach, Ruby.«

Ruby wiederholte das Gebet wörtlich.

»Amen«, flüsterte Pamela. »Wes, kannst du mich hören? Willst du alle verlassen, die dich in der Stunde ihrer Not brauchen? In ihrem Leid, ihrer Einsamkeit und auch in ihrem Wahnsinn? Phoebe ist in Schwierigkeiten, Wes. In so großen Schwierigkeiten, daß nur du sie daraus retten kannst. Ruby liebt dich. Auch sie braucht dich. Und vielleicht wird es Gott eines Tages so einrichten, daß sie deine Frau werden kann. Alle Schwarzen brauchen dich. Du bist ihr Moses. Wer sonst hat die Weisheit und die Kraft, sie aus der Wildnis, aus der Knechtschaft in das Gelobte Land der Freiheit zu führen? Das ist eine hohe und heilige Aufgabe, Wes. Du kannst sie nicht im Stich lassen. Und ich brauche dich am meisten; ich bin geschlagen, leidend, verwirrt, beinahe wahnsinnig. Ich brauche nicht deinen Körper, deine Berührung, wir wissen beide, daß das nicht sein kann. Aber wenigstens deine Stimme, die kluge, tröstliche Gedanken ausspricht. Und gelegentlich dein warmes Lächeln, das die Welt wieder in Ordnung bringt. Den Frieden, den du durch deine Anwesenheit schenkst. Wes, versprich es mir. Verlasse uns, die dich brauchen, nicht. Laß die Welt nicht leer werden; sie ist schon öde genug. Versprichst du es mir, Wes? Versprichst du es uns beiden? Versprichst du es Ruby, die dich liebt und die die Deine sein kann? Mir, die dich liebt und es nicht sein kann?«

Sie starrte ihn an und sagte wütend: »Du versprichst es nicht? Dann werde ich dich dazu zwingen. Ich werde dich bei deinem Namen nennen. O ja, ich kenne sie. *Dangbevi* hat sie mich gelehrt. Es war ein Fehler, daß du sie geschickt hast, daß du diese schreckliche Dunkelheit geschickt hast. Deshalb befehle ich dir bei deinen geheimen Namen – tue, was ich sage. Durch deine starken Namen zwinge ich dich, mir zu gehorchen. Lebe, *Nyasanu Dosu Agausu Hwesu Gbokau Kesu*, Sohn des *Gbenu*.«

Wes bewegte sich langsam. Seine Augenlider flatterten, er öffnete die zuerst blicklosen Augen, die dann klar wurden.

»Ich höre dich, Tochter der Himmels-*Vudun*«, flüsterte er langsam und traurig in seinem heimatlichen *Fau*. »Du hast gesiegt. Die Namen zwingen mich, die geheimen, die mächtigen Namen. Ich höre und gehorche. Ich gelobe zu leben.«

»O süßer Jesu, ich danke dir«, schluchzte Ruby. »Ich danke dir, Gott. Und auch Ihnen, Miss Pam. Solange ich lebe, werde ich nie wieder etwas Häßliches zu Ihnen oder über Sie sagen. Ich danke Ihnen, Madam. Danke, danke, danke. O Gott, ich weiß nicht, was ich tun soll, ich bin so glücklich. Darf ich Sie küssen, Miss Pam? Werden Sie nicht wütend werden?«

»Natürlich nicht, Kind.« Pamela streckte die Arme aus.

»Pamela«, fragte Doktor Ridgely, »was haben Sie ihm gesagt? Es hat so afrikanisch geklungen.«

»Dangbevi. Seine tote Frau. Die Selbstmord begangen hat, um ihm nicht Schande zu machen. Sie hat mich die mächtigen Namen gelehrt. In der Nacht, in der sie in der schrecklichen Dunkelheit nach Ingrahams Crest gekommen ist.«

»Also Pam –«

»Es gehört natürlich zu meinem Wahnsinn, Doktor. Es ist aber auch wahr. Woher hätte ich sie sonst gekannt?«

»Vielleicht hat Wes Sie die Namen gelehrt?«

»Und dabei freiwillig seine drei Seelen in meine Gewalt gebracht? Mir die Möglichkeit gegeben, sie nach meinem Gutdünken zu beherrschen? Nie im Leben, Doktor. So dumm ist Wes nicht. Deshalb habe ich meinen Vorteil genützt. Wenn man einem mächtigen Mann mit seinen geheimen Namen einen Befehl erteilt, muß er gehorchen. Er hat keine andere Wahl. Deshalb wird er jetzt leben. Darauf können Sie jede Wette eingehen.«

»Woher wissen Sie so viel über afrikanisches Brauchtum, Pamela?«

»Wes hat es mich gelehrt. Aber jetzt muß ich mich verabschieden, ich muß gehen. Ich muß noch etwas erledigen.«

»Noch ein bißchen zaubern?« fragte der Arzt halb scherzhaft.

»Nein. Leiden, Buße, Wiedergutmachung.«

Als sie Wes' Hütte verließ, wartete Tolbert Weatherbee vor der Tür auf sie.

»Wir haben einander Lebewohl gesagt, Tol.«

»Ich weiß. Aber zuerst muß ich dir zwei Fragen stellen. Erstens: Wie geht es Wes?«

»Besser. Er wird gesund. Doktor Ridgely glaubt, daß er durchkommt. Warum?«

»Ich muß mit ihm sprechen, sobald er dazu imstande ist. Ich habe nämlich gestern einen Brief von deinem Cousin Dwight bekommen. Über Wes' Buch, *Die Geschichten eines afrikanischen Äsop.*«

»Mein Buch«, stellte sie richtig. *»Ich* habe es geschrieben, Tol.«

»Du hast die Geschichten niedergeschrieben, die er dir erzählt hat, deshalb ist es sein Buch. Wenn ich meinem Schreiber einen Brief diktiere, ist es deshalb nicht sein Brief. Es ist jetzt herausgekommen. Dwight schreibt, daß er so etwas noch nie erlebt hat. Er behauptet, daß der Erfolg *Onkel Toms Hütte* übertreffen wird, hat Wes einen Scheck über tausend Dollar geschickt und meint, daß noch viele solche Schecks folgen werden. Die Vorstellung, Wes würde der reichste Sklave in der Geschichte des Südens sein, bereitet ihm ausgesprochenes Vergnügen.«

»Gib mir den Scheck, Tol. Er gehört mir.«

Er starrte sie an. Dann begriff er langsam.

»Pam, du brauchst das Geld nicht. Außerdem bist du nicht fair. Wes hat dir diese Geschichten erzählt.«

»Er hat mich vieles über Afrika gelehrt. Darunter auch Hexerei. Gut, gib mir den Scheck nicht. Behalte ihn.«

»Warum?«

»Wenn Wes soviel Geld bekommt, wird er es verwenden, um sich freizukaufen. Captain Wally hat es ihm versprochen. Aber ich werde es nicht zulassen. Er gehört mir.«

»Pam!«

»Er ist mein großer, schwarzer Geliebter. Er hat mich vergangene Nacht geliebt. Zu schwach. Er hat mich gevögelt. Vor einer Woche. Nach Captain Wallys Begräbnis. Nach Deirdres Begräbnis. Unten im Sumpf. War das herrlich!«

»Pam, vergangene Woche ist Wes im Bett gelegen und hat mit dem Tod gekämpft. Doktor Ridgely ist drei Tage lang bei ihm gesessen, um ihm das Leben zu retten. Du bist ein bißchen durcheinander, nicht wahr, Liebste?«

»Durcheinander? Du meinst verwirrt. Ja, das werde ich wohl sein. Wann war ich es denn nicht? War ich überhaupt jemals klar bei Sinnen? Was wolltest du mich noch fragen, Tol?«

»Du hast vor zwei Tagen Martin Telfair aufgesucht. Warum?«

»Aus Rücksicht auf dich, Tol. Das, was ich ihn fragen wollte, konnte ich dich nicht fragen. Es wäre zu kränkend gewesen.«

»Er hat es mir erzählt. Wir sind Kollegen und sehr gute Freunde. War dir nicht klar, daß er das tun würde?«

»Ich hätte ihm einen so schweren Verstoß gegen die Standesethik nicht zugetraut; aber es spielt keine Rolle. Also, Tol?«

»Das kannst du nicht tun, Pam. Du kannst nicht zu diesem elenden Schuft, diesem Schwein, diesem Sklavinnen-Verführer, diesem Hurenbock zurückkehren.«

»Du hast Ärgeres getan, Tol. Du hast mich besessen, bist mit mir ins Bett gegangen. Und dabei gibt es auf dieser Welt kein weibliches Wesen, das schlechter wäre als ich. Diese Diskussion ist zwecklos, Tol. Es tut mir leid. Ich bin fest entschlossen.«

»Zu diesem –«

»Zu diesem Mann zurückzukehren. Vor Gott und den Menschen. Ihn zu lieben, zu ehren, zu schätzen und ihm – vor allem – zu gehorchen. Von nun an wird jedes seiner Worte, jede seiner Launen für mich Gesetz sein.«

»Du bist verrückt, Pam.«

»Natürlich. Hast du das nicht gewußt?«

»Doch. Wahrscheinlich schon, aber zurückzukehren, dich den Küssen, den Umarmungen dieses geilen, gefühllosen Lümmels auszusetzen, der dich nicht einmal liebt –«

»Was dich alles nichts angeht. Vergiß mich, Tol. Ich bin tot. Mein Herz auf jeden Fall. Auch mein Geist. Hilf mir, bitte, damit ich meinen Phantom-Hengst besteigen kann, der gar nicht existiert. Existierst du überhaupt, Tol? Bist du dessen sicher? Oder bist du wie die beiden Wesen aus dem Tartarus, aus der Hölle, die aus den Eingeweiden der Erde emporgestiegen sind, um mich wegen meiner Sünden zu quälen? Sie haben mich unten im Sumpf erwischt. Ich habe mich großartig amüsiert. Wir haben uns wie Tiere in Schlamm und Nässe gepaart. Was für ein Spaß, Tol. Was für ein herrlicher, dreckiger, viehischer Spaß.« Sie senkte den Kopf und weinte verzweifelt.

»Pamela«, stöhnte er.

»Was ist los, Tol? Habe ich etwas Unrechtes gesagt oder getan?«

»Du hast von Männern gesprochen, die dich in der Nähe des Sumpfs gequält haben. Mit ›gequält‹ meinst du ›vergewaltigt‹, nicht wahr?«

»Ich meine gar nichts. Ich war nie in der Nähe des Sumpfes. Er ist zu düster. Er jagt mir eine Gänsehaut ein.«

»Und die beiden Wesen, die Männer, die –«

»Was für Wesen oder Männer? Hast du den Verstand verloren, Tolbert?«

»Ich glaube, ich habe ihn wirklich verloren. Ich kann dich nicht erreichen. Du bist zu weit von mir entfernt.«

Sie sah vom Pferd aus auf ihn hinunter.

»Lebewohl, Tol«, sagte sie.

»Was, zum Teufel, willst *du* hier?« knurrte Beau Bob. »Willst dich wohl an meinem Elend weiden, dich über meinen Sturz freuen. Also gut, freue dich. Ich packe. Mama hat mir hinter Ashs Rücken genügend Geld zugesteckt, damit ich bis Philadelphia komme. Ein Freund ihres Vaters besitzt dort einen Laden. Sie hat wahrscheinlich schon den demütigen Bittbrief geschrieben, mit dem ich mich dort um eine Stelle als Schreiber bewerben soll. Ich! Ich soll auf einen Streich ein Yankee und ein Ladenschwengel werden. Wie gefällt dir das, Pam?«

»Es gefällt mir nicht. Du eignest dich nicht für diese Art von Leben.«

»Ich nehme an, daß ich mich für überhaupt keine Art von Leben eigne, aber ich muß es immerhin versuchen. Ich habe ja keine andere Wahl.«

»Du kannst zu mir zurückkommen und auf Ingrahams Crest wohnen. Natürlich kann ich dir die Plantage nicht überschreiben, denn damit würde ich gegen Tante Bess' Testament verstoßen, und wir würden den Besitz verlieren. Aber du hast die Erlaubnis, sie nach deinem Gutdünken zu verwalten. Du wärest de facto der Herr von Ingrahams Crest. Auch mein Herr, Bob.«

Er starrte sie ungläubig an. »Meinst du das im Ernst, Pam?«

»Ja. Ich möchte meinen Mann wiederhaben. Ich möchte deine Frau sein, Bob. Deine brave, sanfte, gehorsame Frau. Deine Sklavin.«

Es war ihm augenblicks klar, daß er ihr Angebot annehmen würde. Er mußte es tun. Alles andere war schrecklich. Unausdenkbar schrecklich. Aber er konnte nicht aus seiner Haut heraus. Er mußte zuerst angeben.

»Also weißt du, Pam«, sagte er in einem Ton, der vernünftig und nachdenklich klingen sollte, aber nur dümmer als sonst war. »Ich sehe keine Möglichkeit, das zu tun. Wirklich nicht.«

»Und warum nicht?«

»Na ja, da ist diese Geschichte – deine Beziehungen zu Tol Weatherbee. Mächtig viele Leute glauben, daß du mich mit ihm betrogen hast.«

»Es stimmt.«

»Mein Gott! Hör dir diese Frau an! Sie steht kühl wie ein Eisblock vor mir und sagt mir so etwas ins Gesicht.«

»Du hast ja auch nie versucht, deine Aktivitäten vor mir zu verbergen. Der Westabschnitt ist voller brauner und gelber Hinterhofkinder. Ich nehme nicht an, daß der Storch sie gebracht hat.«

»Das ist etwas anderes. Ich bin ein Mann. Darin liegt der ganze Unterschied.«

»Das sehe ich nicht ein.«

»Schau, Pamela, meine Sünden berühren dich nicht. Es ist einfach unmöglich, daß ich eines meiner unehelichen Kinder nach Hause bringe und dir einrede, es sei dein Kind. Eine Frau hat es da leichter. Du könntest das Kind eines anderen Mannes bekommen und in der fraglichen Zeit lieb und nett und zärtlich zu mir sein, damit ich glaube, das Balg stammt von mir. Worauf ich ihm meinen Namen geben, es lieben und auf die besten Schulen schicken würde. Sag mir, du Miststück, aber lüg ja nicht: War Deirdre von mir?«

»Du weißt, daß sie deine Tochter war. Sonst hätte es sich um eine unbefleckte Empfängnis gehandelt. Erinnerst du dich an die blutigen Laken?«

»Na schön, aber trotzdem –«

»Aber trotzdem was?«

»Mein Gott, Pam. Ich wäre der allgemeine Spott. Du kommst zu mir zurück, und ich – da fällt mir etwas ein. Warum kommst du zurück? Hat dir die lange Bohnenstange den Laufpaß gegeben?«

»Nein. Ganz im Gegenteil. Ich habe mit ihm Schluß gemacht.«

»Warum?«

»Meine sündigen Beziehungen zu ihm haben mich meine Tochter gekostet. Wir haben es nämlich getan, als der Wind das Fenster aufgedrückt hat. Er wollte aufstehen und nachsehen, woher der Lärm kam. Ich erlaubte es nicht. Ich unterhielt mich viel zu gut.«

»Mein Gott! Du Miststück. Du gemeines, dreckiges Miststück.«

»Du hast recht. Das bin ich. Das und noch viel Ärgeres. Also, Bob?«

»Ich kann nicht, Pam. Jeder Klugscheißer im Land wird mit dem Finger auf mich zeigen. Sich krumm lachen. Der große Beau Bob

Bibbs. Dem seine eigene Frau Hörner aufsetzt. Pam, wie weit geht eigentlich deine plötzliche Wahrheitsliebe? Ich meine, bist du bereit, mir in allem die Wahrheit zu sagen?«

»Ja. Du mußt mich nur fragen, Bob.«

Die Frage steckte ihm im Hals. Er erstickte daran, aber er konnte sie nicht aussprechen. Er wollte sie danach fragen, aber er hatte Angst vor der Antwort. Wenn sie es zugab, gestand, daß sie das getan hatte, was er nun ernsthaft glaubte, fürchtete, wäre es sein Ende.

»Du willst wissen, ob ich es auch mit Wes Parks getrieben habe?« fragte sie.

»Gott«, kreischte er, »du willst doch nicht sagen, daß du – daß du – mit einem Nigger. Mit einem dreckigen, stinkenden Niggerbock.«

»Wes ist nicht dreckig und stinkt auch nicht.«

Er schwankte. Sie streckte die Hand aus, um ihn zu stützen. Er schlug ihre Hand zur Seite. Starrte ihr unverwandt in die Augen.

»Hast du es getan?«

»Nein. Ich nehme es jedenfalls nicht an.«

»Du nimmst es nicht an! Verdammt, Weib, weißt du es denn nicht?«

»Nein, ich weiß es nicht. Ich leide an Gedächtnisschwund. Es gibt im vergangenen Jahr eine ganze Menge von Nächten, die einfach meiner Erinnerung entglitten sind. Ich kann mich überhaupt nicht an sie erinnern. Es hätte in einer solchen Nacht geschehen können. Aber ich glaube es eigentlich nicht. Ich glaube, daß meine Vorurteile viel zu stark sind, um so etwas zu tun. Vor allem bin ich sicher, daß Wes es nicht tun würde, selbst wenn er dazu Gelegenheit hätte. Weiße Frauen sind für ihn unerträglich. Unsere Haut erinnert ihn an einen Fischbauch, und er behauptet, daß wir nach saurer Milch riechen. Er hat die arme kleine Ellen Collins nie küssen können, weil sie, obwohl sie nicht rein weiß ist, riecht wie wir. Er behauptet, daß ihm dabei schlecht geworden wäre. Ich glaube ihm.«

»Eines Tages werde ich diesen großen, schwarzen Zauberer unter die Erde bringen.«

»Das bezweifle ich. Also, Bob, bist du bereit, mich wieder

aufzunehmen? Ich werde dich nie wieder betrügen, ich werde dir eine gute, treue, liebevolle und gehorsame Frau sein. Ich werde den Kindern, die wir hoffentlich bekommen, eine ausgezeichnete Mutter sein. Nun, Bob, was sagst du dazu?«

»Ich kann nicht, ich kann einfach nicht, Pam. Ich danke dir für dein Angebot. Ich würde dich gern zurücknehmen. Du siehst jetzt verdammt besser aus als damals, als ich dich kennenlernte. Du hast mächtig attraktive Kurven bekommen. Nur, ich würde wie ein Narr wirken, ein Hahnrei – ein Südstaatler, der den Ehrenkodex so weit vergißt, daß er seine sündige Frau widerspruchslos wieder aufnimmt!«

Sie sah ihn nachdenklich an. »Möchtest du mich schlagen, Bob?«

»Großer Gott! Dich schlagen! Bist du verrückt, Pam?«

»Nein. Aber es wäre eine Lösung. Nimm einmal an, daß du mich auspeitschst. Mich beinahe zu Tode peitschst, wie ich es mit der armen Martha getan habe. Meinen Rücken so zurichtest, daß ich ins Spital nach Natchez muß. Ich würde darauf bestehen, daß der Arzt mich ins Spital schickt, damit alle deine Freunde erfahren, wie schrecklich du mich bestraft hast. Das könnte doch deine kostbare Ehre retten?«

Er starrte sie an und dachte über ihr Angebot nach. Das heißt, er glaubte darüber nachzudenken. In Wirklichkeit reagierte er gefühlsmäßig darauf, denn unter anderem neigte er auch zu dieser Perversion.

»Komm ins Haus, Pam«, sagte er.

»Warum? Willst du mich jetzt auspeitschen?«

»Ja. Und weil ich die Absicht habe, es gründlich zu tun, wirst du dich dazu bis auf die Haut ausziehen. Komm hinein!«

Sie gingen ins Wohnhaus.

»Ich hole nur meine Niggerpeitsche«, knurrte er. »Sie ist das Richtige für Weiber wie dich. Zieh dich inzwischen aus, du Miststück.«

Als er zurückkehrte, stand sie nackt vor ihm.

»Mein Gott«, flüsterte er.

»Was ist los, Bob?«

»Das hätte ich nie geglaubt. Du hast Rundungen bekommen, Pam. Ich gebe es nicht gern zu, aber du siehst mächtig gut aus.

Verdammt, das Auspeitschen kann warten. Zuerst will ich dich haben.«

Natürlich sagte er nicht »haben«, sondern verwendete ein viel deutlicheres Wort.

Sie zuckte die Schultern. »Du bist mein Mann, es ist dein gutes Recht.«

Er zerrte mit zitternden Fingern an seinen Knöpfen.

»Wirst du mich jetzt auspeitschen, Bob?« fragte sie. Sie weinte. Sie hatte alles verpatzt.

Sie hatte nie die Absicht gehabt, gefühlsmäßig an der geschlechtlichen Vereinigung beteiligt zu sein. Aber sie war beteiligt gewesen. Rein automatisch.

Deshalb hatte sie auf das brutale, rohe Stoßen reagiert, auf das Schnauben, Keuchen, Fluchen, auf das schmerzhafte, haßerfüllte Eindringen, auf das die dreckigen Ausdrücke, die er verwendete, genau paßten. Denn die scheußliche Obszönität, die er an ihr beging, war ganz bestimmt nicht Liebe. Sie hatte automatisch und mechanisch, aber sehr intensiv reagiert. Sie hatte den Orgasmus – ein Wort, das sie überhaupt nicht kannte – lange vor ihm und sogar einige Male erreicht.

Der Geruch seines ungewaschenen Körpers stieg ihr in die Nase, sie weinte leise und verachtete sich selbst zutiefst. Übelkeit stieg in ihr auf, und sie dachte:

Mit jedem macht es mir Spaß. Mit dem Wilden im Sumpf. Ich habe sein Gesicht schon früher gesehen. Aber wo? Es spielt keine Rolle. Auch mit dem Nigger macht es Spaß. Lieber Gott, ein Nigger. Der Nigger, der nicht Wes gewesen sein kann. Aber ich habe ihn für Wes gehalten. Habe ich das wirklich getan? Oder habe ich das nur geträumt? Ich muß es geträumt haben. Ich kann mir nicht vorstellen, daß ich so etwas getan hätte. Aber es macht mit jedem Spaß. Sogar mit Bob, den ich verachte. Diesem dreckigen Schwein.

»Ach Gott, du Süße«, kicherte er, »vergiß es. Ich fühle mich jetzt so verdammt wohl, daß ich gar keine Lust habe, dir deinen hübschen Hintern zu versohlen.«

»Nein«, widersprach sie mit hoher, schriller Stimme. »Du mußt es tun, Bob. Sonst werden die Leute sagen –«

Er betrachtete ihr Gesicht. Er war nicht ganz gefühllos, wenn es um Dinge ging, die an Perversion grenzten.

»Verdammt«, stellte er fest, »du willst ja, daß ich dich schlage.«

»Ja. Ich würde mich dann weniger schmutzig fühlen. Deshalb schlag mich. Schlag mich tot, wenn du willst. Ich wäre dir dafür dankbar.«

Er stand auf und griff nach der Peitsche. Es war eine neun Fuß lange Maultierpeitsche, an ihrem Ende mit Blei beschwert. Die Art von Peitsche, die die Südstaatler für gewöhnlich verwendeten, wenn sie ihren Sklaven die Haut in Fetzen reißen wollten.

»Dreh dich um«, knurrte er, »mit dem Gesicht nach unten. Ich will deine hübschen Titten nicht kaputtmachen.«

Sie gehorchte. Er hob die Peitsche, ließ sie heruntersausen. Sie schrie. Er hörte auf, weil er endlich bemerkte, daß sie nicht mehr schrie. Daß sie schon seit einiger Zeit still war.

Er fiel neben ihr auf die Knie, flüsterte vorsichtig: »Pam.« Dann lauter, schon schreiend: »Pam! Pam! O mein Gott, Pam.«

Sie öffnete die Augen. Spuckte dicke Klumpen Blut aus. Flüsterte: »Danke, Bob.« Und wurde wieder ohnmächtig. Oder starb. Er wußte es nicht genau. Er zog sich in fliegender Eile an. Verknöpfte sich, das Hemd hing aus der Hose, er vergaß seine Weste, seine Krawatte, fuhr irgendwie in die Stiefel und lief ohne Hut, ohne Rock hinaus.

Er saß auf Prinz Rupert auf. Sein Hengst stand im Stall. Er war gar nicht auf die Idee gekommen, sein Pferd zu benützen, da er mit dem Dampfer nach Cincinnati und von dort aus mit dem Zug nach Philadelphia fahren wollte. Er wußte, wo er Doktor Ridgely finden würde. In Wes' Hütte. Gott sei Dank war das nicht weit.

Er stürzte zur Tür herein und schrie: »Doktor Tom, kommen Sie, schnell! Ich glaube, ich habe Pam umgebracht.«

Wes hob die große, graue, zitternde Hand und schob die Schüssel mit Suppe beiseite, aus der ihn Ruby gerade fütterte.

»Nein, Massa Bob, das haben Sie nicht getan«, sagte er ruhig. »Sie wird noch lange leben, über neunzig werden. Sie sind derjenige, der gehen muß. In einem Jahr, vielleicht schon früher.«

»Verdammter Nigger. Fang nicht an, auch mich zu verhexen. Doktor, bitte!«

Tom Ridgely sah auf Pamela hinunter und wendete sich dann Bob zu.

»Verschwinden Sie, Bob Bibbs«, sagte er, »denn Gott der Allmächtige ist mein Zeuge: wenn Sie bleiben, bringe ich Sie um!«

Pamela blieb über einen Monat im Spital in Natchez. Vom zweiten Tag an war sie ständig bei Bewußtsein, litt aber schreckliche Schmerzen. Am dritten Tag wurde ihr vor dem Frühstück entsetzlich übel.

Sie erbrach.

Als die Krämpfe nachließen, als die freundliche, ältere Privatkrankenschwester, die Ashton Bibbs für sie engagiert hatte, ihren Mund, ihre Nase, ihre Augen gewaschen, ihr ein frisches Nachthemd angezogen hatte und gegangen war, traten ihr Tränen in die Augen und sie begann, an den Fingern nachzurechnen.

Eingentlich mußte sie das gar nicht. Sie wußte es ohnehin. Sie hatte während ihrer Schwangerschaft stundenlang medizinische Bücher gelesen und besaß daher ein fundiertes Wissen über den Mechanismus der Fortpflanzung im weiblichen Körper. Sie war absolut sicher, daß das Kind, das sie in sich trug, nicht von Bob stammte. Der Geschlechtsverkehr mit ihrem Mann hatte zu einem viel zu späten Zeitpunkt ihres Zyklus stattgefunden, als daß er der Vater sein konnte. Als es zu dieser traurigen, brutalen Affäre kam, war sie bereits von einem anderen schwanger.

Natürlich von Tol, dachte sie und empfand sogar etwas wie Freude.

Aber dann erinnerte sie sich an die Nacht nach den Begräbnissen. An die Nacht, die sie verloren hatte. Die Gesichter aus ihrem Alptraum wurden immer deutlicher. Eines von ihnen erkannte sie jetzt.

»Tom Cuthbert«, flüsterte sie, »das dreckige Schwein, das ich entlassen, von Ingrahams Crest verjagt habe, weil er brutal zu meinen Negern war. Ebenso brutal wie ich zu Martha. Wie Bob zu mir.«

Das zweite Gesicht erkannte sie nicht. Sie hatte es nie zuvor gesehen. Nur eines war unbestreitbar: es war ein schwarzes Gesicht. Verzweifelt flüsterte sie: »Es ist nicht geschehen. Ich habe es geträumt. Es kann nicht anders sein. Denn wenn es kein Traum war – o Gott.«

Sie weinte.

Anwalt Tolbert Weatherbee traf zufällig Beau Bob Bibbs vor dem Spital, in dem der zerknirschte, reuige Bob seine wieder rechtmäßige Ehefrau besucht hatte.

Tolbert schlug Bob vor mehr als hundert Zeugen ins Gesicht. Bob weigerte sich, ihn zu fordern.

»Ich halte nichts von Duellen, Tol, und außerdem habe ich nichts gegen dich.«

Tolbert kehrte in sein Büro zurück und holte seine Reitpeitsche. Dann ging er zu Nortons Saloon. Er zerrte Bob ins Freie, schlug ihn mit der Peitsche blutig und stieß ihn mit dem Gesicht in einen Haufen frischer Pferdeäpfel. Dann drehte er sich um und ließ den spuckenden, fluchenden, weinenden, drohenden Bob liegen.

Die Drohungen wurden nie wahr gemacht. Bob achtete danach sehr sorgfältig darauf, sich nie auch nur in der Nähe von Plätzen aufzuhalten, an denen sich Tol befand. Damit war diese Angelegenheit erledigt.

Zum mindesten für eine gewisse Zeit. Etwa achteinhalb Monate.

29

»Wes«, sagte Ruby, »du mußt mich nicht heiraten. Laß mich nur dein Fancy Girl sein, deine Hure. Es macht mir nichts aus. Die Leute werden schlecht von mir sprechen, mich ein Flittchen nennen. Das spielt alles keine Rolle, solange ich dir gehöre. Solange mein Inneres nicht mehr schmerzt, weil ich mich so nach dir sehne. Solange meine Arme sich nicht mehr so leer anfühlen, weil kein Baby in ihnen liegt, das genauso aussieht wie du. O Gott, Wes.«

»Ruby, wo ist Phoebe? Hör auf, Unsinn zu reden, und sage mir, wo sie ist. Du weißt es ja, nicht wahr?« Er hatte diese Frage seit dem März mindestens zehntausend Mal gestellt. Weil er sicher war, daß sie es wußte. Er war auch sicher, daß kein anderer Schwarzer es wußte. Er hatte jeden einzelnen befragt und war zu keinem Resultat gelangt. Da viele der Collins-Neger es ihm bereitwillig gesagt hätten, war er davon überzeugt, daß keiner von ihnen auch nur eine Ahnung hatte. Joe Collins hatte sogar hartnäckig, wenn auch nicht sehr geschickt, versucht, seinem Vater und Besitzer das Geheimnis zu entlocken. Aber Barton Collins hatte nur gebrummt: »Verschwinde, Junge, und stell nicht so viele Fragen.«

Also war Ruby der Schlüssel zu Phoebes Aufenthaltsort. Sie war die letzte Person gewesen, die mit Phoebe gesprochen hatte, bevor ein fremder Weißer mit einem Wagen gekommen war und Wes' Frau mitgenommen hatte. Diese Tatsache stand in krassem Widerspruch zu den früheren Beziehungen zwischen den beiden Mädchen. Sie waren eifersüchtig wie Katzen aufeinander gewesen, hatten jedesmal, wenn sie einander trafen, gestritten – und dann küßten sie einander beim Abschied wie Schwestern, klammerten sich aneinander und vergossen bittere, offensichtlich aufrichtige Tränen. Wes war sicher, daß Phoebe absichtlich eine Versöhnung mit ihrer Rivalin herbeigeführt hatte – wie immer ihm zuliebe. Rubys Behauptung, Phoebe hätte Wes als Ehemann an sie weitergegeben, klang komischerweise glaubwürdig. Es sah Phoebe nur zu ähnlich, daß ihr sein Wohlergehen, sein Glück wichtiger waren als ihr Leben. Ruby war keineswegs dumm; deshalb mußte Phoebe sie davon überzeugt haben, daß es für sie nicht die geringste Möglichkeit gab, jemals nach Collinswood zurückzukehren. Hatte sie Ruby aber gesagt, wohin sie kommen würde? Hatte sie es überhaupt gewußt? Seiner Meinung nach lautete die Antwort auf beide Fragen »Ja«; logische Überlegung, aber auch Hoffnung führten ihn zu dieser Erkenntnis. Deshalb sagte er noch einmal:

»Los, Ruby, sag es mir. Ich bin sicher, du weißt es.«

»Nein, ich weiß es nicht. Und selbst wenn ich es wüßte, würde ich es dir nicht sagen. Es ist Ende September, und du bist noch immer eigensinnig wie ein Maultier. Der Sommer ist vorbei, und du hast dich noch nicht geändert. Du willst mich nicht küssen, mich nicht berühren, willst sonst nichts mit mir tun. Ich kann mir die geilen Nigger von Collinswood kaum vom Leib halten, und du willst mich nicht haben.«

»Ruby, ich habe eine Frau. Sie lebt. Du bist einfach nicht ein Mädchen, das man als Spielzeug nimmt. Du bist süß und brav und gut. Auch oft zornig, damit hat Miss Pam recht. Was habe ich da von dir und Rosieshawn gehört?«

»Ich habe ihr ihren schwarzen Hintern gründlich versohlt. Sie hat herumerzählt, daß du ihr Mann bist. Daß du dich in der Nacht in ihre Hütte schleichst. O Wes, du tust das nicht, nicht wahr? Wenn du es tust, schneide ich mir den Hals vor deiner Tür durch, so daß mein Geist zurückkommt.«

»Ich tue es nicht. Sie lügt, und du weißt es. Ruby, wo ist Phoebe?«

»Ich weiß es nicht. Auch wenn ich es wüßte, möchte ich nicht, daß du sie findest. Du bist noch nicht kräftig genug. Ich glaube nicht, daß du jemals wieder so stark sein wirst wie früher, bevor der verrückte Jonas auf dich geschossen hat.«

»Der arme Jonas, der arme Kerl. Er hat ein mächtig trauriges Leben gehabt.«

»Mein Gott, jetzt tut dir der Nigger leid, der dich beinahe umgebracht hat. Warum tue ich dir nicht leid, großer Mann?«

»Du tust mir auch leid. Aber du bist jung. Und irgendwann wirst du aufhören, dich wie eine Närrin zu benehmen.«

»Deinetwegen? Ganz bestimmt, Wes. Weißt du auch, wann?«

»Nein – wann?«

»Wenn sie mir die großen Kupferpfennige auf die Augen legen, damit sie zubleiben. An dem Tag, an dem ich sterbe, Wes. Nicht früher. Eines kränkt mich dabei besonders, daß du nämlich zuschauen wirst, wie sie Erde auf meinen Sarg schaufeln, und nicht einmal eine Träne vergießen wirst.«

»Nein, ich würde weinen. Es würde mir das Herz brechen, wenn du stirbst. Du bist der einzige Sonnenstrahl, den ich jetzt in meinem Leben habe.«

»O Wes!« quiekte sie und schlug ihm die Arme um den Hals. Sie begann ihn zu küssen, so weit sie ihn erreichte. Angesichts des Größenunterschiedes zwischen ihnen stand ihr nur das Gebiet zwischen Schlüsselbein und Kinn zur Verfügung.

»Verdammt, beug dich herunter«, weinte sie. »O Gott, ich bin nicht groß genug, um dich auf den Mund zu küssen. Komm schon, Wes, ich möchte dich richtig küssen.«

»Nein, hör auf, Ruby.«

»Du hast mich nicht lieb. Überhaupt nicht.«

»Das ist ja die Schwierigkeit. Ich habe dich lieb. Viel zu sehr. Ich habe nicht das Recht dazu. Ich kann nur dein Leben zerstören, kleines Mädchen.«

»Dann zerstör es. Ich will, daß du es tust.«

»Du bist verrückt. Such dir einen netten Kerl, der keine Frau hat. Einen Junggesellen oder einen Witwer. Weil ich einfach nicht frei bin, solange Phoebe lebt. Bei unserer Hochzeitszeremonie ist nichts von Trennung gesagt worden, nur von Tod. Und Phoebe lebt.«

»Das stimmt zwar, doch du würdest sie jetzt nicht mehr haben wollen. Wirklich, Wes, du würdest sie hassen und verachten.«

»Ruby, bitte, mach Phoebe nicht schlecht. Sie ist wie ein Engel, und das weißt du. Du behauptest ja nur, daß Jonas oder irgendein anderer geiler Nigger sie vergewaltigt hat und sie schwanger geworden ist. Weil sie sich so geschämt und gekränkt hat, hat sie das Theater mit dem Angriff auf die arme kleine unschuldige Missy Ruth veranstaltet und Massa Bart damit gezwungen, sie zu verkaufen. Mich schmerzt am meisten, daß sie mich für so engherzig, so gemein, so gefühllos gehalten hat. Sie hat nicht begriffen, daß ich ihr spätestens nach fünf Minuten vergeben hätte. Vielleicht hätte ich ihr ein paar Klapse auf ihren kleinen Po versetzt, damit sie etwas spürt und erleichtert ist, weil es schrecklich ist, wenn man eine Schuld mit sich herumschleppt. Aber das wäre auch schon alles gewesen.«

»Und das Kind? Das Kind von einem anderen?«

»Es ist ihr Kind, nicht wahr? Und damit auch meines. Ich hätte es genauso lieb.«

»O Wes, wie kannst du nur so gut sein?«

»Ich bin nicht gut. Ich bin einsam und möchte meine Frau zurückhaben, das ist alles. Wenn du mich so hinhältst, tust du mir nichts Gutes. Du richtest sogar noch mehr Schaden an.

Wäre Phoebe wieder bei mir, müßtest du mich vergessen und dir dein Leben so einrichten, daß es einen Sinn bekommt.«

»Wes, das ist es nicht, weshalb ich es dir nicht erzählen will. Ich bin nicht selbstsüchtig. Ich glaube nur, daß du es nicht aushalten würdest. Ich glaube, es würde dich umbringen. Oder man würde dich umbringen.«

»Du bist genauso schlecht wie Phoebe. Warum haltet ihr dummen Kinder mich für so kleinlich? Ich bin größer, kleines braunhäutiges Mädchen. Ich bin im Tal der Schatten gewesen und zurückgekommen, dank dir und Miss Pam.«

»Die Arme. Sie hat schon einen ganz dicken Bauch. Sie sitzt immer nur da und grübelt. Ihr Kopf ist noch nicht in Ordnung. Es geht ihr besser, aber sie ist nicht in Ordnung. Sie ist immer noch ein bißchen verrückt.«

»Ich weiß, Ruby. Wo ist Phoebe?«

Sie sah ihn an und dachte über die sich daraus ergebenden Konsequenzen nach.

Phoebe hat inzwischen bestimmt ihr Kind geboren. Es ist September, in einer Woche Oktober. Sie ist im März fort. Es hat sie im Februar erwischt, wie sie Massa Bart erzählt hat. Wenn Wes das sieht, ist die arme Phoebe erledigt. Weil das das einzige ist, was Wes mit seinen verrückten afrikanischen Ideen nicht aushält. Aber sie ist sowieso erledigt. Sie kann auf keinen Fall zurückkommen. O Gott, sag mir, was ich tun soll. Was ist, wenn er hierher zurückkommt und das tut, was jeder Mann tun würde? Den Kerl umbringt, der seine Frau mit Gewalt genommen und sein Heim zerstört hat. Dann lynchen sie ihn. Sie lynchen meinen Wes! O Gott, sag mir, was ich tun soll?

»Also los, Ruby.«

»Wes, zuerst mußt du mir etwas versprechen.«

»Was?«

»Daß du den Kerl, der das der armen Phoebe angetan hat, nicht umbringst. Denn wenn du das tust, bist du in großen Schwierigkeiten. Er hat Beziehungen. Er ist sehr wertvoll. Und die Leute, denen er gehört, halten große Stücke auf ihn.«

Sie dachte: Das stimmt zwar nicht genau, aber es ist keine wirkliche Lüge.

»Doch nicht Joe Collins!« Wes wußte, wie sehr Barton Collins seinen Oktoron-Sohn verwöhnte und verzärtelte, jetzt mehr denn je, um sich über den Verlust von Ellen zu trösten.

»Nein, Wes. Du weißt, daß Joe etwas so Schwarzes wie Phoebe nicht einmal ansehen würde. Er mag die Weißhäutigen, die sich viermal am Tag waschen, die nach Parfum duften, so daß man ihre Spalte überhaupt nicht mehr riechen kann.«

»Ruby, du solltest dich schämen!«

»Das tue ich. Aber ich schäme mich nicht vor dir. Warum auch? Auch wenn du nicht mein Mann bist und sein willst, hast du mich schon nackt gesehen. Bis jetzt hat das noch kein Mann dürfen. Nicht einmal mein eigener Pa, jedenfalls nicht, seit ich acht oder neun war. Du könntest mich auch heute nacht nackt sehen. Und alle Nächte, die ich noch zu leben habe.«

»Hör auf! Führ mich nicht in Versuchung! Du bist wirklich hübsch. Aber ich kann nicht. Hör also auf. Wer ist der Mann? Welcher ausgebleichte Niggerbastard hat meine Phoebe genommen?«

»Das habe ich nicht gesagt. Ich habe überhaupt nichts von einer Farbe gesagt. Vielleicht ist er erbsengrün mit roten Tupfen. Ich sage dir nicht, welche Farbe er hat. Wenn ich es dir sage, kommst du vielleicht drauf, wer es ist. Wenn du dich ins Gefängnis sperren läßt und die Weißen werfen den verdammten Schlüssel weg, findest du deine Phoebe überhaupt nicht mehr, oder?«

Ganz davon zu schweigen, dachte sie verzweifelt, daß du an einem Baum aufgehängt wirst und vier Pfund Bleikugeln in den Därmen hast, wenn sie dich nicht bei lebendigem Leib verbrennen. Wenn ich dir das sage, weißt du aber wirklich zu viel. Deshalb habe ich vorsichtshalber Gefängnis gesagt.

»Du hast recht. Es muß ein mächtig guter Nigger sein, was? Sag mir, wo sie ist.«

»Zuerst versprichst du mir, daß du den Kerl nicht umbringst.«

»Gut, ich verspreche es.«

»Auf die Bibel. Auf den Grabstein deiner Mama.«

»Auf beides.«

Sie sah ihn an. O Gott, betete sie stumm, vergib mir. Aber ich muß diese Gelegenheit ergreifen. Ich muß! Vielleicht kommt er direkt in meine Arme zurück, ist verzweifelt und braucht den Trost, den ich ihm so gern geben möchte.

»Sie ist in Alabama. Montgomery. Beim Vetter von Massa Bart. Einem Prediger und seiner Frau, Reverend – wart mal – Reverend Merton Collins. Jetzt weißt du es. Wie willst du dort hinkommen?«

»Ich werde mich zuerst von Massa Ash freikaufen. Ihn daran erinnern, daß Käpt'n Wally es mir versprochen hat. Ich habe das Geld. Massa Dwight hat mir mehr geschickt, als ich zählen kann. Anwalt Weatherbee hebt es für mich auf. Ich glaube, man kann mich als einen reichen Mann bezeichnen, meine Süße. Deshalb werde ich ein Geschäft mit ihm abschließen. Mein Gott, Ruby, schau dir diese arme Frau an! Sie sieht aus, als würde sie jeden Augenblick umfallen.«

»Es ist noch immer heiß, jetzt, im Herbst. Das arme Ding hat es schwer mit dem großen Bauch. Da haben wir's. Sie ist auf den Hintern gefallen. Ein Glück, daß sie auf dem Po gelandet ist. Wäre sie auf dem Bauch gelandet, müßten wir Trilby holen. Sie kennt sich damit aus, wenn Babys auf die Welt kommen.«

»Los, komm, wir müssen ihr helfen.«

»O Gott, Wes, und was ist, wenn die Wehen einsetzen? Ich verstehe überhaupt nichts davon. Ich glaube, du auch nicht, weil du ein Mann bist. Ihr Männer versteht es nur, Kinder zu machen.«

»Ich bin nicht einmal sicher, daß ich das jetzt noch kann.«

»Du kannst heute nacht bei mir üben, Süßer.«

Sie beugten sich über die Frau, die auf der Straße lag.

»Großer Gott, Wes, weißt du, wer das ist?«

»Nein, wer?«

»Lottie. Massa Bobs Fancy Girl. Das heißt, sie war es. Jetzt gehört sie Massa Townsend Graves.«

Lottie schlug die Augen auf.

»Ich gehöre jetzt niemandem«, schluchzte sie. »Massa Townsend hat mich hinausgeworfen. Er sagt, er kann es nicht sehen, wie ich herumstolpere und mit meinem dicken Bauch, den er mir selber gemacht hat, Dinge herunterfege –«

»Armes Kind«, flüsterte Ruby. »Komm, hör auf zu weinen.«

»Ich bin den ganzen Weg von Natchez hierher gelaufen. Ich habe gestern den ganzen Tag, die ganze Nacht und heute den ganzen Tag bis jetzt gebraucht. Meine Füße sind ganz blutig. Ein Wunder, daß ich mein armes Kind nicht verloren habe.«

Wes legte die Arme um sie und hob sie hoch. Er schwankte unter ihrem Gewicht. Ruby hatte recht. Er hatte seine alte Kraft noch nicht wiedererlangt. Er würde nie wieder so stark sein wie früher.

»Komm, Ruby«, sagte er, »mach Wasser heiß, damit wir ihre armen Füße waschen können. Mach ihr auch etwas zum Essen zurecht. Sie muß am Verhungern sein.«

»Ich bin verhungert«, flüsterte Lottie. »Ich bin so hungrig, daß ich überhaupt keinen Hunger mehr habe. Wes, weißt du, wo Massa Bob ist? Ich war bei seinem Haus im Westabschnitt, aber es ist abgesperrt. Es war niemand dort, den ich hätte fragen können.«

»Ja, Lottie, er lebt jetzt in Ingrahams Crest. Mit Miss Pam. Sie haben sich versöhnt. Deshalb glaube ich nicht, daß es eine gute Idee von dir ist, dorthin zu gehen.«

»O Gott, was soll ich nur tun, Wes?«

»Ruh dich aus, iß! Schlafe heute nacht in meiner Hütte. Ich gehe zu Hank, der seine Frau vergangenes Jahr verloren hat. Ruby bleibt hier und kümmert sich um dich, solange sie kann, nicht wahr, Ruby?«

»Ich muß am Abend nach Hause gehen«, sagte Ruby. »Ich habe einen Paß, aber Pa kann besser prügeln als die Paddyroller. Er redet sich langsam in Wut, Wes. Er sagt, es geht dir schon so gut, daß du mich schwanger machen kannst. Stimmt das, Liebling? Warum versuchen wir's dann nicht einmal?«

»Du bist schamlos«, erklärte Wes. »Lottie, wenn wir es dir bequem gemacht haben, gehe ich ins Herrenhaus zu Massa Ash. Vielleicht läßt er dich auf Rosebriar bleiben. Er ist sehr gutherzig. Er hält nicht viel von Niggern, aber trotzdem behandelt er uns nicht schlecht.«

»Wes«, sagte Lottie, »du hast dich verändert. Du bist zu dünn, aber das ist kein Wunder, wenn jemand eine Kugel bekommen hast. Aber du siehst besser aus als früher. Dein Gesicht ist herrlich schön. Und wie du sprichst! Wie die Weißen. So schön und richtig.«

Ruby unterbrach sie. »Wenn du nicht diesen Bauch hättest,

hätte ich dich jetzt windelweich gesprügelt, Lottie. Er gehört mir, Niggermädchen! Vergiß das nicht. Ich weiß, du brauchst einen Mann, damit du dein gelbes Hinterhofkind aufziehen kannst. Aber du hast deinen kleinen Bastard schon. Mit meinem haben wir noch gar nicht angefangen. Deshalb laß die Pfoten von meinem Wes.«

»Ruby, halt den Mund«, befahl Wes streng. »So, da sind wir.« Er legte Lottie auf das Bett.

»Ruby, stell Wasser auf. Was haben wir denn alles hier, was eine Schwangere essen kann? Was hältst du von gutem Kartoffelpüree, Lottie? Mit grünen Erbsen? Und ich glaube, Miss Hoskins könnte uns ein Huhn geben, wenn du Appetit darauf hast. Was sagst du dazu, Kleine?«

»Wes, du hast dich in sie verliebt«, jammerte Ruby. »Ich weiß, daß du die Schwarzen magst, aber sie ist nicht viel schwärzer als ich.«

»Ruby, manchmal bin ich froh, daß ich dich nicht heiraten kann, weil du ein Quälgeist bist. Jetzt halte endlich den Mund und geh an die Arbeit, bevor ich dir zeige, was für ein gemeiner Ehemann ich sein kann. Stell das Wasser auf!«

»Ja, Sir, Wes, ich laufe ja schon.«

Eine Stunde später hatte Lottie gegessen und war von Ruby erstaunlich sanft gewaschen worden, während Wes draußen im Hof wartete; jetzt fühlte sie sich wesentlich besser. Inzwischen war Ruby draufgekommen, daß Lottie tatsächlich keine Gefahr für ihren Anspruch auf Wes darstellte. Deshalb plauderte sie jetzt mit ihr und versuchte, soviel wie möglich über Lotties Leben in Natchez zu erfahren. Aber in dem Augenblick, in dem sie den Namen der Stadt erwähnte, richtete Lottie sich im Bett auf.

»Ruby, hol ihn! Hol Wes. Ich muß ihm etwas erzählen. Ich habe es vergessen, weil ich müde war. Bitte, hol ihn.«

»Was mußt du meinem Wes erzählen? Wenn ich ihn rufen soll, muß ich es zuerst wissen.«

»Es geht um seinen Freund Joe Collins. Joe hat mich gebeten, ich soll es Wes sagen, damit Wes ihm helfen kann. O Ruby, sie haben den armen Jungen so fürchterlich geschlagen. Und dabei hat er eine so helle Haut, so fein wie die von einem Mädchen. Nur ist nicht mehr viel von ihr übrig, weil Massa Bascomb ihn so ausgepeitscht hat.«

»Woher weißt du das, Lottie? Richtig, Joe lebt jetzt in Natchez, nicht wahr?«

»Ja, Ruby, bitte, hol Wes. Sonst ist es zu spät.«

»Gut, ich hole ihn.«

»Die böse Zunge von Miss Cecilia ist schuld daran, Wes. Sie hat ein Paket mit einem Kleid vergessen, das Lucienne für sie gemacht hat. Sie ist zurückgekommen, um es zu holen, und hat gesehen, wie Joe zu Lucienne hineingegangen ist.

Weil Lucienne soviel Arbeit für die Damen hat, näht sie seit Jahren keine Hemden für Männer mehr. Miss Cecilia ist mächtig neugierig geworden, was, zum Teufel, Joe dort sucht. Weil sie genauso schlau wie bösartig ist, hat sie sich an die Rückseite von Luciennes Haus geschlichen. Lucienne hat nichts davon gewußt. Sie ist erst eine Woche später draufgekommen, wer die jungen Leute verraten hat, wie Massa Bascomb und Missy Abby einander angebrüllt haben und alles herausgekommen ist. Lucienne sagt, Miss Cecilia hat das angerichtet. Sie ist also zur Rückseite geschlichen und hat gesehen, daß das Fenster, das nach hinten geht, offengestanden ist. Natürlich hat die gemeine Ziege zuerst nichts sehen können, weil Missy Abby auf dem Bett gelegen ist. Aber wie Joe die Treppe heraufgekommen ist, ist sie aufgesprungen und hat ihn abgeküßt.«

»Und wahrscheinlich hat sie dabei ganz schön viel weiße Haut gezeigt, nicht wahr?« fragte Ruby.

»Vielleicht war sie ordentlich angezogen«, antwortete Lottie, »aber davon abgesehen . . .«

»Er hat herausbekommen, an welchen Tagen Missy Abigail zu den Anproben und den Klavierstunden geht.«

Ruby weinte. »Ich weiß, wer Missy Abigail und Joe alles verpatzt hat: ich. Mein verdammtes großes Maul. Massa Bas hat mich gefragt, an welchem Tag Missy Abby ihre Anproben hat. Er und Miss Hortense leben nicht in Collinswood, sondern im Südabschnitt, in ihrem eigenen Haus. Deshalb hat Massa Bas nicht gewußt, an welchen Tagen Miss Abby nach Natchez fährt. Und ich habe es ihm gesagt. Ich Dummkopf!«

»Laß es dir eine Lehre sein, Ruby«, meinte Wes ernst. »In meinem Land heißt es, daß die Fische deshalb sterben, weil sie den Mund immer offen haben. Erzähl weiter, Lottie.«

»Deshalb sind Massa Bascomb und ihr Pappy Massa Bart ganz allein hingeritten. Wahrscheinlich wollten sie nicht, daß Fremde die Schande von ihrer Tochter und Schwester sehen. Sie haben ganz ruhig gewartet, bis Joe hinaufgegangen ist. Dann sind sie hinterher. Der alte Massa Bart hat es einfach nicht glauben wollen, deshalb hat er Massa Bas gezwungen, ein bißchen zu warten, weil er gemeint hat, daß Joe sofort wieder herunterkommen wird und daß alles nur ein Irrtum ist und so weiter. Als sie dann hinaufgegangen sind, war es zu spät. Sie haben die beiden genau dabei erwischt. Sie waren so damit beschäftigt, daß sie überhaupt nichts gehört haben, nur ihr eigenes Keuchen und Stöhnen und Seufzen. Missy Abigail hat Joe erklärt, wie er es tun soll und wie stark und wie schnell, du weißt ja.«

»Nein, ich weiß es nicht«, seufzte Ruby. »Ich habe es noch nie versucht; aber ich werde es schon noch tun. Mit Wes.«

»Zuerst mußt du mich mit einem Prügel ohnmächtig schlagen und mich dann fesseln und knebeln«, erklärte Wes feierlich. »Sprich weiter, Lottie.«

»Na, da ist Massa Bascomb wild geworden. Er hat mit der Pistole auf den Kopf von Joe gezielt, aber Massa Bart hat ihm den Arm hoch geschlagen, und der Schuß ist in die Decke gegangen. Missy Abby hat begonnen zu schreien. Bei dem Lärm, den die Pistole von Massa Bart gemacht hat, und bei ihrem Gechrei waren zwei Minuten später zweihundert Leute vor Luciennes Haus. Darunter ich. Dann ist die Polizei dazugekommen. Inzwischen haben alle gewußt, daß sie einen jungen gelben Nigger dabei erwischt haben, wie er ein weißes Mädchen gevögelt hat. Die Leute haben vom Lynchen geredet, vor allem die Papas und Brüder vom weißen Gesindel, die erlaubt haben, daß Joe ihre Töchter und Schwestern ausgeführt hat, weil sie geglaubt haben, daß er ein Weißer und Pflanzer ist.

War das ein Durcheinander! Ich war dabei und habe alles gesehen. Ich weiß nicht, wie Massa Bart den armen Joe von dort weggebracht hat. Aber er hat es geschafft. Nachher ist Massa

Townsend gekommen und hat mir erzählt, daß sie Joe zuerst an die Wand vom Gefängnis gebunden und ihn abwechselnd gepeitscht haben. Nein, das stimmt nicht, das haben Massa Bas und der Gefängiswärter gemacht, Massa Bart konnte es nicht. Dann haben sie ihn in einen Wagen geworfen, und Massa Bas hat ihn nach Collinswood zurückgebracht. Massa Bart hat Abby in einem geschlossenen Wagen mit heruntergezogenen Jalousien nach Hause gefahren. Das ist alles, was ich weiß. Nur, wie sie Joe aus Luciennes Haus herausgezerrt haben und er mich mit meinem dicken Bauch gesehen hat, hat er gerufen: ›Erzähl es Wes, Lottie!‹«

»Wann war das, Lottie?« fragte Wes.

»Am Tag vor gestern. Am selben Tag, an dem Massa Townsend mich hinausgeworfen hat. Wahrscheinlich hat er Angst, weil die Leute jetzt so gegen Rassenvermischung sind, deshalb hat er mich so behandelt.«

»Ruh sich aus, Kind«, sagte Wes ruhig, »ich werde mich darum kümmern. Ruhe dich nur aus.«

»Wes«, sagte Casto, der Butler der Bibbs, »ich sage Massa Ash, daß du hier bist, aber wenn ich an deiner Stelle wäre, würde ich nicht gerade jetzt hineingehen.«

»Warum nicht, Cato?«

»Die Weißen sind mächtig aufgeregt. Gerade jetzt versuchen sie einen Weg zu finden, damit sich Massa Wilkes Thomas senior und Massa Barton Collins nicht in einem verrückten Duell umbringen.«

»Gibt es auch andere Duelle? Cato, versuch sobald wie möglich Massa Ash zur Hintertür zu bringen, damit er eine Minute mit mir spricht. Weil Massa Bob auch drinnen ist, nicht wahr?«

»Und Miss Pam. Das zeigt, daß etwas Ernstes vorgeht. Weil sie jetzt nirgends hingeht mit dem Bauch, den ihr Massa Bob gemacht hat. Ihr Baby soll Ende November oder Anfang Dezember kommen, hat sich meine Frau ausgerechnet. Hast du von Joe und Missy Abigail gehört?«

»Ja.«

»So ein blöder gelber Nigger. Nur weil er aussieht wie ein Weißer, hat er geglaubt, er kann –«

»Geglaubt? Mir scheint, er hat es getan.«

»Das stimmt, Aber sie haben ihn dabei erwischt. Deshalb sitzt er jetzt im Niggergefängnis, bis sie wissen, was sie mit ihm machen sollen. Sie werden ihn verkaufen, das ist sicher. Sie müssen dabei vorsichtig sein und einen Käufer finden, der weit weg wohnt. Massa Bas will ihn nicht verkaufen. Er will den armen Teufel kastrieren, hierbehalten und einmal in der Woche auspeitschen, solange er lebt. Massa Bascomb spuckt Feuer.«

»Er sollte vorsichtig sein, sonst bekleckert er seine weiße Weste. Er ist so fett geworden, seit er ein Krüppel ist und nur noch dasitzt und Essen in sich hineinschaufelt. Außerdem wird er darüber hinwegkommen. Er muß. Er wird damit morgen früh beginnen müssen.«

»Warum morgen früh?«

»Wenn ich dir das erkläre, weißt du genauso viel wie ich. Mein Gott, bin ich müde. Früher bin ich nie müde geworden; aber der arme alte Jonas hat wirklich ein ordentliches Stück aus mir herausgeschossen.«

»Er hat dich beinahe umgebracht, und du nennst ihn den armen alten Jonas?«

»Ja. Er hat den größten Teil seiner Haut, sein rechtes Ohr, sein Mädchen, den Verstand und schließlich das Leben verloren. Er war gar nicht so schlecht, nur ein Narr. Er ist tot, der arme Teufel. Und ich gehe noch herum, atme.«

»Wes, du hast eine verdammt komische Art zu reden und zu denken. Komm mit in die Küche. Wir können dort etwas essen. Und hören, was sie sagen. Es ist immer gut zu wissen, wohin sie springen werden. Das ist der größte Skandal, den es je gegeben hat. Sogar besser als der, den sie dir anhängen wollten. Weil sie es dir nie beweisen konnten.«

»Sie haben sich verdammt viele Mühe gegeben. Also gut, Cato, geh voraus.«

»Sie sollten es einfach vergessen«, meinte Beau Bob, »schließlich ist Abigail zwanzig. Was für einen Sinn hat es also, wenn zwei alte Narren einander umbringen, weil der eine die Frau des anderen damals aufs Kreuz gelegt hat? Dabei ist sie im Kindbett an den Folgen ihrer Sünde gestorben. Mächtig hübsche Folgen, aber was nützt es ihnen, wenn sie nach so langer Zeit Schande über die arme Frau bringen?«

»Manche Männer«, säuselte Cecilia, »können sich eben nicht mit dem Gedanken abfinden, daß man ihnen Hörner aufgesetzt hat, lieber Bobby.«

»Besser Sprossen auf der Stirn als tot, Süße«, sagte Bob friedlich.

An seinem Ton merkte Wes, daß er vor Wohlbehagen und Selbstzufriedenheit beinahe platzte.

»Was für ein Schlamassel«, sagte Ash. »Wißt ihr, daß Bart davon spricht, Collinswood zu verkaufen und nach dem Norden zu ziehen?«

»Falls ihn Wilkes Thomas nicht vorher umbringt«, meinte Cecilia. »Bleibt er am Leben, wäre es sicher klug von ihm, wenn man bedenkt, was für Töchter er hat. Die ältere treibt es mit einem Nigger, die jüngere ist das Fancy Girl meines lieben Mannes.«

»Cecilia, um Himmels willen«, unterbrach sie Ashton.

»Na ja, jedenfalls haben beide des Recht verwirkt, bei ihrer Hochzeit Weiß zu tragen. Obwohl die Frage rein theoretisch ist. Wer würde sie denn jetzt noch heiraten?«

»Niemand, der nicht verrückt ist«, stellte Bob fröhlich fest. »Sag, Ash, ist die liebe kleine Abby schwanger?«

»Sie wissen es noch nicht. Doktor Tom hat sie untersucht, aber er sagt, er kann es noch nicht feststellen. Sie müssen also warten.«

»Der normale Ovulationszyklus der Frau liefert den endgültigen Beweis dafür«, erklärte Pam. »Das heißt, daß irgendwann in den nächsten achtundzwanzig Tagen . . .«

»Weißt du, Pam«, sagte Ashton, »ich beneide dich um deinen Wortschatz. Du kannst mühelos Dinge sagen, für die wir übrigen nicht einmal die richtigen Ausdrücke kennen, sondern nur Worte, die man in Damengesellschaft nicht verwenden darf. Danke jedenfalls für die liebenswürdige Schützenhilfe.«

»Gern geschehen.«

»Und was ist mit dem kleinen Joe?« näselte Bob. »Haben sie ihn schon kastriert?«

»Also Bob«, wies in Lucille streng zurecht.

»Ma, es ist eine Frage der Zweckmäßigkeit. Sie müssen ihn verkaufen oder ihn umbringen. Ganz einfach. Bart Collins ist nicht fähig, seinen eigenen Sohn zu töten, auch wenn er ein Hinterhofkind und farbig ist. Ich bezweifle, daß Bas es kann, wenn er erst genügend Dampf abgelassen und sich beruhigt hat. Sie alle haben Joe wirklich gern, so wie sie Ellen gern gehabt haben. Sie haben die beiden nie wie Nigger behandelt. Und das ist das Ergebnis. Joe hat sich seit Jahren als Weißer ausgegeben, nur war er klug genug, sich von Bezirken fernzuhalten, in denen sich die weißen Pflanzer herumtreiben. Er hat seine Gespielinnen unter Verkäuferinnen, Bardamen und dergleichen gesucht, noch dazu in Gegenden, in denen ich nicht einmal begraben sein möchte.«

»Ich bin froh zu erfahren, daß es solche Bezirke überhaupt gibt«, bemerkte Ash grimmig.

»Ach, laß mich in Ruhe, Ash. Ich bin geläutert. Ich bin seit Monaten nicht mehr in Natchez gewesen. Ich bin ein pflichtbewußter Ehemann und werde ein großartiger Papa sein, vor allem, wenn es ein Junge wird. Los. Pam, sag es ihm: Bin ich nicht sanft wie ein Lamm?«

»Ja, Bob, du bist wirklich sehr lieb.«

»Siehst du? Jedenfalls, wie ich schon gesagt habe, Mama, es ist ganz klar, daß sie es nicht über das Herz bringen, ihn zu töten, und deshalb müssen sie ihn verkaufen. Sie können im Staat Mississippi einen Nigger, von dem alle wissen, daß er eine Weiße gehabt hat, nur verkaufen, wenn sie ihn zuerst kastrieren. Sonst müssen sie ihn in einen anderen Staat verkaufen. Und da gibt es eine einzige Stadt, in die ein Junge wie Joe paßt. Er gehört in ein Haus für perverse, reiche alte Männer. Ich habe gehört, daß es in New Orleans ein Dutzend solcher Häuser gibt.«

»Weiß du was, geliebter Bobby«, spottete Cecilia, »ich könnte wetten, daß du diese reizenden Häuser selbst aufgesucht hast. Entweder als Kunde oder um rasch Geld für deine Spielschulden aufzutreiben – als die Jungfrau des Hauses.«

»Mein Gott!« explodierte Bob. »Du bist ein Heiliger, Ash. Wenn du so viele Jahre mit ihr zusammengelebt hast, ohne sie zu erwürgen, übersteigt deine Geduld alle Begriffe.«

»Das stimmt«, seufzte Ash, »ich verstehe mich selbst nicht. Aber ich glaube und hoffe, daß sie ihn einfach verkaufen werden. Weit weg, vielleicht nach Texas, Missouri oder Kansas.«

»Verdammt, ich bin bereit, ihn zu kaufen«, erklärte Bob, »er würde einen großartigen Butler abgeben, nicht wahr, Pam?«

»Wie du meinst, Bob.«

»Er sieht sehr gut aus, dieser Joe. Jetzt habe ich Tom Cuthbert wieder als Aufseher und seinen verteufelten Nigger Stone als Sklaventreiber, und seither gehen unsere Nigger auf Ingrahams Crest mit gesenktem Kopf herum und fragen: ›Bitte, Sir, darf ich jetzt atmen?‹ Auf meiner Plantage wird er ganz bestimmt nichts anstellen, da kannst du sicher sein.«

»Uff«, sagte Cecilia, »ich habe weiß Gott nichts für Nigger übrig, aber ich begreife nicht, wie jemand die beiden um sich haben kann. Mich schaudert es, wenn ich sie sehe. Keiner von ihnen, weder der Nigger noch der Weiße, wirken menschlich. Wie kannst du dich nur mit ihnen abfinden, Pam?«

»Ich kann sie nicht ertragen«, antwortete Pam leise. »Wenn ich sie sehe, wird mir schlecht. Sie sind nicht menschlich, genau wie du gesagt hast, Cecilia. Sie sind Troglodyten. Sie schleichen nachts aus dem Sumpf und tun jeder Frau, die sie erwischen können, schreckliche Dinge an.«

Cecilia starrte sie an. »Was für schreckliche Dinge, Pam?«

»Das weiß ich nicht. Woher sollte ich es wissen?«

»Wieso kannst du sagen, daß sie Frauen schreckliche Dinge antun, wenn du nicht weißt, was es ist? Was sind das für Dinge, Pamela?«

»Stone kann seine Gestalt verändern. Er wird zu Wes.«

»Na, na, Süße«, sagte Bob ruhig, beinahe zärtlich. »Du bist wieder ein bißchen verwirrt.«

»Wirklich? Tut mir leid, Bob.«

»O Gott«, sagte Ashton, »Bob, siehst du, begreifst du denn nicht –«

»Daß ich verrückt bin?« flüsterte Pamela. »Natürlich sieht er es, Ashton. Aber er ist sehr lieb und gut und freundlich und geduldig mit mir. Doktor Tom sagt, es ist der Schock. Es wird mit der Zeit vergehen. Ich werde vielleicht gesund, wenn unser Baby kommt und ich für das Kind sorge, es liebe. Dann wird alles wieder in Ordnung sein.«

»Natürlich wird dann alles wieder in Ordnung sein, Pam«,

meinte Bob. Beim Klang seiner Stimme starrten ihn Cecilia und seine Mutter mit unverhohlener Verwunderung an.

»Bob«, sagte Cecila, »wenn man dich hört, könnte man schwören, daß du dich wieder in Pam verliebt hast.«

»Ich habe mich in sie verliebt, aber nicht wieder, sondern zum ersten Mal. Vorher war es nicht der Fall. Ich habe nicht genügend Verstand gehabt, um zu begreifen, was für einen Schatz ich hatte. Aber jetzt weiß ich es. Ich habe die süßeste, beste, liebevollste, gehorsamste und pflichtbewußteste Frau. Deshalb wäre ich dir sehr dankbar, Celie, wenn du alte Gerüchte, Skandale, Fehler nicht wieder aufs Tapet brächtest. Denn ganz gleich, was Pam getan hat, während wir getrennt lebten – als Gentleman muß ich es ihr verzeihen. Jeder Idiot kann sehen, daß sie – falls sie überhaupt etwas getan hat – nicht sie selbst war; daß ihr armer, kleiner Kopf mitgenommen und verwirrt war. Sie hat mir auch gütigerweise meine Sünden verziehen. Deshalb haben wir von vorn angefangen, Leute. Ich bin geläutert, habe ich euch gesagt. Von nun an werde ich jeden Abend zu Hause sein bei meiner lieben Frau und unserem Kleinen. Sieh mich nicht so an, Ash! Ich meine es ernst.«

Ashton trat auf seinen Bruder zu und sah ihm in die Augen. Dann schloß er ihn plötzlich in die Arme.

»Verdammt, Bob, altes Haus, mir sind wirklich die Tränen gekommen.«

»Auch mir, Sohn«, schluchzte Lucille. »Komm her und gib deiner alten Mutter einen Kuß.«

»Es gibt immer wieder Wunder«, lachte Cecilia, »aber ich behalte mir mein Urteil vor. Und glaube an deine Läuterung, wenn du dich im nächsten Frühjahr auch noch so aufführst. Das heißt, falls du es jetzt wirklich tust. Stimmt das, was er sagt, Pam?«

»Er ist ein Engel«, antwortete Pam, »er muß jemand so Gemeinen wie mich ertragen, sich mit mir abfinden.«

»Also Pam«, protestierte Bob zärtlich und vorwurfsvoll.

»Wechseln wir das Thema«, schlug Cecilia vor. »Wir regen die arme Pam auf. Sag mal, Ash, weißt du, was die Collins mit Abigail anfangen wollen?«

»Ja, ungefähr. Ich habe mit Bascomb gesprochen, ihm unsere

moralische Unterstützung und, falls er will, meine Dienste als Friedensstifter zwischen seinem Vater und Mr. Wilkes Thomas angeboten. Wilkes Thomas senior ist anscheinend bereit, sich zu entschuldigen und – natürlich im geheimen – jeden Betrag zu bezahlen, den die Collins für die Erziehung und Erhaltung seiner unehelichen Tochter für angemessen halten. Er möchte sie auch adoptieren und als sein Kind anerkennen. Dazu ist er bereit, weil er die arme Susanna wirklich geliebt hat und nicht will, daß ihr Name und Ruf nach so vielen Jahren beschmutzt werden. Er hat keinesfalls Angst, denn er ist einer der besten Pistolenschützen des Staates; seine Nerven sind Drahtseile.«

»Und was sagte der alte Bart zu diesem großzügigen Angebot, Ash?« wollte Bob wissen.

»Er ist auf Blut aus. Auf sein eigenes Blut, wenn du mich fragst. Sich in einem Duell töten lassen, ist die perfekte Methode für einen ehrenvollen Selbstmord, nicht wahr?«

»Also Ashton«, unterbrach ihn Cecilia.

»Sein Herz ist gebrochen, Celia. Er hat Abby über alle Maßen geliebt und war in Joe vernarrt. Beide haben ihn betrogen – miteinander. Die Vorstellung, daß sie nicht nur Rassenvermischung, sondern auch Blutschande getrieben haben, hat ihn beinahe wahnsinnig gemacht. Deshalb mußte ihm Abby die bittere Wahrheit beibringen: daß sie überhaupt nicht sein Kind ist. Er wollte es nicht glauben. Daraufhin haben sie Tol Weatherbee geholt, der Susannas Tagebuch mitbrachte, das Abby ihm anvertraut hatte.«

»Auf Wes' Rat«, warf Pam ein.

»Großer Gott! Das habe ich nicht gewußt! Woher weißt du es, Pam?«

»Abby hat es mit gesagt. Sie wollte sich von mir Geld leihen, um mit Joe davonzulaufen, in den Norden. Ich habe es abgelehnt. Jetzt tut es mir leid. Sie sind jung und sauber und schön. Was für eine Rolle würde die Hautfarbe ihres Kindes spielen?«

Sie senkte den Kopf und weinte verzweifelt. Ihre Schultern zuckten.

Bob legte die Arme um sie und zog sie an sich. »Na, na, Pam, Süße«, sagte er. Langsam beruhigte sie sich.

»Pam, ich weiß nicht, welche meiner Äußerung dich so aufgeregt hat, aber ich bitte dich um Verzeihung«, sagte Ashton.

»Du bist nicht schuld daran, Ashton, mein armer Kopf ist einfach nicht in Ordnung. Mir fallen manchmal ganz unzusammenhängende Dinge ein. Ich habe mich plötzlich erinnert, wie schändlich ich gehandelt habe, was für scheußliche Dinge ich in der Nacht getrieben habe, in der ich mich verirrt hatte. In der Nacht nach Deirdres Begräbnis.«

»Was waren das für scheußlich Dinge, Pam?« fragte Cecilia.

»Cecilia, um Himmels willen«, fuhr Ashton sie an.

»Ich weiß es nicht, Cecilia«, gestand Pamela, »ich erinnere mich nicht mehr. Mein Verstand weigert sich, sich daran zu erinnern. Weil es so schändlich war.« Lucille stand auf und ergriff Pam beim Arm. »Armes Kind«, sagte sie, »du armes, armes Kind. Gehen wir hinauf. Leg dich ein bißchen hin und ruhe dich aus.«

»Nein, Mutter Bibbs, wenn es dir nichts ausmacht, würde ich lieber hier bleiben. Bei meinem Mann. Wenn er in meiner Nähe ist, geht es mir gut.«

»Gut, Tochter, aber versuche dich zu beruhigen, ja, Liebste?«

»Ja, Mutter Bibbs, ich werde es versuchen.«

»Erzähl weiter, Ash«, forderte Bob seinen Bruder auf. »Vielleicht lenkt es sie ab, beruhigt sie.«

»Gut, obwohl es sie bis jetzt anscheinend aufgeregt hat. Wo, zum Teufel, war ich stehengeblieben?«

»Sie haben Pamelas früheren Liebhaber Tol Weatherbee geholt, erinnerte ihn Cecilia.

Ash funkelte sie an, ging aber nicht auf diese Bosheit ein.

»Ach ja, er hat Susannas Tagebuch mitgebracht. Sein Inhalt hat den armen alten Bart buchstäblich umgeworfen. Nachdem er sich ein wenig erholt hatte, ist er noch in derselben Nacht zur Villa Tomasina hinübergeritten und hat Wilkes Thomas gefordert. So steht die Anglegenheit jetzt.«

»Du hast uns noch nicht gesagt, was sie mit der kleinen Abby tun wollen«, näselte Cecilia.

»Wenn sie schwanger ist, wollen sie einen Quacksalber holen und eine Abtreibung durchführen lassen. Wahrscheinlich haben sie Angst, daß der kleine Bastard pechschwarz sein könnte.«

»Er wird schwärzer sein als die Nacht«, flüsterte Pamela. »So schwarz wie Wes. Nein, nein, so schwarz wie der andere. Wie heißt er, Bob? Ich habe es schon wieder vergessen.«

»Stone«, sagte Bob sanft. »Komisch, sie bringt Stone und Wes immerfort durcheinander. Ich weiß nicht, warum, sie sind zwar beide schwarz, sehen einander aber überhaupt nicht ähnlich.«

»Und falls Abby nicht schwanger ist?«

»Schicken sie sie in Mutter Teresas Akademie in New Orleans. Die ist zwar katholisch, aber ausgezeichnet. Das Institut wird von den Katholiken erhalten, nimmt aber auch Protestanten auf, vor allem, wenn die Eltern reich sind. Man verschweigt diskret, daß es sich um eine Schule für ›gefallene‹ Mädchen handelt, eigentlich um eine Besserungsanstalt – mit ausgezeichneten Erfolgen. Mehr als neunzig Prozent der Absolventinnen kehren vollkommen rehabilitiert in die Gesellschaft zurück und führen ein einwandfreies Leben.«

Er blickte auf und fragte: »Was willst du, Cato?«

»Sir, Wes ist draußen. Er hat lange gewartet und muß jetzt wieder zurück. Er läßt fragen, ob Sie auf einen Sprung zur Hintertür kommen und mit ihm sprechen könnten. Er sagt, daß es mächtig wichtig ist, Sir.«

»Natürlich, Cato. Hat er dir gesagt, worum es sich handelt?«

»Nein, Sir.«

30

»Mein Gott, Wes«, sagte Ashton, »als ob wir nicht schon genügend Schwierigkeiten hätten. Lottie, und noch dazu schwanger! Verdammt.«

»Sie ist schon sehr dick, Sir. Sie glaubt, daß ihr Baby Ende November kommen wird, weil sie sicher ist, daß es in der Nacht mit dem großen Sturm passiert ist. Mächtig viele Babys sind in dieser Nacht gezeugt worden, Sir. Zum Beispiel auch das von Pee Wee und Sary. Und ich glaube, auch das von Massa Bob und Miss Pam. Gewitter regen die Menschen auf, wissen Sie.«

»Nein, mein kleiner Neffe oder meine Nichte wurde eine Woche später gezeugt, an dem Tag, als das Testament meines Vaters verlesen wurde. Weil vorher – verdammt, wieso sprechen wir überhaupt darüber, wer wann wem ein Kind gemacht hat? Ich scheine es jedenfalls nicht zu schaffen.«

»Das wird sich ändern, Massa Ash. Sie werden eine Menge Kinder haben, aber nicht mit Miss Cecilia. Mit ihrer zweiten Frau. Mit Missy –«

»Hör auf! Wes, ich habe dir immer wieder gesagt, ich mag es nicht, daß du herumgehst und Voodoo treibst. Du verhext die Leute, so daß die merkwürdigsten Dinge geschehen. Und ich hasse die Art, wie du voraussagst, was geschehen wird.«

»Massa Ash, habe ich jemals etwas Falsches gesagt?«

»Nein, aber wenn ich so sehe, was bis jetzt passiert ist, will ich lieber nicht wissen, was die Zukunft bringt.«

»Gut, Sir, wie Sie wollen. Ich möchte jetzt nur sagen, daß Sie die Möglichkeit haben, vor Gott Gutes zu tun. Die arme Lottie weiß nicht, wohin. Massa Townsend Graves hat sie hinausgeworfen, vielleicht, weil in Natchez die Stimmung so sehr gegen Rassenvermischung ist und Joe und Missy Abigail sich dabei haben erwischen lassen. Deshalb traut er sich nicht, sie zu behalten. Aber Sie können es, Sir. Sie können christliche Nächstenliebe üben, weil das Baby, das sie im Bauch hat, nicht von Ihnen ist und niemand Ihnen deshalb Vorwürfe machen kann.«

»Uff!« stöhnte Ashton und sprach ohne zu überlegen weiter, »du kennst meine Frau nicht – o Gott, warum habe ich das jetzt wieder gesagt?«

»Weil es wahr ist. Miss Cecilia ist eine mächtig gemeine Frau. Aber sie weiß, daß Sie nie etwas mit Lottie gehabt haben.«

»Wes, sag mir eins: ist das Kind von meinem Bruder Bob?«

»Nein, Sir, es ist von Massa Townsend Graves. Massa Bob hat schon lang vorher nichts mehr mit Lottie gehabt. Aber sie können nicht erwarten, daß Miss Pam ein Mädchen aufnimmt, das die Geliebte ihres Mannes gewesen ist. Das wäre einfach zuviel verlangt, ganz gleich, wie gutherzig die Frau ist, kommt mir vor.«

»Du hast recht, das wäre zuviel verlangt.«

»Vielleicht wäre es bei dir zuviel verlangt, Ash«, stichelte Bob aus dem Schatten heraus, »aber du hast in deiner Ehe nicht die Hosen an, während ich sie bei uns anhabe. Deshalb werde ich Lottie verdammt schnell aufnehmen. Pam wird damit einverstanden und mir vielleicht sogar dankbar sein. Sie weiß genau, daß für mich dieses Leben vorbei ist, und sie wird sich freuen, daß sie Gelegenheit hat zu beweisen, über wieviel Güte und christliche Nächstenliebe sie verfügt!«

»Ich habe mich schon gefragt, wann Sie den Mund aufmachen werden, Massa Bob«, kicherte Wes. »Sie sind seit den ersten Worten von Massa Ash im Dunkeln hinter der Tür gestanden. Aber ich muß Sie etwas fragen: Wird Miss Pam glauben, daß Lotties kleiner Bastard nicht Ihr Kind ist? Noch dazu, wo Lotties Kind ganz bestimmt heller sein wird als seine Mutter?«

»Sie wird mir glauben. Sie weiß, daß ich mich geändert habe. Wenn du nur halb so weise wärst, wie die Leute behaupten, Wes, müßtest auch du es wissen.«

»Ich weiß es, Massa Bob. Sie haben vor über einem Jahr von dem Leben, das Sie geführt haben, genug bekommen. Zum Teil, weil Sie älter geworden sind. Es kommt einmal die Zeit, wo sich ein Mann häuslich niederlassen und in Frieden leben will. Wenn sein Blut kälter wird, kommt er drauf, daß Huren kein vollwertiger Ersatz für wahre Liebe sind. Zum Teil auch deshalb, weil Sie der Sohn Ihres Vaters sind. Sie sind nicht so wie Massa Ash, weil Ihre Mammy Sie zu sehr verwöhnt hat. Sie haben trotzdem Ihren Anteil Anständigkeit mitbekommen, Sie müssen ihn nur unter einem Haufen Unrat ausgraben. Miss Pam hat das übrige getan, indem sie Sie zurückgenommen und Ihnen gezeigt hat, wie eine gute Frau wirklich ist; sie hat Ihnen sogar das fürchterliche Auspeitschen verziehen.«

»Mein Gott«, unterbrach ihn Bob, »gibt es irgend etwas, was du nicht weißt?«

»Nur wenig. Ich weiß auch, daß Sie sich darüber mehr schämen als über alles, was Sie vorher getan haben. Diese Scham hat sich in Ihrem Herzen festgesetzt, bis Sie sich all der gemeinen, niederträchtigen Dinge geschämt haben, die Sie in Ihrem Leben begangen haben. Ich bin jetzt richtig stolz auf Sie, Massa Bob, weil ich nicht geglaubt habe, daß Sie das Zeug dazu hätten. Sie tun mir auch mächtig leid, weil ich das Gefühl habe, daß Ihre Reue zu spät kommt. Sie wird Sie nicht davor retten, für alles, was geschehen ist, zu bezahlen. Sie sollten deshalb Ihren Frieden mit Gott machen, Massa Bob. Beginnen Sie damit, daß Sie hineingehen und Miss Pam fragen, ob Sie die arme Lottie nach Ingrahams Crest bringen dürfen.«

»Ich muß sie noch etwas fragen. Ob es ihr etwas ausmacht, wenn ich dich auch mitbringe, Wes. Ash, du mußt ihn mir leihen. Wir haben acht gesprungene Pflugscharen, fünf oder sechs kaputte Eggen, Gott allein weiß, wie viele Maultiere und Pferde ohne Hufeisen, geborstene Wagenreifen, gebrochene Wagen- und Kutschenfedern – mir fällt gar nicht alles ein. Seit West nach Rosebriar zurückgekehrt ist, seit Pam ihn weggeschickt hat, weil er sich in den Fall der kleinen Ellen eingemischt hat – sie lebt übrigens, Ash. Wie ich es mir die ganze Zeit gedacht habe. Dieser Voodoo-Mann hat ihr ein Pulver zusammengemischt –«

»Ich weiß, Papa hat es mir erzählt. Du sagst, daß du mächtig viel Schmiedearbeit für Wes hast. Zum Teufel, Bob, ich weiß nicht, ob ich ihn dir leihen kann. Er ist so lange krank gewesen, daß auch in Rosebriar viel liegengeblieben ist.«

»Ich nehme an, daß Sie beide sich nach einem neuen Schmied umsehen müssen«, mischte sich Wes ein. »Das war der zweite Grund, warum ich hierhergekommen bin, Massa Ash. Ich glaube, ich weiß, wo Phoebe ist. Ich weiß auch, daß ich Sie um einen Paß und um eine freie Woche bitten könnte, damit ich zu ihr gehen, sie ihrem Besitzer abkaufen und sie nach Hause bringen kann, aber –«

»Warte mal, Wes, das muß ich mir überlegen.«

Ashton runzelte die Stirn, stellte sichtlich Berechnungen an – wieviel Zeit verlorenging, wieviel der neue Besitzer für eine ausgezeichnete Sklavin wie Phoebe verlangen würde und so weiter. Aber er war doch der Sohn seines Vaters: sein Sinn für Noblesse war ausgeprägt.

»Gut«, seufzte er, »obwohl es mir gar nicht gelegen kommt, gebe ich dir den Paß und eine Woche oder zehn Tage frei, damit du Phoebe zurückholen kannst. Ich möchte, daß meine Leute glücklich sind, und wenn ein Mann seine Frau so sehr liebt, daß er wie ein verprügelter Hund herumschleicht und sogar ein so hübsches Mädchen wie Ruby abweist, muß meiner Meinung nach etwas geschehen.«

»Großer Gott, Massa Ash, Sie sind selbst ein ganz schöner Hexenmeister. Aber Sie haben mich nicht richtig verstanden: ich bitte nicht nur um einen Paß. Ich möchte etwas viel Wichtigeres: meine Freilassungspapiere, Sir, damit ich Phoebe holen und mit ihr in den Norden gehen kann.«

»O Gott«, sagte Bob.

»Du bittest mich«, flüsterte Ash, »du bittest mich darum, dich einfach freizulassen?«

»Nein, Sir, Massa Ash. Ich bitte Sie, das Abkommen einzuhalten, das Ihr verstorbener Vater mit mir getroffen hat. Er war damit einverstanden, daß ich mich nach und nach mit dem Lohn freikaufe, den ich verdiene, indem ich mich auf anderen Plantagen verdinge. Er hat sich aber nicht vorgestellt, daß ich den Preis, den er für mich festgesetzt hat – zweitausend Dollar –, so schnell beisammen haben würde. Und dazu noch die tausendfünfhundert Dollar, die er Massa Collins für Phoebe vorgeschlagen hat. Leider muß ich jetzt mit ihrem neuen Besitzer wieder neu verhandeln. Aber weil er ein wahrer Mann Gottes ist, wird es hoffentlich nicht zu schwierig sein.«

»Du hast dreitausendfünfhundert Dollalr verdient und erspart?« fragte Bob ungläubig. »Wes, verdammt noch mal, das ist unmöglich, ist völlig undenkbar.«

»Das stimmt, Sir, Massa Bob, Sie haben recht. Es wäre unmöglich, wenn Miss Pam nicht eingegriffen hätte. Ich habe nämlich der armen kleinen Deirdre Geschichten, Märchen aus Afrika erzählt. Sie haben ihr so gut gefallen, daß sie versucht hat, sie ihrer Mama weiterzuerzählen. Aber sie war noch so klein, daß sie sie alle durcheinandergebracht hat. Daraufhin ist Miss Pam neugierig geworden und hat mich gebeten, ihr ein paar Geschichten zu erzählen. Das habe ich getan. Sie haben Miss Pam so gut gefallen, daß sie sie aufgeschrieben hat. Sie hat alle meine afrikanischen Geschichten aufgezeichnet – es müssen über hundert gewesen sein. Und dank diesen Geschichten besitze ich jetzt mehr als zehntausend Dollar. Natürlich gehört die Hälfte davon Miss Pam, weil ich dieses Buch nie ohne sie hätte machen können; mir wäre außerdem nie eingefallen, es einem Verleger zu schicken. Massa Dwight überweist jetzt beinahe jeden Monat Geld für mich an Anwalt Weatherbee. Deshalb konnte ich den Preis für meine und Phoebes Freiheit so schnell zusammenbekommen. Das Buch – Miss Pam hat es *Geschichten eines afrikanischen Äsop* genannt – verkauft sich prächtig. Massa Dwight sagt, daß es bald die Auflage von *Onkel Toms Hütte* übertreffen wird, obwohl es nicht von Sklaverei handelt, sondern nur von Vögeln und Tieren und Afrikanern und Zauberei und Geistern und ähnlichem.«

»Wes«, sagte Ashton langsam, »du bist eine sehr wertvolle Arbeitskraft, das weißt du. Die wertvollste, die wir überhaupt haben. Das ist der eine Punkt. Der zweite Punkt ist, daß ich mich zwar an keinen einzigen Fall erinnern kann, in dem du mich angelogen hättest, daß du aber in diesem Fall einer Versuchung unterliegst, die einfach zu groß ist. Ich muß sagen: es ist merkwürdig, daß mein Vater dieses Übereinkommen nicht in seinem Testament erwähnt oder es schriftlich festgehalten hat. Er hat mir auch kein Wort davon gesagt. Du mußt zugeben, daß das sehr seltsam ist.«

»Nein, Massa Ash, es ist einfach zu schnell gegangen. Wir haben dieses Übereinkommen am Tag vor Weihnachten getroffen, und am Morgen des ersten Weihnachtstages sind wir beide an der Schwelle des Todes gestanden. Ich habe ihn gebeten, es schriftlich zu machen, aber Sie kennen Ihren Daddy, Massa Ash – er ist auf sein Pferd gestiegen und hat mich angebrüllt: ›Mein Wort ist besser als jeder Vertrag, Wes Parks.‹ Ich habe ihm erklärt, daß ich nicht daran zweifle, daß ihm aber etwas zustoßen kann, und vielleicht sind Sie dann nicht in der Nähe, und er kann Ihnen nichts davon sagen. Aber inzwischen war er wütend auf mich, weil Miss Pam dazugekommen war und ihm von dem Trick erzählt hat, mit dem ich Ellen nach Orleans gebracht habe, wo Massa Dwight auf sie wartete. Sie hat ihm sogar das Hochzeitsfoto von den beiden gezeigt. Deshalb hat er mir gesagt: ›Dieses Risiko mußt du eben eingehen, Wes Parks‹, und hat mich nach Rosebriar mitgenommen.«

»Ich soll dir also ohne weitere Beweise glauben, daß mein Vater dir erlaubt hat, dich freizukaufen? Es tut mir leid, Wes; vielleicht sagst du die Wahrheit, aber weder Bob noch ich können es uns leisten, aus so nichtigen Gründen auf deine wertvolle Hilfe zu verzichten. Wenn du einen Beweis hättest, eine schriftliche Notiz meines Vaters, einen Zeugen, einen verläßlichen Weißen, der anwesend war, als er es sagte, würde ich ohne Zögern den Vertrag erfüllen – aber wie die Dinge liegen –«

»Massa Ash, würde Miss Pam genügen? Ich meine als Zeuge? Ich weiß, daß der Kummer über den Tod der kleinen Deirdre sie ein bißchen wirr im Kopf gemacht hat. Es ist nur natürlich, man kann einer Mutter keinen Vorwurf daraus machen. Würde sie aber genügen? Würden Sie ihr Wort anerkennen? Weil Käpt'n Wally ihr vor mir gesagt hat, daß er dieses Übereinkommen mit mir getroffen hat. Sie weiß es also.«

»Was hältst du davon, Bob?« fragte Ashton.

»Pam wird die Wahrheit sagen. Ich kann aber nicht garantieren, daß sie sich daran erinnert. Sie ist ein armes, verwirrtes, schwangeres Mädchen. Wir können sie jedenfalls fragen und Wes gleich mit hineinnehmen.«

»Verdammt, Bob, ich sehe nicht ein, wozu das nötig ist.«

»Wes wird das Zimmer nicht verstinken, er riecht nur nach den Nüssen und Kräutern, aus denen er sich sein Parfüm macht. Ich habe Pam, mir und Gott versprochen, von nun an anständig zu sein, und dazu gehört, daß ich Wes hören lasse, was Pam sagt. Er ist mächtig daran interessiert, sich freizukaufen, und wir sind genauso mächtig daran interessiert, ihn zu behalten. Du glaubst ihm nicht, daß Pa das gesagt hat, womit du recht hast, aber er hat keinen Grund, uns zu glauben, was Pam sagt, falls es gegen seine Interessen verstößt. Fair play, Ash.«

»Allmählich wünsche ich mir, daß du dich nicht so gründlich geläutert hättest, Bob. Aber gut, komm, Wes, wir wollen Mistress Pamela fragen.«

»Sprechen Sie zuerst wegen Lottie mit ihr, Sir«, bat Wes.

Als sie das Zimmer betraten, hob Pam die Hände zum Hals und wurde schneeweiß.

»Du«, keuchte sie. »Wie kannst du es wagen, hereinzukommen, Wes Parks! Noch dazu mit meinem Mann! Nach allem, was du mir angetan hast –«

»Was hat er dir denn angetan, Liebste?« säuselte Cecilia.

»Er weiß es.« Über Pams Wangen liefen Tränen. »O Wes, Wes, wie konntest du? Ich habe geglaubt, daß du gut bist. Daß du mehr Achtung vor mir hättest und die Situation nicht so ausnützen würdest.«

»Großer Gott«, kreischte Bob, »Wes, verdammt, ich –«

Ashton packte seinen Bruder an den Armen und hielt ihn fest. »Warte, Bob. Ich bin gar nicht so sicher, daß Pam weiß, was sie sagt. Ich gebe zu, daß jeder Nigger einmal der Versuchung erliegen kann, aber in diesem Fall –«

»Versuchung?« lachte Pamela bitter. »Natürlich habe ich ihn in Versuchung geführt. Ich habe ihn immer für den anziehendsten Mann auf dieser Welt gehalten. Er wirkt so königlich. Und seine Stimme! Hast du jemals etwas Majestätischeres gehört?«

»Du hast ihn in Versuchung geführt, Pam?« murmelte Cecilia. »Und was hat er dann getan?«

»Ach, das weißt du ja. Er ist ein Mann, oder? Männlicher als alle, die ich kenne. Aber er hätte daran denken sollen, daß ich vor Kummer und Schmerz wahnsinnig bin.«

»Wo ist deine Pistole, Ash?« kreischte Bob, der versuchte, sich aus dem Griff seines Bruders zu befreien. »Ich habe meine nicht bei mir.«

Ashton hielt Bob mühelos fest. Er war viel stärker als sein jüngerer Bruder. »Hör zu, Bob«, sagte er.

»Wahnsinnig vor Kummer. Ich war gerade vom Begräbnis gekommen. Verrückte tun merkwürdige Dinge. Vielleicht sind sie gar nicht so merkwürdig, vielleicht tun sie nur, was sie immer schon tun wollen. Benehmen sich so, wie sie wirklich sind. Das ist die einzige Entschuldigung, die ich für mein Benehmen habe. Du warst sprachlos darüber, nicht wahr, Wes? Ich bin vom Begräbnis meines Kindes gekommen, das ich ermordet hatte, und zu deiner Hütte gegangen. Das Mädchen war dort – Ruby. Du warst so fürchterlich krank, mein Liebling. War ich daran schuld, daß du krank warst? Vorher warst du ganz in Ordnung. Nicht nur in Odnung, großartig. Wer hat dich nach Hause gebracht und ins Bett gesteckt? Ich war es nicht. So weit weg. So weit . . .«

»Mein Gott«, stöhnte Bob.

»Überleg einmal, Bob«, sagte Ashton. »Abgesehen von der Tatsache, daß der Zustand, in dem sie sich befindet, zum größten Teil deine Schuld ist, vergißt du ein paar sehr wichtige Einzelheiten. Wo war Wes, als du in seine Hütte kamst, um Doktor Tom zu deiner mißhandelten Frau zu führen? Am Morgen nach der Testamentsverlesung, über ein Woche nach der Nacht, von der sie spricht!«

»Natürlich«, flüsterte Bob. »Er lag ja noch im Bett. Schwach wie eine Fliege. Das hübsche braunhäutige Collins-Mädchen hat ihn gefüttert, weil er nicht einmal selbst essen konnte. O Pam! Mein armer Liebling!«

»Miss Pam«, sagte Wes mit schmerzerfüllter Stimme, »O Gott, Miss Pam.«

Ashton drehte sich um und sah, daß ihm Tränen über das schwarze Gesicht liefen.

»Ich bitte Sie, mir zu vergeben«, fuhr Wes fort, »alles, was ich Ihrer Meinung nach getan habe. Es spielt keine Rolle, daß ich Sie nur berührt habe, um Sie auf ein Pferd zu heben oder um Ihnen beim Absteigen zu helfen. Wenn Sie soviel Böses in mir sehen, muß es da sein. Es tut mir leid. Wenn ich Sie je so angesehen habe, wie ich nicht sollte, wenn ich jemals etwas Falsches gesagt habe, bitte ich Sie auch deshalb um Verzeihung. Ich erinnere mich, wie Sie mich Lesen gelehrt haben, wie Sie mir beigebracht haben, richtig zu sprechen, die Grammatik, bis ich endlich wie ein Mensch geredet habe. Dafür danke ich Ihnen und dafür, daß Sie mir meinen Stolz wiedergegeben haben.«

Sie hörte ihm jetzt bewußt und aufmerksam zu, den Kopf ein wenig zur Seite geneigt.

»Ich habe sie geliebt, Madam. Ich nehme an, daß im Süden ein schwarzer Mann einer weißen Frau so etwas nicht sagen darf. Aber ich glaube, ich darf es vor Ihrem Mann und Ihrer Familie sagen, weil ich Sie auf so friedliche Art geliebt habe, daß es irgendwie heilig war – wie ich den blauen Himmel und den Frühling und den Duft des Geißblattes liebe. An meiner Liebe war nichts Böses, keine Spur von Begehren. Ich habe Sie geliebt, weil Sie weise, freundlich, gut und edel waren.«

Er machte eine Pause. Seine Zuhörer starrten ihn an und warteten darauf, daß er weitersprach, sogar Beau Bob, den der dunkle Zauber von Wes' Stimme ebenfalls gefangengenommen hatte.

»Aber dann haben Sie sich verändert. Dunkelheit ist über Sie gekommen. Die Dunkelheit, die immer schon über Ingrahams Crest lag, eine schwere Dunkelheit, in der die weinenden Stimmen toter Seelen sind. Ich hätte damals erkennen müssen, was mit Ihnen geschah: daß Sie einfach zu einsam waren. Vielleicht hätte ich etwas tun oder sagen können; aber vielleicht auch nicht, denn Sie hatten schon begonnen, mich mit *Ihren* Augen zu sehen. Sie haben in mir etwas gesehen, was ich nie war: ein großer, schwarzer Niggerbock, der seine dreckigen Hände nach Ihnen ausstreckt. Ich glaube nicht, daß ich Sie alle davon überzeugen kann, daß ich kein heißblütiger Mann bin, sondern ruhig und zärtlich. Ich habe nie in meinem Leben eine Frau gezwungen, nicht einmal die Frauen meiner Rasse, meiner Farbe, weil Gewalt alles zerstört. Ein wirklicher Mann will, daß seine Frau freiwillig, sanft und zärtlich in seine liebenden Arme kommt.

Ich sage das alles verkehrt, weil es vielleicht keine Möglichkeit gibt, es richtig zu sagen. Ich bitte Sie jedenfalls für alles um Verzeihung, was ich für Sie hätte tun sollen und nicht getan habe, und dafür, daß ich Sie im Stich gelassen habe, als Sie mich brauchten.«

Sie lächelte ihn an; ihr Gesicht war freundlich und friedlich.

»Hallo, Wes«, strahlte sie. »Du bist also wieder auf den Beinen? Das freut mich wirklich. Wie geht es Phoebe?«

»Massa Bob«, flüsterte Wes, »fragen Sie sie jetzt wegen Lottie.«

»Verdammt, Wes«, flüsterte Bob, »ich wage es nicht. Sie bekommt vielleicht wieder einen Rückfall.«

»Dann lassen Sie es mich versuchen. Miss Pam, kennen Sie ein Mädchen namens Lottie?«

Sie runzelte die Stirn, dachte nach. »Ja, allerdings, Wes, obwohl die Erinnerung an sie keinesfalls angenehm ist.«

»Sie ist eben jetzt in meiner Hütte, hat niemanden, zu dem sie gehen kann, und ist im siebenten Monat.«

Pamela sah Bob an. Ihre Augen waren groß und schreckgeweitet.

»Nein, Liebling«, stellte er fest, »es ist nicht von mir. Ich habe Lottie zum letzten Mal vor bald einem Jahr gesehen. Das Kind ist von Townsend Graves. Er hat die arme Lottie ohne einen Pfennig auf die Straße gesetzt.«

»Was willst du, daß ich tue, Bob?«

Er kniete neben ihrem Stuhl nieder und ergriff ihre Hände.

»Nimm Lottie in Ingrahams Crest auf, wo sie die richtige Pflege bekommen kann. Ich weiß, daß ich damit etwas sehr Schweres von dir verlange, aber ich möchte ein wenig von dem Bösen, das ich angerichtet habe, wieder gutmachen. Ihr gegenüber, obwohl sie nur eine arme Niggersklavin ist, und dir gegenüber, du Engel an Güte. Außerdem weißt du, daß unsere Plantage der einzige Ort ist, wo ich ihr nie nahetreten würde, weil du es fünf Minuten später erfahren würdest.«

»Steh auf, ich mag nicht, wenn du dich vor mir demütigst. Ich brauche auch diese Rückversicherung nicht, mir genügt dein Wort.«

Bob stand auf und grinste sie an: »Du hast es, mit einem feierlichen Eid auf den Grabstein meines Vaters.«

»O Bob, bitte, sag so etwas nicht. Natürlich kannst du das arme Geschöpf zu uns bringen. Wann soll ihr Baby kommen?«

»Ende November, Madam«, antwortete Wes.

»Wie meines. Also gut, das ist erledigt. Wann wirst du sie zu uns bringen, Wes?«

»Morgen gegen Mittag, Miss Pam.«

Pamela sah sich im Wohnzimnmer um. »Warum schaut ihr mich alle so merkwürdig an?« fragte sie. »War ich wieder verwirrt? Habe ich etwas gesagt, was ich nicht hätte sagen sollen?«

»Das ist ein mächtig feiner Unterschied«, bemerkte Cecilia trokken. »Es ist unwichtig, ob du es hättest sagen sollen oder nicht. Die Frage ist: Stimmt das, was du gesagt hast?«

»Das kann ich erst wissen, wenn du mir erzählst, was ich gesagt habe, Cecilia.«

»Cecilia –«, mischte sich Ashton warnend ein.

»Unsinn, Ash. Ich glaube, daß die Aufklärung dieses Sachverhalts die Spinnweben aus ihrem immer im richtigen Augenblick ›verwirrten‹ Verstand blasen wird. Pam, du hast Wes Parks beschuldigt, ein Vergehen gegen – na, sagen wir, gegen deine geheiligte Ehre begangen zu haben. Wir können nur nicht herausbekommen, wann es geschehen ist. Wir wären dir sehr dankbar, wenn du uns über diesen Punkt informieren wolltest.«

»Verdammt, Cecilia«, brüllte Ashton, »manchmal –«

Pamela starrte Cecilia an. Sie kämpfte sichtlich um Selbstbeherrschung. »Wann? Die Antwort lautet: Nie, Cecilia. Wes ist von Natur aus ein Gentleman. Er hat sich mir gegenüber immer vollendet höflich benommen, beinahe ehrerbietig. Dafür danke ich dir, Wes. Eines Tages werde ich mich für deine Freundlichkeit erkenntlich zeigen.«

»Sie müssen sich nicht erkenntlich zeigen, Miss Pam, aber Sie können mir einen großen Gefallen tun. Sie müssen Massa Ash und Massa Bob nur erzählen, daß Sie gehört haben, wie Käpt'n Wally gesagt hat, ich darf mir meine Freiheit kaufen.«

Sie sah ihn an; ihr Gesichtsausdruck veränderte sich langsam.

»Du willst mich also verlassen, Wes? Mich dem Spott und Hohn der Welt allein gegenübertreten lassen? Du kennst den Süden. Das ist das einzige, was sich die Menschen hier nie bieten lassen –«

»Miss Pam, ich weiß nicht, wovon Sie sprechen. Ich bitte Sie nur, diesen Gentlemen zu sagen, daß Sie gehört haben, wie Käpt'n Wally erklärt hat, ich darf mich und Phoebe freikaufen.«

Ihr Gesicht veränderte sich vollständig, es war von Wut verzerrt.

»Ich habe nicht gehört, wie er das gesagt hat. Du lügst, Wes, und du weißt es. Wenn du mein Nigger wärst, würde ich dich peitschen, bis dir das Blut herunterläuft, es in einem Becher auffangen und trinken. Vielleicht wäre es ein Gegengift. Oder ein Bleichmittel, das würde ich dringend brauchen.«

»O Gott«, sagte Bob. »Wes, verschwinde! Du regst sie auf, ob du willst oder nicht. Und ich will einfach nicht, daß man sie aufregt.«

»Gut, Massa Bob, ich gehe. Massa Ash, sprechen wir morgen darüber?«

»Nein, wir erledigen es heute. Ich gehe mit dir hinaus.«

Sie standen einander an der Hintertür gegenüber.

»Also, Massa Ash?«

»Wes, du hast keinen Beweis, das siehst du doch ein?«

»Nur mein Wort. Und mein Wort ist genausogut wie das von Ihrem Daddy. Sie sollten es ohne Beweis akzeptieren, Massa Ash.«

»Das kann ich nicht. Gerade jetzt kann ich es mir nicht leisten. Ich spreche nicht davon, daß ich deine Dienste brauche. Ich könnte einen weißen Schmied einstellen oder einen schwarzen kaufen – obwohl ich gerne zugebe, daß ich kaum jemanden finden würde, der so gut ist wie du. Ich beziehe mich auf den Aufruhr, der in der Öffentlichkeit in bezug auf die Frage der Sklaverei herrscht. Die Gesetze dieses Staates sind so, daß eine Freilassung praktisch unmöglich ist.«

»Sie könnten die Gesetze umgehen, wie schon andere vor Ihnen.«

»Ich weiß. Ein Paß nach Baltimore und ein versiegelter Brief, mit dem ich dich um einen Dollar einem Freund verkaufe, der für die Sklavenbefreiung ist. Er nimmt dich dann als Diener nach Philadelphia mit, wo er dich vor einem öffentlichen Notar freiläßt. Dies als Vorsichtsmaßnahme, damit du beweisen kannst, daß du ein freier Mensch bist, falls dich eine der Kidnapper-Banden erwischt, die dich unter dem Vorwand, daß du ein entsprungener Sklave seist, in einen der Grenzstaaten verkauft.«

»Sie fangen auch frei geborene Männer ein, Schwarze, deren Großväter im Freiheitskrieg in New York und Massachusetts gekämpft haben, und verkaufen sie in den Süden. Darum geht es aber nicht, Massa Ash; es geht darum, daß Sie den Geldbetrag, den ich mit Ihrem Vater vereinbart habe, entgegennehmen und mich freilassen können, auch wenn es Ihnen gewisse Schwierigkeiten bereitet.«

»Ich habe das bereits zugegeben, aber ich sehe nicht ein, warum ich es tun sollte. Du hast nicht bewiesen, daß mein Vater eine solche Abmachung getroffen hat.«

»Und Sie haben nicht bewiesen, daß er es nicht getan hat.«

»Auch das gebe ich zu. Die Aussage von Mistress Pamela ist derzeit nicht sehr viel wert. Doktor Ridgely ist übrigens davon überzeugt, daß sich ihr nervöser Zustand nach der Geburt des Kindes bessern wird. Er schwört, das beste Heilmittel für weibliche Hysterie sei ein Baby, das in den Armen seiner Mutter liegt.

Wenn sie sich nach ihrer Genesung daran erinnert, daß Pa dir das gesagt hat, werde ich mich an sein Versprechen halten.«

»Sie meinen also, ich soll abwarten, ob Miss Pam ihr Gedächtnis wiederbekommt?«

»Richtig, Wes.«

»Und wenn sie es nicht wiederbekommt, oder wenn sich ihr Zustand verschlechtert?«

»Dann hast du eben Pech gehabt.«

»Sie sind ein harter Mann, Massa Ash.«

»Ich bin froh, daß dir das klar ist. Aber ich bin auch gerecht. Unter diesen Umständen kann ich dir im Augenblick weder einen Paß noch Urlaub geben, damit du Phoebe holst. Du würdest nämlich einfach davonlaufen. Du bist so klug, Wes, daß du sogar die Chance hättest, es zu schaffen. Phoebe ist wahrscheinlich in einen der nördlicheren Staaten verkauft worden, weil Mister Collins sie sicherlich möglichst weit weg wissen wollte. Ich werde aber etwas anderes tun, und zwar nach Neujahr, wenn ich weniger Arbeit habe. Ich werde sie aufsuchen, sie von ihrem Besitzer zurückkaufen – natürlich mit meinem verdammten Geld – und sie dir zurückbringen. Du mußt mir nur sagen, wo sie ist.«

»Nein, Sir. Unter diesen Umständen möchte ich das nicht.«

»Großer Gott!« explodierte Ash. »Du bist der verdammt unmöglichste Nigger, den ich je gesehen habe. Warum nicht. Wes?«

»Es ist sehr schwer, Ihnen das so zu erklären, daß sie es begreifen. Sie sind ein Weißer, und es gibt eine Menge Dinge, von denen die Weißen nichts verstehen. Ich kann nur das gleiche Zaubermittel bei Ihnen versuchen, das ich bei Ihrem Daddy angewendet habe, wenn ich ihm etwas in seinen Dickschädel hämmern wollte.«

»Wes, hüte deine Zunge!«

»Das habe ich mein ganzes Leben nicht getan, und jetzt ist es zu spät, damit zu beginnen. Drücken wir es so aus: Würden Sie mich irgendwohin schicken, um Miss Cecilia oder Ihre Mama zurückzuholen?«

»Natürlich nicht. Warum, zum Teufel, sollte ich einen verdammten Nigger –«

»Hinter Ihren Frauen herschicken? Es gibt keinen Grund dafür,

Sie haben vollkommen recht. Dann beantworten Sie mir auch diese Frage: Warum, zum Teufel, sollte ich einen verdammten Weißen hinter meiner Frau herschicken?«

»Du unverschämter schwarzer Bastard«, sagte Ashton sehr ruhig.

»Massa Ash, ich bin schwarz, das stimmt, aber mein Daddy wurde von den Priestern unserer Religion mit meiner Mama getraut. Deshalb bitte ich Sie, Worte wie Bastard nicht für mich zu verwenden.«

»Wes«, erwiderte Ashton kühl, obwohl kaum unterdrückte Wut in seiner Stimme mitschwang, »wenn ich annehmen müßte, daß du mir auch nur andeutungsweise drohst, würde ich dich auspeitschen lassen, bis du mehr tot als lebendig bist. Das werde ich auch tun, wenn du zu entlaufen versuchst oder einen deiner Voodoo-Tricks abziehst. Denn wenn es je einen Nigger gegeben hat, dem man die Flügel stutzen muß, dann bist du es. Ich weiß, daß Pa dir versprochen hat, dich nie auszupeitschen. Aber ich bin nicht mein Pa, ich bin ich, und kein verdammter Nigger hat mir zu sagen, was ich tun soll.«

»Dann sind Sie um so unvernünftiger, Massa Ash, und ich muß Ihnen einiges sagen, was ich bereits Ihrem Vater gesagt habe. Erstens: Mich auszupeitschen ist eine mächtig dumme Todesursache für einen Menschen. Denn genau das wird mit demjenigen geschehen, der es bei mir versucht. Warten Sie einen Augenblick, bis ich fertig bin, dann werden Sie einsehen, daß ich recht habe. Nehmen wir an, jemand fesselt Sie und bearbeitet Ihre weiße Haut mit einer Maultierpeitsche. Was würden Sie mit diesem Menschen tun, sobald Sie frei sind?«

»Ihn töten. Aber verdammt, Wes, ich bin ein Weißer. Kein großer afrikanischer Wilder hat mir –«

»Wilder? Wir peitschen dreizehnjährige Mädchen nicht zu Tode, Massa Ash, wir fesseln Menschen nicht mit Ketten an frische, langsam brennende Baumstämme, weil wir gern die Schreie des Opfers hören, das auf diese schreckliche Art stirbt. Wir stutzen den Leuten nicht Nase und Ohren, versehen sie nicht mit Brandzeichen, zerschneiden ihnen nicht die Kniesehnen, wie die Weißen es jeden Tag tun. Wir halten uns ebenfalls Sklaven, und das ist eine Sünde. Ich hoffe, Gott wird sie uns vergeben. Aber wir behandeln unsere Sklaven nicht so schlecht wie Sie die Ihren, und sie haben viele Möglichkeiten, ihre Freiheit zu erwerben, oder sie werden einfach freigelassen. Ich nehme an, daß es Gott dem Allmächtigen nur in einem Punkt schwerfallen wird, uns zu vergeben: daß wir andere Schwarze an die Weißen verkaufen. Das ist das ärgste, was wir je getan haben. Da wir nämlich nicht halb so wild sind, wie Sie glauben, wußten wir nicht, wozu echte Wilde imstande sind. Da wir überdies auf unsere Art freundlich und vernünftig sind, sind wir nie auf die Idee gekommen, daß es Leute gibt, die sich aus lauter Dummheit einbilden, ihre Hautfarbe verleihe ihnen alle möglichen Vorrechte. Ich nehme aber an, daß es jetzt nicht um diese Dinge geht.«

»Damit hast du verdammt recht.« Ashton kochte vor Wut. Der Wunsch, das verhaßte schwarze Gesicht zu zerschmettern, den Redefluß aus den breiten Lippen zu unterbrechen, war so übermächtig, daß er am ganzen Leib zitterte.

»Es geht in Wirklichkeit darum, Massa Ash, daß jeder Mensch immer das tun kann, wofür er auch bereit ist zu bezahlen. Ich bin jederzeit bereit zu sterben, wenn ich dadurch einem Mann Einhalt gebiete, der mich wie ein Maultier oder ein Pferd schlägt. Ich habe da eigentlich gar keine Wahl, weil ich mit der Schande einfach nicht leben könnte. Manche Dinge sind wert, daß man sein Leben dafür gibt. Meine Männlichkeit, mein Stolz, sogar das, was die Weißen Ehre nennen, obwohl Sie es sicherlich wesentlich alberner definieren als ich. Ich meine das alles nicht persönlich. Ich mag Sie. Ich mag Sie wegen all der Eigenschaften, die Sie von Ihrem Daddy geerbt haben. Und es tut mir leid, daß Sie auch andere Eigenschaften haben. Ich nehme nicht an, daß ihm jemals ein noch so junger, hübscher, weißer, duftender Hintern wichtiger war als ein Menschenleben. Und ich hatte Sie gewarnt, daß ein Sterben dabei war.«

»Jesus!« schrie Ashton.

»Deshalb hätte er von ›unverschämt‹ sprechen dürfen, weil er sich das Recht erworben hatte, respektiert zu werden. Er war zum Beispiel Ihrer Mama treu. Wahrscheinlich hätte er es für unter seiner Würde gehalten, die siebzehnjährige Tochter seines besten Freundes zu verführen.«

»Warte hier! Rühre dich nicht vom Fleck! Ich hole meine Reitpeitsche!«

»Nein, das werden Sie nicht tun. Sie können keinen Schritt tun, solange ich es Ihnen nicht erlaube. Sie wollen es ausprobieren? Versuchen Sie, wegzugehen.«

Ash versuchte, sich umzudrehen und ins Haus zu laufen. Er konnte nicht. Wes' Augen hielten ihn fest. Die Adern in Ashs Schläfen schwollen an, weil er sich verzweifelt bemühte, seine Glieder zu bewegen. Der Schweiß lief ihm über die Stirn. Aber er konnte sich nicht rühren. Ihm traten Tränen in die Augen.

»Weil Sie der Sohn Ihres Vaters sind und weil ich glaube, daß Sie einmal erwachsen sein und in seine Fußstapfen treten werden, bitte ich Sie inständig, mich nie auspeitschen zu lassen. Es täte mir schrecklich weh, wenn ich Sie umbringen müßte, Massa Ash, aber wenn Sie es tun, bleibt mir keine Wahl. Jetzt können Sie sich wieder bewegen; ich habe alles gesagt, was notwendig war.«

Ash konzentrierte sich darauf, seine Selbstbeherrschung wiederzugewinnen. Dann sagte er ruhig und ausdruckslos:

»Wes, wenn du versuchst zu entlaufen oder noch einen Voodoo-Trick bei mir oder jemand anderem abziehst, laß ich dich auspeitschen. Auch das ist ein Versprechen. Du bist, seit ich dich kenne, ein Unruhestifter gewesen, aber immer auf so schlaue, hinterhältige Art, daß man dir nie etwas nachweisen konnte. Du sagst, daß du nicht mit der Schande leben kannst, ausgepeitscht zu werden. Nur bin ich nicht mein Pa, wie du sehr richtig festgestellt hast, ich bin bei weitem kein so guter Mann, wie er es war. Ich bin wesentlich gemeiner, zäher und härter als er. Hör mir deshalb gut zu: Ich könnte nicht mit der Schande leben, daß mir ein verdammter Nigger die Stirn bietet oder mich irgendwie demütigt. Deshalb werde ich dich auspeitschen lassen und mir keine Sorgen deswegen machen, daß du versuchen wirst, mich zu töten. Dabei habe ich nämlich auch noch ein Wörtchen mitzureden. Bis jetzt hat noch keiner, der mich herausgefordert hat, Gelegenheit gehabt, sich nachher dessen zu rühmen. Wir sprechen jetzt nicht von Recht und Unrecht, sondern vom Überleben. Das Überleben des Südens, meines Südens, den ich kenne und liebe. Dieses Überleben hängt davon ab, daß der Weiße oben und der Nigger unten ist. Wenn Moral und Gerechtigkeit gleichtbedeutend damit sind, daß ich alles verliere, was ich kenne und liebe; wenn der Preis für Liberalismus, Großzügigkeit und die Milch der frommen Denkungsart die hohe, edle Zivilisation meines Volkes ist, dann fällt mir die Wahl nicht schwer. Ich bin bereit, mein Heim, meine Frau und mein Land unter Einsatz meines Lebens zu verteidigen. Ich kann nicht dulden, daß du mir offen Trotz bietest, weil ich damit einen Niggeraufstand heraufbeschwöre. Kurz, ich bin bereit, dafür zu sterben, daß ich dich demütige, Wes Parks, merk dir das.«

»Ja, Massa Ash, aber es ist einfach ein Jammer . . .«

»Was ist ein Jammer, du schwarzer Schuft?«

»Die Welt braucht gute, starke Männer, und im allgemeinen läßt ihnen der liebe Gott Zeit zum Vernünftigwerden. Das ist der Jammer, Massa Ash, es sieht so aus, als würden Sie sich diese Zeit nicht nehmen. Mir wird eben etwas anderes einfallen müssen, etwas weniger Schmerzliches, um Sie abzuwehren. Gute Nacht, Sir, ich muß jetzt gehen.«

»Erst bis ich es dir befehle. Hier bin ich der Herr!«

»Wirklich, Sir? Großer Gott, Massa Ash, niemand ist Herr über irgend etwas, nicht einmal über seinen nächsten Atemzug. Weil ihm der liebe Gott jederzeit alles wegnehmen kann. Ihm das wegnehmen kann, was er am meisten liebt, zum Beispiel Missy Ruth. Deshalb gute Nacht, Sir.«

»Rühr dich nicht vom Fleck! Verdammt, rühr dich nicht!«

Aber Wes war fort. Ashtons zorniges Gebrüll verhallte in der leeren Luft. Ashton schauderte es, und er empfand etwas, was er sich nicht eingestehen wollte: Angst. Weil Wes nicht die Stufen hinuntergegangen war. Er war tänzerisch leicht zur Seite getreten und mit der Nacht verschmolzen.

31

Als Wes zu seiner Hütte zurückkehrte, schlief Lottie schon tief. Susie Hoskins und Ruby saßen neben ihrem Bett und unterhielten sich flüsternd, um sie nicht zu wecken.

»Komm, Ruby«, flüsterte auch Wes, »ich bringe dich nach Hause. Es ist mächtig spät, und dein Pa wird ganz schön wütend sein.«

»Meine Mama auch«, seufzte Ruby. »Ich werde eine Woche lang nicht sitzen können. Weil ich aber auf jeden Fall Prügel beziehe, könnte ich das vorher noch ausnützen. Du bringst mich nach Hause, Wes? Wie wäre es, wenn wir über Ingrahams Crest, Gravesend und Weatherbee Heights nach Hause gehen?«

Susie Hoskins kicherte. »Mit der Kirche ums Kreuz, was, Ruby? Ich weiß, was du willst. Ich habe das gleiche getan, als ich mit Fred gegangen bin.«

»Nur«, unterbrach sie Wes, »geht sie nicht mit mir. Ich habe eine gute Frau, die ich in zwölf Tagen heil und gesund wieder bei mir haben werde. Komm also, du vorlautes Ding, rühr dich endlich. Ich brauche Zeit zum Nachdenken.« Ruby stand verdrossen auf.

»Kümmere dich um Lottie, Susie«, sagte Wes. »Ich werde nicht vor morgen früh zurücksein.«

»O Wes, Liebling«, quiekte Ruby.

Wes packte sie am Ellbogen und schob sie durch die Tür. Vor der Hütte stand der Wagen; die beiden großen Maultiere waren bereits eingespannt.

»Du fährst mich nach Hause, Wes?« fragte Ruby.

»Ja«, antwortete er geistesabwesend. »Komm, ich helfe dir hinauf.«

Er hob sie hoch und ließ sie auf den Sitz fallen. Dann kletterte er neben sie und trieb die Maultiere mit den losen Enden der Zügel an.

Sie fuhren los. Ruby hing an seinem rechten Arm und lehnte den Kopf an seine Schulter.

»Wohin fahren wir, Wes? Wohin bringst du mich?«

»Nach Hause, direkt nach Hause, Ruby. Wir werden unterwegs ganz bestimmt keine Pause einlegen. Also sei bitte still, damit ich mich ausruhen kann. Ich habe eine schwere Nacht vor mir. Und vielleicht morgen einen noch schwereren Tag. Ich brauche meine ganze Kraft.«

»Was hast du vor, Wes?«

»Nichts, was dich etwas angeht. Frag mich nicht. Du sprichst ohnehin zuviel. Wenn man dir etwas sagt, wissen es die Weißen, bevor man den Mund zumacht.«

»O Wes, du haßt mich, nicht wahr?«

»Nein. Ich habe dich wirklich gern, das ist ja die Schwierigkeit. Viel zu gern. Weil dabei nichts Gutes herauskommen kann, hör bitte um Gottes willen auf, dich an mich zu hängen, mich zu streicheln und mich bei jeder sich bietenden Gelegenheit zu küssen.«

»Ich werde nie aufhören, dich zu quälen, bis du nachgibst und mich wirklich zu deiner Frau machst. Komm, Wes, Liebling, tu mir was. Tu mir was Nettes, Böses.«

»Nein. Ich würde es nicht einmal dann tun, wenn ich könnte. Ich bin heute nacht sehr müde, und wenn ich mit dir Unsinn treibe, bringen mich die schweren, häßlichen Dinge um, die ich noch vor mir habe. Das willst du doch nicht, nicht wahr?«

»Nein, Wes, ganz bestimmt nicht. Ich möchte, daß du länger lebst als der alte Methusalem. Aber mit mir an deiner Seite, bis wir beide so alt und vertrocknet sind, daß wir uns nicht mehr rühren können.«

Er lachte. »Das schaffe ich nie, wenn du nicht aufhörst, mich zu quälen. Jetzt halt einmal dein Plappermaul, damit ich ausruhen kann.«

»Gut, Wes, Liebling.«

Er ließ den gut abgerichteten Maultieren die Zügel, lehnte sich zurück und döste. Eine Kugel kann im Körper eines Mannes Schreckliches anrichten.

Seine Wunde war vollkommen verheilt, aber es würde noch Jahre dauern, bis seine volle Kraft zurückkehrte.

Ruby konnte nicht schlafen. Sie sah ihn an und unterdrückte den Wunsch, ihn zu berühren, zu küssen. Sie begnügte sich damit, den angenehmen Duft einzuatmen, der von seiner warmen schwarzen Haut aufstieg. Ihr wurde klar, daß es eine Art von

Parfum war, aber es war sauber und frisch und sehr männlich. Ich muß ihn bitten, mir auch etwas davon zu geben, dachte sie.

Sie drehte sich um und sah in die Richtung zurück, aus der sie gekommen waren. Niemand folgte ihnen. Keine Paddyroller, Danke, lieber Gott, dachte sie. Dann fiel ihr Blick auf die Gegenstände im Wagen. Werkzeug. Lange Stangen. Stiefel. Es war sicherlich das merkwürdigste Paar Stiefel, das sie je gesehen hatte. Sie kniete auf dem Sitz und streckte sich, bis sie die Stiefel erreichte. Sie hob einen auf, untersuchte ihn und sah, daß ein dickes Stück Leder an seiner Sohle befestigt war. Es hatte die Form eines menschlichen Fußes, jede zehe war einzeln zu erkennen, sogar die Schwielen und die Fußwölbung waren vorhanden. Aber dieses Leder war verkehrt an der Stiefelsohle befestigt, so daß die Zehen nach hinten zeigten, in die Richtung, aus der der Träger der Stiefel kam.

Sie dachte darüber nach, was das bedeuten konnte. Sie war sehr intelligent. Sie kam sofort darauf.

In diesem Augenblick wachte Wes auf und sah, daß sie den Stiefel in der Hand hielt. »Ruby«, keuchte er.

»Ich werde dich nicht verraten, Wes«, flüsterte sie, »mein Mund ist versiegelt. Sag mir nur eines: Was kümmert es die verdammten Hunde, in welche Richtung die Zehen zeigen?«

Er grinste und antwortete: »Riech einmal daran.«

Sie hob die Stiefel an die Nase, nieste, hustete und begann zu weinen.

»Tut mir leid, Baby.«

»Schon gut«, stieß sie, immer noch keuchend, hervor. »Und wozu sind die langen Stangen, Wes?«

»Sie sind meine Siebenmeilenstiefel, wie im Märchen. Jetzt stell aber keine Fragen mehr. Du weißt ohnehin schon mehr, als für dich gut ist.«

Sie kamen nach Collinswood. Das Herrenhaus war dunkel, nur in einem Fenster brannte noch Licht. Wes wußte, wer dort wachte. Barton Collins. Morgen, das heißt heute, weil es schon nach Mitternacht war, würde er Wilkes Thomas unter den großen Eichen beim Gillmore-Anlegeplatz im Duell gegenüberstehen. Einer von ihnen würde wegen eines alten, sinnlosen Streits, dessen Ursache seit zwanzig Jahren tot war, sterben. Wenn nicht jemand diesen tragischen Wahnsinn verhinderte.

Großer Gott, gib mir Zeit, auch das zu tun, betete Wes.

Er hob Ruby vom Wagen.

»Wes«, flüsterte sie, »küßt du mich? Nur ein kleiner, unschuldiger Kuß, bitte? Phoebe wird es nie erfahren.«

»Gut«, sagte er. Dann kletterte er wieder auf den Bock.

Als er zu dem Sklavengefängnis kam, in dem der arme Joe Collins lag und bitterlich weinte, hielt Wes den Wagen an, zog seine Stiefel aus und die präparierten an. Dann steckte er die Stangen zusammen: An dem Ende jeder einzelnen befanden sich Eisenringe, in die die nächste Stange paßte. Als der Stab gut sechs Meter lang war, hielt er ihn waagerecht und lief die Straße entlang, bis er schnell genug war. Er setzte die Stange in die weiche, regennasse Erde ein und schwang sich auf das dem Gefängnis gegenüberliegende Feld. Dann hob er die Stange auf und ging zum Wagen zurück. Von dort aus überblickte er sein Werk. Die Straße war schottrig und trocken; auf ihr gab es keine Fußabdrücke. Auf dem nassen, schlammigen Feld sah er die Spuren, die er nach seinem Zehn-Meter-Sprung hinterlassen hatte, und grinste glücklich. Sie waren in Ordnung.

Er nahm sein Werkzeug und ging zum Gefängnis.

Nachdem er sorgfältig die Köpfe der Schrauben abgefeilt hatte, mit denen der Türriegel befestigt war (das Vorhängeschloß ließ er intakt), stieß er sie mit einem kleinen Zapfen nach innen. Dann öffnete er die Tür und hob Joe hoch.

Joe schlug die Augen auf; sie strahlten hoffnungsvoll.

»Wes«, stöhnte er, »Gott segne dich, Wes.«

»Halt den Mund«, bemerkte Wes sanft, marschierte mit Joe hinaus und legte ihn auf den schlammigen Boden.

»Es dauert nur noch eine Minute«, krächzte er. »Ich muß die Weißen noch ein bißchen mehr verwirren.«

Er kniete nieder und tastete herum, bis er die abgefeilten Schrauben gefunden hatte. Er steckte sie in die Tasche. Dann nahm er frische Schrauben aus der anderen Tasche und steckte sie in die vorhandenen Löcher. Aber umgekehrt, so daß die Köpfe nach innen und das Gewinde nach außen zeigten. Er verließ die Zelle, schloß die Tür und schob den Riegel auf die Schrauben. Er versah die Schrauben mit Muttern, die er fest anzog. Die Tür war wieder versperrt, der Raum leer. Der einzige Unterschied war, daß die Schrauben anders herum befestigt waren als vorher. Und die einzige Gefahr bestand darin, daß Schrauben und Muttern zu neu aussahen.

Aber auch darauf war er vorbereitet. Er entnahm seiner Tasche ein kleines Säckchen Talg, der mit Ruß, Eisenfeilspänen und Rostkörnchen versetzt war, und schmierte die Mischung sorgfältig auf die Schrauben. Dann trat er zurück, betrachtete sein Werk und grunzte zufrieden.

Er grinste, hob Joe auf und wollte den ersten Schritt machen. Dann blieb er stehen, legte Joe wieder hin, zog die präparierten Stiefel aus, band sie zusammen und hängte sie sich um den Hals. Nun hob er Joe neuerlich hoch und ging mit ihm zum Wagen. Er legte ihn, Gesicht nach unten, auf die Pferdedecken. Dann begutachtete er seine Spuren.

»Beinahe hätte ich einen Blödsinn gemacht«, kicherte er. Aber er hatte den Fehler bemerkt, bevor er ihn begangen hatte. Jetzt zeigten alle Spuren vom Gefängnis weg. Natürlich waren die Abdrücke seiner bloßen Füße wesentlich kleiner als die anderen. Aber er nahm nicht an, daß die Weißen das bemerken würden. Seiner Meinung nach waren die Weißen die dümmsten Menschen der Welt. Er kletterte auf den Kutschbock und fuhr los – auf sein Versteck zu, sein Ahnenhaus im Sumpf.

»Mein Gott, Wes«, stöhnte Joe, aber diesmal wohlig. »Was ist in dem Zeugs da drin? Mein Rücken tut überhaupt nicht mehr weh. Und ich habe geglaubt, daß ich sterben muß.«

»Das mußt du auch – wenn du fünf- oder sechsundachtzig bist. Aber jetzt hör mir zu. Du mußt hier bleiben, auch wenn es hier schauerlich ist, bis ich dich fortschaffen kann.«

»An diesem schrecklichen Ort?«

»An diesem schrecklichen Ort. Dabei hast du noch Glück. Ich habe hier früher Ratten, Schlangen, Skorpione und schwarze Vogelspinnen gehalten; aber während ich krank war, sind sie alle eingegangen. Niemand hat sie gefüttert. Du mußt jedenfalls zwei bis drei Monate hierbleiben. So lange, daß die Weißen glauben, du seist schon in Kanada. Inzwischen nähst du ein paar Anzüge für dich und mich. Außerdem eine Menge Kleider für Missy Abigail. Ich werde dir Stoffe bringen.«

»Mein Gott, Wes. Ich bin Herrenschneider. Ich weiß nicht, wie man Frauenkleider macht.«

»Ich werde es dir beibringen. Du machst ein hübsches Zofenkleid für meine Phoebe, eine vornehme Dienerlivree für mich, mächtig elegante Anzüge für dich und Pariser Modelle für deine zukünftige Frau. Wenn alles fertig ist, fahren wir – du, ich und Phoebe – mit dem Dampfer nach New Orleans. Dann entführen wir Miss Abigail aus der Erziehungsanstalt von Mutter Teresa, und danach wird ein reiches Pflanzer-Ehepaar, das sich auf der Hochzeitsreise befindet, mit seinem schwarzen Diener-Ehepaar die teuerste Suite auf dem vornehmsten Dampfer belegen und nach Cincinnati fahren. Von Cincinnati nach Boston nehmen wir den Zug. Dort besuchen wir deine Schwester Ellen und deinen neuen Schwager Dwight Ingraham, machen uns als Geschäftsleute selbständig. Ich mache einen Mietstall und eine Schmiede auf. Verdammt, ich könnte sogar elegante Kutschen bauen. Du eröffnest einen Laden für Herrenausstattung. Wie gefällt dir das, Joe?«

»Großartig. Aber, Wes, woher nehmen wir das Geld?«

»Wir nehmen meines. Ich bin ein reicher Mann. Jetzt iß das hier, genehmige dir ein paar Schluck Whisky und stiehl mir nicht die Zeit, indem du alle möglichen Erklärungen verlangst. Ich werde dir alle drei Tage Essen auf Vorrat bringen. Und rühr dich nicht aus dieser Hütte fort, sonst verirrst du dich und versinkst im Sumpf. Iß, ruh dich aus, schlafe. Ich komme wieder, sobald ich kann.«

»Warum hast du es so eilig. Wes? Wir können uns ja noch eine Weile unterhalten.«

»Nein. Ich muß noch etwas erledigen. Etwas mächtig Wichtiges.« Damit verschwand Wes in der schon heller werdenden Nacht.

»Massa Ash«, sagte Cato, »ein Gentleman wünscht Sie zu sprechen. Massa Bascomb Collins. Er hat mich gefragt, ob Sie zur

Einfahrt kommen könnten. Er sitzt dort in seinem kleinen Buggy und hat das Verdeck hochgeklappt, weil es regnet. Ich soll Ihnen erklären, daß ihm bei Regenwetter sein Bein so weh tut, daß er einfach nicht die Stiegen hinaufsteigen kann.«

»Gut, Cato. Bring mir einen alten Hut, meinen Mantel und einen Regenschirm. Du brauchst nicht erst zu fragen, ob du ihn halten sollst. Ich nehme an, daß Mr. Bascomb mit mir über Familienangelegenheiten sprechen will, die nicht für Niggerohren bestimmt sind.«

»Ja, Sir. Ich hole alles, Massa Ash.«

»Klapp den verdammten Regenschirm zu, Ash«, sagte Bascomb, »und steig zu mir in den Buggy, damit wir uns in Ruhe unterhalten können.«

Ashton gehorchte. »Ein Sauwetter heute! Muß schon etwas sehr Wichtiges sein, daß du da herüberkommst. Was ist denn los?«

Bascomb sah ihn an. Seine Augen waren rotgerändert, als hätte er eben erst geweint.

»Was ist los, Bas? O Gott, sag bloß nicht, daß dein Vater dieses idiotische Duell wirklich ausgetragen hat. Ist er verletzt? Oder –«

»Nein, Papa geht es gut, Wilkes Thomas auch, obwohl die beiden Esel tatsächlich aufeinander geschossen haben. Heute früh bei Gillmores Anlegeplatz. Aber das werde ich dir später erzählen, auf dem Weg zu unserer Plantage. Du kannst mit mir hinüberfahren und dein Pferd hinten anbinden. Vorausgesetzt, du willst mitkommen.«

Ashton starrte ihn an. »Kannst du mir erklären, worum es überhaupt geht, Bascomb?«

»Ja, natürlich, das muß ich wohl. Es geht um meine Schwester Ruth. Sie liegt im Sterben, Ash. Sie möchte mit dir sprechen, anscheinend will sie dich um Verzeihung bitten, weil sie dich verführt hat. Das behauptet sie jedenfalls.«

»O Gott.«

»Mach dir keine Sorgen. Ich will dich nicht fordern. Du mußt nicht dafür büßen, daß du meine arme kleine Schwester ins Unglück gestürzt hast.«

»Bas, hör mir zu, ich –«

»Nein. Ich will nichts hören. Keine Entschuldigungen und keine Erklärungen. Wozu wären sie jetzt noch gut? Es geht darum, daß Tom Ridgely der Meinung ist, deine Anwesenheit könnte ihr vielleicht das Leben retten. Wenn du lieb zu ihr bist, ihr die richtigen Worte sagst –«

»Warte! Ich muß erst Calph satteln lassen und Reitkleidung anziehen. Willst du nicht doch hereinkommen?«

»Nein, bei Regenwetter tut das Bein verteufelt weh. Du kannst mir Cato mit einem Schluck Whisky schicken – oder noch besser, mit einer ganzen Flasche, ja bitte?«

»Abgemacht.« Ashton sprang aus dem Buggy und lief die Stiegen hinauf.

»Du weißt«, seufzte Bascomb, »daß Ruth seit Weihnachten in eine Art Melancholie verfallen war. Aber keiner von uns ist draufgekommen, wo die Ursache liegt. Wir waren nämlich der Meinung, daß dein Bruder Bob der einzige Schuft unter den Bibbs ist.«

»Du bist oder warst sein bester Freund«, sagte Ashton, der versuchte, den in ihm aufsteigenden Zorn zu unterdrücken. »Du warst an etlichen seiner Eskapaden beteiligt.«

»An beinahe allen, solange ich kräftig und gesund war. Das ist einer der Gründe, warum ich nicht das moralische Recht habe, dich zu fordern, Ash. Außerdem kann ich es einfach nicht. Nachdem Abigail den Namen Collins für immer mit Schande bedeckt hat, indem sie sich mit einem Nigger in flagranti erwischen ließ –«

»Eigentlich keinem Nigger. Joe ist so weiß, daß –«

»Einem Nigger. Ein Tropfen genügt, das weißt du. Außerdem hat mein vertrottelter Vater das Andenken meiner toten Mutter in aller Öffentlichkeit beschmutzt. Wegen einer Sünde, die sie vor zwanzig Jahren begangen hat und an der er schuld war, weil er sich immerfort im Sklavenquartier herumtrieb.«

»Bas, das alles geht mich nichts an. Du mußt mir diese Sachen nicht erzählen.«

»Doch, ich muß. Ich kann dich nicht fordern, Ash, weil ich den Ruf der einzigen Collins-Frau, die bis jetzt in keinen Skandal verwickelt war, nicht antasten möchte. Ich schließe dabei meine Stiefmutter aus; Catherine ist eine Nervensäge, aber zweifellos sittsam.

Anscheinend weiß niemand von deiner Affäre mit Ruth. Ich beherrsche deshalb meinen Zorn, meinen sehr gerechten Zorn. Mein Gott, Ash, konntest du deine Aktivitäten nicht auf die Niggerhütten beschränken, wie dein Bruder und mein Vater, und meine kleine Schwester in Ruhe lassen?«

»Was soll ich darauf antworten, Bas? Was kann ich sagen? Soll ich die Version deiner Schwester bestätigen und ihre persönliche Moral anzweifeln, oder soll ich um ihres guten Rufs willen widersprechen und sie zur hysterischen Lügnerin stempeln? Siehst du nicht ein, daß wir beide nichts anderes tun können als schweigen?«

»Ja, natürlich, das sehe ich ein. Du hast recht, Ash. Außerdem befürchte ich, daß sie nicht gelogen hat. Sie hat mir zu viele Details erzählt. Der lange Pelz, unter dem sie nur ihre Reitstiefel anhatte. Die scheußlichen, aber gerechten Worte, die du ihr gesagt hast, als ihr deinen sterbenden Vater vor der Tür fandet.«

»Bascomb, bitte.«

»Es wäre also auf jeden Fall ungerecht, wenn ich dich fordere. Kein Mensch kann einer solchen Versuchung widerstehen. Ach, diese verdammten Weiber! Diese kleinen Biester –«

»Bas, hör sofort auf. Sag mir, was mit ihr los ist. Was ist geschehen, Mensch?«

»Ich weiß es nicht. Irgendein Anfall. Heute früh hatte sie einen Alptraum. Sie ist schreiend aufgewacht und hat behauptet, daß ihr der Geist deines Vaters erschienen ist, weil sie ihn ermordet hat. Papa war nicht da, er war schon unterwegs zum Duell. Es ist ganz schön weit zum Gillmore-Landeplatz. Als Papa und Doktor Ridgely von dem verrückten Duell zurückkamen – Tom war in seiner Eigenschaft als Arzt anwesend –, war sie schon beinahe hinüber. Der Doktor sagt, daß ihr körperlich nichts fehlt, außer daß sie halb verhungert ist. Sie ißt praktisch überhaupt nichts, aus Liebe zu dir, aus Scham, Kummer –«

»O Gott«, flüsterte Ashton. Er beugte den Kopf und weinte bitterlich.

»Doktor Ridgely sagt außerdem, daß sie sterben will. Er behauptet, daß er nichts dagegen unternehmen kann; man müßte sie dazu bringen, es sich zu überlegen. ›Die beste Methode, Selbstmord zu begehen‹, hat er gemeint, ›wenn alle anderen versagen.‹ Deshalb bin ich zu dir gekommen, Ash. Das Komische daran ist, daß es ihr gutgegangen ist, bis sie heute nacht diesen Alptraum hatte. Ich will verdammt sein, wenn ich das verstehe. Sie war ganz ruhig, als sie zu Bett ging.«

Ash richtete sich plötzlich auf.

»Wes?« knirschte er. »Ganz sicher Wes Parks. Dieser schwarze Zauberer! Ich laß ihn zu Tode peitschen.«

»Ich begreife nicht, was dein Nigger damit zu tun hätte, Ash.«

»Alles. Wir haben gestritten, dieser Zauberer und ich. Weil er verlangt hat, daß ich ihm erlaube, sich freizukaufen. Wes hat behauptet, daß mein Vater vor seinem Tod ein solches Abkommen mit ihm getroffen hat. Ich habe mich geweigert, ein Abkommen einzuhalten, für das nicht der geringste Beweis vorliegt. Daraufhin ist er so wütend geworden, daß er mir Trotz bot. Als ich ihm mit dem Auspeitschen gedroht habe, hat er mir kühl erklärt, daß mich eine solche Maßnahme das Leben kosten würde. Daraufhin habe ich ihm gesagt, daß ich lieber tot bin, als mir seine Frechheiten gefallen zu lassen, und habe ihn daran erinnert, daß *ich* der Herr auf Rosebriar sei. Und da hat er es gesagt, Bas, in einem Ton, der mir das Blut in den Adern gefrieren ließ: ›Kein Mensch, Massa Ash, ist Herr über irgend etwas, nicht einmal über seinen nächsten Atemzug. Weil ihm der liebe Gott alles jederzeit wegnehmen kann. Ihm das wegnehmen kann, was er am meisten liebt – zum Beispiel Missy Ruth.‹«

»Aber Ash, er ist meines Wissens Collinswood und Ruth niemals in die Nähe gekommen.«

»Das ist gar nicht notwendig. Du warst am Weihnachtsabend bei uns, du hast gesehen, was er damals getan hat.«

»Ja. Vergangene Nacht hat er übrigens Joe Collins aus dem Gefängnis befreit. Er muß es gewesen sein – wer sonst könnte es auf diese Art fertigbringen? Als ein Nigger heute früh dem gelben Bastard das Essen bringen wollte, stellte er fest, daß Joe verschwunden war. Ich habe den Schauplatz persönlich untersucht.

Das Gefängnis war leer, aber die Tür noch immer versperrt. Das Schloß war unberührt, der Querriegel an seinem Platz, das Fenstergitter unbeschädigt. Dennoch war das Gefängnis leer und Joe fort.«

»Ein Nachschlüssel? Oder hat er vielleicht den Schlüssel gestohlen?«

»Keines von beiden. Er hätte das Original gebraucht, um ein Duplikat herzustellen. Es handelt sich um ein ziemlich kompliziertes Schloß. Der Schlüssel ist immer in Papas Schreibtisch eingeschlossen. Der Nigger schiebt dem Gefangenen das Essen durch das Gitter hinein. Ich mußte warten, bis Papa von seinem Duell mit Wilkes Thomas zurückkehrte, ehe ich erfuhr, ob das Original sich noch an Ort und Stelle befand. Das war der Fall. Eigentlich ist es überhaupt nicht schwierig, in das Gefängnis einzubrechen. Er hätte den Querriegel nur mit einem Stemmeisen aufbrechen oder das Schloß mit einem Schmiedehammer zerschlagen müssen. Er hat keines von beiden getan; er wollte uns anscheinend etwas beweisen. Was wollte er uns denn beweisen, Ash?«

»Daß wir Weiße ihm unterlegen und nur Marionetten sind, deren Fäden er zieht. Deshalb werde ich ihn töten, ganz gleich, was mit Ruby geschieht, und unabhängig davon, ob wir Joe finden oder nicht. Ich brauche keine Beweise und keine Rechtfertigung. Ein solcher Nigger ist einfach zu gefährlich, als daß man ihn am Leben lassen könnte.«

»Wenn du das tust, Ash, verärgerst du mich schwer. Denn nach Joes Befreiung hat dein Wes meinem Vater das Leben gerettet.«

»Du meine Güte! Wie denn, Bas?«

»Ich komme darauf zurück. Zuerst erzähle ich dir von dem Ausbruch aus dem Gefängnis. Vor der Baracke haben wir zwei verschiedene Spuren von bloßen Füßen gefunden. Natürlich hatte unser Nigger einen Teil von ihnen zertrampelt, aber es waren noch genügend übrig. Eine der Spuren war von normaler Größe. Es können Joes Füße gewesen sein. Die anderen Spuren waren riesig, Doktor Tom hat Gipsabdrücke von ihnen gemacht und sie genau untersucht. Er schätzt, daß das Geschöpf, von dem sie stammen, mindestens drei bis vier Meter groß war. Seine Schätzung berücksichtigt auch das Gewicht des Monsters, weil die Abdrücke sehr tief sind. Die kleineren führen vom Gefängnis zur Straße und enden dort. Die größeren überqueren die Straße und führen bis zur Mitte des Feldes. Dort hören sie einfach auf. An dieser Stelle sind die Abdrücke noch tiefer. Doktor Tom meint, die einzig mögliche Erklärung wäre, daß das Wesen in die Luft gesprungen und davongeflogen ist.«

»Natürlich Wes. Er bringt alles fertig. Sicher kann er auch fliegen, wenn er Lust dazu hat. Was ist mit den Spuren, die zum Gefängnis führen?«

»Es gibt keine. Außer denen unseres Niggers. Alle anderen Spuren, die riesigen und die normalen, beginnen beim Gefängnis und führen bis dorthin, wo sie verschwinden. Ich habe die Gegend in einem Umkreis von zwei Meilen absuchen lassen. Nichts. Er wollte uns also zeigen, was er kann. Dir wollte er jedenfalls beweisen, daß es dich teuer zu stehen kommen wird, wenn du dich ihm in den Weg stellst. Vielleicht wäre es besser, du nimmst sein Geld und läßt den Kerl laufen. Meiner Meinung nach wäre es das Klügste, was du tun kannst.«

»Ich will verdammt sein, wenn ich das tue. Ich lasse den schwarzen Halunken zu Tode peitschen.«

»Sei vernünftig, Ash. Er hat meinen Pa gerettet.«

»Das hast du schon erwähnt, hast mir aber das Wie noch nicht erzählt.«

»Beim Duell war Jim Graves der Sekundant meines Vaters und Marion Weatherbee der von Wilkes Thomas. Außerdem waren Wilkes junior und Bill Graves dabei. Ich hätte ebenfalls da sein sollen, aber Ruths plötzliche Erkrankung hat mich daran gehindert. Und natürlich war Tom Ridgely anwesend, um sich der Verwundeten anzunehmen. Jim Graves hat die Pistolen mitgebracht. Natürlich solche mit Zündhütchen, obwohl manche Duellanten noch Steinschloßwaffen verwenden.«

»Um Himmels willen, Mensch, komm zur Sache.«

»Jim ist zu alt zum Reiten. Deshalb ist er in seinem Gig gekommen. In der Nähe von Gillmores Landeplatz hat sein Pferd verrückt gespielt. Es hat das Gig umgeworfen, die Stränge zerrissen und ist auf und davon.«

»Schon wieder Wes! Er hat Jims Pferd verhext. Er kann Pferde verhexen, Bas, vielleicht war er sogar an deinem Unfall schuld.«

»Dann vergebe ich ihm dafür, weil er eindeutig meinem Vater das Leben gerettet hat. Jim ist aus dem Wagen geflogen und hat das Bewußtsein verloren, war aber sonst unverletzt. Als er wieder zu sich gekommen ist, ist er das kurze Stück bis zum Duellplatz gehumpelt, hat aber die Pistolen liegenlassen. Wilkes junior und Bill Graves sind zurückgeritten, um sie zu holen. Wie du dir denken kannst, waren sie nicht mehr da.«

»Wes, immer wieder Wes. Gibt es denn überhaupt nichts, was dieser schwarze Hexenmeister nicht kann?«

»Sie sind also ohne Waffen zurückgekommen. Daraufhin haben alle Anwesenden sich bemüht, Papa dazu zu bringen, daß er Thomas Wilkes' Entschuldigung annimmt und das Ganze abbläst. Nichts zu machen. Papa wollte Blut sehen. Dann ist ein alter Nigger aufgetaucht – mit den Pistolen. Sie befanden sich noch in ihrer Kassette und waren anscheinend unberührt. Der Nigger hat gefragt: ›Suchen Sie vielleicht danach, Gentlemen?‹ und hat sie ihnen hingehalten. Natürlich wollten sie wissen, wo er sie her hat, und er hat erklärt: ›Ein Nigger hat sie mir in die Hand gedrückt und gesagt, daß Sie mir einen Dollar dafür geben werden.‹«

»Hat er den Nigger beschrieben?«

»Das konnte er nicht. ›Ich kann mich nicht erinnern, wie der Nigger ausgesehen hat.‹ Mehr war nicht aus ihm herauszubekommen.«

»Ganz bestimmt Wes – er hat den alten Nigger hypnotisiert. Er hat die Erinnerung an sein Gesicht aus dem Gehirn des Alten gelöscht.«

»Ich zweifle nicht daran. Wilkes senior und Pa sind also auf ihre Plätze gegangen. Wilkes hat wie ein Gentleman in die Luft geschossen. Papa, dieser verdammte Narr, hat versucht, ihn zu töten, und hat ihn verfehlt. Weil er wütend auf sich selbst war, hat er Wilkes' Entschuldigung wieder nicht angenommen. Diese verrückte Farce hat sich dreimal wiederholt. Wilkes hat jedesmal in die Luft geschossen, und Papa, der nicht einmal ein Scheunentor auf drei Meter Entfernung treffen würde, jedesmal daneben. Beim vierten Mal hat Wilkes genug gehabt und beschlossen, wie er nachher erklärte, Papa einen Streifschuß zuzufügen, damit die Geschichte ein Ende hat. Aber du weißt ja, Ash, daß man mit keiner dieser verdammten Pistolen hundertprozentig den Punkt trifft, auf den man zielt. Die Kugel hat Papa in den Bauch getroffen und ihn zu Boden gestreckt. Alle sind zu ihm gestürzt, sie haben geglaubt, daß er verblutet. Er hat nicht einmal einen Kratzer gehabt, nur einen blauen Fleck. Auf seiner Weste befand sich allerdings ein großer Rußfleck. Daraufhin haben sie die Kugel gesucht und gefunden. Es war das Ende eines Champagnerpfropfens, mit Bienenwachs und Ruß beschmiert, so daß es täuschend echt aussah. Alle Kugeln in dem Köfferchen waren Korken. Ich nehme an, daß Wes die richtigen Kugeln einfach weggeworfen hat. Dann hat Wilkes Thomas erklärt: ›Bart, ich habe von diesem verdammten Unsinn genug. Ich gehe jetzt nach Hause, ob du nun meine Entschuldigung annimmst oder nicht. Ich biete sie dir noch einmal an – hier ist meine Hand darauf. Sei kein Esel, Bart, alter Freund, lassen wir das Ganze begraben sein und decken wir den Mantel des Schweigens über die Vergangenheit.‹«

»Hat dein Vater die entgegengestreckte Hand ergriffen?«

»Ja. Der arme Papa war zu Tode erschrocken und so glücklich darüber, noch am Leben zu sein, daß er mit allem einverstanden gewesen wäre. So hat also dein großer schwarzer Hexenmeister meinem Vater das Leben gerettet. Wenn es sich um eine echte Kugel gehandelt hätte, wäre er auf der Stelle tot gewesen.«

»Schreib dem Kerl nicht zuviel Edelmut zu, Bascomb, obwohl ich gerechterweise zugeben muß, daß er auch seine guten Seiten hat. Nur – er führt einen merkwürdig intellektuellen Krieg, merkst du das nicht? Er hat die Ritterlichkeit des Südens wieder als den Unsinn hingestellt, für den er sie hält. Er hat der weißen Herrenrasse gezeigt, wie sie wirklich ist: zwei senile alte Idioten, die mit Kinderrevolvern aufeinander schießen und auf einem aufgelassenen, verkommenen Anlegeplatz in Schlamm und Regen von Ehre faseln.«

»Vielleicht sieht er uns richtig.«

»Möglich. Aber auch wenn das der Fall ist – nein, ganz besonders, wenn das der Fall ist –, will ich, daß der schwarze Bastard stirbt.«

Als sie das Tor von Collinswood hinter sich gelassen hatten und die lange Allee zum wahrhaft großartigen Herrenhaus hinauffuhren, erklärte Ashton:

»Ich muß dir zu meiner Rechtfertigung noch etwas sagen, Bas. Außerdem ist es die Wahrheit. Ich liebe Ruth. Ich habe Cecilia in den letzten neun Monaten mindestens tausend Mal gebeten, sich von mir scheiden zu lassen. Ich habe ihr alles angeboten, was ich besitze, die Plantage, die Nigger, das ganze Geld, wenn sie mich freigibt. Sie weiß, daß ich sogar bereit bin, mich der demütigenden, aber üblichen Prozedur zu unterziehen: Eines von Big Mames Mädchen stellt sich mir gegen ein großzügiges Honorar als Mätresse zur Verfügung, und wir warten in einem billigen Absteigequartier auf Cecilias Detektive, die uns in flagranti erwischen sollen. Sie hat abgelehnt und mir gedroht, sich auf die gleiche Weise zu revanchieren. Die Drohung ist sinnlos. Abgesehen davon, daß es mir vollkommen gleichgültig wäre, wenn sie die Beine für die gesamte männliche Bevölkerung des Bezirks breit macht, würde niemand meine geliebte Cecilia auch nur anrühren, sobald er eine Probe ihres bösartigen Mundwerks erlebt hat.«

»Du hast einen verdammt großen Fehler begangen, als du Cecilia geheiratet hast, das steht fest. Eine Ehe ist aber immer ein Lotteriespiel. Manche gewinnen, manche verlieren, manche steigen pari aus. Das ist bei mir der Fall. Hortense ist nicht gerade ein Haupttreffer, aber sie ist zu ertragen. So, da wären wir.«

Der kalte, feine Nieselregen hatte noch immer nicht aufgehört, deshalb war natürlich kein Schwarzer in Sicht, um die Zügel zu übernehmen und dem verkrüppelten jungen Herrn von Collinswood aus dem Wagen zu helfen.

»Papa hat recht«, fluchte Bascomb. »Wir sollten die verdammte Plantage verkaufen und nach dem Norden ziehen. Der Ruf der Collins ist hier unten sowieso beim Teufel. Wir könnten die Sklavenbefreiung unter umgekehrten Vorzeichen durchführen: wir befreien uns von unseren Sklaven.«

»Ich habe mir das schon oft gedacht, weil es gar nicht sicher ist, wer wessen Sklave ist. Die Yankees machen es richtig: Sie zahlen ihren Sklaven Hungerlöhne, reden den armen Teufeln ein, daß sie frei sind, und wenn sie alt und arbeitsunfähig sind, befördern sie sie mit einem Tritt in die Gosse und lassen sie verhungern und erfrieren. Wir haben soviel damit zu tun, uns um die dümmsten menschlichen Wesen zu kümmern, die der liebe Gott je erschaffen hat, daß wir nicht einmal Zeit haben, uns um uns selbst zu kümmern. Halte deine Mähre im Zaum, Bas, während ich hinunterspringe und dir dann aus dem Gig helfe. Es ist sehr bequem, das muß ich zugeben. Wir bilden uns ein, daß solche Wagen nur für Alte und für Leute wie dich gut sind. Aber ich will verdammt sein, wenn ich sie an einem solchen Regentag nicht vorziehe.«

»Machen Sie sich nicht die Mühe, Massa Ash«, sagte der Samtbaß, »ich helfe Massa Barth schon aus dem Gig.«

»Wes«, rief Ashton, »wo, zum Teufel, kommst du her?«

»Aus der Dunkelheit, Sir. Aus dem dunklen Teil Ihres Gehirns, Gentlemen.«

»Verdammt, Wes!« brüllte Ashton. »Fang nicht schon wieder mit diesem Voodoo-Unsinn an.«

»Es ist kein Unsinn, das sollten Sie wissen, Massa Ash. Kommen Sie, Massa Bas, geben Sie mir die Hand. So ist's recht. Jetzt beugen Sie sich bitte vor.«

Bascomb gehorchte. Er hatte plötzlich das Gefühl, sich auf die biblische Säule aus Feuer zu stützen und schwerelos hinunterzuschweben.

»Hast du Fieber, Wes?« fragte er. »Deine Hände sind heiß.«

»Das ist die Macht, Sir. Hier ist Ihr Stock. Stützen Sie sich darauf, während ich Massa Ash aus dem Wagen helfe.«

»Ich bin kein Krüppel, Wes«, knirschte Ashton und sprang aus dem Gig. Das heißt, er setzte zum Sprung an. Ihm wurde bewußt, daß sein Sprung sich mitten in der Luft in ein sanftes Schweben verwandelte, daß er wie eine Feder zu Boden sank und seine Füße beim Aufsetzen überhaupt kein Geräusch verursachten. Wes Parks stand noch immer auf der anderen Seite des Gigs und grinste ihn spöttisch an.

»Verdammt!« keuchte Ash.

»Sie hätten sich verletzten können, Massa Ash«, meinte Wes vorwurfsvoll, »und Sie können es sich gerade jetzt nicht leisten, krank zu sein. Kommen Sie, Massa Bas, ich helfe Ihnen die Treppe hinauf.«

Er ergriff Bascombs Arm. Dann sah er, welche Anstrengung es

für den jungen Pflanzer bedeutete, Treppen zu steigen, wie schwer er sich auf den Stock stützte, und sagte:

»Das hat keinen Sinn. Halten Sie den Stock, ich trage Sie hinauf.«

Bascomb tat, was Wes vorschlug. Dieser trat hinter ihn, legte ihm die Arme um den Leib und hob ihn hoch. Dann ging er die Stiegen hinauf, als wäre Bascomb eine Schaufensterpuppe. Ashton hatte allerdings den Eindruck, daß Wes nicht ging, sondern wie eine Wolke schwebte.

»Mein Gott«, flüsterte Ashton und rannte hinter den beiden her.

»Massa Ash und Massa Bascomb«, erklärte Wes, »bevor Sie hineingehen, muß ich Ihnen ein paar Dinge sagen. Vor allem bitte ich Sie, Massa Ash, auf die Uhr zu sehen.«

»Wozu, du schwarzer Schuft?«

»Damit Sie wissen, wie spät es ist, denn vor zehn Minuten habe ich den Zauber von Missy Ruth genommen.«

»Du verdammter Bastard, ich –«

»Warten Sie, Massa Ash, bitte beruhigen Sie sich. Ich möchte, daß Sie auf die Uhr sehen, dann hineingehen und Doktor Tom fragen, wann genau Missy Ruths nervöser Anfall vorbei war, denn dann wissen Sie, daß ich die Wahrheit sage. Sie wird nicht sterben. Sie wird lange leben, und Sie werden Sie heiraten, Massa Ash. Sie werden eine Menge Kinder haben und mächtig glücklich sein. So glücklich, daß Sie sogar aufhören werden, so streng zu den Niggern zu sein wie jetzt.«

»Und du, du schwarzer Voodoo-Mann und Zauberer, was für einen Preis verlangst du für dieses Wunder?«

»Nichts, Sir, überhaupt nichts. Ich verlange nicht einmal, daß Sie das Abkommen einhalten, das Ihr armer toter Daddy und ich geschlossen haben. Weil ich meine Freiheit auf jeden Fall bekommen werde. Darum geht es gar nicht.«

»Worum geht es dann, Wes?« fragte Bascomb ausgeprochen freundlich.

»Darum, daß ich etwas getan habe, wofür ich mich mächtig schäme. Ich bitte Sie deswegen um Entschuldigung, Sir. Ich habe Miss Ruth benützt. Ich habe sie in echte, schreckliche Gefahr gebracht, weil Massa Ash mich so verdammt wütend gemacht hat.

Dann hat mir der liebe Gott die Augen geöffnet und mir gezeigt, daß ich in die gleiche Falle gegangen bin wie die arme Miss Pam.«

»Und zwar, Wes?« fragte Ashton, der gegen seinen Willen neugierig geworden war.

»Ich habe mich dem Bösen unterworfen. Ich habe Böses mit Bösem bekämpft. Das ist nicht nur falsch, es ist auch mächtig dumm. Wenn man einen Stock nimmt, mit dem der Dreck unter einem Abort ausgeräumt wurde, muß man mächtig gut aufpassen, an welchem Ende man den Stock anfaßt. Noch besser ist, wenn man ihn überhaupt liegen läßt und eine andere Waffe gegen seine Feinde verwendet.«

»Was würdest du verwenden, Wes?« fragte Bascomb.

»Vernunft und Geduld. Beide wirken langsam. Aber Gottes Mühlen mahlen sowieso langsam, nicht wahr?«

»O Gott«, sagte Ashton, »ich bin nicht hierhergekommen, um die Predigt eines Niggers anzuhören.«

»Ich weiß, Massa Ash, Sie sind zu Missy Ruth gekommen. Wenn Sie hineingehen, sollten Sie sie demütig um Verzeihung bitten, nicht umgekehrt. Ja, sie hat Sie in Versuchung geführt, aber sie war nur ein dummes, kleines, verliebtes Mädchen, und Sie sind ein Mann. Sie besitzen Verstand und Willenskraft, um der Versuchung zu widerstehen. Bitten Sie sie also um Verzeihung, so wie ich es gerade getan habe, weil ich so gemein gewesen bin und das arme Kind dazu verwenden wollte, Sie zum Nachgeben zu zwingen. Ich schwöre bei Gott, daß ich mich von den Weißen fernhalten werde; ich fange schon an, auch so kleinlich, böse oder dumm zu handeln wie sie.«

»Wes«, knurrte Ashton, »willst du damit sagen, daß du in Miss Ruths Schlafzimmer gegangen bist?«

»Ja, Sir, ich bin an ihrem Bett niedergekniet und habe sie um Verzeihung gebeten. Wenn Sie hereinkommen, fragen Sie Doktor Tom, ob mein Gebet genützt hat. ›Das Gebet der Rechtschaffenen‹, wie es im Heiligen Buch heißt. Ich bin nicht immer rechtschaffen, aber ich versuche es jedenfalls zu sein. Und Sie, Massa Ash, sollten auch mit dem lieben Gott ins reine kommen, so wie Massa Bob. Wenn Sie es nicht tun, werden Sie weinen, Massa Ash, weinen, bis Sie keine Tränen mehr haben. Sagen Sie dann nicht, daß ich Sie nicht gewarnt habe. Ich habe Sie schon einmal gewarnt, Sie haben nicht auf mich gehört, und dann ist Ihr Daddy gestorben. Wenn Sie jetzt auch nicht auf mich hören –«

Ashton sprang vor und schwang seine Reitpeitsche. Sie pfiff durch die Luft. Wes' große Hand fuhr hoch, packte die Peitschenschnur, hielt sie fest, und inzwischen legte sich seine linke Hand auf Ashtons Schulter, und sein Daumen bohrte sich ihm ins Fleisch. Nicht einmal eine Sekunde lang. Dann ließ er den jungen Pflanzer los, löste die Peitsche aus der Hand, deren Finger vollkommen gelähmt waren, streifte die Schlaufe über das steife Handgelenk, zerbrach die Peitsche über dem Knie und warf sie in die Nacht hinaus.

»Die Weißen haben mächtig viel für das Auspeitschen übrig«, seufzte er. »Ich habe Ihnen gesagt, Massa Ash, Sie sollten nicht versuchen, mich auszupeitschen. Aber Sie sind dickschädlig wie ein Maultier, deshalb müssen Sie Lehrgeld zahlen. Sie werden jetzt zehn Minuten hier draußen stehenbleiben, wenn Sie nicht Missy Ruth und Doktor Tom erklären wollen, wieso Ihr Arm wie ein Pumpenschwengel wegsteht und Sie ihn nicht bewegen können. Gute Nacht, Gentlemen. Ich muß jetzt gehen.«

»Mein Arm«, stöhnte Ash. »Der verdammte Zauberer hat ihn gebrochen oder gelähmt oder –«

»Nichts dergleichen. Ich habe ihm nur ein bißchen Ruhe verschafft. Er ist so müde, weil er die ganze Zeit Nigger schlagen muß. Noch einmal gute Nacht, Gentlemen.«

»Wes«, sagte Bascomb, »du kannst ihn doch nicht so stehen lassen.«

»Nein, Sir, das wird in zehn Minuten von selbst aufhören. Leisten Sie ihm nur Gesellschaft, Sir, und denken Sie dabei darüber nach, was Sie Ihrem Halbbruder Joe angetan haben.«

»Verdammt«, brüllte Bascomb, »dieser gelbe Bastard –«

»Ist mit einem weißen Bastardmädchen ins Bett gegangen, das in ihn verliebt ist. Eine Sünde, die der liebe Gott gern verzeiht, Massa Bas, wenn sie es vor dem Altar und dem Priester in Ordnung bringen. Ich glaube nicht, daß es Gott etwas ausmacht, daß sie arme Bastarde sind, denn dafür können die beiden ganz bestimmt nichts. Warum wollen die Weißen denn nicht vernünftig sein? Die Farbe spielt überhaupt keine Rolle, und bei den beiden merkt man sowieso keinen Unterschied. Er ist Ihr Halbbruder und sie ist Ihre Halbschwester. Er ist Ihr Halbbruder väterlicherseits, und sie ist Ihre Halbschwester mütterlicherseits. Das heißt, daß in den Adern der beiden kein Tropfen desselben Bluts fließt, so daß es keinen verdammten Grund gibt, warum sie nicht heiraten können. Das ist auch eine Sache, die ich in Ordnung bringen muß.«

»Wie du das Duell und Joes Ausbruch in Ordnung gebracht hast«, stellte Bascomb fest.

»Und noch eine Menge Dinge, von denen Sie nichts wissen. Aber ich muß gehen, bevor Massa Ashs Arm wieder in Ordnung kommt und ich von vorn anfangen muß.«

Er stieg ein paar Stufen hinunter, dann drehte er sich um.

»Ich werde Ihnen eine Einladung zur Hochzeit von Massa Joe Collins und Missy Abigail Thomas schicken«, rief er boshaft. Dann ging er.

»Ruth«, stöhnte Ashton, »Ruth.«

»Mir geht es schon viel besser, Ash«, flüsterte sie, »ich werde am Leben bleiben, nicht wahr, Doktor Tom?«

»Ganz bestimmt, meine Süße. Ihnen hat ein besserer Arzt geholfen, als ich es bin, und er ist auch ein besserer Mensch, als ich es je sein werde.«

»Doktor Tom!« sagte Bascomb empört.

»Es ist die Wahrheit, Sohn«, sagte Tom Ridgely. »Er ist ins Zimmer gekommen und hat sie um Verzeihung gebeten, weil er sie verhext hat.«

»Und dann? Was hat dieser große, schwarze Bastard dann getan?«

»Ashton«, ermahnte ihn Ruth flüsternd, aber streng, »sprich nicht so über Wes. Wag es nicht! Er hat mir das Leben gerettet.«

»Wenn er das geschafft hat, wenn du mich davon überzeugen kannst, Ruthie, dann verzeihe ich ihm alles, was er getan hat, und kaufe ihm Phoebe. Also erzähl mir, Liebste, wie er dein Leben gerettet hat.«

»Sehr einfach. Er hat mir einen Lebensinhalt gegeben. Den

besten. Er hat gesagt, daß du mein Mann vor Gott und der Welt sein wirst. Hast du je erlebt, daß er ein Versprechen nicht gehalten hätte? Deshalb werde ich aufstehen und zu essen beginnen, bis ich hübsch und rund bin.«

»Ich mag keine dicken Mädchen«, neckte Ash sie zärtlich.

»Dann werde ich nur soviel essen, daß ich kräftig werde. Damit ich deine Babys bekommen kann, Ash. Das hat er auch gesagt. Daß wir eine Menge Babys haben werden. Ich hoffe auf mindestens ein Dutzend.«

»Ohhh Gott«, sagte Bascomb.

»Dreh mir den Rücken zu, Bascomb. Und auch Sie, Doktor. Ich werde Ash einen Gutenachtkuß geben. Nur einen. Ich bin so müde, ich möchte schlafen. Also dreht euch um, bitte.«

Sie gehorchten langsam, mit gemischten Gefühlen. Und Ruth küßte Ash.

32

»Großer Gott, Wes«, sagte Tolbert Weahterbee, »siehst du aber elegant aus! Wo hast du diesen Anzug her? Hut, Weste, Stiefel und den ganzen Klimbim. Du siehst aus wie ein wirklicher Dandy. Los, sag mir, wer dein Schneider ist, er hat einen neuen Kunden: mich.«

»Tut mir leid, Anwalt, aber Sie können nicht zu ihm gehen. Joe Collins hat mir diesen Anzug gemacht, als er bei Fortuny in die Lehre gegangen ist. Weil aber Joe nicht mehr da ist –«

Tolbert Weatherbees Gesichtsausdruck veränderte sich. Seine Stimme klang nicht mehr scherzhaft, sondern ernst.

»Ich verstehe. Gut, Wes, weshalb bist du zu mir gekommen? Willst du jemanden verklagen?«

»Nein, Sir, ich brauche Geld. Ungefähr zweitausendfünfhundert Dollar. Ich muß Phoebe zurückholen. Ich brauche das Geld für die Eisenbahn von hier nach Montgomery, für mein Quartier, den Kaufpreis, den ich Massa Bartons Cousin, dem Prediger, bezahlen muß. Sie gehört jetzt ihm.«

»Wes, wirst du dabei nicht Schwierigkeiten haben? Montgomery ist mächtig weit von hier. Auch wenn du freiwillig nach Rosebriar zurückkommst, wird Ashton Bibbs fuchsteufelswild sein, weil du entlaufen bist – wenn auch nur für einige Zeit.«

»Ich will nicht davonlaufen, Anwalt Weatherbee. Jedenfalls jetzt noch nicht. Massa Ash mir einen Paß gegeben und einen Brief, in dem er dem Reverend Merton Collins bestätigt, daß Phoebe wirklich meine Frau ist. Ich war eigentlich überrascht, daß er es getan hat, weil wir aufeinander böse gewesen sind.«

»Böse weswegen, Wes? Weil Joe Collins aus dem Gefängnis ausgebrochen ist? Offensichtlich mit deiner Hilfe, denn außer dir hätte niemand so einen Zaubertrick hinlegen können.«

»Nein, Sir. Nicht deshalb ist er wütend auf mich. Er ist wild geworden, weil ich ihn gebeten habe, das Abkommen einzuhalten, das ich mit seinem armen Daddy abgeschlossen habe, und mir zu erlauben, daß ich mich freikaufe. Wissen Sie, Sir, aus irgendwelchem Grund hat Käpt'n Wally ihm nie davon erzählt. Es ist also sehr überraschend für ihn gekommen. Und wahrscheinlich auch zum falschen Zeitpunkt, weil ich mit meiner Arbeit im Rückstand bin; ich war so lange krank. Außerdem wollte Massa Bob, daß Ash mich ihm borgt, damit ich auch in Ingrahams Crest verschiedenes in Ordnung bringe. Deshalb wollte Massa Ash dieses Abkommen nicht einhalten, und wir haben einander ziemlich böse Dinge gesagt.«

»Das überrascht mich wirklich. Ashton Bibbs hat wohl äußerst konservative Ansichten, aber er ist einer der anständigsten und aufrichtigsten Männer, die ich kenne. Das ist einer der Gründe, warum unsere Freundschaft so viele Jahre überdauert hat. Außerdem hat Ash seinen verstorbenen Vater geliebt. Jedes Abkommen, das Captain Wally mit dir getroffen hat, wäre Ash also heilig. Er würde es einhalten, ganz gleich, welche finanziellen Nachteile sich daraus für ihn ergeben.«

»Das weiß ich. Das sagt er auch. Leider ist Käpt'n Wally am Tag, nachdem wir uns geeinigt haben, angeschossen worden, und hat vor seinem Tod nicht mehr daran gedacht. Deshalb kann ich Massa Ash nicht beweisen, daß ein solches Abkommen existiert hat.«

»Wieso nicht? Du hättest nur Mistress Pamela als Zeugin nennen müssen. Sie hat mir erzählt, daß Captain Wally dir erlaubt hat, deine Freiheit zu erkaufen.«

Wes starrte den jungen Anwalt an.

»Sir, würden Sie Massa Ash das sagen? Daß Miss Pam Ihnen von dem Abkommen erzählt hat?«

»Nicht nötig, Wes. Mistress Pamela hat von Captain Bibbs persönlich davon erfahren, sie ist ja eure Nachbarin.«

»Sir, ich habe sie schon vergangene Woche gefragt, Sie und Massa Bob waren auf Besuch in Rosebriar, und ich habe sie gebeten, das zu bestätigen. Sie hat mich in Gegenwart von Massa Ash einen schamlosen Lügner genannt. Sie hat geschworen, daß Käpt'n Wally ihr nie etwas Derartiges gesagt hat. Sie ist auf mich losgegangen, ich weiß gar nicht, warum. Vielleicht, wenn Sie Massa Ash erzählen, daß sie es Ihnen gesagt hat –«

»Oder auch nicht. Gesetzlich wäre meine Aussage in diesem Fall nur ein Zeugnis vom Hörensagen, das kein Richter als Beweis zulassen würde. Andererseits würde ihre Aussage gegen meine stehen. Die Aussage eines Zeugen, der von etwas gehört hat, was nicht in seiner Gegenwart geschehen ist. Ihre Aussage wäre wesentlich glaubwürdiger. Außerdem wissen alle, daß Mistress Pamela sich mit mir überworfen hat und zu Bob Bibbs zurückgekehrt ist. Ashton könnte glauben, daß ich lüge, nicht so sehr deinetwegen als aus Eifersucht und vielleicht auch, um mich zu rächen. Wenn du darauf bestehst, sage ich es ihm natürlich, aber ich fürchte, es wird dir nicht viel nützen.«

»Nein, bemühen Sie sich nicht, Massa Tol. Ich werde das auf meine Art in Ordnung bringen. Aber zuerst das Wichtigste. Kann ich das Geld haben, Sir?«

»Natürlich. Ich werde einen Scheck einlösen. Es dauert nur fünf Minuten. Die Bank ist gleich gegenüber. Setz dich und warte auf mich. Ich würde dich mitnehmen, aber ich halte es nicht für klug, wenn die Leute hier erfahren, daß du soviel Geld hast. Das könnte dich in Schwierigkeiten bringen. Ehrlich gesagt, auch mich. Ich habe so schon genügend Unannehmlichkeiten. Meine Ansichten über Rassentrennung und Sklaverei sind nicht sehr gefragt.«

»Sie sind ein guter Mensch, Anwalt Weatherbee, und der Herr wird Sie segnen. Gut, ich warte.«

Es war Freitag, und in der Bank befanden sich ungewöhnlich viele Geschäftsleute, die Geld für die am Samstag fälligen Lohnzahlungen abhoben. Deshalb dauerte es beinahe eine halbe Stunde, ehe Tol Weatherbee mit dem Geld für Wes zurückkehrte. Als er sein Büro betrat, wartete Wes bereits sehr besorgt auf ihn.

»Was ist los, Wes?« fragte Tol. »Hast du geglaubst, daß ich mit deinem Geld verlorengegangen bin?«

»Nein, Sir, aber eine Dame war hier, Eine junge, weiße, tief verschleierte Dame. Sie hat leise und undeutlich gesprochen. Ich habe ihr gesagt, daß Sie bald zurückkommen würden, und sie hat sich hingesetzt, aber nur fünf Minuten lang. Sie war sehr nervös. Wahrscheinlich hat sie Angst davor gehabt, allein mit einem Nigger in einem Zimmer zu sein. Deshalb hat sie mir geagt, daß sie Montag wiederkommen wird, und ist gegangen. Dabei ist ihr Schleier verrutscht, und ich habe ihr Gesicht gesehen. Das Gesicht war einfach schrecklich, Massa Tol. Was ist ihr zugestoßen?«

»Vitriol – von einer eifersüchtigen Ehefrau. Es geschieht viel öfter, als man glaubt. Die Arme hat den klassischen Fehler begangen, sich in einen verheirateten Mann zu verlieben. Seine Frau ist draufgekommen, und weil die Freundin ihres Mannes viel jünger und hübscher war als sie, hat sie etwas dagegen unternommen. Vitriol, das man einer schönen Frau ins Gesicht schüttet, setzt dieser Schönheit für immer ein Ende. Manchmal wird das Opfer sogar blind.«

»Die arme Frau, ihr Gesicht war das schrecklichste, was ich je gesehen habe.«

»Das ärgste daran ist, daß ich ihren Fall ziemlich sicher verlieren werde. Ein Schadenersatzprozeß gegen die Frau – die Frau, die sie so zugerichtet hat. Ich könnte den Prozeß nur gewinnen, wenn die Jury aus lauter Junggesellen besteht. Wenn aber, wie es meist der Fall ist, beinahe alle Geschworenen verheiratet sind, geht mein Prozeß in die Binsen.«

»Warum, Sir?«

»Die Damen von Natchez sind einhellig der Meinung, daß sie nur ihre gerechte Strafe bekommen hat. Welcher Ehemann wäre mutig genug, um eine andere Meinung zu vertreten als seine Frau? Sie hat also alles verloren: ihr Aussehen, ihren Ruf und ihre Stellung. Ganz zu schweigen von ihrem verheirateten Liebhaber, der sich bereits zurückgezogen hat. Das arme Ding. Die Menschen kommen dank dieser Säure auf alle möglichen gemeinen Tricks.«

»Zum Beispiel, Sir?«

»Zum Beispiel habe ich vergangenes Jahr einen abgewiesenen Freier verteidigt, der angeklagt war, das Haus, in dem seine Angebetete und ihr Mann wohnten, in Brand gesteckt zu haben. Das Ehepaar war dabei ums Leben gekommen. Ich habe den Prozeß verloren. Der Schuft war tatsächlich schuldig. Ich habe meine Verteidigung auf der Tatsache aufgebaut, daß sich mein Klient in dem Augenblick, da das Feuer ausbrach, auf der zwölf Meilen von Natchez entfernten Plantage seines Vaters aufgehalten hat. Dann bewies die Anklage, daß der Idiot am Abend des Brandes einen Nigger mit einem Geschenk – einer handgestickten Bettdecke – zu dem jungen Paar geschickt hatte. Die Schachtel, in der sich die Decke befand, hatte einen dopelten Boden. In diesen Hohlraum hatte er eine Steinschloßpistole gelegt. Er hat das Ding auf einem Brett befestigt, den Abzug und den Hahn mit einem kräftigen Draht zurückgezogen. Der Draht war an einem in das Brett getriebenen Nagel festgemacht. Die Pistole war locker mit Schwarzpulver geladen und mit weißem Pulver scharf gemacht. Den übrigen freien Raum hat er mit Paraffin und Bienenwachs gefüllt. Dann hat der Kerl den Draht mit Vitriol bestrichen. Er hat vorher wochenlang experimentiert, um die richtige Drahtstärke herauszubekommen. Also schön, das Vitriol zersetzt den Draht, der Hahn schnellt vor, die Funken entzünden das weiße Pulver, das Schwarzpulver explodiert, aber nicht zu laut, weil es nicht mit Hilfe einer Kugel zusammgepreßt wurde, aus der Mündung schießt eine Flamme und setzt das Paraffin und den Bienenwachs in Brand. Es war ein Holzhaus, das gebrannt hat wie Zunder. Ein junges, verliebtes Paar schläft außerdem tief, nachdem es seinen Spaß gehabt hat –«

»Es ist doch sicher alles verbrannt, also gab es eigentlich keinen Beweis.«

»Eigentlich nicht. Aber die Eisenteile der Pistole sind nicht verbrannt. Und als sie die meinem lieben Klienten zeigten, verlor er die Nerven und gestand. Nachdem er einmal zu reden begonnen hatte, konnte er nicht mehr aufhören. Er hat dem Gericht sogar eine Werksskizze seiner Erfindung angefertigt.«

»Ist er gehängt worden?«

»Selbstverständlich. Aber genug von den Menschen und ihren bösen Taten. Gelegentlich hätte ich Lust, die Jurisprudenz an den Nagel zu hängen und Hühner zu züchten. Hier ist dein Geld, Wes. Du kannst es dort drüben auf meinem Pult zählen.«

»Haben Sie es gezählt, Sir?«

»Natürlich, aber du solltest dich dennoch vergewissern.«

Ihr Wort genügt mir, Sir. Übrigens, wie vertragen Sie sich mit Miss Coleen Graves?«

»Mein Gott, Wes, gibt es nichts, was du nicht weißt?«

»Nur sehr wenig. Erzählen Sie mir ein bißchen davon, Sir. Sie wissen ja, daß ich nur das Beste für Sie will.«

»Na ja, ich glaube, es geht recht gut. Coleen ist hübsch und süß. Da sie aber schon fünfundzwanzig ist, hat sie ihre Ansprüche ein bißchen heruntergeschraubt. Ich nehme an, nun wäre sogar eine Bohnenstange wie ich für sie akzeptabel. Aus Andeutungen von ihr und ihrer Mutter entnehme ich, daß die Antwort auf die Schicksalsfrage ›ja‹ lauten würde.«

»Aber Sie lassen sich noch Zeit, übereilen Sie nichts, Sir.«

»Warum, Wes? Weißt du etwas, was ich nicht weiß? Ich habe noch nie etwas Schlechtes über Miss Graves gehört. Warum soll ich sie also nicht heiraten? Los, rede? Du weißt, daß ich deinen Rat schätze und daß mir deine Hautfarbe absolut gleichgültig ist. Gibt es einen schwerwiegenden Grund, warum ich Coleen Graves nicht zur Frau nehmen sollte?«

»Ja, einen sehr schwerwiegenden, Sir.«

»Also hat man mir etwas verschwiegen? Es gibt etwas, das man mir nicht gesagt hat.«

»Nein, Sir, Miss Coleen ist wirklich eine großartige junge Dame. Der Grund liegt bei Ihnen, Massa Tol. Sie lieben sie nicht. Sie lieben Miss Pam.«

»Wes, du weißt verdammt genau, daß –«

»Miss Pam zu Massa Bob zurückgekehrt ist. Weil sich sich an

dem Tod der armen kleinen Deirdre schuldig fühlt. Ich nehme an, daß es einen mächtig guten Grund gibt, warum sie nicht gehört hat, wie der Sturm das Fenster aufgerissen hat. Nur ist das ihre Angelegenheit, Sir, nicht meine. Sie ist also zu ihrem Ehemann zurückgekehrt, den sie nicht liebt und nie geliebt hat. Ende November wird sie ein Baby bekommen. Sie ist aber nicht recht bei Trost, weil sie nicht weiß, wer der Pappy von dem armen Wurm ist, weil sie Angst hat, daß das Baby ganz anders aussehen wird als Massa Bob, so daß jeder Dummkopf auf den ersten Blick merkt, daß es nicht von ihm ist.«

»Mein Gott!«

»Massa Bob ist sehr hell. Andererseits sind Sie, Sir, so dunkel, daß ich Sie schon zum Ehrenneger ernennen wollte.«

»Wes, du beschuldigst mich –«

»Ich beschuldige Sie nicht, Sir. Das muß ich gar nicht. Sie wissen selbst, was zwischen Ihnen und Miss Pam vorgefallen ist. Sagen wir es einmal so: wenn das Baby in der dritten Novemberwoche zur Welt kommt, ist es nicht von Massa Bob. In der letzten Novemberwoche könnte es von ihm sein. In der ersten Dezemberwoche ist es von ihm. In Ordnung?«

»In Ordnung. Deine Überlegungen dürften richtig sein. Ich verstehe nur nicht, was, zum Teufel, ich jetzt noch tun könnte.«

»Sie können warten, Sir.«

»Warten?«

»Ja, Sir. Sie haben doch schon gehört, daß ein Mensch einen Schlag auf den Kopf bekommt und dadurch das Gedächtnis verliert. Dann bekommt er noch einen Schlag, und das Gedächtnis ist wieder da.«

»Natürlich habe ich schon davon gehört, Wes. Das heißt aber nicht, daß es wahr ist. Die Menschen hören und wiederholen die dümmsten Lügen.«

»Miss Pam hat einen schrecklichen Schock erlitten, als ihr armes Kind gestorben ist. Und vielleicht einen zweiten in der Nacht nach dem Begräbnis, als sie sich verirrt hat. Niemand weiß, was in dieser Nacht geschehen ist. Nicht einmal sie.«

»Du glaubst, daß etwas geschehen ist?«

»Ich bin nicht sicher. Es könnte der Fall sein, aber vielleicht hat sie alles auch nur erfunden. Oder sie bildet es sich ein, weil sie krank und verwirrt ist. Haben Sie je gehört, wie Miss Trudy Graves – die vielleicht Ihre Schwiegermutter wird – Massa Jim Graves dazu gebracht hat, sie zu heiraten?«

»Nein. Sie ist viel jünger als er, aber sie wirken eigentlich recht glücklich.«

»Sie sind glücklich. Mammy Justine und Trilby haben mir erzählt, die Schwierigkeit hätte darin bestanden, daß sie so viel jünger ist als Massa Jim. Er war zwar in sie verliebt, hat sich aber geschämt, ihr den Hof zu machen, weil er so alt war, daß er ihr Pa sein konnte.«

»Und?«

»Da ist sie eines Abends von einem Ausritt zurückgekommen; ihr Gesicht war zerkratzt, ihre Kleidung zerissen, und sie hat den armen Massa Jim beschuldigt, er hätte sie zu vergewaltigen versucht.«

»Hatte er es versucht?«

»Nein. Massa Jim ist ein wirklicher Gentleman. Außerdem war an dem Tag seit dem Morgen geschäftlich in Natchez und dort am Abend in Gesellschaft im Theater gewesen. Er hatte auch in Natchez übernachtet und erst am nächsten Nachmittag in Gravesend erfahren, was sie ihm vorwarf. Deshalb hat er darauf gewartet, daß ihr Daddy und ihre Brüder zu ihm kommen und ihn zum Duell fordern oder ihn sogar mit der Peitsche bedrohen. Als sie aufgetaucht sind, hat er sich dafür entschuldigt, daß er angesichts von soviel Liebreiz und Jugend die Beherrschung verloren hat, und hat um Trudys Hand angehalten. Sie haben Angst gehabt, ihn abzuweisen, weil sie sich gedacht haben, daß er Miss Trudy vielleicht tatsächlich vergewaltigt hat und sie schwanger ist. Also haben er und Miss Trudy geheiratet und sind seither glücklich.«

»Wes, es muß einen Zusammenhang zwischen dieser romantischen Geschichte und Mistress Pamela geben, aber ich sehe ihn nicht.«

»Es geht darum, Sir, daß Miss Trudy nicht absichtlich gelogen hat. Sie war so sehr in Massa Jim verliebt und hat sich so sehr gewünscht, daß etwas geschieht, daß sie sich schließlich eingeredet hat, es wäre wirklich geschehen. Vielleicht ist in dieser Nacht auch Miss Pamela nichts geschehen, aber sie glaubt, daß etwas Schreckliches passiert ist. Sie hält sich für schuldig, weil sie sich nicht genug gewehrt hat. Diese Nacht könnte der Tropfen gewesen sein, der den Krug zum Überlaufen gebracht hat. Weil es jetzt – zumindest in ihrem verwirrrten Geist – noch einen Kandidaten gibt, der der Vater des Kindes sein könnte. Das genügt, um eine Frau wahnsinnig zu machen, glauben Sie nicht, Sir? Ich hoffe deshalb, daß es Ihr Kind ist, weil das vielleicht der zweite Schlag ist, der den Wahnsinn wieder heilt. Deshalb sollten Sie warten, Sir.«

»Worauf? Daß ich selbst wahnsinnig werde? Weil ich weiß, daß die Frau, die ich liebe, einem anderen Mann gehört? Weil ich befürchte, daß unser Kind den Namen eines anderen tragen muß?«

»Warten Sie; mehr kann ich nicht sagen. Manchmal geschehen die merkwürdigsten Dinge. Seien Sie also geduldig, Sir, und warten Sie. Ich habe ein ganz starkes Gefühl, daß alles in Ordnung kommen wird. Für Sie und für Miss Pam. Sie werden vorher mächtig viel leiden, Miss Pam mehr als Sie. Aber sie wird dieses Fegefeuer geläutert und geheilt verlassen. Deshalb warten Sie, Massa Tol, warten Sie.«

»Wes, kannst du die Zukunft wirklich vorhersagen?«

»Ja und nein, Sir. Ich wurde mit einer Glückshaube geboren, das heißt, daß ich das zweite Gesicht habe. Aber es ist sehr eingeschränkt, Sir. Ich kann das, was geschehen wird, nie so deutlich sehen, daß ich es verhindern könnte. Ich sehe die Dinge sehr weit entfernt und irgendwie verschwommen. Komisch ist, daß ich sie für andere viel besser sehen kann als für mich. Ich habe gewußt, daß mich in der Weihnachtsnacht etwas Böses erwartet. Aber es war mir einfach nicht möglich, Jonas daran zu hindern, daß er mir ein Loch in die Gedärme schießt und meine Phoebe entführt. Als ich seine Schritte hörte, bin ich zur Tür gelaufen – habe also genau das Verkehrte getan –, habe sie aufgemacht und bin wie eine Zielscheibe im Türrahmen stehengeblieben, hinter mir den Schein des Feuers. War das nicht dumm von mir?«

»Allerdings.«

»Trotzdem habe ich nicht anders können. Irgend etwas hat mich dazu gezwungen. Und morgen fahre ich nach Alabama und weiß, daß mich dort etwas Schreckliches erwartet. Aber ich weiß nicht, was es ist. Ich kann nur meinen Geist und mein Herz darauf vorbereiten, damit ich es hinnehme, was immer es ist. Ich hoffe nur, meine Phoebe wird mir nicht sagen, daß das Baby, das inzwischen auf der Welt sein muß, nicht durch eine Vergewaltigung entstanden ist, sondern daß sie einfach Lust gehabt hat, es mit einem anderen zu tun. Das wäre das Ärgste, Massa Tol, und ich glaube, dann würde mein Herz zerspringen, und ich würde tot umfallen. Ich liebe sie so sehr.«

»Vielleicht ist es etwas ganz anderes, Wes«, meinte Tol tröstend. »Ich weiß, daß sie die Collins geradezu gezwungen hat, sie zu verkaufen, aber vielleicht war sie gar nicht schwanger, vielleicht hat sie gar kein Baby.«

»Sie verstehen mich nicht, Massa Tol, mir macht das Baby nichts aus. Ich werde es aufziehen wie mein eigenes Kind, es liebhaben, und der verdammt beste Daddy sein, den es je gegeben hat. Es kommt nur darauf an, wie sie es bekommen hat. Wenn sie vergewaltigt worden ist, kann sie nichts dafür. Aber wenn sie mich betrogen hat, während ich dort gelegen bin und versucht habe, nicht zu sterben, könnte mich das umbringen. Ich bin noch nicht sehr kräftig, wissen Sie.«

»Fahr nicht nach Alabama, Wes! Du bist etwas Besonderes, deine Leute brauchen dich. Verdammt – eine Menge Weißer braucht dich ebenso, und zu denen gehöre zweifellos auch ich. Geh kein solches Risiko ein. Vergiß sie. Heirate die kleine Ruby, die angeblich verrückt nach dir ist.«

»Sie verstehen mich nicht. Ich muß zu ihr, ich kann nicht anders. Das war mir von dem Augenblick an vorbestimmt, in dem ich geboren wurde. Aber wenn ich nicht zurückkomme, wenn das Schreckliche, was ich fühle, mein eigener Tod ist, möchte ich, daß Sie etwas wissen, Sir. Meine drei Seelen, die dann zu Ahnengöttern werden, werden über die Menschen wachen, die ich liebe, solange sie leben. Zu diesen Menschen gehören auch Sie und Miss Pam. Trauern Sie also nicht um mich.«

Sie schüttelten einander die Hände.

Wes Parks drehte sich um und ging in die Nacht hinaus.

Zumindest hatte Anwalt Weatherbee diesen Eindruck. Erst als er den Kopf wieder hob, besann er sich darauf, daß es ein klarer, blauer Septembernachmittag war.

33

Ashton Bibbs begab sich am letzten Samstag des September 1857 nach Natchez. Cecilia Bibbs befand sich bereits in der Stadt, sie hatte sich, wie jede Woche, am Donnerstagnachmittag von Rads Sohn Cassius in ihrem eigenen, sehr eleganten und teuren Wagen hinfahren lassen. Ashton wurde erst einen Monat später mit dem wahren Grund für diese Fahrten konfrontiert. Ash beschloß daher, drei Fliegen auf einen Schlag zu treffen.

Erstens bereitete es ihm überhaupt keine Schwierigkeiten, Wes samt seinem spärlichen Gepäck mitzunehmen. Wes sollte den Dampfer nach Vicksburg nehmen, von dort mit der Bahn nach Meridian fahren und dann in einen Zug nach Alabama umsteigen.

Zweitens beschloß Ashton, selbst zu fahren, so daß er mit Wes offen über verschiedene Angelegenheiten sprechen konnte, die ihn immer noch beunruhigten. Und drittens konnte er Cecilia dann selbst nach Hause bringen, so daß Cassius keinen Arbeitstag versäumte.

Rad spannte bereits lange vor Morgengrauen die Pferde ein, denn fünfzehn Meilen auf den herbstlich regennassen Landstraßen des Staates Mississippi durfte man nicht unterschätzen; falls er später aufbrach, lief Ashton Gefahr, die Schalterstunden der Bank zu versäumen, und Wes, sein Schiff nicht mehr zu erreichen.

Als der Wagen sich in Bewegung setzte, sagte Ashton: »Ich nehme an, du wunderst dich darüber, Wes, daß ich es mir überlegte und dir erlaubt habe, deine Phoebe zu holen. Ich will es dir erklären. Doktor Tom schwört, daß sich Miss Ruth in der einen Woche, nachdem du mit ihr gesprochen und sie aufgeheitert hast, besser erholt hat als in der ganzen Zeit seit Weihnachten. Ich bin dir zu Dank verpflichtet. Gleichzeitig macht mir aber die Ursache für diese plötzliche und beinahe wunderbare Genesung verdammte Sorgen. Die Ursache ist nämlich deine Versicherung ihr gegenüber, daß sie und ich in einiger Zeit in der Lage sein werden, den heiligen Bund der Ehe zu schließen. Aber, verdammt, ich bin verheiratet. Und Mistreß Cecilia wird nie in die Scheidung einwilligen. Und ich möchte nicht – laß dir das ein für allemal gesagt sein, Wes Parks – an einem deiner Voodoo-Tricks beteiligt sein, den du meinetwegen abziehen würdest. Habe ich mich deutlich genug ausgedrückt?«

»Ja, Sir«, antwortete Wes, »ich bin keinesfalls dafür, jemanden umzubringen, denn darauf läuft Ihr Gerede ja hinaus. Wenn ich dafür wäre, hätte ich nämlich Jonas an dem Tag erledigt, an dem er auf die arme Ellen geschossen hat, und ihn nicht am Leben gelassen, damit er Ihren armen Daddy tötet, mich beinahe umbringt und auch noch meine Phoebe vergewaltigt.«

»Ich wünschte, du hättest ihn erledigt.«

»Ich nicht. Ich will nicht, daß Blut an meinen Händen klebt. Außerdem hätte ich nicht einmal dadurch das Leben Ihres Daddy retten können, Massa Ash. Was einem Menschen zustößt, ist in seinem *Fazume,* dem Wald seines Schicksals, von Anbeginn der Zeiten an festgelegt. Wenn Jonas Käpt'n Wally nicht getötet hätte, hätte es jemand anderer oder etwas anderes getan, oder er wäre einfach krank geworden und gestorben. Aber wegen Miss Cecilia können Sie beruhigt sein, Massa Ash. Ich weiß nicht, wie Sie von ihr loskommen werden, ich weiß nur, daß es so sein wird. Weil ich Missy Ruth immer doppelt sehe. So wie sie jetzt ist, ganz blaß und dünn. Und dahinter, wie Nebel in der Luft, sehe ich sie, wie sie sein wird, rundlich und rosig und hübsch, mit einem Haufen Kinder, der an ihrem Rockzipfel hängt. Und jedesmal stehen Sie neben ihr und lächeln glücklich, und jedes Kind sieht genauso aus wie Sie.«

»Wes Parks, du bist ein unverschämter Lügner und Scharlatan, aber du bist der verdammt gescheiteste, schlaueste Nigger, den ich kenne.« Ashton lachte bitter. »Du zeigst einem Menschen die Erfüllung seines Herzenswunsches unter der Bedingung, daß er dir alles durchgehen läßt, wie ich es gerade tue.«

»Sie glauben immer noch, daß ich davonlaufen werde, wenn ich meine Phoebe wiederhabe, Massa Ash?« fragte Wes vorwurfsvoll.

»Ich habe Ihnen mein Wort gegeben, und ich stehe zu meinem Wort, genau wie Sie es tun und wie Käpt'n Wally es getan hat. Ich versuche Ihnen ja klarzumachen, daß ein Schwarzer, wenn man ihm Gelegenheit dazu gibt, genauso so aufrichtig und anständig und ehrlich sein kann wie ein Weißer. Warum sollte ich also, wenn ich Sie schon halb überzeugt habe, alles zerstören, indem ich davonlaufe? Ich muß es ja gar nicht tun. Wenn Miss Pam ihr Baby bekommen hat, wird ihr Wahnsinn vergehen, und sie wird die Wahrheit sagen. Sie wird Ihnen erklären, wie sie es Anwalt Weatherbee erklärt hat, daß sie das Versprechen Ihres Daddy mitangehört hat. Weil Sie aufrecht und anständig sind, werden Sie zwar dann brüllen und fluchen und alle Nigger zum Teufel wünschen, aber Sie werden mich freilassen. Sie können gar nicht anders. Sie sind der Sohn Ihres Vaters. Und weil sie zu verdammt dickschädlig sind, um mir auf mein Wort zu glauben, sage ich Ihnen noch etwas. Ich *weiß*, warum Phoebe so verrückt war, Missy Ruth anzugreifen. Jonas oder irgendein anderer geiler Niggerbock hat sie vergewaltigt, während ich krank war. Und sie ist schwanger geworden. Sie hat sich vor mir geschämt, hat Angst gehabt, ich würde sie beschimpfen, verfluchen oder vielleicht eine Hure nennen, und hat sich deshalb ausgedacht, wie sie Massa Bart dazu zwingen kann, sie möglichst weit weg zu verkaufen.«

»Ich bin ganz deiner Meinung, du hast sehr wahrscheinlich recht, Wes.«

»Inzwischen muß sie ihr Baby schon bekommen haben. Sie haben mich bis jetzt mit allen Schimpfworten bedacht, die es gibt, aber Sie haben nie gesagt, daß ich ein Dummkopf bin. Sagen Sie mir also eines: Glauben Sie wirklich, daß ich so ein Esel bin, von Montgomery aus nach Kanada fliehen zu wollen? Ich habe ein Geographiebuch gelesen, Massa Ash. Ein Nigger, der sich südlich von Virginia, Maryland oder Kentucky auf den Weg macht, hat überhaupt keine Chance, in die Freiheit zu gelangen, auch wenn er ganz allein davonläuft. Und ich hätte noch eine Frau und ein neugeborenes Baby mitzuschleppen. Mein Gott, Sir – für wie dumm halten Sie mich eigentlich?«

»Für überhaupt nicht dumm, und das, was du jetzt gesagt hast, ist eine Erleichterung für mich. Aber etwas anderes macht mir

Sorgen. Verdammt, Wes, du bist viel zu stolz. Und du zeigst es. Glaub nur nicht, daß irgendein anderer Pflanzer in diesem Staat sich all das gefallen ließe, was du mir und meinem armen Daddy ins Gesicht gesagt hast. Wir haben die Augen zugedrückt, aus verschiedenen Gründen, vor allem aber, weil du ein guter Arbeiter bist. Du unternimmst eine Reise über eine Entfernung von mehreren hundert Meilen. Keiner der Weißen, die du treffen wirst, hat je von dem großen Wes Parks gehört. Wie soll ich also wissen, daß du überhaupt lebendig nach Montgomery gelangst? Jeder Nigger, der auch nur fünf Sekunden lang die Unterwürfigkeit vermissen läßt, die du nie zeigst, schaufelt sich im Staat Mississippi selbst ein Grab.«

Wes lachte. Er langte nach hinten und holte seine Reisetasche hervor, der er mehrere Gegenstände entnahm: einen gewöhnlichen weißen, steifen Kragen; eine kleine schwarze Schachtel; einen Beutel aus Handschuhleder und zuletzt eine schön gebundene »Heilige Bibel«.

»Also, was zum Teufel . . .«

»Können Sie sich erinnern, daß Sie Rad einmal nach Canton geschickt haben, um die Pferde zu holen, die Sie dort auf dem Markt gekauft hatten? Bis heute hat er nicht vergessen, wie ihm die Weißen im Zug die Hölle heiß gemacht haben. Das war zwar, bevor ich zu Ihnen gekommen bin, aber ich habe es mir in allen Einzelheiten erzählen lassen. Das hier sind meine Verteidigungswaffen.«

Er öffnete die kleine schwarze Schachtel. Eine Brille wurde sichtbar.

»Einfaches Fensterglas, Massa Ash«, kicherte er, »meine Augen sind in Ordnung. Ich habe sie gestern beim Augenarzt in Natchez gekauft und ihm gesagt, ich brauche sie nur, um gescheiter auszusehen. Er hat sich krumm gelacht. Jetzt hat er wieder eine Geschichte über die Dummheit der Nigger, die er seinen Freunden erzählen kann.«

Wes setzte die Brille auf, legte sich den Kragen verkehrt herum um den Hals, nahm die Bibel, schlug sie auf. Sein Gesicht nahm den übertriebenen Ausdruck bekümmerter Frömmigkeit an.

»Großer Gott!« Ashton brach in Lachen aus. »Ein Niggerprediger! Noch dazu triffst du den scheinheiligen Ausdruck ganz genau. Dein Aussehen, deine Bewegungen – perfekt. Aber warum im Himmels willen, willst du dich in einen Prediger verwandeln?«

»Nicht nur in einen Prediger, sondern in einen *alten* Niggerprediger, Massa Ash. In diesem Säckchen habe ich Mehl. Trilby hat es mir gegeben – es reicht für den Hin- und Rückweg. Bevor ich in den Zug steige, werde ich zu einem älteren Mann Gottes, von der Last meiner Jahre gebeugt und erfüllt vom Geist des Herrn. Ich weiß nicht warum, aber sogar die übermütigsten jungen Weißen lassen Prediger in Ruhe. Sie necken sie vielleicht ein bißchen, aber nie so wie gewöhnliche Nigger. Ich bin sehr jähzornig, deshalb vermeide ich es, mich so reizen zu lassen, daß ich einfach explodiere. Noch etwas – sehen Sie den Mantel?«

»Ja, er sieht gut aus, Wes. Er ist aber zu schwer für Mississippi. Wo hast du ihn her?«

»Joe Collins hat ihn mir gemacht, während er bei Fortuny gearbeitet hat. Er hat mir auch einen Anzug für Boston gemacht. Denn dorthin werde ich fahren. wenn Sie mir endlich erlauben, mich freizukaufen. Aber der Grund, warum ich diesen Mantel mitnehme, ist, daß ich einen kleinen, zusammenklappbaren Schemel in der großen Tasche habe. Die Weißen auf dem Dampfer sind vielleicht rauher und gemeiner als die Weißen in Mississipppi, und deshalb werde ich mich auf das offene Deck setzen und friedlich meine Bibel lesen. Die Leute drängen sich im Sommer an Deck, aber jetzt ist es beinahe schon Winter, und bis jetzt war der Herbst kalt und naß. Ich glaube nicht, daß sie sich dem Regen und der Kälte und dem Wind aussetzen werden, nur um einen Nigger zu hänseln.«

»Ich verstehe. Du hast dir alles sehr gut zurechtgelegt, du schlauer schwarzer Schurke. Aber du hast mich gerade an etwas erinnert, was ich dich auch noch fragen wollte. Und versuch nicht, mich anzulügen. Wes, wo ist Joe Collins? Wo befindet sich dieser geile, gelbe Bastard, der Abigail vergewaltig hat, jetzt?«

»Massa Ash, Massa Ash, Sie reden aber manchmal Unsinn. Haben Sie nie das Wort ›Vergewaltigung‹ im Lexikon nachgeschlagen?«

»Wes, verdammt noch mal!«

»Massa Ash, warum hören Sie nicht mal zur Abwechslung auf zu schreien? Sie sprechen ja nicht über Moral, Sir, sondern über Rasse und Farbe, zwei Dinge, die nie wirklich wichtig waren und es nie sein werden. Sie wollen die weiße Rasse rein erhalten? Dann müssen Sie es richtig anfangen: Sie müssen alle aufhören, ihre Vergnügen in den Niggerhütten zu suchen, dann gibt es keine Joes und Ellens mehr. Joe hat nichts Unrechtes getan, und auch Miss Abigail nicht.«

»Mein Gott, Wes, ich frage mich die ganze Zeit, warum ich mir das von dir gefallen lasse.«

»Weil Sie wissen, daß ich recht habe, Massa Ash. Zwei junge Leute, auch wenn sie einander sehr liebhaben, müssen warten, bis sie vor dem Vertreter Gottes ihr Gelübde abgelegt haben, bevor sie das tun dürfen. Aber was erwarten Sie von gesunden jungen Leuten, die wissen, daß ihre Familien und überhaupt die Menschen ihnen nie erlauben werden, einander zu heiraten? Und warum? Weil Joe irgendwo unter seinen Vorfahren eine schwarze Urgroßmutter hat. Ist das ein vernünftiger Grund, Massa Ash? Sie sollten eigentlich nichts gegen die Farbe seiner Mama haben, denn soviel ich weiß, hat diese Farbe Massa Bart überhaupt nicht gestört.«

»Wes, verdammt, hör mit diesem frechen Geschwätz auf. Ich will nur eines wissen: wo Joe Collins ist!«

»Warum? Damit Sie es Massa Bascomb erzählen und ihm helfen können, seinen Halbbruder noch mehr auszupeitschen? Der arme kleine Joe hat kaum noch Haut auf dem Rücken. Wollen Sie ihn erschießen? Weil er genau das gleiche getan hat wie sein Daddy, als er ihn gezeugt hat? Oder wie Massa Wilkes Thomas, als er Missy Abigail mit der Frau seines besten Freundes gezeugt hat? Wir sollten außerdem lieber vergessen, was ein gewisser weißer Gentleman, den wir beide sehr gut kennen, mit der siebzehnjährigen Tochter desselben Mannes getrieben hat. Und dabei ist er dreißig und verheiratet. Mein Gott! Wann werden die Weißen endlich an das denken, was Gott für das Werfen des ersten Steines gesagt hat?«

»Wes, du hältst jetzt den Mund und machst ihn erst wieder auf, wenn wir in Natchez sind. Du kannst einen ja verrückt machen.«

»Gut, Sir, aber ich möchte Ihnen eines sagen. Seien Sie heute in

Natchez vorsichtig. Weil dort etwas geschehen wird. Vielleicht sogar Ihnen. Aber ganz sicher zwei Leuten, die Ihnen sehr nahestehen. Lassen Sie sich da nicht hineinziehen, Sir, weil alles, was Sie in diesem Fall tun, schlecht ausgehen wird.«

»Ich wünschte, ich könnte dich einen Lügner und Scharlantan nennen, aber das kann ich nicht. Du hast mir vorausgesagt, was meinem armen Pa zustoßen wird, und es hat gestimmt. Also raus damit, du schwarzer Teufel. Was wird heute wem zustoßen?«

»Ich würde es Ihnen gern sagen, Massa Ash, aber ich kann es nicht, weil ich es einfach nicht weiß. Ich sehe das, was geschehen wird, nicht so klar. Ich kann nur sagen, daß es sehr böse, häßlich, schändlich und schmerzlich sein wird; aber es ist kein Sterben dabei.«

»O Gott, warum kann ich diesen Nigger nicht einfach niederknallen? Was hindert mich daran, ihn zu erschießen?«

Wes lächelte. »Die Macht und die Herrlichkeit. Und die Hand Ihres Vaters, die Sie zurückhält.«

»Massa Ash«, sagte Wes, als sie endlich durch die Straßen von Natchez fuhren, »würden Sie mir noch einen Gefallen tun? Ich meine, bevor Sie auf die Bank gehen? Es ist für Sie eine Kleinigkeit.«

»Es hängt davon ab, was es ist. Nach all den Frechheiten, die du mir heute an den Kopf geworfen hast, bin ich keinesfalls in wohlwollender Stimmung.«

»Bitte gehen Sie mit mir zur Anlagestelle und kaufen Sie mir die Fahrkarte nach Vicksburg, Sir. Ich habe nicht mehr sehr viel Geduld. Ich kann einfach nicht dem Fahrkartenverkäufer den Paß zeigen, den Sie mir gegeben haben, und warten, bis er ihn studiert hat, und dann stellt er mir ein Dutzend idiotischer Fragen, um herauszubekommen, ob ich nicht entlaufen bin und er die Belohnung für mich kassieren kann. Sie können mir die Fahrkarte innerhalb von fünf Minuten kaufen, und mich würde es eine dreiviertel Stunde kosten. Vielleicht bekomme ich sie überhaupt nicht, wenn ich keinen Weißen habe, der für mich bürgt. Aber der einzige Weiße, den ich in Natchez kenne, ist Anwalt Weatherbee, und der ist leider in der Stadt nicht sehr beliebt. Wenn er für mich bürgt, lynchen sie uns vielleicht beide.«

»Was auch nicht das Schlechteteste wäre. Aber schön Wes, ich werde dir diesen Gefallen tun – weil ich den brennenden Wunsch habe, dich nicht mehr zu sehen, und vor allem nicht mehr zu hören.«

Sie waren überraschend schnell unterwegs gewesen. Ashton hatte natürlich allerlei zu erledigen, bevor er seine Frau aufsuchte und sie vor der langen Fahrt nach Rosebriar zum Lunch ausführte. Denn Cecilia war wie immer bei Mrs. Conneley abgestiegen, wie alle Damen von den Plantagen, wenn sie ohne ihre Männer über Nacht in der Stadt blieben.

Sobald Wes Parks sein kostbares Ticket in Händen hielt, stellte er fest, daß ihm sehr viel Zeit blieb. Deshalb ging er in die St. Catherine Street, wo die wenigen Schwarzen von Natchez lebten. Dort betrat er ein Geschäft und kaufte sich haltbare Lebensmittel: Wurst, Käse, harte Biskuits und eine Wasserflasche. Das war notwendig, weil der Speisewagen noch nicht erfunden war und es bei den Eßständen in den Stationen keine getrennten Abteilungen für Schwarze gab. Zu jener Zeit pflegten Schwarze für gewöhnlich nicht zu reisen. Wenn ein Sklavenbesitzer gelegentlich einen vertrauenswürdigen Sklaven auf Reisen schickte, wie Ashton Bibbs seinerzeit Rad um die neuerstandenen Pferde nach Canton, mußte dieser sich seinen Mundsvorrat mitnehmen oder hungern.

Nachdem Wes das erledigt und mit ein paar freien Schwarzen geplaudert hatte, hatte er noch immer sehr viel Zeit, bis er sich an Bord begeben mußte. Er beschloß, Anwalt Weatherbee zu besuchen, denn er wußte, daß Tol sich über den Besuch freuen und Zeit für ein Gespräch haben würde. Da er als Radikaler und Sklavenbefreier verschrien war, hatte er nicht allzu viele Klienten.

Wes wählte seinen Weg so, daß er an der Bank vorbeikam, auf der das Geld der Bibbs lang und die Ashton jetzt aufgesucht hatte, um einen jener langfristigen Kredite aufzunehmen, auf die jede große Plantage angewiesen war.

Als Wes auf dem gegenüberliegenden Gehsteig stand, sah er Ruth Collins mutterseelenallein vor dem Gebäude; verliebt starrte sie die massive Tür an. Wes' Ahnungen verdichteten sich zu schrecklicher Gewißheit. Diese arme, süße, kleine Närrin war im

Begriff, alles zu gefährden. Denn wenn sie sich mit einem verheirateten Mann vor dem Gebäude traf, in dem er seine Geschäfte erledigte, hätte sie genausogut ihre ungesetzlichen fleischlichen Beziehungen im »Mississippi Herald« veröffentlichen können.

Ich muß sie von hier wegschaffen, solange noch Zeit ist, dachte er und ging zu ihr hinüber.

Als sie ihn sah, lächelte sie erfreut.

»Oh, hallo, Wes«, strahlte sie. »Wie schön, dich hier zu treffen.« Und sie hielt ihm die Hand hin.

»Gott, dachte Wes, dieses süße kleine Gänschen wird es fertigbekommen, daß man mich lyncht, noch bevor ihr Bruder Massa Ash fordert.

Er ergriff ihre Hand, drückte sie kurz und ließ sie fallen wie eine heiße Kartoffel.

»Was tun Sie so allein in der Stadt, Missy?«

»Ich bin nicht allein, Wes, Mama ist auch hier. Wir wohnen bei Mrs. Connelley. Aber Mama hat sich mit Kopfschmerzen hingelegt. Papa holt uns heute abend ab, und wir fahren morgen mit ihm zurück. Ich hatte keine Lust, in dieser scheußlichen stickigen Pension zu bleiben, vor allem, weil *sie* – ich meine Cecilia – auch dort logiert. Deshalb bin ich spazierengegangen und habe –«

»Massa Ash getroffen.«

»Ja. Woher weißt du das? Ich warte jetzt hier auf ihn. Wir werden gemeinsam Tee trinken und –«

»Miss Ruth, tun Sie das nicht. Warten Sie nicht auf Massa Ash. Gehen Sie zu Ihrer Mama zurück. Sofort.«

»Aber Wes! Du hast selbst gesagt, wir können –«

»Zusammenkommen, sogar einmal heiraten. Das stimmt, Missy – wenn Sie nicht alles verderben, indem Sie einen schrecklichen Skandal provozieren. Und genau das tun Sie, falls Sie sich hier in der Stadt mit Massa Ash treffen.«

»Sei nicht albern, Wes«, meinte Ruth vergnügt. »Kein Mensch wird etwas sagen, weil ein verheirateter Mann und eine junge Dame, die er kennt, gemeinsam am hellichten Tag und in aller Öffentlichkeit eine Tasse Tee trinken.«

»Da irren Sie sich, Missy. In Natchez werden sie etwas sagen und noch einiges dazu erfinden. Glauben Sie mir, Missy, gehen Sie in Ihre Pension zurück, bevor Sie Ihrem Ruf mächtig schaden.«

Ruths süßes, kindliches Gesicht bekam einen eigensinnigen Zug. Sie war schließlich eine Collins.

»Nein. Das werde ich nicht. Du bist ärger als ein altes Weib, Wes. Und ich habe geglaubt, daß du auf unserer Seite stehst, uns hilfst. Ach, verschwinde und laß mich in Ruhe!«

Wes zuckte die Schultern. Die Zukunft war zu rosig, trotz des Schmerzes und der Sorgen, die er vorhersah, als daß er die Schwierigkeiten riskiert hätte, in die ihn ein Streit mit einer Weißen gebracht hätte. Vorübergehende hatten die beiden schon mißtrauisch gemustert. Natürlich konnte ein Schwarzer demütig oder fröhlich mit der Tochter eines Plantagenbesitzers sprechen, weil die Weißen automatisch annahmen, daß es sich um einen Sklaven handelte. Aber mit ihr streiten – nein. Das war einfach zu gefährlich.

Er sagte: »Verzeihen Sie, Miss Ruth. Ich habe versucht, Ihr Freund zu sein, Ihnen zu helfen. Aber es geht mich eigentlich nichts an. Also mische ich mich nicht weiter ein.«

»Das stimmt allerdings«, sagte Ruth streng.

»Gut, also dann auf Wiedersehen, Missy.«

»Auf Wiedersehen, Wes – und ich bin nicht böse auf dich. Ich bin zu glücklich, um auf irgendwen böse zu sein.«

»Darüber bin ich sehr froh. Noch einmal, auf Wiedersehen.«

Er ging die Straße hinunter. Fünfzig Meter weiter drehte er sich um und sah, wie Ashton Bibbs aus der Bank trat und Ruth sich bei ihm einhängte. Er sah auch, daß Cecilia aus dem Hauseingang, in dem sie sich versteckt hatte, herauskam und hinter den beiden herlief. Und daß sie unter dem linken Arm eine Peitsche trug und etwas Kleines, Glänzendes in der rechten Hand hielt. Wes zögerte einen Augenblick, dann lief er auf sie zu.

Im nächsten Augenblick war er ihr so nahe, daß er sie rufen hörte:

»Ash, du scheinheiliger Betrüger!«

Ash riß sich von Ruth los und drehte sich um.

Seine geliebte Celie zielte sorgfältig und schoß.

Wes sah, wie Ash nach hinten stolperte, mit der Hand unter den Rock griff, weit hinauf, zum Schlüsselbein. Als er die Hand wieder hervorzog, war sie blutig.

Ruth Collins begann zu schreien.

»Halt den Mund, du dreckige kleine Hure«, sagte Cecilia ruhig. »Ich bin keine Zimperliese wie du. Mein Vater hat mich schießen gelehrt, als ich neun Jahre war.«

»Sie haben ihn getötet«, kreischte Ruth. »Sie haben meinen Ash umgebracht!«

»Aber nein, ich habe ihn nur flügellahm geschossen. Ich habe es auf dich abgesehen, meine Süße, und ich habe die Absicht, dir eine Lehre zu erteilen, die du nicht so bald vergessen wirst.« Sie sah die kleine Pistole an, die sie noch in der Hand hielt, dann warf sie sie verächtlich in den Rinnstein. Dafür zog sie die Peitsche unter dem linken Arm hervor und schwang sie mit aller Kraft. Sie erwischte Ruths linke Gesichtshälfte, die vom Mundwinkel bis zum Ohr aufplatzte wie eine reife Pflaume. Ruth hob die Hände vor das blutende Gesicht; Cecilia schlug schnell und zielstrebig weiter auf sie ein.

Inzwischen hatte sich natürlich, durch den Pistolenschuß und Ruths Geschrei angezogen, eine Menschenmenge angesammelt. Aber niemand versuchte, Cecilia Bibbs in den Arm zu fallen. Eines der geheiligten Privilegien einer Dame in den Südstaaten bestand darin, die ausgehaltene Mätresse, die Hure ihres Mannes, auszupeitschen. Mit fünf mörderischen, fachmännischen Hieben schlug Cecilia die arme Ruth zu Boden.

Aber inzwischen hatte Wes seine Taschen abgesetzt und sich durch die Menge gedrängt. Nun riß er Cecilia die Peitsche aus der Hand.

»Was geht dich das an, Nigger?« knurrte jemand in der Menge.

»Ich gehöre dem Gentleman, auf den sie geschossen hat«, antwortete Wes ruhig. »Und ich mag es einfach nicht, wenn meine Weißen sich in der Öffentlichkeit schlecht benehmen.«

»Verdammt, Wes, gib mir die Peitsche zurück«, schrie Cecilia.

Daß sie ihn beim Namen nannte, überzeugte die Menge davon, daß er nicht log, und rettete ihm vermutlich das Leben. Denn es gab etwas, wofür die Weißen bei einem Sklaven volles Verständnis hatten: wenn er versuchte, das Leben, den Besitz und – vor allem – den guten Ruf seiner Herren zu schützen.

Inzwischen war jedoch die Polizei eingetroffen. Sie packten Cecilia sanft, aber fest an den Armen.

Erst jetzt überwand Ashton den Schock, verwundet worden zu sein. Er war leichenblaß, zitternd und blutend an der Mauer gelehnt; jetzt richtete er sich auf. Anstelle des Schocks trat der körperliche und seelische Schmerz, der sich in Sekundenschnelle in wütenden Zorn verwandelte. Er sah, wie sich die arme Ruth stöhnend und schluchzend auf dem Gehsteig wand, wie durch ihr zerfetztes Kleid Blut sickerte; und dann sah er die zerstörte linke Hälfte ihres Gesichts.

Mit einem einzigen Schritt stand er vor Cecilia, sagte ruhig »Du niederträchtiges Biest« und schlug sie so heftig ins Gesicht, daß sie den beiden Polizisten aus den Händen glitt und der Länge nach zu Boden fiel.

Ash kniete neben Ruth nieder und stöhnte: »Ruthie! Oh, mein armer Liebling, O Ruth –«

Als Ruth seine Stimme hörte, drehte sie sich um, legte beide Arme um seinen Hals und drückte sich schluchzend an ihn.

Wes Parks hob seine Taschen hoch und ging kopfschüttelnd fort. Er mußte zu seinem Dampfer zurechtkommen.

Außerdem sind die Weißen eine sehr primitive Rasse, ganz gleich, von welchem Standpunkt aus man sie betrachtet, überlegte er betrübt. Es lag nicht in seiner Macht, sie Mäßigung, Anstand und Vernunft zu lehren.

Auf halbem Weg zu den Docks machte er halt und legte seine klerikale Verkleidung an. Dann ging er langsam, die Bibel in der Hand, mit demütig-frommem Gesicht zum Hafen und wartete ruhig, bis der große Raddampfer anlegte.

Er ging an Bord, auf das untere Deck, das für die Schwarzen bestimmt war. Der Raddampfer legte ab und setzte sich stromaufwärts in Bewegung.

Wes' Reise hatte begonnen. Sie sollte Monate später und an einem weit entfernten Ort zu Ende gehen.

34

»Ash«, sagte Bascomb Collins, »ich muß dich fordern. Das siehst du ein, nicht wahr?«

»Ja«, antwortete Ashton. Sein Gesicht war sehr blaß, denn er litt starke Schmerzen. Die Kugel war durch den Aufprall auf Ashtons Schlüsselbein abgeflacht worden, war in einer langen Diagonale weitergeglitten und im Schultermuskel steckengeblieben. »Ein Wunder, daß Sie nicht verblutet sind«, hatte Tom Ridgely gesagt.

Es war keineswegs ein Vergnügen gewesen, das runde Stück Metall aus den harten Muskelfasern herauszuholen. »Mein Gott, Junge, ich hoffe, daß Ihr Arm noch zu gebrauchen ist«, hatte Tom besorgt gemeint, »aber wir werden es erst wirklich wissen, wenn er ein wenig verheilt ist. Die Finger sind in Ordnung, nicht wahr?«

»Ja«, hatte Ash gesagt und es ihm vorgeführt. Aber er hatte sofort wieder damit aufgehört, weil die Bewegung ihm brennende Schmerzen in der Schulter verursachte. Nachdem der Arm verbunden und in eine Schlinge gelegt war, verließ ihn Doktor Ridgely, um nach Collinswood zu reiten und sich um Ruth zu kümmern.

Und jetzt stand Bascomb Collins vor ihm und hatte die Absicht, noch mehr Blei in ihn zu pumpen, um seine, Ruths, der Collins Ehre zu verteidigen. Ashton war allerdings nicht mehr sicher, was dieses strapazierte Wort eigentlich bedeutete. Ob es überhaupt etwas bedeutete.

»Natürlich werde ich warten«, meinte Bascomb, »bis du wieder auf den Beinen bist, Ash.«

»Nicht nötig. Wäre dir Mittwoch recht? Bis dahin sollte ich fähig sein, mich auf den Beinen zu halten. Und ich kann mit der Linken genausogut wie mit der Rechten in die Luft schießen.«

»Also weißt du, Ash«, fing Bascomb an, aber dann hörten sie das Knarren von Stiefeln auf der Treppe.

»Ash! Ash!« Beau Bobs Stimme klang beinahe so schrill wie die einer Frau. »O Gott, Ash, wo bist du?«

»Hier drinnen«, antwortete Ash müde.

Bob stürzte ins Schlafzimmer. Merkwürdigerweise liebten die beiden Brüder einander, obwohl sie so verschieden waren. Und jetzt begann in Ash die Hoffnung zu keinem, daß sie doch nicht so verschieden wären, wie es den Anschein hatte. Denn Bob führte noch immer ein normales, anständiges, enthaltsames und – was am bemerkenswertesten war – keusches Leben, dessen ihn niemand, der ihn kannte, nicht einmal seine Mutter, für fähig gehalten hatte.

Bob sah Bascomb und funkelte ihn an.

»Hör mal, Bas«, sagte er. »Wenn du glaubst, du mußt jemanden zur Verteidigung der nicht mehr existierenden Ehre deiner Schwester fordern, dann fordere mich. Ashton ist beinahe ausgeblutet, hat mir Doktor Tom gesagt, und ich werde nicht zulassen, daß er sein Leben für eine kleine Hure aufs Spiel setzt, ganz gleich, welchen Namen sie trägt und ob sie deine Schwester ist oder nicht.«

»Bob«, unterbrach ihn Ash noch müder, »bitte sei so freundlich und halte den Mund. Du sprichst von dem Mädchen, das ich liebe und heiraten werde, sobald Cecilia die Scheidung durchgesetzt hat. Sie ist deshalb in Natchez geblieben und will Anwalt Martin Telfair beauftragen, sie vor Gericht zu vertreten.«

»Tatsächlich, Ash?« fragte Bascomb. »Ich muß zugeben, daß die Sache dann verdammt besser aussieht, aber trotzdem –«

»Trotzdem verstehe ich deine Lage, Bas«, flüsterte Ash. »Deine Schwester wurde öffentlich mit der Peitsche bearbeitet, von meiner Frau, unter Umständen, die ihren Ruf für immer ruiniert haben dürften. Die Tatsache, daß meine geliebte Celie zuerst mich angeschossen hat, wird alle Einwohner von Natchez veranlassen, ihren Behauptungen Glauben zu schenken. Deshalb bin auch ich der Meinung, wir müssen uns duellieren. Du kannst dir gar nicht vorstellen, wie leid es mir tut, daß die Sitten und Bräuche unseres heißgeliebten Südens uns keine Alternative lassen. Du bist mit Bob eng befreundet und stehst auch mit mir auf gutem Fuß, so daß das Ganze reichlich geschmacklos wirkt. Ich bitte dich auch hier unter uns um Entschuldigung, Bas, weil ich deine Schwester in solche Schwierigkeiten gebracht habe, will dich aber keinesfalls von der Idee eines Duells abbringen.«

»Ich nehme deine Entschluldigung an. Um so bereitwilliger, als Ruth zugibt, daß sie absichtlich zur Bank gegangen ist. Sie hatte von Cecilia erfahren, daß du in der Stadt bist, und außerdem entschlüpfte Cecilia die Bemerkung, daß du geschäftlich in der Bank zu tun hast.«

»Entschlüpfte«, fuhr Bob dazwischen, »so ein Blödsinn. Begreift ihr denn nicht, daß Celie es Ruth absichtlich erzählt hat? Mit anderen Worten Ash, deine süße, kleine Frau hat eine Falle aufgestellt, und die arme, kleine, liebeskranke Ruth ist prompt hineingegangen. Celie war bereit, einzugreifen – die Pistole in der einen und die Peitsche in der anderen Hand. Pflegt sie diese Dinge denn immer bei sich zu tragen – so für alle Fälle?«

»Das spielt keine Rolle«, stellte Ash fest. »Es ist unwichtig, wie schlau und gemein Celie vorgegangen ist. Ich habe Ruths Ruf rettungslos ruiniert, deshalb muß ich mich Bascomb stellen, um die Sache auf die einzige eines Gentleman würdige Art aus der Welt zu schaffen.«

»Verdammt, Bas«, schimpfte Bob, »du hast seine Entschuldigung angenommen. Du gibst zu, daß es die Schuld deiner hirnlosen kleinen Schwester war. Ich sehe also nicht ein, warum –«

»Ich das Ganze nicht einfach vergesse? Tut mir leid, Bob, das kann ich nicht. Falls ich es täte, hätten wir – ich meine unsere Familie – nur noch die Möglichkeit, in den Norden auszuwandern; Papa droht ohnehin die ganze Zeit damit. Ich bin von Ashs Unschuld überzeugt – jedenfalls diesmal –, weil ich weiß, daß kein normaler verheirateter Mann seine Freundin in der Öffentlichkeit trifft, wenn er weiß, daß seine Frau in der Stadt ist. Aber es geht hier nicht um Ashs Unschuld, sondern um den Ruf meiner Schwester. Die kleine Närrin – sie hat die Hiebe verdient. Die Narbe in ihrem Gesicht ist allerdings zuviel des Guten. Dennoch –«

»Dennoch hast du die Absicht, meinen Bruder wegen einer Sünde umzubringen, von der du verdammt genau weißt, daß er sie nicht begangen hat?«

»Daß er sie diesmal nicht begangen hat, Bob. Meine Schwester kann jetzt nur noch Ash heiraten – oder einen Mann von grenzenloser Großzügigkeit, und das ist nicht sehr wahrscheinlich.«

»Aber trotzdem –«

»Warte, Bob. Ash, ich schlage dir etwas vor. Am Freitag im

Morgengrauen beim Gilmore-Landeplatz. Du weißt, daß du vorher nicht ausgehen darfst. Vor dem ersten Kugelwechsel bietest du mir in aller Öffentlichkeit deine Entschuldigung an. Ich lehne sie ab. Dann schießen wir. Weil du der Beleidiger bist, schießt du in die Luft. Dann schieße ich auf dich. Du wirst verdammt ruhig stehen, Ash, weil ich nur knapp danebenschießen werde. Sowie du den Schuß hörst, schwankst du und fällst um. Ich stürze, von Reue ergriffen, zu dir, weil ich glaube, den Bruder meines besten Freundes getötet zu haben. Du erklärst, daß es ein Schwächeanfall infolge deiner Verletzung war, und bietest mir nochmals deine Entschuldigung an. Diesmal akzeptiere ich sie. Der Ehre ist Genüge getan, und niemand ist zu Schaden gekommen. In Ordnung?«

»Bas, das ist verdammt anständig von dir«, jubelte Bob. »Hand darauf, alter Freund.«

»O nein, nicht bevor du die Bemerkung über die ›kleine Hure‹ zurückgenommen hast, Bob. Meine Schwester ist eine liebeskranke kleine Närrin, wie du gesagt hast; aber sie ist ein anständiges Mädchen, das unglücklicherweise einen nicht wieder gutzumachenden Fehler begangen hat. Wir beide wissen nur zu genau, daß es immer die anständigen, unerfahrenen, kleinen Närrinnen sind, die diese Art von Fehler begehen. Bittest du um Entschuldigung, Bob?«

»Gern und aufrichtig, Bas. Ich habe es sowieso nur gesagt, damit du mich und nicht diesen armen Krüppel forderst. Ich habe es auch nie geglaubt, schon gar nicht von Ruth, die die liebreizende Unschuld in Person ist. Ich glaube nicht einmal ihr Geständnis – junge Mädchen haben oft eine sehr lebhafte Phantasie.«

Bascomb streckte die Hand aus, und Bob ergriff sie.

»Ich danke dir jedenfalls, Bob«, meinte Bascomb. »Ash, glaubst du, daß Cecilia es mit der Scheidung ernst meint?«

»Und wie! Ich soll in Bobs ehemaliges Haus im Westabschnitt übersiedeln, damit wir von Tisch und Bett getrennt leben.«

»Und sie bleibt bei deiner Mutter auf Rosebriar?« fragte Bascomb ungläubig.

»Keineswegs. Sie zieht in unsere Flitterwochen-Etage im Ostabschnitt, bis alles vorbei ist. Aber ich muß zuerst ausziehen, weil sie mir auch ›böswilliges Verlassen‹ vorwerfen will.«

»Wo ist Mama jetzt überhaupt?« wollte Bob wissen.

»Sie ist in ihr Zimmer gegangen und hat sich hingelegt. Sie wollte bei mir sitzen und meine Hand halten, während Doktor Tom die Kugel suchte. Aber es war zuviel für sie. Tom mußte Baumwolle in die Wunde stopfen und Mama Riechsalz unter die Nase halten, damit sie nicht ohnmächtig wurde. Als sie sich erholt hatte, gab er ihr ein Schlafmittel und befahl ihr streng, sofort zu Bett zu gehen. Und sie hat ihm widerspruchslos gehorcht. Mama wird tatsächlich alt.«

»Pas Tod hat sie sehr mitgenommen«, meinte Bob. »Die arme Ma. Noch vor ein paar Jahren hätte sie selbst die Kugel herausgeholt und dich verbunden. Bas, wenn es dir nichts ausmacht, reite ich mit dir nach Collinswood, um zu sehen, wie es der armen Ruth geht. Pam möchte es wissen. Diese scheußliche Geschichte hat sie sehr aufgeregt. Sie hat Ruth immer gemocht, während sie Abigail nie leiden konnte.«

»Das ist verständlich«, sagte Bascomb. »Das Miststück hat uns unglaublich geschadet, und dabei können wir uns nicht einmal von ihr lossagen. Ash, wenn du dich am Freitag noch nicht kräftig genug fühlst, schick mir ein paar Zeilen, und wir verschieben unsere kleine Scharade. – Also los, Bob, reiten wir hinüber.«

»Warte, Bas«, sagte Ashton, »ich muß dir gleich sagen, daß es noch ein Problem gibt.«

»Und zwar?«

»Cecilia ist entschlossen, Ruth als schuldigen Teil zu bezeichnen, ihren Namen durch den Schmutz zu ziehen. Ich habe ihr natürlich gesagt, daß ich damit nie einverstanden sein werde und ihr die übliche Lösung vorgeschlagen: eines von Big Mames Mädchen, Pinkertons Leute überraschen sie und mich gemeinsam im Bett – wie es immer gehandhabt wird. Aber sie will nichts davon hören, sie will ihre Rache genießen – und verlangt den gesamten Ostabschnitt für sich. Natürlich hat sie überhaupt keinen Beweis dafür, daß zwischen Ruth und mir jemals etwas vorgefallen ist. Das hilft uns aber auch nicht. Wenn sie die Scheidung so betreibt, wie sie es vorhat, wird sie abgewiesen – und ich habe sie für immer am Hals. Wahrscheinlich beabsichtigt sie das, nachdem sie Ruths Ruf vor Gericht endgültig ruiniert hat.«

»O Gott«, stöhnte Bascomb. »Gibt es denn gar keine Möglichkeit, sie daran zu hindern?«

»Nur, indem man sie erwürgt. Ich muß zugeben, daß die Vorstellung sehr verlockend ist. Aber was würde sich dadurch ändern? Ich würde dieses irdische Jammertal am Galgen verlassen, Ruth würde allein zurückbleiben, und meine Handlungsweise würde die Leute nur noch in ihrer vorgefaßten Meinung bestärken. Ich sehe keinen Ausweg.«

»Sag, Ash, könnten wir nicht irgendeinen Lumpen dafür bezahlen, daß er schwört, er hätte fleischliche Beziehungen zu Celie gehabt?« schlug Bob vor. »Dann reichst du die Scheidung ein und –«

»Verliere. Jeder Richter würde eine solche Klage abweisen, Bob, und mich noch dazu wegen Betrugs und Verleumdung hinter Schloß und Riegel stecken. Glaube mir, es gibt keinen Ausweg.«

Aber er irrte sich. Es gab einen.

Wes Parks stand sehr ruhig in Reverend Merton Collins' Wohnzimmer, während der Mann Gottes Ashton Bibbs' Brief las, Mrs. Mathilda Collins stand neben ihrem Mann und las über seine Schulter mit. Es war bezeichnend für die Einstellung der Collins, daß sie Wes höflich ins Wohnzimmer gebeten hatten, statt ihn in der Küche warten zu lassen.

Der Reverend blickte zu seiner Frau auf. »Nun, Mathilda?« fragte er, »der Brief scheint authentisch zu sein. Mann und Frau zu trennen, ist zweifellos eine Sünde, aber –«

»Ich werde versuchen, die Angelegenheit zu klären«, sagte Mathilda. »Wesley, es gibt da ein Problem. Ein so schwerwiegendes Problem, daß ich einfach nicht weiß, wie ich es dir klarmachen soll.«

»Sie meinen das Kind – das nicht mein Kind ist?«

Die Collins sahen einander an.

»Du hast es also gewußt?« stellte Reverend Collins fest.

»Nein, Sir, ich habe es nicht gewußt, aber es war für mich nicht schwer zu erraten, daß es so etwas sein muß. Denn wenn ein

Mädchen wie meine Phoebe, die das sanfteste Geschöpf ist, das der liebe Gott geschaffen hat, die keine Spur Gemeinheit, Niedertracht oder auch nur schlechte Laune an sich hat, plötzlich so etwas tut, muß es einen Grund dafür geben.«

»Du hast dir also überlegt, daß sie ein Kind erwartet hat und verkauft werden wollte, weil sie vermutet hat, daß es nicht das deine ist?«

»Nicht vermutet – sie hat es gewußt. Es ist eine lange Geschichte, aber wenn Sie mir zuhören wollen, erzähle ich sie Ihnen.«

»Natürlich, Wesley«, sagte Reverend Collins.

»Bitte«, sagte Mathilda.

Er erklärte es ihnen, rasch, präzise, sehr klar. »Ich nehme an«, schloß er, »daß sie keine andere Möglichkeit gesehen hat, von der Plantage und mir wegzukommen. Weil sie sich so geschämt und wahrscheinlich auch solche Angst gehabt hat. Denn, wissen Sie, sie hat mich noch nicht sehr gut gekannt. Wir waren ja schließlich erst eine Nacht verheiratet; und vorher konnten wir nicht viel beisammen sein, wie das bei uns Schwarzen immer der Fall ist, weil unsere Zeit nicht uns gehört. Sie muß geglaubt haben, daß ich ihr nicht verzeihen werde, es nicht kann.«

»Kannst du es denn, Wesley?« fragte Mathilda.

»Ja, Madam, aber wie ich das tun werde, hängt von verschiedenen Umständen ab.«

»Wovon hängt es ab, Wesley?« wollte Reverend Collins wissen.

»Davon, wie es passiert ist, Sir. Wenn ein geiler Nigger sie gezwungen, sie gegen ihren Willen genommen, sie mit einem Messer oder einem Gewehr bedroht hat, verzeihe ich ihr sofort. Aber wenn sie mich betrogen hat, wenn sie sich eines Nachts zu einsam und unglücklich gefühlt und zugelassen hat, daß der Kerl zu ihr kommt, dann nehme ich sie mit nach Hause, versohle ihr den Hintern mit dem Gürtel, daß sie eine Woche lang nur im Stehen essen kann, behandle sie dann noch zwei Wochen barsch und kalt und gemein – und dann erst verzeihe ich ihr.«

»Also, Wesley!« sagte Mathilda Collins streng.

»Madam, Sie verstehen die Schwarzen nicht. Wenn ich sie nicht verprügle und sie sich weiter schuldig fühlt, werden wir unser

Leben lang nicht glücklich miteinander. Sie wird glauben, daß ich sie nicht liebe, wenn ich nicht so reagiere wie jeder normale Mann. Doch sobald ich sie so weit bestraft habe, daß sie sich nicht mehr schuldbewußt fühlt, werde ich die ganze Sache vergessen und ihr immer ein guter, liebevoller Gatte sein.«

»Und was ist mit dem Kind?« fragte Mathilda.

»Madam, gibt es ein Baby, das etwas für die Art und Weise kann, wie es gezeugt wurde? Das arme Kleine wird es schon schwer genug haben, weil es schwarz ist. Außerdem ist's ja Phoebes Kind, nicht wahr? Das heißt, daß ich das arme Ding lieben werde wie mein eigenes.«

»Deine Gefühle sind edel, Wes«, stellte Reverend Collins fest. »Möchtest du Phoebe jetzt sehen? Und natürlich auch das Kind?«

»Nein, Sir, nicht sofort, Zuerst möchte ich wissen, was Sie für Phoebe und das Kind verlangen. Ich habe Geld mit, vielleicht reicht es aber nicht. Wenn nicht, telegrafiere ich nach Natchez um mehr.«

Wieder sahen die Collins einander an.

»Unser Preis beträgt – nichts, mein Junge«, meinte dann Reverend Collins. »Erstens hat Bart uns Phoebe geschenkt. Sie hat uns genau einen Dollar gekostet, um dem Gesetz Genüge zu tun. Deshalb werden wir die Papiere für sie auf die gleiche Art ausstellen. Du kannst uns einen Dollar geben, wenn du willst, um den Buchstaben des Gesetzes zu erfüllen.«

»Reverend, Sie und Ihre Missis – Sie sind gegen die Sklaverei, nicht wahr?«

»Ja, Wesley. Aber ich wäre dir dankbar, wenn du diese Tatsache niemandem gegenüber erwähntest. Sonst würden wir Schwierigkeiten haben. So aber können wir weiter im Weingarten des Herrn arbeiten und dafür sorgen, daß der Tag der Freiheit einmal kommt. Mach es uns also nicht noch schwerer, mein Junge.«

»Das werde ich ganz bestimmt nicht, Sir. Aber Sie haben all die Monate Phoebe ernährt und gekleidet, ihr Sachen für das Baby gegeben, und –«

»Ihre Arbeit war mehr wert als die Kleidung und Nahrung, die wir ihr gegeben haben. Wir haben sie sogar zwingen müssen, nach der Geburt nicht zu arbeiten, damit sie sich und dem Kind nicht schadet. Es ist übrigens ein Mädchen, eine kleine Schönheit. Ich bin sicher, du wirst es lieben, Wes.«

»Das werde ich auch, Sir. Aber ich halte das einfach nicht für richtig. Braucht Ihre Kirche nicht ein neues Dach oder so etwas? Ich habe noch nie erlebt, daß eine Kirche nicht irgend etwas gebraucht hätte. Nehmen Sie Phoebes Kaufpreis dafür, Sir. Oder wofür Sie sonst wollen.«

»Die Klinik, Mert! Die Klinik für freie Schwarze, die du gemeinsam mit Doktor Walton eingerichtet hast, damit diese Leute jemanden haben, an den sie sich wenden können, wenn sie krank oder verletzt sind. Du weißt es vielleicht nicht, Wes, aber in mancher Beziehung sind freie Schwarze schlechter dran als Sklaven. Sklaven stellen für ihre Herren einen Wert dar, während freie Neger –«

»Vielleicht für den lieben Gott wertvoll sind, aber sogar das läßt sich nur vermuten. Also gut, ich gebe Ihnen tausend Dollar für Ihre Klinik. Ich nehme an, daß ein erstklassiges Mädchen wie Phoebe heutzutage achthundert wert ist. Aber das Kind ist auch noch da. Und außerdem hilft das Geld sowieso meinem Volk, deshalb halte ich den Preis für angemessen.«

Beide starrten ihn an.

»Wesley«, sagte Reverend Collins, »würdest du mir erklären, woher du soviel Geld hast?«

»Ich habe ein Buch geschrieben. Nein, das stimmt nicht. Ich habe es erzählt. Ich habe einer weißen Dame Geschichten aus meinem Land, Dahomey, erzählt, und sie hat sie niedergeschrieben. Sie ist eine Yankee und hat einen Cousin in Massachusetts, der Verleger ist – und der hat das Buch gedruckt. Dann haben sich alle Leute, die für die Sklavenbefreiung eintreten, hinter mein – unser – Buch gestellt, so daß es sich wirklich gut verkauft. Es hat mir bis jetzt zehntausend Dollar eingebracht.«

»Dann werde ich die tausend Dollar für die Klinik gern nehmen, sie sind eine Gabe Gottes. Aber, Wes, warum hast du dich nicht selbst freigekauft, du bist ja in der Lage dazu?«

»Mein Herr will mich nicht verkaufen, aber ich glaube, ich werde ihn bald dazu bringen, seine Meinung zu ändern . . . Entschuldigen Sie, Missis Collins, würde es Ihnen etwas ausmachen, einen Augenblick das Zimmer zu verlassen? Ich habe das Geld versteckt, damit es sicher ist, und ich muß meine Kleidung aufknöpfen, um es herauszuholen.«

»Es macht mir nichts aus, Wes«, erklärte Mathilda und ließ die beiden allein.

Wes trug sein Vermögen in einem Leinensäckchen, das er sich um die Taille gebunden hatte; es war unter dem Hemd und der Hose gut versteckt. Er holte es heraus, zählte tausend Dollar ab, steckte den Rest ein und brachte seine Kleider wieder in Ordnung.«

»Zählen Sie es nach, Reverend«, sagte er. »Während Sie das tun und mir die Empfangsbestätigung und die Rechnung ausstellen, würde ich gern mit Phoebe sprechen, wenn Sie nichts dagegen haben.«

»Ganz und gar nicht, Wes. Mathilda! Bitte komm wieder herein, meine Liebe.«

Als Wes in die Küche kam, erblickte er durch die offene Tür des anschließenden kleinen Schlafzimmers Phoebe, die auf einem Stuhl saß und das Kind stillte.

Sie sang leise vor sich hin, und er nahm an, daß sie deshalb nicht gehört hatte, wie er ihren Namen rief. Dann begriff er, daß er überhaupt nichts gesagt hatte. Ihr Name blieb ihm im Hals stekken, er erstickte beinahe daran, aber er konnte ihn nicht aussprechen. Er konnte nur das Kind in ihren Armen anstarren. Das schreckliche, blasse, gelbe Kind.

Sie blickte auf. Warum? Hatte ein Brett geknarrt? Hatte sein Atem plötzlich ausgesetzt? War sein Schweigen zu laut geworden?

Sie griff mit der freien Hand nach der Lehne des Stuhls, um aufzustehen. Dann sah sie ihm in die Augen, erkannte, was in ihnen stand, und sank wieder zurück.

Er fragte: »Massa Bob?«

Sie nickte. Das Entsetzen hat keine Worte.

Er sagte: »Hast du dich gewehrt?«

Sie schüttelte den Kopf. Ihre Tränen tropften auf den Boden.

Er sah sie an.

Aber da konnte sie sein Gesicht nicht mehr sehen, und auch

nicht seine Augen. Er drehte sich still um und ging in die Nacht hinaus.

Die ganze Nacht wanderte er durch die Straßen und versuchte nachzudenken. Aber er konnte es nicht. Wenn sich ein Gedanke formen wollte, erstickte ihn der Schmerz seines Herzens. Gelegentlich versuchte er, zu den Göttern zu beten. Aber ihm fielen keine Gebete ein. Überhaupt keine.

Dann versuchte er, den Zorn zu entfachen, aber auch das gelang ihm nicht. Sein Körper war eine Rohrflöte, auf der die Götter die traurigen Töne des Kummers, des Schmerzes spielten. Seine langsamen, schweren Herzschläge klangen wie Begräbnistrommeln. Das reinigende Feuer des Zorns loderte nicht in ihm auf – die Tränen seiner Qual erstickten es im Ansatz, so daß er kalt und tot war.

Aber plötzlich, bei Sonnenaufgang, überkam *Hwesu* aus Dahomey der innere Frieden. Denn er begriff endlich, daß er sich die ganze Nacht über mit Fragen gequält hatte, die unwichtig waren. Das einzig wichtige war Phoebe: Was empfinde ich jetzt für sie?

Er blieb stehen und horchte in sein Herz hinein.

Ich liebe sie ja, sagte er sich verwundert. Es hat sich nichts geändert. Verzeihung hat damit überhaupt nichts zu tun. Zorn, Eifersucht, Strafe sind nebensächlich. Ich liebe meine Phoebe, mein Freitag-Mädchen. Ich will sie wiederhaben. Sie soll mein Leben lang an meiner Seite stehen, meine Liebste sein.

Er drehte sich um und begann zu laufen.

Als er zu dem Haus der Collins kam, trat ihm Mathilda entgegen. Tränen liefen ihr über das wutverzerrte Gesicht.

»Was hast du ihr gesagt, du schwarzes Schwein?« schrie sie ihn an. »Los! Sag es mir! Ich weiß, daß du sie nicht berührt hast, sie hat es mir erzählt. Aber Worte sind oft grausamer als Schläge. Wes, um Himmels willen, was hast du ihr gesagt?«

Er starrte die weiße Frau an und begann zu zittern. Langsam, unsicher, zögernd stieß er die Worte hervor: »Phoebe – Madam – sie – sie hat nicht – sie ist nicht –«

»Tot? Natürlich ist sie tot, du herzloses Vieh. Auch das Kind. Sie hat es mit ihrem Kissen erstickt. Und dann – hat sie sich am

Brunnen erhängt. Ich habe sie heute früh gefunden, als ich – Wes! Wes! Mein Gott, was habe ich getan?« Ihre Stimme überschlug sich, wurde schrill.

»Mert! Mert! Komm her! Komm her und hilf mir, bitte.«

Wes lag der Länge nach auf der Erde und weinte sehr leise. Das Weinen verwandelte sich plötzlich in ersticktes Schweigen. Er drehte den Kopf zur Seite und erbrach. Dann überwältigten ihn Kummer, Schmerz, Schuldbewußtsein, die noch immer vorhandene Schwäche. Er schloß die Augen.

Danach verließen ihn seine *Semedo,* seine sprechende Seele, und seine *Selido,* seine denkende Seele; sie stahlen sich mit seinem immer schwächer werdenden Atem davon. Nur seine *Djautaux,* seine behütende Seele, blieb, um für ihn vor den Göttern zu sprechen und ihn zu verteidigen. Aber er wußte nicht, ob die *Vudun* auf sie hören würden.

35

Wes kehrte an einem Freitagnachmittag nach Natchez zurück, einige Stunden nachdem Ashton Bibbs und Bascomb Collins feierlich ihr Schein-Duell abgewickelt und damit die öffentliche Meinung besänftigt hatten. Wes hatte die körperlichen Folgen seines Kummers beinahe überwunden; obwohl der Kummer selbst nicht geringer geworden war und bis zu Wes' Tod unverändert bleiben würde, war er erträglich, weil etwas anderes anstelle der Selbstvorwürfe getreten war, etwas, das schrecklicher war als die Schuld selbst.

Reverend Collins hatte sich nämlich bemüßigt gefühlt, Phoebe zu verteidigen. Zunächst hatte er Wes gezwungen, auf die Bibel zu schwören, daß er nichts gegen Beau Bob Bibbs unternehmen würde. Dann hatte er ihm erklärt:

»Am Morgen nach der Entbindung fragte ich Phoebe nach dem Vater des Kindes, weil mir seine helle Haut auffiel. Sie gestand mir, daß Robert Bibbs sie gezwungen hatte, sich ihm hinzugeben. Er wendete nicht körperliche Gewalt an, wie du geglaubt hast,

Wes, sondern hat ihr eingeredet, daß sein Vater dich ausdrücklich ihm vermacht hat. Daß er das in seinem Testament festgelegt hat, weil er sicher war, daß du Bob aus seinen Schwierigkeiten heraushelfen würdest. Jeder, der euch beide kennt, mußte diese Behauptung für bare Münze nehmen. Und die Drohung, mit der er sich Phoebe gefügig machte, war sehr einfach: Er schwor, dich zu verkaufen, wenn sie ihm nicht zu Willen wäre. Deshalb hast du die Frage, durch die du Phoebes Mitschuld feststellen wolltest, schlecht oder nicht ausführlich genug formuliert. Du hättest fragen müssen: ›Hast du dich gewehrt, und wenn nicht, warum nicht?‹ Oder so ähnlich. Das siehst du doch ein, nicht wahr, Wes?«

»Ja, Reverend, Sie haben ganz recht.«

Deshalb kam Wes an diesem Freitag mit einem neuen Gefühl im Herzen nach Rosebriar zurück, das seiner Natur eigentlich fremd war: dem Haß. Und dieses Gefühl ergriff vollkommen von ihm Besitz.

Er war sehr müde, doch ehe er zur Ruhe ging, mußte er Fred Hoskins aufsuchen und ihn fragen, wie es Joe Collins ging. Er hatte Fred während seiner Abwesenheit die Aufgabe übertragen, Joe mit Essen zu versorgen, und ihm dabei notwendigerweise die Existenz seines *Dexoxos* verraten. Er hatte ihm auch bedenkenlos erklärt, wie er dorthin gelangen konnte, denn Fred war nicht nur wegen seiner Stellung auf Rosebriar der richtige Mann für diese Aufgabe, sondern er war auch der vertrauenswürdigste Schwarze, den Wes kannte. Wes war davon überzeugt, daß keiner der Sklaven Joe absichtlich verraten würde; aber die meisten hätten es infolge ihrer Geschwätzigkeit früher oder später doch getan. Fred war jedoch nicht nur vertrauenswürdig, sondern auch vorsichtig. Denn seit seine unbedachte Äußerung am Weihnachtsabend des vergangenen Jahres direkt zu Käpt'n Wallys Tod geführt hatte, überlegte sich Fred sorgfältig jedes Wort.

Als Wes zu Freds Hütte kam, war der Jäger mit seinen Gewehren beschäftigt. Deshalb öffnete seine Frau Susie auf Wes' Klopfen die Tür und kreischte zurück.

»Wes! Was für eine Freude für meine alten Augen, dich zu

sehen. Wo ist Phoebe? Wahrscheinlich hat sie sich hingelegt. Die arme Kleine muß ja ganz erschöpft sein.«

»Hallo, Susie«, sagte Wes, »Kann ich mit Fred sprechen?«

»Natürlich, Süßer. Aber du bist bestimmt der gemeinste Mann, den ich kenne. Du weißt ganz genau, daß ich es nicht mehr erwarten kann, von Phoebe zu hören, und du –«

Dann sah sie sein Gesicht, seine Augen.

»Wes, was ist los? Du – du willst doch nicht sagen, daß du Phoebe nicht mitgebracht hast?«

»Ich konnte sie nicht mitbringen. Sie ist tot.«

»O Jesus! O mein armes kleines Mädchen. Wes, mir – mir wird schlecht. Wie ist es geschehen? Ich wette, diese Weißen haben das arme Kind zu Tode geschunden. Mächtig gemeine Leute!«

Inzwischen war Fred dazugekommen.

»Hallo, Fred«, sagte Wes. »Kann ich einen Augenblick hereinkommen?«

»Natürlich, Wes, komm nur herein. Es tut mir mächtig leid, das mit der armen Phoebe. Setz dich, ruh dich aus. Hör mal, gibt es irgend etwas, was Susie und ich tun können. Du mußt es nur sagen, Mann –«

»Nein, Fred, ihr könnt nichts tun. Ich wollte nur nach Joe fragen. Wie geht es ihm?«

»Großartig, Wes. Er ist nur ein bißchen einsam und ängstlich. Jedesmal, wenn ich ihm Essen bringe, will er wissen, ob du noch nicht zurück bist. Aber sein Rücken ist ganz verheilt. Deine weiße Salbe ist wirklich großartig. Natürlich hat er mächtig viele Narben, und die sehen auf seiner weißen Haut scheußlich aus, aber –«

»Halt jetzt einmal den Mund, Fred«, rief Susie. »Der Teufel soll diesen gelben Narren holen – ich will wissen, wie das mit Phoebe passiert ist. Woran ist sie gestorben, Wes?«

»An einem Strick. Sie hat sich erhängt. Vorher hat sie ihr Baby getötet, es mit dem Kissen erstickt.«

Sie sahen sich entsetzt an.

»Wann ist es geschehen?« fragte Susie.

»In der Nacht nach meiner Ankunft. Fred, hast du noch die beiden altmodischen Flinten? Wenn ja, möchte ich ein Tauschgeschäft mit dir machen.«

»Natürlich, Wes, aber du mußt nichts für sie hergeben. Diese alten Flinten sind keinen Cent wert. Vielleicht könntest du mit ihnen auf zehn Meter gerade noch die Wand einer Scheune treffen, aber das ist schon alles.«

»Männer!« explodierte Susie, »und die verdammten Flinten. Ihr sitzt da, und die arme Phoebe ist tot, hat sich selbst umgebracht, das arme Kind, und ihr sprecht über Gewehre.«

»Tut mir leid, Susie – aber das ist wichtig. Ich erzähle dir sofort alles über Phoebe, doch zuerst muß ich die Sache mit Fred erledigen. Sieh mal, Fred, würdest du das da für die beiden Gewehre nehmen?«

»Das da« war ein Colt-Wells-Fargo-Revolver, Modell 1850, eine winzige Repetierpistole.

»Mein Gott, Wes, das ist ein mächtig hübscher kleiner Revolver. Eine Damenpistole?«

»Nein, Fred, ein Taschenrevolver für Gentleman. Massa Ash hat genauso einen. Für einen Nigger ist so ein Revolver mächtig vorteilhaft, weil du ihn beinahe überall in deiner Kleidung verstekken kannst, und niemand wird ihn bemerken. Wenn du mit einem dreißig Zentimeter langen Revolver herumspazierst, lynchen dich die Weißen. Diese kleine Pistole kann genausogut jemanden töten wie eine große. Kaliber einunddreißig. Sie hat nur fünf Schuß statt sechs, aber für jemanden, der so schießen kann wie du, spielt das keine Rolle. Na los, Fred, tauschen wir?«

»Ich hab gesagt, daß ich dir die alten Dinger schenke. Es wäre nicht fair, etwas so Hübsches und Neues für sie zu nehmen – obwohl es mir mächtig Spaß machen würde, so einen Revolver zu haben. Er sieht gut aus, so klein er ist.«

»Er gehört dir«, sagte Wes. »Jetzt gib mir die alten Flinten. Ich brauche keinen Revolver.«

»Wenn du keinen Revolver brauchst, wozu willst du dann die alten Flinten haben?« Freds Frage klang logisch.

»Ich will etwas aus ihnen machen, was nichts mit Schießen zu tun hat, Fred. Deshalb ist es mir gleich, ob man mit ihnen treffen kann oder nicht.«

»Was willst du aus ihnen machen, Wes?«

»Eine Maschine, mit der man zeitig am Morgen Feuer machen

kann. Schneller und sicherer als mit Schwefelhölzern. Weil die Schwefelhölzer, die uns die Weißen geben – wenn sie uns überhaupt welche geben –, weiß Gott nicht viel wert sind.«

»Das stimmt«, seufzte Fred. Er holte die alten Radschloßflinten aus einer Lade und gab sie Wes. »Da hast du sie, großer Kerl«, sagte er.

»Danke, Fred. Ich gehe jetzt wohl besser nach Hause. Füttere den kleinen Joe noch ein paar Tage, dann übernehme ich ihn. Gute Nacht, ihr beiden.«

»O nein, Wes«, erklärte Susie und verstellte ihm den Weg. »Du kommst hier nicht raus, bevor du mir nicht von der armen Phoebe erzählt hast. Ihr Männer und eure Gewehre! Wenn ich nicht achtgebe, geht mein verrückter Mann einmal mit einem von diesen häßlichen Dingern statt mit mir ins Bett.«

Fred grinste.

»Wahrscheinlich wäre es mächtig heißer als du, Susie.«

»Wenn du mich so streichelst und verzärtelst wie diese verdammten Gewehre, würde ich vielleicht auch ein bißchen heißer werden. Los, Wes, setz dich und erzähl uns von Phoebe, ja?«

»Gut«, seufzte Wes. Und berichtete von Anfang bis Ende.

»Wes, ist das bestimmt alles, was du ihr gesagt hast?« fragte Susie.

»Das ist alles.«

»Dann verstehe ich es nicht«, stellte Susie fest.

»Auch ich nicht«, schloß sich Fred an.

»Wahrscheinlich hat sie geglaubt, sie weiß, was ich denke. Aber das konnte sie nicht wissen, weil ich in diesem Augenblick überhaupt nicht gedacht habe. Ich habe keine Zeit zum Denken gehabt, weil der Schmerz zu groß war.«

»O diese verdammten weißen Männer!« brach es aus Susie heraus. »Immer schleichen sie unseren jungen Mädchen nach und wollen, daß sie sich für sie hinlegen. Aber wenn ein armer Nigger ein weißes Mädchen nur von der Seite anblinzelt, ist er tot. Sogar wenn der Nigger gar kein richtiger Nigger ist, wie der arme Joe. Ich möchte wissen, was ein Weißer tun würde, wenn seine Frau ein braunes Kind bekommt? Wahrscheinlich fällt er auf der Stelle tot um.«

Wes starrte sie an und sagte dann ruhig: »Danke, Susie.«

»Wofür denn, Wes?«

»Ich weiß nicht. Du hast mich ein bißchen aufgeheitert. Wahrscheinlich ist es die Art, wie du sprichst. Na schön, Freunde, mehr kann ich euch nicht erzählen, weil das alles ist, was ich weiß. Ich werde mich vermutlich mein Leben lang fragen, was geschehen wäre, wenn ich den Mund aufgemacht und ihr gesagt hätte, warum ich zu ihr gekommen bin, statt die ganze Nacht herumzulaufen und mich danach zu sehnen, daß ich sterbe.«

»Wes!« sagte Susie scharf. »Geh nicht allein nach Hause. Bleib heute nacht hier, bei uns. Ich lege dir einen Strohsack auf den Boden.«

Fred mischte sich ein. »Susie hat recht. Es wird für dich zu einsam sein, so ganz allein in deiner Hütte.«

»Nein, danke euch beiden. Es ist mächtig freundlich von euch, mir das anzubieten. Aber ich komme schon allein zurecht. Ich brauche nur ein wenig Zeit dazu. Also gute Nacht.«

»O Gott, Fred«, meinte Susie, als Wes fort war. »Er wird sich ganz bestimmt etwas antun. Hast du den Blick in seinen Augen gesehen?«

»Als würde er laut schreien. Mein Gott, Susie, was sollen wir tun?«

»Ich weiß nicht«, begann Susie unglücklich, aber plötzlich leuchteten ihre Augen auf. »Fred«, rief sie, »zieh deine Stiefel an. Geh zum Stall hinüber und nimm dir ein Pferd. Erklär Rad, was los ist, wovor wir Angst haben, und er gibt dir sicher eines.«

»Susie, ich bin kein Gedankenleser und kein Zauberer. Du mußt mir genau sagen, was du von mir willst.«

»Zieh die Stiefel an, geh in den Stall, nimm dir ein Pferd. Setz dich drauf, reite auf dem verdammten Pferd nach Collinswood und hol Ruby! Bring sie zu Wes und laß sie bei ihm. Dann steig wieder aufs Pferd und komm nach Hause. Mein Gott, wie können Männer nur so verdammt dumm sein?«

Wes saß vor dem Feuer und untersuchte die zerlegten beiden Flinten, die gar nicht so schlecht waren. Hier und dort mußte er eine Feile benützen, die alten Schrauben durch neue, größere ersetzen, und die alten Radschloßflinten waren so gut wie neu. Natürlich brauchte er neue Zündsteine, und zwar große, die ordentliche Funken sprühten. Das war das Wichtigste. Und dann das Zeugs, mit dem die eifersüchtige Frau das Gesicht ihrer Rivalin verbrannt hatte . . . Wie hatte es Anwalt Tol genannt? Vitriol, richtig. Er mußte es bei Weiter & Sons in Natchez bestellen. Er schrieb auf ordentliches Briefpapier:

Firma Wister & Sons, Chemikalien.

Bitte geben Sie meinem Nigger John sechs Acht-Unzen-Flaschen Vitriol der besten und reinsten Qualität mit. Ich benötige die Chemikalie dringend, um Kupferstiche fertigzustellen, die bei mir in Auftrag gegeben wurden. Ich habe John genügend Geld mitgegeben, um Ihre Rechnung zu begleichen.

Mit dem Ausdruck meiner vorzüglichsten Hochachtung.

Courtney Tilmore, Esq., Kupferstecher

Fayette, Mississippi.

Gab es in Fayette überhaupt einen Kupferstecher? Nicht sehr wahrscheinlich. Aber die Stadt lag etwa zwanzig Meilen von Natchez entfernt, also würden die Wisters zwei Tage brauchen, um den Brief zu überprüfen. Er nahm an, daß sie sich die Mühe gar nicht machen würden. Andererseits gab es in Natchez einige Kupferstecher; aber es würde die Wisters nur ein paar Minuten kosten, einen Jungen hinzuschicken und sich den Brief bestätigen zu lassen. Die Weißen hatten sich die unangenehme Gewohnheit zugelegt, alles zu überprüfen, was ihnen ein fremder Nigger überbrachte.

Dann hörte er das Knarren seiner Tür. Er fuhr herum. Ruby stand mit tränenüberströmten Gesicht vor ihm.

»Hallo, Wes«, sagte sie.

Seine Augen waren ausdruckslos.

»Du mußt hier verschwinden, Ruby.«

»Wes, ich will nicht zudringlich und auch nicht leichtfertig sein. Ich weiß, daß du Mädchen nicht magst, die so sind. Ich bin nur herübergekommen, damit du nicht so einsam bist. Es ist ein mächtig scheußliches Gefühl, einsam zu sein. Ich habe es dir zu verdanken, daß ich weiß, wie man sich dabei fühlt.«

»Du hast eine Menge Möglichkeiten, nicht mehr allein zu sein, Ruby. Mächtig viele Kerle von den drei Plantagen sind hinter dir her. Sie schwören alle, daß du das hübscheste Mädchen in Mississippi bist. Wahrscheinlich haben sie recht. Warum vergißt du mich also nicht, schnappst dir einen netten Mann und wirst glücklich? Das wäre das Vernünftigste, was du tun könntest.«

»Wer hat dir eingeredet, daß eine Frau vernünftig sein kann, wenn ihr Herz es nicht zuläßt? Meines war von dem Tag an stärker als mein Kopf, an dem ich dich zum erstenmal gesehen habe. Und was die netten Männer betrifft, so gibt es keine. Es gibt überhaupt keine Männer auf der Welt. Der Wind hat sie verweht, der Ozean hat sie verschluckt. Es gibt nur einen großen, gutaussehenden, trauernden Witwer auf der Welt. Wenn er mich nicht will, ist es aus mit mir.«

»Hör mal, Ruby –«

»Nein, ich will nichts hören. Wahrscheinlich ist es grausam von mir, dich daran zu erinnern, aber Phoebe ist tot.«

Er neigte den Kopf. Seine breiten Schultern zuckten krampfhaft. Tränen liefen ihm über die Wangen. Im Schein des Feuers sahen sie aus wie Blut.

»O Wes«, jammerte sie, sank neben ihm auf die Knie und legte den Arm um seine Schultern. »Ich bin gemein«, weinte sie. »Wie konnte ich so etwas sagen? Sie ist noch nicht einmal eine Woche unter der Erde, und du bist in tiefer Trauer. Wes, Liebling, verzeih mir! Ich bitte dich. Nie wieder werde ich so etwas sagen. Ich weiß genau, was du fühlst, ich habe sie auch lieb gehabt.«

»Du lügst, Ruby. Du hast immer schlecht von ihr gesprochen und warst gemein zu ihr. Das ist ganz natürlich, weil du mich angeblich gern hast, aber –«

»Angeblich! Wes, wenn mir der liebe Gott sagt, daß ich eine Nacht mit dir verbringen kann, daß ich dafür aber am nächsten Morgen sterben muß, gehe ich sofort hin und kauf mir den hübschesten Sarg, den du je gesehen hast, Und einen Grabstein dazu. Mein Gott, gibt es keine Möglichkeit, diesen dickschädligen Mann davon zu überzeugen, daß ich ihn wirklich liebe?«

»Das ist unwesentlich. Du wirst damit fertig werden, Ruby.

Du mußt es, denn ich werde, so lange ich lebe, nie mehr eine Frau anrühren, geschweige denn heiraten. Ich schwöre bei –«

Weiter kam er nicht. Denn sie preßte ihm beide Hände so fest auf den Mund, daß es ihm weh tat.

»Sag das nicht«, stöhnte sie. »Schwör nichts so Gemeines! Denn wenn du es tust, bist du ein Mörder. Wenn du mir die Hoffnung nimmst, daß ich dir jemals gehöre, schneide ich mir den Hals vor deiner Tür durch, damit jeder weiß, daß du schuld bist. Ich schwöre es dir auf die Bibel. Ich schwöre es vor Gott.«

Er zog ihre Hände herunter, sah sie an und erkannte, wie süß sie war. Daß er es so bald nach Phoebes Tod überhaupt bemerken konnte, erweckte in ihm Scham und Zorn.

»Ruby«, sagte er, »du mußt mir Zeit lassen, Kleines. Ein Jahr, vielleicht auch länger. Damit ich sehe, ob mein Herz soweit heilen kann. Ich glaube es zwar nicht, aber die Leute sagen, daß die Zeit Wunder wirkt. Als *Dangbevi* starb, glaubte ich, daß ich nie wieder jemanden lieben würde. Es dauerte lange – beinahe zehn Jahre –, dann lernte ich Phoebe kennen. Und verliebte mich in sie, wirklich und für immer, habe ich geglaubt. Aber der Teufel hat einem Weißen böse Gedanken eingegeben, und deshalb habe ich sie verloren. Außerdem war ich zu entsetzt, als ich das senffarbene Kind sah, um ihr zu sagen, was ich dachte. Ich wußte es ja, nur war ich zu verletzt, zu bekümmert und betrübt, um es auszusprechen.«

»Was wolltest du ihr sagen, Wes?«

»Daß es keine Rolle spielt. Daß ich sie so sehr liebe, daß es nichts gibt, was ich ihr nicht verzeihen kann. Am ärgsten ist, daß ich erst nach ihrem Tod erfahren habe, daß es gar nicht ihre Schuld war.«

»Denk nicht mehr daran, großer, süßer Mann. Quäl dich nicht so. Ich werde alles wieder gutmachen. In der ersten Nacht, die ich mit dir verbringe, werde ich den ganzen Schmerz und Kummer auslöschen.«

»Wahrscheinlich könntest du es. Aber nicht jetzt, Ruby. Ich muß zuerst verschiedenes erledigen. Außerdem gehört es sich nicht. Deshalb bitte ich dich, zu Pee Wees und Sarys Hütte zu gehen und über Nacht bei ihnen zu bleiben. Ich bin zu müde, um dich nach Collinswood zurückzubringen. Und falls dein Pa mit geladener

Flinte hier hereinstürmt, möchte ich, daß du außer Sichtweite bist. Zu heiraten, solange die arme Phoebe noch nicht einmal kalt ist, wäre mächtig ungehörig. Aber wenn wir heiraten, weil dein Vater mich mit vorgehaltenem Gewehr dazu zwingt, wäre es eine Schande. Sei also ein braves honigbraunes Mädchen und verschwinde, ja, bitte? Ich möchte schlafen. Ich bin die letzten vier – nein fünf – Nächte wach geblieben.«

»Gut, Wes, Liebling. Ich gehe. Wes, wäre es ungehörig, wie du sagst, wenn ich dich küsse? Nur ein einziger, kleiner Kuß, der überhaupt nicht zählt?«

»Es wäre sehr ungehörig. Du verschwindest jetzt Ruby.« Das Grollen in seiner Stimme war nicht ganz ernst zu nehmen – aber Ruby ging.

»Oh, hallo, Wes«, sagte Bob Bibbs. »Ich habe dich nicht so bald hier erwartet. Aber wenn du schon da bist, fang an! Auf dich wartet eine Menge Arbeit. Bei Gott, was meine verdammten Nigger in die Hand nehmen, machen sie früher oder später kaputt. Worauf wartest du noch? Los!«

Wes sah Beau Bob an; dann schweifte sein Blick zu Tom Cuthbert und dem Treiber Stone, blieb auf ihren Gesichtern haften. Die Verachtung in seinen Augen war nicht zu übersehen.

Noch nie hatte ein Nigger Tom Cuthbert so angeschaut. Er hatte mindestens drei »freche schwarze Bastarde« umgebracht, weil sie ihren Zorn und ihre Erbitterung nicht gut genug unterdrückt hatten, weil sie nicht genügend demütig gewesen waren. Der Zorn krampfte seinen Magen zusammen und explodierte dann.

»Was, zum Teufel, denkst du dir, Nigger, wenn du mich so ansiehst?« brüllte er.

Wes sah ihn weiterhin an. Die Verachtung wurde noch deutlicher.

»Ich denke nicht, ich weiß. Ich weiß, daß ich Dreck sehe. Weißen Dreck und schwarzen Dreck. Kein Unterschied.«

Tom Cuthbert schwang die beinahe drei Meter lange, bleibeschwerte Peitsche. Sie pfiff durch die Luft. Wes trat einen Schritt zur Seite, streckte die Hand aus, fing die geflochtene Schnur, so daß sie sich um seinen Arm schlang. Dann zog er, mit einer seidenweichen Bewegung. Die Peitsche spannte sich zwischen ihm und Tom Cuthbert; Wes bückte sich, fuhr mit der Schulter unter das Leder, drehte sich um, zog mit unwiderstehlicher Gewalt. Tom Cuthbert riß es buchstäblich von den Füßen, sein Körper beschrieb einen vollkommenen Halbkreis in der Luft, dann landete er der Länge nach auf dem Bauch.

Auch jetzt ließ der Zug noch nicht nach, so daß die Schlinge am Ende des Peitschenstils aus Toms vergeblich zupackenden Fingern glitt. Wes hielt die Peitsche immer noch an der Schnur fest, wirbelte sie um seinen Kopf und ließ sie dann los. Sie verschwand hundert Meter weiter in einem Dickicht.

Tom Cuthbert richtete sich auf ein Knie auf und versuchte, seinen Walker-Colt aus dem Holster zu ziehen. Er kam nicht dazu. Wes' lange schwarze Finger schlossen sich um sein Handgelenk und preßten, wobei sein Daumen auf einen bestimmten Punkt drückte. Toms Hand wurde kraftlos. Wes zog an seiner Stelle den Revolver, bog ihn über dem Knie zu einem C – bevor Jonas' Schuß ihn geschwächt hatte, wäre es ein U geworden – und warf die jetzt unbrauchbare Waffe über den Zaun ins Feld.

»Hör zu, Weißer«, sagte Wes ruhig, »ich bin Wes Parks. Und niemand peitscht Wes Parks, außer er bestellt sich schon vorher einen Sarg. Außerdem sollst du keinen Revolvwer ziehen. Das ist eine mächtig schlechte Angewohnheit. Du könntest irgendwann sogar irgendwen erschießen. Vielleicht dich selbst.«

Er wendete sich Bob Bibbs zu, als wären Tom und Stone überhaupt nicht vorhanden.

»Ich bin nicht hergekommen, um zu arbeiten, Massa Bob«, sagte er in dem gleichen ruhigen, tödlichen Ton. »Ich glaube nicht, daß ich jemals wieder auch nur einen Handgriff für Sie tun werde. Ich bin nur hierhergekommen, um Ihnen zu sagen, daß ich weiß, was Sie Phoebe angetan haben. Ich weiß es, weil ich vergangene Woche in Alabama war, um sie zurückzuholen. Sie stillte gerade Ihr Kind – ein häßliches, kleines Baby, ein scheißfarbener Bastard, der genauso ausgesehen hat wie Sie –«

»Wes, hör mal –«

»Halten Sie den Mund. Lassen Sie mich reden. Ich wollte es Ihnen nur sagen. Und noch etwas. Phoebe ist tot. Sie ertrug die

Schande nicht, daß ich es erfahren habe. Sie hat sich an Reverend Collins' Brunnen erhängt. Vorher hat sie ihr Kind – Ihr Kind, Massa Bob – mit einem Kissen erstickt. Das sind also zwei weitere Leben, die Sie auf dem Gewissen haben – falls Sie überhaupt ein Gewissen besitzen, was ich aber bezweifle. Jetzt gehe ich. Ich habe gesagt, was ich zu sagen hatte. Ich drohe Ihnen nicht. Ich werde nicht die Hand gegen Sie erheben. Trotzdem werden Sie fürchterlich büßen. Zunächst aber sollten Sie Ihren dreckigen weißen Aufseher fragen, wo er in der Nacht war, in der sich Miss Pam verirrt hat. Und wenn Sie wirklich gescheit sind, fragen Sie auch noch den schwarzen Treiber, wo er war.«

Er wollte sich umdrehen. Aber er hatte den klassischen Fehler des stolzen Menschen begangen; er hatte seine Feinde unterschätzt. Stone schlug den Prügel, den er heimlich und leise hochgehoben hatte, Wes über den Schädel. Der Schlag hätte einen schwächeren Mann getötet. Wes verlor das Bewußtsein. In seiner Schädeldecke entstand ein Haarriß, der ihm noch jahrelang mörderische Kopfschmerzen verursachen sollte. Er hatte auch Auswirkungen auf Wes' Persönlichkeit, auf seine Verhaltensweise. Wes war bereits so weit, daß er Haß empfand. War der Schlag die direkte Ursache für die ungeheuerliche, teuflische Grausamkeit, die er später an den Tag legte? Wer konnte das sagen? Außerdem kamen weitere Motive dazu . . .

»Mein Gott«, flüsterte Beau Bob. »Du hast ihn getötet.«

»Nein, Sir, Massa Bob. Ich habe ihn nur eingeschläfert. So ein sanfter, liebevoller Hieb hat noch nie einen Niggerschädel kaputtgemacht. Ich war zart wie eine Mammy mit ihrem Baby. Außerdem will ich nicht, daß er stirbt, jedenfalls nicht so leicht und schnell. Ich muß diesem Nigger mächtig viel heimzahlen.«

»Verdammt noch mal, Stone, du hast doch Wes nie vorher gesehen.«

»Gesehen nicht. Nur von ihm gehört, Massa Bob. Jedesmal, wenn ich versuche, einem von Ihren hochnäsigen Niggermädchen in die Nähe zu kommen –«

»Zum Teufel, Stone«, knurrte Tom Cuthbert, »hör auf zu quasseln und fessle diesen Nigger. Er ist richtiggehend gefährlich, Mann.«

»Ach, Massa Tom, er wird noch eine ganze Weile weg sein. Wie ich gesagt habe, Massa Bob, jedesmal wenn ich eines von diesen Weibsstücken auf den Rücken legen will, erzählen sie mir von diesem Nigger da. Man könnte meinen, er ist Jesus, wenn man sie hört. ›Wes spricht schön, so wie die Weißen. Wes ist sauber, er stinkt nicht. Er benimmt sich gut, er ist nicht grob und gemein und grausam wie du, Stone. Und er sieht sooo gut aus.‹ Das ist überhaupt das erste, was ich mit ihm machen will, Massa Bob – dafür sorgen, daß er nicht mehr ganz so gut aussieht. Ich möchte wissen, wie er mit gestutzten Ohren und eingeschlagener Nase aussieht.«

»Nein«, widersprach Bob nervös, »das lasse ich nicht zu, Stone.«

»Dann werde ich ihn kastrieren. Ihm die Eier in den Mund stopfen, damit er was zum Kauen hat.«

»Nein, verdammt noch mal, nein.«

»Mister Bob«, mischte sich Tom Cuthbert drohend ein, »dieser Nigger hat mich angegriffen. Er hat einen *Weißen* angegriffen. Ich verlange das Recht, ihn zu bestrafen. Hundert Hiebe zum mindesten, Mister Bibbs.«

»Gut, gut«, Bob weinte beinahe. »Verabreiche ihm eine ordentliche Tracht Prügel, aber nicht mehr. Er ist nicht mein Nigger, er gehört meinem Bruder. Wenn du ihn verstümmelst, macht mir Ash die Hölle heiß; er hält große Stücke auf ihn. Also fünfzig ordentliche Hiebe, aber nicht mehr, hast du verstanden?«

»Ja, Sir«, brummte Tom Cuthbert. Dann sah er Stone an und blinzelte ihm zu. Sie wußten beide, daß Bob nicht bleiben und beim Auspeitschen zusehen würde. Sie wußten schon lange, was für ein Schwächling und Feigling Bob war, und empfanden nichts als Verachtung für ihn.

Nachdem er fort war, banden sie den immer noch bewußtlosen Wes mit den Handgelenken an einen Balken in der Scheune, so daß seine Füße einen halben Meter über dem Boden baumelten. Denn befestigten sie schwere Steine an seinen Knöcheln, so daß sein nackter Körper nicht durch Hin- und Herschwingen die Wucht der Schläge vermindern konnte.

Dann begannen sie, ihn sehr langsam und gekonnt fertigzumachen. Sie setzten nie ihre ganze Kraft ein, weil sie ihm nicht die erlösende Bewußtlosigkeit gönnten. Sie wendeten ihre bevorzugte Vorgangsweise an: breite Holzpaddel mit Löchern, durch die Blasen entstanden, dann die bleibeschwerte Peitsche, unter der die Blasen aufplatzten und das Blut auf den Boden floß. Das sausende Geräusch der Peitsche und das Klatschen der Schläge war weit zu hören.

Die Haussklaven und Feldsklaven, die in der Nähe beschäftigt waren, versammelten sich in kleinen Gruppen in geziemendem Abstand vom Scheunentor und sahen zu.

Die beiden Bestien trieben es so lange, daß Mandy, die Frau des Stallaufsehers Mose, ihrem Mann sagte: »Sie werden ihn umbringen. Sie wollen ihn umbringen. Mose, nimm dir ein Pferd, nimm Miss Pams Prinz Rupert und reite nach Rosebriar. Hol Massa Ash.«

»Gut, Mandy, ich bin schon unterwegs.« Moses schätzte und bewunderte Wes wie beinahe alle Schwarzen, die ihn kannten. Es war ein Beweis für Wes' diplomatische Begabung, seinen Takt, seine Intelligenz, daß nicht einmal die offene Bewunderung der schwarzen Sklavinnen auf drei Plantagen ihn die warme, brüderliche Zugneigung der Männer gekostet hatte.

Aber zum Glück für Wes wurde das Auspeitschen beendet, bevor Mose Rosebriar erreicht hatte. Pamela beendete es.

Sie kam langsam und schwerfällig in die Scheune – sie war bereits im achten Monat – und sah Wes an. Trotz der höllischen, unglaublichen, unvorstellbaren Schmerzen war er voll bei Bewußtsein, so daß er ihr Gesicht erkennen konnte. Ihre Augen waren groß und sanft, um ihre Lippen lag ein Lächeln.

Stone hörte auf, Wes zu peitschen, und sagte: »Miss Pam, gehen Sie lieber ins Haus zurück. Massa Bob hat uns befohlen, diesen Nigger richtig auszupeitschen. Aber das ist kein Anblick für eine zarte weiße Dame, vor allem nicht, wenn sie in anderen Umständen ist.«

Pamelas Lächeln vertiefte ich.

»Aber ich möchte es sehen, Stone«, schnurrte sie. »Denn wenn es je ein arrogantes schwarzes Schwein gegeben hat, das darum gebettelt hat, dann ist es dieses da. Mach weiter! Peitsche ihn! Ziehe ihm die Haut vom Leib! Peitsche ihn zu Tode!«

Wes spuckte einen Klumpen Blut aus. Er hatte seine Zunge durchgebissen, um den beiden nicht die Befriedigung zu gewähren, daß er schrie. Er starrte Pamela an und flüsterte:

»Du – Hure – du – mörderische – weiße – Hure.«

Stone schwang die Peitsche. Sie fiel auf einen Rücken, der nichts Menschenähnliches mehr hatte. Wes schauderte und unterdrückte einen Schrei. Einmal, zweimal, dreimal sauste die Peitsche. Tom Cuthbert zündete sich eine Zigarre an und grinste Pamela zu.

Dann beging Stone einen Fehler. Er ließ die Spitze der Peitsche zwischen Wes' Schenkel zucken, so daß sie seine Hoden traf. Wes schrie, er konnte nicht anders. Kein menschliches Wesen hätte diesen Schrei unterdrücken können.

Als sie den Schrei hörte, blinzelte Pamela. Die Dämonen, die ihre Seele quälten, verließen ihren Körper, während sie tief Luft holte.

Ihre Augen wurden klar, ihre Lippen preßten sich hart zusammen. Sie betrachtete Wes' nackte, blutige Gestalt; er war jetzt – zum Glück für ihn – ohnmächtig. Sie rief:

»Was machtst du da? Hör auf! Hör auf, du mörderisches Schwein! Hör sofort auf, hast du gehört?«

»Aber – aber Miss Pam. Sie haben gerade gesagt – Sie haben uns gerade befohlen, diesen Nigger zu Tode zu peitschen.«

»Ich habe nichts Derartiges gesagt, du dreckiger Lügner. Hör auf, hast du mich verstanden? Binde ihn los. Bring ihn in seine Hütte, damit ich mich um ihn kümmern kann.«

Stone starrte seinen Herrn verdutzt an. Tom Cuthbert nickte. Sie schnitten Wes' blutigen, kaum mehr lebenden Körper vom Balken. Dann trugen sie ihn in die große, neue Hütte, in der er gewohnt hatte, und legten ihn mit dem Gesicht nach unten auf das Bett.

»Jetzt verschwindet, alle beide!« befahl Pamela.

36

Mandy war eine der vielen schwarzen Frauen, die durch die Sklaverei kraftvolle Persönlichkeiten geworden waren; Martha, Pamelas Zofe, hingegen gehörte zu der kleineren Gruppe von Negerinnen, die die Grausamkeit ihrer Herren in wahre Furien verwandelt hatte.

Sie warteten jetzt nebeneinander mit vor der Brust gekreuzten Armen. Jede erfahrene Plantagenbesitzerin wußte, daß sich hinter dieser Haltung Herausforderung und Zorn verbargen. Sie waren beide groß und kräftig, aber keine von ihnen war dick. Mit Ausnahme der Köchinnen bekamen Sklavinnen selten so viel zu essen, daß sie fett wurden. Wenn man in Betracht zieht, daß sie ein Arbeitspensum leisteten, durch das ein kräftiger Ochse überfordert gewesen wäre, ist es kein Wunder, daß die meisten von ihnen dünn wie Bohnenstangen waren.

Was Mandy und Martha an Fett fehlte, machten sie jedoch durch Muskeln wett. Jede von ihnen war zumindest ebenso kräftig wie ein männlicher Sklave, sogar kräftiger als die meisten von ihnen. Sie würden diese Kraft brauchen, das wußten sie sehr gut. Für Wes und für sich selbst.

Jetzt sahen sie, daß Tom Cuthbert und Stone Mountain die große Hütte verließen, die Pamela seinerzeit für Wes hatte bauen lassen. Das hatte damals zu boshaften Gerüchten geführt. Diese Gerüchte waren nicht verstummt, da sich Pamela auch jetzt noch, nachdem sie Wes längst aus ihren Diensten entlassen hatte, weigerte, die Hütte jemand anderem anzuweisen. »Wahrscheinlich enthält diese Hütte für sie zu viele schöne Erinnerungen«, flüsterten ihre Leute einander zu.

Tom und Stone gingen langsam zu einem etwa zwanzig Meter entfernten Zaun und lehnten sich lässig daran. Aber beide ließen die Tür der Hütte nicht aus den Augen.

»Jemand muß diesen Nigger umbringen«, sagte Martha.

»Und den Weißen«, fügte Mandy hinzu.

»Stone ist ärger. Die meisten Niggertreiber knallen mit den Peitschen nur dicht über deiner Haut, so daß der weiße Aufseher glaubt, sie peitschen dich wirklich. Dann blinzeln sie dir zu, damit du schreist und brüllst, als würden die sich umbringen. Aber dieser Nigger peitscht. Er peitscht ärger als der weiße Aufseher. Er mag es, wenn er peitschen darf. Aber das ist nicht alles.«

»Ich weiß, die jungen Mädchen. Er hat schon dreien einen dicken Bauch gemacht, und er ist erst so kurze Zeit hier. Ich habe nie geglaubt, daß ich einen Nigger mehr hassen könnte als einen Weißen; aber Stone hat mich dazu gebracht. Ich hasse ihn mächtig mehr als die Weißen. Warte, Martha. Wir können noch nicht hinein. Warte, bis sie weg sind. Außerdem ist sie noch nicht herausgekommen.«

»Das wird sie auch nicht so bald, wetten wir? Nicht einmal mit dem dicken Bauch, den ihr jemand angehängt hat, und dabei weiß nicht einmal sie, wer dieser jemand ist.«

»Wes war es jedenfalls nicht, das ist sicher. Mandy, wenn das weiße Stinktier und das schwarze Schwein nicht verschwinden, müssen wir vor ihren Augen hineingehen. Wenn wir Wes nicht bald helfen, stirbt er. Sie hat keine Ahnung, was sie tun soll – außer, ihn verkehrt herum zu ficken.«

»Mein Gott, hast du ein Schandmaul. Warte, Martha, sie werden unruhig. Außerdem, wenn wir hineingehen, solange sie da sind, peitschen uns die beiden Bastarde so, daß wir niemandem mehr helfen können. Also hab noch Geduld. Es ist besser, wir warten und können dann etwas für Wes tun. Der arme Kerl! Er hat ausgesehen, als wäre er schon halb hinüber.«

»Das stimmt, aber ich hoffe, daß sie ihn nicht geschafft haben. Vor allem, weil ich ihm ein paar Ideen in den Kopf setzen möchte.«

»Zum Beispiel – außer daß er dich auf den Rücken legt?«

»Zum Beispiel, daß er sich um Stone kümmert. Und um den Weißen. Für immer, Mandy. Und auch um sie, um das verdammte Biest.«

Mandy starrte Martha an.

»Martha, Wes ist mein Freund – und auch der Freund von meinem Mose. Ich werde also verdammt nicht daneben stehen und zusehen, wie du ihn in den Tod treibst, damit du dich für das rächst, was diese Verrückte dir angetan hast. Du hast nicht das Recht dazu. Wenn sie mich so gepeitscht hätte wie dich, hätte ich sie eigenhändig umgebracht. Dann hätte ich mir den Hals aufgeschnitten, damit die Weißen nicht die Freude haben, mich zu Tode zu foltern. Aber du kannst nicht von Wes verlangen, daß er sein Leben für dich riskiert.«

»Das will ich gar nicht. Hör mir zu, Mandy. Erinnerst du dich an Thanksgiving vergangenes Jahr? Wie Wes den armen, verrückten Jonas dazu gebracht hat, sich selbst k. o. zu schlagen? Und der Gefängniswärter in Natchez, der seinen Schweinen persönlich seine Nase und seine Ohren serviert hat! Und weißt du noch, wie die Paddyroller Wes fangen wollten und er ihre Pferde verhext und ihre Hunde so erschreckt hat, daß sie heulend davongelaufen sind? Die Paddyroller haben selbst gesagt, daß er ihre Peitschen in lebendige Schlangen verwandelt hat und daß er dann fünfzig Meter groß geworden und über die Bäume gestiegen ist.«

»Das glaubst du wirklich, Martha?«

»Und ob ich das glaube! Ich will dir noch was sagen. Wes hat Ellen Collins aus dem Grab geholt. Neulich hat Miss Pam vergessen, die Schreibtischlade zu versperren, und ich habe das Hochzeitsbild gesehen, das ihr Massa Dwight geschickt hat. Und weißt du, wer die Braut war? Ellen! Freundlich und glücklich lächelnd.«

»Großer Gott!«

»Und die vielen seltsamen Dinge bei Wes' und Phoebes Hochzeit? Du warst dort, genau wie ich, und du hast gesehen, was geschehen ist.«

»Und ob ich es gesehen habe! Mir haben sich die Haare aufgestellt. Das grüne Feuer – und die Voodoo-Perlen, die Miss Celies Finger verbrannten.«

»Und was war mit Joe Collins, Mandy? Er ist wie ein Geist durch die Gefängnismauer gegangen. Weil der Schuppen versperrt war, und das Schloß war zu und nicht kaputtgemacht. Deshalb sage ich dir etwas, Mandy: Wenn uns jemand helfen kann, die beiden Teufel loszuwerden, ohne daß man ihn dabei erwischt, dann Wes. Außerdem hat er jetzt selbst Grund genug dafür. Deshalb mache ich mir keine Sorgen. Ich mache mir nur deswegen Sorgen, wie er *sie* los wird.«

»Martha – sie gehen. Gott sei Dank. Komm jetzt!«

Sie stießen leise die Tür zur Hütte auf, blieben im Türrahmen stehen und starrten Pamela und den Geschundenen an, in den

Tom Cuthbert und Stone Mountain Wes verwandelt hatten. Er lag so still, daß sie ihn für tot hielten. Zorn und Schmerz überwältigten sie.

Aber dann stöhnte Wes.

Pamela beugte sich über ihn, in ihren Augen glitzerten Tränen.

»Wes, mein armer Liebling, was haben sie mit dir getan.«

Sie streckte langsam die dünne Hand aus, bis ihre zitternden Finger seinen blutigen, zerfleischten Rücken berührten. Sie zuckte zurück, als hätte sie sich verbrannt, und sah das Blut an, das an ihnen klebte.

Dann hob sie langsam die Hand zum Mund, streckte die Zunge heraus, kostete das Blut und seufzte, sichtlich befriedigt: »Wie süß!«

»O verdammt!« heulte Martha. »Ich bringe diese blutdürstige Hexe um.«

Mandy hielt sie fest. »Sei nicht dumm, Martha«, sagte sie.

Pamela drehte sich um und schrie leise auf. Dann sagte sie: »Mandy, Martha, ich brauche –«

»Sie brauchen überhaupt nichts, Miss Pam«, unterbrach sie Mandy. »Sie müssen nur ins Herrenhaus zurückgehen, wo Sie hingehören. Wir werden uns jetzt um Wes kümmern.«

»Gut«, seufzte Pamela, »ich kann wirklich nicht viel tun, nicht wahr?«

»Sie haben den beiden befohlen, mit dem Auspeitschen aufzuhören, das genügt. Außerdem müssen Sie an Ihr Baby denken. Sie sollten nichts so Scheußliches sehen, das Kind könnte durch den Schrecken Schaden leiden.«

»Was für Schaden?«

»Vielleicht wird es pechschwarz«, meinte Martha giftig.

»Nein, Martha, das ist unmöglich, absolut unwissenschaftlich. Ein Kind wird nur dann pechschwarz, wenn beide Eltern schwarz sind. Und weil ich weiß bin, kann ich nie ein ganz schwarzes Kind bekommen.«

Martha lachte bitter.

»Miss Pam, Sie haben wohl vergessen, wo Sie leben? Wir sind hier in Mississippi. Es muß gar nicht schwarz sein. Jede Farbe zwischen gelb und dunkelbraun genügt. Aber Sie müssen sich ja keine Sorgen machen, nicht wahr?«

»Nein«, flüsterte Pamela unsicher. »Ich glaube es jedenfalls nicht.«

Mandy sah sie mitleidig an. »Mein Gott, Madam, wissen Sie es denn nicht?«

»Nein, Mandy, ich weiß es nicht. Ich denke – ich glaube –, daß das Kind von meinem Mann ist. Ich hoffe es. Aber ich weiß es nicht. Da ist nämlich immer noch die Nacht nach Deirdres Begräbnis. Die Nacht, in der ich mich verirrt habe. Die Nacht, die ich verloren habe. Ich habe das schreckliche Gefühl, daß damals etwas geschehen ist. Etwas so Entsetzliches, daß mein Verstand sich weigert, sich daran zu erinnern.«

»Madam«, sagte Mandy, »ich bringe Sie nach Haus. Kommen Sie, stehen Sie auf und hängen Sie sich bei mir ein. Es wäre nicht gut für Sie, wenn Sie ohnmächtig werden und umfallen. Martha, kümmere dich um Wes. Ich bin gleich wieder da . . .«

Als Wes zu sich kam und wieder seine Schmerzen empfand, war es daher Martha, die seinen zerfetzten Rücken behandelte, nicht die klügere, sanftere Mandy. Er drehte den Kopf und krächzte: »Danke, Martha.«

»Halt den Mund, Wes. Ich will dich wieder auf die Beine bringen. Nicht, weil du es bist. Sondern weil man nicht einmal einem streunenden Hund das antun darf, was die beiden Schweine dir angetan haben.«

»Sie werden dafür bezahlen, Martha. Alle drei: Massa Bob, Tom Cuthbert und Stone. Der Preis wird mächtig hoch sein.«

»Und sie? Sie hat ihnen gesagt, sie sollen dich zu Tode peitschen. Ich habe es gehört. Massa Bob hat nur fünfzig Hiebe befohlen, aber sie hat gesagt, sie sollen weitermachen. Sie haben dich zuschanden geschlagen, Wes.«

»Ich weiß, ich habe gehört, was sie gesagt hat. Aber sie ist eine Frau, und außerdem ist ihr Kopf nicht ganz in Ordnung. Vergiß sie! Sie spielt überhaupt keine Rolle.«

»Und ob sie eine Rolle spielt. Sie ist die gemeinste, grausamste, niederträchtigste, häßlichste Weiße, die der Teufel je auf diese Welt geschickt hat.«

»Du irrst dich, Martha. Wenn sie in Ordnung ist, ist sie der freundlichste, beste Mensch. Und sie ist nicht häßlich. Sie ist sogar mächtig hübsch.«

»Und ich habe geglaubt, daß du mehr Grips im Kopf hast als die anderen. Ich hätte nie gedacht, daß eine weiße Fut dich um den Verstand bringen kann wie jeden anderen Nigger.«

»Martha, ich habe nie so etwas mit Miss Pam getan. Ich schwöre es auf das Grab von meiner Phoebe.«

»Phoebes Grab? Wes, du willst doch nicht sagen, daß die arme Phoebe tot ist?«

»Doch, aber sprechen wir nicht mehr, Martha. Ich versuche, am Leben zu bleiben, so daß ich es ihnen heimzahlen kann. Ohne daß mir jemand hilft.«

»Wes, es tut mir leid. Gut, sprich nicht. Du bist schwach. Aber hör mir zu. Wie kommt es, daß manche Menschen, wenn sie betrunken sind, gemein werden? Und andere werden lustig, fröhlich, glücklich? Wenn jemand sich mit Schnaps vollaufen läßt, zeigt er sich so, wie er wirklich ist. Bei Verrückten ist es das gleiche. Die Schwester von meiner Ma hat den Verstand verloren – sie war die glücklichste Verrückte, die ich je gesehen habe. Sie hat immer nur gesungen und gelacht. Und warum? Weil sie tief drinnen eine fröhliche Frau war, und der Wahnsinn hat das einfach herausgebracht.«

Sie unterbrach sich, tauchte den Finger in die Salbe, die sie bereitet hatte – natürlich war sie keineswegs so wirksam wie Wes's Salbe –, und verteilte sie vorsichtig auf die Striemen. Obwohl sie Wes nur ganz leicht berührte, hatte er Mühe, nicht laut aufzuschreiben.

»Jetzt Miss Pam! Ganz gleich, was du sagst, sie ist gemein. Sie ist so voll Gift, daß sie sterben würde, wenn sie sich selber beißt. Wes, ich will dir meinem nackten Körper zeigen. Es ist keine Sünde, weil meine Narben niemanden in Versuchung führen können.«

Sie knöpfte ihre Bluse auf und streifte sie über die Schultern. »Wes, hast du schon eine gesehen, die auf ihre Vorderseite geschlagen worden ist? Der man die Titten zerschlagen hat? Das hat deine nette, süße Miss Pam nämlich getan. Schau mich an, mach nicht die Augen zu! Mein armer Bauch, und da unten auch, wo ich es dir nicht zeigen kann. Sie hat mich mindestens zwanzigmal zwischen die Beine geschlagen. Sie wollte mich ganz hin machen, so daß ich keine Frau mehr bin. Es ist ihr beinahe geglückt.«

»Jesus!«

»Deshalb sag mir nicht, daß sie nicht gemein ist. Sie ist das gemeinste, niederträchtigste, bösartigste Weib, das je Luft geatmet hat.«

»Martha, jetzt sind es vier. Massa Bob, Tom, Stone und sie. Sie wird auch bezahlen. Ich vergesse einfach, daß sie eine Frau ist.«

In diesem Augenblick hörten sie Hufschläge, die schnell näher kamen, und dann Fred Hoskins' kräftige Stimme: »Wes, Wes! Wo habt ihr ihn? Hier drinnen?«

Martha zog die Bluse wieder hinauf. »Ja, Fred, hier drin«, sagte sie. »Komm herein.«

Fred trat in die Hütte, blieb stehen und starrte Wes' Rücken an. »O Gott! Sie haben ihn umgebracht. Es gibt keinen Menschen, der so ein Auspeitschen überlebt.«

Ruby stand hinter ihm. Martha sah ihr Gesicht, ihre Augen und rief: »Fang sie auf, Fred! Sie wird ohnmächtig!«

Fred fuhr herum, aber zu spät. Ruby streckte blindlings die Hand aus und schlug der Länge nach auf den Boden.

»Ruby«, flüsterte Wes.

»Ja«, kicherte Martha, »du hast eine schöne Wirkung auf Mädchen. Laß sie liegen, Fred. Sie wird schon zu sich kommen. Hat dir Mose von Wes erzählt?«

»Ja. Wes, ich habe dir deine weiße Salbe gebracht. Weil Joe jetzt wieder in Ordnung ist, mußte ich erst welche zusammenmischen, deshalb habe ich so lange gebraucht. Hier ist sie.«

»Ruby«, stöhnte Wes, »kümmere dich um Ruby, Fred.«

»Zuerst du. Martha wasch das ganze Zeug herunter, das du auf seinen Rücken geschmiert hast. Das hier ist etwas, was Wes selbst erfunden hat – ein Wunder. Ja, warmes Wasser, ein sauberes Tuch. Sei jetzt ganz vorsichtig.«

Ruby kam plötzlich zu sich und begann zu schreien wie eine Wahnsinnige. Sie trommelte mit den Fäusten auf den Boden, schlug mit dem Kopf auf die Bretter. Dann riß sie sich die Haare büschelweise aus.

»Weißt du was, Fred«, sagte Martha, »dieses verrückte Ding liebt Wes, nicht wahr? Sie liebt ihn wirklich.«

»Gib mir dein Rasiermesser«, kreischte Ruby. »Gib mir ein Messer. Ich kann ohne meinen Wes nicht leben. Ich will ohne ihn nicht leben.«

Das Mitleid verlieh Wes die Kraft, laut zu sprechen.

»Nicht, Ruby«, sagte er. »Wein nicht! Mir geht es gut.«

Ruby erhob sich auf die Knie. Sie starrte Wes an; ihre Augen standen voller Tränen, ihre Wangen waren naß. Sie hob die Hände, faltete sie zum Gebet.

»Ich weiß nicht, wie ich es sagen soll, lieber Gott«, flüsterte sie. »Ich bin nur ein armes, dummes Niggermädchen, und ich kenne nicht die richtigen Worte. Für das, was ich fühle, gibt es sowieso keine. Deshalb schau bitte in mein Herz, lieber Gott, damit du siehst, wie glücklich es ist. Ich danke dir, lieber Gott. Danke. Weil du meinen Wes gerettest hast. Amen.«

Sie rutschte auf den Knien zum Bett, immer noch weinend und stöhnend.

»Wes, o mein Wes, mein großer, süßer, lieber Mann. Wes –«

Er lächelte sie an.

»Wein nicht, Honigmädchen. Mir geht es wirklich gut, ich –«

Weiter kam er nicht. Sie beugte sich vor, fand seinen Mund, legte ihren darauf, eine Ewigkeit lang.

»Verdammt«, kicherte Fred. »So ist's richtig, Baby. Noch fünf Minuten, und er läuft wieder herum. So ein Kuß kann einen Toten lebendig machen.«

Er hatte beinahe recht.

37

»Ruby«, sagte Wes vorwurfsvoll, »du bist heute früh nicht nach Collinswood zurückgegangen, wie ich gesagt habe?«

»Nein, Wes, mein Süßer«, kicherte Ruby. »Natürlich bin ich

hiergeblieben. Ich habe mir gedacht, wenn ich lange genug in Rosebriar bleibe, kommt Papa wutschnaubend mit der Flinte hinterher. Ich habe es auch mit Pee Wee und Sary ausgemacht. Sie haben mir versprochen, Papa zu sagen, daß sie gesehen haben, wie ich in deine Hütte marschiert und seither nicht mehr herausgekommen bin. Damit ist mein Ruf zum Teufel. Los, Wes, wann willst du mich zu einer ehrbaren Frau machen?«

»Nie. Welcher Mann, der seine fünf Sinne beisammen hat, würde sich etwas wie dich aussuchen? Komm, Ruby, sag die Wahrheit. Bist du wirklich nicht nach Hause gegangen?«

»Nein, Wes. Der armen Sary wo so schlecht. Sie ist so klein, sie sollte kein Baby bekommen. Pee Wee hat Doktor Tom abgefangern, während er zu Patienten unterwegs war, und hat ihn zu ihr gebracht. Doktor Tom sagt jetzt, wenn die Wehen einsetzen, sollen sie sofort jemanden zu ihm schicken und keine Nigger-Hebamme an sie heranlassen. Er sagt, daß er vielleicht das arme Kind opfern muß, um ihr Leben zu retten. Der arme Pee Wee. Ich habe einen erwachsenen Mann noch nie so weinen gesehen. Er hat meine kleine Schwester ganz bestimmt lieb.«

»Wie geht es eigentlich Lottie, Martha?« flüsterte Wes.

»Sehr gut, nur ist sie bedrückt«, erklärte Martha. »Es ist nämlich mächtig traurig für ein junges Mädchen, wenn es ein Baby ganz allein aufziehen muß. Sei deshalb vorsichtig, Ruby.«

»Nein«, widersprach Ruby übermütig. »Ich werde überhaupt nicht vorsichtig sein. Ich werde mich in der Nacht zu Wes schleichen, wenn er tief schläft, und ihn festbinden. Ich werde ihn so fertigmachen, daß er um Gnade fleht. Und dann, wenn ich einen schönen dicken Bauch habe, werde ich nach Hause laufen und brüllen: ›Pa, Pa, sieh doch nur, was Wes mir getan hat!‹«

»Schämst du dich denn überhaupt nicht, Ruby?« fragte Mandy.

»Überhaupt nicht, wenn es um meinen Wes geht.«

Fred hatte die Hütte verlassen, weil er, wie er sagte, bei dem Gegacker nicht taub werden wollte. Jetzt steckte er den Kopf zur Tür herein.

»Gebt acht!« zischte er. »Die Weißen kommen. Massa Bob und Doktor Tom.«

Mandy und Martha standen auf, aber Ruby blieb, wo sie war, neben Wes' Bett.

Ashton Bibbs kam herein, sah Wes' nackten Rücken an, flüsterte: »Jesus.« Dann knurrte er: »Alle Nigger verschwinden von hier.«

»Nein«, widersprach Ruby. »Ich rühr' mich nicht weg. Ich bleibe hier und passe auf, daß ihr verdammten Weißen ihm nicht noch mehr antut. Ihr habt meinen Wes umgebracht.«

»Ruby«, flüsterte Wes, »halt den Mund. Tu, was Massa Ash sagt. Verschwinde!«

»Aber Wes, Liebling, sie –«

»Tu, was ich sage, Ruby. Verschwinde!«

»Frauen!« seufzte Tom Ridgely. »Sie machen nichts als Schwierigkeiten, ganz gleich, welche Hautfarbe sie haben. Jetzt werde ich mir einmal deinen Rücken ansehen, Wes.«

Er untersuchte Wes kurz und wendete sich dann Bob zu.

»Bob, ich sehe ein, daß strenge Disziplin erforderlich ist, wenn man eine Plantage mit Sklaven betreiben will, aber das ist nicht Disziplin, das ist Brutalität. Wenn Sie so weitermachen, würde es mich nicht überraschen, wenn eine Abordnung Ihrer Nachbarn Ihnen eines Tages anbietet, Ihren Besitz zu kaufen, so daß Sie Ihren Wohnsitz woanders aufschlagen können.«

»Jetzt hören Sie mal, Doktor Tom«, begann Bob, aber Ash unterbrach ihn.

»Bob, lassen wir die Tatsache beiseite, daß Wes mein Nigger ist, so daß du ihn eigentlich mir zur Bestrafung hättest übergeben sollen. Würdest du mir bitte erklären, was Wes überhaupt getan hat?«

»Jetzt mach mal eine Pause, Ash«, sagte Bob. »Zunächst: ich habe nicht befohlen, daß Wes so gepeitscht wird. Ich denke nicht daran, wertvolle Nigger arbeitsunfähig zu machen oder gar zu töten – und es sieht so aus, als hätten die beiden perversen Bastarde genau das vorgehabt. Wes, kannst du mich hören?«

»Ja, Massa Bob.«

»Habe ich Tom Cuthbert und Stone befohlen, dich so zuzurichten?«

»Nein, Sir, Sie haben ihnen befohlen, mir fünfzig Hiebe zu versetzen. Sie haben mir dreihundert versetzt. Hundert mit dem Paddel. Zweihundert mit der Peitsche.«

»Sogar fünfzig sind zuviel«, erklärte Ashton. »Ich halte mich an Pas Regel: zwanzig für die Männer, zehn für die Frauen. Du hast die Frage aber noch nicht beantwortet, Bob. Was, zum Teufel, hat Wes getan?«

»Er – er hat mich bedroht.« Bob weinte beinahe. »Aber ich hätte es ihm durchgehen lassen, wenn er es nicht vor Tom und Stone getan hätte. Du erwartest doch nicht, daß ich mir von einem Nigger Frechheiten und Drohungen gefallen lasse, während mein Aufseher und mein Treiber zuhören? Ich habe ihnen also gesagt, sie sollen ihm fünfzig versetzen, und bin gegangen. Wir haben vorher noch eine kleine Diskussion gehabt, aber –«

»Massa Ash«, unterbrach ihn Wes, »Sie haben Ihren Bruder gehört; aber weil Sie der Sohn Ihres Daddys und fair sind, müssen Sie auch mich anhören. Holen Sie sich einen Stuhl, setzen Sie sich zum Bett. Ich kann nicht laut sprechen, ich habe keine Kraft mehr, und ich will, daß Sie mich verstehen. Auch Sie, Doktor Tom. Auch Sie, Massa Bob, damit Sie sich verteidigen können, wenn ich etwas durcheinanderbringe, es falsch erzähle.«

Die drei setzten sich ans Bett.

»Zuerst, Massa Ash, weil Sie es noch nicht wissen können: ich habe Phoebe nicht mitgebracht, auch wenn Sie mir den Paß dafür gegeben haben.«

»Und warum nicht, Wes?«

»Weil sie tot ist. Sie hat ihr Kind erstickt und sich dann erhängt, weil sie die Schande nicht ertragen hat, daß ich alles weiß. Das Baby hat ihr Ihr Bruder, Massa Bob gemacht, während ich hilflos im Bett gelegen bin.«

»Jesus!« schrie Ashton laut.

»Warten Sie, Sir, ich will Ihnen alles erzählen, bevor Sie etwas tun oder sagen, was Ihnen dann leid tut.« Er erzählte ihnen alles. Sehr ruhig, ohne Zorn, aber dadurch wurde sein Bericht noch eindrucksvoller. Ein Satz, der einmal in bezug auf Wes gefallen war, fiel Ashton ein: Was kann man gegen die vollkommene Würde tun, die die vollkommene Wahrheit spricht?

Wes schloß: »So war es, Massa Ash, das ist mir widerfahren. Aber ich habe Massa Bob nicht bedroht, ›Die Rache ist mein‹, sagt der Herr, und das habe ich ihm prophezeit. Ich habe ihm gesagt, was mit ihm geschehen wird, ohne daß ich auch nur einen Finger rühren muß: Daß er blutige Tränen weinen wird, wie ich es getan habe, und daß er in seiner Jugendblüte sterben wird, wahrscheinlich von eigener Hand. Aber es war keine Drohung. Ich habe es ihm nur gesagt, so wie ich Ihnen gesagt habe, Massa Ash, daß Ihnen am Tage meiner Abreise in Natchez etwas mächtig Schlechtes widerfahren wird. Jetzt sitzen Sie mit einer Schußwunde hier und tragen den Arm in der Schlinge. Jedenfalls hat es ihn wütend gemacht, und er hat mich beschimpft. Dann haben mich dieser Weiße und sein Nigger niedergeschlagen. Das ist alles, Sir. Nein, noch etwas. Reverend Collins hat von Phoebe erfahren, warum sie Massa Bob nicht abgewehrt hat; warum sie es überhaupt nicht versucht hat. Massa Bob hat behauptet, daß Käpt'n Wally mich in seinem Testament ihm vermacht hat und daß er mich nach China oder noch weiter weg verkaufen wird, wenn sie nicht nachgibt. Das ist jetzt alles, was ich zu sagen hatte.«

Ashton sah seinen Bruder an. Er sprach nicht, das war nicht notwendig: die Verachtung in seinem Blick war zu deutlich.

»Verdammt, Ash«, knurrte Bob, »sieh mich nicht so an. Du selbst bist ja auch nicht gerade eine blütenweiße Unschuld. Deine Frau schießt auf dich und bearbeitet deine Mätresse auf der Hauptstraße von Natchez mit der Reitpeitsche.«

»Halt den Mund, Bob! Du jagst diese beiden Verbrecher von deiner Plantage, und die Angelegenheit ist erledigt. Einverstanden?«

»Einverstanden«, erklärte Bob, unendlich erleichtert.

»Jetzt brauche ich einen Wagen mit einem Strohsack. Ich will Wes mitnehmen.«

»Ash«, wandte Tom Ridgely ein, »ich weiß nicht, ob das klug ist. Es ist schon sehr kalt, und wenn er sich erkältet . . .«

»Wir werden ihn in warme Decken wickeln. Aber er kann nicht hierbleiben, Doktor Tom. Die beiden Killer würden in der Nacht zurückkommen und ihn erledigen. Sogar bei mir zu Hause werde ich Maebelle in eine Dachkammer stecken und Wes in ihrem Zimmer neben Trilby unterbringen. Trilby bekommt Auftrag, in der Nacht alle paar Stunden nach ihm zu sehen.«

»Sie haben sicherlich recht, Ash«, seufzte Doktor Ridgely. »Ich glaube nur nicht, daß er es aushält, wenn eine Decke seinen Rücken berührt.«

»Ich halte es aus, Doktor Tom«, flüsterte Wes. »Sie haben mir meine weiße Spezialsalbe draufgetan. Es tut überhaupt nicht mehr weh.«

»Wes, ich habe versucht, diese Salbe zu analysieren, es ist mir aber nicht gelungen. Die Grundlage ist ähnlich wie Opium, aber es ist kein Opium. Es ist etwas anderes, deutlich Besseres. Wenn du mir erklärst, wie du diese Salbe machst, wäre es ein wesentlicher Beitrag zum medizinischen Fortschritt.«

»Ich kann es Ihnen nicht erklären, Sir, ich muß es Ihnen zeigen. Man macht sie aus einer kleinen weißen Blume, die im Wald wächst. Man zerreibt die Blütenblätter und vermischt sie mit Olivenöl. Aber ich weiß nicht, wie die Blume heißt. Sie müssen bis zum Frühjahr warten, Sir, weil sie erst dann wieder blüht.«

»Gut. Aber wenn es soweit ist, gehen wir gemeinsam Blumen pflücken, abgemacht?«

»Ja, Sir. Das heißt, wenn ich dann noch lebe.«

»Das wirst du, dafür werde ich sorgen.«

»Doktor Tom, Sie können ja meinen Körper heilen, aber was für eine Medizin haben Sie für einen verzweifelten Geist? Was für ein Mittel für ein schmerzendes Herz? Haben Sie irgendwelche Tabletten oder Pulver in Ihrer Tasche, die bewirken, daß ich den Wunsch habe, am Leben zu bleiben?«

Er senkte den Kopf und weinte lautlos.

»Wes, um Himmels willen«, sagte Ashton, »gib nur jetzt nicht auf. Du bist noch nicht vierzig, du hast noch das halbe Leben vor dir. Außerdem kann ich dir eine großartige Medizin für deinen Kummer besorgen, nämlich Ruby. Ich werde morgen mit Bart Collins um sie feilschen und sie dann zu deiner Pflegerin ernennen. Allerdings wirst du mit ihrer spitzen Zunge und ihrem Jähzorn fertig werden müssen. Bob, warte, verschwinde jetzt nicht!«

Bob blieb im Türrahmen stehen. Er sah aus wie ein Hund, der die Ohren hängen läßt, weil man ihn bei etwas Verbotenem erwischt hat.

»Ich bin nicht deshalb hergekommen«, fuhr Ash fort, »aber weil ich schon einmal da bin, kann ich es gleich aufs Tapet bringen. Ich brauche ein Darlehen. Ich verfüge im Augenblick über zu wenig Bargeld. Und ich stehe bei der Bank schon tief in der Kreide. Meine Abnehmer haben noch nicht gezahlt, und ich muß innerhalb der nächsten Wochen zwei Rechnungen begleichen. Ich gebe dir das Geld in der ersten Novemberwoche zurück. In Ordnung?«

»Ash, ich habe keinen roten Heller. Ich habe unsere Ernte nämlich noch nicht zum Kauf angeboten, weil ich mir ausgerechnet habe, daß infolge des schlechten Wetters die Baumwollernte die Nachfrage nicht decken wird. Ich habe recht behalten. Die Preise steigen, und ich warte noch eine Weile. Aber ich mache dir einen Vorschlag: ich verpfände einen Teil meiner Ernte bei der Bank als Sicherheit für deine Verbindlichkeiten, sobald sie fällig sind. In Ordnung?«

»In Ordnung. Danke. Aber Bob, es ist Oktober. Du willst doch nicht sagen, daß du deine gesamte Ernte jetzt noch in einem Lagerhaus in Natchez oder in New Orleans liegen hast? Das ist ein verdammtes Risiko, Junge. Ist sie wenigstens versichert?«

»Wer kann heutzutage schon die Versicherungsprämien bezahlen? Außerdem möchte ich etwas Kapital für den kleinen Kerl anlegen, sobald er auf die Welt gekommen ist. Du und Doktor Tom werdet als Treuhänder fungieren – ich bitte euch nicht darum, sondern ich teile es euch mit. Aber die Ernte ist in Sicherheit: sie liegt in George Tilsons Lagerhaus in der Homochitto Street in Natchez, das bis zum letzten Winkel gefüllt ist. Jeder Ballen, den er dort aufbewahrt, gehört mir. Und du weißt, welche Sorgfalt George in solchen Dingen walten läßt.«

»Trotzdem, Bob, verkauf die Ernte. Verkaufe sie sofort! Warte nicht auf eine weitere Preissteigerung, die vielleicht nie kommt. Ich könnte nicht ruhig schlafen, wenn mein ganzes Kapital in einem verdammten Lagerhaus steckte, in dem alles Mögliche passieren kann.«

»Du bist eben kein Spieler, im Gegensatz zu mir. Deshalb brauchst du ein Darlehen, während ich Geld scheffle«, stellte Bob fest.

Wes lag in Maebelles Zimmer und dachte an all die Dinge, die er noch tun mußte; er überlegte, wie er vorgehen sollte. Die Schwierigkeit bestand darin, daß er im Prinzip gleichzeitig an zwei weit voneinander entfernten Orten sein mußte, oder daß zumindest dieser Eindruck entstehen sollte. Er wollte in Natchez sein, während er sich anscheinend auf Rosebriar aufhielt; er wollte dafür sorgen, daß Tom Cuthbert und Stone Mountain die Welt nicht mehr durch ihre Anwesenheit beschmutzten, während er zu der Zeit, in der ihre Exekution stattfand, sich meilenweit von ihnen entfernt und in Gesellschaft verläßlicher Zeugen befand; er wollte sicher sein, daß Bob Bibbs und Pamela Ingraham den Lohn erhielten, der ihnen gebührte. Dabei sollten alle Betroffenen genau wissen, daß er, Wes Parks, für ihren Untergang verantwortlich war, ohne daß es auch nur die Spur eines Beweises dafür gab.

Es gelang ihm sehr schnell, für das scheinbar Unmögliche eine Lösung zu finden; aber schließlich sah er sich mit einer Tatsache konfrontiert, die seinem afrikanischen Denken widerstrebte: Er mußte für die Vorbereitungen einen Helfer anwerben.

Die Chance, daß er einige absolut notwendige Gegenstände in Natchez besorgen konnte, war nicht sehr groß; noch weniger wahrscheinlich war es, daß er einen anderen Schwarzen mit ihrer Beschaffung betrauen konnte. Und er kannte natürlich keinen einzigen Weißen, den er darum bitten konnte, nicht einmal Anwalt Weatherbee.

Dann hatte er die richtige Idee. Keinen Weißen. Natürlich nicht. Aber er verfügte über die überzeugende Nachahmung eines Weißen, der noch dazu infolge der Umstände zweihundertprozentig verläßlich war. Joe Collins, der beinahe genauso grausam ausgepeitscht worden war wie Wes und daher von den gleichen Rachegefühlen beseelt sein mußte. Joes blondes, blauäugiges, nordisches Aussehen und sein sicheres aristokratisches Auftreten machten ihn zum perfekten Mitwirkenden für Wes' Vorhaben.

Natürlich waren dabei noch beträchtliche Schwierigkeiten zu überwinden. Eine relativ große Zahl von nicht sehr begüterten Einwohnern von Natchez, deren Schwestern oder Töchter Joe ihre »Gunst« geschenkt hatten, warteten nur darauf, ihn hängen zu sehen. Noch bedenklicher war, daß halb Natchez miterlebt hatte, wie Joe und Abigail in flagranti erwischt worden waren. Aber Joes

Aussehen konnte so weit verändert werden, daß sein einmaliges Auftreten in Natchez gefahrlos und erfolgreich verlief. Da Wes Joe genau kannte, war er davon überzeugt, daß dieser den kleinen Ausflug sogar genießen würde.

Jetzt mußte er noch ein Problem lösen: das Transportmittel. Da er und Joe große Entfernungen innerhalb von sehr kurzer Zeit zurücklegen mußten, brauchten sie Pferde – und zwar verdammt gute Pferde.

Die Lösung dieses Problems war jedoch wunderbar einfach, und zwar infolge von Ashtons Leidenschaft für edle Tiere. Rad, der Stallknecht auf Rosebriar, wurde immer um die Pferde geschickt, die sein Herr ausgesucht hatte – falls er ihn nicht zur Besichtigung mitnehmen konnte. Ash vertraute nämlich Rads Urteilsvermögen in bezug auf Pferde weit mehr als seinem eigenen. Er schloß jeden Kauf unter der Bedingung ab, daß »mein Stallknecht Rad damit einverstanden ist. Dieser Nigger ist ein Genie, soweit es um Pferde geht. Er hat die verdammt schärfsten Augen im Staat Mississippi«.

Dadurch waren praktisch alle Pferdehändler in der näheren oder weiteren Umgebung daran gewöhnt, daß Rad allein bei ihren Koppeln auftauchte. Ob er nun mit Bargeld oder mit einem Blankoscheck oder ohne einen roten Heller kam, war gleichgültig; sie gaben ihm die Pferde jederzeit mit, weil sie wußten, daß sein Herr ihm uneingeschränkt vertraute und daß Ashton Bibbs' Wort so gut wie bares Geld war.

Deshalb mußte Wes jetzt Rad ausschicken, damit er zwei erstklassige Reitpferde kaufte, und ihn schwören lassen, keinem Menschen ein Wort davon zu verraten. Rads Neugierde würde er schon irgendwie befriedigen; am einfachsten war es, wenn er Rads Frage »Wozu brauchst du die Pferde, Wes?« mit »Warte nur, Rad, du wirst schon sehen« beantwortete.

Nachdem er alles soweit überdacht hatte, mußte Wes das größte Hindernis für seine Unternehmungen zu beseitigen trachten, nämlich Müdigkeit, Schwäche und Schmerzen. Er brauchte viel Schlaf, das stand fest, aber zu seiner Überraschung konnte er nicht einschlafen. Nicht etwa deshalb, weil sein von Peitschenhieben zerfetzter Rücken zu sehr schmerzte. Nein, er empfand ein

Unbehagen, das nicht körperlicher Art war; eine tiefliegende Unruhe, die an seinen Nerven zerrte.

Ich habe einen Fehler begangen, dachte er. Ich habe irgendwo einen Fehler begangen, und er muß mächtig schwer sein, sonst würde er mich nicht so bedrücken.

Endlich fiel ihm ein, welchen Fehler er begangen hatte. Er hatte Bob Bibbs gesagt, er solle sich einmal dafür interessieren, wo Tom Cuthbert und Stone in der Nacht nach Käpt'n Wallys Begräbnis gewesen waren. In der Nacht, in der Pamela Ingraham sich verirrt hatte, in der Nacht, die sie vergessen hatte.

Damit hatte Wes sein eigenes Todesurteil unterschrieben. Denn obwohl er sicher war, daß Bob diesen Vorschlag einige Sekunden später schon wieder vergessen hatte, war er genauso sicher, daß weder Tom noch Stone ihn überhört oder vergessen hatten. Und wenn sie dessen schuldig waren, was Wes vermutete, dann gab es für sie nur eine einzige Möglichkeit: sie mußten Wes für immer zum Schweigen bringen.

Sobald er zu diesen Schluß gelangt war, handelte er entsprechend. Er hatte nicht die Absicht zu warten. Sie würden noch in dieser Nacht kommen. Das heißt, wahrscheinlich würde Stone kommen, denn Tom Cuthbert würde sicherlich seinen Gehilfen beauftragen, den Mord auszuführen. Oder Stone war der Alleinschuldige und kam aus eigenem Antrieb.

Deshalb stand Wes schwankend auf, wartete, bis Schwindel und Schwäche vergangen waren. Er blickte zum Fenster hinauf, das – für einen Mordanschlag sehr günstig – auf den Hinterhof ging. Dann wickelte er sich in eine seiner Decken und ging in die Küche.

Mit unsicheren Schritten trat er zur Holzkiste, wählte das größte Scheit, hob es heraus, obwohl ihm die Anstrengung fürchterliche Schmerzen verursachte, trug es in Maebelles Zimmer und legte es der Länge nach ins Bett. Er mußte den Weg noch zweimal zurücklegen, dann waren seine Vorbereitungen für seine einfache List beendet. Zwei dünne Scheite als Beine, zwei weitere als Arme, die Decke sorgfältig drapiert, und im Bett schien ein Schläfer zu liegen; im ungewissen Licht des erlöschenden Feuers im Küchenherd war die Täuschung vollkommen. Dann ging Wes wieder in die Küche und warf ein paar Scheite auf das Feuer. Er wickelte seinen zitternden, schmerzgequälten Körper in die Decke und setzte sich in den dunkelsten Winkel neben dem Herd. So konnte er zwar nicht die direkte Wärme des Feuers genießen, hatte aber den Vorteil, daß er so gut wie unsichtbar blieb.

Wes rechnete sich aus, daß er nicht lange würde warten müssen. Sie werden sich nach Mitternacht auf den Weg machen, überlegte er, denn vorher ist die Gefahr zu groß, daß sie jemanden auf der Straße treffen. Von ihrer Hütte hierher brauchen sie ungefähr eine Stunde. Eine weitere halbe Stunde, um zu meiner Hütte zu schleichen und festzustellen, daß sie leer ist. Dann werden sie eine Zeitlang darüber debattieren, wo ich sein könnte. Schließlich werden sie darauf kommen, daß ich nur hier sein kann. Weitere fünf Minuten von der Hütte hierher. Das heißt – jetzt.

Er hatte recht. Er hörte Glas klirren, als sie ihre Flintenläufe durch das Fenster stießen, und hielt den Atem an. Dann hörte er den Schuß, beobachtete fasziniert, wie sogar das schwere Scheit unter dem Einschlag schwankte; und dichter Pulverrauch füllte Maebelles Zimmer.

Stone steckte den kahlen Schädel durch das eingeschlagene Fenster und blickte auf die regungslose Gestalt im Bett hinunter. Der dichte, stinkende Pulverqualm nahm ihm die Sicht, aber er konnte erkennen, daß die Gestalt auf dem Bett sich nicht bewegte.

»Wir haben ihn«, jubelte er, »der ist erledigt. Los, Massa Tom, verschwinden wir.«

Inzwischen gab es natürlich noch andere Geräusche: Lucille Bibbs' erschreckte Schreie, Trilbys Brüllen, Ashtons und Catos Schritte, als sie die Treppe herunterkamen.

Ashton stürzte mit dem Revolver in der Hand in die Küche. Er lief zur offenen Tür von Maebelles Zimmer; Cato folgte ihm auf dem Fuß mit einer Öllampe in der hoch erhobenen, zitternden Hand.

Ash blickte in den Rauch, der langsam durch das Fenster abzog; als er sprach, klang aus seiner Stimme nicht nur Wut, sondern auch Kummer: »Diese mörderischen Schweine. Sie haben ihn umgebracht. Sie haben Wes umgebracht, den besten Nigger und sogar den besten Mann. Dafür werden sie büßen. Ich lasse sie hängen!«

Er drehte sich um, und Wes sah Tränen auf seinem Gesicht. In diesem Augenblick vergab er Ashton alle seine Sünden, sogar seine Vorurteile und seinen Stolz.

Er stand auf und sagte grinsend: »Nein, das haben sie nicht, Massa Ash.«

Ash starrte ihn an. »Verdammt, Wes, was zum Teufel . . .«

»Sie haben es versucht, aber ich habe mir gedacht, daß es einfacher sein wird, die Schrotkörner und Kugeln aus einem Holzscheit als aus meiner armen Haut herauszuholen. Schlag die Decke zurück, Cato.«

Cato gehorchte. Trilby hatte aufgehört zu brüllen und war aus ihrem Zimmer gekommen, und alle vier starrten das lange Scheit an. Die Splitter, die die Kugeln herausgerissen hatten, waren über das ganze Bett verstreut; kein lebendes Wesen hätte den Anschlag überlebt.

»Ich lasse die Kerle trotzdem einsperren und werfe den Schlüssel zu ihrem Gefängnis in den Fluß«, tobte Ash.

»Nein, Massa Ash, nicht«, widersprach Wes ruhig. »Die beiden dürfen nicht einmal erfahren, daß Sie wissen, wer es war. Weil das meiner Meinung nach eine Herausforderung für mich ist. Die beiden haben mich zum Duell gefordert. Deshalb überlassen Sie die Sache lieber mir. Ich verteidige meine Ehre genauso wie die Ihre. Darum möchte ich die Angelegenheit auf meine Weise erledigen. Und ganz allein – bitte.«

»Verdammt, Wes – denk daran, daß Tom Cuthbert ein Weißer ist, wenn auch ein Schandfleck für die weiße Rasse. Bringst du ihn um, kann nicht einmal ich dich vor dem Lynchen durch den Mob retten. Und ich muß dich nicht daran erinnern, daß sich dieser Mob aus Leuten seiner Klasse zusammensetzen würde, darunter alle seine nichtsnutzigen Freunde.«

»Das weiß ich. Ich habe nicht die Absicht, ihn oder Stone umzubringen. Ich werde nur meine *Tau Vudun* – meine Ahnengeister – zu Besuch zu ihnen schicken. Und dann wird eines Tages, wenn ich in der Schmiede oder auf den Feldern arbeite oder hier im Herrenhaus mit Ihnen spreche, jemand kommen und sagen, daß die beiden tot sind. Daß sie sich selbst getötet haben. Oder daß ihnen etwas Schreckliches zugestoßen ist, während ich nicht in ihrer Nähe war. Während niemand in ihrer Nähe war, außer vielleicht *Hwedo,* der Schlangengott, oder *Zogodu,* der *Vudun* der Krokodile.«

»Wes –«

»Wollen Sie wetten, daß es nicht so geschehen wird, Massa Ash? Sie wissen, daß bis jetzt alles eingetroffen ist, was ich gesagt habe.«

»Ja, verdammt. Aber –«

»Aber nichts. Na schön, ich werde Ihnen noch einen Beweis liefern. Morgen wird Missy Ruth hierherkommen. Sie wird sagen, daß sie nachsehen will, wie es mir geht. Aber der wahre Grund ist, daß sie Sie sehen will, Sir, weil sie Sie so sehr liebt, daß es sie umbringt, wenn wir nicht bald etwas unternehmen. Deshalb lassen Sie sie in mein Zimmer kommen und mit mir sprechen. Sie und Ihre Mama, Miss Lucille. Ich muß den beiden etwas sagen, etwas, was vielleicht alles in Ordnung bringen wird. Aber lassen Sie sie ganz allein zu mir kommen, ja? Mischen Sie sich da nicht hinein.«

»Mein Gott! Hört euch diesen Nigger an! Er erteilt mir schon wieder Befehle! Wes, verdammt, ich . . .«

»Jemand muß Sie ein bißchen in Zaum halten, Massa Ash, bis Sie lernen, Ihr Temperament zu beherrschen. Noch etwas, ein Mann wird zu Ihnen kommen, ein Kerl aus der Stadt mit einem Dokument. Sie nehmen das Dokument, ja, bitte? Weil es das Dokument für Ihre Freiheit ist: Sie müssen nur auf mich hören, und ich bringe es für Sie in Ordnung.«

»Großer Gott, Wes, wenn man hört, wie du mit mir sprichst, könnte man glauben, ich bin ein Kind oder ein Dummkopf oder beides.«

»Beides«, grinste Wes. »Sie sind ja ein Weißer, und alle Weißen sind dumme Kinder. Weil keiner von Ihnen lange genug stillhält, um zu lauschen und etwas zu lernen. Sie sind zu sehr damit beschäftigt, zu schreien, zu fluchen, Ihre Nigger zu peitschen, einander Löcher in den Leib zu schießen. Ich bin so alt wie die Zeit, weil ich die Erfahrung aller meiner Vorfahren in mir habe. Ich bin jahrelang still dagesessen und habe gelauscht, um den Klang der Dinge zu hören, die fernen dunklen Stimmen, die in der Nacht sprechen. Um mit meinem ganzen Körper zu sehen, meiner Haut, meinen Haaren, meinem Verstand. Jonas hat ein paar Löcher in meinen Bauch gemacht, so daß Licht hineingekommen ist, und Stone ein Loch in meinen Kopf. Mein Kopf schmerzt teuflisch. Aber ich sehe die Dinge jetzt besser und klarer.«

Ashton versuchte, eine Antwort zu finden. Es gelang ihm nicht. Wenn man sich mit Wes unterhält, dachte er verzweifelt, tut man es zu seinen Bedingungen oder gar nicht.

Dann sagte er: »Cato, trag das Scheit hinaus und fege die Holzsplitter vom Laken. Wenn ich mir anhöre, was dieser verrückte Nigger so daherfaselt, glaube ich, daß er ins Bett gehört.«

»Ja, Massa Ash«, flüsterte Cato und machte sich an die Arbeit.

»Behandle das Scheit behutsam, Cato, es ist schwer verletzt. Aber Massa Ash hat recht. Ich bin müde. Ein bißchen Ruhe tut mir gut«, stellte Wes fest.

38

Da am nächsten Tag Sonntag war und die Sklaven frei hatten, waren ab zehn Uhr vormittag die Küche und Maebelles kleines Zimmer in Rosebriar gedrängt voll mit Schwarzen. Ruby war natürlich schon um acht Uhr da, denn sie war im Morgengrauen aufgestanden, um Wes wenigstens eine Stunde für sich allein zu haben. Ihre Berechnungen stimmten nicht ganz; um halb neun tauchte Rosieshawn auf.

Inzwischen hatte sich nämlich die Neuigkeit, daß Wes Witwer war, auf allen benachbarten Plantagen herumgesprochen, worauf eine überraschend große Zahl unverheirateter junger schwarzer Frauen feststellte: Verdammt, ich werde diese kleine, hochnäsige Ruby Thomas nicht einfach Wes überlassen. Sie ist dunkelbraun und hübsch? Na und? Ich bin schwarz und hübsch. Wes hat oft genug bewiesen, daß er helle Frauen nicht mag.

Drei Minuten nach Rosieshawns Eintreffen schrien sie und Ruby einander schon aus voller Kehle an und belegten einander mit Ausdrücken, die geradezu Wunder an Erfindungsgabe waren.

Für Wes war das unterträglich, denn sein Kopf schmerzte fürchterlich. Allerdings hätte der Lärm, den die beiden jungen Damen machten, sogar einen gesunden Kopf zum Platzen gebracht.

»Trilby!« brüllte Wes.

Die beiden verstummten sofort.

»O Wes, Liebling, was ist los?« fragte Ruby.

»Du bist los, Ruby, du quiekst wie ein abgestochenes Schwein. Verschwinde.«

Rosieshawns schwarzes Gesicht verzog sich zu seinem breitesten Grinsen.

»Du hast ihn gehört, Süße«, schnurrte sie. »Schwenke deinen flachen Arsch ins Freie.«

»Ich bringe sie um«, kreischte Ruby.

Inzwischen war Trilby hereingekommen. »Mein Gott«, brummte sie, »die jungen Mädchen heutzutage haben überhaupt kein Schamgefühl. Sie schreien und fluchen und kreischen wie die Huren. Wenn ihr meine Töchter wärt, würde ich euch den Mund mit Seife auswaschen.«

»Sie sind deine Töchter, Trilby«, stöhnte Wes. »Wasch ihnen den Mund aus. Und wenn du gerade dabei bist, versohle ihnen auch den Hintern. Ich halte keine von beiden länger aus.«

Die Mädchen starrten ihn entsetzt an.

»Wes, Liebling«, flüsterte Ruby, deren Augen sich schon mit Tränen füllten, »das meinst du doch nicht ernst, oder?«

»Meinst du es ernst?« schloß sich Rosieshawn an.

»Na ja, vielleicht setze ich euch vorläufig auf Bewährung. Ich schreibe eure Namen in mein kleines schwarzes Buch, und jedesmal, wenn eine von euch über die andere schlecht spricht und schmutzige Wörter verwendet, mache ich einen Strich neben ihrem Namen. Und wenn ein Jahr vorbei ist –«

»Was wirst du dann tun, Wes, Liebling?« fragte Rosieshawn.

»Nenn ihn nicht Liebling, du –« begann Ruby, dann unterbrach sie sich. »O Gott, ich kann es nicht. Wenn ich sie nur ansehe, möchte ich ihr die Haare ausreißen, die Augen auskratzen und sie grün und blau prügeln.«

»Zwei Striche«, erklärte Wes feierlich.

»Jesus, Wes, es tut mir leid, ich –«

»Trilby, kannst du mir die beiden vom Hals schaffen?« seufzte Wes. »Mein Kopf bringt mich um. Ich brauche Ruhe.«

»Na schön, na schön, ich gehe schon«, erklärte Ruby. »Aber nachdem du das Buch ein Jahr lang geführt hast, was tust du dann, Wes?«

»Dann heirate ich jemand anderes. Ein blindes, taubstummes Mädchen. Bring sie jetzt fort, Trilby, bitte.«

Trilby erfüllte ihm bereitwillig diesen Wunsch, aber dennoch konnte Wes sich nicht entspannen.

Sein Kopf schmerzte entsetzlich. Wenn er die Augen schloß, zuckten helle Blitze über die Netzhaut, und jeder Blitz entsprach einem schmerzhaften Stich im Kopf.

»Wes«, hörte er Fred Hoskins heiser an seinem Ohr flüstern. »Bist du wach, alter Kerl?«

»Jetzt bin ich es. Was ist los, Fred?«

»Nicht viel. Ich gehe jetzt in den Sumpf. Joe will ein paar Sachen haben. Gestern abend habe ich ihm Essen gebracht, aber als ich ihm erzählt habe, was sie mit dir angestellt haben, hat er nichts hinuntergebracht. Er war so wütend, daß ihm schlecht geworden ist. Der arme Kerl hat tatsächlich geweint, als wäre er dein Bruder oder dein Pa. Ich habe ihm gesagt, daß du wieder in Ordnung kommst. Da hat er verlangt, daß ich ihm Rasierpinsel und -messer bringe. Er meint, daß er sich lieber gleich fein mache, denn wenn du wieder zurück bist, wird es nicht mehr lange dauern, bis ihr unterwegs seid.«

»Sag ihm, daß er noch Geduld haben muß. Ich bin mächtig schwach und habe noch eine Menge zu erledigen. Aber –« Er wollte sich auf die Knie erheben, schaffte es aber nicht. Ihm wurde klar, daß er jetzt schwächer war als in der Nacht, in der Tom Cuthbert und Stone Mountain versucht hatten, ihn zu töten. Oder vielleicht hatte ihm nur die Gefahr für kurze Zeit zusätzliche Kraft verliehen.

»Fred«, flüsterte er, »du hast gesagt, fein machen? Heißt das, daß Joe sich die ganze Zeit nicht rasiert hat?«

»Natürlich nicht. Wenn er ein bißchen fetter wäre, würde er aussehen wie Santa Claus. Er hat einen hellgelben Bart.«

»Fred, bring ihm das Rasiermesser nicht. Sag ihm, ich bringe es mit, wenn ich zu ihm komme. Montag abend, wenn ich bis dahin aus dem Bett bin. Spätestens Dienstag abend. Aber erlaub ihm um Himmels willen nicht, daß er sich den Bart wegrasiert.«

»Warum nicht, Wes?«

»Ich muß in Natchez etwas erledigen. Es wäre mächtig bequem für mich, wenn ein Weißer das für mich tun würde, einer, dem ich vertrauen kann.«

»So einen Weißen gibt's nicht.«

»Doch – Joe. Er wird einen mächtig eleganten jungen Pflanzer abgeben. Ich habe schon vorher an ihn gedacht, es dann aber bleiben lassen, weil zu viele Leute auf ihn warten, um ihn aufzuhängen. Du hast davon gehört, nicht wahr?«

»Ja, er hat anscheinend mehr als ein Ladenmädchen dort ›glücklich‹ gemacht. Der Junge hält es nicht ohne Mädchen aus. Ist ja ganz natürlich – er ist ein Collins.«

»Stimmt. Sag ihm also, er soll sich nicht rasieren. Sicherheitshalber werde ich das Rasiermesser selber aufbewahren.«

»Aber Wes, der gelbe Bart verändert ihn nicht gar so sehr.«

»Wenn ich den Bart erst braun gefärbt habe und die Haare dazu, wird es schon hinhauen. Ich kann ihn nicht ganz schwarz färben, seine Augen sind zu blau. Außerdem bekommt er einen Spitzbauch: ein Kissen unter der Weste. Eine Duellnarbe im Gesicht. Einen schweren Spazierstock – er muß ein bißchen hinken. Kleinigkeiten, Fred, aber auf die kommt es an.«

»Da hast du recht. Aber was soll er eigentlich tun, Wes? Willst du mir das nicht verraten?«

»Mir etwas kaufen, was ein Nigger nicht bekommen kann. Selbst wenn ich dich oder Rad oder Pee Wee mit einem gefälschten Brief in die Stadt schickte, würden sich die Weißen wahrscheinlich erkundigen, bevor sie einem von euch das Zeug geben. Und damit wäre alles verdorben.«

»Was für ein Zeug ist das denn, Wes?«

»Fred, du bist mein Freund. Wenn etwas schiefgeht, will ich nicht, daß du Bescheid weißt. Du sollst den Weißen in die Augen sehen und sagen können: ›Nein, Sir, Wes hat mir kein Wort davon gesagt!‹«

»Ja, ich verstehe. Etwas Gefährliches, wie? Gut, erzähl mir's nicht. Ich werde schon merken, wenn's passiert.«

»Ganz bestimmt. Jetzt noch etwas, Fred. Hol mir Rad! Sag ihm, daß ich sofort mit ihm sprechen will. Bevor die anderen aufwachen und hier vorbeikommen. Glaubst du, daß du ihn in einer Viertelstunde herschaffen kannst?«

»In zehn Minuten, Wes. Ich bin schon weg.«

»Natürlich werde ich dir zwei Reitpferde kaufen, Wes«, stellte Rad fest. »Gesund, kräftige Beine, gute Lungen, vier Jahre alt, schnell.«

»Schnelligkeit ist nicht so wichtig, Rad. Ich brauche ausdauernde Pferde. Die Art, die hundert Meilen am Tag laufen kann. Oder, um genauer zu sein, Pferde, die mich und einen Freund in einer Stunde nach Natchez und in einer weiteren Stunde wieder zurückbringen. Kannst du zwei solche Tiere auftreiben?«

»Klar, Wes. Ich könnte sie dir noch heute besorgen, wenn du das Geld hast. Ein Kerl, den ich kenne, hat eine kleine Pferdefarm in der Nähe von Gravesend. Aber sie werden dich acht- bis neunhundert Dollar kosten.«

»Die kannst du haben. Beug dich zu mir herunter. Ich will dir erklären, wo ich mein Geld versteckt habe, aber außer dir soll es niemand hören.«

Rad hörte ihm zu, dann meinte er: »Gut. Ich habe dich nicht gefragt, wozu du sie brauchst. Wenn ich es wissen müßte, hättest du es mir nämlich gesagt. Außerdem ist es klar, daß ein unfreier Nigger, der sich ein Pferd kauft, Dinge vorhat, die ganz sicher gegen das Gesetz verstoßen. Deshalb will ich es auch gar nicht wissen. Dann kann ich dich nicht verraten, selbst wenn sie mich genauso peitschen wie dich. Ich will nur eins sagen, Wes – wenn du etwas machst, das den Weißen eine ordentliche Lehre ist, stehe ich auf deiner Seite – notfalls bis zum Ende.«

»Danke, Rad. Du hast etwas mächtig Großartiges gesagt, und ich danke dir dafür. Jetzt beschaff mir die Pferde, ja?«

»Klar. Sag mir nur eins, großer Kerl, wo willst du sie unterbringen?«

Wes starrte ihn hilflos an. Er hatte geglaubt, daß er an alles gedacht hatte – und jetzt kam das.

»Ich will verdammt sein, wenn ich es weiß. Hast du eine Idee, Rad?«

»Ja. Kennst du das alte Jagdhaus beim Sumpf?«

»Ja, aber –«

»Es ist sicher. Da kommt keiner hin. Die Nigger schwören, daß Käpt'n Wallys Geist dort bei Nacht umgeht. Also werde ich fünfzig Meter dahinter im Wald einen Schuppen bauen und die Pferde dort unterbringen. Ich werde sie selbst füttern und tränken. In Ordnung?«

»Besser als in Ordnung – großartig.«

Danach hatte er eine Stunde Ruhe, bevor seine schwarzen Freunde von den benachbarten Plantagen über ihn herfielen. Die Frauen betrachteten seinen Rücken und weinten dabei. Die Männer fluchten. Wenn Wes gewollt hätte, hätte er an diesem Tag eine Sklavenrevolte anzetteln können. Aber er wollte nicht. Er wußte, daß unter den herrschenden Umständen jede Sklavenrevolte scheitern mußte. Sie verfügten über keine Waffen, keine militärische Ausbildung. Und vor allem: er kannte keinen einzigen Schwarzen, den er zu seinem Adjutanten hätte ernennen können. Nicht einmal Rad oder Fred Hoskins, obwohl sie tapfer und anständig waren. Denn sie waren alle vorbelastet, sie waren von Kindheit an daran gewöhnt, an ihrer Intelligenz, ihrer Manneskraft, überhaupt an ihrem Wert zu zweifeln. Er wußte, daß ein wahrer Führer stolz genug sein muß, um dem Teufel ins Gesicht zu spucken.

Außerdem hatte er jetzt etwas anderes zu tun. Und das ließ sich in einem Wort zusammenfassen: Krieg – Krieg ohne Gnade und Schonung. Ein Krieg, den er gewinnen wollte.

Er würde keinen hoffnungslosen Aufstand leiten und Hunderte von Gefolgsleuten in einen unaussprechlich grausamen Tod führen. Er wollte mit einer Intelligenz und Grausamkeit, die seine Feinde sich nicht vorstellen konnten, eine Ein-Mann-Rebellion starten, und zwar an mehreren Fronten gleichzeitig. Beginnen wollte er an der psychologischen Front. Denn zunächst hatte er die Absicht, die Selbstsicherheit seiner Gegner zu schwächen, in ihnen Zweifel an sich selbst zu wecken.

Ruby kam ins Zimmer, sah ihn mit Tränen in den Augen an und sagte traurig:

»Wes, Missy Ruth und Miss Lucille sind draußen. Sie wollen einen Augenblick hereinkommen, wenn es dir nichts ausmacht.«

»Natürlich macht es mir nichts aus, Ruby. Schick sie nur herein.«

Dann wendete er sich an die Schwarzen im Raum und meinte: »Freunde, gebt mir eine halbe Stunde! Ich möchte den Weißen eine Lehre erteilen. Jetzt, wo sie sich schämen, weil sie mich so zugerichtet haben, ist der richtige Augenblick dafür. Laßt mich also bitte für eine Weile mit ihnen allein.«

Sie verließen das Zimmer widerspruchslos, obwohl einige der jungen Mädchen ausgesprochen feindselige Mienen zeigten.

Zuerst das Gerede über ihn und Miss Pam, dachten sie, und jetzt kommt so eine freche junge Missy.

Wes lag bäuchlings auf dem Bett; er hatte die Decke bis zur Taille hinaufgezogen, aber sein fürchterlich zerfleischter Rücken war unbedeckt. Als Lucille Bibbs ihn sah, keuchte sie: »Oh, mein Gott«, und tastete nach einem Stuhl.

Ruth Collins begann zu schluchzen.

»Wie konnten sie!« tobte sie. »Wie konnte irgendwer so grausam und gemein sein. Ausgerechnet Wes gegenüber, der so gut ist!«

»Danke, Missy«, krächzte Wes, »und danke, Miss Lucille. Es tut mir leid, daß Sie mich so sehen müssen. Aber weinen Sie nicht, Missy. Kommen Sie hierher, ich möchte Ihr Gesicht sehen.«

Ruth trat ans Kopfende des Bettes. Die Wunde von Cecilias Peitschenhieb war immer noch rot, erst halb verheilt. Es war offensichtlich, daß sie die Narbe ihr Leben lang behalten würde.

»Sieht nicht schön aus«, meinte Wes. »Vielleicht können wir etwas dagegen tun. Geben Sie mir bitte die Dose vom Tisch. Ja, die da, danke. Jetzt knien Sie neben dem Bett nieder, damit ich Sie erreichen kann.«

Ruth gehorchte sofort. Lucille fand die Szene irgendwie ungehörig. Das reizt einen so an Wes, dachte sie: man vergißt ganz, daß er schwarz ist. Man merkt plötzlich, daß man ihm gehorcht, als wäre er der Herr. In seiner Stimme liegt so viel Autorität.

Wes hatte inzwischen die Finger in die Salbe getaucht und strich sanft über Ruths Wange.

»O Wes«, seufzte Ruth, »das tut gut. Was ist das?«

»Ein Geheimnis. Vudu. Schwarze Magie. Um Mitternacht werden Sie sich in eine kleine weiße Taube verwandeln und zum Mond hinauffliegen.«

»Wes«, unterbrach ihn Lucille streng, »ich möchte unbedingt wissen, was du auf Miss Ruths Gesicht gestrichen hast. Ich will nicht, daß die Wunde wegen irgendeiner Medizin aus Wurzeln und Kräutern schlimmer wird.«

»Sie wird ihr nicht schaden, Madam. Ich habe diese Medizin selbst erfunden. Ich habe sie jetzt auf meinem Rücken. Sonst wäre ich wahrscheinlich schon tot.«

»Aber sie fühlt sich wunderbar an, Mistress Bibbs«, meinte Ruth. »So kühl und angenehm. Mein Gesicht tut gar nicht mehr weh – zum ersten Mal, seit sie – seit sie mich geschlagen hat.«

»Bist du sicher, Kind, daß du die Schläge nicht verdient hast?« fragte Lucille streng.

Ruth senkte den Kopf und begann zu weinen.

»Doch«, flüsterte sie, »die meisten Menschen würden sagen, daß ich sie verdient habe. Aber ich liebe Ihren Sohn, Madam. Und sie ist abscheulich und gemein. Sie macht ihn nicht glücklich. Sie macht ihn unglücklich.«

»Miss Lucille«, sagte Wes, »warum setzen Sie sich nicht so, daß ich auch Sie sehen kann? So, daß wir drei miteinander reden können. Sagen Sie aber bitte nicht, daß es mich nichts angeht. Es geht mich etwas an. Ich war nämlich dabei. Ich habe versucht, es zu verhindern; aber ich werde alt und langsam, deshalb bin ich zu spät gekommen. Mir liegen meine Leute am Herzen.«

Lucille bemerkte schockiert, daß er nicht »meine Familie« sagte, so wie die Sklaven, wenn sie von der Familie ihres Herrn sprachen. Er verwendete den Ausdruck »meine Leute«, den die Herren gebrauchten, wenn sie von ihren Niggern sprachen.

Er glaubt tatsächlich, daß wir ihm gehören, wurde Lucille mit einem Mal klar.

»Sehen Sie, Madam, und auch Sie, Missy Ruth, heute wird ein Kerl herkommen mit einem Dokument, in dem Massa Ash vor Gericht geladen wird.«

»Woher willst du das wissen, Wes?« fragte Lucille scharf. »Mein Sohn hat nichts Derartiges erwähnt.«

»Weil er es noch nicht weiß, Madam, aber es wird geschehen. Ich habe so ein Gefühl. Und meine Gefühle täuschen mich nie.«

»Das stimmt«, bestätigte Ruth. »Ash hat mir erzählt, daß du ihm vorher gesagt hast, daß etwas Schreckliches –«

Sie bemerkte Lucilles mißbilligenden Blick und brach mitten im Satz ab.

Wes fuhr fort: »Ich wollte Sie beide nur auf eine Idee bringen, über die Sie zuerst ganz bestimmt entsetzt sein werden.«

»Und zwar?« wollte Lucille wissen.

»Daß Sie beide Miss Cecilia helfen müssen, den Prozeß zu gewinnen.«

»Mein Gott«, meinte Lucille. »Das ist wohl das Empörendste, was ich jemals –«

»Finden Sie wirklich, Madam? Weil Massa Ash ein echter Gentleman ist, muß er lügen und Missy Ruths Ruf schützen. Aber Sie haben gehört, was Massa Ash seinem armen Daddy auf dem Sterbebett gestanden hat. Und Missy Ruth weiß verdammt genau, was geschehen ist. In der Nacht, in der Käpt'n Wally und ich angeschossen wurden.«

»Solche Frechheiten werde ich mir nicht weiter anhören, Wes.«

»Es ist keine Frechheit, Madam, es ist nur vernünftig. Sie werden es sich anhören, weil Sie nicht anders können. Sagen Sie, Miss Lucille, mögen Sie Miss Cecilia? Ist sie Ihnen als Schwiegertochter lieber als Missy Ruth, die das süßeste kleine Wesen ist, das der liebe Gott je geschaffen hat?«

»Um die Wahrheit zu sagen: Ich kann Cecilia nicht ausstehen, und ich mag dieses arme, verführte, liebeskranke Kind. Aber die Ehe ist aufrecht, Wes. ›Was Gott zusammengefügt hat, soll der Mensch nicht scheiden.‹«

»Nicht der Mensch. Aber was ist mit dem Teufel? Nehmen wir an, ich bin der Teufel.«

»Manchmal glaube ich es beinahe.«

»Also gut. Massa Ash muß Miss Ruths Ruf verteidigen, aber Miss Ruth und Sie, Madam, müssen das nicht. Vor allem dann nicht, wenn Sie dadurch Miss Cecilia für immer loswerden und zwei junge Leute glücklich machen.«

»Wes, du bist der Teufel, weil deine List geradezu satanisch ist.«

»Das ist keine List, Madam, nur die Wahrheit. Missy, sehen Sie mich an. Vergessen Sie, daß ich schwarz bin. Ich bin jetzt der Richter. Sie schwören also feierlich, daß Sie die Wahrheit, die ganze Wahrheit und nichts als die Wahrheit sagen werden, so wahr Ihnen Gott helfe?«

Ruth flüsterte lächelnd: »Ja, Euer Ehren, ich schwöre.«

»Gut. Missy, sind Sie ein braves Mädchen? Sie wissen, was ich meine. Ich weiß, daß Sie im allgemeinen als brav gelten, ich möchte es nur nicht so geradeheraus sagen.«

»Sie wollen wissen, ob ich rein bin? Eine Jungfrau? Nein, Euer Ehren, das bin ich nicht.«

»Großer Gott«, sagte Lucille.

»Madam, wissen Sie, was ein Meineid ist?«

»Natürlich weiß ich das.«

»Und Sie wollen wirklich von dieser Armen verlangen, daß sie den Richter und die Geschworenen belügt, daß sie auf die Heilige Bibel schwört – o Gott, wie heißt es im Gesetzbuch? Daß sie keine schuldhaften fleischlichen Beziehungen zu Ihrem Sohn unterhält. Während Sie genau wissen, daß dies der Fall ist?«

»Zu ihm und wahrscheinlich zu noch zwei Dutzend anderen«, fuhr Lucille auf.

»O Mistress Bibbs, das war gemein«, weinte Ruth.

»Ich kenne meinen Sohn. Er ist genauso anständig, wie sein Vater war. Er hätte nie etwas Derartiges getan, wenn du ihn nicht –«

»In Versuchung geführt hättest. Das gebe ich zu. Ich habe es getan. Ich liebe ihn so sehr, daß ich alles tun würde, um ihn an mich zu binden. Aber er ist der einzige Mann, der mich jemals berührt hat. Fragen Sie doch ihn! Deshalb werde ich vor Gericht die Wahrheit sagen. Mein Ruf ist ohnehin schon ruiniert. Aber das spielt keine Rolle. Es spielt nur eine Rolle, daß ich den Mann, den ich liebe, nicht verlieren will, weil er infolge der dummen Konventionen bestreiten muß, daß wir fleischliche Beziehungen hatten. Ich werde die Wahrheit sagen. Ich hoffe, daß Sie mich unterstützen, weil meine Aussage allein wenig Gewicht hat. Aber auch wenn Sie es nicht tun, werde ich es versuchen.«

Lucille dachte nach.

»O Gott, Miss Lucille, bitte«, sagte Wes.

Die Herrin von Rosebriar holte tief Luft. »Ich werde heute offensichtlich überstimmt. Also gut, ich werde dich unterstützen, Tochter.«

Natürlich fiel ihr Ruth um den Hals und küßte sie leidenschaftlich. Und natürlich war Wes im ersten Scharmützel seines Krieges siegreich geblieben.

39

Das zweite Zusammentreffen war kein Scharmützel, es war eine regelrechte Schlacht, eine Schlacht ohne Erbarmen.

Am Montagabend lag Wes noch immer im Bett, nicht, weil er nicht aufstehen konnte, sondern weil er es für unklug hielt, sich zu erheben. Warum soll ich heute etwas schlecht und unvollkommen tun, dachte er, wenn ich es morgen gut und vollkommen kann?

In diesem Augenblick kam Trilby zur Tür herein. »Deine beiden Wildkatzen sind draußen, Wes. Willst du sie sehen?«

»Wildkatzen? Wer in aller Welt –?« Dann fiel es ihm ein. »O Gott«, stöhnte er, »doch nicht Ruby und Rosieshawn?«

»Höchstpersönlich. Nur haben sie heute ihren guten Tag. Sie kommen Arm in Arm daher; man würde nie glauben, daß sie sich gestern beinahe die Haare ausgerissen haben.«

»Das muß ich wirklich sehen. Schick sie herein, Trilby.«

Ruby und Rosieshawn traten schüchtern ein; sie wirkten sehr zurückhaltend, und jede hatte der anderen den Arm um die Taille gelegt.

»Jetzt kann mich wirklich nichts mehr aus der Fassung bringen«, meinte Wes. »Na, kommt schon! Was habt ihr beiden wieder vor?«

»Wir haben uns versöhnt«, erklärte Rosieshawn feierlich, »und auf die Bibel geschworen, daß wir jetzt Freundinnen sein werden.«

Ruby, die Rosieshawn an sich drückte und die andere sprechen ließ, war so komisch, daß Wes den Kopf zurückwarf und laut lachte.

»Und was hast du dazu zu sagen, Ruby?« kicherte er. »Erzähl mir bloß nicht, daß ihr beide plötzlich fromm geworden seid.«

»Nein, Wes, Liebling. Ich bin nur ein bißchen vernünftiger geworden. Es tut uns sehr leid, wie wir uns gestern aufgeführt haben. Ist ja ganz klar, daß ein Mann kein jähzorniges, keifendes, schimpfendes Mädchen heiraten will. Deshalb haben wir beschlossen, uns zu versöhnen, weil – weil – ach, sag du es ihm, Rosie.«

»Weil wir uns ausgerechnet haben, daß wir beide die besten Aussichten bei dir haben«, erklärte Rosieshawn ruhig. »Alle Burschen sagen, daß wir die hübschesten Mädchen auf den drei Plantagen sind. Und du warst immer mächtig nett zu uns beiden, Wes. Wenn wir also weiter streiten und schimpfen, bekommst du vielleicht einmal genug von uns beiden und suchst dir eine andere, und deshalb haben wir Frieden geschlossen.«

»Ich verstehe, aber wenn ihr eure Vorsätze auch nur eine Woche haltet, wäre ich sehr überrascht.«

»Wir halten ein Jahr lang durch, wenn es notwendig ist«, stellte Ruby fest. »Aber ich möchte dich etwas fragen. Welche von uns wirst du nehmen? Wir wissen, daß du ein Jahr warten mußt, wegen der armen Phoebe. Aber wenn du mich nimmst, verliert Rosie ein ganzes Jahr, in dem sie sich einen Mann suchen könnte; und wenn du sie nimmst, hat es keinen Sinn, daß ich noch ein Jahr lebe.«

»Nein, Ruby«, rief Rosieshawn, »das ist nicht fair. Du setzt den armen Wes unter Druck. Was ist, wenn ich dasselbe sage? Wes, an dem Tag, an dem du eine andere heiratest, schneide ich mir den Hals durch.«

Der Unterschied besteht darin, dachte Wes, daß du es nicht ernst meinst, Rosie, während diese kleine Närrin es tatsächlich tut. Ach, zum Teufel mit den Weibern!

Er sagte nachdenklich: »Ich weiß nicht, welche von euch ich nehmen werde. Eigentlich glaube ich, daß ich nie wieder heiraten sollte.«

»O Wes«, erscholl es im Duett.

»Weil jedes der armen Mädchen, die ich geheiratet habe, ein

trauriges Schicksal erlitt. Ich war bis jetzt siebenmal verheiratet. Sechsmal in Afrika und einmal hier.«

»Aber Wes!« flüsterte Rosieshawn. »So alt bist du ja gar nicht. Außer, du hast alle deine früheren Frauen eigenhändig umgebracht.«

»Das habe ich natürlich nicht. Die erste ist im Kindbett gestorben. Sie sollte mir Zwillinge schenken, aber sie war zu schmal gebaut und konnte sie nicht zur Welt bringen. Mit den anderen fünf war ich gleichzeitig verheiratet. In Afrika ist das üblich. Ein reicher Mann, der Sohn eines Häuptlings, kann viele Frauen haben. Mein Vater hatte vierzig.«

»O Gott«, meinte Ruby. »Haben sie denn nie gestritten?«

»Ununterbrochen. Deshalb war ich so glücklich, als ich meine Phoebe geheiratet habe. Mir gefällt, wie's die Leute hier halten. Weil ein Mann nicht mehr als eine Frau braucht, und mit der hat er noch immer genug Schwierigkeiten.«

»Was ist mit den anderen vier Mädchen in Afrika geschehen, Wes?« fragte Rosieshawn.

»Sklavenhändler haben sie gleichzeitig mit mir gefangengenommen. Eine, meine beste Frau, die ich am meisten geliebt habe, hat sich selbst getötet, als einer von den schwarzen Sklavenhändlern sie vor meinen Augen vergewaltigen wollte. Deshalb hat sie sich ein Messer in den Bauch gestoßen, um mir diese Schande zu ersparen.«

Er senkte den Kopf; in seinen Augen glänzten Tränen, wie immer, wenn er sich daran erinnerte.

»O Wes«, jammerte Ruby, kniete neben seinem Bett nieder und legte ihm einen Arm um die Schultern.

Im nächsten Augenblick kniete Rosieshawn neben ihr. »Hör damit auf, Ruby«, sagte sie. »Du bist immer auf deinen Vorteil bedacht.«

»Steht jetzt beide auf und setzt euch auf Stühle, wie es sich gehört«, befahl Wes streng. Ihr Besuch machte ihm Spaß, obwohl er es nicht zugeben wollte. Sie waren beide so jung und hübsch und übermütig.

»Wes«, fragte Rosieshawn, »du hast gesagt, die Sklavenhändler waren Nigger. Wie kommt es, daß sie ihren eigenen Leuten so etwas angetan haben?«

»Alle Sklavenhändler, von denen ich gehört habe, waren Schwarze«, antwortete Wes traurig. »Weiße sind nur selten selbst auf Sklavenjagd gegangen. Für sie zu gefährlich! In meiner Heimat wissen die Schwarzen, wie man kämpft. Die Weißen sind nur in ihren Baracken am Strand gesessen und haben die Schwarzen gekauft, die andere Schwarze in Ketten gelegt und zu ihnen getrieben haben. Sie haben dafür Stoffe, Schießpulver, Spiegel, Perlen und Rum bekommen.«

»Aber, mein Gott«, protestierte Ruby, »wie konnten sie so etwas tun? Mit Menschen der gleichen Farbe?«

»Sie haben es nicht so gesehen. In meinem Land gibt es eine Menge Kriege zwischen den verschiedenen Stämmen. Da spielt die Hautfarbe keine Rolle. Hier in diesem Land hat es auch eine Menge Kriege gegeben. Die wichtigsten waren die zwischen den Engländern und den Franzosen oder zwischen den Engländern und ihren eigenen Nachkommen, den Amerikanern. Alle diese Menschen sind weiß, Mädchen. Das hat sie nicht daran gehindert, einander zu erschießen, zu vergewaltigen, zu plündern und zu töten. Weil keine Seite viel davon gehalten hat, Gefangene zu machen. Wenn es jemanden gegeben hätte, dem sie die Gefangenen verkaufen konnten, wären vielleicht mehr am Leben geblieben. Aber ihr habt trotzdem recht. Die Schwarzen müssen sich vor Gott für eine Menge Dinge verantworten, die sie ihrer eigenen Rasse und ihren eigenen Brüdern und Schwestern angetan haben. Denn ohne die schwarzen Sklavenfänger wäre der Sklavenhandel überhaupt nicht möglich gewesen. Und wenn die Schwarzen hier lernen könnten, einig zu sein, den Mund zu halten und zu kämpfen, würde die Sklaverei keine Woche länger dauern.«

»Wes, Liebling, du hast ein mächtig trauriges Leben gehabt, nicht wahr?« stellte Ruby fest.

»Ich war oft sehr glücklich, kleines Mädchen. Ich habe meine Frauen geliebt – und sie haben mich geliebt. Aber anscheinend bringt es einem Mädchen Unglück, wenn ich es liebe. Deshalb solltet ihr beide euch lieber Männer suchen, die euch nicht verhexen.«

Dennoch blieben die Mädchen noch zwei Stunden, in denen sie keinen Augenblick still waren, bis Wes sie endlich hinauswarf. Als er Ruby daran erinnerte, daß ihr Vater wütend sein würde, wenn sie noch länger blieb, antwortete sie ihm zu seiner Überraschung:

»Mach dir deshalb keine Sorgen, Liebling. Mama hat Pa den Kopf zurechtgesetzt. Sie sagt, du bist jetzt Witwer und die beste Partie, die ich überhaupt machen kann. Sie sagt, daß du schlau bist, daß du ein mächtig gutes Handwerk gelernt hast, so daß du mich und die Kinder erhalten kannst, auch wenn einmal der Tag der Freiheit kommt. Und du siehst mächtig gut aus, sagt Ma. Weil ich eine brave Tochter bin, schickt es sich nicht, ihr zu widersprechen, nicht wahr?«

»Weißt du, Ruby«, meinte Rosieshawn, »du solltest mich nicht so in Versuchung führen, unsere Vereinbarung zu kündigen. Ich habe große Lust, dich in den Hintern zu treten und dir die Haare auszureißen.«

»Ach, verschwindet jetzt, beide«, stöhnte Wes.

Bald darauf tat es ihm bitter leid, daß er sie fortgeschickt hatte. Denn eine Stunde später war Ruby wieder da. Ihre Kleider waren zerrissen, ein Auge war verschwollen und lief schon blau an, von den aufgeplatzten Lippen tropfte Blut, sie hatte Zweige und Erde in den Haaren.

»O Wes«, stöhnte sie.

Er richtete sich auf. Sie lief zu ihm und klammerte sich schluchzend an ihn.

»Die beiden«, weinte sie. »Der gemeine alte Kerl, der dich gepeitscht hat, und sein Teufel von einem Nigger. Sie – sie haben die arme Rosieshawn gekriegt – und, und – o Wes!«

»Was ist mit dir?« flüsterte Wes mit wuterstickter Stimme. »Bist du rechtzeitig davongekommen?«

»Natürlich. Wie der Nigger mich gepackt hat, habe ich genau das getan, was mein Pa mir immer geraten hat. Ich habe ihn in die Eier getreten. Wahrscheinlich habe ich sie ihm kaputtgemacht, er hat fürchterlich gebrüllt. Da hat er mich losgelassen. Und ich bin gerannt. Aber die arme Rosie. Sie hat keine Familie, niemanden, der ihr sagt, wie sie sich wehren soll. Sie hat so geschrien, daß ich zurückgegangen bin. Und weißt du was? Der verdammte Nigger hat sie festgehalten, so daß der Weiße es mit ihr tun konnte. Ich bin weggelaufen, weil ich allein ihr nicht helfen konnte. Hast du schon etwas so Schändliches gehört?«

»Nein, noch nie. Laß mich jetzt los, Ruby, ich muß etwas unternehmen.«

Er stand auf, obwohl er nackt war, machte einen Schritt und fiel der Länge nach hin. Er hatte seine Kraft über- oder seine Schwäche unterschätzt. Doch es brannte wütender Zorn in ihm. Für ihn war Toms und Stones neueste Schandtat ein direkter Angriff auf seine Männlichkeit und seine Ehre. Sie waren in sein Gehege eingedrungen. Sie hatten eines *seiner* Mädchen entführt und vergewaltigt. Und seine Handlungen waren von zwei Tatsachen bestimmt: Er war ein Afrikaner und ein Mann.

Also blieb er ruhig liegen und sammelte seine drei Seelen, wartete darauf, daß seine Kraft wiederkehrte, und beachtete die jammernde Ruby, die sich über ihn geworfen hatte, überhaupt nicht.

Nur – seine Kraft kehrte nicht zurück, denn er besaß sie nicht mehr. Nur wenige Sklaven hatten jemals dreihundert Hiebe überlebt. Der Tod trat meist bei zweihundert oder früher ein. Dennoch lauschte er weiter seiner *Selido,* seiner denkenden Seele, bis ihm einfiel, was er tun mußte und wie er es vollbringen würde.

»Wes Parks!« dröhnte Trilbys Baß über ihm. »Steh auf, hörst du mich, du verdammter Narr. Ich habe ein Hühnchen mit dir zu rupfen. Was hast du mit dem Mädchen gemacht?«

Wes schlug die Augen auf. Trilby stand vor ihm, hielt Rubys Arm fest, und Ruby weinte herzzerreißend.

»Großer Gott«, sagte Wes.

Ruby hörte auf zu weinen und stieß einen schrillen Schrei aus. »Du bist nicht tot! O Wes, Liebling! Ach verdammt, Trilby, laß mich los. Ich muß ihn küssen. Gott sei Lob und Dank.«

Trilby lachte. »Also Wes, ganz gleich, was du getan hast, du mußt mächtig gut gewesen sein. Weil es dem kleinen Ding da gewaltigen Spaß gemacht hat. Halte still, Ruby. Wenn ich dich loslasse, wirst du ohnmächtig und fällst um. Ich muß mich zuerst um dich kümmern. Diese Nigger! Er ist dreiviertel tot und benützt das letzte Viertel Leben, um es mit einem Mädchen zu treiben. Ihr seid alle gleich! Wenn euch ein junges Mädchen auch nur ein wenig in die Nähe kommt, hört und seht ihr nichts anderes mehr.«

»Trilby«, kreischte Ruby, »du hast eine dreckige Phantasie. Mein Wes hat mich nie auch nur angerührt. Nicht ein einziges Mal, und du sagst, er hat –«

»Na schön, wenn er es nicht getan hat, wie kommt es dann, daß du so zerschunden und zerrissen herumläufst, Baby? Du siehst aus, als wärst du von einem Bären angefallen worden. Los, sag der alten Trilby, was geschehen ist.«

»Stone hat mich gepackt, aber ich habe mich losgerissen. Ich bin hierher zurückgelaufen und habe es Wes erzählt. Und wie ich ihm gesagt habe, daß Stone und der Weiße Rosieshawn erwischt haben und es ihr besorgen, ist er so wütend geworden, daß er aus dem Bett gestiegen und der Länge nach hingefallen ist. Ich habe geglaubt, daß er tot ist, bin in die Küche gerannt, wollte ein Schlachtmesser nehmen und mir den Hals aufschneiden. Und jetzt will ich es ganz bestimmt tun. Weil er sie liebt, nicht mich. Gib mir ein Messer, Trilby, ein wirklich scharfes. Ich will ein Ende machen, weil Wes mich nicht liebt, überhaupt nicht.«

»Trilby«, meinte Wes müde, »schlag sie ins Gesicht! Kräftig. Sie hat den Verstand verloren.«

Trilby gehorchte.

Ruby schüttelte den Kopf, dann schlang sie Trilby die Arme um den Hals. Trilby drückte die kleine, schlanke Mulattin an ihren mächtigen Busen und murmelte:

»Wein nur, Kleine, wein dich aus. Dann fühlst du dich gleich besser. Wes, ich komme sofort wieder. Ich muß das arme Kind ins Bett kriegen.«

»Behandle zuerst ihre Wunden, denn ich möchte nicht, daß sie stirbt.«

»Du bist ein Lügner, Wes«, schluchzte Ruby. »Dir ist es ganz gleich, ob ich tot umfalle, du liebst mich ja gar nicht.«

»Leider tue ich es«, meinte Wes. Als er sah, daß sie versuchte, sich von Trilby loszureißen, schrie er entsetzt: »Bring sie fort, Trilby! Bring sie ins Bett und binde sie fest. Sie ist total verrückt.«

Während Trilby Ruby ins Bett brachte, kroch er auf Händen und Knien zu seinem Lager und zog sich hinauf. Als die Köchin wieder zurückkehrte, sagte er:

»Trilby, sag Fred Hoskins, Rad und Pee Wee, daß ich sofort mit ihnen sprechen muß.«

Die drei hörten ihm sehr ruhig zu. Dann gingen sie in Trilbys Zimmer und betrachteten Ruby. Als sie zurückkamen, waren ihre schwarzen Gesichter vor Wut verzerrt. Die Muskeln über ihren Kinnbacken zuckten.

»Wir werden heute nacht wohl einen Nigger umbringen müssen«, meinte Fred ruhig.

»Und der Weiße?« fragte Wes. »Bringt ihr den auch um?«

Sie dachten über die Folgen nach, die eine solche Tat unweigerlich haben mußte, und zögerten.

»Beide oder keiner«, stellte Wes fest. »Und jetzt hört mir alle zu. Holt Rosieshawn von diesen beiden Teufeln weg. Wie ihr das macht, ist eure Sache. Den Rest überlaßt mir. Morgen abend stehe ich auf. Ganz gleich, wie schwer es mir fällt. Und dann –«

Er sprach nicht weiter. Nicht Drohungen sind Sache eines Mannes, Taten entscheiden.

Drei Stunden später waren seine Freunde wieder da. Ohne Rosieshawn.

»Sie ist tot«, berichtete Fred. »Die beiden Schweine haben sie umgebracht. Dabei können wir es nicht einmal beweisen. Alles, was wir gefunden haben, ist das da.«

»Das da« waren ein paar blutige Fetzen von Rosieshawns Rock und Bluse und von ihrer weißen Baumwollhose.

Wes blickte von einem Gesicht zum anderen. »Wo?«

»Ein paar davon in der Nähe ihrer Hütte. Den Rest im Sumpf. Inzwischen ist sie auf den Grund gesunken. Niemand wird mehr ihren Körper finden. Wir können ihr nicht einmal ein christliches Begräbnis geben.«

»Wir werden dort, wo ihr die Fetzen gefunden habt, am Donnerstag oder Freitag eine Trauerfeier abhalten. Weil ich die nächsten Nächte wahrscheinlich zu tun habe. Ich will jetzt nicht darüber sprechen, und ich muß auch mit meinen Kräften haushalten.

Außerdem seid ihr meine guten Freunde, deshalb will ich nicht, daß ihr da hineingezogen werdet. Ich will nicht, daß die Weißen irgend etwas aus euch herauspeitschen können. Wenn ihr kühl und ruhig sagt: ›Ich weiß überhaupt nichts davon, Sir‹, peitschen sie euch nicht, weil sie sofort sehen, daß ihr die Wahrheit sprecht. Aber wenn ihr auch nur ein bißchen was wißt, ihr stottert und euch räuspert – habt ihr schließlich genau denselben Rücken wie ich. Deshalb habt Vertrauen zu mir. Freunde. Ich werde es auf meine Weise erledigen. Wenn ich es geschafft habe, werdet ihr es wissen. In Ordnung?«

»In Ordnung«, antworteten sie im Chor.

»Die arme Rosieshawn. Sie war so süß und hübsch. Und diese Teufel haben sie umgebracht. Fred und Rad, bringt Ruby nach Hause. Spannt die Maultiere vor den großen Wagen und bringt sie nach Hause. Fragt Massa Ash nicht erst um Erlaubnis.«

»Das werde ich ganz sicher nicht tun«, sagte Fred. »Er hat eine Vorladung bekommen – er muß Montag vor Gericht erscheinen. Cato hat mir erzählt, daß Miss Cecilia die Scheidung verlangt hat, und wahrscheinlich wird sie auch gewinnen.«

»Ich habe mir gedacht, daß es so kommen wird«, meinte Wes. »Und es ist ganz gut so. Massa Ash wird so sehr mit seinen eigenen Schwierigkeiten beschäftigt sein, daß er nicht weiter auf mich aufpassen wird. Deshalb haltet euch von den Weißen fern. Erzählt Ruby nicht, daß Rosie tot ist. Das wäre zuviel für sie.«

»Wes«, stöhnte Pee Wee, »wie soll ich es machen, damit Sary es nicht erfährt? Sie muß mich nur ansehen und weiß, daß etwas nicht stimmt. Rosieshawn war noch dazu ihre beste Freundin. Sie hat sich mit ihr verdammt besser verstanden als mit Ruby.«

»Trotzdem glaube ich, daß du es ihr nicht sagen sollst. Es ist für sie und dich besser. Sie ist in einem Monat soweit. Du weißt, was geschehen kann, wenn sich eine schwangere Frau aufregt.«

»O Gott, das habe ich doch ganz vergessen. Doktor Tom sagt, daß sie sowieso eine schwere Geburt haben wird. Mach dir keine Sorgen, Wes, ich werde den Mund halten.«

»Das wäre gut. Je länger wir die Frauen aus der Sache heraushalten, desto besser.«

»Was ist mit Trilby?« wollte Rad wissen.

»Sagt ihr, daß ihr die arme Rosie nirgends gefunden habt – das ist ja die Wahrheit. Natürlich werden die Collins sie morgen oder übermorgen vermissen.«

»Das glaube ich nicht. Der Prozeß macht auch ihnen Sorgen. Die Nigger sagen, daß Miss Celie darauf aus ist, die arme Miss Ruth so schlecht zu machen, daß nicht einmal eine Hure mehr mit ihr sprechen wird.«

»Missy Ruth tut mir leid«, stellte Wes fest, »aber daß die Bibbs und die Collins gerade jetzt schwere Sorgen haben, paßt gut in meine Pläne. Nun verschwindet. Ich will euch zum Abschied ein afrikanisches Sprichwort mitgeben: ›Wenn der Fisch sein großes Maul zumachen könnte, würde man ihn nie fangen.‹«

»Das kann stimmen, Wes«, meinte Fred. »Gute Nacht.«

»Großer Gott, Wes«, sagte Joe Collins. »Ich habe nicht geglaubt, daß ich dich noch in diesem Monat hier sehen würde.«

»Ich sollte auch nicht hier sein. Ich fühle mich scheußlich, aber ich habe keine andere Wahl. Wir beide müssen uns sofort an die Arbeit machen. Hör mir jetzt gut zu, Joe, du mußt nämlich alles auswendig lernen. Weißt du, wo die Chemikalienhandlung von Wister & Sons ist?«

»Klar, Wes, bin oft genug dort vorbeigekommen.«

»Und Marschalks Druckerei?«

»Ebenfalls. Warum?«

»Du fährst morgen hin und läßt diese Geschäftskarten und Briefköpfe drucken.«

»O Gott, Wes, in Natchez gibt es mächtig viele Weiße, die was gegen mich haben.«

»Deshalb habe ich dir dein Rasiermesser nicht mitgebracht. Nur die Schere. Ich werde deinen Bart zurechtstutzen, und danach werde ich ihn und dein Haar braun färben. Jetzt setz dich hin. Während ich dich bearbeite, mußt du das da lernen.«

Joe las: »Courtney Tilmore, Industriechemiker, The Oaks bei Fayette, Mississippi.«

»Ja, das läßt du auf Geschäftskarten drucken. Du wirst einen Aufschlag bezahlen müssen, weil du mit deinen funkelnagelneuen Karten noch am selben Tag bei Wister & Sons sechs Acht-Unzen-Fläschchen Vitriol, ein halbes Pfund Knallquecksilber, zwei Pfund Salpeter und drei Pfund Schwefel kaufen mußt. Sag ihnen, daß du an einem neuen Schießpulver für Jagdgewehre experimentierst . . .«

»Woher weißt du das alles?«

»Von Fred. Er mischt sich sein Schießpulver selbst. Der alte Hoskins, sein früherer Herr, der ein recht guter Chemiker war, hat es ihm beigebracht . . . Sobald du das Zeugs gekauft hast, steckst du es in deine Satteltasche und bringst es mir. Wickle das Knallquecksilber in Baumwolle und pack es in die eine Tasche und alles übrige in die andere. Sonst gibt es plötzlich kein Pferd und keinen Joe mehr.«

»Pferd? Wie, zum Teufel, soll ich zu einem Pferd kommen?«

»Du hast schon eines. Aber jetzt halte den Mund und lern deine Lektion. Ich bin noch nicht fertig.«

Zwei Stunden später hielt Joe einen Spiegel so, daß Wes sein eigenes Gesicht darin sehen konnte, während er danach aus Eichenholz eine lebensgroße, naturgetreue Maske schnitzte.

»Sag mal, Wes«, fragte Joe, »gibt es irgend etwas, was du nicht kannst?«

»Eine ganze Menge. Halt den Spiegel ruhig, bitte. Alles, was ich kann, hat mich in Afrika ein Freund oder ein Familienmitglied gelehrt. Ich habe Zauberei gelernt, weil mein Erster Freund Ältester, *Kpadunu,* zu der Gilde der Zauberer gehörte; ich habe die Goldschmiedekunst gelernt, weil mein Zweiter Freund *Amosu* zu der Gilde der Silberschmiede gehörte; ich habe Schneiderei gelernt, weil mein Dritter Freund *Taugbaji* ein ausgezeichneter Schneider war.«

»Und von wem hast du gelernt, Holz zu schnitzen?«

»Von meinen Großonkel *Hwegbe,* der der beste Holzschnitzer aller Zeiten war. Außerdem habe ich das Schmiedehandwerk gelernt. – So, das reicht. Ich werde die Maske noch schwarz anstreichen und anstelle von Haar spanisches Moos obenauf kleben.«

»Wozu brauchst du sie eigentlich?«

»Damit ich an zwei Orten zugleich sein kann., Jetzt muß ich

gehen. Bevor du dich morgen früh auf den Weg machst, wiederhol deinen Text noch einmal.«

Am Mittwochnachmittag brachte ihm Pee Wee den Whisky. Wes sah das vergnügt grinsende Gesicht des kleinen Jockeys und funkelte ihn bedrohlich an.

»Wieviel hast du davon getrunken?«

»Nur einen Schluck, großer Mann. Du weißt, daß Sary mich mit dem Besenstiel verprügelt, wenn ich nach Alkohol rieche. Das Zeug ist mächtig gut. Wozu brauchst du es?«

»Warte, bis ich es ein bißchen hergerichtet habe, dann sage ich es dir.«

Wes ging zur Kommode, kniete nieder und zog eine kleine Papiertüte hervor. Sorgfältig schüttete er deren Inhalt in die braune Tonflasche, dann drückte er den Korken wieder hinein und schüttelte sie einige Minuten kräftig. Danach zog er den Korken wieder heraus und roch am Whisky.

»Das wär's«, meinte er und verschloß die Flasche. »Pee Wee, du weißt ja, wo Tom Cuthbert und Stone Mountain wohnen, nicht wahr?«

Pee Wee riß die Augen auf. »Mein Gott, Wes, willst du die beiden vergiften?«

»Dann würde ich nicht dich mit dem Gift dorthin schicken. Nein, ich möchte nur, daß sie heute nacht besonders gut schlafen. Ich habe ein Schlafmittel in den Whisky getan, das ist alles. Die beiden haben nämlich eine mächtig angenehme Gewohnheit. Sie hängen ihre Flasche bei Tag immer an einen Haken außen an der Hütte. Deshalb wirst du jetzt hingehen, ihre Flasche stehlen und die da hinhängen. Mach dich auf die Beine! Und sei vorsichtig. Muß ich dich daran erinnern, daß du mich seit gestern nicht mehr gesehen hast und daß du nie in deinem Leben einen Tropfen Whisky für irgendwen gekauft hast?«

»Nein, Wes, meine Lippen sind versiegelt.«

»Trilby«, sagte Wes jämmerlich, »mach mir eine Tasse Tee, bitte. Ich muß Pulver gegen diese Kopfschmerzen nehmen. Pee Wee hat sie von Doktor Tom bekommen und mir gebracht. Man soll darauf wie ein Toter schlafen. Ich weiß, daß es erst Abend ist, aber ich fühle mich sehr schlecht. Es wird mir guttun, eine Nacht ordentlich zu schlafen.«

»Das stimmt, Wes. Aber was ist, wenn Ruby herüberkommt?«

»Das wird sie nicht. Nach dem, was gestern geschehen ist, wird Cas sie nicht so bald bei Nacht aus dem Haus lassen.«

»Hast du etwas von Rosieshawn gehört, Wes?«

»Kein Wort. Mir gefällt das nicht, Trilby, es gefällt mir nicht.«

»Auch mir nicht. Weißt du, was ich glaube? Die beiden Dreckskerle haben das arme Kind umgebracht und in den Sumpf geworfen, wo nicht einmal der liebe Gott ihren Körper für das Jüngste Gericht findet. Damit sie nicht erzählen kann, was sie mit ihr gemacht haben.«

»Das glaube ich auch, Trilby. Großer Gott, wenn ich nicht so verdammt schwach wäre, ich würde –«

»Laß die stinkenden Bastarde in Ruhe, Sohn. Den Weißen würde es nichts ausmachen, wenn du Stone umbringst. Aber Tom Cuthbert ist ein Weißer. Der ist es einfach nicht wert, daß du seinetwegen gelyncht wirst.«

»Im Augenblick könnte ich nicht einmal eine Fliege umbringen. Trilby, wenn ich die Pulver genommen habe und schlafen gegangen bin, komm herein, bevor du ins Bett gehst, und sieh nach, ob ich richtig atme. Doc Tom sagt, daß das die stärksten Schlafmittel sind, die es gibt. Wenn ich komisch atme – erstickt oder rasselnd –, muß du mich aufwecken. Sonst wache ich vielleicht überhaupt nicht mehr auf. Jedenfalls nicht in dieser Welt.«

»Vielleicht solltest du sie doch nicht nehmen, Wes.«

»Ach, sie wirken langsam. Wenn ich ruhig und still atme wie ein Baby, laß mich schlafen. Dann wache ich morgen wie neugeboren auf. Gott weiß, daß ich meine Kraft wiederhaben möchte.«

»Nach diesem Auspeitschen wird das seine Zeit brauchen, Sohn. Bis lange nach Weihnachten, schätze ich. Aber jetzt mache ich dir deinen Tee.«

Sie sah nicht einmal, sondern dreimal nach ihm, bevor sie zu Bett ging. Wes stellte sich schlafend. Aber sobald er hörte, daß sie die Tür zu ihrem Zimmer hinter sich schloß, sprang er aus dem Bett.

Er zog sich rasch an. Aus der Holzkiste nahm er die sorgfältig ausgesuchten Scheiter, die er nach der Rückkehr aus seinem *Dexoxo* selbst hineingetan hatte. Mit ihnen ahmte er im Bett die Form seines Körpers nach, dann deckte er sie mit der Decke zu. Schließlich legte er die Maske, die sein Gesicht darstellte, auf das Kissen, trat zurück und überblickte sein Werk.

Er lächelte grimmig. Zwar bezweifelte er, daß Trilby im Lauf der Nacht aufstehen würde, weil er wußte, wie tief sie schlief, falls sie es aber tat, würde sie sicherlich nachher beschwören, sie habe lange nach Mitternacht gesehen, daß er im Bett lag und schlief.

Dann ging er leise in die Nacht hinaus.

Er hielt den Wagen in einiger Entfernung von der Hütte an und band die Maultiere an einen Baum. Dann stieg er aus und nahm die Sachen mit, die er brauchen würde: ein Säckchen mit Nägeln, das er an seinen Gürtel band, einen Hammer, den er in den Gürtel steckte, und zwei große Korbflaschen, die er in den Händen trug. Die beiden Flaschen waren verdammt schwer. Er mußte sie zwei Dutzend Mal absetzen und rasten, bevor er sein Ziel erreichte.

Er musterte die Hütte und Stones Anbau an der Rückseite. Noch genauer studierte er die Möglichkeit, sich der Hütte zu nähern. Hier, nicht weit vom Sumpf, war der Boden das ganze Jahr über feucht. Es gab augenscheinlich keine Möglichkeit, zu der Hütte zu gelangen, ohne Fußspuren zu hinterlassen. Er überlegte, wie dieses Problem zu lösen wäre.

Dann ging er in den Wald. Mit dem Messer schnitt er etwa vierzig kleine Weidenzweige ab. Rasch flocht er sie zu zwei Matten, band sie an seinen Stiefeln fest und versuchte, mit ihnen über den feuchten Boden zu gehen. Infolge der Matten war er etwas langsam und schwerfällig, hinterließ aber keine Spuren.

Er ging mit den Korbflaschen zur Hütte und lauschte. Sie schnarchten. Nun zog er seinen Hammer hervor und schlug kräftig gegen den Türpfosten, laut. Er lauschte zitternd. In seinem Zustand war er keinem der beiden gewachsen, geschweige denn beiden gleichzeitig.

Sie schnarchten weiter.

Sorgfältig nagelte er beide Türen der Hütte zu, schob die hölzernen Läden vor die Fenster und nagelte sie ebenfalls fest. Dann wiederholte er den Vorgang bei Stones Tür und Fenster. Doch er fand, daß dadurch ein Mann von Stones Größe und Stärke nicht zurückzuhalten war, wenn er ernstlich auszubrechen trachtete.

Deshalb ging er noch einmal in den Wald, suchte zwei Klötze, die er gerade noch tragen konnte, und verrammelte mit ihnen Stones Tür und Fenster.

Dann goß er den Inhalt einer Korbflasche – Brennöl – über die Wände und wiederholte den Vorgang mit der zweiten Flasche.

Anschließend holte er aus seiner Hosentasche eine kleine Schachtel mit Feuersteinen und Zunder heraus, schlug Funken in den Zunder, blies in ihn, bis eine kleine Flamme aufsprang, in die er einen ölgetränkten Lappen hielt. Der Lappen flammte auf. Er warf ihn an die Wand der Hütte. Kleine Feuerzungen krochen an der Wand hoch. Er ging rund um die Hütte und den Anbau und zündete an zwei Dutzend Stellen.

Er suchte Flaschen, Hammer und Nägel zusammen und machte sich auf den Heimweg. Er befand sich bereits am Waldrand, als einer der beiden zu schreien begann. Eine Minute später stimmte der zweite ein, zuerst brüllend, dann immer höher kreischend; die Schreie zerrissen die Nacht; unerträgliche Qual wurde in unaussprechlichem Entsetzen laut.

Wes blieb stehen und lauschte. Dann nahm er die Weidenmatten ab, ging zum Wagen zurück, band die Maultiere los und fuhr heim. Während er der Straße folgte, die um den Sumpf herumführte, und er bei einem Schlammloch hielt, in das er die Matten und die Flaschen warf, konnte er sie hören. Er hatte den Sumpf bereits verlassen, als sie verstummten. Und danach hörte er sie immer noch im Geist.

Er dachte darüber nach, wie entsetzlich grausam seine Tat war, und ihm wurde übel. Er hielt die Maultiere an, stieg vom Wagen und erbrach. Aber als Schwindel und Übelkeit vergangen waren, sah er keinen Grund, Reue zu empfinden. Die Weißen hatten seine Rassegenossen mehr als dreihundert Jahre lang versklavt, getötet, gelyncht, zu Tode gefoltert – und waren straffrei ausgegangen. Höchste Zeit, daß das anders wurde! Er hatte nur Gerechtigkeit walten lassen. Daß sie nicht von Barmherzigkeit gezeichnet war, störte ihn nicht. Barmherzigkeit ist kein afrikanisches Wort.

Sobald ihm besser war, bestieg er wieder den Wagen, fuhr nach Rosebriar zurück, spannte die Maultiere aus und brachte sie in den Stall. Er schlich lautlos in sein Zimmer im Herrenhaus zurück und stellte fest, daß sein Bett unverändert war. Im Herd glomm noch das Feuer, also legte er Holzspäne darauf, dann seine Maske und sah zu, wie sie verbrannte. Schließlich trug er die Scheiter vom Bett in die Holzkiste zurück.

Erst als er mit alldem fertig war, zog er sich aus und kroch unter die Decke, denn es fröstelte ihn.

Die ganze Sache hatte kaum zwei Stunden gedauert.

40

»Wes! Wes!« brüllte Ashton Bibbs. »Wo steckt dieser schwarzhäutige Schuft?«

»Großer Gott, Massa Ash«, sagte Trilby. »Warum kommen Sie schreiend und brüllend herein? Wes liegt in seinem Bett. Der arme Kerl hatte gestern so schreckliche Kopfschmerzen, daß er Schlafmittel nehmen mußte. Sie müssen ihm mächtig gutgetan haben, weil er sich die ganze Nacht nicht gerührt hat.«

Ash ging zum Bett und rüttelte Wes voller Zorn wach.

Wes schlug die Augen auf. »Guten Morgen, Massa Ash.«

»Wes, verdammt, wo, zum Teufel, warst du vergangene Nacht? Lüg mich nicht an, du schwarzer Zauberer. Wo warst du?«

Wes grinste. »Das ist aber eine mächtig schwierige Frage, Massa Ash. Soweit ich weiß, bin ich hier im Bett gelegen.«

»Hört euch diesen Nigger an. Soweit ich weiß! Verdammt, Wes, gib auf meine klare Frage eine ebenso klare Antwort. Bist du die ganze Nacht im Bett gelegen?«

»Das kann ich nicht beantworten, Massa Ash, weil ich es nicht weiß. Ich weiß, daß ich mich ins Bett gelegt habe und eingeschlafen bin. Und dann weiß ich nichts mehr bis zu dem Augenblick, wo Sie brüllend hereingekommen sind, so daß meine Kopfschmerzen wieder angefangen haben. Aber wer kann sagen, was zwischen gestern abend und heute früh geschehen ist? Wer weiß, wohin die drei Seelen eines Mannes gehen, während er schläft?«

»O Gott. Also, Wes, diesmal haben dich deine drei wandernden Seelen in Schwierigkeiten gebracht. Weil jemand vergangene Nacht Tom Cuthberts Hütte angezündet hat, so daß er und sein Nigger verbrannt sind. Was hast du dazu zu sagen?«

»Daß der, der das getan hat, einen Orden verdient und ein Denkmal vor dem Gerichtsgebäude. Denn wenn die Leute hier in der Gegend jemals irgendwem dankbar sein müssen, dann ist es der Mann, der den Bezirk von diesem Ungeziefer befreit hat.«

»Wes, weißt du denn nicht, wer der Hauptverdächtige ist?«

»Vermutlich ich, da jedermann weiß, daß die beiden Kerle mich ausgepeitscht haben. Lassen Sie die Leute ruhig mich verdächtigen, Massa Ash, denn sie müssen zuerst einmal beweisen, daß ich vergangene Nacht in der Nähe der Hütte gewesen bin, und das wird ihnen verdammt schwerfallen. Vor allem, weil ich beweisen kann, daß ich nicht dort war. Na ja, daß mein Körper jedenfalls nicht dort war. Ob meine drei Seelen beschlossen haben, mitten in der Nacht Stinktiere zu braten, weiß ich nicht; aber dieser zerfetzte Kadaver, der sich kaum bewegen kann, ist hier im Bett gelegen.«

»Beweise es! Du weißt, daß du den Beweis erbringen mußt.«

»Massa Ahs, da müssen wir Trilby fragen. Sie war die ganze Nacht über hier, also müßte sie uns sagen können, ob ich davongeschlichen bin und die beiden Kerle gebraten habe. Rufen Sie sie!«

»Ach was! Trilby schläft wie ein Murmeltier. Du könntest den halben Bezirk in Brand stecken, und sie würde es nicht wissen. Wenn Trilby dein einziger Zeuge ist, wirst du demnächst an einem Strick baumeln. Das gebe ich dir schriftlich.«

»Trotzdem könnten wir sie fragen.« Wes erhob sich und rief: »Trilby, komm mal einen Augenblick herein.«

»Wo war ich vergangene Nacht?« fragte Wes.

»Das ist vielleicht ein blöde Frage. Natürlich in deinem Bett.«

»Die ganze Nacht?« fragte Ashton.

»Die ganze Nacht, Massa Ash.«

»Trilby«, meinte Ashton, »wenn du schläfst, wecken dich nicht einmal die Posaunen des Jüngsten Gerichts. Wieso bist du denn so sicher, daß Wes die ganze Nacht über hier war?«

»Ich habe ihn gesehen, Sir. Wie er die Schlafmittel genommen hat, hat er mich gebeten, in der Nacht nach ihm zu sehen, weil er Angst gehabt hat, daß sie zu stark sind und er vielleicht nicht richtig atmen kann. Deshalb habe ich fünfmal nach ihm gesehen. Dreimal, bevor ich zu Bett gegangen bin, und zweimal nachher. Er war jedesmal hier und hat so ruhig geschlafen wie ein Kind.«

»Das bedeutet, Wes«, meinte Ashton, »daß du dir ein beinahe vollkommenes Alibi gesichert hast. Du hast Trilby gebeten, nach dir zu sehen, weil du weißt, daß sie im Halbschlaf, beim Feuerschein aus der Küche, nicht bemerken kann, daß du an deiner Statt ein paar Scheiter ins Bett gelegt hast.«

»Massa Ash«, mischte sich Trilby ein, »haben Sie je ein Scheit mit einem Niggergesicht und mit Kraushaar gesehen?«

»Du willst damit sagen, daß du Wes' Gesicht gesehen hast?«

»Jedesmal. Er hatte den Kopf zur Tür gedreht.«

»Dann hast du jemanden ausgeschickt, Wes, der es für dich erledigt hat.«

Wes unterbrach ihn.

»Massa Ash, wenn man Menschen umbringt, ist das etwas mächtig Ernstes. Man wird dafür gehängt, auch wenn man es durch jemand anderen erledigen läßt. Sie glauben doch nicht wirklich, daß ich mein Leben aufs Spiel setze, indem ich mich darauf verlasse, daß es auch nur einen Nigger im ganzen Staat Mississippi gibt, der den Mund halten und irgendeine Arbeit richtig ausführen kann – auch wenn es sich nur um das Ausräuchern von Ungeziefer handelt?«

»Das ist ein wirklich gutes Argument, das muß ich zugeben, Wes, weil du noch nie etwas Dummes getan hast. Also gut – wer war es deiner Meinung nach?«

»Das weiß ich nicht. Vorgestern nacht haben Tom Cuthbert und Stone Ruby Thomas und Rosieshawn erwischt. Ruby ist entkommen und zu mir gelaufen. Ich habe versucht, aufzustehen, damit ich der armen Rosie helfe, und bin der Länge nach hingefallen. So schwach war – und bin – ich, Massa Ash. Ich habe Rad, Fred und

Pee Wee hinuntergeschickt. Sie sind mit ein paar blutigen Lappen von Rosies Kleidung zurückgekommen, das war alles. Sie glauben, daß die beiden Kerle Rosie, nachdem sie mit ihr fertig waren, getötet und ihre Leiche in den Sumpf geworfen haben. Das glaube ich auch. Rosie war unter den Schwarzen auf Collinswood sehr beliebt, Vielleicht hat es sich jemand zu Herzen genommen, daß das Mädchen, das er liebte, vergewaltigt und getötet wurde. Und vielleicht hat Cas Thomas seinen Freunden erzählt, wie Ruby ausgesehen hat, als ich sie mit Fred nach Hause geschickt habe – Auge zugeschwollen, Lippen aufgeplatzt, überall blaue Flecke, die Kleider zerrissen.«

»Wes, das ergäbe ein weiteres Motiv für dich.«

»Das stimmt. Aber sie haben Ruby nicht vergewaltigt, weil sie Stone in die Eier getreten hat. Deshalb habe ich kein so starkes Motiv wie ein Freund oder Verehrer von Rosie. Oder wie Ihr Bruder, Massa Bob, wenn er einmal zwei und zwei zusammenzählt. Er ist zwar nicht besonders intelligent, aber inzwischen sollte er –«

»Mein Bruder – verdammt. Was meinst du damit, Wes?«

»Sehen Sie, Massa Ash, wo war Miss Pam in der Nacht nach dem Begräbnis Ihres Daddy?«

»Du weißt verdammt genau, Wes, daß ich keine Ahnung habe, genausowenig wie sie selbst. Sie leidet an Amnesie.«

»Richtig. Aber Sie wissen, wie sie ausgesehen hat, als sie am nächsten Morgen nach Hause gekommen ist. Martha hat es mir erzählt. Die Kleider zerrissen, halbnackt, eine Titte frei. Und danach hat sie begonnen, mir Dinge vorzuwerfen, Dinge, die in dieser Nacht geschehen, ihr widerfahren sind. Daß ich noch am Leben bin, verdanke ich nur der Tatsache, daß Sie und Massa Bob wissen, wie hilflos ich zu dieser Zeit im Bett gelegen bin.«

»Das stimmt alles, aber ich weiß noch immer nicht, worauf du hinauswillst, Wes.«

»Massa Ash – welcher Nigger in diesem Bezirk ist so groß wie ich, so schwarz wie ich und lebt – nein lebte, Gott sei Dank – in der Nähe des Sumpfs, in dem, wie Miss Pam sagt, diese Dinge geschehen sind?«

»Mein Gott, Stone! Stone Mountain.«

»In der Nacht ist es im Sumpf mächtig dunkel, wie kann dann eine Frau, die vor Kummer halb verrückt ist, einen schwarzen Bastard vom anderen unterscheiden? Vielleicht hat sie sogar gefragt: ›Bist du es, Wes?‹ und der Teufel von Nigger war schlau genug, ›Ja, Madam‹ zu antworten. Nur eines verstehe ich nicht. Ruby hat mir erzählt, daß Stone Rosieshawn festgehalten hat, während Tom Cuthbert es ihr angetan hat. Nehmen Sie an, daß die beiden sich auch die Frauen geteilt haben? Daß Tom vielleicht Miss Pam festgehalten hat, während Stone –«

»Großer Gott, hör auf, Wes, hör sofort auf!«

»Gut. Aber ich glaube, Sie sollten sich nicht mehr drum kümmern, wer die beiden Kerle geröstet hat, Massa Ash. Denn wer immer es war – er hat der Familie Bibbs einen Gefallen getan. Und Sie sollten mir und Trilby aufs Wort glauben, daß ich die ganze Nacht über hier war. Wenn also Weiße auftauchen, die mich lynchen wollen, werden Sie ihnen hoffentlich sagen: ›Es tut mir leid, Gentlemen, aber mein Nigger hat die ganze Nacht in diesem Zimmer hier geschlafen.‹«

»Ich werde es tun, Wes, nicht, weil du mich überzeugt hast, sondern weil du mich dazu gebracht hast, froh darüber zu sein, daß jemand diese beiden Schurken erledigt hat. Lassen wir also dieses Thema fallen.«

»Massa Ash, es hat vergangene Nacht nicht geregnet. Haben Sie nicht Hunde auf die Spuren des Kerls angesetzt? Der Boden ist dort mächtig schlammig, so daß seine Spuren sehr deutlich sein müßten.«

»Es war keine einzige Spur zu entdecken.«

»Dann haben die beiden Stinktiere sich wahrscheinlich selbst umgebracht.«

»Also Wes –«

»Nicht absichtlich, zufällig. Haben Sie je die Hütte gesehen, Massa Ash?«

»Ein- oder zweimal. Warum?«

»Dann erklären Sie mir etwas: Wieso sind die beiden dringeblieben und einfach verbrannt? Ein ordentlicher Tritt gegen die Türen, und sie wären aus den Angeln geflogen. Der Schuppen war nicht viel wert, und die beiden waren groß und kräftig.«

»Wes, ich kann deinen krausen Gedankengängen nicht mehr folgen. Auf was willst du denn jetzt hinaus?«

»Daß sie stockbesoffen waren. Einer ist herumgestolpert und hat dabei die Öllampe umgestoßen. Sie waren zu betrunken, um es zu bemerken. Dann ist der Rauch so dicht geworden, daß sie nicht mehr atmen konnten, deshalb waren sie bewußtlos, wie das Feuer sie erreicht hat. Denn wenn sie jemand in Brand gesteckt hätte, hätte er Spuren hinterlassen müssen. Und wenn sie nicht betrunken gewesen wären, hätten sie sich ohne weiteres befreien können.«

Ash starrte ihn an.

»Außer, jemand hat sie vorher bewußtlos geschlagen. Aber ich glaube nicht, daß du dafür kräftig genug bist. Deshalb akzeptiere ich deine Theorie. Sie stimmt mit allen bekannten Tatsachen überein. Und sie liefert mir ein gutes Argument gegen Leute, die dich eventuell lynchen wollen. Das Dumme ist, daß ich nicht ganz daran glauben kann. Ich weiß zwar nicht warum, aber es ist so. Sieh jetzt zu, daß du wieder zu Kräften kommst. Auf dich wartet eine Menge Arbeit.«

»Ja, Sir, ich werde mich daranmachen, sobald ich kann.«

»Großer Gott, Wes«, sagte Joe Collins, »manchmal machst du sogar mir angst. Du verbrennst die beiden Schufte bei lebendigem Leib, und niemand kann es dir beweisen. Wie konntest du überhaupt so weit gehen?«

»Gar nicht, ich bin geflogen. Ich bin auf dem Dach gelandet und habe eine brennende Kerze durch den Schornstein geworfen. Also, Joe, hast du das Zeug gebracht?«

»Natürlich. War überhaupt nicht schwierig.«

»Wo ist das Vitriol drin?«

»Hier.«

Wes packte das Vitriol aus. Dann holte er von der Veranda einen kleinen Holzrahmen herein, in dem Drähte von verschiedener Stärke gespannt waren. An jedem Draht war mittels eines Fadens ein Stein befestigt. Wes öffnete eines der Vitriol-Fläschchen und bestrich jeden Draht genau in der Mitte mit der Säure. Dann hängte er das Gerät an der Decke auf und stellte Pfannen unter die Steine.

»Wofür soll dieser Apparat jetzt wieder gut sein?« erkundigte sich Joe.

»Für etwas, was ich herausfinden muß, bevor wir gemeinsam etwas unternehmen. Siehst du, daß diese Drähte numeriert sind? Du hast dir doch die Uhr gekauft, wie ich gesagt habe?«

»Natürlich, Wes.«

»Wie spät ist es jetzt?«

»Vier Uhr nachmittags.«

»Schön. Sobald das Vitriol die Drähte durchgeätzt hat, fallen die Steine herunter und machen mächtig viel Krach. Die Drähte, die vor morgen nachmittag vier Uhr reißen, interessieren dich nicht. Du mußt mir nur die Nummern der Drähte aufschreiben, die länger standhalten, und dazu die Zeit, wann sie entzweigegangen sind. Mehr muß ich nicht wissen.«

»Warum, Wes?«

»Weil vierundzwanzig Stunden, nachdem wir beide Natchez verlassen haben, dort etwas geschehen soll. Es soll geschehen, während ich mit Massa Ash spreche, so daß er auf die Bibel schwören kann, daß ich keine Möglichkeit gehabt habe, es zu tun. Und was dich betrifft – dich wird man an diesem Tag überhaupt nicht in der Stadt sehen.«

»Ist es gefährlich, Wes?«

»Nein, diesmal nicht. Den gefährlichen Teil hast du schon hinter dir. Der Rest ist ganz einfach.«

»Wes, wann gehen wir hier fort, holen Abby und fahren in den Norden? Ich sehne mich so schrecklich nach dem Mädchen, daß ich beinahe umkomme.«

»Na, na, Joe, du willst sagen, daß du dich nur nach einem bestimmten Teil von ihr sehnst.«

»Das stimmt nicht, Wes. Ich bin gern mit ihr beisammen. Ich möchte mit ihr sprechen, mir fehlt sogar die Art, wie sie mich neckt. Sie hat mich immer wieder ihrem kleinen, gelben Nigger-Fancy-Mann genannt und sich gefreut, wenn ich krebsrot geworden bin.«

»Ich fürchte, Joe, es wird noch bis Weihnachten dauern.«

»Weihnachten! Heilige Jungfrau! Warum müssen wir denn so lange warten?«

»Wegen Abby. Ich habe mit Leuten gesprochen, die New Orleans kennen, und sie sagen alle, daß die Schule von Mutter Teresa wie ein Fort gebaut ist. Wir würden sie wahrscheinlich herausholen können, wenn es sein muß, aber mir wäre es lieber, wenn wir es nicht tun. Es wäre mächtig gefährlich. Andererseits läßt Mutter Teresa die Mädchen, die brav gewesen sind, zu Weihnachten nach Hause fahren; sie gibt ihnen den ganzen Dezember frei. Deshalb nehme ich an, daß Miss Abigail um den zweiten Dezember herum wieder hier sein wird. Du mußt zugeben, daß es viel leichter ist, sie aus Collinswood zu entführen als aus dieser Schule.«

»Das stimmt. Sie müßte nur irgendwohin reiten oder gehen, wo wir sie erwarten können. Aber wie, zum Teufel, geben wir ihr Nachricht?«

»Durch Ruby.«

»Wirft sie sich dir immer noch bei jeder Gelegenheit an den Hals?«

»Ja.«

»Und du wehrst sie noch immer ab?«

»Na ja, ich wehre sie nicht gerade ab, ich halte sie mir nur auf Armlänge vom Leibe.«

»Warum eigentlich, Wes? Ruby ist das hübscheste Mädchen weit und breit. Außerdem hat sie einen guten Ruf. Ich verstehe einfach nicht –«

»Joe, meine Phoebe ist noch keinen Monat tot. Das ist der eine Grund. Der zweite Grund ist, daß ich keine Kinder haben will, in deren Adern weißes Blut fließt. Ich sage nicht, daß alle Weißen böse sind, viele von ihnen sind freundlich und gut. Käpt'n Wally war ein Ehrenmann. Massa Ash ist anständig und meint nicht alles so, wie er es sagt. Dein Pa ist ein wirklich guter Mann, ein bißchen rauh, aber das macht nichts. Wirklich gemein sind nur die eiskalten Menschen. Miss Pam war die süßeste, beste Frau, die ich je gekannt habe.«

»Und du warst in sie verliebt.«

»Wahrscheinlich, aber die Frau, die ich geliebt habe, gibt es nicht mehr. Sie ist in die Scheune gekommen, in der Tom Cuthbert und Stone mich in Fetzen gepeitscht haben, und hat gelacht und in die Hände geklatscht und ihnen gesagt, sie sollen mich zu Tode peitschen.«

»O Gott!«

»Ich weiß, sie ist verrückt, aber Irre sind wie Betrunkene. Du weißt ja, im Wein liegt die Wahrheit, und das gilt auch für den Wahnsinn. Weil Verrückte nicht genügend Kontrolle über sich selbst haben, um zu verbergen, wie sie wirklich sind. Deshalb wird sie gemeinsam mit Massa Bob für das büßen, was die beiden mir angetan haben. Sie wird sogar das Mittel sein, durch das ich es ihm heimzahle.«

»Das verstehe ich nicht, Wes.«

»Macht nichts. Sieh mal, Joe, ich könnte Massa Bob töten und ungestraft davonkommen. Aber wenn ich jemanden wie ihn einfach töte, erweise ich ihm nur einen Gefallen, weil ich sein elendes Leben beende. Und selbst wenn ich in fessle und zollweise zu Tode foltere, wäre das nicht Strafe genug für alles, was er mir, meiner Selbstachtung, meiner Würde, meiner Männlichkeit, meiner Seele angetan hat. Deshalb sehe ich in Beau Bob Bibbs den Vertreter der gesamten weißen Rasse und lasse ihn das, was er mir durch Phoebe angetan hat, auf die einzig mögliche Art und Weise büßen. Ich werde zusehen, wie er im Staub kriecht, wie er blutige Tränen weint, so wie ich es getan habe, wie er auf die einzige Art stirbt, die meiner Rache gerecht wird – durch seine eigene Hand.«

»O Gott, Wes, du bist schrecklich. Ich könnte einfach nicht so fürchterlich hassen.«

»Es ist nicht Haß, Junge, sondern Pflicht. Wenn ein Mann mich tötet, verringert er die Zahl jener, die meine Ahnengötter verehren. Wenn er mich erniedrigt, mir meine Rechte vorenthält, meine Menschenwürde mit Füßen tritt, beleidigt er meine *Tau Vudun*. Und Afrikas Götter sind schreckliche Götter, ihr Zorn kann die Welt zerstören, jeden Mann, jede Rasse zu Staub zermalmen. Deshalb stellt die kleine Ruby ein solches Problem für mich dar.«

»Ja, kommen wir darauf zurück. Du willst Ruby nicht heiraten, weil sie zur Hälfte weiß ist.«

»Ich will nicht, daß das Blut der weißen Rasse in den Adern meiner Kinder fließt. Weil die Weißen die ungerechtesten Menschen sind, die jemals auf dieser sündigen Welt gelebt haben. Sie sind so unwissend, Joe. Sie gehören zu der einzigen Rasse, die dumm genug ist zu glauben, daß Gott sie als sein Ebenbild erschaffen hat. Dabei war es genau umgekehrt: Sie haben sich ihren Gott nach ihrem eigenen Ebenbild geschaffen. Sie sind davon überzeugt, daß sie gut aussehen, daß ihre Frauen schön sind, daß nur das, was sie denken, richtig ist, und daß keine andere Rasse irgendwelche Rechte besitzt. Deshalb werden sich eines Tages die dunkelhäutigen Rassen vereinen und die Weißen über den Rand der Welt hinunterstoßen müssen. Als einen Akt der Selbstverteidigung, Joe, denn eine Rasse, die jeder anderen das Lebensrecht abstreitet, hat es selbst verwirkt.«

»Das wird nicht gerade angenehm für mich sein«, meinte Joe.

»Ach, ich ernenne dich dann einfach zum Ehrennigger. Aber die kleine Ruby ist wirklich ein Problem. Trotzdem –«

»Magst du sie.«

»Mehr als das. Ich liebe sie. Sie ist süß und gut und aufrichtig und übermütig. Ich habe mir eingebildet, daß ich sie loswerden kann, indem ich Rosieshawn heirate, aber ein Weißer und sein Nigger sind mir dazwischengekommen. Doch jetzt wieder zur Sache. Joe, ich möchte, daß du den ganzen Montag in Natchez verbringst, und zwar bei Gericht. Ich brauche einen Augenzeugen über die Verhandlung der Scheidungsklage von Miss Cecilia gegen Massa Ash. Das gehört auch zu meinem Plan.«

»Miss Cecilias Scheidungsklage gehört zu deinem Plan?«

»Natürlich, Joe. Ich habe das schon in Ordnung gebracht. Statt daß der Prozeß sich, zur Freude der skandalhungrigen Damen in Natchez, wochenlang hinzieht, wird er am Montag abend zu Ende gehen. Mit einem Knalleffekt, der den ganzen Bezirk in Aufruhr bringt. Miss Cecilia wird den Prozeß gewinnen und ein Drittel von Rosebriar als Unterhalt bekommen. Sobald die Leute hier die Aussage deiner Halbschwester gehört haben, bleibt deinem Vater und überhaupt der ganzen Familie Collins nichts anderes übrig, als den Staat zu verlassen. Damit sind wir ein Drittel der Leute los, die etwas gegen dich und mich haben, Joe. Ich nehme an, daß auch Massa Ash und Missy Ruth im Laufe des darauffolgenden Jahres den Staat verlassen werden. Es wird ihm einfach zu viel werden, daß er jedesmal, wenn er mit seiner Frau aus dem Haus tritt, ein Dutzend Lästermäuler zum Duell fordern muß. Außerdem sind sie sehr gesellige Menschen und werden es nicht ertragen, nie eingeladen zu werden und auf ihre Einladungen immer nur Absagen zu erhalten.«

»Da dürftest du recht haben. Damit zahlst du es allen heim, an denen du dich rächen willst, ausgenommen –«

»Beau Bob und Miss Pam. Die beiden werde ich fertigmachen, Joe. Ich werde auch mit Ingrahams Crest Schluß machen. Dort herrscht zuviel Dunkelheit, zuviel Böses. Ich werde es auf meine Art tun, ohne einen Finger zu rühren. Massa Bob wird wahrscheinlich Miss Pam töten und dann sich selbst, wenn er das Geschenk sieht, das ich für ihn bereit habe.«

»Mein Gott, Wes, hast du denn überhaupt keinen Funken Mitleid in dir?«

»Ich bin Afrikaner, wir kennen dieses Wort nicht. Noch etwas, Joe. Nach der Vorstellung folgst du Miss Cecilia, weil ich wissen will, welchen hübschen weißen Gentleman sie sich geangelt hat. Daß sie einen hat, steht nämlich fest.«

Am Freitag vormittag war Wes so weit hergestellt, daß er in seine Hütte zurückkehren konnte.

Samstag nacht ritten zwei in weite Mäntel gehüllte Reiter, die breiten Hüte tief ins Gesicht gezogen, von Ingrahams Crest nach Natchez.

In derselben Nacht, aber einige Stunden später, prallte William Wallace, der dreiundsechzigjährige Nachtwächter, der George Tilsons Lagerhaus bewachte, auf dem Weg zur Arbeit mit einem jungen Weißen zusammen. Der Weiße war, seiner Kleidung nach zu schließen, ein Plantagenbesitzer und außerdem stockbetrunken. Der junge Mann torkelte nämlich aus einer Seitenstraße heraus und stieß so heftig mit dem armen Bill zusammen, daß dieser der Länge nach hinfiel.

Noch bevor Bill aufstehen konnte, wankte der Betrunkene laut singend die Straße hinunter.

Einen Augenblick später half ein großer Neger Bill wieder auf die Beine, klopfte fürsorglich den Staub von seiner Kleidung und krächzte: »Tut mir mächtig leid, Sir. Aber Sie wissen, wie es

Samstag abend zugeht. Mein junger Massa hat eins über den Durst getrunken. Ich versuche schon den ganzen Abend, ihn einzuholen, aber er ist einfach zu schnell. Sie sind doch nicht verletzt, Sir?«

»Nein, Nigger, aber du solltest lieber zusehen, daß du deinen jungen Herrn zu fassen kriegst und ihn nach Hause bringst, bevor er noch größeres Unheil anrichtet.«

»Ja, Sir. Gehört das da Ihnen?«

»Das da« war Bill Wallaces Imbiß, bestehend aus zwei Sandwiches und einem Krug Bier. Er nahm dem Nigger den Korb aus der Hand und brummte:

»Natürlich gehört es mir. Jetzt mach, daß du weiterkommst, Nigger.«

»Ja, Sir, ich geh ja schon.«

Zwei Stunden später, nachdem Bill Wallace eines der Sandwiches gegessen und die Hälfte des Biers getrunken hatte, überkam ihn unerklärliche Schläfrigkeit. Das ärgerte ihn, weil er von Natur aus sehr gewissenhaft war. Ich werde mir ein kurzes Nickerchen gönnen, dachte er, es ist ja nichts dabei, wenn ich die Augen für ein paar Minuten schließe. Damit machte er es sich in einem Stuhl im Büro des Lagerhauses bequem.

Als er aufwachte, erschrak er, weil die Morgensonne schon zum Fenster hereinschien. Er sprang auf, lief auf die Straße, ging um das Lagerhaus herum und inspizierte die Fenster. Sie waren klein, vergittert und befanden sich hoch oben unter dem Dach. Soweit er erkennen konnte, waren sie alle in Ordnung. Dann bemerkte er, daß ein kleiner Abschnitt des Zinndaches fehlte, so daß Sonnenlicht auf die Ballen im Lagerhaus fiel. Er zerbrach sich darüber den Kopf, bis er sich daran erinnerte, daß während des schrecklichen Gewitters im November ein Teil des Daches lose geworden war. Ich muß dem Boß sagen, daß er es richten läßt, dachte er.

Alles schien in Ordnung zu sein. Er hatte auch die kleine Tür, durch die er auf die Straße gelangt war, aufsperren müssen, eine Tatsache, die ihn sehr beruhigte.

Sicherheitshalber überprüfte er die Türen, die Angeln und die Schlösser sehr sorgfältig. Zu seiner Erleichterung waren sie unberührt, denn die Schmutzschicht, die sich im Lauf der Jahre auf ihnen gesammelt hatte, war unversehrt.

Dennoch war er voll bohrender Unruhe; er hatte das Gefühl, daß trotz aller gegenteiligen Beweise irgend etwas nicht in Ordnung war. Er betrat das Lagerhaus und zählte die Baumwollballen. Kein einziger fehlte.

Das beruhigte ihn schließlich doch, so daß er die Tür wieder versperrte, sich in den hölzernen Stuhl auf dem Gehsteig setzte und neben dem großen Eingangstor auf seinen Boß wartete.

Als George Tilson dann eintraf, begrüßte ihn Bill Wallace, erwähnte das Loch im Dach und ging nach Hause. Er gestand Mr. Tilson seine Pflichtvergessenheit nicht und holte es auch am Montag morgen nicht nach, als er neben seinem verzweifelten Arbeitgeber stand und die Folgen seines Vergehens anstarrte. Außerdem wußte er gar nicht, ob seine Schläfrigkeit tatsächlich die Ursache dieser Katastrophe gewesen war; es war einfach zuviel von ihm verlangt, eine Kündigung wegen eines Fehlers zu riskieren, den ihm niemand nachweisen konnte. Natürlich hatte er das Zusammentreffen mit dem betrunkenen Pflanzer und seinem Nigger längst vergessen. Er dachte auch nicht mehr daran, daß er sich eigentlich in dem Saloon, in dem er das Bier gekauft hatte, über dessen ungewöhnlichen Geschmack hatte beschweren wollen – er hatte viel zuviel andere Sorgen. Daß sein Imbiß irgend etwas mit der dunklen Angelegenheit zu tun haben könnte, kam ihm natürlich niemals in den Sinn.

Sonntag nacht, knapp vor Mitternacht, kam Wes zum Herrenhaus von Rosebriar und klopfte stürmisch an die Tür. Cato öffnete ihm schließlich mit empörtem Gesicht.

»Was, zum Teufel, willst du zu dieser Nachtzeit, Wes? Bist du wahnsinnig geworden?« knurrte er.

»Vielleicht. Ruf Massa Ash, Cato. Ich möchte ihm etwas zeigen, was vielleicht wichtig ist. Sag mir bloß nicht, daß er schläft. In seinem Arbeitszimmer brennt noch Licht. Los, hol ihn. Wenn er wütend wird, nehme ich die ganze Schuld auf mich.«

Cato zögerte, dann meinte er: »Geht in Ordnung. Aber vergiß nicht, ich bin zu alt, um mich auspeitschen zu lassen.«

Einige Minuten später kam Ashton heraus. Sein Gesicht wirkte müde und angespannt, seine Augen lagen tief in den Höhlen.

»Was, zum Teufel, suchst du um diese Nachtzeit hier, Wes?«

»Eigentlich gar nichts, Sir. Ich wollte Ihnen nur etwas zeigen. Sie haben ja Besitz in Natchez, nicht wahr?«

»Ja, natürlich, aber nicht viel. Nur ein paar Bauplätze, das ist alles.«

»Es stehen also keine Häuser drauf? In dem Fall will ich Sie nicht aufhalten, Sir, weil das, was ich Ihnen zeigen wollte, Sie dann nicht betrifft.«

»Verdammt, Wes, wovon sprichst du eigentlich?«

»In Natchez ist ein mächtig großer Brand. Wenn Sie zum Fluß hinüberschauen, sehen Sie den Feuerschein. Dabei ist Natchez fünfzehn Meilen entfernt, also muß es schon ordentlich brennen.«

Ash trat auf die Veranda, sah zum Fluß hinüber und sagte: »Du hast recht, Wes, es handelt sich wirklich um einen großen Brand. Ich hoffe, daß er nicht im Zentrum ist. Wenn meine Bank abbrennt, bin ich in ziemlichen Schwierigkeiten.«

»Ich glaube nicht, daß es im Zentrum ist. Es sieht aus, als wäre es jenseits des Flusses. Vielleicht in der St. Catharine Street oder der Linden Road. Nein, dazu liegt es zu weit südlich. Vielleicht in der Homochitto Street, hinter dem Friedhof.«

Ashton riß bei der Erwähnung der Homochitto Street die Augen auf, wie Wes es erwartet hatte.

»Großer Gott, Wes, hol Rad. Er soll sofort Mickey Finn satteln und herbringen. Cato! Cato! Wo bleibst du, du Faultier?«

»Bin schon hier, Massa Ash.«

»Pack meine Reisetasche – Socken, Wäsche, Hemden. Ich muß nach Natchez reiten, und das heißt, daß ich bis zur Gerichtsverhandlung morgen nachmittag dort bleibe. Und du, Wes, sag Rad, er soll Cassius ein wirklich gutes Pferd geben und ihn nach Ingrahams Crest schicken. Dort soll er meinen Bruder Bob aus dem Bett holen; auch er soll sein bestes Reitpferd satteln lassen und mit mir nach Natchez reiten.«

»Gut, Sir, ich bestelle alles, aber würden Sie mir sagen, warum?«

»Wenn das Feuer auf der Homochitto Street ausgebrochen ist, und es sieht verdammt so aus, dann befindet sich mein Bruder in ernsten Schwierigkeiten.«

Zwei Stunden später saßen Ash und Bob auf ihren Pferden vor

George Tilsons Lagerhaus in der Homochitto Street – oder vielmehr vor dessen rauchgeschwärzten Resten.

»Ruiniert, erledigt«, flüsterte Bob. »Gerade in dem Augenblick, da fünf Käufer einander hinauflizitierten, um die Baumwolle zu bekommen. So hoch war der Preis noch nie. Ich weiß, Ash, ich weiß. Du hast mich gewarnt, weil es gefährlich war. Aber George ist so vorsichtig, und der Herbst war so feucht gewesen! Wer wäre auf die Idee gekommen, daß ein zufälliger Brand –«

»Kein zufälliger Brand. Brandstiftung durch einen Nigger. Oder durch eine Bande von Niggern, die Wes Parks geschickt hat.«

»Großer Gott!«

»Wir haben vor ihm darüber gesprochen, nachdem du Idiot praktisch zugegeben hattest, daß du seine Frau auf den Rücken gelegt hast. Wes' Frau! Die Frau des stolzesten schwarzen Bastards, der je gelebt hat. Wir haben ihm gesagt, daß deine gesamte Baumwollernte hier liegt, daß sie nicht versichert ist. Wir haben ihm damit die beste Gelegenheit in die Hand gespielt. Und er hat sie prompt ergriffen. Er hat dieses Wissen so geschickt genützt, daß wir nie in der Lage sein werden, es ihm zu beweisen.«

»Das ist nicht notwendig. Ich werde ihn eigenhändig erschießen.«

»Nein, das wirst du nicht. Erstens bringt er dich zuerst um, wenn du es versuchst, weil er wesentlich gerissener ist als du, Bob. Und zweitens wird keine Jury, falls wir ihn wirklich wegen Brandstiftung verhaften lassen, einen Mann verurteilen, der vor etwas mehr als zwei Stunden zu meinem Haus gekommen ist und mich auf diesen Brand aufmerksam gemacht hat.«

»Wes hat dich darauf aufmerksam gemacht?«

»Ja, und hat sich damit wieder einmal ein ausgezeichnetes Alibi verschafft. Denn er war nicht in Natchez, als das Feuer ausbrach, das kann ich selbst bezeugen.«

»Ash, er mußte ja nicht dort sein. Du hast selbst gesagt, daß er vielleicht irgendeinen Nigger hingeschickt hat.«

»Ich weiß, und ich nehme diese Behauptung zurück. Denn das würde er nicht tun, es ist zu primitiv, zu sehr auf der Hand liegend und zu einfältig. Sein Verstand arbeitet perfekter. Du müßtest eigentlich inzwischen schon selbst festgestellt haben, daß Wes Parks ein Genie und vielleicht sogar ein Zauberer ist.«

»Du willst behaupten, daß dieser arrogante schwarze Bastard –«

»Uns verachtet und es zeigt? Natürlich, Bob. Er spielt mit uns wie mit Marionetten. Er hat Ellen Collins geholfen, zu entkommen und Dwight Ingraham zu heiraten. Er hat Joe Collins aus dem Gefängnis befreit. Er hat Tom Cuthbert und seinen Nigger bei lebendigem Leib verbrennen lassen. Und für all das gibt es keine Beweise. Wir werden nie erfahren, wie er es geschafft hat, ich bin nur ganz sicher, daß er es war. Aber er hat mich davon überzeugt, daß ich nicht nur nicht gegen ihn aussagen kann, sondern daß ich nicht einmal Zweifel an seiner Unschuld äußern darf. Er hat mir nämlich unwiderlegbar bewiesen, daß in der Nacht nach Papas Begräbnis, als Pam abhanden kam, Stone Mountain sie vergewaltigt hat; vielleicht auch Tom Cuthbert.«

»Jesus!«

»Denk einmal nach! Du warst im Begriff, Wes auf Grund ihrer fadenscheinigen Beschuldigungen zu erschießen. Du hättest es getan, wenn ich dich nicht darauf aufmerksam gemacht hätte, daß ein Mann mit einem Loch im Bauch einfach nicht imstande ist, irgendwen zu vergewaltigen. Jetzt überlege dir folgendes: Welcher andere Mann in unserem Bezirk ist so groß, stark und schwarz wie Wes? Stone. Und welcher andere große, schwarze Nigger außer Stone hätte in dieser Nacht die Möglichkeit gehabt, Pam vom Pferd zu reißen und in die Büsche zu schleppen? Falls es überhaupt Stone war. Ich könnte darauf wetten, daß Tom es getan hat, dann befriedigt weggegangen ist und Pam dort liegengelassen hat, im Schlamm, so daß Stone über sie stolperte.«

»Hör auf«, kreischte Bob, »hör auf, verdammt, du bringst mich damit noch um den Verstand.«

»Genau das hatte Wes vor, als er mich auf die verschiedenen Details hinwies. Es war dunkel. Pam hat Stone mit Wes verwechselt, was unter diesen Umständen begreiflich ist. Aber ich habe noch einen Verdacht, und zwar, daß Stone Pam gar nicht vergewaltigt hat. Daß er das nicht nötig hatte. Daß sie ihn für Wes hielt und ihn freudig in sich aufnahm.«

»Ich bringe ihn um. Ich brauche keine Beweise oder irgendwelche Zeugen. Mir reicht's jetzt.«

»Bob, du vergißt etwas: Phoebe. Die sich erhängt hat, nachdem sie dein Kind erstickte. Deshalb wirst du Wes Parks nicht umbringen. Ich werde ihn freilassen, eingestehen, daß er mir überlegen ist, daß er uns alle überlistet und hereingelegt hat.«

»Warum, zum Teufel, willst du das tun?«

»Weil mir nichts anderes übrig bleibt. Sonst bringt er dich schließlich doch noch dazu, daß du dir den Lauf deiner Derringer in den Mund steckst und abdrückst.«

41

Da die Verhandlung in Sachen Bibbs gegen Bibbs erst für den Nachmittag angesetzt war, hatten Ashton und Robert Bibbs Zeit, George Tilson zu besuchen und sich nach Einzelheiten über den Brand zu erkundigen, der beide an den Rand des Ruins gebracht hatte. Sie erfuhren nur sehr wenig, und dieses Wenige war geeignet, das Rätsel nur noch mehr zu verdichten.

Denn George erklärte: »Mein Nachtwächter hat niemanden gesehen. Er schwört, daß niemand dem Lagerhaus auch nur in die Nähe gekommen ist, weiß aber genau, wann das Feuer ausbrach: um zehn Uhr, nach einer Explosion. Er lief hin, um zu löschen, und sah, daß Ihre Baumwolle, Mister Bibbs, an etwa zwanzig Stellen brannte. Da ihm klar war, daß er dagegen allein nichts unternehmen konnte, lief er davon, um Hilfe zu holen. Nur – er ist jetzt schon über sechzig, bis zur nächsten Feuerwache sind es mehr als drei Meilen, und bis die ihre Pferde angeschirrt hatten, hier angekommen waren und die Wasserpumpe angeschlossen hatten, war ich der Inhaber eines Lagerhauses und Sie der Besitzer erstklassiger Baumwolle gewesen. Zum Glück bin ich versichert. Ich werde wieder bauen, aber nicht so weit draußen, sondern an einer Stelle, der die Feuerspritze näher ist. Außerdem werde ich mir meine Kunden wesentlich sorgfältiger aussuchen als bisher.«

»Wie meinen Sie das, George?« fragte Bob.

»Ich gebe ja zu, daß jeder Mensch das Recht hat, so zu leben, wie es ihm gefällt. Ich werde mich künftig aber vergewissern, daß meine Kunden einen Lebenswandel führen, der ihnen nicht so viele Feinde schafft. Sie, Bob Bibbs, finden bei Frauen einfach zu viel Anklang, vor allem bei den verheirateten. Sie, Mr. Ashton Bibbs, hatten bis jetzt einen makellosen Ruf. Aber heute mußte ich mir mein Frühstück selbst zubereiten, weil meine Frau vollauf damit beschäftigt war, sich für Ihre Scheidungsverhandlung herauszuputzen.«

»Verdammt, George«, brüllte Bob. »Ich verbiete Ihnen –«

»Halt den Mund, Bob«, meinte Ash müde. »Das ist Mr. Tilsons gutes Recht. Wir beide haben weiß Gott genügend Feinde. Sie nehmen also an, Mr. Tilson, daß es sich um Brandstiftung handelt?«

»Ja, Sir. Nur werde ich es nie beweisen können. In der Nacht ist mein Lagerhaus absolut einbruchsicher gewesen, und bei Tag hätte jeder Brandstifter, der einen Zeitzünder legen wollte, an mir und fünf Angestellten vorübermarschieren müssen. Ich finde, daß der gleichzeitige Ausbruch des Feuers an mehreren Stellen verdammt nach Brandstiftung aussieht, mir fehlt aber, wie gesagt, jeglicher Beweis.«

Und dabei blieb es. Denn der einzige Mann in Natchez, der genau wußte, wie dieser Brand entstanden war, stellte eine einzige Frage, bevor er entschied, wie er sich in dieser Angelegenheit verhalten würde. Sie lautete:

»Hast auch du Baumwolle im Lagerhaus gehabt, Ash?«

»Nein, Tol, der gesamte Vorrat hat Bob gehört.«

»Aha«, stellte Tolbert Weatherbee fest, und damit war die Angelegenheit für ihn erledigt. Infolgedessen hatten die Brüder Bibbs auch keine Chance mehr, einen Hinweis zu erhalten, der ihre Nachforschungen vielleicht doch noch zum Erfolg geführt hätte.

In der Nacht desselben Tages besuchte Wes Parks sein *Dexoxo* und fand seinen jungen Freund Joe Collins in einem Zustand vor, der an Hysterie grenzte.

»Verdammt, Wes«, heulte Joe, »manchmal gehst du einfach zu weit. Du hast die arme Miss Ruth dazu gebracht, dieses schreckliche Geständnis abzulegen, nicht wahr?«

»Und Miss Lucille habe ich dazu überredet, Ruthies Aussage zu bestätigen. Was war eigentlich los, Joe? Ist die Sache nicht so gelaufen, wie ich es erwartet habe? Ich hätte geschworen, daß alles glattgeht.«

»Das ist es auch. Nur wurde Mistreß Lucille Bibbs zuerst aufgerufen. Sie gab zu, daß Ash ihr und ihrem verstorbenen Mann gestanden hat, er hätte meine dumme kleine Schwester auf den Rücken gelegt.«

»Weißt du, Joe, ich habe irgendwie vergessen, daß du und Missy Ruth Geschwister seid. Du fühlst dich ja als ihr Bruder, nicht wahr?«

»Ich bin verdammt ihr Bruder. Na schön, ich gebe zu, ich hätte mich nicht so darüber aufregen dürfen. Aber weißt du, Wes, Ruthie hat mich immer wie ihren Bruder behandelt. Sie hat nie eine gemeine oder boshafte Bemerkung mir gegenüber gemacht, und das kann ich nicht einmal von Abby behaupten.«

»Tut mir leid, Joe, aber das habe ich nicht gewußt.«

»Ist schon in Ordnung, Wes. Dein Plan war ja mächtig schlau und hat auch Erfolg gehabt. Miss Cecilia hat den Prozeß mühelos gewonnen; das Gericht hat ihr den ganzen Ostabschnitt für ihren Unterhalt zugesprochen. Du hast bestimmt nicht damit gerechnet, daß meine arme kleine Schwester wieder halb totgeschlagen wird.«

»Allmächtiger Gott! Was ist denn geschehen, Joe?«

»Ruthie ist wahrscheinlich mit ihrem Geständnis ein bißchen zu weit gegangen. Sie hat zunächst festgestellt, daß Ashton ein Gentleman ist und daß er deshalb lügen muß, um ihre Ehre und ihren Ruf zu wahren. Dann hat sie behauptet, daß sie selbst keine Lady ist und deshalb die reine Wahrheit sagen will, vor allem, weil nur sie an allem schuld ist, und nicht er. Dann hat sie mit der detaillierten Schilderung begonnen – Mantel und darunter nichts an und so –, bis die alten Hexen im Gerichtssaal ›Hure, Hure!‹ gekreischt haben. Daraufhin hat der Richter gedroht, daß er den Saal räumen läßt, wenn sie nicht den Mund halten. Sie wurden ruhig, aber eine von ihnen ließ einen Zettel durch die Reihe gehen. Als Ruthie dann mit Bascomb nach der Verhandlung herauskam, stürzten sich die Weiber auf sie. Den armen Bascomb, der noch dazu ein Krüppel ist, haben sie einfach über den Haufen gerannt und sind mit ihren Regenschirmen auf Ruthie losgegangen. Sie hätten sie umgebracht, wenn Ash nicht eingegriffen hätte. Er hat bei dem Anblick vergessen, daß er ein Gentleman ist, und hat die Damen mit seinem Spazierstock bearbeitet. Ich habe das für eine mächtig gute Idee gehalten und ihn mit meinem Spazierstock unterstützt. Bob Bibbs und sogar ein paar Ehemänner haben uns geholfen, und eine Zeitlang tobte der Krieg der Geschlechter. Laß dir nur ja nicht einreden, daß Weiber sanfte Geschöpfe sind, Wes. Dieser Haufen Amazonen hat uns windelweich geprügelt, bis die Polizei endlich angerückt kam. Na, wenigstens hat mich niemand erkannt.«

»Gott sei Dank.«

»Dann habe ich gesehen, wie Ash Ruth auf den Armen davongetragen hat, wie eine zerbrochene Puppe. Sie war braun und blau geschlagen und blutig und schmutzig; aber an ihrem Weinen habe ich erkannt, daß sie nicht ernstlich verletzt war. Dann habe ich Miss Cecilia entdeckt.«

»Und bist ihr nachgegangen?«

»Und ob! Weißt du, wohin sie gegangen ist – und wer sie erwartet hat?«

»Nein, das weiß ich nicht.«

»Ausgerechnet zu Lucienne Lavallée. Und der Gentleman, der auf sie gewartet hat, war Townsend Graves.«

»Darauf war ich nicht gefaßt, Joe, aber eigentlich hätte es mir einfallen müssen. Es paßt so gut zu allem. Massa Ash haßt diesen Mann mehr als die Pest, weil Townsend Käpt'n Wally in der Nacht, in der er gestorben ist, noch um zwanzigtausend Dollar erleichtert hat. Vielleicht hat er sogar den Tod von Käpt'n Wally beschleunigt, weil er ihn so wütend gemacht hat. Verdammt! Jetzt weiß ich das und kann mit diesem Wissen im Grunde nichts anfangen.«

»Wieso, Wes?«

»Weil Miss Cecilia ganz oben auf der Liste der Leute steht, denen ich etwas heimzuzahlen habe. Nur wird mir dieses Wissen dabei nicht helfen.«

»Warum nicht?«

»Weil sie sicher das Stinktier Graves heiraten wird. Es würde nämlich gar nicht zu ihr passen, in nächster Nähe von Ash in wilder Ehe mit Graves zu leben. Dann könnte sie nämlich nicht mehr auf Miss Ruth hinunterschauen und sie mit Schimpfwörtern belegen.«

»Glaubst du denn, er nimmt sie?«

»Ganz bestimmt. Miss Cecilia sieht gut aus, und ich könnte wetten, daß sie ziemlich leidenschaftlich ist. Noch dazu ist sie jetzt reich. Massa Townsend ist nicht mehr der Jüngste, so daß er allmählich genug von dem Leben haben dürfte, das er führt. Er ist vierzig und wird sich zur Ruhe setzen wollen. Er ist ein guter Rechner, dem Geld sicherlich wichtiger ist als Liebe. Ich habe geglaubt, daß ich sie überlistet habe, aber sie hat mich hereingelegt.«

»Wes, du hast ihr ja praktisch ein Drittel von Rosebriar in die Hände gespielt.«

»Nur wollte sie es gar nicht haben, sie hatte es nicht darauf abgesehen. Sie wollte die Scheidung in Wirklichkeit gar nicht durchsetzen. Sie wollte das Verfahren in die Länge ziehen und die ganze Zeit über auf Missy Ruth herumhacken und sie schlecht machen, sie vielleicht sogar zum Selbstmord treiben. Dadurch hätte sie Massa Ash behalten, nach dem sie immer noch verrückt ist.«

»Und trotzdem hat sie ihm Hörner aufgesetzt?«

»Die meisten Frauen betrügen ihre Männer, weil sie wütend auf sie sind, und nicht, weil sie sich in einen anderen verliebt haben. Deshalb habe ich geglaubt, daß ich es ihr heimzahlen kann, indem ich ihr die Beweise liefere, die sie gar nicht haben will, und so erreiche, daß sie geschieden wird. Aber es sieht so aus, als wäre ich zu weit gegangen. Townsend Graves wird jetzt Ashs Nachbar und übernimmt das Land, das Ash bearbeitet und zu einer blühenden Farm gemacht hat, und das ist, als ob man eine brennende Lunte an ein Pulverfaß hält.«

»Was sollen wir denn jetzt tun, Wes?«

»Wir können nur abwarten. Du darfst hier nicht weg, bevor nicht Missy Abigail nach Hause kommt und wir sie entführen, und ich kann nicht fort, bevor nicht Miss Pam ihr Baby bekommen hat.«

»Großer Gott, Wes, was hat Miss Pams Baby mit deinen Plänen zu tun?«

Wes' Lächeln wurde eisig.

»Es ist die wichtigste Figur in meinem Spiel, Joe.«

42

Als Ashton Bibbs und seine zweite Frau, die frühere Miss Ruth Collins, Mitte Oktober 1857 eine Reise antraten, dachte niemand im Bezirk an den naheliegendsten Grund dafür, nämlich daß es sich um ihre Hochzeitsreise handelte. Zuviel sprach dagegen. Es hatte damit begonnen, daß sich Reverend Curtwright geweigert hatte, die Verbindung zwischen einem Ehebrecher und seiner Geliebten zu legalisieren. Das hatte Ash veranlaßt, nach einer heftigen Auseinandersetzung im Kirchenrat wütend aus dem Sitzungssaal zu stürmen und die Ehe mit Ruth vor einem Friedensrichter zu schließen.

Seine Exfrau Cecilia war da viel vorsichtiger gewesen. Sie hatte zwar in den Monaten vor und nach ihrer Scheidung ein Verhältnis mit Townsend Graves unterhalten, ihre Rendezvous aber nach Vialia im Staat Louisiana verlegt, jenseits des Mississippi. Da sie eine temperamentvolle Frau war, konnte sie ihn davon überzeugen, daß es gar nicht so unangenehm war, sie stets in Reichweite zu haben. Und als sie ihn erst einmal soweit hatte, war es nicht mehr schwer, ihn zum nächsten Schritt – nämlich zur Heirat – zu bewegen. Die praktisch denkende Cecilia hatte allerdings eine Bedingung daran geknüpft: sie würde ihrem zukünftigen Mann wohl eine Hälfte ihres Besitzes übertragen – aber erst nach einer Frist von fünf Jahren, in der er keine Spielkarte mehr anrühren durfte.

Falls sie sich darauf gefreut hatte, durch ihre Heirat und ihre unmittelbare Nachbarschaft zu Rosebriar ein ständiger Stachel in Ashtons Fleisch zu sein, war ihre Rechnung nicht so recht aufgegangen. Ashton hatte nämlich seine Bank beauftragt, einen vertrauenswürdigen Käufer für seine Plantage zu suchen. Seine Reise mit Ruth war weniger eine Hochzeitsreise als eine Informationstour durch Texas. Er hatte die Absicht, sich in diesem Staat als Viehzüchter niederzulassen.

Auch die Collins waren im Begriff, den Staat Mississippi zu

verlassen. Sie wollten den Erlös aus dem Verkauf ihrer Plantage, mit dem sie ebenfalls ihre Bank beauftragt hatten, in eine Schuhfabrik investieren, die einer ihrer Vettern in der Nähe von Boston besaß, und den Betrieb beträchtlich erweitern. Den weiblichen Klatschmäulern des Bezirks bot diese Entwicklung schier unerschöpflichen Gesprächsstoff für die verschiedenen Damenkränzchen, bei denen an sämtlichen Mitgliedern der in den Skandal verwickelten Familien kein gutes Haar gelassen wurde.

»O Wes, Liebling, du bist wieder da«, schluchzte Ruby. »Ich habe schon solche Angst gehabt, daß du mich für immer verlassen hast. Wo bist du denn gewesen?«

»In New Orleans, bei einer gelben Frau, Ruby.«

»O Jesus, ich hab's ja gewußt. Du läufst hinter einer verdammten Quarterone her.«

»Das stimmt, nur ist sie schon über sechzig. Sie heißt Marie Laveau. Hast du jemals von ihr gehört?«

»Die kennt jeder – die Voodoo-Königin. Was wolltest du von ihr, Wes?«

»Ein Zaubermittel für dich, damit ich dich endlich loswerde.«

»Dagegen gibt es nur ein Mittel – ein Rasiermesser, mit dem ich mir den Hals durchschneide. Denn solange ich lebe, wirst du mich nicht mehr los, Liebling.«

»Na schön«, seufzte Wes. »Ich werde bald für immer von hier fortgehen, und es kommt mir vor, daß mir nichts anderes übrigbleibt, als dich mitzunehmen.«

»O Wes«, quiekte sie und sprang hoch, so daß sie ihm die Arme um den Hals legen konnte. Es störte sie dabei wenig, daß ihre Füße jetzt ein beträchtliches Stück über dem Fußboden baumelten.

»Sieh dich doch an«, meinte Wes entrüstet, »hast du denn überhaupt kein Schamgefühl, Ruby?«

»Wenn es um dich geht, überhaupt keines. Aber ich möchte doch noch mit dem warten, weil ich eine Hochzeit in Weiß haben will, Liebling. Ich will einen Strauß weißer Rosen im Arm tragen und vor dem Priester schwören, daß ich dich mein Leben lang lieben, ehren und dir gehorchen werde.«

»Dann gehorche mir jetzt schon, und laß mich los.«

»Nein, nicht bevor du mich geküßt hast. Du hast mir überhaupt noch keinen einzigen Kuß gegeben. Also küß mich, und sag ›Ich liebe dich, Ruby‹.«

Er küßte sie sanft und zart. Dann sagte er ernsthaft: »Ich liebe dich, Honigmädchen. Läßt du mich jetzt los, Weib?«

»Nein, nein, nein. Ich werde dich nie loslassen. Ich habe dich so lieb, daß es weh tut.«

Er griff nach ihren Händen, löste sie von seinem Hals und stellte Ruby vorsichtig auf den Boden. Dann sagte er: »Hör zu, kleines Honigmädchen. Ich liebe dich, aber was wir tun, ist nicht recht. Meine Phoebe liegt erst seit etwas mehr als einem Monat im Grab. Deshalb hör mir jetzt gut zu. Wir werden davonlaufen, du und ich, in den Norden gehen und frei sein.«

»O Wes!«

»Nur müssen wir es geschickt anfangen. Ich habe Joe Collins versteckt – frag mich nicht, wo, ich verrate es dir noch nicht. Wenn Missy Abigail dann in der ersten Dezemberwoche nach Hause kommt . . .«

»Sie kommt schon in der zweiten Novemberwoche. Massa Bart hat Mutter Teresa geschrieben, sie soll sie früher nach Hause schicken. Der Ruf der Familie Collins ist im Staat Mississippi ruiniert, deshalb haben sie vor, möglichst bald nach Weihnachten nach dem Norden auszuwandern, deshalb soll Miss Abigail Miss Cathy beim Packen helfen.«

Wes runzelte die Stirn.

»Nun, das ändert auch nicht viel. Ich habe vor, daß wir als die Diener von Joe Collins und seiner Frau mit den beiden nach dem Norden reisen. Deshalb müssen wir möglichst bald heiraten und können nicht ein ganzes Jahr warten, wie es der Respekt für die Tote verlangen würde. Du mußt übrigens deine Kleider und sonstigen Besitztümer zusammensuchen und sie Ende dieses Monats zu mir bringen. Ich werde dir dann sagen, was du Miss Abigail ausrichten sollst, wo wir uns treffen werden und so weiter. Außerdem mußt du nach und nach Miss Abigails Kleider herausschmuggeln, zwar nicht alle, aber doch so viele, daß sie damit nach dem Norden reisen kann.«

»Das heißt, daß wir hier fortkönnen, sobald Miss Abigail eintrifft, nicht wahr?«

»Nein, weil ich noch etwas zu erledigen habe, und das bedeutet, daß ich hierbleiben muß, bis Miss Pam und Lottie ihre Babys zur Welt bringen.«

»O Gott, Wes, warum müssen wir darauf warten? Bis dahin ist es Dezember. Weil meine Ma sagt, daß beide Babys in der Nacht mit dem großen Gewitter gezeugt worden sind. In der Nacht, in der Käpt'n Wally und die kleine Deirdre gestorben sind.«

»Dieses Gewitter war am zweiundzwanzigsten Februar – das heißt, daß es bei den beiden Frauen um den zweiundzwanzigsten November soweit sein wird. Sobald diese beiden Babys geboren sind, können wir uns auf den Weg machen. Wir wollen aber noch Sarys Kind abwarten – du möchtest doch gern deine erste Nichte oder deinen ersten Neffen kennenlernen?«

»Eigentlich nicht, wenn das Baby Pee Wee ähnlich sieht. Aber ich verstehe immer noch nicht . . .«

»Und ich kann es dir nicht erklären. Ich will es einmal so ausdrücken: Massa Bob hat den beiden Galgenvögeln befohlen, mich auszupeitschen, und –«

»Wes – du hast das Feuer gelegt, nicht wahr?«

»Frag mich nicht danach, du bekommst ja doch keine Antwort.«

»Ich möchte nur eines wissen: weshalb hast du es getan? Wegen Rosieshawn oder wegen mir?«

»Falls ich es getan hätte ich gebe es aber damit nicht zu –, hätte ich es wegen euch beiden getan. Und weil sie mich beinahe zu Tode gepeitscht haben. Und weil sie versucht haben, mich umzubringen, während ich hilflos im Bett lag. Aber das kannst du vergessen. Wichtig ist, daß nur der Stock verbrannt ist, mit dem mich jemand geschlagen hat. Die beiden waren nämlich nur der Stock, weil Massa Bob ihnen befohlen hat, mich auszupeitschen. Das heißt, daß ein Weißer noch am Leben ist, der es gewagt hat, Wes Parks auspeitschen zu lassen. Der mich behandelt hat, als wäre ich ein Maultier oder ein Pferd. Und überdies hat ihnen Miss Pam gesagt, sie sollen mich so lange peitschen, bis ich tot bin. Ich habe es selbst gehört. Deshalb werden die beiden dafür büßen.«

»Wes, Liebling, vergiß es! Vergib ihnen! Wenn du so mächtige und einflußreiche Leute tötest, lynchen dich die Weißen ganz bestimmt.«

»Keiner von ihnen ist mächtig oder einflußreich, Ruby. Sie sind nichts als Dreck. Zwar weißer Dreck, aber das macht es auch nicht besser. Und ich habe nicht die Absicht, sie zu töten, denn es wäre einfach kindisch, sich auf diese Weise zu rächen.

Denk doch mal nach, Honigmädchen. Massa Bob ist ruiniert. Er hat soviel Schulden, daß er nicht aus noch ein weiß. Miss Pam sieht sich ihren dicken Bauch an und fragt sich, was drinnen ist. Weil sie keine Ahnung hat, wer von den vier Männern das Baby hineingetan hat.«

»Gleich vier, Wes?«

»Ja. Einer davon könnte Massa Bob sein. Der zweite Anwalt Weatherbee. Nummer drei und vier – es ist besser, wenn ich keine Namen nenne. Ich sehe also zu, wie Massa Bob verzweifelt alles Mögliche unternimmt, um so viel Geld zusammenzukratzen, daß ihnen die Bank nicht Ingrahams Crest wegnimmt. Und ich sehe zu, wie Miss Pam langsam verrückt wird, weil sie nicht weiß, ob das Kind nicht so verdammt anders aussehen wird als Massa Bob, daß sogar er merkt, es kann nicht von ihm sein. Irgendwann wird sie sogar auf die Idee kommen, daß es vielleicht gar kein menschliches Kind ist, sondern daß der Teufel sie in den Nächten ohne Erinnerung geritten hat.«

»Wes, ich möchte nur wissen, worauf du hinauswillst.«

»Sehr einfach. Wenn ich sie töte, erweise ich ihnen in ihrer jetzigen lage einen Gefallen. Warum sollte ich sie also von ihrem Elend erlösen? Denn wenn man seinen Feind tötet, beweist man nur, daß man besser schießen oder stechen oder würgen kann als er. Also beweist man damit eigentlich gar nichts. Aber wenn man ihn mit dem Rücken an die Mauer drängt und er zusehen muß, wie die Nacht immer finsterer wird, wie die Sterne verlöschen, bis die Dunkelheit so schwer und dicht und schwarz ist, daß er es nicht mehr erträgt, wenn er vor dir kniet und dich anfleht, ihm den Gnadenschuß zu geben – dann hast du es geschafft. Weil die seelische Demütigung, die Qualen des Geistes nicht durch den Tod des Körpers ausgelöscht werden. Was Massa Bob meiner Phoebe angetan hat, kann ich nicht rächen, indem ich ihn töte. Das wäre ein zu billiger Preis für ihr Leiden, ihren Kummer, ihre Scham. Ich akzeptiere den Tod von Massa Bob und Miss Pam nur an ein *Attoh*-Opfer von ihnen. Sie müssen ihre Leben selbst beenden.«

»Du – willst damit sagen, daß sie Selbstmord begehen müssen?«

»Sie müssen so weit kommen, daß sie sich danach sehnen. Sie müssen blutige Tränen weinen, verrückt werden. Ich brauche ihren Tod nicht, denn der Tod beendet alles, auch das Leiden. Ich will nicht, daß ihre Leiden enden. Erst wenn sie die meinen übertreffen. Dann lasse ich sie sterben – von ihrer eigenen Hand, als Gnade, aus Mitleid.«

»Wes, Liebling, jetzt hast du mich aber mächtig erschreckt. Es ist bestimmt nicht richtig, wenn jemand so sehr haßt. Gott sagt, daß wir die andere Wange hinhalten . . .«

»Und die Diener den Herren gehorchen sollen. Wir haben das seit zweihundert Jahren getan – beide Backen unserer schwarzen Ärsche ihren Peitschen hingehalten. Ich hasse sie, weil ich Afrikaner und ein Mann bin. Mein Haß ist ein Feuer, das hoch und heiß und rein lodert. Eines Tages wird es den letzten Weißen von dieser Erde hinwegbrennen . . . Aber ich muß jetzt gehen, deshalb gib mir einen Abschiedskuß.«

»Wohin mußt du denn jetzt wieder, Wes?«

»Nach Natchez, zu Anwalt Weatherbee. Ich brauche einen Teil des Geldes, das er für mich aufbewahrt, für unsere Reise. Den Rest soll er an Dwight und Ellen senden, die ihn uns geben werden, wenn wir nach Concord kommen.«

»Ellen! Die ist doch tot, Wes.«

»Das sieht man ihr eigentlich nicht an. Sie hat vergangenen Monat Zwillinge zur Welt gebracht. Für einen Geist ganz ordentlich!«

»Aber Wes, Liebling, ich verstehe einfach nicht . . .«

»Ich erkläre es dir auf der Reise in den Norden. Bis dahin habe ich keine Zeit. Und jetzt muß ich gehen.«

Er beugte sich hinunter und küßte sie schnell. Als er sich aufrichtete, packte sie seine Handgelenke.

»Wes, erklär mir noch etwas! Wie kommt es, daß du kommst und gehst, wie du willst – sogar nach New Orleans –, und daß die Paddyroller dich nie kriegen?«

»Weil ich mich in den Mantel der Dunkelheit hülle und sie mich nicht sehen können. Auf Wiedersehen, Honigmädchen. Lauf nach Hause, sag deinem Vater, daß ich Sonntag abend zu ihm komme, um ihn um deine Hand zu bitten.«

»O Wes, Liebling.« Dann brach ihr angebrochener Übermut durch. »Meine Hand, so? Alles übrige interessiert dich wohl nicht?«

»*Das* da wird recht angenehm sein«, meinte Wes mit einem Klaps auf den betreffenden Körperteil.

Damit drehte er sich um und verschwand.

43

»Bei Gott, Wes, die meiste Zeit habe ich keine Ahnung, was ich da eigentlich für dich tue«, sagte Joe Collins. »Wozu haben wir dieses Zeug hier überhaupt gesammelt?«

»Marie Laveau hat mich auf eine Idee gebracht. Sie weiß zwar nicht sehr viel über Schwarze Magie, und das, was sie weiß, ist verworren und unklar . . .«

»Warum bist du dann überhaupt zu ihr gefahren?«

»Weil sie sehr viel von den Kräutern und Pflanzen versteht, die hier in der Gegend wachsen. Die Pflanzen, die wir in Afrika verwenden, gibt es auf dieser Seite des Ozeans nicht. Deshalb mußte ich erfahren, wie die Kräuter, Wurzeln und Steine in Mississippi heißen und wozu sie taugen. Die alte Hexe kennt sich da gut aus. Siehst du diese Pilze dort?«

»Ja. Aber probier sie nicht an mir aus, Wes. Wenn du den falschen Pilz ißt, bist du schneller tot als nach einem Schlangenbiß; sie sind verdammt giftig.«

»Die da sind auch Giftpilze. Aber sie töten die Menschen nicht, sondern verwirren nur ihren Geist. Sie sehen dann Dinge, die gar nicht da sind. In der Nacht, bevor wir abreisen, werde ich ein paar saftige Fleischstücke in den Zwinger werfen, in dem die Paddyroller ihre Hunde halten. Das Fleisch wälze ich vorher in diesen Pilzen, die ich kleinhacke. Es wird die Hunde vollkommen verrückt machen. Vielleicht werden sie sogar ihre eigenen Herren anfallen.«

»Woher willst du das Fleisch nehmen?«

»Eine der Kühe auf Ingrahams Crest. Bob Bibbs und Pam Ingraham stehen tief in meiner Schuld. Diese Kuh ist nur eine erste Rate.«

»Wes, du hast doch nicht vor, ihr Haus niederzubrennen? Irgendwo eine von den Zündanlagen zu verstecken, wie wir es im Lagerhaus getan haben?«

»Nein. Für die beiden laß ich mir etwas Besseres einfallen. Ich will sie nicht einfach in Wut bringen. Ich will sie so weit bringen, daß sie sich selbst verachten, daß sie nicht mehr in den Spiegel sehen können, weil ihnen vor ihren eigenen Gesichtern graut.«

»Wie willst du das erreichen?«

»Das erzähle ich dir lieber nicht. Sieh mal, das Hauptproblem besteht darin, daß wir zwei Frauen mitnehmen müssen.«

»Mit diesem Problem würde ich mich gern jede Nacht auseinandersetzen.«

»Ja. Deshalb lasse ich Abby ja auch bis zur Abreise nicht einmal in deine Nähe. Zwei Frauen sind schon arg genug, aber noch ärger ist es, wenn eine von ihnen schwanger ist. Jetzt hör mir gut zu, Joe. Ich möchte auch die Pferde der Paddyroller außer Gefecht setzen. Das wird allerdings schwierig sein. Ich wollte Brechwurz in ihr Futter mischen, aber kein Pferd, das auf sich hält, würde das fressen. Es riecht zu unangenehm. Deshalb werden wir eine halbe Tonne von dem verdammten Zeug kochen und das Gebräu in ihren Wassertrog schütten.«

»Wes, warum hast du diesmal solche Angst vor den Paddyrollern? Du bist jetzt ein Jahr lang gekommen und gegangen, als gäbe es sie überhaupt nicht.«

»Ja, allein, nicht in Gesellschaft von zwei verrückten Mädchen und einem fetten, verwöhnten, gelben Hausnigger. Aber du hast bei meiner Kost ganz schön Gewicht verloren, was?«

»Stimmt. Das Essen in diesem Lokal ist fürchterlich.«

»Beschwere dich bei der Geschäftsleitung! Hör mal, Joe, unsere Flucht wird ziemlich kompliziert werden. Vor allem wegen deiner Abigail. Inzwischen hat Massa Bart erfahren, wie ich Ellen hinausgeschmuggelt habe. Er weiß, daß ich sie zuerst nach New Orleans statt direkt nach dem Norden geschickt habe. Wenn also die kleine Abby verschwindet, werden sie nach Port Allen und Baton Rouge sowie nach Vicksburg und Memphis telegrafieren, daß jeder Dampfer durchsucht werden soll, damit sie uns auf jeden Fall erwischen, ganz gleich, in welche Richtung wir fahren.«

»Und ob sie das werden, Wes! Jeder Dampfer, der stromauf- oder -abwärts fährt, legt in diesen Häfen an.«

»Nur werden wir uns auf keinem Dampfer befinden, Joe. Jedenfalls nicht sofort. Siehst du das da?«

»Ich habe ja Augen im Kopf. Es ist eine Landkarte. Wo hast du sie her?«

»Vom staatlichen Vermessungsamt in Natchez. Ich habe ihnen einen Brief von Massa Ash überbracht, in dem ich seine Handschrift großartig gefälscht habe. Diese Striche hier sind Eisenbahnlinien. Merkst du, was mit ihnen nicht in Ordnung ist?«

»Ja, keine von ihnen kommt auch nur in die Nähe von Natchez, nicht eine einzige.«

»Richtig, und das ist unser Hauptproblem. Wir müssen nämlich nach Jackson.«

»Warum?«

»Weil wir von dort mit der Bahn nach Memphis gelangen können. Und in Memphis steigen wir auf einen Dampfer um.«

»Wart mal, Wes. Du hast selbst gesagt, daß mein Alter unter anderem auch nach Memphis telegrafieren wird, damit sie die Dampfer durchsuchen.«

»Die einlaufenden Dampfer, Joe. Wir warten deshalb, bis sie mit der Untersuchung fertig sind, und gehen dann erst an Bord. Haben wir Glück, kriegen wir einen Dampfer, der nach Cincinnati unterwegs ist. In dem Augenblick, in dem wir an Bord von so einem Schiff sind, sind wir frei, Junge. Alle vier.«

»Großer Gott, klingt das gut, Mann.«

»Es klingt gut, aber es ist ein Haken dabei, der mich in der Nacht nicht schlafen läßt. Weißt du, was ich meine?«

»Ja, wie wir nach Jackson kommen.«

»Richtig, du hast den Nagel auf den Kopf getroffen. Aber

heute früh hat uns Massa Ash unsere Fahrkarten dorthin in die Hand gedrückt.«

»Wieso?«

»Cato hat mir erzählt, daß Miss Lucille fürchterlich aufgeregt war. Sie hat einen Brief von Massa Ash aus Texas erhalten. Er und Miss Ruth sind von einem großen Viehzüchter dort unten eingeladen worden und haben die Absicht, über Weihnachten bei ihm zu bleiben. Damit sind unsere Probleme so ziemlich gelöst. Erstens haben wir keinen Aufseher mehr. Als Massa Ash beschloß, alles zu verkaufen, hat er George Brighton entlassen. Deshalb leiten Rad, Fred und ich derzeit die Plantage. Fred und Rad kann ich vertrauen. Zweitens verläßt Miss Lucille das Haus kaum mehr. Sie schämt sich so wegen des Skandals.«

»Ja, aber ich begreife nicht, was das mit unserer Abreise zu tun hat.«

»Sehr einfach. Sie liefert uns unser Transportmittel, nämlich ihren kleinen Brougham. Sie wird ihn nicht einmal vermissen. Wir lassen unsere Reitpferde hier und nehmen ihre beiden Kutschpferde. Dann setze ich mich in meiner Livree auf den Kutschbock. Bei gutem Wetter sitzt Ruby neben mir, bei schlechtem bei euch in der Kutsche. Bis Jackson sind es ungefähr hundertfünfundzwanzig Meilen. Wir werden acht bis zehn Tage dazu brauchen, wenn wir die Pferde nicht zu Tode hetzen wollen. Massa Bart wird bestimmt keine Telegramme nach Jackson schicken, weil die Leute hier immer nur an den Fluß denken, wenn sie eine Reise planen. Der wunde Punkt dabei ist, daß wir in Hotels übernachten müssen. Deshalb gebe ich dir, für den Fall, daß man euch danach fragt, den Trauschein für dich und Missy Abby. Ich habe ihn selbst gemacht. Sieht er nicht gut aus?«

»Großer Gott, Wes, der ist perfekt. Wo hast du das Pergament und die Tinte her – und das Staatssiegel! West, du lügst. Das kann nicht von dir stammen.«

»Da hast du recht. Ich habe Catos Frau Bessie dazu gebracht, daß sie mir Massa Ashs alten Trauschein stiehlt. Weder er noch Miss Cecilia brauchen ihn noch. Ich habe seinen und Miss Cecilias Namen ausradiert und statt dessen Mr. Joseph Collins und Miss Abigail Thomas eingesetzt.«

»War das klug? Ich meine, daß du unsere wirklichen Namen hingeschrieben hast?«

»Ja. Zunächst wird es wegen euch beiden keinen Alarm geben. Massa Bart glaubt, daß du schon in Toronto bist. Ich habe Pee Wee gegenüber eine derartige Bemerkung fallen lassen. Du weißt, daß Pee Wee nicht den Mund halten kann. Er hat es Sary erzählt, und die hat die Neuigkeit an Ruby weitergegeben. Und Ruby hat es Massa Bascomb brühwarm berichtet. Wenn sich herausstellt, daß auch Ruby verschwunden ist, werden sie zunächst ein weißes Mädchen suchen, das mit seiner Zofe allein unterwegs ist. Der Hauptgrund, warum ich eure Namen in den Trauschein eingesetzt habe, ist aber, daß ich eure kleinen Gehirne nicht mit Auswendiglernen von falschen Namen überanstrengen will. Wenn wir nach Jackson kommen, werde ich mächtig hochnäsig in das Hotel schlendern, wie ein Nigger, der sehr reichen Leuten gehört, und fragen: ›Hören Sie, haben Sie eine Suite für meinen Massa und seine Missus frei?‹«

»Das müßte hinhauen«, lachte Joe.

»Das wird es auch. Aus ihrer Antwort werde ich entnehmen können, ob Massa Bart entdeckt hat, daß auch ich nicht mehr da bin, und allgemeinen Alarm geschlagen hat. Ich glaube es aber nicht. Die Collins und die Bibbs besuchen einander nicht allzu oft. Nur müssen wir, um ganz sicher zu gehen, noch etwas Gefährliches unternehmen.«

»Und zwar?«

»Wir müssen die Aufmerksamkeit der hiesigen Paddyroller auf uns lenken, so daß sie uns jagen. Ich möchte dir etwas zeigen.«

Sie kletterten über die Strickleiter zu dem Einbaum. Wes stakte sie durch das Labyrinth der schmalen Wasserwege im Schilf bis zu einem Punkt, an dem er das Kanu an einen Baum band und ausstieg.

Zehn Minuten später standen sie am Rand des Sumpfes.

»Sieh dir mal die Straße an«, meinte Wes, »kannst du erkennen, warum die Paddyroller auch in der Nacht nicht vom Weg abkommen und aus Versehen im Sumpf landen?«

»Nein. Wahrscheinlich gibt es irgendwelche Zeichen, nach denen sie sich richten.«

»Richtig. Siehst du die verkrümmte Fichte dort drüben?«

»Ja. Großer Gott, Wes, sie ist nach rechts gekrümmt, genau in der Richtung, in der die Straße verläuft.«

»Und in der Nacht, in der wir fliehen, in etwa zwei Wochen, wird dieser Baum nach links gekrümmt sein. Wir werden dazu tüchtig graben und dann die Spuren verwischen müssen. Aber wir werden den Baum soweit lockern, daß wir ihn innerhalb von einer Minute in jede gewünschte Richtung drehen können.«

»Wes – dann reiten sie doch in den Sumpf und kommen um.«

Wes streckte die Hand aus und fuhr mit den Fingern über die Peitschennarben auf Joes Rücken.

»Erinnerst du dich, wie das weh getan hat, Junge?«

Joe dachte nach. »Wes, ich glaube, du hast diese verrückten Pilze selbst gegessen, so daß dein Verstand verwirrt ist. Oder dein Haß ist schuld daran. Sag mal, großer Kerl, willst du eigentlich von hier wegkommen oder willst du dich an den Weißen rächen?«

»Beides, Joe.«

»Nein, Wes, das geht nicht. Wir können nicht beides fertigbringen, wenn wir die Mädchen bei uns haben. Wenn nur ein einziger Weißer stirbt – gleich, ob von unserer Hand oder als Folge unserer Tricks –, schaffen wir es nie über die Mason-Dixon-Linie. Außerdem liebe ich meine Schwester Ellen. Ich möchte irgendwo in ihrer Nähe leben, damit wir uns besuchen können. Sie ist die einzige Verwandte, die ich in der Freiheit haben werde.«

»Und?«

»In Kanada ist es mächtig kalt, und es ist sehr weit dorthin. Wenn du Paddyroller im Sumpf ertränkst, müssen wir aber bis Kanada fliehen. Und ich will in Massachusetts leben. Wenn wir auch nur einen dieser Kerle in den Tod schicken, sind wir erst in Kanada in Sicherheit.«

»Auch wenn wir es nicht tun, sind wir im Norden nicht in Sicherheit.«

»Aber doch sicherer, als wenn wir soviel Aufmerksamkeit auf uns lenken. Die Leute im Norden verteidigen Flüchtlinge und erlauben den Beamten aus dem Süden nicht, sie wieder zurückzubringen. Aber werden sie auch Flüchtlinge verteidigen, die einen Mord begangen haben? Das glaube ich nicht. Ich liebe weiß Gott die Paddyroller nicht, aber ich will nicht bis nach Concord laufen, nur um dann wieder zurückgebracht und gehängt zu werden. Wir werden ohnehin mit der Pistole unter dem Kissen schlafen müssen, wenn wir uns in Massachusetts niederlassen. Aber mach es nicht noch schlimmer, Wes. Mach es nicht ganz und gar unmöglich.«

Wes überlegte. Die Wut brannte in ihm wie eine Krankheit, wie ein Feuer. Aber er war aus Dahomey; sein Verstand war immer stärker als sein Gefühl.

»Du hast recht, Joe«, seufzte er. »Du bist wirklich erwachsen geworden, richtig vernünftig. Trotzdem müssen wir die Paddyroller irgendwie stoppen, wenn wir im Wagen flüchten wollen.«

»Ein paar von den alten Tricks, Wes – über die Straße gespannte Seile, damit die Pferde stürzen? Hier und dort ein Baum, der quer über dem Weg liegt?«

»Jetzt gebrauchst du deinen Verstand, Joe. Wir werden es noch raffinierter machen. Zuerst Seile in Sattelhöhe, damit die Reiter abgeworfen werden, dann, wenn sie wieder aufgesessen sind, tiefer gespannte Seile, so daß die Pferde stürzen und sich die Beine brechen. Diese Seile müssen mit Teer und Glassplittern bedeckt sein. Dann zwei eingekerbte Bäume, an die wir Stricke binden. Wenn ein Pferd auch nur einen dieser Stricke berührt, fallen die Bäume auf die Straße und blockieren sie, und sie können nichts mehr unternehmen.«

»Wes, was ist mit deiner kleinen Flöte? Mit der, die die Pferde verhext? Warum machst du nicht auch eine für mich, damit wir ein Lied spielen können, wenn sie zu den ersten Seilen kommen?«

»Wir nehmen auch Pistolen mit, die mit Schrot und Steinsalz geladen sind. Damit schießen wir auf die verdammten Hunde, falls die Paddyroller sie überhaupt einsetzen können. Du bist mächtig gescheit geworden, Joe, das muß ich sagen.«

Joe griff nach seinem noch immer empfindlichen Hinterteil.

»Ich bin auf dem Umweg über den Sitz meiner Intelligenz weise geworden«, grinste er. »Los, Wes, machen wir uns an die Arbeit.«

Nachdem sie beinahe die ganze Nacht schwer gearbeitet hatten, kehrten sie ins *Dexoxo* zurück. Wes saß mit untergeschlagenen Beinen auf dem Boden und untersuchte Steine, die er vor sich aufgestapelt hatte. Er sortierte sie und legte sie links und rechts von sich hin. Als er fertig war, zeigte er auf den Haufen zu seiner Linken und sagte zu Joe: »Wirf die da weg, das sind nicht die richtigen.«

»Und die anderen?«

»Ich weiß nicht recht; ich muß sie erst ausprobieren. Los, wirf die weißen raus, wir können nur die gelben gebrauchen.«

Joe warf die weißen Steine in die Nacht hinaus. Als er sich umdrehte, hatte Wes bereits begonnen, die gelben Steine mit einem Hammer in Stücke zu schlagen. Er mußte sich nicht besonders anstrengen, weil sie wie Sandstein zu Staub zerfielen.

»Ja«, sagte Wes, »die sind in Ordnung.« Er nahm den Staub mit beiden Händen und warf ihn in den Kessel mit kochendem Wasser, der über dem Feuer hing. Der Topf ging sofort über und löschte beinahe das Feuer.

»Verdammt«, sagte Wes gefühlvoll. Er guckte in den Topf. Wasser und Staub brodelten kräftig. Wes schürte das Feuer, legte Holz nach und sah auf die Uhr. Zehn Minuten später tauchte er einen Papierstreifen in das Gemisch, zog ihn heraus und ließ ihn trocknen.

Als er trocken war, zerbröckelte ihn Wes und formte aus ihm eine Kugel, die er in die Flammen warf. Zu Joes Überraschung qualmte sie weder, noch brannte sie.

»Großer Gott, Wes, wozu brauchst du das Zeug?«

»Damit wir feuerfest werden. Wir müssen eine schrecklich große Menge von diesem Brei kochen. Dann tauchen wir unsere Kleider hinein und lassen sie trocknen. Wir baden in ihm und lassen ihn auf unserer Haut trocknen, ohne uns abzureiben. Wir schmieren ihn uns auch ins Haar.«

»Warum, Wes?«

»Das sage ich dir, wenn es soweit ist. Aber ich muß dir jetzt etwas anderes erzählen. Ich habe darüber nachgedacht und glaube, daß es besser ist, wenn du es erfährst. Deine Missy Abigail kommt morgen nach Hause.«

»Jesus! Ich möchte sie sehen, Wes, ich muß mit ihr sprechen!«

»Das habe ich erwartet. Ich nehme an, du hast ein Anrecht auf eine Liebesnacht mit ihr. Sonst explodiert ihr beide im Brougham.

Deshalb habe ich schon alles arrangiert – zumindest hoffe ich das.«

»Du hoffst es?«

»Ja, es hängt nämlich von Ruby ab. Ich habe ihr ein paar Flaschen Wein gegeben, damit sie sie gegen die austauscht, die beim Abendessen auf den Tisch kommen. Außerdem habe ich ihr etwas gegeben, das sie in das Trinkwasser schütten soll, für den Fall, daß Miss Hortense keinen Wein trinkt. Ruby muß auch Abby sagen, daß sie nichts trinken darf – wie damals, wie du den gleichen Trick abgezogen hast. Du kannst also kurz nach Mitternacht hinüberreiten. Binde dein Pferd in der Nähe an, für den Fall, daß du Reißaus nehmen mußt. Wenn von ihrem Fenster eine Strickleiter herunterhängt, kannst du hinaufklettern und deinen Spaß haben. Wenn nicht, komm sofort hierher zurück, weil das bedeutet, daß jemand keinen Wein getrunken hat oder daß sonst etwas schiefgegangen ist. Ich habe Ruby die Strickleiter gegeben, damit sie sie unter Abigails Bett versteckt. Aber auch wenn alles gutgeht, sei vorsichtig. Bleib nur ein paar Stunden. Und verwende die ägyptische Medizin! Sobald du sicher im Norden bist, kannst du ihr so viele Kinder machen, wie du willst. Jetzt muß ich gehen. Ich muß in Ingrahams Crest sein, bevor es hell wird. Ich will mit Martha und der armen Lottie sprechen.«

»Wie geht es Lottie denn?«

»Recht gut. Miss Pam auch. Wiedersehen, Junge.«

44

»Anwalt Weatherbee«, sagte Wes, »das hier ist Ruby Thomas. Ich weiß nicht, ob Sie sich noch an sie erinnern.«

»Natürlich erinnere ich mich. Kein Mann könnte Ruby so schnell vergessen. Alle sind der Meinung, daß sie das hübscheste Mädchen auf allen Plantagen unseres Bezirks ist. Wie geht's, Ruby?«

»Jetzt geht's mir großartig, Sir.«

»Was führt euch heute in die Stadt? Ich nehme an, ihr habt

Pässe, sonst könntet ihr in Schwierigkeiten geraten. Das wäre Ruby gegenüber nicht fair, Wes.«

»Ich habe die besten Pässe, die Sie je gesehen haben«, kicherte Wes. »Habe sie selbst geschrieben. Hier, sehen Sie mal.«

Tolbert prüfte die beiden Pässe, dann lachte er laut. »Du bist unbezahlbar, Wes. Wenn ich nicht wüßte, daß Ashton Bibbs in Texas ist, würde ich schwören, daß er sie selbst geschrieben hat. Hat euch keine Patrouille aufgehalten?«

»Doch. Aber als der Käpt'n der Paddyroller die Pässe sah, ließ er uns ohne weiteres durch. Wir sind hierhergekommen, Herr Rechtsanwalt, um Sie zu unserer Hochzeit einzuladen. Sie findet heute in der St.-Catherine-Kirche statt. Es wäre eine große Ehre für mich, Sir, wenn Sie kämen.«

»Es gibt nichts, was mich davon abhalten könnte. Ich habe, wie immer, nichts zu tun, und ich freue mich über die Einladung. Aber – ich will dich damit nicht kränken, Ruby – ich muß sagen, daß ich schockiert bin. Phoebe ist in der ersten Oktoberwoche gestorben, und heute ist –«

»Der zweiundzwanzigste November. Sie haben recht, es sieht mächtig häßlich aus. Nur – es ist unbedingt notwendig.« Als er sah, daß Tol einen raschen Blick auf Rubys schlanke Gestalt warf, fügte er hinzu: »Nein, das ist es nicht, Sir. Bis jetzt weiß ich nicht einmal sicher, ob sie ein Junge oder ein Mädchen ist.«

»Das wirst du heute nacht schon noch herausbekommen, Wes«, warf Ruby übermütig ein.

»O nein«, widersprach Wes neckend. »Du wirst ein Jahr lang nur dem Namen nach meine Frau sein, Ruby.«

»Warum ist die Hochzeit dann notwendig, Wes?«

»Weil wir in einigen Tagen von hier fortgehen. Nach dem Norden, in die Freiheit. Sie verstehen bestimmt, daß ich Ihnen damit das größte Kompliment mache, das es für mich überhaupt gibt. Keinem anderen Weißen würde ich soweit vertrauen. Aber bei Ihnen weiß ich, daß ich es wagen kann.«

»Danke, Wes, ich fühle mich geehrt. Deshalb hast du also veranlaßt, daß ich dein Geld an Dwight Ingraham schicke? Ich hoffe nur, daß man euch nicht erwischt. Wes, hast du überhaupt eine Ahnung, wie weit es von Mississippi bis zur Mason-Dixon-Linie ist?«

»O doch, Sir. Wenn ich nicht alles ganz genau berechnet hätte, würde ich es gar nicht erst versuchen, schon gar nicht mit Ruby im Schlepptau. Aber ich kann nicht davonlaufen und sie zurücklassen, das wäre einfach nicht anständig.«

»Das bedeutet, daß du sie liebst.«

»Ja, Sir, seit langem. Es war nur ihre Farbe, die mich gestört hat. Sie ist so verdammt hellhäutig. Deshalb habe ich Phoebe statt ihr genommen. Ich war in beide von dem Augenblick an mächtig vernarrt, in dem ich sie gesehen habe. Das war für mich ganz natürlich, weil in meinem Land ein Mann alle Mädchen, die ihm gefallen, gleichzeitig heiraten kann.«

»Er hat fünf auf einmal gehabt. Können Sie sich so etwas vorstellen, Anwalt Tol?«

»Nein, Ruby. Das wäre mir ganz bestimmt zuviel.«

»Er hat es sich nur leisten können, weil keine von den fünf Mumm gehabt hat. Wäre ich eine von ihnen gewesen, wären die anderen in der ersten Nacht in den Wald geflüchtet – sie hätten keine Haare, keine Augen und keine Zähne mehr gehabt.«

»Das glaubst nur du«, unterbrach sie Wes. »Nach einer Woche mit dir hätte ich dich an die Krokodile verfüttert. Aber wie ich gesehen habe, daß ein Mann hier nur ein einziges Mädchen haben darf, habe ich mich für Phoebe entschieden. Ich habe geglaubt, daß sie mir weniger Schwierigkeiten bereiten wird als dieses leichtsinnige Ding da.«

»Das war ein Irrtum«, meinte Ruby; als sie seinen Blick sah, fügte sie hinzu: »O Wes, Liebling, verzeih mir. Ich wollte nicht schlecht von Phoebe sprechen, ich weiß, daß sie nicht schuldig war.«

»Ist schon gut, Ruby. Du hast mir auch genügend Ärger gemacht.«

»Was hätte ich dir denn jemals angetan? Oh, du meinst, daß ich damals Rattengift genommen habe?«

»Davon habe ich auch gehört«, sagte Tolbert. »Es stimmt also?«

»Und ob. Wenn Joe Collins mir nicht einen Magenhaken versetzt hätte, so daß ich erbrechen mußte, wäre ich schon längst tot.

Deshalb bin ich ja so mager. Mein verdammter Magen spürt keinen Hunger, und ich vergesse einfach, daß Essenszeit ist.«

»Ich werde dich stopfen wie eine Weihnachtsgans«, meinte Wes. »Ich will keine schwächlichen Kinder.«

»O Wes, mach dir deshalb keine Sorgen. Ich werde dir zehn Jungen schenken, die alle größer sein werden als du, und sieben Mädchen. Was sagst du dazu?«

»Großartig. Aber jetzt zurück zu unserer Flucht. Ich weiß, daß es der Toten gegenüber ungehörig ist, wenn wir so bald heiraten. Ich finde aber auch, daß ein Mann vor einer Frau, die er heiratet, Achtung haben muß. Phoebe ist tot, und das, was ich jetzt vorhabe, tut ihr nicht weh.«

»Außerdem hat sie mir gesagt, daß ich dich heiraten soll, Liebling. An dem Tag, an dem sie Collinswood verlassen hat. Ich schwör's dir.«

»Halt den Mund, Ruby! Während der Reise in den Norden, Anwalt Tol, müssen wir natürlich im selben Zimmer übernachten. Ich habe nicht die Absicht, Ruby zu einem Fancy Girl zu machen, nicht einmal für kurze Zeit. Ich liebe sie nämlich wirklich.«

»Gut«, sagte Tolbert. »Um welche Zeit ist die Hochzeit?«

»Um vier Uhr nachmittags. Wann heiraten Sie Miss Coleen, Anwalt Tol?«

»Das weiß ich nicht. Ich habe deinen Rat befolgt und gewartet.«

»Warten Sie nicht länger! Heiraten Sie sie! Sie ist lieb und süß, was man von Miss Pam nicht sagen kann. Vielleicht weilt Miss Pam auch nicht mehr lange unter uns.«

»Was, zum Teufel, willst du damit sagen, Wes?«

»Erstens, daß sie befohlen hat, mich zu Tode zu peitschen. Ich habe es selbst gehört. Deshalb kümmere ich mich nicht mehr um sie. Zweitens habe ich das Gefühl, sie ist am Ende. Wenn sie die Geburt lebend übersteht, könnte vielleicht noch alles gut werden. Aber darauf würde ich mich nicht verlassen, wenn ich Sie wäre.«

»Wes, wir sind immer gute Freunde gewesen. Aber ich liebe Pamela Ingraham. Ich nehme an, daß ich sie bis an mein

Lebensende lieben werde. Wenn dir meine Freundschaft also etwas wert ist, zieh lieber nicht wieder einen deiner Tricks ab.«

»Das muß ich gar nicht. Ich glaube nämlich, daß Sie einen viel besseren Trick abgezogen haben, als ich gekonnt hätte.«

»Was meinst du damit?«

»Nur ein bißchen Mathematik. Als wir Rosebriar verließen, sind Ruby und ich durch Ingrahams Crest gefahren und haben nach Lottie gesehen. Martha hat uns gesagt, daß die Wehen eingesetzt haben und alle drei bis vier Stunden kommen. Miss Pam war etwas früher dran, die Wehen sind alle zwei Stunden gekommen. Wissen Sie, was das bedeutet?«

»Natürlich. Ich habe gewußt, daß Miss Pam ein Kind erwartet und daß man täglich mit ihrer Niederkunft rechnen muß.«

»Da irren Sie sich, Anwalt Tol, sie sollte nämlich jetzt noch nicht so weit sein. Erinnern Sie sich, wann sie zu Massa Bob zurückgekehrt ist? Nachdem sie aus dem Spital entlassen wurde, also über einen Monat nach dem großen Gewitter. Deshalb sollte das Baby, wenn Massa Bob der Vater ist, nicht vor Weihnachten zur Welt kommen. Aber das macht mir keine Sorgen, sondern mich bedrückt Ihr Aussehen, Sir. Können Sie sich erinnern,, daß ich Ihnen einmal im Spaß versprochen habe, Sie zum Ehrennigger zu ernennen? Sie sehen zwar nicht wie ein Nigger aus, Sir, aber Sie sind mächtig dunkel – wie ein Italiener oder Spanier oder Grieche. Miss Pam hat hellbraunes Haar und blaugraue Augen, und Massa Bob ist blond. Wenn der kleine Kerl also mit schwarzen Haaren und dunklen Augen zur Welt kommt, richtet er mächtig viel Unheil an. Er müßte nicht einmal dunkelhäutig sein.«

»Großer Gott!«

»Deshalb habe ich gemeint, falls sie die Geburt lebend übersteht. Sie befindet sich in keiner durch die Entbindung selbst bedingten Gefahr wie die arme kleine Sary, die so schmal gebaut ist. Miss Pam ist zwar schlank, aber sie hat breite Hüften, so daß die Geburt leicht verlaufen wird.«

»Wes«, rief Ruby, »woher weißt du das alles?«

»Weil ich Augen im Kopf habe. Außerdem sagt Doktor Tom, daß sie überhaupt keine Schwierigkeiten haben wird, weil es ihr zweites Kind ist. Aber Massa Bob ist sehr jähzornig. Ein Mann, der seine Frau beinahe zu Tode peitscht, wie er es getan hat – was wird der wohl tun ,wenn sie ihm ein kleines schwarzhaariges Baby in die Arme legt, das genauso verschmitzt grinst wie jemand, den ich gut kenne?«

Tolbert Weatherbee griff bereits nach seinem Hut.

»Massa Tol«, ermahnte ihn Wes, »wenn Sie jetzt nach Ingrahams Crest reiten, können Sie genausogut Ihr Geständnis im ›Mississippi Herald‹ veröffentlichen. Weil Mandy meint – und sie hat schon bei vielen Geburten geholfen –, daß das Baby erst morgen abend oder sogar erst übermorgen früh zur Welt kommen wird. Kommen Sie deshalb lieber zu unserer Hochzeit und trinken Sie so lange Whisky-Soda, bis sich Ihre Nerven beruhigen. Wenn Sie glauben, daß Sie es tun müssen, können Sie dann ja morgen abend nach Ingrahams Crest reiten. Erwarten Sie sich aber nicht zu viel, Sir. Ein Baby kann auch seiner Mutter ähnlich sehen – also könnte es blondes Haar und blaue Augen haben.«

»Das stimmt«, seufzte Tolbert. »Du hast recht, es wäre ein Fehler, wenn ich zu früh draußen aufkreuze.«

Als er das Grinsen auf Wes' Gesicht sah, explodierte er.

»Verdammt, du scheinst diese Situation auch noch zu genießen, Wes.«

»Ist das nicht verständlich, Massa Tol? Überlegen Sie einmal: Massa Ash wird von seiner Frau angeschossen, seine Freundin von ihr mit der Reitpeitsche bearbeitet. Nach der Scheidung lynchen die Damen von Natchez fast die kleine Ruth. Massa Bascomb peitscht seinen Halbbruder beinahe zu Tode, weil er ihn mit seiner Halbschwester erwischt. Zum Glück stellt sich heraus, daß es gar nicht seine Halbschwester ist, weil eine weiße Dame einen Liebhaber gehabt hat. Daraufhin glauben – volle zwanzig Jahre nach dem Ereignis – zwei Pflanzer, sie seien verpflichtet, sich zu duellieren. Sogar zwei Freunde wie Massa Bascomb und Massa Ash müssen ein Duell inszenieren, weil Massa Ash, der damals noch mit Miss Cecilia verheiratet war, ein Verhältnis mit der kleinen Ruth hat. Sir, finden Sie diese Zusammenfassung nicht recht amüsant?«

Tolberts Gesicht verzog sich langsam zu einem anerkennenden Grinsen, dann lachte er laut auf.

»Auf Wiedersehen bei der Hochzeit, Sir.«

»Ich komme gern, Wes.«

Als sie das Büro verließen, meinte Ruby: »Wes, ich muß dich noch etwas fragen: Du hast Martha gesagt, sie wisse schon, was sie zu tun hat. Was hast du damit gemeint?«

»Nichts, was dich angeht. Komm schon!«

»O nein, ich komme nicht, wenn du vor mir Geheimnisse hast.«

»Dann laß es bleiben! Es wird mir bestimmt nicht schwerfallen, oben im Norden ein Mädchen zu finden.«

Damit ging er davon, ohne sich auch nur einmal umzudrehen.

»O Wes!« kreischte sie und lief hinter ihm her. Wie immer.

Die Nacht des dreiundzwanzigsten November 1857 war klar und kalt. Deshalb bemerkte Townsend Graves zu seiner eben angetrauten Frau:

»Ich will verdammt sein, wenn ich begreife, warum ich in einer solchen Nacht nach Ingrahams Crest hinüberreiten muß, Celie. Ich könnte es noch verstehen, wenn ihr beide, du und Pam, Freundinnen wärt.«

»Du bist jedenfalls Beau Bobs Freund, das genügt als Erklärung. Komm schon, Townsend, ein scharfer Ritt wird dir guttun.«

Townsend legte den Arm um sie. »Ja, aber auf dir, Baby. In unserem schönen, warmen Bett.«

»O nein«, lachte Cecilia. »Für heute reicht es. Außerdem will ich nicht die ganze Nacht dort bleiben. Ich will nur sehen, wie Bob Bibbs' Erbe aussieht. Das Baby soll inzwischen schon auf der Welt sein.«

»Es wird aussehen wie alle Babys, Celie. Rot, verrunzelt und häßlich. Ich verstehe deshalb nicht –«

»Männer! Du enttäuschst mich, mein Liebling. Deine rasche Auffassungsgabe hat immer großen Eindruck auf mich gemacht, und diese Entbindung ist ein wichtiges Ereignis.«

»Warum?«

»Denk mal nach! Wann ist die liebe Pamela aus dem Spital nach Hause gekommen, nachdem Bob sie beinahe zu Tode gepeitscht hat?«

»In der ersten Aprilwoche. Ich weiß es, weil ich zufällig vorbeigekommen bin, als sie das Spital verließ – großer Gott, sie haben erst danach begonnen, zusammenzuleben. Es ist also entweder ein Siebenmonatskind oder –«

»Nicht von Bob. Kannst du mir folgen?«

»Und ob. Ich fürchte nur, daß dich eine Enttäuschung erwartet. Bob ist so beschränkt, daß sie ihn mühelos an der Nase herumführen kann. Ich höre sie schon: ›O Bobbie, Liebling, gestern bin ich ausgeglitten und hingefallen. Deshalb ist unser süßes Baby zu früh zur Welt gekommen.‹«

»Das bezweifle ich. Wir müssen uns beeilen, denn wenn wir nicht rechtzeitig nach Ingrahams Crest kommen – noch bevor der kleine Bastard auf der Welt ist oder sofort danach –, verstecken sie ihn. Oder beseitigen ihn sogar. Obwohl ich glaube, daß Bob für solche radikale Schritte zu weich ist.«

»Celie, ich glaube nicht, daß irgend jemand sagen kann, wem ein Kind ähnlich sieht, bevor es mindestens ein Jahr alt ist.«

»Für gewöhnlich nicht. Aber in diesem Fall wird Bob ohne weiteres feststellen können, wem es nicht ähnlich sieht: ihm. Du weißt doch, Liebster, daß Tolbert dichtes, glattes, schwarzes Haar und stechende schwarze Augen hat. Bob hingegen ist blond und Pamela hellbraun.«

»Das stimmt. Außerdem hat sie blaue Augen.«

»Graue. Und ich habe noch nie ein Paar erlebt, bei dem die Kinder nicht die dunklen Haare und Augen ihres Vaters geerbt hätten, unabhängig davon, wie blond die Mutter war. Und jetzt komm schon. Es ist höchste Zeit.«

Sie hatten die Grenze zwischen ihrer Plantage und Ingrahams Crest erreicht, als die Bluthunde Laut gaben.

»Die Patrouille«, sagte Townsend. »Irgendein Nigger hat versucht, davonzulaufen.«

»Sie werden ihn bald haben. O – o Townsend, sieh doch!«

»Das ist ja dieser schwarze Zauberer, Wes Parks. Wer ist denn der Weiße, der neben ihm rennt?«

»Weißer – ha! Das ist Joe Collins. Und alle glauben, daß er in Kanada ist. Das nenne ich Glück. Pams kleiner Bastard kann warten. Bei diesem Fang muß ich dabeisein. Worauf wartest du, Townsend? Komm schon!«

Wes und Joe hörten die Hufschläge.

»Jesus, Wes«, keuchte Joe, »sie sind mächtig nahe.«

»Zu nahe, das können nicht die Paddyroller sein. Bleib einen Augenblick stehen, damit wir sie uns ansehen.«

»O Gott, es sind Miss Cecilia und Massa Townsend. Sie werden unseren ganzen Plan verderben, Wes.«

»Nicht den ganzen Plan, nur die erste Falle, mehr nicht ... Aber wir können nicht einmal das zulassen. Wenn sie zu den ersten Seilen kommen, werden sie abgeworfen; dann sind die Seile zerrissen und zu viele Paddyroller kommen durch. Bekommst du wieder Luft, Joe?«

»Es geht. Warum, Wes?«

»Hol die kleine Flöte heraus. Wir müssen ihre Pferde verhexen.«

Townsend hatte inzwischen Cecilia überholt. Er sah Wes Parks und Joe Collins am Rande des Moors stehen; sie warteten ruhig. Er zog seine kleine Derringer-Pistole und gab seinem Pferd die Sporen. Cecilia hielt sich knapp hinter ihm.

»Ergebt euch, ihr schwarzen Schufte«, brüllte er. »Hände hoch, verdammt noch mal!«

Weiter kam er nicht. Sein Pferd spielte plötzlich verrückt. Es richtete sich auf der Hinterhand auf. Townsend ließ die Pistole fallen und zwang es nieder. Er hörte das Hundegebell erschrekkend nahe. Dann bockte sein Pferd wie ein ungezähmter Mustang bei einem Rodeo. Townsend war ein ausgezeichneter Reiter, aber in diesem Augenblick wäre niemand mit seinem Reittier fertig geworden. Er flog aus dem Sattel, Dunkelheit umhüllte ihn, in der er gerade noch das Bellen und Heulen der Hunde hörte, das immer näher kam – und Cecilias Schrei, bevor die Hunde über sie herfielen.

»O Gott, Wes«, keuchte Joe, »mir ist schlecht. Ich muß erbrechen.«

Er lehnte sich an eine Eiche und würgte immer wieder.

»Na also«, seufzte Wes. »Jetzt hast du nichts mehr im Magen. Komm, mach weiter!«

»O Wes, o Jesus«, jammerte Joe, »die arme Frau. Sie haben sie in Stücke gerissen. Ich werde diesen Anblick mein Leben lang nicht mehr vergessen.«

»Sie hätten uns auch in Stücke gerissen, wenn sie uns erwischt hätten. Die Pilze haben nur ihre Nasen getäuscht, deshalb konnten sie Weiße und Schwarze nicht unterscheiden. Miss Cecilia tut mir leid, ich hatte nicht vor, sie zu töten. Wir haben es auch nicht getan, sie war selbst schuld daran. Wenn sie nämlich dorthin geritten wären, wo sie hin wollten, und nicht versucht hätten, uns zu fangen, wäre sie jetzt noch am Leben.«

»Haben die Hunde auch ihn getötet?«

»Ich glaube nicht. Der Hundeführer ist noch rechtzeitig dazugekommen. Sie haben ihn nur übel zugerichtet. Wir müssen den beiden jedenfalls für etwas dankbar sein: wir sind jetzt vor den Bluthunden sicher.«

»Ja. Ich habe gesehen, wie der Hundeführer begonnen hat, sie zu erschießen. Dann haben ihm die übrigen Paddyroller dabei geholfen. Ich konnte nicht mehr hinsehen. Haben sie alle umgebracht?«

»Ja, Gott sei Dank. Bist du so weit, daß du wieder laufen kannst?«

»Ich glaube schon. Wes! Das ist aber die falsche Richtung!«

»Das weiß ich. Aber sie treiben sich immer noch auf dem Feld herum. Wir müssen sie dazu bringen, uns zu jagen. Wir sind nicht in Sicherheit, solange auch nur ein Klepper auf den Beinen steht. Wenn du mich schießen hörst, mußt du losrennen, Junge. Langsam und geschickt, wie ich es dir erklärt habe.«

»Um Himmels willen, Wes, du willst doch nicht auf die Paddyroller schießen?«

»Nein. Ich will ein Pferd erschießen. Vielleicht auch zwei. Ein Paddyroller, der zu Fuß geht, ist harmlos. Nur die Pferde stellen eine echte Gefahr dar, wenn wir im Brougham unterwegs sind.«

Er schlich leise zum Waldrand und zog dabei den Revolver aus dem Gürtel. Sofort sah er, daß er mühelos zwei oder drei Pferde erschießen konnte; bevor er es tat, erwog er jedoch das Für und Wider.

Er erkannte rasch, daß es zu gefährlich war. Sein Revolver war ein Vorderlader, und es dauerte so lange, ihn nachzuladen, daß ihn die Paddyroller inzwischen abknallen konnten. Deshalb zielte er sorgfältig und schoß auf das Pferd, das ihm am nächsten war. Das Tier bäumte sich auf, wieherte und stürzte zu Boden.

Im nächsten Augenblick brodelte es auf der Lichtung. Die Paddyroller griffen nach den Zügeln, sprangen in die Sättel. Zwei Minuten später war Townsend Graves allein; er hielt den zerfleischten Körper seiner Frau in den Armen und weinte blutige Tränen.

Wes lief davon, sorgte aber dafür, daß er immer in Sichtweite der Reiter blieb. Er verließ sich darauf, daß sie nicht schießen würden. Sie würden ihn lebend zu fangen trachten, weil ein Schuß zu barmherzig war. Sie hatten Besseres mit ihm vor.

Er erblickte Joe vor sich und steigerte sein Tempo, bis sie nebeneinander herliefen.

»Jetzt«, sagte er; die beiden warfen sich gleichzeitig ins Unterholz.

Dreißig Sekunden danach erreichten die Paddyroller die ersten Seile. Fünf von ihnen wurden aus dem Sattel gerissen und blieben bewußtlos liegen. Wes blies auf seiner tonlosen Flöte. Die reiterlosen Pferde bäumten sich auf, wieherten und rollten die Augen. Joe stand auf und schwenkte seinen Rock. Die Tiere galoppierten davon – auf den Sumpf zu.

Die fünf Reiter, die rechtzeitig angehalten hatten, stiegen von den Pferden und untersuchten ihre gestürzten Kameraden.

»Nein, sie sind nicht tot«, sagte einer von ihnen. »Al hat sich das Bein gebrochen, und die anderen dürften gebrochene Rippen haben. Das ist alles.«

»Kommt schon«, brüllte ihr Anführer. »Die verdammten Nigger entwischen uns noch –«

Drei Minuten später ritten sie in die zweite Falle. Die Seile waren diesmal knapp über dem Boden gespannt und fällten drei weitere Pferde.

Kaum hatten die beiden überlebenden Paddyroller die Verfolgung wieder aufgenommen, als hinter ihnen zwei Bäume auf den Boden krachten. Sie galoppierten weiter. Dann rissen sie plötzlich an den Zügeln, so daß ihre Pferde hochstiegen.

Vor ihnen erhob sich eine Feuerwand, in der zwei Gestalten tanzten und herumhüpften.

»O Gott«, schrie einer der Reiter, »diese Nigger sind keine Menschen. Das sind Geister. Los, weg von hier.«

Sie wendeten und galoppierten zurück. Fünf Meter später versperrten ihnen die gestürzten Bäume den Weg.

Wes und Joe traten aus dem Feuer, zielten sorgfältig und erschossen die beiden Pferde.

»Das wär's, Joe«, stellte Wes fest. »Jetzt machen wir uns auf den Weg zur Jagdhütte. Inzwischen hat Rad den Brougham mit Miss Lucilles Pferden dorthin gefahren. Ich habe ihm gesagt, er soll unsere Pferde noch nicht wegschaffen. Ich nehme an, daß Ruby schon dort ist, weil sich kein Mensch darum kümmert, was sie tut. Du mußt also nach Collinswood reiten und Abby holen. Sei vorsichtig, blase nur ein paar Töne auf der *Xetagble*-Flöte. Ruby hat ihr gesagt, daß das unser Signal ist. Sie wird über die gleiche Strickleiter herunterklettern, über die du vergangene Nacht hinaufgeklettert bist.«

»Es wäre besser gewesen, ich hätte es nicht getan.«

»Wieso denn?«

»Weil meine Beine und mein Kreuz jetzt in besserer Verfassung wären.«

Anderthalb Stunden später begann die Reise mit dem Brougham. Auf dem Bock saß Wes; er trug die Livree eines Kutschers und dazu einen hohen Zylinder. Trotz der Kälte saß Ruby neben ihm und klammerte sich an seinem Arm fest.

»Hoffentlich werfen sie den Wagen nicht um, wenn sie es zu toll treiben«, kicherte sie.

»Das glaube ich nicht. Der arme Joe wird nach dem, was er heute nacht erlebt hat, ziemlich erledigt sein.«

»Was hat er denn erlebt, Wes?«

»Ich möchte es dir lieber nicht erzählen, jedenfalls nicht sofort. Sonst bist du auch erledigt – und wir müssen vor Tagesanbruch an Fayette vorbei sein.«

»Wie du meinst – Wes, Liebling, was ist *das*?«

Wes blickte auf den roten Schein, der am Himmel emporstieg.

»Ein mächtig großes Feuer, Ruby. In Ingrahams Crest. In zehn Minuten sind wir dort, und dann wissen wir es ganz genau.«

45

Wes blieb mit dem Brougham in einem kleinen Wäldchen etwa fünfzig Meter vor dem Haupteingang von Ingrahams Crest stehen, übergab Ruby seinen Zylinder und stieg vom Kutschbock.

»O Wes, Liebling«, jammerte Ruby, »du kannst überhaupt nichts tun. Das Haus brennt lichterloh, du kannst nicht –«

»Halt den Mund, Ruby«, befahl Wes und ging auf das Tor zu. Joe folgte ihm.

»Nein, Joe«, meinte Wes, »bleib hier und kümmere dich um die Weiber. Hier hast du meinen Revolver. Ich glaube zwar nicht, daß du ihn brauchen wirst, aber für alle Fälle. Und vor allem bring dein verdammtes Mädchen in den Wagen zurück, so daß sie außer Sichtweite bleibt. Wenn sie entdeckt wird, ist es aus mit uns.«

»In Ordnung, Wes. Was willst du jetzt tun?«

»Wahrscheinlich nichts. Es sieht aus, als würde ich zu spät kommen.«

Er lief den Weg hinunter und sprang über das Tor. Die meisten Sklaven von Ingrahams Crest waren vor dem brennenden Haus versammelt. Dann sah Wes, daß sich ein Weißer unter ihnen befand, den die Schwarzen mit Gewalt festhielten. In diesem Augenblick riß sich Tolbert Weatherbee los und lief auf das Inferno zu.

Wes überholte ihn mit drei langen Schritten, schlug ihn mit einem mächtigen Fausthieb zu Boden und zog ihn zu den Sklaven zurück.

»Fesselt ihn«, sagte er. »Wer ist im Haus?«

»Miss Pam«, antwortete Mandy. »Und Massa Bob und das Baby. Aber Massa Bob und das Baby sind tot. Miss Pam ist schwer verletzt, lebt aber noch.«

Wes musterte das Haus. Der Ostflügel, in dem sich das Schlafzimmer befand, brannte noch nicht. Wenn er sofort hineinlief, gab es noch eine Chance, er konnte vielleicht –

Warum, zum Teufel, sollte ich? fragte er sich. Sie hat den beiden Bestien befohlen, mich zu Tode zu peitschen. Sie hat die arme Martha schrecklich ausgepeitscht. Sie war so damit beschäftigt, es mit diesem armen Narren zu treiben, daß sie ihr eigenes Kind sterben ließ. Sie ist böse. Ich hasse sie. Mag sie verbrennen, mag sie sterben.

Aber noch während er das dachte, begann er schon, seine Kleidung abzulegen.

»Wes«, sagte Mandy, »geh nicht hinein! Du kommst nicht lebend heraus. Sie hat keine Chance mehr.«

»Was ist eigentlich geschehen?« fragte Wes, legte seinen Rock auf den Boden und nahm den steifen Kragen ab.

»Massa Bob hat das Baby umgebracht. Er hat es bei den Füßen gepackt und mit dem Kopf gegen den Türrahmen geschmettert. Der Schädel ist zerplatzt wie eine Eischale, Blut und Gehirn sind am Holz heruntergeronnen –«

Wes sah, daß Tolbert die Augen aufgeschlagen hatte, sah, daß der Anwalt sich nicht mehr gegen die Stricke wehrte, mit denen er gefesselt war.

»Halt den Mund, Mandy«, sagte Wes.

»Nein«, widersprach Tolbert. »Sprich weiter! Warum hat Bob das Baby getötet?«

»Weil er gesehen hat, daß es ein Niggerbaby war. Das war zuviel für ihn.«

»O Gott«, stöhnte Tolbert.

Wes stand auf. Er war jetzt nackt.

»Können Sie es ertragen, Sir?« fragte er. »Wenn Sie ja sagen, hole ich sie heraus.«

»Ich kann's ertragen. Hol sie, Wes!«

Wes rannte die Treppen hinauf, blieb einen Augenblick auf der oberen Veranda stehen und verschwand dann in den Flammen.

»Er wird umkommen«, stellte Mandy fest. »Er wird sterben, weil er diese verdammte, verrückte weiße Hure liebt. Wahrscheinlich weiß er das gar nicht, aber er liebt sie. Sie ist nicht wert, daß er für sie stirbt. Sie ist nicht wert, daß irgendwer für sie stirbt, und schon gar nicht Wes. Er ist einmalig, er ist großartig.«

»Er wird nicht sterben. Nicht Wes. Er hat bis jetzt alles geschafft, was er sich vorgenommen hat. Schneide den Strick durch, Mandy!«

»Versprechen Sie mir, vernünftig zu sein, Anwalt Tol?«

»Ich verspreche es.«

»Mose«, rief Mandy ihrem Mann zu. »Komm her und schneide Massa Weatherbee los.«

Mose gehorchte. Tolbert stand auf. »Da kommt er«, brüllte er.

Wes schritt durch die Flammen. Er trug eine in Decken gehüllte Gestalt auf den Armen. Während er die Treppe hinunterlief, sahen sie, daß aus den Decken Dampf aufstieg.

Wes trat auf Tolbert zu und legte seine Last vor dem jungen Anwalt auf den Boden. Beide knieten neben ihr nieder, und Wes schlug die Decke zurück. Pamelas Gesicht war bleich, ihre Augen geschlossen. Sie wirkte leblos.

»O Gott«, stöhnte Tolbert.

Pamela schlug die Augen auf. »Es geht mir gut, Tol«, flüsterte sie, dann fielen ihr die Lider wieder zu.

»Sie wird überleben, Sir«, brummte Wes. »Sie hat viel Blut verloren, das ist alles. Massa Bobs Kugel hat ihre rechte Hand durchschlagen; wahrscheinlich hat sie sie abwehrend ausgestreckt. Dann muß sie die Hand an die Brust gedrückt haben, und er hat das Blut dort gesehen und geglaubt, daß sie tot ist. Komisch –«

»Was ist komisch, Wes?«

»Er hat sich nicht in ihrem Zimmer umgebracht. Er ist in sein Arbeitszimmer hinuntergegangen. Wahrscheinlich hat er einen Abschiedsbrief geschrieben. Aber wie er umgefallen ist, muß er die Lampe umgestoßen haben. Deshalb ist das Feuer unten ausgebrochen und nicht im Schlafzimmer. Das war gut, dadurch bin ich noch zurechtgekommen.«

Er wendete sich an die Schwarzen.

»Pflege sie, Mandy. Du, Mose, reitest nach Rosebriar und holst Doktor Tom. Er kümmert sich dort um Sary. Sie hat es nicht leicht, aber es wird alles gutgehen, obwohl sie so schmal ist. Ich habe auch für sie ein Gebet gesprochen und habe darauf Antwort erhalten.«

Er drehte sich um und begann, sich anzuziehen. Tolbert hielt Pamela in den Armen. Er beugte sich über sie und fühlte ihren ruhigen, friedlichen Atem auf seiner Wange.

»Ich habe Ihnen gesagt, daß alles in Ordnung ist«, meinte Wes. »Ich habe einen ganzen Krug Wasser über die Decke geschüttet, bevor ich sie durch das Feuer getragen habe. Sie ist nur ein bißchen angesengt. Wenn Sie gut zu ihr sind, sie nicht schelten, sie nicht demütigen, ihr keine Vorwürfe machen – wird weiterhin alles in Ordnung sein. Es war nicht ihre Schuld, Sir.«

»Auch das Kind nicht?«

»Vor allem nicht das Kind. Das war mein Fehler, Sir. Beinahe bin auch ich ein Mörder, weil ich am Tod des kleinen, hilflosen Babys schuld bin. Ich habe nicht gewußt, daß es dazu kommen würde, als ich Martha befahl, die beiden Babys auszutauschen. Sie hat Lotties Baby zu Miss Pam gebracht und Miss Pams Baby zu Lottie. Ich wollte, daß Massa Bob das gleiche empfindet wie ich, als ich seinen häßlichen Bastard in Phoebes Armen sah. Er sollte blutige Tränen weinen, wie ich damals. Aber ich habe nie gedacht, daß er das Baby töten würde. Ich hätte nie geglaubt, daß irgendwer – auch kein Weißer – so gemein, so schlecht sein kann. Ich habe angenommen, daß er sie töten würde, und mir gesagt, daß es mir gleichgültig ist. Aber es war mir nicht gleichgültig, weil ich sie liebe. Sie ist etwas mächtig Besonderes. Jetzt muß ich gehen. Holen Sie sich Ihr Baby von Lottie, Sir. Sie wird nichts dagegen haben. Für ein alleinstehendes Mädchen wie sie ist ein Baby nur eine Belastung. Vor allem ein weißes, Sir.«

»Möge Gott dich bis an dein Lebensende beschützen, Wes«, sagte Tolbert Weatherbee.

»Werden Sie glücklich, Sir. Werden Sie mit ihr mächtig glücklich«, antwortete Wes. Dann verschwand er in der Nacht. Fünfundzwanzig Tage später verließen er, Ruby, Joe und Abigail in Boston den Zug. Zur Überraschung aller Umstehenden knieten sie nieder und küßten die Erde. Fünf Minuten später schlossen Dwight und Ellen sie in die Arme.

»Wie dunkel sie ist, Tol«, murmelte Pamela. »Beinahe genauso dunkel wie das andere Kind. Nur war es ein Junge. Ein großer, kräftiger Junge. Als ich ihn sah, dachte ich: ›Genau wie sein Vater.‹«

Sie befanden sich im Schlafzimmer des Aufseherhauses von Ingrahams Crest. Vom Herrenhaus waren nur noch zwei Schornsteine und ein rauchender Schutthaufen übrig.

Sie streckte die dick verbundene Hand aus und streichelte sein Gesicht.

»Tol, sieh mir in die Augen. Sind sie klar?«

»Völlig.«

»Das stimmt, ich bin nicht mehr verwirrt. Oder verrückt. Ich werde es auch nie wieder sein, wenn du mir verzeihen kannst.«

»Was soll ich dir denn verzeihen, Pam?«

»Ich weiß es nicht recht, es ist so schwer auszudrücken. Laß uns jetzt reinen Tisch machen, ja? Tol, Wes Parks hat mich nie unziemlich berührt. Glaubst du mir das?«

»Ja, Pam.«

»Danke. Ich glaube auch nicht,, daß er je die Absicht hatte. Dennoch bin ich ihm gegenüber schuldig geworden. Als ich das Kind sah, Tol, das Mulattenkind, habe ich keinen Augenblick lang angenommen, daß es von Wes ist. Ich wußte, daß das unmöglich war. Ich war wieder bei klarem Verstand, wahrscheinlich die Folge der Entbindung. Deshalb wußte ich, daß es nur Stone Mountains Kind sein konnte.«

»Dieser niederträchtige Frauenschänder«, knirschte Tol.

»Sprich nicht wie ein Südstaatler, Tol. Wir werden in den Norden übersiedeln, falls ich dies alles überlebe. Wir werden in Dwights und Ellens Nachbarschaft wohnen und sie als unsresgleichen und als Freunde behandeln.«

»Kaum als unsresgleichen. Ich finde, daß sie uns überlegen sind.«

»Dafür danke ich dir, Tolbert. Ich bin froh, daß du das gesagt hast, weil es stimmt. Aber zuerst, falls du mich verurteilst, falls du meinem Leben ein Ende setzt, indem du mir nicht verzeihst, mich nicht verstehst – versprichst du, mein Baby wie dein eigenes Kind aufzuziehen?«

»Es ist ja mein Kind, verdammt. Siehst du denn nicht, daß sie mir ähnlich sieht?«

»O ja. Gott, es ist so schwer.«

»Dann sprich es nicht aus, Pam. Ich vergebe dir, ganz gleich, was du getan hast. Ich liebe dich. Ich will und muß es gar nicht wissen.«

»Aber ich muß es dir sagen, Tol, sonst werde ich wieder verrückt. In der Nacht nach dem Begräbnis, als ich verlorenging, warf mich mein Reitpferd ab. Ich muß auf den Kopf gefallen sein. Ich bin stundenlang wie in Trance herumgeirrt. Dann bin ich erschöpft liegen geblieben. Als ich aufgewacht bin, war ein Mann über mir und tat mir Gewalt an.«

»Auch dafür muß ich Wes danken«, stellte Tolbert grimmig fest. »Er hat Stone, diesen schwarzen Schuft, umgebracht.«

»Tol, das war nicht Stone. Es war ein Weißer – Tom Cuthbert. Er ist dann fortgegangen und hat mich einfach liegen gelassen. Danach – ich weiß nicht, wieviel Zeit vergangen war – ist Stone gekommen. Es war finster, er war sehr groß. Deshalb habe ich gefragt: ›Wes?‹«

»Und er?«

»Er hat gesagt: ›Ja, Madam.‹ Dann hat er sich neben mich gelegt, mich in die Arme genommen, mir zugeflüstert: ›Es wird alles gut werden, Miss Pam.‹ Aber ich habe mich so elend gefühlt. Mir war so schlecht vor Scham, vor Kummer, vor Schmerzen. Deshalb habe ich ihn gebeten: ›Liebe mich, Wes!‹ Und er hat es getan. Meinen Verstand habe ich erst am nächsten Tag verloren, als ich Wes sah. Mir ist klargeworden, daß er nicht der zweite Mann im Sumpf gewesen sein konnte. Da habe ich mich in den Wahnsinn geflüchtet. Es ist sehr angenehm, Liebster, diese Zuflucht zu haben, wenn man die Welt und sich selbst nicht mehr ertragen kann. Und jetzt hängt es von dir ab. Läßt du mich am Leben? Denn ich kann nur an deiner Seite weiterleben. Oder verurteilst du mich zum Tod? Dann bleibt mir nur eine Überdosis Laudanum und der ewige Schlaf.«

Er riß sie in die Arme, preßte seine Lippen auf ihren Mund. »O Gott, nein«, stöhnte er. »Ich liebe dich.«

Sie lachte glücklich. »Laß mich los, Liebster. Oder willst du unsere Tochter ersticken?«

Er ließ sie los, beugte sich über das schlafende Kind und küßte es.

46

Doktor Tom Ridgely fuhr durch das große Tor von Ingrahams Crest. Er ließ seinen Blick über die Ruinen des Hauses schweifen und schüttelte traurig den Kopf. Es war drei Tage nach dem Feuer.

Wes Parks, Ruby Thomas, Abigail und Joe Collins waren verschwunden. Tom Ridgely dachte darüber nach. Dabei wurde plötzlich sein längst verschütteter Idealismus wieder wach.

Mögen sie glücklich werden, dachte er. Sie sind jung und verliebt. Dort oben, wo niemand sie kennt, spielt ihre Hautfarbe keine Rolle.

Dann fiel ihm Wes' meisterliche Rache ein. Die Geschichte war mit Windeseile von einer Plantage zur nächsten weitergegeben worden, bis der ganze Bezirk sie kannte. Dennoch glaubte er sie nicht so ganz. Es war alles zu glatt verlaufen, der Zeitplan hatte zu genau gestimmt.

Als erfahrener alter Mann wußte er, daß die Dinge im Leben nie reibungslos ablaufen. Das Leben ist unberechenbar, es gibt immer wieder Pannen.

Er blickte hinunter und sah, daß Mose die Zügel seines Pferdes ergriffen hatte.

»Guten Morgen, Doktor Tom.«

»Guten Morgen, Mose. Wo sind Mrs. Pamela und der Anwalt?«

»Im Aufseherhaus, Doktor. Aber Miss Pam geht es schon sehr gut. Sie trällert die ganze Zeit vor sich hin. Deshalb möchte ich Sie fragen, ob Sie nicht zuerst Martha helfen könnten. Es geht ihr mächtig schlecht.«

»Was hat sie denn, Mose?«

»Ein gebrochenes Bein. Keiner von uns kann es einrichten. Sie hat schreckliche Schmerzen, Doktor Tom.«

»Na schön. Wo ist sie denn, Mose?«

»In meiner Hütte, Sir. Mandy und ich haben sie zu uns genommen.«

»Das ist recht. Führ mich zu ihr, Mose.«

In der Hütte untersuchte er Marthas Bein.

»Ein komplizierter Bruch«, brummte er. »Das Bein ist mindestens an drei Stellen gebrochen. Das bedeutet drei Monate mit einem Streckverband im Bett. Du wirst nicht aufstehen können, also brauchst du eine Leibschüssel und all das Zeug, sowie ständige Pflege. Wer, zum Teufel, wird das übernehmen?«

»Ich, Sir«, sagte Mandy.

»Gut. Dann werde ich das Bein jetzt einrichten. Es wird verteufelt weh tun. Mandy, bring mir ein Glas Wasser.«

Als Mandy ihm das Wasser brachte, schüttelte er eine ordentliche Portion Laudanum hinein. »Mehr gebe ich dir von dem Zeug nicht. Mose, du kannst bei mir vorbeikommen und dir ein paar Flaschen Whisky holen. Haltet sie die erste Woche unter Akohol, dann verringert die Menge allmählich. Wir wollen keine Trinkerin aus ihr machen.«

Er richtete das Bein ein. Es schmerzte fürchterlich. Martha schrie wie am Spieß. Als ihr Bein endlich im Verband steckte, fragte er sie:

»Wie, zum Teufel, hast du es angestellt, dir das Bein zu brechen? Du mußt ja die ganze Treppe hinuntergefallen sein.«

»Ich bin nicht gefallen, Doktor Tom. Massa Bob hat mich hinuntergestoßen. Er hat sich solche Sorgen wegen Miss Pam gemacht, wegen der Entbindung, deshalb hatte er getrunken. Er war richtiggehend betrunken. Ich war auch nervös, und so habe ich ihm eine freche Antwort gegeben. Es war nichts Besonderes, aber wir waren beide aufgeregt. Deshalb hat er gebrüllt und geflucht und mich die Treppe hinuntergestoßen.«

Doktor Ridgely starrte sie an. Das war es also. Die Bestätigung, daß nicht einmal ein Zauberer wie Wes Ordnung in die verschlungenen Pfade des Lebens bringen konnte.

Er stellte fest: »Bob Bibbs hat dich die Treppe hinuntergestoßen, bevor Mistress Pamelas Kind auf der Welt war. Mandy hat sich um sie gekümmert und irgendeine andere schwarze Frau um Lottie. Du warst die Vermittlerin, Martha. Du solltest auf Wes' Befehl hin die beiden Babys vertauschen. Das konntest du nicht. Wer hat sie also vertauscht?«

Mandy holte tief Luft. »Niemand, Doktor Tom. Sie sind nicht vertauscht worden.«

»Jesus, willst du damit sagen . . .«

»Das der kleine Kerl, den Massa Bob umgebracht hat, tatsächlich Miss Pams Kind war.«

»Aber es war ein dunkelhäutiges Mulattenkind.«

»Das kommt manchmal vor, Doktor. Wenn der Mann dunkel genug ist . . .«

»Wer war denn der Vater?«

»Stone Mountain. Er hat Miss Pam erwischt, als sie im Sumpf herumgeirrt ist, und hat das ausgenützt. Deshalb hat Wes Stone getötet und Cuthbert dazu. Weil beide sie vergewaltigt haben.«

»Na schön, na schön«, tobte Tom Ridgely. »Wes hat, wie gewöhnlich, die Angelegenheit in seine Hände genommen und der Gerechtigkeit zum Sieg verholfen.«

»Das sieht mir nicht nach Gerechtigkeit aus«, stellte Martha erbost fest. »Wes war einfach gemein, verrückt und eifersüchtig.«

»Aber Martha«, unterbrach Mandy. »Hören Sie nicht auf sie, Doktor Tom, sie hat ein böses Mundwerk. Ich möchte Sie aber um einen Gefallen bitten, darf ich?«

»Natürlich, Mandy.«

»Das andere Kind, das arme, kleine Mädchen, ist das Baby von Lottie und Massa Townsend Graves. O Doktor Tom, bitte, bitte, sagen Sie es den beiden nicht. Sie sind so verdammt glücklich. Sie wollen ohnehin in den Norden übersiedeln. Das Kind ist hell genug, wenn man bedenkt, wie dunkel Anwalt Tol ist. Er ist ein so guter Mann. O bitte, Doktor Tom, brechen Sie ihm nicht das Herz.«

Tom Ridgely dachte über das nach, was Mandy ihm erzählt hatte. Ihm wurde klar, daß er sich in einer klassischen Konfliktsituation befand: er konnte entweder ehrenhaft oder menschenfreundlich handeln, das eine schloß das andere aus. Man bat ihn, einem jungen Paar zu verschweigen, daß das Kind, das es für das seine hielt, gar nicht das seine war. Noch ärger war, daß das Kind einer anderen Rasse angehörte.

Aber auch das traf nicht ganz zu. Das Kind war die Tochter eines Weißen und einer Farbigen. Nur – die Farbige wies deutliche Rassenmerkmale kaukasischer und indianischer Vorfahren auf.

Was ist dieses verdammte Kind also? fragte er sich. Eine Weiße? Eine Schwarze? Ein Mischling? Er erhob sich mit gerunzelter Stirn.

»O Doktor, bitte«, wiederholte Mandy.

»Halt endlich den Mund«, sagte er und ging hinaus.

»Er wird es ihnen sagen«, prophezeite Martha, »er kann gar nicht anders, er ist ein Weißer.«

Als Tom Ridgely in der Tür zum Schlafzimmer erschien, stillte Pamela gerade das Kind. Er lehnte sich an den Türrahmen und versuchte, seine Fassung wiederzugewinnen.

»Was ist los, Doktor?« fragte Tolbert besorgt.

»Verdammt, Anwalt, ich weiß es nicht. Ich bin wahrscheinlich übermüdet. Ich wollte mir Miss Pams Hand ansehen. Aber sie ist ja beschäftigt.«

»Beschäftigt!« lachte Pamela. »Warten Sie einen Augenblick, Doktor Tom, es dauert nicht lange. Sie ist so winzig und trinkt so wenig. Na also. Hast du schon genug, mein Kleines?«

Sie hielt das Baby hoch und klopfte es leicht auf die Kehrseite, damit es besser aufstoßen konnte. Und das tat es auch sofort.

Tolbert sah das Kind und Pamela glücklich und verliebt an.

»Gott, ist die Kleine hübsch«, lachte er. »Kommen Sie doch her, Doktor Tom. Sehen Sie sich dieses kleine Wunder an. Wer hätte je gedacht, daß eine Bohnenstange wie ich einen solchen Engel zeugen könnte? Und doch habe ich es getan. Sehen Sie selbst.«

Tom Ridgely trat an das Bett und betrachtete das Baby. Ihm war klar, daß es hell genug war, um sein Leben lang als weiß zu gelten. Er starrte vor sich hin.

»Ist sie nicht süß?« fragte Tolbert.

»Das ist schwer möglich, Liebster«, lachte Pamela. »Dazu sieht sie dir viel zu ähnlich.«

Tom Ridgely seufzte. Dann lächelte er ein wenig unsicher.

»Ja, sie ist wirklich süß. Sie sind mit Recht stolz auf sie, Anwalt. Wie soll sie denn heißen?«

NACHWORT

Ein Roman, mit dem es gut vorwärtsgeht, hat oft zur Folge, daß er völlige Herrschaft über das Unterbewußtsein seines Schöpfers gewinnt, wie ein widerspenstiges Pferd mit dessen Phantasie durchgeht und in eine Richtung davongaloppiert, die der Autor nie einschlagen wollte. Dieser Roman war zunächst als Forsetzung von »Ausgelöscht« gedacht. Von der Konstruktion her ist er es geblieben. Aber vom Thema her ist er mir entglitten. Weil *Hwesu,* der Held von »Ausgelöscht«, als Sklave nach den Südstaaten der USA verkauft wird, mußte ich über die Sklaverei, diese spezielle Institution des Südens, schreiben, und zwar vom Standpunkt der Sklaven aus. Nun ist Sklaverei ein Thema, dem gegenüber ich heftig und leidenschaftlich Stellung beziehe. Heftige und leidenschaftliche Stellungnahmen sind aber im allgemeinen mit einem guten Buch unvereinbar, weil sie automatisch aus einem Roman einen Propagandatext und damit, kurz gesagt, Mist machen.

Ich glaube jedoch aufrichtig, daß dies hier nicht der Fall ist. Erstens wird ein Mensch, der so wie ich ein Leben lang als Schriftsteller tätig war, so diszipliniert, daß das Pferd nie wirklich mit ihm durchgehen kann, und zweitens handelt es sich um ein Thema, zu dem man einfach heftig und leidenschaftlich Stellung beziehen muß.

Als ich mich der ungeheuren Aufgabe unterzog, die Texte zu lesen, die man kennen muß, um wenigstens halbwegs historisch getreu schreiben zu können, erkannte ich immer deutlicher, daß ich da etwas Absolutem gegenüberstand. Das erschreckte mich, denn ich wollte einfach nicht glauben, daß es etwas Absolutes gibt. Eigentlich glaube ich überhaupt nur an weniges, und gemäßigte Skepsis scheint mir die Grundlage zivilisierten Verstandes. Aber hier hatte ich das Absolute gefunden. Jede Zeile, die ich las, brachte mich der für mich überaus unangenehmen Erkenntnis näher, daß es in der Geschichte der Menschheit doch Absolutes gegeben hat. Und daß die beiden besten Beispiele für das absolut Böse, für das es keinerlei mildernde Umstände gibt, Nazideutschland und der amerikanische Süden mit seiner Sklaverei sind.

Merkwürdigerweise zwang mir das großartige Werk von Professor Genovese *Roll, Jordan, Roll,* diese Erkenntnis auf. Genovese ist in hohem Maße fair. Er schildert die schwarzen Sklaven mit Respekt und ohne jede Spur von Herablassung, sogar mit einer gewissen Zuneigung, würde ich sagen. Er erklärt, warum ein allgemeiner Aufstand unmöglich war, er malt ein ausgewogenes Bild beider Rassen. Und dennoch las ich dieses bewunderungswürdige und gelehrte Buch mit steigender Erbitterung, bis ich schließlich versuchte, meine negative Reaktion zu analysieren – was, wie ich zugeben muß, ziemlich kompliziert war.

Es scheint mir absolut böse, ein menschliches Wesen zu versklaven. Wie man das gezähmte zweibeinige Tier nachher behandelt, ist irrelevant. Ob man es liebevoll verwöhnt oder scheußlichen Foltern unterwirft, ist unerheblich. Man hat bereits ein Verbrechen begangen, das eindeutig ärger ist als Mord: die Entpersönlichung, die Verwandlung eines menschlichen Wesens in ein Ding.

Deshalb sehe ich mich gezwungen, dem amerikanischen Süden den ersten Preis zuzuerkennen, wenn es sich um das absolut Böse handelt. Die Nazis haben versucht, ein Volk auszurotten, und es ist ihnen beinahe gelungen. Der amerikanische Süden hat versucht, eine Rasse von Zombies zu schaffen, und es ist ihm das durch

Zerstörung des Stolzes und der Würde von Millionen Menschen gleichfalls beinahe gelungen.

Der Held meines Romans ist gebürtiger Afrikaner und folglich noch nicht emotionell kastriert. Deshalb handelt er in diesem Buch als militanter Mann. Ich hoffe, daß Sie ihm glauben. Ich tue es. Solche Männer waren selten.

Aber gute Herren waren noch seltener. Die Hilflosigkeit des Opfers spricht unvermeidlich den in jedem Menschen vorhandenen Sadismus an. Da ich aus trauriger Erfahrung weiß, daß es unmöglich ist, den angelsächsischen Leser von etwas zu überzeugen, das er nicht glauben will, sollen am Schluß dieses Buches einige Auszüge aus der Literatur, zeitgenössische Stimmen und Dokumente stehen.

Frank Yerby, Madrid 1978

Das System

Die amerikanische Sklaverei beinhaltet ein eminent wichtiges Problem, über das jedoch der Leser auch nicht mit Hilfe der aufgeklärtesten amerikanischen Historiker etwas erfahren wird; wenn er seine Lektüre auf diese Historiker beschränkt, wird er wahrscheinlich überhaupt nicht bemerken, daß dieses Problem existiert. Warum war die amerikanische Sklaverei die schrecklichste in der Geschichte der Menschheit? Der Sklave genoß keinerlei Schutz durch eine organisierte Gesellschaft (man vergleiche die Maßnahmen, die die Bibel zum Schutz der Sklaven vorsieht), für keine religiöse oder weltliche Autorität stellte er ein menschliches Wesen dar, er kannte seine Vergangenheit, von der er gänzlich abgeschnitten war, überhaupt nicht, und man ließ ihm keinerlei Hoffnung für seine Zukunft. Seine Kinder konnten verkauft werden, seine Ehe wurde nicht anerkannt, seine Frau konnte vergewaltigt oder verkauft werden (es wirkt beinahe komisch, daß die Frau, mit der er mit Erlaubnis seines Herrn zusammenlebte, als seine »Ehefrau« bezeichnet wurde), und er war hilflos der fürchterlichsten Unmenschlichkeit ausgesetzt – es gab vermutlich unter den männlichen und weiblichen Sklavenbesitzern genauso viele Sadisten wie in jeder anderen Gesellschaftsschicht. Es war gesetzlich verboten, einen Sklaven im Lesen und Schreiben zu unterrichten; er konnte ohne Erlaubnis seines Herrn keine Religion ausüben und konnte nur aus religiösen oder ähnlichen Gründen und nur in Anwesenheit eines Weißen mit seinesgleichen zusammenkommen; wenn sein Herr ihm die Freiheit schenken wollte, versuchte man dies mit allen verfügbaren juristischen Mitteln zu verhindern. Diese Situation entspricht nicht dem Begriff der Sklaverei in der Alten Welt, im Europa des Mittelalters und der beginnenden Neuzeit oder in Brasilien und Westindien.

Und was noch wichtiger ist: die amerikanische Sklaverei war auch wegen ihrer Folgen schrecklich. Wenn wir die gegenwärtige Lage der amerikanischen Neger zum Beispiel mit der Lage der brasilianischen Neger (die zwanzig Jahre länger Sklaven waren) vergleichen, steigt in uns der Verdacht auf, daß die Unterschiede die Folge von zwei ganz verschiedenen Arten von Sklaverei sind. Heute sind die brasilianischen Neger Brasilianer; obwohl die meisten von ihnen arm sind und die schwerste und schmutzigste Arbeit in ihrem Land verrichten, genau wie die Neger in den Vereinigten Staaten, sind sie nicht aus der Gesellschaft ausgeschlossen. Es gibt sie auch in den höchsten Schichten, und sie vermischen sich dort – zwar in geringer Zahl, aber gesellschaftlich anerkannt – mit anderen Brasilianern jeder Rasse. Die Beziehungen zwischen Schwarzen und Weißen in Brasilien waren nie so vernunftwidrig wie in den USA.

Und wenn wir die amerikanischen Neger mit den westindischen Negern vergleichen, fallen uns das größere Selbstbewußtsein und die größere Energie der letzteren auf – und wieder müssen wir fragen: Was widerfuhr eigentlich vor 1865 den Negern in den Südstaaten?

Nathan Glazer in der Einleitung zu Stanley Elkins, Slavery, 1963

Sklaven und Söhne

Eine Entscheidung des Obersten Gerichtshofs von Nordcarolina, mit der eine Entscheidung des Erstgerichts verworfen wird, nämlich, daß ein Herr angeklagt werden kann, weil er einem Sklaven körperliche Verletzungen zugefügt hat, genau wie ein Vater angeklagt werden kann, weil er ein Kind physisch über Gebühr hart bestraft hat.

»Zwischen diesen beiden Fällen besteht keinerlei Ähnlichkeit. Sie stehen in Widerspruch zueinander, und zwischen ihnen klafft ein unüberbrückbarer Abgrund – der Unterschied zwischen Freiheit und Sklaverei –, und es gibt keinen größeren Abgrund. In dem einen Fall ist das angestrebte Ziel das Glück des Kindes, dem von Geburt an die gleichen Rechte zustehen wie seinem Vater, dem die Pflicht obliegt, das Kind zum richtigen Verhalten für die Position zu erziehen, die es später unter freien Menschen einnehmen wird.

Mit der Sklaverei verhält es sich ganz anders. Das Ziel ist der Profit des Herrn, seine Sicherheit und die öffentliche Sicherheit: das Subjekt ist in seiner eigenen Person und in seinen Nachkommen dazu verurteilt, ohne Kenntnisse zu leben, keinen Besitz erwerben zu können und die Früchte seiner Arbeit anderen zu überlassen. Man kann die moralischen Überlegungen, die dem Verhältnis zwischen Vater und Sohn zugrunde liegen, keineswegs auf ein solches Wesen anwenden, denn jedermann muß fühlen und begreifen, daß es die natürliche Pflicht des Sklaven ist, seine Arbeit zu verrichten, und daß diese Pflichterfüllung seinem persönlichen Wohlbefinden dient. Solche Dienstleistungen können nur von jemandem erwartet werden, der keinen eigenen Willen besitzt; der seinen Willen vorbehaltlos dem eines anderen unterwirft. Solcher Gehorsam kann nur durch uneingeschränkte Verfügungsgewalt über den Köper erzwungen werden. Diese Wirkung kann auf keine andere Art erreicht werden. Der Herr muß über absolute Macht verfügen, um sich den Sklaven vollkommen unterwerfen zu können. Ich muß gestehen, daß mir die Härte dieser Entscheidung bewußt ist. Ich empfinde sie zutiefst. Und als Prinzip des moralischen Rechts muß sie jeder Mensch in seinem Inneren ablehnen. Aber beim gegenwärtigen Stand der Dinge kann es nicht anders sein.«

Richter Thomas Ruffin in einer Entscheidung des Obersten Gerichtshofes von Nordkarolina aus dem Jahr 1829

Charakter und Glaube

Die eingeborenen Afrikaner sind rachsüchtig, in ihrem Wesen nachtragend, schnell gereizt und grausam in ihrem Vorhaben. Im allgemeinen messen sie den schönen Häusern und der kostbaren Einrichtung ihrer Herren nur geringen Wert zu; sie erkennen nicht die Schönheit der hellen Hautfarbe und der zarten Figur ihrer Herrinnen. Sie sind über die ihnen auferlegte Sklaverei empört und sehnen sich nur nach der Macht, sich auf das grausamste an ihren Unterdrückern zu rächen; aber während ihres Aufenthaltes in unserem Land begehren sie nur die zu ihrem Unterhalt erforderlichen Mittel und die Befriedigung ihrer jeweiligen Bedürfnisse.

Sie sind im allgemeinen der Meinung – und diese Meinung hat ihre Wurzeln in ihrer Religion –, daß sie nach dem Tod in ihr eigenes Land zurückkehren und ihre früheren Gefährten und Freunde in einem Garten der Seligen wiederfinden werden, in dem ihnen Nahrung sowie die schönen Frauen ihres Heimatlandes im Überfluß zur Verfügung stehen.

Charles Ball, A Narrative of the Life and Adventures of Charles Ball, 1854

Das Herrenhaus aus dem Roman

Der Pflanzer in den Südstaaten lebte oft in feudalem Glanz. Das »große Haus« oder Herrenhaus der Plantage stand im allgemeinen auf einer Erhebung in der Nähe der Straße, flankiert von den Sklavenhütten, der Küche, dem Kontor, den Ställen, dem Räucherhaus und anderen Nebengebäuden. Es war meist ein hölzernes Bauwerk, das nicht mehr als fünfzehn Räume umfaßte, aber durch eine Reihe von weißen Säulen, die so hoch wie das Haus waren, und einen weitläufigen Park machte es einen großartigen Eindruck.

... und in Wirklichkeit

Wissenschaftler haben bewiesen, daß die Plantagen und die Pflanzer keineswegs so bezaubernd waren, wie Erinnerungsbücher sie schildern. Bei näherer Betrachtung erwiesen sich manche Herrenhäuser als Hütten mit lächerlichen falschen Fassaden. Manche waren Blockhäuser ohne jeglichen architektonischen Ehrgeiz. Reisende waren oft über das Nichtvorhandensein jeglicher Bequemlichkeit entsetzt: infolge der Trägheit von Herren und Sklaven war mancher Besitz vernachlässigt, der Boden brachte Unkraut, Dornen und Buschwerk hervor. Sättel, Peitschen, Gewehre, Schuhe, Bekleidung und Werkzeuge lagen oft auf der vorderen Veranda oder in der Halle herum, und gelegentlich war das bemerkenswerteste Möbelstück ein Waschtisch.

Francis Butler Simkins, A History of the South, 1953

Selbstbildnis des »guten alten Herrn«

Zu seiner Verachtung für alles, was grob und niedrig und gemein ist, gesellen sich oft ein zu empfindlicher Stolz, Eifersucht auf jeden, der ihm überlegen ist, Ungeduld angesichts von Widerspruch, rasches und heftiges Umschlagen der Laune. Seine Neigung zu diesen Lastern ist so offenkundig, daß die Erziehung von Anfang an ganz besonders darauf abzielt, ihn vor diesen verderblichen Eigenschaften zu bewahren; und dadurch erwerben glückliche Naturen solche Selbstbeherrschung und tugendhafte Zucht, daß sie durch ihre Sanftmut und Mäßigung allgemein auffallen.

Ulrich B. Phillips, Life and Labor in the Old South

Eine Engländerin über den »guten alten Herrn«

Die Plantagenbesitzer Südkarolinas haben sich selbst gern als die Adeligen des Südens bezeichnet und entsprechen in ihren Beziehungen zu ihren Untergebenen ziemlich genau dem Adel Frankreichs, bevor der reinigende Wirbelsturm die Rechte des Souveräns und die Rechtlosigkeit der Leibeigenen gemeinsam in einen blutigen Abgrund fegte. Die Pflanzer im Inneren der Süd- und Südweststaaten ähneln mit ihren zornigen Fehden und blutigen Kämpfen, ihren Dolchstößen und Pistolenduellen, ihrer rohen Sinnlichkeit, brutalen Unwissenheit und despotischen Grausamkeit dem Adel Frankreichs, bevor die Greuel der Jakobiner ihm vor Augen führten, daß selbst die Geduld der Sklaven ein Ende hat.

Fanny Kemble, Journal

Der Tageslauf

Die Arbeiter müssen auf den Feldern sein, sobald es morgens hell wird, und mit Ausnahme von zehn oder fünfzehn Minuten, in denen sie zu Mittag ihre Ration kalten Speck hinunterschlingen, dürfen sie keinen Augenblick müßig sein, bis es so dunkel ist, daß man nichts mehr sieht; bei Vollmond arbeiten sie oft bis weit in die Nacht hinein. Sie wagen nicht einmal, zur Abendbrotzeit eine Pause einzulegen oder in ihre Quartiere zurückzukehren, ganz gleich, wie spät es wird, ehe ihnen nicht der Aufseher erlaubt, die Arbeit einzustellen.

Wenn die Tagesarbeit beendet ist, werden die Körbe zum Entkörnungshaus geschleppt, wo die Baumwolle gewogen wird. Ganz gleich, wie erschöpft und müde der Sklave ist, ganz gleich, wie sehr er sich nach Ruhe und Schlaf sehnt – nie nähert er sich dem Entkörnungshaus anders als voller Angst. Wenn er zu wenig Gewicht bringt, weiß er, daß er leiden wird. Und wenn er das Gewicht überschreitet, wird ihm sein Herr am nächsten Tag ein entsprechend höheres Soll auferlegen.

Deshalb nähert er sich dem Entkörnungshaus immer zitternd und voller Angst, ganz gleich, ob er zuviel oder zu wenig hat. Die meisten haben zu wenig, und deshalb sind sie gar nicht darauf erpicht, das Feld zu verlassen. Nach dem Wiegen folgt das Auspeitschen; dann werden die Körbe ins Baumwollhaus gebracht, ihr Inhalt wird wie Heu gestapelt, und die Sklaven müssen die Baumwolle zusammentreten.

Dann müssen sie Hausarbeit verrichten. Einer füttert die Maultiere, ein anderer die Schweine, ein dritter schneidet Holz und so weiter. Endlich gelangen sie zu später Stunde zu ihren Hütten, schläfrig und von der Arbeit des langen Tages erschöpft. Dann müssen sie in der Hütte Feuer machen, den Mais mit einer kleinen Handmühle mahlen, das Abendessen und das Essen für den nächsten Tag auf dem Feld zubereiten. Inzwischen ist es meist Mitternacht geworden. Die Angst vor Bestrafung verfolgt sie auch noch, wenn sie sich niederlegen, um ein wenig zu ruhen. Jetzt ist es die Angst, am Morgen zu verschlafen. Ein solches Vergehen würde sicherlich mit nicht weniger als zwanzig Peitschenhieben bestraft werden. Mit dem Gebet auf den Lippen, er möge beim ersten Hornsignal auf den Füßen und hellwach sein, sinkt der Sklave allnächtlich in bleiernen Schlaf.

Solomon Northup, Twelve Years a Slave, 1854

Sadisten

Vier Monate lang, während der letzten Monate der Schwangerschaft, der Geburt und der Zeit nachher, schlug er sie mit Knüppeln, Eisenketten und anderen tödlichen Waffen; fügte ihr immer wieder Brandwunden zu; versetzte ihr immer wieder Geißelhiebe, die ihr buchstäblich die Haut vom Leib rissen; zwang sie, bei rauhem Wetter ohne ausreichende Kleidung zu arbeiten; gab ihr zu wenig zu essen; trug ihr Arbeiten auf, die ihre Kräfte überstiegen, und schlug sie mutwillig, weil sie seinen Anforderungen nicht nachkommen konnte. Der Häftling, dessen Herz sich niemals erweichen ließ, verübte diese Ungeheuerlichkeiten bis zu den letzten Lebensstunden seines Opfers.

Aus einer Anklageschrift des Obersten Gerichtshofes von Nordcarolina 1835, gegen einen Sklaventreiber

Infolge ihrer Strenge war sie die Ursache für den Tod von sechs meiner Diener. Im Frühjahr 1837 peitschte Mrs. Turner einen kleinen Negerjungen, dann packte sie ihn in einem Wutanfall und warf ihn aus einem Fenster im zweiten Stock auf das Steinpflaster des Hofes. Er erlitt eine Rückgratverletzung, einen Arm- und einen Beinbruch und blieb von diesem Tag an verkrüppelt.

Richter L. Turner aus Lexington, Kentucky, über seine Frau Caroline

Entlaufen – gesucht

Haltet Ausschau nach Lawson, einem gutgebauten entlaufenen Neger; keine besonderen Kennzeichen außer denen auf seinem Rücken (vom Auspeitschen); ist schlau und listig.

Lexington, 1836

Gesucht Sklave Charles, von meiner Plantage in Shelbyville entlaufen; es fehlen ihm einige Vorderzähne, und er hat erhebliche Spuren von Peitschenhieben auf seinem Hintern.

Lexington, 1835

Gesucht: Mein Sklave Bob von meiner Plantage in Nelson County. Schielt etwas, hat O-Beine und viele Peitschennarben.

Kentucky, 1835

Entlaufen: Henry, ein bösartiger Kerl, von vielen Peitschenhieben auf dem Rücken gezeichnet.

Lexington, 1839

Vierzig Dollar Belohnung für die Auffindung meines Sklaven Daniel, der an dem Tag, an dem er davonlief, wegen Diebstahls ausgepeitscht wurde und wahrscheinlich Spuren davon auf dem Rücken trägt.

Kentucky, 1830

In meinem Gewahrsam befindet sich eine lebhafte Mulattin, die behauptet, daß sie Callie heißt. Sie hat auf Wange, Stirn und Brust ein Brandzeichen in der Form eines »H«.

Auch ein kräftiger Schwarzer, Mose, der auf seinem Hintern ein Brandzeichen in Form eines »X« hat und dessen Rücken Narben von Peitschenhieben trägt.

Desgleichen Alex, der gestutzte Ohren und Schußnarben in den Beinen hat.

The Jailkeeper, Lexington

Fünfzig Dollar für die Auffindung meines Negers Elijah, der an einem Knöchel eine Fessel trägt.

Frankfort, 1843

Entlaufen die Mulattin Caroline; trug einen eisernen Halsring mit einem nach unten gedrehten Dorn.

Flemingsburg, 1855

Fancy Girls

Robards »ausgesuchtes Lager« an schönen hellhäutigen Mädchen war tatsächlich Thema Nummer eins in den Bars der Raddampfer, in Kneipen und Tavernen, bis nach New Orleans hinunter. Franzosen mit kurzen Hälsen und Knopfaugen und schlaksige Pflanzer aus Kentucky und Tennessee tauschten bei einem Glas Mint Julep, Pflanzer Punch und anderen kräftigen Getränken anschauliche Geschichten über die »Besichtigungen« in Robards Gefängnis aus, wo das »ausgesuchte Lager«

splitternackt und stumm die gierigen Blicke und die detaillierte Untersuchung durch Händler über sich ergehen ließ, die offensichtlich nur an der physischen Gesundheit der Handelsware interessiert waren.

J. W. Coleman jr., Slavery Times in Kentucky, 1940

Gemischter Haushalt

Wie die Patriarchen der alten Zeit leben unsere Männer mit ihren Frauen und ihren Konkubinen in einem Haus zusammen; und die Mulatten, die man in jeder Familie sieht, ähneln zum Teil den weißen Kindern. Jede Dame ist bereit, Ihnen zu erzählen, wer der Vater der Mulattenkinder in den anderen Haushalten ist – außer dem ihren. Letztere, scheinen sie anzunehmen, sind aus den Wolken gefallen. Manchmal überwältigt mich der Ekel. Die Frauen auf dem Land sind großartig, aber die Männer keineswegs! Sie sind wahrscheinlich nicht schlechter als die Männer im allgemeinen, aber je minderwärtiger die Geliebte, desto heruntergekommener der Mann.

Mary Boykin Chestnut, Diary from Dixie

Weibliche Anfälligkeit

Man kann feststellen, daß die weiße Frau ebenfalls menschlich reagierte. Die Scheidungsakte von Virginia enthalten interessante Hinweise auf Eifersucht, Haß und Argwohn – Eigenschaften, die natürlich und menschlich sind. Diese Aufzeichnungen zeigen deutlich, daß die weiße Frau während der Zeit der Sklaverei in vielen Fällen den gleichen menschlichen Schwächen, Begierden und Versuchungen ausgesetzt war, denen die allzu menschlichen Männer nicht widerstehen konnten.

Dazu drei Zitate: »1803 wurden seine Aussichten . . . durch ein Ereignis getrübt, das er nur mit tiefstem Bedauern schildern kann. Seine schwangere Frau gebar ein Kind, das offensichtlich das Ergebnis eines verbotenen Geschlechtsverkehrs mit einem Schwarzen war.«

»Als (im März 1801) zur großen Überraschung und zum unsäglichen Ärgernis des Klägers die genannte Elizabeth ein Mulattenkind gebar und jetzt die Kühnheit hat zu behaupten, daß es von einem Negersklaven aus der Nachbarschaft gezeugt wurde.«

»Als die Anklageschrift vorgelegt wurde, las der Zeuge sie ihr vor und fragte sie, ob das stimme, und sie hob das Kind hoch und antwortete, daß dies Beweis genug sei. Der Zeuge hielt es für ein Negerkind und fragte sie, ob das stimme; und sie antwortete, daß sie nicht die erste weiße Frau sei, die auf einen Neger hereingefallen sei – daß sie ihn gehaßt habe, als es das erste Mal geschah, daß sie ihn aber nach einiger Zeit mehr liebte als irgendwen auf der Welt, und daß sie glaubte, er müsse ihr ein Mittel eingegeben haben.«

James Hugo Johnson, Race Relations in Virginia and Miscegenation in the South, Chicago 1937

Trotz aller gegenteiligen Behauptungen hatten weiße Frauen aller Klassen im gesamten Süden, besonders aber in den Städten, schwarze Liebhaber oder gar Ehemänner. Ehemalige Sklaven berichten von solchen Fällen auf den Plantagen. Die Frau eines brutalen Sklavenhalters nahm sich trotzig den Kutscher als Geliebten und gebar ihm ein Kind. Die Tochter eines Plantagenbesitzers lief mit einem Sklaven davon, gebar ihm ein Kind und weigerte sich, ihn zu verlassen. Im Gegensatz zu den Gepflogenheiten nach dem Krieg wurden die an diesen Eskapaden beteiligten schwarzen Männer nicht gelyncht; die Weißen verkrafteten diese Dinge damals anscheinend wesentlich besser als in späteren Zeiten.

Eugene D. Genovese, Roll, Jordan, Roll: The World the Slaves Made, 1974

Mord und Selbstmord

Es kam nicht nur vor, daß die Sklaven ihre Herren oder Aufseher töteten, sondern gelegentlich ermordeten sie auch ihre eigenen Kinder, manchmal, um sie vor einem Leben in Knechtschaft zu bewahren. In Covington (Kentucky) wurden ein Vater und eine Mutter mit ihren Kindern in einer Sklavenhütte eingesperrt, wo sie auf die Verschiffung nach dem Süden warten sollten. »Und da kein Auge mit ihnen Mitleid hatte und kein Arm sie rettete«, wurden sie sich einig, »die Seelen ihrer Kinder lieber in den Himmel zu senden, als sie in der Hölle der Sklaverei enden zu lassen«, und danach begingen die Eltern Selbstmord.

George Carleton, The Suppressed Book about Slavery, New York, 1864

Die extremste Lösung war der Selbstmord. Der entlaufene Sklave Charles Ball berichtet, daß »der Selbstmord unter den Sklaven des Baumwollgebietes viel häufiger vorkam, als allgemein angenommen wird«. Diese entsetzliche Möglichkeit, ihr Elend zu beenden, war natürlich ein schweres Vergehen dem Herrn gegenüber, der seinen wertvollen Besitz durch das Messer oder den Strick verlor. Er tat sein Möglichstes, um den Selbstmord zu verhindern, und wenn ihm das nicht gelang, um ihn zu vertuschen.

Auch Kindesmord wird in zahlreichen Sklavenerzählungen erwähnt. Die aus Afrika stammende Mutter von Nat Turner soll bei seiner Geburt so hysterisch gewesen sein, daß man sie fesseln mußte, damit sie ihn nicht töten konnte. Anscheinend töteten viele Mütter ihre Babys, indem sie sich nachts vorsätzlich auf sie legten. Eine der Aufgaben der Aufseher bestand darin, die Geburten zu beaufsichtigen, damit kein »Unfall« den Herrn um seinen neuen Besitz brachte.

Milton Meltzer, Slavery: From the Rise of Western Civilization to Today, 1972